KB262227

한국근대문학의 전환과 모색

상허학회

'외침'의 전염을 기대하며

'문학의 위기'를 둘러싼 논란이 시작된 것은 이미 오래 된 일이지만, 실상 위기에 처한 것은 문학 자체라기보다 문학연구를 업으로 하는 학계가 아니었는가 싶다. 문학의 위기론은 문학이 무엇인지에 대한 창조적 분석이 더 이상 불가능해진 연구자들의 무능과 게으름을 스스로 은폐하기 위한 자작극이라는 자조적 고백이 연구자들 사이에서 흘러나오고 있다는 사실을 우리는 알고 있다. 모른다는 것이 위기를 만드는 계기임은 확실한 일이다. 하지만 그렇다고 해서 자신의 위기를 대상의 위기로 전가한다면 그것은 무지의 문제가 아니라 심각한 윤리적 결함이 아닐 수 없다.

상허학회가 지난 해 늦은 가을 이화여대에서 개최한 심포지움 '한국 근대문학연구의 역사적 전환과 창조적 모색'은 그러한 학계의 윤리적 위기를 벗어나 보려는 노력의 일환이었다고 자평해 본다. 이 시도가 어떠한 성과로 연결되었는지 언급할 입장은 아니나 현상을 타개하기 위한 작은 돌파구라도 되었기를 바라는 마음만은 간절하다.

심포지움의 현장에서 이루어진 날카로운 논쟁의 기억을 되살릴 필요도 없이, 이 시대 문학연구자들에게 '문학이란 무엇인가'라는 질문은 낯설은 도시에서 처음 맞는 새벽처럼 그렇게 거친 현실의 실재이다. 실존의 원인규명이라는 근본주의적 환원론에서 궁극적으로 벗어날 수 없는 지식인적 운명을 붙잡고, 동시에 문학이라는 거대한 표상체계의 알리바이를 설명해야 하는 문학연구자들의 처지가 안타깝기는 하다. 그러나 그렇다고 우리에게 주어진 다른 차원의 시공간은 없다.

'지성은 다시금 스스로를 하방하여야 한다'는 도저한 결단의 소산으로 출향을 결정하고 문학이라는 공통의 심리적 피안을 '삭제'하자고 제안한 천정환의 화두는, 그 과격한 발언의 수위만큼이나 현재 근대문학계가 직면한 지적 암초의 크기를 느끼게 만든다. 천정환의 생각은 사실 그 자신의 고유한 것이라기보다 문학의 역사적 존재를 그 실체의 무게만큼 실어서 표현하는 방법의 부재로 좌절한 많은 동료들의 '내적 외침'을 대신한다는 느낌을 준다.

따라서 심포지움이 제기된 '외침'의 내용을 간략히 개괄하는 것도 무의미한 일은 아닐 것이다. 주관적인 정리의 오독 가능성을 독자들이 용인해 준다면, 이 학회의 문제제기는 문학의 존재론에 대한 실천적 재해석의 촉구(천정환, 공임순, 조정환), 문학연구 이론/이념이 정치·사회적으로 실현되는 과정의 모형분석(권명아), 이론적 구심력의 구속 밖에 존재하는 문학어의 대한 새로운 관심(이경훈), 문학의 역사적 실재를 문화제도라는 인식틀로 해체, 재조직하자는 제언(한기형) 등으로 나누어 이해할 수 있다. 김현주, 이혜령, 손유경의 논문도 심포지움 자리에서 함께 발표되지만 않았을 뿐, 학회 기획 의도를 실현하기 위해 사전 준비된 공동 문제의식의 결과이다. 현단계 근대문학연구 중요 경향인 개념어, 언어, 프로문학이라는 세 개의 꼭지점을 날카로운 실증적 검토와 참신한 방법적 제안을 통해 드러낸 세 분의 문제제기 또한 많은 분들이 경청해 주시리라 믿는다.

이상에서 언급된 각각의 논문들이 보여준 지적 파괴력의 수준을 가늠하는 것은 이제 오로지 독자들의 감식안에 맡겨져 있다. 그 독해의 결과가 창신의 선순환으로 재생하기를, 아울러 많은 어려움을 감내한

학회 기획자들의 수고가 그들의 학문적 동료들에게 오랫동안 기억되기를 진심으로 기원한다.

이번 19집에는 1편의 이태준 관련 논문과 4편의 일반논문을 싣는다. 한만수의 「이태준의 「패강냉」에 나타난 검열우회에 대하여」는 오랫동안 근대문학과 식민지 검열의 관계를 천착해온 연구자의 방법적 정교성이 매우 미시적인 영역으로까지 진전되고 있음을 알게 한다. 한만수의 연구는 항상, 근대문학을 신화적 독립물로 들어 올리는 우리의 의도적 망각증이 얼마나 비현실적인 것인가를 예리하게 깨우친다. 문학과 파괴적 현실의 접점이 만들어낸 변화 맥락을 분석하는 일은, 반드시 검열이라는 접근법이 아니더라도 다양한 방식으로 지속되어야 할 중요한 연구 대상이라는 점을 이 자리를 통해 강조해 두고 싶다.

이철호의 「근대적 자아의 비의―1910년대 후반기 근대문학에 나타난 '영(靈)'의 문제」는 오랜만에 등장한 품격 있는 문학정신사의 해명이다. '영'이라는 한 단어에 농축되어 있는 시대적 징후의 본체를 섬세하게 해부한 연구자의 학문적 온축이 잘 드러나 있는 논문이다. 박현수는 「「묘지」에서 「만세전」으로의 개작과 그 의미―「만세전」 판본 연구」를 통해 그 동안 많은 연구자들의 관심을 받았던 염상섭 텍스트의 변화 양상이 근대문학의 고유한 내적 질서가 확립되어가는 과정이라고 분석했다. 이러한 관점은 주로 외부적 영향력의 결과로 이해했던 텍스트의 변화가 텍스트 자체의 자기조정과 더 많이 연관될 수 있다는, 새로운 방법의 출현 가능성을 환기한다. 권성우의 논문 「임화의 비평론 연구―메타비평을 중심으로」는 임화비평의 전 궤적이 거시적인 차원에서 드러내는 지성사적 맥락을 문제 삼고 있으며, 서은주는 「한국적 근대의 풍속―최인훈의 『크리스마스캐럴』 연작 연구」는 최인훈 소설에 반영된 한국적 근대성의 특수한 국면을 부각시켰다.

바쁘게 흘러 갈 새로운 학기가 또 우리를 기다리고 있다. 학기의 시
작에 앞서 한마디 제안할 것은 문학적 삶을 실재로 현현하게 하는 작은
여유들, 그런 시간들을 조용히 기다려 보자는 것이다.

2007년 2월 28일
상허학회 편집위원회

✦ 목 차 ✦

책머리에 • 3

I. 특 집

'문화론적 연구'의 현실 인식과 전망 / 천정환 • 11

근대문학과 근대문화제도, 그 상관성 대한 시론적 탐색 / 한기형 • 49

현실의 전유, 텍스트의 공유 / 이경훈 • 79

한국 (근대)문학의 세 가지 테제에 대한 비판적 재검토 / 공임순 • 107

한국문학의 근대성과 탈근대성 / 조정환 • 137

연대(solidarity)와 전유(appropriation)의 갈등적 역학 / 권명아 • 167

근대 개념어 연구의 동향과 성과 / 김현주 • 205

언어=네이션, 그 제유법의 긴박과 성찰 사이 / 이혜령 • 243

최근 프로 문학 연구의 전개 양상과 그 전망 / 손유경 • 279

II. 이태준 연구

이태준의 「패강냉」에 나타난 검열우회에 대하여 / 한만수 • 311

III. 일반논문

근대적 자아의 비의 / 이철호 • 343

「묘지」에서 「만세전」으로의 개작과 그 의미 / 박현수 • 377

임화의 메타비평 연구 / 권성우 • 409

'한국적 근대'의 풍속 / 서은주 • 441

I.

특 집

천정환 • ‘문화론적 연구’의 현실 인식과 전망

한기형 • 근대문학과 근대문화제도, 그 상관성 대한
시론적 탐색

이경훈 • 현실의 전유, 텍스트의 공유

공임순 • 한국 (근대)문학의 세 가지 테제에 대한
비판적 재검토

조정환 • 한국문학의 근대성과 탈근대성

권명아 • 연대(solidarity)와
전유(appropriation) 의 갈등적 역학

김현주 • 근대 개념어 연구의 동향과 성과

이혜령 • 언어＝네이션, 그 제유법의 긴박과 성찰
사이

손유경 • 최근 프로 문학 연구의 전개 양상과 그
전망

'문화론적 연구'의 현실 인식과 전망

천 정 환*

목 차

1. 서론
2. 문학사의 전회와 '문화론적 연구'
3. 근대 문학주의와 문화적 현실에 대한 성찰
4. 문화사로서의 '문화론적 연구'와 문화연구로서의 '문화론적 연구'
5. 결론에 대신하여

1. 서론

이 글은 〈상허학회〉 2006년 가을 심포지움 "한국 근대문학 연구의 역사적 전환과 창조적 모색"에 제출되었던 것으로서, 심포지움에서 제기된 논의와 문제제기를 바탕으로 개고한 것이다. 원래 필자의 발표는 심포지움의 총론이 아니었음에도, '문화론적 연구'라는 명칭이 가진 포괄성1)과 제1발표로 제출된 사정 때문에 총론인 것처럼 읽히고 관심과

＊ 성균관대 국문학과・동아시아대학원 조교수.

1) 이 글에서는 '문화연구'(문화론)는 영미의 cultural studies를, '문화론적 연구'는 상허학회 심포지움 논제의 하나인 '문화론적 (한국문학)연구'를 가리킬 때 쓴다. 양자의 내용적 관계에 대해서는 후술. '문화론적 연구'는 '문화론적 연구'는 흔히 '풍속(론적) 연구'와 병기되거나 동일시되기도 한다. 그러나 '풍속'이라는 말이 지닌 소재론적 뉘앙스 때

12

비판의 대상이 되었다.

〈상허학회〉 심포지움에서 제기된 비판 가운데에는 오독과 편견에 기초한 부당한 것도 있었지만, 대부분의 문제제기와 심포지움 자체는 유익했다. 특히 이번 〈상허학회〉의 심포지움의 '성과'의 하나는 '문화론적 연구' 내부의 섬세하지만 중요한 차이가 무엇인지 공식적으로(?) 드러낸 데 있다고도 볼 수 있다. 입장 차이를 드러냄으로써 오히려 '문화론적 연구'의 지향점은 분명해졌다고 할 수 있다. 여러 조건 때문에 심포지움 자리에서 제기된 문제에 대한 필자의 입장과 세론을 충분히 말하지 못했기 때문에, 원래의 원고를 개고하여 '문화론적 연구'에 대한 물음에 답하고자 한다.

1) 정상성과 '국문학'

학문의 '정상성(norm)'에 대해 지젝은 흥미로운 예를 들어 말한 적 있다. 그에 의하면 오늘날 미국 학계에서 "당신이 쥐를 척추를 분석한다면 당신은 철학을 하고 있는 것"이고 "헤겔을 분석한다면 비교문학과에 속한 것"이라 한다. 오늘날 미국의 철학과는 인지주의와 뇌과학이 주도하고 있고, 전통적인 의미의 철학은 비교문학·문화연구학과와 영문학·불문학 등에서 다루고 있다는 것이다. 지젝은 논의를 확대하여 비단 미국 철학계 뿐 아니라 철학사 전체를 볼 때, 늘 다른 분과학문들이 철학의 '정상적(규범적)' 역할을 떠맡거나, 또는 철학 자신이 여타의 학문적 때로는 심지어 비학문적 실천과 분야의 과제를 맡아왔다는 점을 말한다. 철학 '고유의' 공간이란 원래 없다. 지젝은 이 논의 끝에 마지막

문에 필자는 가급적 이 용어를 피하고 보다 포괄적인 함의를 지닌 '문화'를 택한다. '문화론적 연구'는 '문화연구'와 친연성을 갖기 때문에 '젠더'나 '탈식민주의적 연구'와도 관련이 있다. 그런데 이경훈·권보드래와 같은 연구자는 '풍속'을 '문화'와 병렬될 수 있는 의미로 '넓게' 해석하여 자신들의 연구방법을 옹호한 바도 있다(이경훈, 「오딧세우스의 변명」, 한국현대소설학회, 『현대소설연구』 27, 2005; 권보드래, 「'풍속사'와 문학의 질서」, 한국현대소설학회, 『현대소설연구』 27, 2005, 참조).

으로 다음과 같이 뼈아프게 한 마디를 덧붙인다. “가장 케케묵고 강단적이고 적실성이 없고 ‘죽어 있는’ 철학”2)만이 온전히 철학의 ‘정상적 역할’을 했다.

이는 단지 미국의 철학이라는 특정 국가의 ‘인문학’ 분과학에만 해당하는 일은 아닐 것이다. 모든 인문학의 진정한 존재방식과 변화·발전의 코스가 그러하며, 특히 한국에서도 그래왔을 것이다. ‘국’ ‘문학’은 20세기에 무엇을 해왔던가? 그리고 오늘날 ‘국’ ‘문학’은 ‘현실’ 안에서 무엇을 맡아 어떻게 위치하고 있는가? 그 정상성과 제도의 명목은 어떤 상황에 이르렀는가?

오늘날 국어국문학과 소속(?)의 연구자들은 원래의 영역을 넘어, 문화사와 미디어·사상사 연구 영역에서 활동하고 있으며 영화(사)연구나 영화비평에서도 활약한다. 이런 활약은 분명 전체 한국 인문학계에 중요한 자극이자 자원이 되고 있다.3) 이에는 여러 가지 사회문화적 배경이 있을 것이나, 무엇보다 한국 인문학의 위상변화와 지식의 ‘배치’ 변화를 환기하지 않을 수 없다. 가히 ‘문명사적 전환’이라 지칭할만한 변화가 대두한 1990년대 이후, 대학의 기능이 달라지기 시작했고 인문사회과학 전체가 침체에 빠졌다. 특히 일부 어문학 분야는 극심한 침체를 맞게 되거나, 실용적인 과제를 다루는 데로 나아가며 인문학 고유의 과제라 믿어졌던 고유의 문제를 덜 다루게 되었다. 김우창 유종호 백낙청 같은 영문학자가, 그리고 김현을 위시한 불문학자들이 예전 시대의 한

---

2) 슬라보예 지젝, 김지훈 외 역, 『신체 없는 기관—들뢰즈와 결과들』, 도서출판 b, 2006, 8-10쪽.

3) 비근한 예를 들어 1990년대 이후 한국 근현대사 연구의 성과를 나름의 관점에서 종합한 책들인 『해방전후사의 재인식』이나 『근대를 다시 읽는다』에 포함된 ‘국’ ‘문학’ 연구자들의 논문 편수를 생각해 보라. 어떤 문학연구자들은 자신과 다른 지향성을 가진 문학연구자들이 ‘타 분야’에 출입하는 것에 대해 비판적으로 말하며 심지어 그들이 이도저도 아닌 ‘2류’ 연구자가 되는 게 아니냐는 걱정(?)을 해준다. 그러나 이는 국사학·언론학·출판학·영화학 등 인접 학계와 인문학 전반의 현황을 잘 모르는 기우나, 인문학의 ‘본연’과 무관한 영역 지키기 의식 또는 질투의 소산일 뿐이다.

14

국문학과 한국사회에 한 공헌을 생각해보자. 그리고 반대로 오늘날 영문학 등의 외국문학 전공자가 한국 문학과 인문학에서 담당하는 기능을, 또는 한국 '고전문학'이 존재하는 방식을 생각해보자.

'문학'도 '국' '문학'도 1990년대 이후에 초래된 변화 때문에 원래의 영역과 경계를 넘어설 수밖에 없는 정황에 봉착한 것이다. '국' '문학'은 몇몇 어문학 분야나 사학 철학에 비하면, 상대적으로 덜 위축된 편이라 할 수 있고 아직 '선수층'도 두터운 편이라 할 수 있다. 그래서 전체 사회와 인문사회과학이 요청하는 새로운 영역이 국문학과에 의해 개척되는 경우도 있다. 국문학과가 가지를 쳐 만들어내고 있는 '영상문학'이나 문화컨텐츠학·디지털스토리텔링 등이 이에 관한 예가 될 것이다.[4] 이 영역의 '학'과 지식을 '국 '문학'에 귀속시킬 수 있는가?

'문화론적 연구'의 현황과 전망에 대해 묻는 일도 바로 학문의 규범과 영역 문제와 직결되어 있다. '문화론적 연구'는 '국''문학'의 정상성 규범이 흔들리는 시점에서 출발하여, 그것을 다르게 구축하거나 벗어난 데로 향하고 있다. '문화론적 연구'는 무엇인가를 맡아 행했으며 앞으로도 그럴 것이다. 그러나 이는 말 뜻 그대로 시작에 불과하다. '문화론적 연구'는 공기처럼 익숙해져버린, 그러나 그 역시 기실 역사적 산물의 하나인 기존의 분과학문체계와 제도 그리고 자율성이라는 이름을 쓴 명목들을 상대하는 '즉자적'인 것으로 남거나, 새로운 분과와 이론적 실천을 담당하게 될 수도 있다. 또한 "비학문적 실천과 분야"의 과제까지 맡을지도 모른다.

그래서 이글은 단지 '문화론적 연구'가 처한 현재의 자리를 점검[5]하

---

4) 필자는 '문화론적 연구'로 지칭되는 모든 연구나 '디지털스토리텔링' 같은 새로운 영역 전체가 다 바람직하다고 생각하는 입장에 서 있지 않다. 그 중에는 새로운 현실에 '과잉적응'한 보수적 태도의 산물도 있고 이는 필자의 입장과는 전혀 상반되는 것이다. 다만 이 글의 목적이 '문화론적 연구'의 기본 지향에 대해 말하는 것이기 때문에 그에 대한 비판을 차후의 과제로 일단 돌릴 뿐이다.

5) 조성면은 『대중문학과 정전에 대한 반역』(소명출판, 2002)에서 '문화론적 문학연구'의

자는 글로서 뿐만 아니라, 자기모순에 처한 ‘국’ ‘문학’이 낳은 새로운 연구와 글쓰기를 더욱 더 급진화하자는 제안을 하기 위해 씌어지는 글이다. 급진화란 ‘국’ ‘문학’이라는 제도의 정상성과 경계가 최대한 흐릿해지고, 나아가 위기에 처했다는 한국 인문학 전체의 내용과 그 속에서의 ‘학문적 행동’이 그렇게 될 때까지 앞으로 나가자는 말이다.

왜? 삶과 ‘학문’을 위해서이다. 의미 있는 실천은 ‘궁극’을 염두에 둔 사고와 해방되고자 하는 상상력으로부터 나온다. 그리고 그것은 한국 인문학의 발목을 잡고 있는 영역 지키기와 고정관념, 그리고 삶에서 유리된 아카데미즘과 무관한 것이다.

2. 문학사의 전회와 ‘문화론적 연구’

1990년대 이후 한국문학연구의 장에서 제기된 한국 근대문학의 장르·개념 자체의 성립에 대한, 그리고 독자·매체·문단·정전 등 한국 근대문학의 외연에 대한 근본적인 질문들을 떠올려 보자. 그리고 그 성과로 나온 연구들을 상기해보자. 이 연구들이 공통적으로 지적하고 가르쳐준 것은 무엇인가? 근대문학의 제 규범과 제도, 그리고 심지어 ‘문학’이라는 개념 자체가 역사적 산물이라는 것이었다. 또한 한국 근대 문학‘사’가 민족주의와 근대적 미학주의가 모순적으로 결합됨으로써 형성된 ‘상상의’ 산물이라는 것, 그리고 미학적 ‘자율성’과 문학사의 정전 또한 간단없는 역사적·이데올로기적 투쟁의 산물이라는 점 또한 알게 했다. 근대문학사의 기원을 찾는 작업 자체가 근대문학사를 해체하고

흐름과 성과를 (1) 근대 문학의 기원에 대한 고고학적 탐색 (2) 출판·인쇄·풍속·패션 등 문학의 물질적 조건 자체를 문제삼는 연구 (3) 탈정전적 경향의 대중문학 연구 (4) 방법론적 모색으로서의 고전문학 연구 등으로 정리해두고 있다. 또한 김동식, 「풍속·문화·문학사」(동국대 한국문화연구소 편, 『거울과 미로』, 천년의시작, 2006)에서는 ‘풍속—문화론적 연구’라는 용어를 선택하고 문화론적 연구의 배경과 ‘과거’를 정리하고 있다.

다시 쓰기 위한 작업의 시작점이 아니겠는가.

그런데 저 '기원'에 대한 탐색은 1990년대 이래의 '문학의 위기'에 대한 적극적인 반응의 하나이도 했다.[6] '문학의 위기'는 1980년대까지 자명해 보이던 한국 문학의 정치적·문화적 전통이 계승되지 못하는 새로운 정황을 의미했으며, 이에 대한 인식은 '근대성'에 대해 근본적인 재고를 요청했기 때문이다. 소위 '근대문학의 종언' 문제를 '문화론적 연구'와 결부시켜 이야기할 수 있는 이유는 저와 같은 것 때문이다. '근대문학의 종언'이 운위되는 이유는 가라타니 고진이라는 인기 있는 일본 비평가가 제기했기 때문도, 문단이 이 문제로 분분한 논의를 하고 있기 때문도 아니다. '근대문학의 종언'이라는 명제는 우리가 한국 문학사 연구를 통해 얻은 문학사에 대한 새로운 역사적 인식에다 1990년대 이후의 문학이 보여주는 '전회'가 보태진 상태에 이름을 붙여준, 말하자면 '점 하나를 찍은' 격인 것이다.

이 명제가 '종언'이라는 단어를 포함함으로써 품게 되는 피치 못할 선정성(그리고 이에 대한 반응으로서의 모종의 감상성)과 하필 일본인 비평가가 말한 명제라는 사정은 그리 유쾌한 것은 아니다. '종언' 대신 '근본적 변화'라든지 하는 다른 말로 대체할 수 있다면 차라리 쓸데 없는 비장함과 예민한 반응을 제거하고 더 맑은 정신으로 이야기하는 데 도움이 될 수도 있겠다. 하지만, 이러한 점은 전혀 문제의 본질적인 면도 아니다. 다만 근대문학사에 대한 통시적 관점 없이 단지 문단의 현황만을 놓고 이야기되는 '종언' 논의는 '반쪽짜리'일 가능성이 높다는 점을 지적하고자 하는 것이다.

'문화론적 연구'도 문학의 규범과 제도적 요건, 문학이 지식의 체계와 문화전반에서 지니는 (상대적) 지위와, 그 역사에 대해 민감한 태도

---

6) 박헌호, 「'문학' '史' 없는 시대의 문학연구」(역사문제연구소, 『역사비평』 75호, 2006년 여름)도 새로운 연구의 개화 또는 해방이 '문학의 위기'가 연구 영역에서 현실화된 것이라 파악했다.

를 본질적인 요소로 한다. 이것이 '문화론적 연구'가 한편 절충적인 이름인 '문학문화론'으로 불리거나 오래된 '문학사회학'과 유비될 수 있는 이유이기도 하겠는데, '문화론적 연구'는 한국 근대문학의 장르·개념·내포와 매체·문단형성과정·등단제도·정전 등에 대한 연구 성과를 바탕으로 한 것이며 그 일부이기도 하다. 역사적 산물로서의 한국 근대문학을 추동해 온 가장 중요한 힘과 그 자체가 상대화될 수 있는 시점에 왔고, '문화론적 연구'는 이를 급진화시켜서 근대문학주의의 이념과 제도로부터 자유를 취하는 데서부터 출발했다. 즉 최대한 좁게 구획된 시·소설 중심의 문학관의 극복, 고전문학과 현대문학 사이에 놓인 장벽의 철폐, 엘리트주의적이며 자폐적인 '문학성' 개념에 대한 정정의 요청 등등. 이와 같은 것이 '문화론적 연구'의 기본적인 태도이며, 학제와 아카데미즘 속으로 함몰되려는 문학(연구)의 재-정치화와 연관된 것이기 때문이다.[7]

1) 2000년대의 문학과 정치

'문화론적 연구'는 정치적 연구를 지향하는 '입장들'로서, 정치와 사회적 소통양식 및 표상형태의 관련상을 연구한다. 이 글의 제목이 '문화론적 연구'의 '현황'이 아니라, '문화론적 연구의 현실 인식'인 이유도 여기에 있다. 문학을 둘러싼 문화적 현실과 이데올로기 지형에 대한 검토는 '문화론적 연구'에 있어 중요하다. 그래서 이 글은 오늘날의 문학 전반이 처한 '위치'와 문화의 현실에 대해 언급하게 될 것이다.

'근대문학 이후'의 '문학의 정치학'은 '문화론적 연구'의 또 다른 근

---

7) 필자는 이미 '문학의 위기'·대중성과 대중문화의 문제, 그리고 '문학의 자율성' 문제를 중심으로 이를 논하고, 텍스트 읽기의 정치화, 영화와 문학, 미시사와 풍속 연구 등에 대한 입장을 함께 밝혀 '문화론적 문학연구'의 지적 문화적 배경에 대해 밝혀보려 했다. 졸고, 「새로운 글쓰기와 문학연구에 대한 시론」, 『민족문학사연구』 26호, 민족문학사학회, 2004. 11, 참고 바람.

본적인 시작점에 관련되어 있다. 즉 그것은 과거에 민족·민중문학론이나 문예운동, 그리고 KAPF 연구를 통해 현상했던 문학의 정치학과 연관되어 있던, '어떤 계급계층의 이해에 매개되는 문학인가, 또는 어떤 이데올로기적 효과를 지닌 문학인가'와 같은 의문을 오늘날의 현실에서 재-맥락화하고 다시 설정하는 것과 연관된다. 이 '질문'은 오늘날의 문학에서 곧잘 누락되지만, '문학의 정치학'은 '문화론적 연구'가 '문학 내부'와 문학 외부의 이데올로기적 지형에서 주로 무엇을 상대해야 하는가를 보여주기 위한 논의로서 필요한 것이다. '근대문학의 종언'을 둘러싼 명제를 둘러싼 오늘날의 논의는 분분하나,8) 앞서 말한대로 한국문학사에 대한 '통시'적 관점에서 문제를 다뤄 한국문학의 문화-정치적 위치에 대해 시야를 확대한 논의는 흔치 않다.

문학과 혁명의 시대였던 1980년대를 경험한 사람들은 흔히 1990년대와 2000년대를 구별하지 않으려 했다. '80년대 이후'로서 그것은 다 똑같은 환멸의 시간이었으며 '90년대적인 것'은 기실 '80년대'의 잔여에 불과한 것처럼 보였다. 그러나, IMF 경제위기와 9·11은 한편 '실재의 사막'이며 한편 장미정원인 새로운 세계를 우리 앞에 열어주었다. 이 새 시간들을 뭐라 불러야 할까? 그러니까 2000년대는 진정한(?) 의미의 '후기-근대', 즉 '포스트-모던'이며, 1980년대에 대한 즉자적 반정립인 1990년대에 대한 탈출이라는 의미에서는 '포스트-포스트모던'이라 부를 만하다.9)

---

8) 동명으로 된 가라타니 고진의 책 (또는 『문학동네』 200년 겨울호 소재 논문)과 그로 인해 촉발된 몇몇 평문을 참조. 권성우, 「문학을 넘어서는 문학의 길」, 『문학수첩』, 2005년 봄; 황종연, 「문학의 묵시록 이후 ―가라타니 고진의 '근대문학의 종언'을 읽고」, 『현대문학』, 2006년 8월호; 고봉준, 「근대문학의 종언, 그리고 '소설'이라고 불리는 대략 난감한 글쓰기들」, 『작가와 비평』, 2006년 상반기 등등.

9) '포스트모던'이 논쟁적이며 동시에 1990년대 초의 '거품' 때문에 잔뜩 때가 묻은 개념이라는 것, 그래서 사변적인 논의와 쓸데없이 민감한 반응을 불러일으키는 용어라는 것을 알고 있다. 그러나 오히려 역사학계의 예에서 알 수 있듯이 오히려 이 예민한 반응이 낡은 연구방법이나 시간의식을 갱신하지 못하게 하고 일보전진을 가로막는 평계가 되어서는 안된다. 근대 자체가 내장하는 탈근대의 계기들, 근대의 지속력을 인정함

새로운 세계의 징표는 대단히 다양하지만, 단 두 가지 단어가 전체를 상징하게 할 수 있다. 인터넷과 세계화이다. 세계와 인간의 새로운 관계양상을 지시하는 단어 ‘inter’와 ‘global’을 내장한 이 두 가지는 다른 국면의 자본주의를, 그리고 완전히 새로운 생활·소통양식을 함축하고 있다. “세계를 평평”[10]하게 만들어버렸다는 이 두 가지 거대한 힘 앞에 한국 근대문학이 내던져져 있다. 위기에 처했다는 인문학도 그러하다.

100여 년의 역사를 지닌 한국 근대문학은 1990년대가 오기 전까지, 크게 보아 세 가지의 축과 힘, 그 상호작용에 의해 이루어져 왔다고 생각된다.[11] 첫째는 정치적 계몽주의 문학이었다. 그 명맥은 1900년대 자강론에 입각한 신채호·박은식 등의 문학, 실력양성론과 결부된 1910년대의 최남선·이광수의 문학, 1920~30년대의 〈KAPF〉의 계급문학운동과 ‘국민문학파’의 문화민족주의, 해방기의 민족문학 운동, 그리고 1960~70년대의 참여문학과 민족문학, 1980년대의 민중문학·노동문학에 이르기까지 그야말로 면면하다.[12] 한국적 정치상황의 특수함 때문에 이러

에도 불구하고, 1990년대 이후에 급격히 일어난 변화를 묘사하기 위해 ‘탈근대’든 ‘포스트모던’이든 1990년대 초와 다른 방식으로, 적절하게 복권시켜 쓰는 게 실천적으로 유용하다는 입장이다.

10) 토머스 L. 프리드먼, 김상철 역, 『세계는 평평하다』, 창해, 2005. 그러나 이 책의 현실 인식에 부분적으로만 동의한다.

11) 이를 ‘리얼리즘 대 모더니즘’으로 구분한 기존의 소설사의 구도와 동일한 것으로 간주하는 것은 오독이다. 이는 거시적인 근대소설의 사회·문화적 기능과 수용자와의 관계 구조의 면에서 새롭게 문학사를 보고자 하는 시도의 일부이다. 다만 단지 몇몇 용어를 기존 문학사의 서술에 빚지고 있는 미완성의 구도로 이해해주었으면 한다. 그리고 이러한 구도의 종결 자체가 2천년대 한국문학의 주요한 특징이며, 이것이 다시 근대문학사에 대한 해석의 새로운 미시적 시도들과 연관되어 있다는 점도 알고 있다.

12) 항일무장투쟁 시기부터 지금에 이르는 북한의 문학사 전체도 이의 한 형태로 간주될 수 있을 것이다. 그런데 사실, 북한문학이 남한에서 사고된 ‘한국문학’이나 ‘민족문학’ 개념으로 포섭될 수 있는지는 알 수 없다. 그것은 남한으로부터의 ‘일방주의’일 가능성이 높다. 혹시 ‘수령형상문학’은 ‘외국문학’의 일종으로 간주되어야 하는 게 아닐까? 그래야 오히려 북한문학과 남한문학과의 화해나 통일이 가능하지 않을까?

한 문학상의 정치적 계몽주의는 중단된 적이 없었다. 민족문학론과 계급주의 문학론은 이를 떠받치는 대표적인 공리주의 문학 논리였다. 문학의 힘이 민족(국민)의 형성과 민중혁명에 기여해야 함을 말하는 이 초(超)−문학적 논리는, 한국문학의 존재 요건 그 자체였지만 때로는 문학임을 스스로 지양하는 단계에까지 근접하기도 했었다. '정치 때문에 문학이 구호로 전락했다'든가, '잃은 것은 예술, 얻은 것은 이데올로기' 등의 말은, 문학 내부에서 작동한 문학 '외부'의 힘에 대한 공포를 표현한 것이었다.

둘째는 내면성의 문학과 모더니즘소설이다. 이는 1910년대 유학생 문학으로부터 비롯되어, 1930년대 이상·박태원 등의 모더니즘 소설에서 개화하고 1980년대의 이인성, 윤후명, 최수철, 그리고 최근의 작가들에 계속 이어지고 있다. 모더니즘 문학과 더불어 내면성의 소설은, '현대'를 살아가야 하는 개별자의 고립과 개인주의를, 그리고 그 토대 위에서 전개되는 근대적 '예술'의 단자성을 구현한다. 이 소설은 예술적 전위로서의 성격과 "새로움의 역사철학"(아도르노)을 구현하는 '미적근대성'을 존재 의의로 한다. '미적근대성'은 근대에 대한 개인적·미학적 저항을 그 내용으로 하였다. 자본주의와 근대의 '비속'을 비판하는 이 문학은 엘리티즘을 내장하고 있기 때문에 거의 읽히지 않으며 자체로는 대중적 영향력도 거의 없다. 그러나 이는 읽히지 않는 것 자체를 자신의 본성이자 자원으로 한다. 역사적으로 볼 때 이 계열의 문학은 때때로 '순수문학주의'나 정치적 우익의 논리와 접속하여, 첫째 부류와 '전쟁'을 벌이기도 했다. '순수−참여논쟁' 같은 것은 그 싸움의 한 역사적 사례이며, 문학사의 '모더니즘 대 리얼리즘' 구도 또한 이 대립의 하나의 줄기를 일컫는 것이다.

마지막 셋째는, 대중적 낭만주의문학이다. 근대소설 독자의 한 층이 부르주아 교양계층 뿐 아니라 여성과 노동계급·청소년을 비롯한 근대의 하위주체들로 채워짐으로써, 도시의 일상인과 '대중'의 욕망을 반영하는 문화적 매개로서의 소설이 생산·수용되는 전통이다. 대중 민족주의 같은 집합적 정서와 영웅주의, ‘여성적’이며 통속적인 위안과 오락 등을 내용으로 한 다양한 대중소설과 하위서사장르가 여기 속한다. 한국에서는 예컨대 1900~10년대의 신소설과 번안문학들, 식민지 시기의 최독견·김말봉 등과 그리고 이광수 장편소설, 또한 셀 수 없이 다양한 신문소설과 야담들, 그리고 1970~80년대의 최인호·이문열, 최근의 인터넷소설과 팩션에 이르기까지 이른바 장르문학과 연애소설, 청춘소설, 대중역사소설류들이 여기에 속한다. 이들은 ‘문학성’이라는 ‘근대문학’의 한 도그마로부터 가장 주된 ‘배제’의 대상이었다. 배제의 배후에는 근대 자본주의사회의 계급분화와 자본에 의한 문화의 포섭이 있다. 이와 같은 문학을 생산하고 향유하는 젠더와 계급의 주체성 차이는 사실, 첫 번째와 두 번째 사이에 있는 것보다 훨씬 크다. 이 문학 권역에서의 변화는 이른바 ‘본격’문학에서의 변화를 추동하는 원천이 된다. 즉 대중적 낭만주의는 ‘예술’의 저수지이자 문화의 하수도인 것이다.

일반적인 문학사 서술에서는 곧잘 무시되지만, 근대 문학사는 이 세 가지 힘과 전통의 교호작용 그 자체였다. 소설가들도 이 세 가지 권역을 오가면서 돈을 벌거나 ‘예술가’로서 존경받아왔다. 예컨대 박태원·황석영·이문열의 공통점이 무엇일까? 모두 ‘소설 이하’의 남성 저급 서사물로 간주될 수도 있는 『삼국지』를 썼다는 것이다. 또 박경리·박완서·공지영처럼 한국문학을 대표하는 여성작가들은 모두 일종의 여성 ‘통속’ 소설가이기도 하다. 그리고 세 가지 중 주로 어떤 부류에 속하든, ‘작가’라면 누구나 자전소설과 사소설을 잔뜩 써놓았다든가 하는 일이 이같은 상호작용의 잔여증거일 것이다.

이중 가라타니 고진에 의해서 ‘심지어 한국에서도 문학이 죽었다’고 운위된 것, 실제로 가장 찬연하다가 장렬하게 생을 다한 것은 정치적 계몽주의 문학이다. 정치적 계몽주의 문학의 불가능함, 즉 정치와 문학의 역사적 분리는 분명 ‘근대문학의 종언’의 제일의 항목이다. 그러나 현상적으로는, 내면성의 문학이나 대중적 낭만주의 문학은 ‘종언’은커

넝 번성하고 있는 것처럼 보인다. 개별자의 고립과 소시민적 개인주의를 내용으로 하는 문학은, 내면성의 내용을 이루는 자기의식과 섹슈얼리티, 사회적 관계의 변화를 동인으로 하며 줄기차게 씌어지고 있다. 신춘문예와 신인상 모집에 모여드는 문청은 여전히 많다. 여전히 소설은 주요한 사회적소통의 양식의 하나로 여겨진다. 그래서 이 번성과 '불사(不死)'가 혼동을 빚어내며 '근대문학의 종언' 운운 자체가 사변이라는 반론을 낳는다. 또한 '작은 문학주의'13)를 유지하는 논거가 된다.

그러나 잘 살펴볼 때, 오늘날 내면성의 문학의 경우도 미적 전위로서의 존재 의의와 근대 비판의 선도자 역할은 거의 잃은 채로 존재한다. 물론 '근대문학 이후'에 씌어지는 이 부류의 소설도 단지 "오락"인 것만은 아니고 그 내용이 비판적이라 존재의의가 있다.14) 그러나 그 내용은 이전보다 더욱 '개인적'이며 파편적이다. 그리고 이 권역의 문학은 이전보다 더욱 읽히지 않으며 소외되어 가고 있다.

존재의의와 '읽히지 않음'은 서로 논리적으로야 무관한 항이지만, '읽히지 않음'은 예술양식의 존재의의가 역사적으로 구성되는 것이라는 명제를 다 부정하지는 못한다. 즉 문학 전체가 충분히 대중적일 때 '읽히기 않음'을 태도로 취하여 '미적자율성'을 주장하고 자기의 존재근거로 삼으려는 부정성의 비판적 전략과, 자폐성 자체를 존재의의로 착각하는 시대착오는 구별될 수 있다. 예컨대 1920년대에도 신문지상에 무수히 발표된 한시들을 생각해보자. 그것들도 분명 아름답고 비판적이었을 것이다.

한편 대중적 낭만주의 문학은 어떠한가? 청소년과 여성들은 여전히

---

13) 문학이 정치적 변혁과 인간해방과 같은 큰 목적을 위해 기여해야 하며 기여할 수 있다는 식의 근대적 문학주의가 '큰 문학주의'라면, 문학이 온전히 자율적인 체계이며 무목적적 가치를 지닌다는 식의 미학주의가 '작은 문학주의'이다. '작은 문학주의'는 텍스트에 나타나는 미시정치의 징후들을 진정한 '정치적인 것으로'으로 과장한다. 이는 때로 미시정치와 탈정치를 동질화하고, 탈정치를 변명하는 구실로 쓰인다.

14) 이는 가라타니 고진의 소론에 대한 황종연의 비판의 핵심적 지점이기도 하다. 황종연, 「문학의 묵시록 이후」, 『현대문학』, 2006년 8월 참조.

소설을 많이 사서 읽고 직접 소설 비슷한 것을 잔뜩 써대고 있다. 그러
나 원래 근대문학의 ‘외부’에 한발을 걸친 타자이기도 한 대중적 낭만
주의 계열의 문학도 유연하게 모습을 바꾸면서 문학문화 전체의 변화를
수용하고 있다. 젠더와 계급계층구조, 그리고 미디어의 존재양태에 보
다 직접적으로 영향 받는 이 문학도, 자신의 임무를 TV와 영화에 상당
부분 양도해야 했다.

결국 이와 같은 근대문학사의 3자 구도 자체가 현재에는 유지되지
못하고 있다. 우리 눈앞에서 이 문명사적 전환과 연관된 변화가 진행
중인 바, 작가의 사회적 지위와 역할이 바뀌고 소설 전체의 사회적 기
능이 전세대와 비교할 수 없이 달라지고, 문학잡지와 비평의 사회적 위
상은 급격히 낮아졌다. 지난 연대의 한국 소설 독자의 이탈과 재구성은
2000년대에 이르러 점점 돌이킬 수 없는 사실이 되어가고 있다. 2000년
대에 이르러 출판시장 전체의 규모는 답보 상태에 있는데 한국 소설이
차지하는 비중은 급격히 줄었다. 와중에 작가와 비평가에 대한 출판자
본의 힘은 강해졌다.

문단에서 ‘근대문학의 종언’을 받아들이는 태도는 여러 가지로 나뉘
는 듯하지만 대체로 평단의 주류는 ‘근대문학의 종언’이라는 ‘사실을 수
리’할 것을 말하며, 대중문학과의 접속 등을 통해 위기를 타개할 것을
모색하자 한다.15) 또한 옛 ‘영토’를 회복할 것을 꿈꾸지 말고 현실적
으로 좁아진 영역 안에서 ‘작은 문학주의’를 지킬 것을 말하는 논자도
있다.

예컨대 황종연은 가라타니 고진의 논리를 비판하며, 그의 사고 자체
가 낡은 목적론적 예술관(헤겔주의)의 유산일 뿐이라 한다. 황종연은 오
히려 “예술의 종언이란 예술의 자기해방”이며 ‘역사의 종언’ 이후에도

---

15) 「FOCUS ‘문학의 시대’ 이후의 문학비평: 이광호·류보선·김형중·김영찬」, 『문학동
네』, 2006년 가을호 등을 참조.

24

"동물화"에 저항하는 인간의 내면성·주체성이 여전히 남는다고 역설한다. 즉, 이는 미와 진/선을 하나로 사고하는 내용주의 미학에 대한 비판을 근저에 깔고, 문학종말론의 선정성에 항의하며, 정치로부터의 문학의 분리를 차라리 옹호하는 논리이다. 황종연은 이런 논거로써 '작은 문학주의'의 내용을 확충하여 '근대문학의 종언' 이후의 한국문학을 적극적으로 옹호하는 데로 나아간다.16)

흥미로운 것은 1990년대 문학에 대한 옹호하는 이같은 주장이 "과거 한국 문학이 누린 영화는 한국사회의 저발전이 가져다 준 행운일 뿐"이라는 사고와 동반해야 한다는 것이다. 여기에 이르러 위악성까지 느껴지는 이 논리는, 아직도 문학으로 "문학보다 긴박하게 중대한" 무엇인가를 할 수 있고, 해야한다는 식으로 사고하는 '큰 문학주의'자들이나 민족문학론자들에 대한 강력한 비판의 의미를 지닌다. 또한 위기론이나 종말론이 사변화될 때의 공허함에 대해서도 예방하는 의미를 가질 것이다.

그러나 이 논리는 위험해보인다. 그의 논리는 실재했던 한국사와 문학사의 정치적 계몽주의 전통을 '저발전'과 '비정상'의 산물로 치부함으로써, '정상성'의 담론이 빠지는 함정에 그대로 붙잡힌다. 심지어 그는 자신의 논거와 완전히 상치될 발전론마저 동원하고 사실(史實)의 한 측면을 과장하기도 한다.17) 무엇이 문학과 정치 사이 관계의 '정상성'인가? 황종연의 방식대로 생각하면 문학사 뿐 아니라 한국사에서 정상적인 것은 어떤 것도 없다. 이것이야말로 '근대적' 사고가 아닐까. 또한 기

---

16) 황종연, 앞의 글, 211쪽. "근대문학이 끝났다고 해서 문학적 글쓰기에 의미와 가치를 부여할 모든 이유마저 사라지는 것은 아니다. 영미권의 포스트모던문학을 굳이 떠올리지 않더라도 근대문학 이후의 문학을 인정하는 것은 이론상으로 가능하다."

17) 황종연, 같은 곳. "대학학문과 교육의 전반적인 부실함, 대중매체의 문화적 저열성과 기술적 낙후성, 권위주의적 정권의 삼엄한 언론통제, 글에 능통한 사람들에게 엘리트의 특권을 부여한 유교문화의 낡은 유산, 학력귀족이 입신출세를 독점하는 사회체제— 이런 요인들을 떠나서 과거 한국문학의 위세를 설명하기란 불가능하다. 그렇게 저발전 사회의 풍토 속에 자라난 문학이 과연 그렇게 훌륭한 것이었는지도 의문이다."

본적으로 이 논리는 '현재'를 옹호할 때 무릅써야 하는 위험을 보여준다. 위기론이 가진 건강함과 개혁성에 대해 '헤아릴 것 없다'고 말할 때에는 어떤 정치적 부담을 감수해야 하는 것인가. 황종연은 문학의 제도와 반제도의 변증법에 대해 말한다. 그런데 제도와 반제도에 대해 말하는 사람은 항상 기성의 '제도' 쪽에 서 있게 된다는 역설은 고려하지 않은 듯하다.

미래의 문학이 '현실'과 어떤 방식으로 새롭게 관계 맺게 될지, 또한 사회변혁에 연관될지는 어렵다. 그러나 '비정상'의 담론은 이러한 길을 미리 차단하고 문학을 사소하고 사사로운 것으로 주저앉히는 기능을 할 수도 있다. 근대소설 양식의 비밀과 매력은 현실—비초월성에 있었던 것이 아닌가. 소설 언어는 가장 일상적인 언어를 통해 씌어지고 현실에 대한 취재를 통해 소재는 추출된다. 소설의 언어는 감추려 해도 작가의 의도를 낱낱이 드러내고, 소설 양식은 작가가 보고 생각한 것과 반대로 현실을 표상할 수 있다. 또한 현실이라는 거대한 대문자와 작가라는 비속하고 위선적인 정신이 맺는 관계를 폭로한다. 소설은 자체로 '리얼리즘의 승리'(엥겔스)나 '무의식적 역사기술'(아도르노)이면서 그 이상일 수도 있다. 소설의 언어는 그만큼 현실에 밀착되어 있고, 서사 양식은 그만큼 맥락 구속적이다. 서사 양식에서의 '문학 고유의 것' '문학만의 것'은 시적인 것으로서의 '문학성'과 성분이 다소 다르다. 문학주의자들은 끊임없이 '언어'에서만 '문학 고유의 것'을 찾으려 하지만, 그 시도는 공허하다. 현실과 언어를, 서사가 어떻게 매개하는가에 소설의 본질이 있기 때문이다.

또한 중요한 것은 그 맥락이 단지 작품 속에 있지 않다는 것이다. 아무리 사적인 소설이라도 발표되어야 하고 읽혀야 하며, 그래서 공적인 것으로 되어야 하는 운명을 지니고 있다. 그렇기 때문에 오늘날 한국소설이 잘 읽히지 않는 불가역한 현실[18]은 난감하고 또 난망하다. 정치와 '윤리'가 처음부터 내포하는 공공성의 의미를 생각해볼 때, 어디에서

'문학과 윤리'를, '문학과 정치'를 다시 구성할 것인지가 난감해진다. '영향력의 상실'이 단지 밥그릇 문제가 아니라, 곧 '위기'이자 '죽음'에 이르는 치명상일 수 있는 이유는 여기에 있다고 보인다. 사사화된 소설이나 미도, 소설이고 미일 수 있다. 그러나, 이른바 'Web 2.0' 시대가 되고 '1인 미디어'이자 혹은 사사화된 글쓰기 문화인 블로그 같은 문화가 더 융창하면 할수록, 소설은 설 자리를 잃을 것이고 소설가는 일종의 기능적 전문가처럼 될 가능성도 있다.[19]

3. 근대 문학주의와 문화적 현실에 대한 성찰

'문화론적 연구'에 대해 제기된 비판 가운데 가장 대표적인 것은, 이 연구가 문학작품을 문학 자체에 정향되어 있지 않은 연구를 위한 한갓 '자료'로 전락시킨다는 소리이다. 이런 비판은 '정상성'의 규범이 얼마나 힘이 센지, 또는 작품에 대한 물신주의가 얼마나 무서운 것인지를 보여주는 것이기도 하다. 이는 문학의 미적 근거에 대한 협애한 해석방식에 근거한 것이다. 또한 풍속론적 읽기가 보여주는 것처럼, 오히려 풍속론의 텍스트 읽기는 작품의 사회문화적 맥락을 되살리는 데 가장 효과적인 방법의 하나다.[20]

---

18) 근래의 소설 수용의 변화에 대한 일련의 글들과 졸고(『파라 21』, 2004년 봄호; 『세계의 문학』, 2007년 봄호)를 참조 바람.

19) 근래 중요한 문학상을 수상한 박현욱, 박주영이나 김탁환 등의 장편소설에 구현된 글쓰기 방법을 보면, 고전적인 의미의 '작가'나 '예술가'가 아니라 뛰어나게 재구성하거나 죽어라 검색하고 '인용'하는 '글쓰기꾼'으로서의 소설가가 주류의 반열에 오르는 듯하다. 이는 전통사회에 맥을 댄 '이야기꾼'과 또다른 존재 같다.

20) 하정일, 「개인의 이데올로기를 넘어서」(『비평과 전망』 8호, 2004. 6) 등에 대하여 이경훈과 권보드래, 앞의 글이 풍속론적인 텍스트읽기가 왜 그러한 비판이 잘못된 것인지 보여준다. 그런데 그러한 텍스트 읽기 자체가 '풍속론적 연구'의 목적이 아닐 수도 있다. 이때는 비판 자체가 무화된다. 겨냥하는 목적이 다르기 때문이다. 과연 텍스트 읽기의 목적은 무엇인가?

또한 '문화론적 연구'를 위시한 새로운 연구의 정신 자체에 대한 비판 가운데에서, 매우 상식적인 것은 결국 그런 연구가 '문학 중심'을 놓치고 있다는 비난이다.[21] 예컨대 한 원로 비평가는 '(무라카미) 하루키 현상'을 소재로 작금의 문학문화의 상황에 대해 한탄한 바 있다. 그는 "감상적인 허무주의를 깔고 읽기 쉽게 씌어진, 성적 일탈자와 괴짜들의 교제과정에서 드러나는 특이한 음담패설집"이며 "학생운동의 타락한 이면을 적어놓고 급진파 학생들의 모순된 언행을 보여줌으로써 다양한 볼거리를 마련하고 있"는 "허드레 대중문학"에 불과한 『상실의 시대(노르웨이의 숲)』 같은 소설이 많이 읽히는 것은 전세계적인 "고급문학의 죽음을 재촉하는" 징후라 했다. 이러한 '세계의 비속함'에 대항한 그의 무기는 "정신의 귀족주의"이다. 한편 대중현상의 원인에는 강단에 선 젊은 문학가들이 반엘리티즘을 모토로 들고 나와 문학적 전복을 시도하고 학생들에게 "부실한 문학교육"을 한 탓도 있다. 젊은이들이 "백인 남성 지배층의 모의와 헤게모니의 소산이라며 정전 개념을 해체"했으나 성급한 짓이다.[22]

'하루키 현상' 비판이, 혹자들에게는 '문학성'에 대한 견결한 추구나 '고급'예술에 대한 고고한 추구로 보일 것이다. 그러나 이는 '근대문학의 종언'에 대한 하나의 전형적인 엘리트주의적 반응이자, 한갓 시대착오에 불과한 것일 수 있다. '고급문학의 죽음'이라는 말은 자체로 과장된 것이지만, 이는 '근대문학의 종언'의 한 측면이다. 저 논리는 앞에서 말한 내면성의 문학에 주로 초점을 맞춘 것으로서, 이 문학의 영역을 내면성의 외양을 걸친 비루한 대중소설(?)인 『상실의 시대』 같은 것이 침범하고 결국 그 경계가 없어져버린 상황 못 견디겠다는 것이다. 한편

---

21) "(백낙청) 문학을 통해 문학 이외의 것과 만나기 위해서라도 문학을 문학으로서 제대로 해야 한다는 의미의 문학중시사상마저 부정하는 '탈신비화'에는 동의하지 않습니다." 황종연, 「무엇이 한국문학의 보람인가—문학평론가 백낙청과의 대화」, 『창작과 비평』 131호, 2006년 봄, 294쪽.
22) 유종호, 「문학의 전락—무라카미[村上] 현상을 놓고」, 『현대문학』, 2006. 6.

으로 '고급문학의 죽음'에 대한 한탄은, 역설적으로 정치적 계몽주의의 문학과 모더니즘·내면성의 문학이 어떤 관련을 맺어왔는지를 상징적으로 보여준다. 기실 양자는 '근대 문학'으로서 형제 같은 것이었다.

이는 단지 한 고전주의자의 오류나 한계만은 아니다. 거기에는 어쩔 수 없는 세대차이와 '문학주의'의 한계가 개재해 있다. 문학을 탈신비화(?)하는 새로운 연구의 태도에 대해 직접적으로 비판한 이런저런 말들이 거의 설득력 있게 들리지 않는 것은 여러 이유 탓이지만, 그 중에서도 자신이 생각하는 문학을 절대화하지 않고는 진행되지 않는 그 사고 때문이다. '문학'이라는 명목을 비롯한 가장 근본적으로 자명해보이는 모든 규범과 제도를 회의의 대상으로 놓는 태도 자체를 근대 문학주의자들은 이해하지 못한다.

그들의 재귀적·동어반복적 합리화의 구조는 따분하다. 이 동어반복을 벗어나야 문학이든 인문학이든 갱신이 있을 수 있지 않겠는가? '그럼에도 불구하고 '문학'은 있(어야 되)지 않느냐?' "문학보다 더 중요한 것이 있으면 문학을 그만두는 것이 합리적이지 않은가?" 누가 문학(연구)을 없애자고 하는가? 당연히 정치적 표현양식과 표상의 체계들의 하나로서 문학은 계속 연구될 가치가 있을 것이고, 문학적인 것에 대한 탐색은 '근대문학'을 넘어서 지속될 것이다.

그래서 이제 이런 동어반복적 논의들에서 한 걸음 더 나아가서 저런 비판의 세대론적 함의와 정치적 의미에 주목하고 싶다. 양차대전 사이의 "백인 남성" 토마스 만을 불러내어, 2000년대의 '세계의 비속'과 대중의 경박함에 맞서 '정신의 귀족주의'를 옹호하는 한탄은, 근대와 탈근대가 교대하고 있는 우리 시대 문화의 과도기적 성격에서 비롯한다. 새로운 물결은 이미 도래했지만, 낡고 노회한 '근대' 또한 지속되고 있어서 적응불안의 양상은 심각하다.

오늘날 하루키 독자와 무려 반세기(1950년)의 연대 차이가 나는 하루키 현상 '비판'은 이중 삼중의 '세대 차이'가 거기 걸려 있음을 보여준다. 필자 자신이 1980년대 말에 하루키를 읽은 첫 번째 하루키 독자

의 한 사람이지만, 이제 얼마 되는 한국의 젊은 문학 독자들은 하루키
마저 다른 일본 젊은 작가의 작품으로 대체해가고 있다.[23] 10년 지속되
는 하루키 현상과 비판은 결국 우리 시대의 '동시적인 것의 비동시성'
을 보여주는 징표이다. 1980년대에 태어난(!) 오늘날의 젊은 독자들은
문자문화와 영상에 대한, 또 이데올로기와 정치에 대한 태도가, 그리고
그 소비행동과 육체성이 우리 세대와도 다르다. 그 '신인류'들이 구현하
는 새로운 휴머니티와 새로운 형태의 '정신'에 대해 묻고 소통할 방법
을 우리도 잘 모르고 있다. 이러한 '소통의 결여' 그리고 그것을 야기하
는 화석화된 규범이야말로 현재 문학과 인문학 전체의 한계를 노정하게
한다.

　　그런데 문제는 낡은 규범과 현실에 존재하는 타자들(기실 자신이 낳
은 아들딸들, 혹은 손자손녀들)을 이해하지 못하는 문화지체가 '문학'의
이름으로 떠받들여지며, 다른 한편에서는 권력의 이념을 위해 악용당하
고 있다는 것이다. 그래서 "고급문학"의 죽음, 즉 '근대문학의 종언'과
관련된 이 논제에 있어, 반복되는 '문학성'이라는 교조가 낡은 제도와
더불어 '근대문학의 종언' 이후의 문화적 정황에 대한 정당하고도 적절
한 대안을 안출하는 데 방해가 될 수 있다.

　　따라서, 문자와 종이라는 오래된 매체에 의존할 수밖에 없지만 그래
도 발랄하고 새로운 감수성을 갖춘 젊은 작가들이 속속 출현하며 글쓰
기의 다른 국면을 보여주고 있는데도, 4·19 전후 세대 '대가' 비평가들
이 여전히 큰 발언권을 갖고 있는 것은, 오늘날 '한국문학'이 처한 보수
적 위상을 상징한다. 과연 한국문학은 누구를 독자로 삼고 있는가?

　　필요한 것은 '근대문학'이 생산한 '문학적인 것'을 철저하게 재고하

---

23) 재미있는 것은 하루키 현상이 비단 일본과 한국에 국한된 것이 아니라 미국을 비롯한
　　서구에까지 걸친 '세계화'된 문화적 현상이며, 오늘날 무라카미 류·에쿠니 가오리·
　　요시모토 바나나 등이 널리 읽히는 이 일본 문학의 세계적 득세의 전초이다. 그래서 현
　　재로부터 돌이켜 생각하면, 하루키 현상은 혁명의 몰락과 포스트모던한 환멸로 특징지
　　워지는 현재의 문화적 정황에 대한 '전초'이자 '예후'이기도 했다. 거기서 '죽음'을 본
　　고진이나 유종호의 시각은 날카로운 것이다.

여 새로운 문화적 정황에 맞게 문학을 재구성하는 일일 것이다. 그리고 미학주의에 함몰되는 '작은' 문학주의를 반성하여 새로운 사회적 상황에서 문학이 인간과 삶을 위해 기능하도록 재-규범화하라는 것이다.

1) 양극화와 문학적 지성의 전회 문제

한편 하루키 현상 비판은 『상실의 시대』라는 한편의 소설 수용에 관한 문제를 넘어서는 몇 가지 큰 문제를 건드리고 있어 중요하다. 글은 하루키 현상 근저의 배후로 "평등주의 사상의 오용" "세계의 비속화"를 지목했다. 이같은 주장이 지닌 함의는 적지 않다. 여기에는 문학에 한정된 좁은 문제가 아니라, 교양으로서의 문학과 인문학적 지성의 문제가 걸려 있을 뿐 아니라, '양극화'로 간단히 요약될 수 있는 한국의 사회-문화적 상황 전체가 연관되어 있기 때문이다.

노무현 정권 이후, 평등주의에 대한 보수세력과 기득권자들의 공격은 전방위적이다. '조중동'과 한나라당 뿐 아니라 일부 '중도' 지식인까지 가세한 이들의 비난은 일관되게, 정체가 불분명한 '좌파'와 '대중'을 향한다. 하루키 현상의 배후에 평등주의가 있다는 비난처럼, 한국이 고도성장을 멈춘 이유도, 교육이 황폐해진 이유도 모두 평등주의 때문이라 한다. 제 말마따나 '신자유주의 좌파'라는 노무현정권의 무능과 잇따른 정책실패는 이러한 뒤집어씌우기의 가장 좋은 알리바이이다. 더구나 상고 출신에 '교양이 부족한' 노무현은 얼마나 만만한 상대인가?

그러나 실제에 있어 한국사회는 8 : 2, 아니 9 : 1 사회로 영구히 공고화될 조짐을 나타내고 있다. 교육불평등과 계급불평등은 이제 단단히 불가역적으로 구조화되어가고 있다. 따라서 우파와 보수의 불만은 매우 역설적인 것이다. 평등주의에 대한 공격은 기실 신자유주의의 정신 운동이며 이념으로 채색된 칭얼거림에 불과한 것이다. 이는 '87년 체제' 이후 한국 민주주의에 대한 우파적 회의의 표현이며, 불평등의 항구화와 구조화에 대해 아직 미미한 저항할 힘을 갖고 있는 좌파와 노동운동,

그리고 대중지성의 반발에 대한 불만의 표현이다. 다시 말해, 우파는 여전히 거의 세계를 다 가지고 있음에도 불구하고 한국사회가 더욱 온전한 불평등사회가 되어가는 속도에 초조해하고 있는 것이다.

'세계의 비속함'에 대한 한탄은 대중문화와 대중의 권력에 대한 한탄과 연결된다. 그러나 부시 집권 이후 미국식 자유·평등, 민주주의의 몰락에 대한 고발들을 보라. 오늘날 "무한 미디어(media unlimited)"[24]를 통해 쉼 없이 전세계에 뿌려지는 미국식 문화와 이데올로기를 생각해보자. '세계의 비속화'의 거시적 원인이 있다면 속도를 모르고 달려가는 미국식 자본주의 자체이며, 이에 대한 구체적이고 미시적인 반응인 개개인의 우경화·보수화이다. 나밖에 모르는 것, 돈이면 다 되는 문화, 그러한 비속한 가치의 체계가 곧 우익이며 보수가 아닌가?

대신 연대와 연민의 가치나, '다른 사회'에 대한 상상력은 급격하게 고갈되고 있다. 이는 사회주의의 몰락이 가져다 준 예기치 못했던 후과의 하나일 것이다. 문제는 미국·중국·일본·러시아가 모두 발을 맞춘 이 야만적 우경화의 속도를 늦추고 제어할만한 적절하고 현실적인 방법을 우리가 알지 못하거나, 방법을 실행할 힘을 마련하지 못한다는 데 있다.

요컨대 '세계의 비속'은 '세계의 비참'과 함께 자본과 시장이 직접 조장하고 관리한다. 물론 오늘날 '미(美)'와 '교양'을 관리하는 것도 자본과 시장이다. 완벽한 예술작품과 형식미는 고도의 자본 투여에 의해서만 산출되고 관리된다. 그러한 미는 권력을 가지고 있으며 사회와 일상을 장악하고 있다. 예술로서의 '고급한' 미술과 음악이 생산·소비되는 방식을 생각해 보라. 또한 '명품'과 미인(美人) 산업이 일상인의 신체와 정신을 장악한 방식을 보라. 미에 대한 돈의 '실질적 포섭'의 수준은 소비자본주의 시대가 막 시작되고 그래서 프랑크푸르트학파의 비판이 유효하던 정도를 훨씬 넘는 것이다.[25]

---

24) 토드 기틀린, 남재일 역, 『무한 미디어』, 휴먼 앤 북스, 2006.

그래서 미에 대한 추구가 초래하는 위험에 더욱 예민해야 한다. 여전히, 테리 이글턴의 말처럼 "비참한 현실이 오직 급진적이고 정치적인 실천을 통해서만 변화될 수 있는 상황에서 미학에 대한 관심은 정당화를 요구한다." 당연히 미를 향유할 수 있는 능력인 '정신의 부'와 많고도 높은 교양(지식)도, 사회적 노동이 축적된 결과이며 지불하여 사유물로 수취한 것임을 생각하지 않을 수 없다.

역설적으로 말하면, '고급 문화'의 운명에 대해서는 걱정할 필요가 전혀 없다. 그것이 진정 가치 있는 것이라면 국가와 자본가들이 알아서 '조용히' 챙겨줄 것이기 때문이다. 오늘날 한국의 자본주의가 그렇게 천박하지만은 않을 것이다. 그들 중 일부는 질 높은 '교양'과 '심미'를 위해 기꺼이 돈을 풀고 있다. '고급문화'는 융창하고 있다. 과장된 인식을 다시 성찰하고 '고급문화'의 진정한 적이 확산되고 있는 교육과 문화적 불평등임을 명확히 해야 한다.

미와 윤리의 긴장과 융합이 '문화론적 연구'의 출발점이다. 오늘날의 '대중적 비속'은 돈에 의해 장악되어 있는 상황에 대한 대항적 표현태로 보인다. 자본의 전제(專制)에서 상대적으로 자유로운 미(美)의 범주는 그로테스크와 마니아적인 것밖에 없다. 아직 남은 '개인수공업'인 문학의 존재 의의의 한 부분은 여기에 있다.

우리는 얼마나 더 평등해져야 할까? 차라리 오늘날 한국 대중문화의 큰 위력은 양극화가 빚어내는 문화적 정황에 대한 마지막 바리케이드로 보인다. 만약 '2·3류'대학과 인터넷, 디카와 MP3, 그리고 '짝퉁' 같은 '비속하고' 평등한 도구들이 없다면 세계는 과연 어떻게 될까? 그리고 몇 천 원만 주면 볼 수 있는 영화나 소설이 없다면 과연 '예술'은 어떻

---

25) 와타나베 히로시, 윤대석 역, 『청중의 탄생』(강, 2006)은 클래식 음악이라는 근대적 '고급' 예술에 대한 향유의 문제를 소재로, '모던'에서 '포스트모던'으로의 문화적 이행의 의미를 논하고 있다. 저자에 의하면 대중적 수용자의 힘이 근대 속에서 근대를 내파시켜 이행의 동력이 되었다.

게 될까? 그야말로 문화와 예술은 곧 돈의 별칭일 뿐일 것이다. 시끌벅적한 대중문화의 장이야말로 아직 돈만으로 다 안 되는, 내지는 돈의 장악이 지닌 모순이 감춰지지 않고 그대로 드러나는 전쟁터이다. 여기에서의 승부야말로, 자본의 전제와 지식―권력의 강력한 힘에 의해 미래가 새로운 신분제 사회로 될 것인가, 아니면 ‘민주(民主)’가 위태롭게 유지될 것인가를 결정할 것이다. 거기 개입하거나 연대할 방도를 찾는 것이 오늘날 ‘문화’와 지성의 임무이다. 지성은 다시금 스스로를 하방(下放)하여야 한다.

오늘날의 20대들도 『상실의 시대』뿐만 아니라 다양한 작품을 읽고 사유한다. 그리고 『전태일 평전』이나 『우리들의 행복한 시간』과 같은 작품에 젊은이다운 정의감과 도덕감정으로 진심으로 뜨겁게 반응한다. 『우리들의 행복한 시간』과 같은 작품이 그래도 읽힌다는 것은, 여전히 문학이 소통해야 할 지점이 어디인가를 시사한다. 설혹 독자들의 반응이 일면적이며 피상적인 차원의 연민과 감상이라 하더라도 그 진리가치를 결코 부정할 수는 없을 터이다.

그러나 문제는 젊은 독자대중이 이미 자본주의의 힘에 장악될 수밖에 없는 존재들로서, 그러한 ‘숭고’를 현실의 삶을 조정하는 데에 활용할 수 없다는 것이다. 어떤 세대보다 더 어린 시절부터 더 처절하고 ‘비속’하게 경쟁해 온 이들은 스스로 인문학적 ‘교양’의 부분성과 상징계를 유지하는 감정의 허위성을 일찍 깨닫는다. 그들은 인문대학과 사회대학을 졸업하는 자신들이 기나 긴 ‘비정규직’의 대열에 설지 모른다는 것에 불안해하고 있다.

그래서 그들은 박민규의 소설에도 진지한, 그러나 정반대의 반응을 보여준다. 신자유주의 시대를 살아야 하는 어린 ‘백수’와 하위계층의 청년들이 겪는 삶을 그리는 박민규의 단편에 본격적인 의미의 ‘성장’의 주제는 없다. 하지만, 「고마워 과연 너구리야」, 「그렇습니다, 기린입니다」 같은 소설에서 20대들은 공감할 ‘내 이야기’를 찾아낸다. 『고마워 과연 너구리야」에서 주인공은 원하지 않는 항문섹스를 회사의 간부에게 허락해야 한다. 이유는 너무 단순하다. 취직해서 살아남기 위해서이다. 그런데 한때 반항적인 록그룹의 리드싱어였던 주인공이 택한 '현실적인' 길에 대해서 오늘의 대학생들은, '충분히 그럴 수 있고, 나라도 어쩔 수 없을 것'이라고 한다.

신자유주의가 개별 인간들에게 가해오는 '압박'은 윤리적 선택의 폭과 '다른 삶'에의 상상력을 너무 좁게 하는 것이다. 기실 『상실의 시대』나 『마의 산』이나를 다 똑같게 만들어버린 것은, 천박해진 문학교육이나 관객 1,000만을 동원하는 영화가 아니라, 영어와 수능 점수이다. 따라서 기성세대들이 진심으로 젊은 세대를 걱정한다면, 그들이 젊은 세대에게 물려주는 이 끔찍한 세계를 지배하는 자본가와 권력자들로 하여금 경쟁 체제를 완화하는 정책을 펴도록 청원운동을 벌여야 할 것이다.

2) 보유(補遺): 대중성에 대한 오해 또는 소통에 대한 공포26)

문화·풍속론적 연구와 관련하여 제기되는 논점 중의 하나가 '대중성'이다. 이러한 연구의 성과들이 '대중적'인 책으로 출간되어 세상의 눈길을 끌었다(?)는 것이 문제제기의 배경이다. 결론부터 말하면 실제로 그 책들은 별로 '대중적'이지도 않다. 그런데도 따로 논의를 할애해야 하는 것은 실천적인 필요 때문이다. 오늘날 '대중·대중성'이라는 오래된 개념의 구사방식(즉 담론화 방식)이 우리 문학연구자와 인문학자로 하여금 끝없는 오류와 무능함을 반복하도록 하기 때문이다.

과연 누가 대중인가? 우리는 스스로를 대중과 완연히 구분되는 지식인이나 엘리트라 착각하지만, 기실 또 다른 의미의 '대중'의 한 귀퉁이에 불과하다. 즉 당신이 바로 대중이다. 당신이 가지지 못한 권력과, 매

---

26) 이 보유는 졸고, 「새로운 글쓰기와 문학연구에 대한 시론」, 『민족문학사연구』 26호, 민족문학사학회, 2004. 11의 한 부분을 개정한 것이다.

우 협애하고 궁벽한 앎과 제한된 취향을 생각해 보라. 또 후기자본주의가 개인들에게 요구하는 지식의 양과, 지식 권력의 존재 양태, 그리고 문화의 분화를 생각해 보라. 이를 인정하지 않으면 우리 어깨 위에 걸쳐진 20세기의 유산인 계몽주의의 부담을 내려놓기도, 문학의 고립과 인문학의 불모화를 피하기 어렵다. '대중성·통속성·상업성'이라는 말은 더 이상 작품과 대상이 가진 사회적 성격에 대한 정밀한 논의를 회피하는 데 악용되어서는 안 된다 '대중성·통속성·상업성'은 거의 대부분, 매우 엉성하게 또 적대적인 고정관념에 따라 어떤 작품과 현상들에 붙여진 라벨이다. 어떤 비평가들은 곧잘 '어떤 작품은 통속적이라 나쁘다, 작가 누구는 대중성의 요구에 굴복했다'는 식으로 써놓고는 만족해한다.

그러나 이는 자기 비평의 도식적 성격과 사회적 상상력의 빈곤을 스스로 폭로하는 일일 뿐이다. 그들은 사회적 욕망과 '현실'이 텍스트의 표면과 심층, 또한 텍스트의 생산과 수용에 어떻게 매개되어 있는지를 살피는 대신, 이윤 논리와 매체의 상업성을 거칠게 지적하고는 그것이 '비판'을 충족하는 양 착각한다. 불행히도 대부분의 그러한 '비판(?)'은 귀족적인 문화의식과 어설픈 반체제의식이 이중주한 결과물이다. 그런 비판의식은 기실 체제에 의해 적극적으로 양육·보호된다. 그리고 '대중·통속·상업'을 한축으로 하고 '본격·고급·순수' 등을 다른 축으로 하는 사고야말로 매우 낡고도, 그야말로 지극히 '통속적인' 근대의 사고이다.

그런데 과연 문화론적 연구의 산물이라 간주되는 어떤 책들은 과연 '대중적'이며, 실제로 '대중적으로' 읽혔는가? 오늘날 인문학자가 쓴 책이 대중적으로 읽히는 경우는 매우 드물다. 정민·고미숙·강명관 같은 '국문학' 연구자들이 쓴 책들이 빅셀러가 된 것은 모두 예상 밖의 일이었다. 물론 이들 책의 '1쇄' 규모는 연구서의 외관을 미처 다 못 벗고, '인문' 영역에 그대로 머무른 책들과는 처음부터 달랐다. 2003~2006년 사이 '고전문학' 연구자들은 그야말로 여러 편의 '셀러'를 만들어냈다.

이들의 책은 저자들의 '원래 의도' 같은 것과 무관한 풍성하고 새로운 사회적 의미를 생산하게 되었다. 이는 한국 고전문학 연구가 기른 저력의 소산이자 위기에 대한 보다 급진적인 대응의 표현이다. 오늘날 사회 통념상 가장 가치 창출능력이 없는 것으로 여겨지는 영역으로부터 나온 가장 강하고 창조적인 결과물이라는 점에서, 또한 그 영역의 치열한 자기 갱신 노력의 산물이라는 점에서 이들은 고평되어야 한다. 이들이 얻은 '대중성'과 인문학에 미친 영향은 전향적인 범례이다. 다른 영역의 지식인이 흉내내기 힘든 한국 고전자료에 대한 독해력과 우리말 문장구사력을 기본 자원으로 하고, 역사와 현실에 대한 주견을 녹여냈기 때문이다.

이들 책은 실로 수만·수십 만 권 단위로 팔렸기에 사실 '현대문학'의 권역에서 일제시기를 대상으로 하여 만들어진 몇몇 책들과 동렬에 놓고 이야기하기 어렵다. 이런 데에 '대중성'에 대한 큰 오해가 있다. 졸저『근대의 책 읽기』로 잠시 말을 돌리자. 일부 평자의 눈에는 '대중적'인 책의 저자는 책이 조금 알려진 이후, 고전소설 연구자와 사회사 연구자들, 그리고「한국독서학회」연구자들, 국립중앙도서관의 사서들과 소설사와 책 읽기 문제에 대해 대화할 약간의 기회를 갖게 되었다. 바로 이들이 문화적 엘리트주의자들이 그렇게 증오해마지 않는, 전문성·자율성 성벽 바깥에 사는 이른바 '대중'이다. 그들은 과연 어떤 '대중'인가?

따라서 오해의 배경은 '문학'과 인문학의 처절한 고립인 것이다. 실제로 끔찍하게 읽히지 않기 때문에 '대중성'에 대해 착시현상이 생겨난다. 정저지와(井底之蛙) 격이며 '전문가적 무지'에 잡혀있는 연구자들은 매일 서로 얼굴을 맞대는 범위를 넘어서기만 하면, 또는 그들만의 은어로 씌어진 문장이 아니면, 예를 든 '1쇄' 몇 백 부 범위를 조금만 넘어서면, 대단히 '대중적'이고 '상업적'인 것으로 착각한다. 그러나 이 좁은 성 바깥에 우리를 기다리고 있는 것은 신도림역 가판대 앞의 고객들이 아니라 유식하기 그지없는 고등교육 담당자들과 마니아들, 그리고 우리와 연락을 간절히 바라는 다른 분야의 '전문가'들이다.

우리가 몸 담은 현실이 자본주의, 그 중에서도 가장 비인간적인 시장전제적 사회인 걸 누가 모르는가? 이른바 '대중'이라는 존재가 늘, 여론조작과 비이성적 집단광기의 위험 앞에 노출되어 있다는 것을 누가 모르는가? 가장 엘리트주의적인 이론가 그룹이나 프랑크푸르트학파와 같은 심오한 비판자에 근거하지 않고서도 이는 상식이다. 따라서 언제나 문제는 비판적 인식만이 아니라, 그것을 바탕으로 다른 삶과 앎을 모색하는 생산적인 소통의 진지와 통로를 다양하게 개발해내는 일인 것이다.

오늘날 연구자들은 문학 계간지뿐 아니라, 『역사비평』이나 『비평』 같은 책도 읽지 않는다. 계간지라는 것이 비교적 낡은 소통양식인 탓도 있겠지만, 오늘날 대다수의 연구자란 '지식인'이 아니라 그저 지식인의 파편일 뿐이기 때문일 것이다. 전문가적 무지는 분야를 가리지 않고 확산되어 있고 '문학'에서도 심각하다. 그들은 현실에 거의 둔감하면서도 엘리트의식에 젖어있다. 연구서건 문예지건 적어도 '우리끼리라도' 읽혀야 하고 인접학문과 교통해야 한다는 것이 연구영역과 문단이 생각할 수 있는 최소한의 전략적인 과제이다. 그러나 이런 소통마저 겁나서 회피하거나 심지어 남들 하는 일에 '태클' 건다. '대중적'이라거나 '상업적'이라는 엉뚱한 핑계가 그 겁냄이나 단속의 근거이다.

확실히 '지식인의 파편'에게는 '소통에 대한 공포'가 있다. 그들이 먹고 사는 근거가 사실 사회적으로는 거의 무용한 것이며 어설픈 전문성이라는 자격지심이 그들을 두렵게 한다. '지식인의 파편'은 '쉽게 쓴 책'이라 어떤 책들을 쉽게 폄하하지만, 알아들을 수 있는 문장으로 쉽게 쓰기가 얼마나 어려운지는 전혀 모른다. 따라서 그러한 '비판'은 비판이라기보다는 미성숙한 질투로 보인다. 문학이나 문화와 관련된 우리의 논의가 파편에 그치지 않도록, 더 정치(精緻)해지고 더 정치(政治)화되어야 한다. 즉 '자본주의'니 '대중'이라는 식으로 뭉뚱그리지 말고 현실을 구체화해야 한다. 순환논법이 될지 모르겠지만 그러기 위해서는 우리를 가둔 경계를 벗어나서 성 바깥의 주민들과 연락을 취해보는 수밖에 없다.

4. 문화사로서의 '문화론적 연구'와 문화연구로서의 '문화론적 연구'

'국' '문학'으로부터 출발하여, 이제 그 스타트라인 자체가 아득하게 느껴지게끔 멀리까지 온 어떤 동료 연구자들은, 간혹 '정체성 질문'이나 향수(?)에 시달린다. "너는 '국' '문학' 연구자니?" 문학의 '정상성' 규범과 그 규범의 수호자들이 뒷덜미를 째려보고 있기 때문이거나 또는 오랫동안 내면화된 스스로의 규범 때문일 것이다. 그리하여 어떤 연구자들은, 비록 긴 길을 우회하고는 있지만 결국 내가 할 일이 새로운 차원의 '문예미학'을 수립하는 것일 테라고 스스로를 위무하기도 한다. 주저하면서 그들은 지금도 반복적으로 무수히 씌어지고 있는 작가론과 작품론들을 떠올리고, 자신의 연구를 이해하지 못하는 늙은 스승에게 홀로 미안해하기도 한다. 일부러 시와 소설이 얼마나 아름다웠는지를 반추해보기도 한다.

그렇다. 분명 '문화론적 연구'를 위시한 새로운 연구가 분명 한국문학사를 다르게 재구성하는 데 결정적인 기여를 할 것이다. 그리고 어떤 면에서는 이미 그렇게 했다. '문화'와 '언어' 등의 문제틀을 도입하였고, 그리하여 '근대문학사'와 '국사' 밖에 없던 한국근대사에 묻혀있던 시간과 공간을 찾아낸 것 아닌가? 그렇게 다른 각도에서 조명받음으로써 '식민지근대성'도 새로운 함의를 얻게 되었다.

돌아보면, 이 새로운 개척의 힘은 '문학의 문화연구로의 전환'과 역사학의 '언어로의 전환'이라는 두 가지 새로운 흐름이 조우하는 지점에서 생겨난 것이다. 소위 '국학'의 두 줄기가 식민지 시기의 '문화사'를 소재로 조우한 것은 우연이자 필연이었다. 역사학의 '언어로의 전환'은 역사란 서술된 것일 뿐이라는 기본적인 관점 이동을 바탕으로, 의사소통과 표상체계, 서사와 담론 자체에 관심을 두는 역사학의 '포스트모던'을 반영하는 것이다. '국사학'의 경직성이 이를 불러왔다. 한편 '국문학'은 1990년대 이후 대중문화·풍속·일상·문화제도·수용자·젠더 등에 대한 논의를 지렛대로 삼아 한국문학의 근대성을 다시 구명하고자했다. 그리고 전통적인 의미의 문학연구방법과 의식적으로 절연하고 문화사나 문화연구의 방법론을 채택하였다. '문화연구(cultural studies)'는 주지하듯 후기산업사회의 계급투쟁에 대한 관심에서 탄생한 '시각'이다. 이는 대중과 엘리트, 문화와 정치, 이데올로기와 생활양식 등에 대한 전통적인 마르크스주의를 갱신하는 효과를 지닌 '입장'을 뜻한다. 그리하여 '문화연구'는 노동자계급대중과 여성 등의 하위주체와 그 문화적 정체성에 대한 새로운 관점으로 인해 젠더연구와 탈식민주의에도 영향을줄 수 있었다.

　이러한 배경들을 바탕으로 다분히 학제적인 연구로 자리매김하게 된것이 국문학에서 출발한 '문화론적 연구'이다. 이는 원래의 출발점을 초월하여 근대성과 식민지 시대에 대한 다른 각도에서의 조망을 가능하게했으며, 출판계에도 새로운 조류를 만들어내기도 했다. 이는 "1) 근대성의 경험적 영역 또는 미시적 차원에 대한 고고학적인 탐색 2) 근대적이념과 주체의 경험을 매개하고 분절하는 문화적 표상들에 대한 연구 3) 하위문학양식과 대중문화에 대한 연구 4) 문학제도와 관련된 연구"모두를 포함하는 것으로 간주될 수 있다.27) 이렇게 정리될 때, '문화론적 연구'는 포괄적인 의미를 지닌다. 1)~4)에 속하는 각각의 개별 연구는 나름의 연구성과물을 이미 상당히 축적하고 있고 방법적 시야와 대상을 확보해가고 있다. 그래서 이를 모두 통칭해서 '문화론적 연구'라통칭하는 데는 물론 어려움이 따른다. 그러나 이들 연구는 식민지 '시대'를 주된 대상으로 하는 '문화사'로서의 의미를 지닌다.28) 이는 문화

---

27) 김동식, 「풍속·문화·문학사」,『거울과 미로』, 동국대 한국문화연구소 편, 천년의시
　　작, 2006, 39쪽.
28) 이는 마르크스주의 논쟁을 거쳐 새로운 차원의 민중문화사로 확대되고, 포스트식민주

론적 연구'의 현황이며[29] 이를 '제1국면'의 '문화론적 연구'라 부르고자
한다.

　향후에 '문화사 연구로서의 문화론적 연구'는 "학교·학생·시선·
언문일치·근대적 독자의 형성·공간·시간·매체·지식과 개념·교통
수단·성·몸·질병·연애·감정·자연에 대한 태도·유리창·카페와
다방 등등 우리의 경험과 인식의 지평에 근원적인 변화를 가져온 문화
적 표상에 대한 연구"[30]를 확대 또는 지속해 나갈 것이다. 그러나 학교,
학생, 개념, 몸, 연애, 여성주체 등등 기존의 것 이외에 필자가 아는 범
위에서 문화사 연구는 특히 (1) 지성사의 갱신, 즉 새로운 방법으로 앎
의 역사를 재기술하는 일 (2) 표상과 관념의 형태, 즉 언어 체계와 수사
학 및 시각적 이미지의 역사를 서술하는 일 (3) 정서와 심성구조(망탈리
테)의 역사에 대한 논의 등의 큰 주제에 대한 연구에 이미 착수·확대
되어 나가고 있다.

　예컨대 필자는 최근 동료연구자들과 함께 식민지 시기의 사회주의와
사회주의문학에 대해 다시 공부하는 팀에 속하게 되었는데 이를 통해
새로운 국면에 처한 '문화사로서의 문학연구'가 가진 태도를 엿볼 수
있다. 이 연구는 "일차적으로는 사회주의(문학)가 근대문학사에서 차지
하는 위상에 대한 문제의식을 계승하는 것이면서, 또한 1990년대 이후
의 연구경향이 보여준 새로운 시각을 사회주의 연구에 접목하려는 의식
의 소산"[31]으로서, 기존의 시각을 비판적으로 활용하여 근대문학과 근

───────────────

　　의·젠더이론·미시사 등과 관계 맺으며 '신문화사' 변모한 역사학 영역의 변화와 관
　　련을 맺고 있다.

29) 이제까지의 '현대문학' 분야의 '문화론·풍속론적 연구'의 성과에 대한 정리는 이 글
　　에서 생략한다. 대신 우리 분야 이외의 역사학계와 사회사학자들에 의해 씌어진 문화
　　사 관련 논저들과 제도 학계 바깥의 연구자들에 의해 발표된 중요한 저작들도 있고, 모
　　두 서로들을 잘 의식하고 있다는 것을 상기하고자 한다. 예컨대 김경일, 문소정, 김수
　　진(여성)·백승종(평민 지식인·민중종교)·마이클 김(표상)·장유정, 박애경(대중가요)·
　　박천홍(철도)·김태수(광고)·김백영(도시)·정근식(검열·음식)·장석만(종교·몸) 등.
30) 김동식, 같은 곳.
31) 박헌호·이승희·이혜령 등이 기술한 「근대지식으로서의 사회주의와 그 문화·문학

대사상의 새로운 접점 지대를 창출하는 것이 연구의 궁극적인 목적이다. 그래서 이 팀은 이제껏 국사학자들이 열심히 공부해온 바 민족해방운동의 조직이념과 사상으로서의 사회주의가 아니라, '근대 지식'으로서의 사회주의, 대중지성과 '대중적 표상'으로서의 사회주의, '문화적 풍토'로서의 사회주의, 그리고 미학적 규범과 문학양식 형성의 원리로 작동했던 사회주의에 대해 새롭게 탐사해나가려 한다.

1) 문화연구로서의 '문화론적 연구'의 전망

그러나 이러한 공헌과 '빛나는 전망'에도 불구하고, '문화론적 연구'는 "다시는 고향에는 돌아가지 못하리." 즉, 이 연구는 더 이상 구래의 '국''문학'에 귀속되지는 않다는 것이다. 앞에서 필요 이상 장황하게 이야기했듯 이제 '고향'에는 그 '문학'이 없다. 혹 이 새로운 연구가 계속 '문학'의 일종으로 간주되더라도 그것은 이전의 그 '국''문학'과 이미 다른 지반 위에서 그러하다. 그래서 '문화론적 연구'는 이제 제2의 국면으로 진입한다.

문제는 특정한 시대의 상부구조와 이데올로기, 그리고 그 한 영역으로서의 예술의 존재방식 자체이지, 그 예술이 자율성을 획득했다고 '신화화된' 체계 속의 앎과 해석이 아니다. 그리하여 한국'근대문학'뿐만 아니라 '문학'도 상대화될 수 있다. 새로운 패러다임으로서 '문화론적 문학 연구'의 두 번째 근본적 동력은 여기에 있었다. 그러니까 돌이켜볼 때 '문화론적'이라는 관형어구는 중의적이면서 동시에 매우 유용한 융통성을 부여했던 셈이다. '문화론적 연구'라는 말은 결국, 이 연구가 근대 초기 한국문학의 '문화사·풍속사'를 연구하는 데서 출발하여 '문화사'나 '지성사'를 연구하는 어떤 생산적인 학문 영역을 개척하고 있지만, 단지 그렇게 새 연구분과를 만드는 데로 귀결하지 않을 것이라는

적 표상」(학진 과제) 연구계획서 중.

42

점도 시사한다. '문화론적' 연구는 일면 서구의 '문화연구'와 연관되면서 기실 그것과 완전히 구별될 수밖에 없는 '지금—여기'의 시공간 속에서 새로운 의미를 갖는 것이다. 즉 '문화론적 연구'는 새로운 '국문학사' '연구'나 '문화사 연구'에 한정되지 않고 '지금—여기'의 문화—정치의 현실과 접속하는 것을 꺼리지 않을 수 있다. 그러면 다시 문화란 무엇인가?

문화는 탈근대의 시대에 이르러 더욱 그 자율적 매개성을 강하게 갖게 된 정치적 상부구조의 다른 이름이며, 삶과 소통의 양식들이다. 오늘날 한국에서 '양극화'라 표현되는 경제적 계급분화는 더욱 교과서적으로, 극심하게 관철됨에도 불구하고, 양극화는 계급의식과 계급대립의 격화를 초래하지는 않는다. 계급과 더불어 세대·젠더·지역 등의 결정소는 문화를 통해 이데올로기와 헤게모니를 실현한다. 소비의 향락화, 인터넷과 영상문화의 발전, 교육과 문화적 평등의 현상적 진전 또한 그 매개작용을 크게 하고 있다. 즉 문화는 경제와 정치가 조우하는 장이며, 상부구조가 토대를 재생산하는 장이다. 그리고 오늘날 가장 치열한 문화적·정치적 전투가 벌어지는 장이 대중문화이다. 대중문화의 장은 그것을 완전히 장악하려는 자본과 지배의 힘과 이에 대해 이탈·저항하는 힘의 대결로 소란스럽다. 그래서 오늘날 특히 정치는 대중문화의 일종이다. 당연히 이 '문화'는 '대중문화 대 고급문화'라는 근대적 이분법이 자동적으로 폐절된 이후의 문화이다. '문화'는 아카데미 영역과 현장의 '근대문학' 중심의 체계를 넘어서기 위해 요청된 임시변호판 같은, 그러나 필연적인 명목이었다. 여기로부터 '문화사 연구'로 또한 '문화비판'과 아직 이름을 붙이기 어려운 인문학의 새롭게 열린 공간으로 나아가야 한다.

따라서 도식적으로 정리하면, 제1국면의 문화론적 연구는 근대성 연구에 정향된 '국' '문학'으로부터 출발하여 문화사로서의 문화론으로 진입하기까지의 단계이며, 제2국면의 그것은 '문화사로서의 문화론적 연구'의 안착·확장과 문학사의 재구, 그리고 통—인문학적 문화적·담론적 실천으로서 구성되는 단계이다. 물론 아직까지 이는 일종의 희망사항이기도 하지만, 이러한 진화는 시대의 요청과 부합하기도 한다. 문화사 연구든 문화연구든, '문화론적 연구'는 기본적으로 학제적 성격을 띤다.

5. 결론에 대신하여

경계를 넘고 정상성의 규범을 갱신하여 '창의'를 실현하는 글쓰기와 연구의 필요성이 모든 분야에서 제기되고 있다. 인문학의 위기, 새로운 지식-권력의 대두와 같은 정황이 이를 요청한다. 학과의 '틀'이 질곡이 되는 것은 단지 국문학과에만 국한된 일이 아니다.

그러나 새로운 글쓰기와 연구의 요청이 '학제간 연구'라는 관용적인 어구로 '정리'되는 것은 유감스러운 일이다. 또한 근래 현재의 학제간 연구가 제도의 근본적 변화를 야기하지는 못하는 일회적 산물일 뿐이며, 특히 다학제주의가 미국식 문화적 다원주의의 산물이라는 문제제기도 대두하고 있다. 즉 '차이와 다양성을 가로지른다는 문화적 다원주의'에 근거한 "다(多)학제주의나 학제 간 연구에 대한 오늘날 인문학 연구자들의 강박증은, 차이 아닌 차이를 알리바이로 전체를 시야에 넣는 단일학문성에 대한 고도의 긴장을 포기하고 다(多)학문주의라는 문화적 다원주의를 통해 지금의 세계체제에 안전하게 연착륙하고 있는 것은 아닐까"[32] 하는 회의이다.

이 회의는 급진적 정치학에 기초한 것이어서 경청할 필요가 있지만, 한국에서 학제간 연구는 가능하고 다급한 정치적 실천이다. 무엇보다도 저 회의의 문제점은 한국에 미국의 상황을 그대로 대입하려 한다는 점이다. 미국식 자유주의의 표현인 '다문화주의' 자체가 한국에는 없다.

---

32) 공임순, 「한국(근대)문학의 세 가지 테제에 대한 비판적 재검토」, 상허학회 2006년 가을 심포지움, 『한국 근대문학 연구의 역사적 전환과 창조적 모색』 발표문.

44

또한 한국에서 학제간 연구가 화두로 제기되는 근본적 이유를 헤아린다면 우려는 일단 접어두어도 되지 않을까 한다. 학제간 연구가 특히 오늘날의 화두가 되는 것은 학문 그 자체의 발전을 겨냥한 것만이 아니기 때문이다. 현재의 학과 체계는 인문학을 위시한 학적 담론이 필요한 현실과의 접합을 가로막고 있기 때문에, 학제간 연구는 그 봉쇄를 뚫기 위한 실천적 과제로 제기된다. 한국의 상황과 미국의 상황은 학문에서도 사회적으로도 크게 다르다. 그러나 학제간 연구가 오히려 현재의 체계를 변호하고 유지하는 방편으로 사용될 가능성은 물론 있기 때문에, 따라서 문제는 학제간 연구가 아니라 '어떤' 학제간 연구인가 하는 점일 테다. 오늘날 인문학의 학제간 연구가 학술진흥재단과 같은 국가기구에 의해 장려되는 면도 있다는 점도 주목을 요한다. 이 대목에서 인문학과 국가의 관계에 대한 입장의 정리도 중요해진다. 허두에서 말한 것처럼, 정부를 향해 손 벌리는 것으로 귀결되는 인문학 위기 담론은 위기 담론의 설득력 자체를 의심하게 만들게 하기도 했다. "근대국가란 언제나 자본의 가장 든든한 지지자였고 앞으로도 그럴 것이기 때문에 시장을 적으로 국가를 우군으로 상정하는 위기 담론은 그런 점에서 위기의 실체를 호도하는 수세적인 수사"[33]이기 때문일 것이다. 그러나 국가에 대한 이같은 근본적인 비판적 시각 또한 언제나 참조 사항이어야 하겠지만, 현실의 대안은 이와 다른 차원에서 제기되어야 한다. 당장의 인문학이 또는 어떤 담론적 실천이 시장전제주의를 넘을 수 없다면, 공적 영역인 '국가'를 활용하고 국가의 정책 방향에 개입하는 것은 반드시 필요하기 때문이다. 또한 필요한 제도의 개혁 역시 국가를 상대하는 것일 수밖에 없다.[34]

　'인문학 위기' 담론에서 지적된 바, 오늘날 한국 인문학의 고질과 사회적 무능은 학과 체계로 대표되는 단절이 가장 큰 원인의 하나이다.

---

33) 윤해동 외 편, 「총론」, 『한국의 근대를 다시 읽는다』, 역사비평사, 2006.
34) 졸고, 「지식론의 관점에서 생각하는 인문학의 위기」, 『문학 선』, 2006년 겨울.

분과의 기득권과 ‘정상성’을 지키려는 것과는 반대되는 방향의 학문적 실천이 요청된다. 태생상 학제적 연구로서의 의의를 지니는 ‘문화론적 연구’는 ‘국’ ‘문학’과 한국 인문학의 내파를 더 밀고 나가는 데 일조하려고 노력할 것이다. 물론 이는 ‘문화론적 연구’의 임무만은 아니다.

주제어: 문화론적 연구, 문화론, 근대문학의 종언, 인문학의 위기, 정상성, 국문학, 대중문화

◆ **참고문헌**

1. 연구논문

「FOCUS '문학의 시대' 이후의 문학비평: 이광호·류보선·김형중·김영찬」, 『문학동네』, 2006년 가을호.

고봉준, 「근대문학의 종언, 그리고 '소설'이라고 불리는 대략난감한 글쓰기들」, 『작가와 비평』, 2006년 상반기.

권보드래, 「'풍속사'와 문학의 질서」, 『현대소설연구』 27집, 한국현대소설학회, 2005.

권성우, 「문학을 넘어서는 문학의 길」, 『문학수첩』, 2005년 봄.

김동식, 「풍속·문화·문학사」, 『거울과 미로』, 천년의시작, 동국대 한국문화연구소 편, 2006.

박헌호, 「'문학' '史' 없는 시대의 문학연구」, 『역사비평』 75호, 역사문제연구소, 2006년 여름.

유종호, 「문학의 전락—무라카미[村上] 현상을 놓고」 『현대문학』, 2006. 6.

이경훈, 「오딧세우스의 변명」, 『현대소설연구』 27집, 한국현대소설학회, 2005.

천정환, 「새로운 글쓰기와 문학연구에 대한 시론」, 『민족문학사연구』 26호, 민족문학사학회, 2004. 11.

하정일, 「개인의 이데올로기를 넘어서」, 『비평과 전망』 8호, 2004. 6.

황종연, 「무엇이 한국문학의 보람인가—문학평론가 백낙청과의 대화」, 『창작과 비평』 131, 2006년 봄.

황종연, 「문학의 묵시록 이후」, 『현대문학』, 2006년 8월.

2. 단행본

가라타니 고진, 조영일 역, 『근대문학의 종언』, 도서출판b, 2006.

박지향 외 편, 『해방전후사의 재인식』, 책세상, 2005.

슬라보예 지젝, 김지훈 외 역, 『신체 없는 기관—들뢰즈와 결과들』, 도서출판 b, 2006.

와타나베 히로시, 윤대석 역, 『청중의 탄생』, 강, 2006.

조성면, 『대중문학과 정전에 대한 반역』, 소명출판, 2002.

토드 기틀린, 남재일 역, 『무한 미디어』, 휴먼 앤 북스, 2006.

토머스 L. 프리드먼, 김상철 역, 『세계는 평평하다』, 창해, 2005.

◆ **국문초록**

이 글은 '문화론적 연구'가 처한 현재의 자리를 점검하고 '국' '문학'이 낳은 새로운 연구와 글쓰기를 더욱 급진화하자는 제안을 목표로 한다. 본질적으로 '문화론적 연구'는 문학이 지식체계와 문화전반에서 지니는 지위 및 역사에 대해 민감한 태도를 취하며 '국' '문학'의 정상성 규범에 대해 성찰한다. 한국 근대문학은 크게 보아 세 축의 상호작용에 의해 이루어져 왔다: 정치적 계몽주의 문학, 내면성의 문학과 모더니즘소설, 그리고 대중적 낭만주의문학. 이 각각의 위상과 역할이 달라지고 중단된 상황이 소위 '근대문학의 종언'이다. 지금의 시점에서 필요한 것은 '근대문학'이 생산한 '문학적인 것'을 재고하고 미학주의에 대해 반성하여 새로운 사회적 상황에서 문학이 인간과 삶을 위해 기능하도록 재-규범화하는 것이다. '문화론적 연구'는 문학의 사회문화적 맥락을 되살리는 데 효과적인 방법의 하나다. 오늘날 문학연구와 문학은 '양극화'라는 한국의 사회-문화적 상황에 대해 윤리적으로 이해하고 교육과 문화의 불평등에 대해 성찰하게 해야한다. 문화의 큰 위력은 양극화에 대한 바리케이드로서, 여기에 개입하고 연대할 방도를 찾고 미와 윤리의 긴장과 융합을 이끌어내는 것이 문화론적 연구의 임무이다. 문화론적 연구의 제1국면은 근대성 연구에 정향된 '국' '문학'으로부터 출발하여 문화사로서의 문화론으로의 진입까지이며, 제2국면은 제1국면 연구의 안착·확장과 문학사의 재구, 그리고 문화적·담론적 실천으로서 구성되는 단계이다. 즉 '문화론적 연구'는 새로운 '국문학사'나 '문화사' '연구'에 한정되지 않고 '지금-여기'의 문화-정치의 현실과 접속할 것이다.

◆ SUMMARY

Recognition and Perspective of 'the Cutural Studies'

Cheon, Jeong-Hwan

This thesis intends to make a check the present status of 'cultural studies', and to suggest that new study and writing advance radically. Korean modern literature has been divided into three groups; political enlightenment literature, inner description and modernism literature, and popular romantic literature. The situation that each status and role of them are changed and stopped, is what we call 'the end of modern literature'. But we should reconsider 'literary things' of 'modern literature', reflect 'small literature-ism' which subsides into aestheticism, and reorganize literature so as to be suited to new cultural circumstance for people and life. Today, literary study and literature should ethically understand Korean socio-cultural situation of 'polarization' and reflect the inequality of eduction and culture. The mighty force of Korean (popular) culture is the barricade against the polarization. Searching for a way of intervention and solidarity in the field and making tension and union between aesthetics and ethics are the duty of 'cultural studies'. The first aspect of 'cultural studies' starts from the study of modernism in 'Korean' 'literature' and goes into the study of 'cultural history'. The second aspect of it is the step that the first aspect is settled and extended, literary history is reconstructed, and the cultural and discourse practice constitute 'cultural studies'. In other words, 'cultural studies' does not be limited to new 'Korean literary history' or 'cultural history' 'studies' and it can contact with cultural -political reality of 'here and now'.

Keyword : cutural study, the end of modern literature the crisis of humanities, nomality, korean literature studies, popular culture

-이 논문은 2006년 11월 30일에 접수되어, 소정의 심사를 거쳐 2007년 2월 6일에 최종적으로 게재가 확정되었음.

근대문학과 근대문화제도, 그 상관성 대한 시론적 탐색*

한 기 형**

1.

잡지 『新靑年』이 중국 근대문학의 성장을 선도한 것은 익히 알려져 있는 일이다. 胡適의 「文學改良芻議」(1917. 1), 「歷史的文學觀念論」(1917. 5), 「建設的文學革命論」(1918. 4), 「文學進化觀念與戲曲改良」(1918. 10), 「我爲什麼要做白話詩」(1919. 5)와 陳獨秀의 「文學革命論」(1917. 2), 劉半農의 「我之文學改良觀」(1917. 5), 「詩與小說精神上之革新」(1917. 7), 周作人의 「人的文學」(1918. 12) 등은 『신청년』 지면을 통

* 이 논문은 한국학술진흥재단 지원으로 연구됨(KRF-2004-005-A00006).

** 성균관대 동아시아학술원 부교수.

이 글의 초고가 발표된 상허학회 심포지움(이화여대, 2006. 11. 4)의 토론자였던 마이클 김 선생님께 감사드린다. 마이클 김 선생님의 논평 가운데 언급된 '문학시장(Literary Marketplace)'이라는 개념은 필자가 근대문학의 역사적 존재방식에 대해 보다 심화된 생각을 할 수 있는 중요한 계기가 되었다. 아울러 밝혀둘 것은 이 글은 완정한 학술논문이 아니라는 점이다. 과거를 점검하고 미래를 모색하자는 학술회의의 취지에 공감하여 작성된 극히 불완전한 방법적 문제제기에 불과하기 때문에, 글의 각 곳에서 논리적 모순과 주관적 비약, 전후 맥락의 불일치가 산재해 있다. 혹시 이 글을 읽으시는 분이 있다면 드러난 결함보다는 감춰진 취지를 살펴주시기 바란다.

50

해 중국근대문학이 나아갈 길을 제시한 대표적 문장들이다. 이러한 지도이론에 힘입어 『신청년』은 지면의 상당수를 문학 부문에 할애했다. 『신청년』은 1917년 2월(2권 6호)부터 1922년 7월(9권 6호)까지 통권 30여 호 동안 25명의 문인들의 시 156편을 발표했다.[1] 여기서 『신청년』이 근대 백화시 운동의 요람이었던 사실이 뚜렷해진다. 35편 이상의 번역소설과 적잖은 수의 번역시, 다수의 번역 희곡, 번역 비평이 『신청년』을 통해 세상에 알려졌다. 『신청년』은 서구근대문학의 소개에도 주력했던 것이다.

불확실한 통계이지만, 필자가 대학원 강의를 통해 학생들과 어림 계산한 결과에 의하면 『신청년』에 포함되어 있는 각종 자료의 총수는 대략 1,600건 가량이며 이 가운데 문학 관련 자료는 약 300건 정도이다. 이는 『신청년』 전체 분량의 20%에 육박하는 수자이다. 그런데 흥미로운 현상은 이 가운데 창작소설은 10편에 불과하다는 것이다. 그 가운데 9편은 백화소설, 1편이 문언소설이다. 백화소설 가운데 5편은 「狂人日記」 「孔乙己」 「藥」 「風波」 「故鄕」 등 魯迅의 유명한 초기단편이다. 그 외에 陳衡哲이 「老夫妻」 「小雨點」 「波兒」 등 3편, 孫小庵이 「一個貞烈的孩子」, 蘇曼殊가 문언풍의 「碎簪記」를 발표했다. 魯迅의 작품을 제외한 나머지 4편은 근대문학으로서의 조건을 구비했다고 보기 어려운 작품들이다.[2] 문학에 대한 방대한 관심과 대조적인 창작소설의 영세성, 『신청년』 문학의 이러한 작은 특징이 필자의 관심을 불러일으켰다.

확실히 『신청년』은 창작소설 그 자체를 후대하지 않았다. 魯迅은 『신청년』이 배출한 상징적 인물이지만 그가 이미 입증된 '작가'였기 때문에 선택된 것은 아니었다. 따라서 魯迅의 위대한 성공은 대부분의 기원적 사건이나 현상이 그렇듯, 예상했거나 기대된 것이 아니었다. 그것은 근대 초기의 비판적 지식계층이 지녔던 강렬한 선도성과 현실부정의식

---

1) 김영구, 『신문학운동에 있어서의 『신청년』의 역할 연구』, 서울대 박사논문, 1992, 95쪽.
2) 김영구, 같은 논문, 4장 2절 참조.

이 창안한 새로운 언어 주형의 우연적 결과였을 뿐이다.[3] 그 점에서
『신청년』의 소설에 대한 태도는 독자 대중의 독서습관과 취향을 예민하
게 관찰하는 출판자본의 소설인식과는 근본적으로 다른 것이었다.

『신청년』의 문학에서 시와 이론, 번역물의 풍섬함에 비해 창작소설
이 상대적으로 수척했던 이유는 무엇일까? 먼저 지적할 수 있는 것은
사회정치적 공동목표를 추구했던 동인체제에 의해 운영된 『신청년』의
매체적 폐쇄성이다. 『신청년』 편집진들은 외부와의 소통보다는 그들의
문제의식을 선전하는데 잡지 간행의 일차적 목표를 두었고 그 때문에
일반인의 투고는 대체로 허용되지 않았다. 시와 번역물은 내부필진의
선호도가 높은 양식이었으나 소설은 그렇지 못했다. 따라서 『신청년』
지면에 다양한 소설 작가가 서식할 공간이 형성될 수 없었다.

그러한 현상은 『신청년』 그룹의 예술이념과도 연계되어 있었다. 그
들의 새로운 이론은 기존의 문학과 자신들의 문학을 '구별'하는데 중점
을 두고 있었다. 즉 『신청년』은 이미 존재했던 작품에 근거하여 문학혁
명을 창도했던 것이 아니라 당시 중국에 '부재'했던 서구 근대문학을
모델로 이론과 창작의 방향을 이끌었다. '부재'했던 것을 '실재'의 상태
로 만들기 위해 그들은 시간을 기다리는 방법을 택했다. 그리고 노신은
『신청년』 그룹이 선택한 그 기다림의 결정이 타당했다는 것을 놀랍도록
선명한 방식으로 입증하였다. 이것이 유독 창작소설이 영성했던 『신청
년』 문학의 불균형을 설명할 수 있는 하나의 관점이다.

하지만 아직 '작가가 준비되지 않았었기 때문'이라는 설명만으로는
부족하다. 근대작가의 등장은 때가 이르기를 기다려야하는 측면도 있지
만 때로는 만들어지는 경우도 적지 않기 때문이다. 그런 점에서 『신청
년』은 이 잡지가 원하는 작가를 만드는데 그렇게 집중했다고 말하기 어
렵다. 근대문학의 성장과 관계 맺고 있는 매체의 의도라는 문제를 고민

---

3) 이 점과 관련하여 노신의 「고향」이 평론, 출판, 교육 등 근대의 다양한 제도와 결합하
며 근대문학의 정전으로 구성되어가는 과정을 추적한 藤井省三의 「노신의 소설 「고
향」의 讀書史와 중화민국 公共圈의 성숙」(『대동문화연구』 33집, 1998)을 참조할 것.

하지 않을 수 없는 것이다. 어떤 시대의 문학이 특별한 활황을 보여주었더라도 그 시대 모든 사회 환경이 그 문학의 흥성에 긍정적 영향을 미치는 것은 아니다. 예컨대 근대매체와 근대문학의 밀접한 관계를 우리는 일반적으로 긍정한다. 하지만 그러한 상식은 종종 우리를 '선천적 시각 장애'의 상태로 이끈다.

뒤에서 살펴보겠지만, 1920년대 초반 『동아일보』, 『개벽』과 근대문학의 관계를 비교분석하는 것은 근대사회에서 문학과 매체의 관계를 해명하는 데 필요한 중요한 하나의 사례를 제공한다. 특징적인 현상은 『동아일보』가 창간 초기부터 상당한 기간 동안 우리의 예상과는 달리 근대문학의 질적 성장에 집중적 관심을 보이지 않았다는 점이다. 반면 『개벽』은 처음부터 근대문학의 확산을 매체의 본질적 사명으로 상정하고 있었다. 이러한 차이가 어떠한 역사적 내포를 갖는 것인지 아직 불확실하지만, 근대사회에서 매체와 문학의 관계가 그렇게 단순하지 않음을 시사하는 것만은 분명하다.

『신청년』에서 창작소설의 비중이 높지 않았던 것은 뒤집어 생각하면 이 잡지가 추구한 근대형성의 도정에서 창작소설의 필요성이 그렇게 절박하지 않았을 지도 모른다는 점을 암시한다. 중국적 근대를 형성하기 위해 동원된 다양한 언어형식 가운데 기존의 소설들은 그 현실적 활용도에서 의심의 대상이 되었고 그러한 판단에 의해 『신청년』에서 소설이 의식적으로 배제된 것이라는 추정도 가능하다. 이것은 매체의 소설 선택에 '정치성'이란 기준이 작용할 수 있다는 점을 알려준다. 그런 점에서 노신의 소설은 그것이 소설이기 이전에 정론의 언어로 기능했을 가능성이 높다. 반면 번역문학은 서구적 근대성을 담고 있는 새로운 지식의 언어로 적극 평가되었고, 호적이 주력했던 백화시는 근대적 '국민예술'의 주요한 형식으로 고창되었다.4)

___

4) 周策縱은 호적의 백화시가 국민예술적 성격을 지녔던 1910년대 미국의 다양한 시운동에서 영향을 받았을 것이라는 견해를 피력했다.(周策縱, 조병한 역, 『5·4운동』, 광민사, 1980, 36쪽)

근대문학과 근대문화제도, 그 상관성 대한 시론적 탐색　53

『신청년』은 전형적인 정론 중심의 매체였고 그 정론의 언어전략적 목표는 중국적 근대의 창안이었다. 陳獨秀는 친우 汪孟鄒에게 보낸 편지에서 "나에게 십년만 잡지를 경영하게 해준다면 온 나라의 사상이 완전히 바뀌게 될 것"[5]이라고 말했는데, 이 말속에는 새로운 시대를 만들려고 했던 『신청년』 주역의 포부가 잘 농축되어 있다. 따라서 『신청년』의 문학은 정론이 추구했던 정치적 목표의 자장 속에서 그 존재 의의를 부여받았다. 반면 당시 중국에 현존했던 소설은 『신청년』의 주역들에게 그러한 목표를 위한 적절한 수단으로 인정받지 못했던 것이다. 말하자면 梁啓超가 주도한 소설계혁명 이후 전개된 중국근대소설사의 현실적 성과가 그렇게 의미 있는 비약을 이루지 못했다고 『신청년』 주도자들은 판단했던 것이 아닐까?[6]

이것은 문학을 포함한 근대의 제반 언어형식이 사회정치적 연쇄구조의 환경 속에서 고도의 지적 판단에 의해 선택되고 있었던 정황과 연관된 현상이다. 동시에 다른 한편에서는 문학이 국민국가를 향한 근대어의 연계망 속에 열려 있었다는 것을 의미하기도 한다. 즉 지식혁명과 사회변혁이 상호 영향을 주고받으며 하나의 거대한 체계로 구조화되고 있던 근대화 과정 속에서 문학의 위치와 역할이 무엇이었는지를 생각해야 한다는 것이다.[7] 이 때 우리가 고려해야 할 것은 그 좌표가 끊임없이 흔들리고 있었다는 점이다. 근대사회의 다양한 힘들에 의해 발생한

---

5) 김영구, 앞의 논문, 11쪽.

6) 이러한 비판적 의식은 민국 초기(1910년대 전반기) 소설계에서 鴛鴦胡蝶派가 소위 '言情小說'을 통해 조성한 소설의 상업화, 대중화, 오락화 경향에 대한 대타의식과도 깊이 연결되어 있다고 생각한다. 민국 초기의 소설계는 그 이전에 비해 정치의식의 비중이 현저히 감소했는데, 그 원인은 신해혁명의 실패가 가져온 정치적 좌절감, 소설계 혁명론에서 고창된 소설의 정치적 기능에 대한 과잉평가가 실제 현실과 심각하게 괴리되어 있음에 대한 자각 등에 있었다고 한다. 따라서 5·4신문화운동의 주역들이 이러한 당대 소설계의 경향을 부정한 것은 당연한 일이었다.(陳伯海·袁進 主篇, 「近代小說在上海的發展與局限」, 『上海近代文學史』 제3편, 上海人民出版社, 1993)

7) 근대 중국의 문명전환과 잡지 『신청년』의 관계에 대해서는 野村浩一의 『近代中國の思想世界-『新青年』の群像』(岩波書店, 1990)을 참조할 것.

역학 속에서 '유동하는 실체'로 존재했던 문학의 실상을 있는 그대로 설명하려는 노력이 필요한 것이다.

그런데 『신청년』과 거의 같은 시기 한국에서 간행된 잡지 『청춘』은 문학을 중시했다는 점에서 『신청년』의 유사했지만 그 문학의 구체적 모습은 적지 않게 달랐다. 『청춘』은 근대적 대중매체의 불모지였던 무단통치기에 간행되었다. 무단통치기 총독부는 조선인 신문에 의한 근대적 공론장의 성립을 극단적으로 억압하는 대신 잡지에 의한 '지식의 대중소통'을 부분적으로 용인했다. 그 대표적 사례가 최남선의 『청춘』과 竹內錄之助의 『신문계』였다.8) 『청춘』은 1909년에 제정된 출판법의 통제를 받았다. 출판법에 의해 출간되었다는 것은 '정치 시사' 기사의 게재에 근본적 제약을 있다는 것을 뜻했다. 타율적 힘에 의해 '정치와 시사'를 다룰 수 없다는 것은 근대 잡지의 성격을 본질적으로 규정하는 조건이었다. 그것은 특정 매체가 근대의 형성에 적극적으로 참여할 수 있는 가능성이 봉쇄되었다는 것을 의미했다.

1910년대 한국 내에서 비교적 견실한 민족주의자들로 평가받았던 최남선, 이광수, 현상윤 등 『청춘』의 주도자들은 그러한 한계를 문학을 통해 돌파하려고 노력했다. 『청춘』에는 이광수, 현상윤, 이상춘 등이 기고한 총 11편의 창작소설이 발표되었다. 『청춘』의 소설 비중은 발행 호수의 차이를 놓고 볼 때 『신청년』의 그것 보다 현저히 높은 것이었다.9) 특히 중요한 것은 현상문예를 통해 다수의 신인을 발굴해 냈다는 점이다. 이들 신인의 작품은 총 37편이었고 이 가운데 10편이 『청춘』에 게재되었다.10)

---

8) 이 두 잡지의 차이에 대하서는 한기형의 「근대잡지와 근대문학 형성의 제도적 연관」(『근대어 · 근대매체 · 근대문학』, 성균관대 출판부, 2006)을 참조할 것.

9) 『청춘』이 통권 15호가 간행된 것에 비해 『신청년』은 1915년 9월(1권 1호)부터 1922년 7월(9권 6호)까지 총 54호가 발행되었고, 그 이후에도 1926년 7월까지 간행이 지속되었다.

10) 한기형, 「최남선의 잡지 발간과 초기 근대문학의 재편」, 『근대어 · 근대매체 · 근대문학』, 성균관대 출판부, 2006, 345-349쪽.

『청춘』은 『신청년』과는 달리 소설에 대한 대중의 관심을 중시했고 소설문학의 작자와 독자를 의식적으로 창출하려고 노력했다. 이를테면 근대적 '문학장'의 확충에 깊은 관심을 보였던 것이다. 『청춘』주역들의 그러한 태도는 '정론'을 매개로 대중과 만날 수 없었던 그들의 심각한 한계를 극복하려는 노력의 일환이었다. 억압적 상황 속에서 대중과의 접점을 넓히려는 의도 자체가 정치적으로 계산된 행위였다. 『청춘』은 식민지 근대화에 충실했던 『신문계』에 비해 소설과 각종 산문의 게재에 적극적이었는데, 그것 또한 현실과의 접점이 상대적으로 넓은 산문장르의 특징을 활용하여 현실의 서사적 진실에 대한 대중의 관심을 충족시키기 위한 것이었다.[11]

그러나 『청춘』이 추구했던 문학을 통한 우회적 정치성의 확대가 그 정치성의 궁극적 목표인 주체적 근대의 전유라는 단계로까지 연결되지는 못했다. 『청춘』은 문명어이자 첨단어로 인식되던 문학의 대중화로 상당한 성공을 거두었지만, 그것이 총독부와의 긴장을 야기할 수준의 '불온한 문자'는 아니었던 것이다. 이 과정에서 『청춘』의 문학은 문학 자체의 고립된 구심력 속으로 수렴되어갔다. 사회의 다양한 세포 속으로 종횡하는 근대어로서의 문학이 아니라 문학을 특권화하고 문학장을 문학만의 것으로 고립화하는 자기 충족의 세계로 나아간 것이다. 『청춘』의 문학은 이 잡지가 문학에 집중할 수밖에 없도록 한 사회적 환경을 문학을 통해 돌파하려고 한 최초의 문제의식을 고수하지 못하고, 『청춘』의 주도자들을 문학 안에 머물도록 한 그 현실권력의 자장 속에 흡수되어 간 것이다. 5·4이전 『신청년』의 번역문학이 러시아 사실주의

---

11) 근대성에 대해 『청춘』과 『신문계』 두 잡지의 시각 차이도 뚜렷했다. 『신문계』가 명료하고 분명하게 근대의 상을 이해하고 있었던 것에 비해 『청춘』이 바라보는 근대는 모호하고 설명하기 어려운, 어쩌면 설명하고 싶은 것이 많은 '결여로서의 근대'였다. 소설과 서사적 산문은 그러한 모호성을 설명하는데 중요한 수단이 될 수 있었다. 이것은 정론의 '강제적 결핍'이라는 시대상황을 문학이라는 형상언어로 대치하려했던 의도의 산물이었다(한기형, 「근대어의 성립과 매체의 언어전략」, 『역사비평』, 2005년 여름호, 372-373쪽).

56

문학에 깊이 경도되었던 것과는 달리『청춘』은『너 참 불상타』『갱생』
『실낙원』『돈기호전기』『캔터베리기』등 서구의 고전적 정전의 소개에
멈춘 것은 거기에서 연유한 현상이다.

　『청춘』의 문학은 따라서 정론의 억압에 대한 반대급부로 허용된 문
학을 지식인의 소유물로 들어 올려 권력화 했다는 비판을 받을 여지가
있다. 의도와 결과가 불일치할 수밖에 없었던 일차적 이유는 1910년대
의 가혹했던 정치 환경 탓이겠지만,『청춘』의 주도자들이 그 현실의 가
장 예민한 단계로까지 긴장의 정도를 몰고 가지 않았다는 점도 지적되
어야 한다. 그들은 문학을 근대에 복무 시키려는 태도로 나아가기보다
문학 속에 근대를 부식하는, 말하자면 문학과 근대를 일치시키려는 방
법으로 자신의 정치적 여망을 해소했던 것이 아닐까? 이 과정에서 여타
의 국민적 문화제도에 의해 지속적으로 상대화되었던 중국의 근대문학
과는 달리 일종의 '유폐된 문학 숭배의식' 같은 것이 한국 근대문학의
일각에 만들어졌던 것은 아닐까? 그러한『청춘』의 근대문학적 특질과
관련하여 우리는 임화의『무정』평가를 다시 한 번 돌이켜 볼 필요가
있다.

　　이곳에는 자유의 전체의 자태가 아니라 그 한정된 半分, 즉 기본적인 사
　회적 정치적 현실성을 사상한 불구의 정신이 일면적으로 과장되어 표시되
　었다. 즉 당시 조선 사람이(토착 부르까지도!) 생활적 현실 가운데서 한개
　통일적 목표로서 요구하던 자유로부터 윤리상·도덕상의 개인의 자유를
　분리하여 마치 그것이 전부와 같이 과장한 그 '사상적 과장'이 춘원의 낭
　만적인 이상주의의 기초이다.[12]

---

12) 임화,「조선신문학사론서설」,『조선중앙일보』, 1935. 10. 17(임규찬·한진일 편,『신문
　　학사』, 한길사, 1993, 333-334쪽).

2.

문화정치기에 들어오면서 근대문학은 근본적으로 새로운 환경을 맞이하였다. 문학의 입장에서 그 변화의 본질은 매체의 간행이 비교적 자유로워 졌다는 점에 있었다. 조선어 매체의 확대는 근대문학이 생존할 수 있는 새로운 공간 환경을 창출했다. 1920년대 전 기간 동안 단행본으로 간행된 작품집은 수십 종을 넘지 않을 것이기[13] 때문에 근대문학의 사회적 확산에서 매체의 역할을 절대적이었다. 이것은 근대문학의 본격적 성장기인 1920년대 문학의 실질적 기반이 출판자본이 아니라 매체자본이었다는 것을 말해준다.[14]

그러나 1920년대 발행된 주요 매체와 문학의 관계가 그렇게 균질적이었던 것만은 아니었다. 문화정치기 매체는 총량적인 차원에서 근대문학의 성장에 결정적으로 기여했지만 다른 한편으로는 근대문학 존재방식의 복잡성을 극단적으로 강화시키기도 했다. 그것은 각 매체가 지녔던 문학에 대한 이질적인 태도에서 비롯되었다. 따라서 근대문학의 역사적 존재방식을 구체적으로 재구하기 위해서는 매체와 문학이 어떻게 연계되어 있었는지를 다각도로 검토하는 것이 중요하다. 이 글에서는 그 사례의 하나로 1920년대 전반기의 『동아일보』, 『개벽』, 『조선문단』, 『조선지광』 등과 근대문학의 관계를 분석하려고 한다.

먼저 『동아일보』의 경우를 살펴보자. 1920년대 전반기(1920. 4~1926.

---

13) 이기훈이 작성한 〈1920~27년 『동아일보』 게재 서적광고〉에 의하면 1920년대 8년간 『동아일보』 광고에 게재된 근대문학적 내용을 지닌 창작단행본은 현진건의 『타락자』(1923), 『지새는 안개』(1925), 『첫날 밤』(1925), 김동인의 『목숨』(1923), 나도향의 『환희』(1923), 이광수의 『개척자』(1923), 『춘원단편소설집』(1924), 『허생전』(1924), 『무정』(1924), 염상섭의 『해바라기』(1924), 『견우화』(1924), 김명순의 『생명의 과실』(1925), 최서해의 『혈흔』(1926) 등이다(이기훈, 「독서의 근대, 근대의 독서—1920년대의 책읽기」, 『역사문제연구』 7, 2001, 부록).

14) 1920년대 다수 간행된 신소설, 변형 신소설, 신작 구소설, 번안소설, 전기 등은 고려하지 않았다. 이들 작품의 역사적 성격은 별도의 차원에서 논의되어야 할 사항이다.

2) 6년간『동아일보』는 문학을 신문의 하위 언어로 제도화하는 일에 매우 적극적이었다. 그러나 권위 있는 사회적 언어로 문학의 실존을 강화하는 것에는 소극적이었다. 이것이『동아일보』의 문학이 보여준 중요한 특질이다.15)『동아일보』는 다양한 형태의 문예면을 운영하면서 많은 작품들을 게재했지만 그 작품의 대부분은 독자투고와 현상문예를 통해 얻어진 습작품들이었다.16) 6년 간『동아일보』에 게재된 소설 가운데 문학사적 비중을 지닌 작품은 이광수의「가실」「선도자」「허생전」「금십자가」「재생」, 나도향의「환희」, 염상섭의「해바라기」, 최서해의「토혈」「향수」「오원 칠십 오전」 정도이며, 시의 경우 오상순, 노자영, 이상화, 김여수, 김동환, 김소월 등이 기고한 약간 편에 불과했다. 그 밖의 소설과 시들은 대부분 전국에 산재한 문학 애호가들의 작품이다.『동아일보』의 문예란은 문학 전문가들 보다는 대중들의 문학 취미를 보다 존중했던 것이다. 이것은 1920년대 전반기『동아일보』가 근대문학의 성장보다 문학을 매개로 신문과 대중의 관계를 긴밀하게 하는데 주력했음을 의미한다. 당대의 핵심 작가들을 신문으로 부터 배제하고 근대적 정전의 생산 기회를 스스로 차단한『동아일보』의 태도를 우리는 어떻게 해석해야 하는가?

박헌호는 식민지 시대 신춘문예의 '장르적 잡종성'을 신문이 문화 전체, 계층 전체에 대한 후원자/대표자로서의 위치를 천명하고 전방위적 영향력을 발휘하기 위한 전략의 소산이었다고 분석했다.17) 이러한 박헌호의 관점은 1920년대 전반기『동아일보』의 문학 정책을 이해하는 데도 유용한 시각을 제공한다.『동아일보』는 문학을 매체자본의 하위범주에 포섭하는데 주력했고 근대문학의 독자성을 강화하려는 노력을 기

---

15)『동아일보』문학에 대한 검토는 이혜령 선생이 정리한 데이터에 근거한 것이다. 자료 이용을 흔쾌히 허락한 이 선생의 후의에 감사드린다.

16) 1920년대 전반기『동아일보』의 학예면에 대한 상세한 분석은 이혜령의「1920년대 동아일보 학예면의 형성과정과 문학의 위치」(『대동문화연구』52집, 2005)를 참고할 것.

17) 박헌호,「동인지에서 신춘문예로—등단제도의 권력적 변환」,『대동문화연구』53집, 2006, 26-30쪽.

울이지는 않았다. 즉『동아일보』는 근대문학의 고유한 가치—문학의 지적, 사회적 헤게모니—를 부각시켜 그 가치의 사회적 반향을 통해 매체의 영향력을 확대하기보다 독자 대중의 교양적 욕구를 해소하는 언어 장치로 문학을 도구화했다. 한시가『동아일보』의 독자문예의 큰 비중을 차지했다는 점은 그러한 의도와 관계된 일이다. 따라서 문학의 양식과 내용 등 이른바 근대문학의 '격조' 문제는『동아일보』의 본질적 관심대상이 아니었다.

문학에 대한『동아일보』의 그러한 태도는 대중의 문학 취향을 초보적 피계몽의 단계(아마추어리즘의 구조화)에 묶어두려는 의도의 표현이었을 가능성이 높다. 만약『동아일보』가 문학을 통해 대중의 문명교사가 되기를 희망했다면, 문학전문가의 등장과 문학의 사회적 가치 증대를 매체의 대중계몽 및 대중에 대한 영향력 강화에 부정적 요인으로 판단했을 것이다.『동아일보』는 문학과 매체가 근대의 지적 경쟁자가 되기를 원치 않았던 것이다. 이광수가『동아일보』문학의 핵심이었다는 사실은 그 점에서 상징적이다.『동아일보』에서 소설가, 평론가, 독자문단의 심사자 등 다방면으로 활약한 이광수는『청춘』에서 보여준 그의 모습과 별로 달라진 것이 없었다. 상대적으로 비교할 매체와 대상이 없었던 1910년대 상황에서 스스로를 문학계의 '최상승적 권위'로 설정했던 이광수는 1920년대의『동아일보』를 통해 과거 그가 지녔던 영향력의 유지 혹은 확대를 꾀했던 것이다.

『동아일보』의 문학에 대한 태도는『조선문단』을 통해 독특한 형태로 변주되었다.『조선문단』은 문학잡지였기 때문에 당연히 문학적 전문성을 중시했지만 독서 대중과의 소통방식은 여전히『동아일보』식의 위계적 계몽구조를 활용하였다.『조선문단』이 '주재자 이광수'라는 타이틀을 오래 동안 고수한 것과 독자문예를 활발하게 추진한 것은 그러한 의도와 관계되어 있었다. 이봉범은『조선문단』이 문학장의 헤게모니를 장악하기 위해 "대중화전략과 전문화전략의 병행"18)했다고 분석했는데, 그 대중화전략의 본질 가운데 하나가 대중을 구조적 피계몽의 상태에 정체시키는 것이었다. 『조선문단』이 이러한 정책을 구사했던 이유는 이 매체가 시대의 구심력을 소유할 수 없었기 때문이다. 그것이 스스로 사상적 권위를 창출했던 프로문학과 다른 점이었다. 따라서 『조선문단』은 매체와 독자의 관계설정 방식을 통해 '권위'를 창출할 수밖에 없었다. 여기에 『동아일보』와 『조선문단』이 주력한 독자문예의 사회적 본질이 있었다. 사상적 권위의 부재를 관계의 위계로 대신하려는 두 매체의 독자 정책은 문학이 그 존재만으로도 시대의 총아가 되었던 시기의 소멸을 반영하는 현상이라고 판단된다. 근대문학의 내용이 사회세력과 대중심리의 관계 속에서 날카롭게 계량되는 시기가 도래한 것이다.

소수의 주체가 수직적 계몽구조의 꼭지점에 자신을 위치시키는 방식을 버리지 못했다는 점에서 『동아일보』의 문학은 『청춘』의 속화라고 해도 좋을 것이다. 사회 보다는 대중 속으로 들어가는 것을 더 많이 생각했던 『청춘』 방식의 문학적 고립화 경향이 『동아일보』에 와서 근대문학의 다양한 경향과 사회적 역할을 거부함으로써 치유할 수 없는 형태로 굳어진 것이다. 이러한 『동아일보』의 태도는 문학이 창작과 수용의 고유한 자기실현의 장을 넘어 특별한 사회적 관계의 작동을 위한 매개로 활용될 수 있다는 것을 독특한 방식으로 우리에게 보여준다.

그런데 동일한 시기 『개벽』의 문단을 살펴보면 『동아일보』와는 전혀 다른 근대문학의 지형도가 그려진다. 『개벽』은 신문지법에 의해 간행되어 '정치 시사'를 다루는 것이 허용되었던 종합잡지였다. 그럼에도 불구하고 『개벽』에서 문학의 비중은 대단히 높았다. 최수일의 조사에 의하면 『개벽』의 문학 비중은 전체기사 대비 37.9%이며 이는 정론성 기사 14.9%의 두 배를 초과하는 분량이다. 문학작품 가운데 자유시는 총 297편, 창작소설 115편(번역 21편), 창작희곡 17편(번역 8편) 등이다.19) 종합잡지임에도 불구하고 문학창작물의 게재가 매우 높다는 것이 매체로

---

18) 이봉범, 「1920년대 부루주아문학의 제도적 정착과 『조선문단』」, 『민족문학사연구』 29호, 2005, 202쪽.

19) 최수일, 『1920년대 문학과 『개벽』의 위상』, 성균관대 박사논문, 2001, 60쪽, 71쪽.

서『개벽』이 지니고 있는 중요한 내용상의 특징이다.

이 통계를 대하면 현상적으로『개벽』이 근대문학의 확산과 보급 자체에 치중했던 것으로 보인다. 그러나 실상은 그렇지 않았다.『개벽』은『개벽』을 발행했던 천도교 세력의 정치적 목적 달성을 위한 수단으로 문학을 활용했다.『개벽』의 숨은 실력자인 방정환이『청춘』의 후예라는 것은 익히 알려져 있는 일이지만,『개벽』은『청춘』의 문학이 보여준 '존재의 정치성'에 머물지 않고 '내용의 정치성'을 추구함으로써 근대문학의 흐름을 급격한 좌선회의 방향으로 이끌었다.

『개벽』은 대중적 교양의 훈련이라는 독자 중심주의 혹은 독자 추수주의 대신 고도의 전문적 엘리트주의를 선택했다.『개벽』은『동아일보』와『조선문단』이 주력했던 독자문예나 현상모집 등을 시행하지 않았다. 대신 전후반기『개벽』의 문학을 이끌었던 현철과 박영희를 중심으로 당대 최고 수준의 작가를 섭외하는데 심혈을 기울였다. 결과적으로 1020년대를 대표하는 작가들은 대부분『개벽』의 주요 필자로 활약하게 된다.『개벽』이 선택한 길은 문학을 대중 속에 해소하는 것이 아니라 문학의 이념적, 지적 위상과 헤게모니를 지속적으로 제고하는 것이었다.『개벽』의 주체들은 문학을 통해 대중의 사상적 능동성을 고양하는 길을 택한 것이다.『개벽』은 문학의 사회변혁 기능에 주목했고 그 현실적 영향력을 꾸준히 실험했다.『개벽』의 문학은 문학 속으로의 영토 확장 보다 사회운동의 장에 문학이 어떻게 참여할 것인가를 고민했다. 전향한 민족주의자 이광수의 작품이 배제된 것은 그러한 원칙에 의한 것이었다.

『개벽』이 신경향파문학의 요람이 되고 사회주의 운동과 밀접히 관계맺게 된 것은 사회주의가『개벽』을 포섭했기 때문이 아니라『개벽』의 주체들이 사회주의를 자기 매체의 전략적 동반자로 선택했던 결과였다. 대중과의 접점을 최대한 넓히면서도 대중을 계몽의 권위 안에 속박하려는『동아일보』의 모순된 방향과 지적 엘리트주의로 대중 스스로를 고도의 인식 주체로 전화시키려는『개벽』의 탈계몽적 지향은 이렇게 구별되었다.

62

문학과 사회주의에 대한 『개벽』의 깊은 관심은 그 발행 주체인 천도교의 종교정책과도 밀접히 연관되어 있었다. 근대종교로의 변화를 꾀하던 천도교는 기독교와 같은 문명적 배후를 가질 수 없었기 때문에 스스로 근대문명의 주체이자 생산자임을 입증해야 했다. 천도교의 잡지 간행 사업은 그러한 종교근대화 사업의 일환이었다. 잡지를 통해 천도교는 근대문명의 인적, 제도적 네트워크를 확보하려고 노력했다. 편집진들이 『개벽』에서 종교적 색채를 지우려고 했던 원인도 거기에 있었다. 종교적 특수성을 벗어나 문명적 보편성을 확보하지 않고서는 근대종교의 경쟁에서 생존하기 어려웠기 때문이다. 그것이 서구 근대문명과 태반을 공유함으로써 스스로 문명의 주체임을 입증할 필요가 없었던 기독교와 천도교가 근본적으로 다른 점이었다.[20]

한편 천도교의 종교적 인민주의는 『개벽』이라는 매체의 이념적 방향성을 부여했다. 인내천사상과 문명적 미디어의 결합을 매개할 이데올로기가 필요했던 것은 천도교의 입장에서 당연한 일이었다. 『개벽』이 창간 초기부터 강렬한 사회적 문제의식을 드러냈던 것은 이점과 관련된 일이다. 천도교와 사회주의의 전략적 동거는 그렇게 해서 이루어진 것이다. 천도교는 사회주의를 통해 종교적 인민성의 내용을 구체화할 수 있었고 결과적으로 기독교와 자신을 차별화할 수 있는 기반을 얻었다. 반면 사회주의는 『개벽』이 지닌 대중적 지명도와 종교적 배경을 자기 생존을 위한 근거로 활용할 수 있었다.

이러한 환경에서 알 수 있듯이, 『개벽』은 한국 사회의 개조와 변혁이라는 논쟁의 중심에 자기를 위치시키려고 노력했다.[21] 그러나 이미 언급한 바와 같이, 『개벽』에게 허용된 정론적 글쓰기의 수위는 강도 높게 진행된 식민권력의 끊임없는 주목과 감시, 검열의 대상이었다. 문화정치기 매체의 허용이 3·1운동에 대한 조건 없는 배상금이 아니었다는

---

20) 한기형, 「『개벽』의 종교적 이상주의와 근대문학의 사상화」, 『상허학보』 17집, 2006.
21) 김현주, 「논쟁의 정치와 「민족개조론」의 수사학」, 『역사와 현실』 57호, 2005.

점을 우리는 주목해야한다. 그것은 결국 식민지 경영의 효율성을 높이기 위한 것이었기 때문에 매체가 허용되는 순간, 그 매체에 의해 창출될 다양한 위험을 제어하기 위한 새로운 규제 장치가 필요하게 되었다. 매체의 허용과 검열체제의 강화라는 모순된 현상이 동시적으로 시행된 원인이 여기에 있었다.22) 『개벽』이 사회주의 기사와 관련된 필화로 강제폐간 되었다는 사실은 이 잡지의 정론성이 그러한 위험에 항상적으로 노출되어 있었음을 증명한다. 『개벽』이 창작의 비중을 높였던 것은 그 점에서 문학을 통해 정론을 기능을 보완하려는 의도와 연계되어 있었다. 『개벽』의 문학이 초기부터 사회성 짙은 작품 중심으로 구성되고 1923년경 부터 사회주의운동의 고양과 함께 신경향파의 거점이 되었던 것은 그러한 정책의 결과였다.

그러나 『개벽』의 폐간(1926. 8)과 함께 천도교와 사회주의는 결별했다. 『개벽』의 폐간 후 천도교 발간 잡지들은 사회주의 운동과 일정한 거리를 유지했다. 『개벽』의 후신을 자처한 『별건곤』과 『혜성』, 『제일선』에서 사회주의 운동과 관련된 필진의 흔적은 사라졌다. 문학의 경우도 예외가 아니었다. 『개벽』을 통해 왕성하게 성장하던 프로문학과 천도교 간행 잡지의 우호적 관계는 단절되었다. 천도교는 『개벽』의 폐간을 겪으면서 사회주의와의 연계가 경우에 따라 천도교의 존립에 치명적일 수 있다는 점을 확인했다. 하지만 양 진영의 분열이 천도교만의 주도에 의해 진행된 것은 아니었다. 사회주의 세력도 당대의 정세를 혁명적 고조기로 인식하면서 천도교와의 연대가 운동의 선명성을 약화시킨다고 판단했다. 이 과정에서 자연스럽게 두 세력의 전략적 동거가 해체되었고 사회주의 문학운동의 중심은 사회주의자들의 합법 매체인 『조선지광』으로 이동하였다.23)

이러한 분열은 두 세력의 성장과 독자적 세력화 과정에서 나타난 필

----

22) 한기형, 「문화정치기 검열체제와 식민지 미디어」, 『대동문화연구』 51집, 2005.
23) 한기형, 「식민지 검열정책과 사회주의 관련 잡지의 정치역학」, 『한국문화연구』 30집, 2006.

64

연적인 현상일 수 있다. 하지만 우리는 식민권력의 개입이 그 분열의 일차적 계기였다는 점에 주목해야 한다. 운동과 담론, 그리고 문학 활동이 『조선지광』에 집중되면서 사회주의자들은 오히려 '사회주의 속'에 고립되었다. 다양한 세력과의 네트워크 속에서 존재했던 『개벽』의 사회주의와 이념적 단일성으로 재구성된 『조선지광』 사회주의의 현실적 영향력의 차이는 무엇이었을까? 식민권력이 사회주의와의 연계를 빌미로 『개벽』을 폐간하면서 사회주의 합법운동의 매체적 중심이었던 『조선지광』을 오랫동안 묵인했던 이유 속에 그 실마리가 들어 있을 것이다. 『개벽』의 문학 가운데 검열기구의 집중적인 탄압을 받은 작품은 '신경향파문학 혹은 프로문학 계열'보다 '비타협적 부르주아문학 계열'이었다는 최수일의 분석은 어떤 대상의 일차적 평가가 사회세력의 관계 즉 그들의 물질적 역학 속에서 결정된다는 것을 보여준다.[24]

3.

지금까지 간략히 살펴본 것처럼, 인쇄자본과 국가권력, 사회세력과 이데올로기, 지식계급과 독서대중의 부딪침 속에서 흔들리며 생존했던 한국 근대문학의 역사적 실존은 우리에게 문학은 과연 무엇이었는가를 새삼 다시 생각하게 만든다. 이러한 의문은 동시에 문학에 대한 연구자들의 사유방식 혹은 접근태도에 대한 새로운 방향의 재검토를 요청하기도 한다. 문학이 초시간적 텍스트이자 초지역적 텍스트로서 인류지성과 문화양식의 거대한 자양이 되었다는 것은 자명한 일이다. 문학에 대한 미학적 분석은 대체로 문학의 이러한 시간과 공간을 뛰어넘는 독특한 언어적 특수성에 근거하여 진행되어 왔다. 그 속에서 문학에 대한 고유한 학문적 발상법이 생겨났다.

---

24) 최수일, 「근대문학의 재생산 회로와 검열」, 『대동문화연구』 53집, 2006, 98쪽.

하지만 문학에 대한 미학적 연구의 상당수는 논리 자체의 연쇄적이고 무정부적 자기증식이라는 근대학문의 방법적 영향 속에서, 종종 문학 자신의 육체를 휘발시키고 문학이 지닌 시공간적 '물질성'을 발라내면서 정신현상학의 영역으로 비월하는 적지 않은 상황 또한 우리는 지켜봐 왔다. 1980년대부터 1990년대까지 한국 문학계에서 치열하게 진행된 이른바 '리얼리즘 논쟁' 조차 거시적으로 볼 때, 그 문제의식의 바탕이 되는 역사주의적 시각의 심화에 보탬이 되기보다는 독특한 형태의 추상적 주석학의 수준에 머물렀다고 평가한다면 지나치게 가혹한 것일까? 나는 그 문제의 원인이 구체성을 사상한 과도한 추상에의 몰입에 있었다고 생각한다. 그리고 그것은 어떤 점에서 한국 학계가 오래 동안 견지해온 학문방법의 주류적 '태도'이기도 했다.

문학연구의 이론주의 혹은 추상화 경향 전체를 문제삼을 수는 결코 없는 일이지만, 이 과정에서 문학의 독자성이 뚜렷해진 반면 '현상으로서의 문학'이 가지는 실상이 희미해졌고, 문학과 동거하거나 연계되었던 다방면의 사회현실과 문학의 맞물린 실재가 외면되어왔던 것은 아닐까? 이것이 연구방법의 한계나 오류일 수는 없다. 그러나 방법적 균형이 필요한 것만은 분명하다. 나는 그 균형이 문학을 보다 '사물화'시키는데서 찾을 수 있다고 생각한다. 문학을 '사물화'한다는 것은 무엇을 의미하는가? 그것은 문학의 육체와 연계된 물질세계가 지닌 시공간적 총체의 구체적 상을 측정 가능한 상태로 계량화하여 그 속에 위치한 문학의 상대적 위상을 객관화하는 작업이다. 그런데, 이 때 중요한 것은 문학의 헤게모니 즉 문학의 눈으로 사물을 대하는 그 절대성의 감각을 일단 포기하는 것이다. 그렇지 않으면 문학의 역사적 현존이 주관적으로 왜곡될 수 있기 때문이다.

최근 들어 텍스트주의에 대한 회의라는 학계의 공감에 힘입어 그러한 불균형이 해소되고 있는 것은 근대문학 연구계의 뚜렷한 현상 가운데 하나이다. 그것은 탈근대적 인식론의 사회적 보편화와 맞물린 시대의 추세이기는 하나, 여기에도 생각해야할 점들이 없지 않다. 예컨대

‘독자의 탄생과 한국근대문학’이라는 부제를 달고 있는 천정환의 『근대의 책읽기』(푸른역사, 2003)는 독자연구의 방법적 수용과 문학의 사회사적 연구에 대한 기존 성과를 교직하면서 식민지시기 근대문학의 물질적 외연을 풍부하고도 다채롭게 탐사하였다. 이 책은 문학연구의 각도가 텍스트 내부에서 독자라는 텍스트 외부로 이동할 때 연구자가 분석해야 할 대상과 내용이 독자와 텍스트 사이의 간격 속에 놓여있는 다양한 사물로 확산될 수밖에 없다는 점을 우리에게 명확히 보여주었다. 그 점에서 이 책의 독보적인 위치는 뚜렷하다.

하지만 한국 학계는 그 동안 한국적 근대의 특수성에 근거해 텍스트 내부와 외부의 조우 각도를 어떻게 조율할 것인가에 대한 집중적이면서 실제적인 노력을 기울인 경험이 부족했다. 이 때문에 『근대의 책읽기』는 필연적인 취약점을 드러낼 수밖에 없었다. 여기서 ‘필연적 취약성’이라는 표현은 이 책의 결함을 지적하려는 의도로 사용되지 않았다. 그것은 텍스트의 밖을 구성한다는 것이 한 개인의 노력으로 감당하기 어려운 일이기 때문에 독자적인 체계화를 구축하지 못한 채 이념, 방법, 의도 등에서 편차가 있을 수 있는 기존의 연구 성과를 비체계적인 방식으로 흡수할 수밖에 없었다는 것을 뜻한다.

문학의 독자성을 유보하면서 문학의 역사적 실존태를 재구성하기 위해서는 방대한 사전 기획과 다방면의 걸쳐 유기화된 집중연구가 필수적일 수밖에 없다는 점을 『근대의 책읽기』는 우리에게 역설적으로 보여준다. 따라서 장기적이고 일관된 노력이 실천되지 않는다면 문학의 밖에서 문학을 실체를 해명하려는 많은 노력들은 그 연구주체의 의도와 상관없이 문학중심주의의 구심력에 의해 그것과 동체화될 가능성이 높다. 이럴 때 문학 밖에서 문학을 보려는 했던 연구자의 당초 문제의식이 경우에 따라 방향을 잃고 소실될 여지가 생기게 되는 것이다.

문학연구자의 입장에서 문학의 역사적 실재를 근대의 다양한 사회제도 및 현상에 비추어 상대화한다는 것은, 그들이 지닌 정체성이나 전문성의 차원에서 볼 때 사실 말처럼 쉬운 일이 아니다. 그것이 현실적으로 어떻게 가능할지 조차 아직은 매우 불확실하다. 그러나 그 명확한 성과를 예상할 수 없을지라도, 이러한 지평의 개척은 문학연구 방법의 새로운 가능성을 실험하는 것 이상의 의미를 지니고 있다고 생각한다. 그것은 문학연구에서 텍스트 중심주의가 방법적 차원에서 가치평가의 대상이 되는 것은 아니지만, 근대문학의 역사적 운명에 대한 객관적이며 거시적인 발언에 무력할 가능성이 높다는 점과 깊게 관련된 문제이다.

우리는 그동안 도처에서 제기되는 '문학의 위기'에 대한 경고 및 그 것과 관련된 담론에 익숙해져왔다. 많은 사람들은 이른바 '문학의 죽음'을 생로병사의 자연 질서, 혹은 운명론에 기대어 받아들이거나 심지어는 당연한 것으로 수용했다. 또 다른 사람들은 그러한 위기론을 호사가들의 기우에서 비롯된 과장설로 부정했다. 하지만 이러한 상반된 태도의 공통점은 그것이 대체로 지금 당대의 부분적 현상들에 전적으로 의거한다는 것이다. 그 판단의 근거를 들어보면 문학작품 판매량, 문학 강의에 대한 대학생들의 호응도, 보편 교양으로서의 문학에 대한 사회적 관심도 등 대체로 인식 주체의 개인적이며 당대적인 경험에서 비롯한 것이다.[25] 하지만 그러한 부분적 사실들은 그냥 사실일 뿐, 측정되거나 비교분석된 것이 아니다. 따라서 근대문학의 장구한 생존과정과 미래 운명을 역사적으로 분석하거나 규명하기 위해 객관적으로 가공된 질료가 아닌 것이다. 확실한 것은 문학의 미래가 어디로 갈지 우리가 아직 잘 모른다는 점이다. 정확히 말하면 분석해 보지 않았다고 해야 옳다. 이것이 근대문학 100년의 역사를 다양한 사회제도와 구조적으로 연계된 실체로서 연구해야할 중요한 이유 가운데 하나이다. 우리가 한국 근대문학의 존재방식을 역사적으로 재구할 수 있다면, 이른바 문학의 위기가 그 전체성의 위기인지 어느 특정한 경향의 소멸과정인지를 논증할

---

25) 설사 '문학의 위기'를 보편적으로 일상화된 실재 현실로 인정하더라도 그것은 특정 시기에 정착된 특수한 역사적 경험으로부터 산출된 문학의 존재방식에 대한 위기를 의미할 가능성이 높다.

수 있을 것이다. 그러한 노력이 없다면 문학의 운명에 대해 어떤 형태로든 문학연구자들이 주체적으로 개입할 수 있는 가능성은 점점 좁아질 수밖에 없다.

그 동안 필자는 근대문학과 근대문학을 둘러싼 근대문화제도의 포괄적 연구가 이러한 문제의식에 한발 다가설 수 있는 방법이라고 생각해 왔다. 필자가 사용하는 '근대문화제도'라는 용어는 근대문학의 탄생과 생존과정에 연계된 다양한 사회제도와 환경들을 지칭한다. 하지만 이 용어에 대한 명료한 학문적 개념화는 아직 이루어지지 않았다. 그 개념화가 더딜 수밖에 없는 이유 가운데 하나는 이 방법이 점진적 확장형의 방향을 취하고 있기 때문이다. 현재 필자가 관심을 가지고 있는 근대문화제도의 하위 범주들은 ㉠ 검열 ㉡ 매체 ㉢ 출판 ㉣ 학술(지식) 등 네 가지이며 이 가운데 식민지 시기 검열과 매체에 대한 연구가 비교적 집중적으로 진행되고 있다. 상당한 시간이 걸리겠지만, 이 네 범주의 개별 연구가 심화된다면 그것을 기반으로 근대문학과 근대문화제도 전반에 대한 통합적이며 시계열적 종합연구가 진행될 것이고, 종국적으로 한국 근대문학의 특수하고도 보편적인 거시적 성격과 각 단계의 미시적 변화 양상이 드러날 것으로 기대한다. 이 과정에서 '동아시아적 시각'과 같은 공간적으로 확장된 연구영역, 그리고 보다 첨예화된 새로운 연구과제들이 도출될 것이다.

그런데 위의 네 범주는 하나하나가 이미 방대한 내용을 가지고 있기 때문에 그 자체의 역사적 성격을 밝히고 동시에 근대문학과의 연관성까지 해명하기 위해서는 다양한 분야의 전문가가 참여하는 장기적인 공동연구의 추진이 필수적이다. 이 점과 관련하여 현재 필자가 참여하고 있는 '검열연구회'를 간략히 소개하려고 한다.[26] '검열연구회'가 시작되기

---

[26] 2004년 초에 시작된 이 모임의 최초 참여자는 정근식(사회학), 한만수(문학), 최경희(문학), 박헌호(문학), 한기형(문학) 등이다. 이들을 중심으로 2004년 12월 성균관대학교에서 '식민지 검열체제의 역사적 성격'이라는 주제로 1차 학술회의를 개최했다. 2차 회의는 2005년 11월 '식민지 시기 검열과 한국문화'라는 주제로 동국대학교에서 열렸고 이

이전 식민지 검열에 대한 연구는 정진석의 「일제하의 언론출판연구」 (『신문연구』 26-27, 1978), 최기영의 「광무신문지법에 관한 연구」(『역사학보』 92, 1980), 문학검열에 대한 한만수 선도적 연구[27] 등에 머물러 있었다. '검열연구회'의 시작과 함께 보다 집중 분석이 이루어졌고 식민지 검열기구의 실체에 다룬 정근식의 논문,[28] 박헌호의 「문화정치기 신문의 위상과 반검열의 내적 논리」(『대동문화연구』 50, 2005) 등 주목할 만한 성과들이 발표되었다. 이와 함께 다양한 지점에서 연계된 연구가 산출되기 시작했다. '일본의 식민지 지배와 검열체제'라는 제목으로 이루어진 일본연구자들과의 공동발표회,[29] 국가·문단기구·작가라는 중층적 관계 속에서 진행된 해방직후 검열과 문학의 관계를 분석한 임경순의 「검열논리의 내면화와 문학의 정치성」(『상허학보』 18, 2006)은 그러한 학문적 진행 속도를 보여주는 사례들이다. 이러한 공동연구를 통해 최초의 문제의식이 다른 지점으로 파종되고 기존의 연구태도와 분절하며 점차 확대해 나간다면 그 과정에서 의미 있는 작은 종합들과 보다

회의에는 앞서 거론한 연구자들 외에 박용규(신문학), 김창록(법학), 부라이언 이시스 (Brian Yecies, 영화학) 등이 참여하였다. 세 번째 학회는 2006년 12월 7일, 8일 이틀간 '일제하 한국과 동아시아에서의 검열에 관한 새로운 접근'이라는 주제로 서울대학교에서 열렸다. 이 학회에서는 식민지 시기 미술검열(정형민)·연극검열(이승희)·음악검열 (이준희)·영화검열(이화진)·풍속검열(권명아), 미군정기 검열(小林聰明), 만주국 검열 (小林英夫), 식민지 검열표준(정근식), 식민지문인의 검열우회(한만수), 식민지 검열장과 근대텍스트(한기형) 등을 주제로 한 논문들이 발표되었다. '검열연구회'는 처음 문학연구자를 중심으로 추진되었으나 학회가 진행될수록 문학의 비중은 상대적으로 축소되고 있는 형편이다.

27) 한만수, 「식민시대 문학의 검열대응방식에 대하여」, 『현대문학이론연구』 15집, 2001; 한만수, 「식민지시대 출판 검열을 통한 문학검열에 대하여」, 『국어국문학』 131집, 2002; 한만수, 「일제시대 문학검열 연구를 위하여」, 『배달말』 27집, 2000.

28) 정근식, 「일제하 검열기구와 검열관의 변동」, 『대동문화연구』 51집, 2005; 정근식·최경희, 「도서과의 설치와 일제 식민지 출판경찰의 체계화 1926～1929」, 『한국문학연구』 30집, 2006.

29) 이 학술회의에는 '검열연구회' 구성원과 일본 연구자 山室信一, 河原功이 참여했다. 그 결과는 東京大學校 東洋文化研究所가 간행하는 『東洋文化』 86집을 통해 발표되었다.

큰 체계화가 자연스럽게 이루어질 수 있다. 그것은 새로운 연구방법과 연구영역이 보편화 될 수 있는 가능성을 우리에게 보여줄 것이다.

4.

앞에서 지나친 이론주의의 문제점을 지적했지만, 그것이 이론의 무용론을 말하려고 했던 것은 아니다. 모든 연구의 궁극적 목표는 대상의 추상화, 곧 대상의 보편적 성격을 개괄하는 데 있는 것이다. 그 점에서 문화제도와의 연관 속에서 근대문학의 성격을 설명하려는 연구방법의 이론적 자기규정은 당연히 필요한 것이다.

결론부터 말한다면, '역사주의 혹은 현실주의의 반성적 진화'라는 관점에서 필자는 이 문제를 생각하려고 한다. 과거 역사주의(현실주의)적 문학 연구방법의 주도적 경향은 '자본주의=근대'의 비판적 해체에 있었다.[30] 근대와 자본주의를 동일한 것으로 간주하는 사적유물론의 역사인식에 기대어 근대문학사 연구의 실천적 목표를 자본주의 근대의 부정 혹은 지양에 맞추었던 것이다. 하지만 이러한 학문적 태도의 한계는 무엇보다 근대문학이 어떠한 역사적 실체인지 미처 파악되기도 전에 '권위적 당위'가 되어 특정한 선험적 시각을 강요했다는 점에 있었다. 많은 문학연구자들이 총체성의 구도에 동의했지만 그 총체성이 어떠한 세포의 결합에 의해 구성되었는지 그들은 미처 알지 못했다. 그 속에서 연구자들이 사태를 면밀하게 탐사할 시간과 여유는 많지 않았다.

현실 사회주의의 소멸과 함께 일순간 거의 제로로 허물어진 프로문

---

30) 1970년대에 배태하여 1980년대 구체적으로 자기 모습을 드러낸 역사주의(현실주의) 문학연구 방법은 그 지향이나 구체적 내용에서 복잡하고 다양한 진폭을 가지고 있다. 특히 문학연구를 통해 현실변혁에 개입하려는 의도를 가진 일군의 연구자들이 등장했던 1980년대~90년대 초반의 상황을 아우르는 통일된 관점을 제시한다는 것은 극히 어려운 일이다. 따라서 여기서는 '문학사 연구'라는 다소 아카데믹한 영역에 논의를 한정할 수밖에 없다.

학 연구는 그 비극적 결과의 한 양태였다. 프로문학연구는 근대문학의 전체상을 구축하기 위해 반드시 필요한 학적 과제임에도 '총론'의 시대적 부정에 의해 시작과 함께 종결되는 비운을 맞았던 것이다. 우리는 1990년대 중반 이후 최근에 이르기까지 프로문학에 가해진 청산주의적 단절, 은밀한 매도, 혹은 공개적 '사상청소' 등 다양하지만 일관된 흐름을 기억해야 한다. 이러한 경향은 사상 혹은 시각의 정당성 훼손에 의해 분석 대상 자체의 존립까지 부정된 전형적인 비학문적 사례의 하나일 것이다. 동시에 그것은 '반성적 진화'보다는 스타일을 갈아입는 방식으로 연명해온 한국학계의 허약한 아카데미즘을 극명하게 반영하는 현상이라고 생각한다.

프로문학 연구가 막을 내린 후 사적 유물론이라는 지적 권력의 퇴장 속에서 한국 근대문학계는 '지식의 박람회'라고 할 만한 방법과 이론의 홍수에 직면했다. 그 과정에서 얻어진 중요한 성과는 한국학계가 비로소 초라한 정신사의 강박에서 벗어나게 되었다는 점일 것이다. 특히 다양한 형태의 탈근대론과 결합된 문화론적 연구의 성과들은 근대가 그렇게 단순히 설명될 수 없다는 것을 돌이킬 수 없는 수준으로 우리에게 보여주었다. 그것은 학문의 심해에 대한 생생한 경험을 가능케 했다.

인문학과 사회과학, 구조와 현상, 인간과 제도, 시간과 공간을 종횡하는 형태로 진행될 수 밖에 없는 문화론적 연구와 같은 새로운 방법은 근대문학의 연구대상과 영역을 근본적으로 변화시켰다. 경계가 철폐된 것이다. 그러나 이것은 연구자들에게 새로운 형태의 시련이기도 했다. 그 시련의 본질 가운데 하나는 문화론적 연구가 사실은 방대한 기초연구 혹은 연계연구의 성과를 전제하는 있다는 점이었다. 학문방법이 계기적으로 변화되어온 서구와는 달리, 한국학계는 방법의 도입과 기초연구, 혹은 연계된 연구를 함께 진행하지 않을 수 없는 상황에 봉착했던 것이다.

하지만 짧은 시간에 이러한 이중의 과제를 동시에 해결하는 것은 쉬운 일이 아니다. 프랑수아 도스(François Dosse)는 "결국 아날이 성공할 수 있었던 요인은 인접 사회과학의 언어와 연구방식을 교묘히 가로채는 뛰어난 능력 덕분 이었다"[31]고 아날학파의 학적 성과를 냉소적으로 평가했지만, 한국의 문화론적 연구는 그 '교묘히 가로챌' 지식자본조차 충분하지 않았다. 이 과정에서 방법 그 자체만을 고창하는 방법의 계몽주의, 혹은 방법의 물신화가 반복되거나, 혼성모방적 연구의 범람이 이루어졌다. 여기에 전체적 체계화를 거부하는 탈근대철학의 강한 영향력에 의한 연구 대상과 사회 현실의 의식적 단절, 대상을 배타적인 독립 존재로 부각하는 경향 등이 결합되는 경우, 문제는 더욱 복잡해졌다. 활용할 수 있는 지식자본의 미성숙과 부분의 절대화라는 현대사상의 신사조가 만나면서 문화론적 연구의 활발발한 자기 속성이 만개하지 못할 가능성은 점점 높아졌다.

근대문학과 근대문화제도의 연관성에 대한 연구는, 과거에 구획된 학문적 경계를 넘어서 다양한 분야 및 방법과 소통하며 근대문학을 근대문화 양식의 한 형태로 간주하려는 태도를 견지한다는 점에서 문화론적 연구의 일반적 경향성과 많은 지점을 공유한다. 그러나 이 연구방법은 근대문학을 작동시키는 사회제도적 동력과 문학의 상관성을 중시한다는 점에서 '표상' 자체에 주력하는 문화론적 연구방법과 일정한 거리가 있다고 생각한다.

이러한 방법은 근대의 세분화된 사회시스템과 각 사회세력의 복잡한 역학 속에서 문학이 무엇이었는지를 단층적으로 절단된 공간적 관계망과 시간적으로 연속된 변화상을 각각 독립적으로 혹은 연계시키며 추적한다. 따라서 유사한 현상이나 비슷한 텍스트의 내용조차 그 시공간적 환경의 특수성에 의해 각각 독자적인 의미를 지닌 것으로 규정된다. 그리고 이러한 노력은 궁극적으로 미시적면서 동시에 거시적으로 체계화된 전체적 구도와 관점의 복원을 목적으로 한다. 따라서 자체의 필요에 의해 시작된 다양한 형태의 새로운 연구가 지속적으로 시도될 것이며,

---

31) 프랑수아 도스, 김복래 역, 『조각난 역사』, 푸른역사, 1998, 9쪽.

동시에 인접 연구 분야와의 적극적인 협력 관계가 구축될 것이다.

필자는 이러한 연구가 특정 이념의 정당성에 대한 수동적 해석과 현실에 대한 판단 유보를 자신의 학적 지향으로 선택하는 두 가지 편향을 넘어 역사적 현실에 근거한 지속적이며 항상적인 학문적 반성기능의 사회적 구조화에 기여할 것으로 기대한다. 그것은 다른 차원에서 지식의 윤리성과 사회성에 대한 문제와 연계된 것이기도 하다. 이점에서 '역사주의의 진화'라는 앞서의 언급은 역사주의의 반성적 계승이라는 측면과 함께 그것조차 한국적 근대의 특수한 산물로 상대화하자는 의도에서 이루어진 것이다.

텍스트와 관련된 생각을 말하는 것으로 이 글을 마무리 하려고 한다. 문학에 대한 물질적 연구, 혹은 문화제도와 문학의 연관성을 강조하는 연구방법에서 텍스트는 무엇인가라는 질문은 필연적인 것이다. 그 질문의 본질은 문학 외부에 대한 탐색이 작품의 해석에 어떻게 개입할 것인가 라는 점에 있다. 문학은 그것이 역사현상이나 사회현상이기에 앞서 독자들의 의식적 결정에 의해 선택된 '특별한 대상'이다. 물론 문학적 기호와 감수성이 상당부분 교육의 결과라는 점에서, 그러한 결정이 완전하게 독자의 고유한 것인가에 대한 논쟁의 여지는 있지만 그렇다고 독자가 자신이 읽을거리를 정한다는 사실 자체가 변하는 것은 아니다. 독자가 특정한 작품을 선택하는 행위는 곧 문학의 본질이 텍스트 자체에 있다는 점을 말해준다.

'읽는 행위'라는 관점에서 이러한 판단은 정당하다. 그러나 문학 텍스트가 읽는 행위의 대상만은 아니라고 생각하면 문제의 각도는 조금 달라질 수 있다. 텍스트의 내부만이 텍스트인가? 이 질문은 타당한 것으로 승인한다면 텍스트에 대한 기존의 고정관념은 조금 느슨해질 수 있고, 텍스트에 대해 접근하는 태도의 다양성이 허용될 수 있다. 텍스트적 절대성에 대한 감각과 문화제도로서 근대문학의 역사적 실존태를 일단 분리해 보자는 것이 내 첫 번째 생각이다.

다음과 같은 가설도 세워볼 수 있겠다. 우리는 식민지시대 한국문학이 여러 단계에 걸친 가혹한 검열의 산물이라는 점을 사실로 인정하면서도 작품 평가의 척도를 종종 그 현실비판의 수준에 두어 왔다. 이것은 명백한 자기모순이지만 그동안 그러한 태도가 교정되지는 못했다. 문학검열이 그렇게 혹독한 것이었다면 고도의 현실비판이 활자화될 수 있는 것은 거의 우연의 소산일 것이며, 그렇다면 형상성의 정도가 가치판단의 근거가 되기 어렵다는 극단적 평가도 논리적으로는 가능하다. 텍스트 내부의 형상만으로 텍스트의 전체성을 설명한다는 것이 비합리적일 수도 있다는 것이다. 이러한 문제를 해결하기 위해서는 문학검열의 실체가 정치하게 분석되고 그것이 작품생산에 어떠한 영향을 미쳤는지를 규명하는 것이 중요하다. 그것이 가능하다면 작품의 내용과 그 사회적 관계를 다른 각도에서 접근할 수 있는 길이 생길 수 있다고 본다.

하지만 이것만으로는 부족하다. 이렇게 끝을 맺는다면 문학의 제도사적 연구는 해석학에 무력하다는 것을 인정하고 마는 것과 크게 다르지 않기 때문이다. 그러나 나는 아직 이 문제에 대해 정리된 견해를 갖고 있지 못하다. 연구가 보다 심화된다면 그 질문에 대해 답할 실마리를 찾을 수 있을지 모르겠다. 이 질문에 대한 결론적 대답은 그래서 미래의 의무로 남겨둘 수밖에 없다.

주제어 : 근대문학, 근대문화제도, 매체, 출판, 사물화, 역학

◆ 참고문헌

1. 단행본
周策縱, 조병한 역, 『5・4운동』, 광민사, 1980.
陳伯海・袁進 主篇, 『上海近代文學史』, 上海人民出版社, 1993.
프랑수아 도스, 김복래 역, 『조각난 역사』, 푸른역사, 1998.

2. 연구논문
김현주, 「논쟁의 정치와 『민족개조론』의 수사학」, 『역사와 현실』 57집, 2005.
김영구, 「신문학운동에 있어서의 『신청년』의 역할 연구」, 서울대 박사논문, 1992.
박헌호, 「동인지에서 신춘문예로−등단제도의 권력적 변환」, 『대동문화연구』 53집,
    2006.
이봉범, 「1920년대 부루주아문학의 제도적 정착과 『조선문단』」, 『민족문학사연구』
    29호, 2005.
이혜령, 「1920년대 동아일보 학예면의 형성과정과 문학의 위치」, 『대동문화연구』
    52집, 2005.
정근식, 「일제하 검열기구와 검열관의 변동」, 『대동문화연구』 51집, 2005.
정근식・최경희, 「도서과의 설치와 일제 식민지 출판경찰의 체계화 1926~1929」,
    『한국문학연구』 30, 2006.
최수일, 「1920년대 문학과 『개벽』의 위상」, 성균관대 박사논문, 2001.
───, 「근대문학의 재생산 회로와 검열−『개벽』을 중심으로」, 『대동문화연구』 53
    집, 2006.
한만수, 「일제시대 문학검열 연구를 위하여」, 『배달말』 27집, 2000.
───, 「식민시대 문학의 검열대응방식에 대하여」, 『현대문학이론연구』 15집, 2001.
───, 「식민지시대 출판 검열을 통한 문학검열에 대하여」, 『국어국문학』 131집, 2002.
한기형, 「최남선의 잡지 발간과 초기 근대문학의 재편」, 『근대어・근대매체・근대
    문학』, 성균관대 출판부, 2006.
───, 「문화정치기 검열체제와 식민지 미디어」, 『대동문화연구』 51집, 2005.
───, 「근대어의 성립과 매체의 언어전략」, 『역사비평』, 2005년 여름호.
───, 「식민지 검열정책과 사회주의 관련 잡지의 정치역학」, 『한국문화연구』 30
    집, 2006.
───, 「『개벽』의 종교적 이상주의와 근대문학의 사상화」, 『상허학보』 17집, 2006.

◆ **국문초록**

이 글은 근대문학에 대한 문화제도사적 연구의 방법적 내용과 의의를 설명하기 위해 작성되었다. 이 연구방법은 근대문학을 근대문화 양식의 한 형태로 간주한다는 점에서 문화론적 연구들과 많은 지점을 공유한다. 그러나 '표상' 자체에 주력하는 문화론적 연구방법의 일반적 경향과는 달리 근대문학을 작동시키는 사회제도적 동력과 문학의 상관성을 중시함으로써 근대문학의 배후와 기반을 설명하는데 주력한다. 문화제도사적 연구의 방법적의 특징은 근대의 세분화된 사회시스템과 각 사회세력의 복잡한 역학 속에서 문학이 무엇이었는지를 단층적으로 절단된 공간적 관계망과 시간적으로 연속된 변화상을 각각 독립적으로 혹은 연계시키며 추적하는데 있다. 따라서 유사한 현상이나 비슷한 텍스트의 내용조차 그 시공간적 환경의 특수성에 의해 각각 독자적인 의미를 지닌 것으로 규정된다. 이 방법의 궁극적 목표는 미시적면서 동시에 거시적으로 체계화된 근대문화제도의 전체상을 복원하는데 있다. 따라서 자체의 필요에 의해 시작된 다양한 형태의 새로운 연구가 지속적으로 시도될 것이며, 동시에 인접 연구 분야와의 적극적인 협력 관계가 구축될 것이다.

◆ SUMMARY

Modern Literature and Modern Cultural Institution
– An experimental essay exploring their interrelation

Han, Kee-Hyung

This paper was written to explain methodological contents and meaning of a cultural-institutional history research for modern literature. The methodology in this paper shares many places with cultural-theoretical researches, from a point of view which regards modern literature as a mode of aspects of modern culture. But in other hands, unlike general tendency of cultural-theoretical methodology attaching importance to the 'representation' itself, I will, in this paper, concentrate upon describing the background and base of modern literature through laying emphasis on the interrelation – between socio-institutional motive power and modern literature – which makes the literature function. The theoretical characteristic of cultural-institutional research is to investigate the very question "what was modern literature?" in complicated mechanism between subdivided social institutions and groups of modern society, linking up the transected network in space and consecutive change in time, independently or connectively. The ultimate aim of this methodology is to restore the whole view of systemized modern cultural-institution, both microscopically and macroscopically. Therefore, it is expected that various types of new researches, having appeared due to their own necessities, will be continuously carried, and cooperative relations with neighboring academic areas will be also positively established.

Keyword : institution of modern culture, media, publication, reification

－이 논문은 2006년 11월 30일에 접수되어, 소정의 심사를 거쳐 2007년 2월 6일에 최종적으로 게재가 확정되었음.

현실의 전유, 텍스트의 공유
─ 텍스트 읽기의 새로운 태도를 위한 시론

이 경 훈*

<table>
<tr><td>목 차</td></tr>
<tr><td>1. 인생의 감옥과 재현의 감옥
2. 민족의 서사와 계급의 서사
3. 타자로서의 텍스트, 타자로서의 독자</td></tr>
</table>

1. 인생의 감옥과 재현의 감옥

최근 필자는 전영택의 「생명의 봄」을 논하며, 이 작품을 오로지 민족의 수난을 증언하는 소설로 읽을 경우의 문제점을 지적한 바 있다.[1] 이 소설은 P목사의 영결식 장면으로 시작되거니와, 이때 P목사를 죽게한 직접 원인은 3·1운동 및 그에 대한 탄압보다 "하루에 공동묘지로나가는 수가 평균 오십 인"[2]이 넘을 정도로 "형세가 자못 맹렬"했던

---

* 연세대학교 교수.

[1] 졸고, 「번역과 번역문학, 근대와 근대문학」(『문학과사회』, 2006. 봄) 및 「한국 근대문학의 형성과 김동인─〈창조〉를 중심으로」(『동방학지』 135집, 2006. 9)가 이와 관련된 논의이다.

[2] 전영택, 「생명의 봄」, 『창조』 6호, 1920. 5, 31쪽.

"유행성 감기"였기 때문이다. 1918년과 1919년에 걸쳐 전 세계에 수천 만 명의 사망자를 낸 이른바 스페인독감은 다음과 같은 『학지광』의 기사로도 보고된 바 있다.

> 이번 감모(感冒)는 서반아감모라 합니다. 이것이 금년에 처음이 아니라 합니다. 작년에도 서부전선에는 유행되었다 합니다. 그러나 군사상 기밀로 발표를 아니 하였나이다. 이 감모야말로 국제적 전염병이외다. 서반아 황제를 필두로 하여 동국 재상이며, 북미 합중국 대통령 윌슨 씨도 이 감모에 참여하였다 합니다. 우리 모토(母土)도 대단한 모양이올시다. 그뿐 아니라 우리 유학생 간에도 고생한 학우가 많습니다. 참으로 놀랄만한 감모라 하겠습니다. 유사 이래 금번 대전(大戰)과 이 감모는 참 처음일 것이올시다. 이 감모의 유행은 꼭 교통기관이 편리한 현대의 소산인 줄 아나이다.[3]

따라서 필자가 강조하고자 한 것은 「생명의 봄」에 묘사된 평양이 민족적 저항과 수난의 땅임과 동시에 세계적 감염의 한 지점이었다는 점이다. 이 "세계를 휘돈 돌림고뿔"[4]은 3·1운동에 참여한 영선은 물론, 이와 상관없는 K의 아내와 아들(김동인, 「마음이 옅은 자여」)이나 일본인들에게도 전염되었다. 한편 3·1운동의 군중 시위 및 그와 관련된 대대적인 투옥은 인플루엔자의 광범위한 전파를 촉진했을 터이다. 즉 P목사의 죽음은 이념적이고 정치적인 의미를 지닐 뿐만 아니라 생리적이고 공중보건적인 의미를 지니기도 한다. 그러나 이러한 사실은 독립운동과 그에 대한 탄압에만 주목하는 시각에 매몰될 때 독해되지 않을 위험이 있다. 다음 논의는 그 한 예이다.

> 어째서 아내는 감옥에 가야 했을까. 그 이유는 P목사의 경우와 같은 것이었다. 아내는 독립운동을 위해 감옥에서 찬 겨울을 지내고 있는데, 남편은 어떻게 처신해야 하는가. 이것이 이 작품의 참 주제이다. 이 문제는 당

---

3) 「편집여언」, 『학지광』 18호, 74쪽.
4) 김동인, 「마음이 옅은 자여」, 『김동인전집 1』, 조선일보사, 1987, 149쪽.

시로서는 젊은이가 짊어진 가장 숭고하고 엄숙한 역사적 과제의 하나에 해당될 것이다. 이 문제를 매우 심각하게 파헤친 것은 전영택 소설의 역량이자 우리 소설의 수준을 높인 것이라 할 만하다.[5)]

물론 이러한 맹목은 작가 자신이 의도한 것이기도 하다. 전영택은 이 작품을 "좀 엄숙한 마음으로"[6)] 읽어달라고 부탁하고 있기 때문이다. 작가는 소설의 창작 의도와 독서의 방향을 암시함으로써 작품을 주로 식민지의 정치적인 인과관계에 지배되게 한다. 그리하여 스페인독감은 정치적 수난 속에 증발되어 버린다. 이러한 재현은 의도된 것 이외의 인과관계를 봉쇄한다는 점에서 식민지 체제와 상통하는 듯하다. 비유컨대 세계 인류를 괴롭히던 스페인독감은 식민지 조선에 이르러 민족이라는 감옥에 갇혔다. 이와 비교했을 때, 김동인의 다음 묘사는 흥미롭다.

> 그러나, 지금 그들의 머리에는 독립도 없고, 자결도 없고, 자유도 없고, 사랑스러운 아내나 아들이며 부모도 없고, 또는 더위를 감각할 만한 새로운 신경도 없다. 무거운 공기와 더위에[게] 괴로움 받고 학대받아서 조그맣게 두개골 속에 웅크리고 있는 그들의 피곤한 뇌에, 다만 한 가지 바람이 있다 하면, 그것은 냉수 한 모금이다. 고향을 팔고 친척을 팔고, 또 뒤에 이를 모든 행복을 희생하고라도 바꿀 값이 있는 것은 냉수 한 모금밖에 없었다.[7)]

인용은 감옥에 갇힌 주인공이 더위와 갈증에 허덕이는 장면이다. 뜨거운 여름날의 생리적 고통은 "독립" "자결" "자유" 등의 이념을 포기시킬 만큼 절대적이다. 감옥은 민족적이고 역사적인 투쟁의 장이기보다는 개인적이고 육체적인 경험의 공간으로 제시된다. 그리고 이러한 측면에서 보았을 때 수많은 사람들이 3·1운동에 참여한 일은 오히려 주

---

5) 김윤식, 『김동인연구』, 민음사, 2000(개정판), 133쪽.
6) 전영택, 「마금나믄말」, 『창조』 5호, 1920. 3, 100쪽.
7) 김동인, 「태형」, 『김동인전집 1』, 조선일보사, 1987, 212쪽.

82

인공의 고통을 가중시켰다. 결과적으로 이는 감옥의 부족을 낳아 네 평이 못 되는 감방에 마흔 한 사람을 수용하게 했기 때문이다. 잠을 잘 때면 "가슴과 머리는 온통 남의 다리(수십 개) 아래에 깔려 있"게 되는 상황에서 감방 안에 포개진 사람들은 같은 민족으로서 뜨겁게 껴안은 운동의 동지가 아니라 더위를 가중시키는 지긋지긋한 남이다. 따라서 주인공은 수용된 사람을 한 명이라도 줄이기 위해 칠십 줄에 들어선 노인 수감자에게 공소를 포기하고 "태형 구십 도"를 맞으라고 요구한다. 참을 수 없는 더위 때문인지 다음과 같은 주인공의 말은 대단히 차갑다.

> 여보, 시끄럽소. 노망했소? 당신은 당신이 죽겠다구 걱정하지만, 그래 당신만 사람이란 말이오? 이 방 사십여 인이 당신 하나 나가면 그만큼 자리가 넓어지는 건 생각지 않소? 아들 둘 다 총 맞아 죽은 다음에 뒤생[늙은이—인용자 주] 하나 살아 있으면 무얼 해. 여보.8)

한편 이와 비슷한 상황은 김남천의 「물!」에서도 나타난다. 1931년의 "공산주의자 협의회 사건"으로 복역했던 옥중 경험을 바탕으로 김남천은 다음과 같이 묘사한다.

> 한 십 분 지났다. 복도 저쪽에서 말하는 소리가 나더니 이윽고 바께츠를 들고 덜걱덜걱 들어오는 소리가 들려 왔다.
> 아! 이 소리—물이 바께츠 속에서 흐느적거리는 이 소리— (중략)
> 그러나! 그것이 무엇이리요! 나는 아무 광채도 없는 낡은 바께츠에 들었을 한 말도 되나마나 한 이 물이 움직이는 소리를 듣고 여태껏 늘어졌던 신경의 긴장과 혈액의 약동과 그리고 심장의 용솟음쳐 나옴을 느끼는 것이었다!9)

위와 같은 묘사와 더불어 김남천은 "백 도의 여름이 다시 오련다. 이

---

8) 김동인, 「태형」, 위의 책, 222쪽.
9) 김남천, 「물!」, 『대중』, 1933. 6, 58쪽. 표기는 인용자가 수정함.

한 편을 여름을 맞는 여러 동무들에게 올린다”는 말을 덧붙인다. 그러나 이 창작 후기가 무색하게도 임화는 이 작품에 대해 맹렬히 혹평한다. “××주의자도 학생도 담합 사건에 들어온 일본인도 다 ‘물을 갈망하는 인간’이란 개념 하에 추상적이 되”었을 뿐, “인간의 계급적 차이는 조금도 ‘살아’ 있지 않”[10]다는 것이다. 따라서 임화는 「물!」이 “비속적인 침후한 경험주의”와 “심각한 생물학적 심리주의”에 떨어졌다고 결론짓는다. 이러한 평가는 감옥 체험을 계급성이나 민족모순을 드러내는 소설적 계기로 삼는 대신, 인간의 생존을 위해 물이 필요하다는 보편적이고 초계급적인 사실을 확인하는 방향으로 나아간 데 대한 불만에서 초래된 것이다. 임화가 생각하는 “산 인간＝구체적 인간”은 어디까지나 계급적인 인간이므로 그에게는 물에 대한 욕구 역시 계급적으로 발현되어야 한다. 그에게는 그것이 진정한 현실이다.

그러나 이러한 비판은 텍스트 읽기 및 쓰기 모두에 작용하게 될 근본적인 은폐와 억압을 기획한다. 그것은 특정한 이념적, 소설적 재현 체계를 통해 현실을 매끈히 전유하고자 하며, 이와는 다르게 현상하는 온갖 들쭉날쭉한 것들을 비역사적이고 추상적인 것인 양 부정하고 배제하는 관념적 구성과 조작을 수행한다. 그러나 「물!」은 인간이 초계급적으로 목이 마를 수도 있다는 것, 그리고 그 사실 역시 구체적인 현실의 일부분이라는 점을 환기시킨다. 「태형」 역시 공동체와 대립하는 인체의 존재를 확인하고 있다. 그리고 그런 의미에서 임화의 태도는 이 두 작품이 더위와 냉수에 고착된 일과 오히려 상통한다. 김동인과 김남천이 생리와 육체의 감옥에 갇혔다면 임화는 계급과 사회의 감옥에 갇힌 셈이다. 더 나아가 단일화하고 전체화하는 특정한 맥락 속에 현실을 남김없이 전유하려 한다는 측면에서 보았을 때, 임화가 생각하는 “계급”이나 “역사”는 다음과 같이 서술되는 “중생” 및 “업보”와 비슷한 기능마저 수행한다.

---

10) 임화, 「6월 중의 창작」, 『조선일보』, 1933. 7. 18.

　인생이 괴로움의 바다요 불붙는 집이라면, 감옥은 그 중에도 가장 괴로운 데다. 게다가 옥중에서 병까지 들어서 병감에 한정 없이 뒹구는 것은 이 괴로움의 세 겹 괴로움이다. 이 괴로운 중생들이 서로서로 괴로워함을 볼 때에 중생의 업보는 '헤어 알기 어려워라' 한 말씀을 다시금 생각하지 아니할 수 없었다.[11]

　인용은 「태형」과 「물!」에 묘사된 육체와 소아(小我)의 감옥은 물론, 민족이나 계급으로부터도 해탈하려는 불교적인 인식과 재현의 의지를 보인다. 위와 같은 화자의 눈으로 보았을 때 모든 "중생"은 민족이나 계급적 존재로서 갈등하고 투쟁하기보다는 각각의 "업보"를 지닌 채 서로 인연을 맺고 있다. 이 총체적인 연기(緣起)의 사슬을 벗어날 길은 없다. 그것은 그 외부(타자)를 모르며 확대된다. 따라서 "인생이 괴로움의 바다"라는 규정은 옳다. 텍스트와 삶뿐 아니라 우주 전체가 감옥에 갇혔기 때문이다.

2. 민족의 서사와 계급의 서사

　이제까지 필자는 몇몇 작품들을 분석하면서 텍스트 읽기와 쓰기의 감옥이라 할 만한 현상들을 지적해 보고자 했다. 그것은 부여된 인식과 재현의 맥락에 스스로 갇히는 동시에, 플롯이나 전형 등과 같은 한정된 서사 지평 속에 현실 전체를 합목적적으로 전유하려는 총체적 완결의 의지를 의미한다. 물론 이는 자연을 지배하고 개발하는 근대 이성의 발현이자 김동인의 '인형조종술'로 웅변되는 바, 소설의 소재를 일관된 인과관계 속에 질서화해 내려 하는 근대 소설의 원리 자체이기도 하다. 그리고 어쩌면 불가피했을지도 모르는 이 서사적 실천을 대표했던 것은 민족의 이야기와 계급의 이야기다. 한국 근대 문학사에서 종종 서로 갈

---

11) 이광수, 「무명」, 『이광수전집 6』, 삼중당, 1962, 469쪽.

등하거나 결합했던 이 두 가지 이야기는 그 의미 있는 해방적 상상과 전망 부여의 역할만큼이나 수많은 억압과 맹목을 낳기도 했다. 『무정』의 다음 장면은 그 대표적인 예이다.

> 형식은 한 번 더 힘 있게
> "그것을 누가 하나요??" 하고 세 처녀를 골고루 본다. 세 처녀는 아직도 경험하여 보지 못한 듯한 말할 수 없는 정신의 감동을 깨달았다. 그러고 일시에 소름이 쪽 끼쳤다. 형식은 한 번 더
> "그것을 누가 하나요?" 하였다.
> "우리가 하지요!" 하는 대답이 기약하지 아니하고 세 처녀의 입에서 떨어진다.12)

인용에서 중요한 것은 "세 처녀를 골고루 본다"는 서술이다. 이 이형식의 시선은 "우리"라는 민족의 재현 체계와 그 단일한 전망을 확립하고 있기 때문이다. 이에 지배될 때 "얼굴이 길쭉하고 광대뼈가 나오고 볼이 좀 들어가고 눈 꼬리가 쳐"진 이형식의 외모를 불만스러워했던 선형의 감각은 물론, "영채에 비기면 변화가 적고 생기가 적다"고 선형의 얼굴을 평가했던 이형식 자신의 관점조차 배제되고 묵살된다. 더 나아가 이형식은 김 장로가 대준 유학 비용을 "조선"이 주는 것으로 받아들이면서 다른 사람들에게도 그렇게 납득시키고 있다. 이렇게 『무정』은 모든 개별적 욕망과 추구를 민족을 향해 얼버무리거나 투사한다. 기생 계향에게 "오빠"로 불리며 좋아하는 일, 더 나아가 선형을 아내 삼고 영채를 첩 삼을 수 있다는 생각은 꿈에도 하지 못하고 둘 중 한 명을 양자택일적으로 선택할 수밖에 없어 고민하는 일 역시 이와 무관하지 않다.13) 이는 기생 제도와 축첩을 허용하는 신분 사회의 장 너머로 민족이라는 근대적 인간관계를 투영하고 있기 때문이다.

---

12) 김철 교주, 『바로잡은 무정』, 문학동네, 2003, 707쪽. 표기는 인용자가 수정함.
13) 이에 대해서는 졸고, 「예배당·오누이·죄―한국 근대문학과 기독교」(『유심』, 2006. 6)를 참고할 것.

이러한 양상은 『흙』에 이르러 좀더 극단화되어 나타난다. 허숭의 여러 활동에 대해 "그런 일은 당국에서 다 하고 있는 일"이라고 주재소장이 말하는 것, 그리고 출정하는 일본군을 보며 "모든 조선 사람에게 이러한 감격의 기회를 주고 싶다"고 허숭이 생각하는 것에서도 암시되듯이, 이 작품의 핵심적인 대립은 일본 국가와 조선 민족 사이에 있지 않다. 오히려 그것은 민족과 개인 사이에 치열하게 작용한다. 이 작품에서 전체에 우선하는 개별적 욕망은 일종의 죄악으로 규정되거니와, 이는 윤정선과 김갑진의 간통이 궁극적으로 의미하는 바다. 따라서 『흙』에서 개인적 행동은 완전히 부정되거나 철저히 응징된다. 허숭이 변호사의 지위를 버리고 살여울로 낙향하는 일은 전자를 대표하며, 철도자살을 시도하다 다리를 잃는 윤정선의 일은 후자를 대표한다. 김갑진, 이건영, 유정근 등의 등장인물들도 이들을 민족으로 호명해 내고자 하는 소설적 계획에 따라 몰락하거나 재생한다. 사실 유순을 버리고 정선을 선택하는 허숭의 행위 역시 단지 출세욕과 관련된 것만은 아니다. 이는 서울과 시골, 양반과 상놈의 구분을 넘어 근대 민족 및 그 영토적 상상력을 생산하고자 한 다음과 같은 "혼인 정책"의 일환이었기 때문이다.14)

다만 한 가지 위로되는 것은 윤씨 집에서 가장 존경받는 어른인 한은 선생이 그 딸들을 모조리 시골 사람에게 시집보낸 것이었다. 한 사위는 함경도, 한 사위는 평안도, 한 사위는 황해도, 그리고 한은 선생이 가장 사랑하는 손녀 은경도 시골 사람에게 시집보낸다고 노 말하고 있는 것을 보는 것이었다. 한은 선생은 계급 타파, 지방 감정 타파를 위하여서도 이러한 혼인 정책을 쓰지마는, 또 한 가지는 강건한 혈통을 끌어들이려는 것도 한 까닭이었다.15)

그리고 그렇게 보았을 때, 자신을 배신했음에도 불구하고 끝내 허숭을 따랐던 유순은 『흙』이 바라는 가장 이상적인 인간형이다. 그녀는 허

---

14) 이와 관련해서는 졸고, 「〈흙〉, 민족과 국가의 경합」(『인문과학』, 2004. 12)을 참고할 것.
15) 이광수, 『흙』, 문학과지성사, 2005, 93쪽.

숭에 대한 개인적인 사랑을 넘어서, 그리고 "한 여자의 두 사랑을 굳세게 부인"하는 "조선의 피"16)와 더불어 민족의 "선생님"인 허숭에 충실했기 때문이다. 그런 의미에서 그녀는 민족과 포용했으며 민족에 순사한 셈이다. 이는 허숭에 대한 사랑을 억누르며 그의 일을 헌신적으로 돕는 선희의 경우에서도 비슷하게 나타난다. 그녀는 허숭을 따라 공소권을 포기하고 억울한 삼 년 형을 받아들이는 것이다.

이렇게 『흙』은 공동체라는 목표를 향해 모든 등장인물들을 동원한다. 동원은 이 작품의 핵심적인 서사 원리이다. 이는 마을 사람들의 빚을 탕감해 주고 기부금까지 내 놓는 유정근의 갑작스런 행동뿐만 아니라 신분적 교만과 출세욕을 버리고 검불랑에서 농사를 짓기 시작한 김갑진의 환골탈태를 가능하게 한 거의 유일한 서사적 개연성이다. 이때 작품과 독자에게 이 비약적인 일들의 불충분한 소설적 필연성을 납득하고 지지하게 하는 것은 논리적 인과관계가 아니다. 그것은 대의(大義)를 위한 자기희생, 주재소장에게 당하는 억울한 취급 등이 환기하는바 억눌리고 비비 꼬였으나 바로 그 상처와 고통으로 인해 탐닉하고 싶을 만큼 달콤하기도 한 그 어떤 경향성 및 그에 대한 동일화의 욕망이다. 변호사로서 출세하는 대신 스스로 죄를 뒤집어쓰고 감옥에 갇히거나 간통한 정선을 극진히 간호하고 사랑하는 등, 공적 생활과 가정생활 모두에 걸쳐 피학적인 자기희생을 철저히 구현하는 허숭의 영웅적 행위야말로 심정적 동일화의 모델로 기능하며 소설적 동원의 동기와 개연성을 강력히 제공한다. 더 나아가 이는 조선 민족의 이상적인 모습을 구성한다. 따라서 정선의 배신은 물론, 다음과 같은 갑진의 비웃음 역시 이 재현 원리에 복무하는 서사적 장치에 불과하다.

너는 인제는 전문학교께나 졸업을 했으니 좀 시굴 놈 껍질을 벗어보아. 괜시리 없는 가치를 붙이려고 말고…… 뭐 어째? 네가 농촌에 들어가서 농민들과 같이 살 테야? 그럴 테면 공부는 무얼 하러 해? 허기는 그렇기도

---

16) 위의 책, 652쪽.

하겠다. 고등문관 시험에 낙제나 하는 날이면 그밖에는 도리가 없겠지. 아하하.[17)](#)

위와 같이 학대에 가까운 김갑진의 무시와 비아냥거림에도 불구하고 정작 고등문관 시험을 패스해 윤 참판의 사위 자리를 차지한 사람은 '서울 귀족' 김갑진이 아니라 '시골 상놈' 허숭이었다. 이렇게 가난의 고통과 신분적 차별 속에 어렵게 도달한 사회적 위치마저 허숭은 과감히 버린 것이다. 따라서 그는 「낙동강」의 로사와 무척 닮았다. 로사 역시 "딸이 판임관이라는 벼슬을 한 것이 천지개벽 후에 처음 당하는 영광"으로 아는 아버지가 "이 년의 가시네야! 늬 백정 놈의 딸로 벼슬까지 했으면 무던하지. 그보다 무엇이 더 나은 것이 있더노?……"[18)](#)라고 꾸짖는 것도 듣지 않고 운동을 위해 교사 자리를 내던지기 때문이다.

그런데 사실 이들이 변호사 및 교사가 된 것은 봉건적 신분 질서를 폐기한 제국의 합리성에 근거한다. 그것은 백정인 로사의 아버지로 하여금 "새 양반"이 되는 일을 계획하게 할 만큼 해방적인 면을 지니고 있었다. 따라서 자신의 시민적 위치를 부정하는 허숭과 로사의 행위는 실제적 이해관계로 작용할 국가와 개인의 합리적이고 논리적인 합의를 받아들이지 않겠다는 의지의 표명이기도 하다. 이는 변호사 허숭이 자신의 사건에 대해 법률적인 진술이나 항소를 포기하는 일의 진정한 의미를 알려준다. 이는 논리와 형식을 뛰어넘는 공동체적 심성과 접촉을 설득하는 동시에, 잘못된 판결을 내리는 제국의 불합리성과 그 근본적인 폭력성을 파국적으로 유도해 낸다. 이는 정선의 개인적인 요구와 바람을 묵살하여 정선의 외도를 유발한 후, 상처 입은 그녀를 고소하는 대신 용서하고 부축함으로써 강력히 정선을 지배하는 일과 짝을 이룬다. 요컨대 체계의 긍정적인 작용을 낳는 국가와 개인의 합리적 측면을 의도적으로 말소함으로써 허숭은 식민지 현실의 부정적인 면을 부각시

---

17) 위의 책, 63쪽.
18) 조명희 「낙동강」, 『낙동강』, 건설출판사, 1946, 26쪽.

키고 이에 대해 단죄할 수 있는 저항적이고 웅변적인 위치로 나아간다. 이렇게 『흙』은 "결핵균과 매독균"처럼 침투해 들어와 공동체를 분열시키는 합리와 논리를 배제하고 민족을 순수한 정서적, 명분적 실체로 창출한다. 이때 심정적 동일화를 조장했던 허숭의 자기희생과 피학의 행위는, 그것이 강력히 함축하는 도덕적 명령으로 말미암아 다른 개인들을 통어하는 가학적인 억압으로 전화된다. 그리하여 『흙』은 이기적이고 일상적인 자율과 개별적 삶의 논리적 맥락을 포기시키는 서사적 귀결을 향해 자기희생과 도덕적 명령을 휘두르며 거침없이 치닫게 된다. 이 도도한 공동체의 대열에서 이탈한 이건영 같은 존재는 사회적으로나 도덕적으로 완전히 몰락해 개인으로서의 자격마저 상실한다. "김치는 음식 중에 내셔널 스피리트(민족정신)"라는 규정에 근거했을 때, 미국에서 박사 학위까지 받은 그는 김치보다 못하다. 이는 현실 전유의 극치를 보여주는 듯하다. 따라서 텍스트 쓰기의 감옥과 관련해서도 허숭이 스스로 감옥에 갇힌 것은 상징적이다.

그렇다면 이에 대한 논의는 이광수 비판의 핵심이 되어야 할 것이다. 그는 주체와 타자, 지배와 피지배를 둘러싼 복잡한 심리와 감정을 고도로 조직하고 동원하면서 "민족"이라는 인식의 틀과 재현의 방법을 절대화했기 때문이다. 물론 이는 식민지 상황을 배경으로 근대 민족의 한 가지 다이너미즘을 구성해 내고 있다는 점에서 그 역사적 의의를 완전히 부정할 수는 없을 터이다. 그러나 또한 이는 천황의 "신민(臣民)"으로서 "내선일체"를 외치는 일로도 나아갔다. 다시 말해 민족의 서사는 제국의 서사와 별로 다르지 않았으며, 훈련되고 표현된 민족의 심성은 제국을 향한 애국심을 손쉽게 자기화할 수 있게 했다.

한편 이와 비교했을 때 이기영의 『고향』은 또 다른 서사적 감옥을 보여준다. 일단 김희준의 등장을 묘사한 다음 장면을 보자.

그들은 희준의 행장이 너무나 초라한 데 고만 놀래었다. 그들의 생각에는 그도 좋은 양복에 금테 안경을 쓰고 금 시곗줄을 늘이고 그리고 짐꾼에게는 부담을 잔뜩 지워가지고 호기 있게 들어올 줄 알았다. 그것은 그들뿐 아니라 희준의 모친과 그의 아내까지도—. 한데 그는 시꺼먼 학생 양복에 테두리가 오골쪼골한 모자를 쓰고 행장이라고는 모서리가 헤어진 손가방 한 개를 들었을 뿐이다. 그는 일본으로 건너간 지 오륙 년 만에 나오지 않는가. 서울 가서 중학을 마치고 다시 일본까지 건너가서 유학을 하고 나올 적에는 그는 무엇이든지 장한 일을 하고 온 줄 알았다. (그들의 장한 일이라는 것은 돈을 많이 벌었거나 무슨 월급 자리를 얻었거나 그런 것인데 그는 아무 것도 못 한 것 같기 때문에—)[19]

김희준의 위와 같은 모습은 변호사로 출세한 허숭의 경우와 크게 대비된다. 허숭이 자신의 사회적 위치를 내던지고 귀향하는 것과는 달리, 아무 "장한 일"을 이루지 못한 김희준은 초라하게 낙향할 수밖에 없는 처지다. 따라서 기대와 동떨어진 그의 모습은 마을사람들을 놀라게 할 뿐 아니라, "읍내에서 살던 집에 비교하면 토굴과 같고 협착"한 곳으로 이사하기에 이른 가족들을 실망시킨다. 그러나 이러한 반응에도 아랑곳하지 않고 희준은 "진심으로 유쾌"하게 마을에 발을 들여 놓는다. 더 나아가 김희준은 다음과 같이 생각하기도 한다.

모친은 두 볼이 오므라지도록 더 늙고 아내는 보기 싫게 앙상해졌다—이런 것을 생각하면 그는 응당 슬퍼할는지 모른다. 그러나 그 외의 모—든 것은 원칠이의 두드러진 코가 더욱 검붉게 께두드러지고 입모습이 자물쇠처럼 꽉 잠긴 것과 아울러 모든 것은 새 생활을 앞둔 고민과 같았다. 태아를 비롯는 산모의 진통과 같이 묵은 것은 한편으로 쓰러져 간 것 같다. 그것은 다만 묵은 것을 조상하는 것은 아니었다. 묵은 둥치에서 새싹이 엄돋는 것과 같다 할까? 늙은이는 더 늙고 죽어 갔으나 젊은이들은 여름풀과 같이 씩씩하게 자라났다. 어린아이들은 몰라보도록 컸다. 인순이는 색시 태가 흐르고 인동이는 몰라보도록 장성하지 않았는가?[20]

---

19) 이기영, 『고향 (상)』, 한성도서주식회사, 1939(6판), 23쪽. 표기는 인용자가 수정함. 이하 동일함.
20) 위의 책, 25쪽.

이렇게 김희준은 개인적으로 가정적으로 몰락했음에도 불구하고 오히려 "새 생활"을 예상한다. 이는 허숭이 성공했음에도 불구하고 "농민에게 간다던 맹세"를 실천하는 일과 정면으로 마주보고 있다. 이때 반대로 현상하는 듯하나 결국은 동일하게 기능하는 이 두 가지 '불구하고'의 측면은 자신의 성공이나 실패를 초개와 같이 여기는 주인공의 의지를 중심으로 두 소설의 서사가 성립됨을 암시한다. 어쩌면 이는 한국 근대 문학사에 종종 등장하는 지사적이거나 영웅적인 이야기의 기본적인 심리 구조일 터이다. 이는 현실보다는 이념을 추구하며 반성보다는 점령을 지향한다. 즉 허숭과 김희준의 귀향은 단순한 귀향이 아니다. 그것은 국가 및 지주(자본가)의 점유와 개발에 맞서 고향을 민족과 계급의 정치적 공간으로 만들어 내려 하는 근대적인 실천의 제 일보이다. 다시 말해 여전히 몽매한 고향은 비교적 손쉽게, 그리고 명분도 당당하게 발들여 놓을 수 있는 사회의 다른 이름이다. 김희준이 "오래간만에 고향에 돌아오는 기쁨보다도" 고향에 일어난 "그 동안의 변천"에서 "형용하지 못할 그런 쾌감"을 느끼는 것은 이러한 의미의 고향을 발견했기 때문이다. 김철은 김희준의 귀향이 "낯익고 정다운 것으로의 회귀가 아니라 그 반대"라고 규정하며 다음과 같이 논한다.

> 과거가 예측할 수 없는 것, 즉 지배 불가능한 것이 되는 데 반하여 미래는 오히려 예측 가능한 것, 다시 말해 지배 가능한 것이 된다. 미래는 계획되고 추진되고 건설된다. 예측 불가능한(=지배 불가능한) 과거와 예측 가능한(=지배 가능한) 미래. 이 기묘한 시간관이 근대적 노스탤지어를 낳는다. 이기영의 소설은 이 시간 속을 맴돈다.[21]

그런데 『흙』이 주로 허숭의 자기희생을 통해 이 순진한 공간을 점령하고 있다면, 『고향』은 강렬한 이항대립적 사고로써 그 일을 수행하고자 한다. 실로 인용문은 〈새 생활/묵은 것〉, 〈새싹/묵은 둥치〉, 〈젊은이/

---

21) 김철, 「프롤레타리아 소설과 노스탤지어의 시공」, 『한국문학연구』, 2006. 6, 52쪽.

92

늙은이>와 같은 대립쌍으로 가득하거니와, 이는 김희준의 행위뿐 아니라 서사 자체를 지배하는 재현의 원리이다. 일례로 다음과 같은 안승학의 부정적인 "출세담"은 김희준의 초라하지만 신념에 가득 찬 귀향의 장면과 철저히 대립되고 있다.

> 그는 금테 안경을 쓰고 때때로 후록코트와 중산모에 예복을 차리고 뽐내었다. 그는 아주 훌륭한 시체 양반이 되었다. (중략)
> 그가 민판서 집 마름을 운동한 내막에도 적지 않은 맥락이 숨어 있었다. 백성을 다루던 그의 신랄한 수완은 마침내 성공하고야 말았던 것이다.
> 어느 해 여름에—앞내에 큰 홍수가 져서 민판서 집 전장이 많이 상했을 때 민판서는 친히 농장 시찰을 내려 왔었다. 이 기미를 미리 알아차린 안승학은 어떤 소작인을 끼고 어떻게 삶았던지 뜬뜬하기로 유명한 민판서도 그의 수단에 넘어가고 말았다.
> 그는 한옆으로 미인계를 쓰고 이간책을 쓰고 갖은 음모를 다 꾸며서 그전 사음을 중상하였다.[22]

또 한 가지 유의할 것은 위와 같은 일과 더불어 "첩을 해마다 갈아들이고 호의호식을 하면서도 도깨비 세간처럼 형세는 늘어"가는 안승학의 모습이 자세하게 서술된다는 사실이다. 작가는 일본어를 배운 후 군청에 들어간 일부터 시작하여 안승학이 "뇌물을 많이 먹은 것이라는 소문", "토지조사 임시에 은결(隱結)로 숨은 땅을 누구와 협잡해서 나중에 자기 땅으로 돌려 첬다는 말" 등을 제시한다. 이는 사립학교에 제일 먼저 들어가거나 경부선 개통 직후 "기차와 정거장과 전봇대를 보고 경이"와 두려움을 느끼던 마을 사람들 앞에서 "우편으로 보내는 편지"를 제일 먼저 쓰기도 한 "위대한 선각자"[23] 안승학의 진보적인 면을 오히려 흐려버린다. 이와 비슷한 양상은 "지사로 존경을 받던 김도원"의 "소시민"적 삶을 비판하며, "그는 면장질을 하다가 부정행위를 하고 쫓

---

22) 이기영, 앞의 책, 128-129쪽.
23) 위의 책, 125쪽.

거나서 지금은 술장사를 하고 있다”는 정보를 알리는 일로도 나타난다. 이는 김희준 집안의 몰락에 대해 막연하게 서술하는 것과는 대조적이다. 다음을 보자.

> 읍내 집은 비록 초가일망정 안팎채가 드높은 것이 큰집 살림을 하기에도 무난하였다. 그 집이 바로 장거리에 있었다. 그의 조부가 생존했을 때에는 사랑채에서 큰 객주(客主) 영업을 하였다 한다.
> 희준이가 중학을 마치기 수 년 전까지 땅마지기나 남았던 것도 그의 조부가 모은 재산이었다. 그런데 그 날 그 집을 찾아가서 보니 옛날의 집 모양은 간 곳 없고 그 터전에 신작로만 넓혀졌다. 장거리를 넓히는 바람에 바깥채는 헐리었다. 안채는 새로 짓고 전방을 꾸민 모양이었다.[24]

인용은 왜 희준의 할아버지가 모은 땅마지기가 사라졌으며 왜 읍내의 큰 집을 잃게 되었는지에 대해 명확히 알리지 않는다. 단지 장거리가 넓어지고 신작로가 생기는 마을의 변화로 말미암아 집의 바깥채가 헐렸다는 사실을 제시할 뿐이다. “당초에 공부를 시킨 것이 불찰”이라고 하며 어쨌든 땅이라도 팔아서 학비를 대주자는 어머니의 애소를 공박하면서, “땅 팔 것이 어디 있어? 농사지을 것도 변변치 못한대”[25]라고 대꾸하는 희준 아버지의 말로 추측했을 때, 희준의 서울과 동경 유학을 위한 학비 조달이 재산을 탕진하게 한 한 가지 원인이었을 수도 있다. 이는 아버지가 희준을 “그 죽일 놈”으로 부르는 일과 무관하지 않다. 하지만 이러한 점은 신작로 운운하는 인과관계가 모호한 서술에 묻혀 버리는 듯하다. 더 나아가 작가는 희준이 “한동안 우두커니 서서 자기 집의 옛터를 바라보”는 장면이나 옛집 생각에 어머니가 우는 모습을 묘사함으로써, 집안이 가난해진 객관적인 이유를 가난의 결과로 발생한 상실과 박탈의 정서로 얼버무린다.

요컨대 김희준이 자신의 신념을 내세우며 가족에게 무책임하듯이,

---

24) 위의 책, 22쪽.
25) 위의 책, 267쪽.

작가는 김희준의 몰락에 대한 자세한 정보를 알려주지 않은 채, 서술의 내용과 서술의 태도 모두에 걸쳐 김희준과 안승학을 윤리적으로 대립시키는 일에 골몰하고 있다.26) 김희준의 귀향이 "자기 한 집을 위해서나 일신의 행복만을 위"한 일이 아닌 것으로 수식되는 일 역시 그러한 재현 태도를 웅변한다. 그의 낙향은 개인적 실패이자 가족의 기대를 저버린 부정적인 일이 아니라 "세계라는 무대 위에서 뒤떨어진" "고토의 동포를 진리의 경종으로 깨우치고자" 하는 적극적인 의미를 지닌 것으로 변명된다. 한편 김희준의 활동이 난관에 빠진 것에 대해 작가는 다음과 같이 서술한다.

> 자기 생각에는 그들을 엔간히 자각시킨 줄만 알았는데—농민의 생활과 이익을 위해서, 엔간히 그들이 나아갈 방향을 짐작한 줄 알았는데 급기야 일자리에 내세우고 보니 그것은 허수아비 같이 너무도 무력하다는 것이 차라리 놀라 만한 일이었다.
> 지금은 야학도 하지 못하기 때문에 그들을 한 자리에 앉혀 놓고 격려할 기회도 없다.
> 일시 기분적으로 흰소리를 텅텅 하던 그들의 기염(氣焰)은 그 후로 쑥 들어가고 물에 빠진 생쥐처럼 발발 떨고 있지 않은가!
> 그래서 비겁한 그들은 오랫동안 붙어 있던 농노의 근성을 죄다 털어버린 줄 알았던 것이 마치 장마 속의 곰팡이처럼 그들에게 다시 붙지 않았는가?27)

인용에서 주목을 끄는 것은 농민들이 계속 "그들" 또는 "비겁한 그들"로 호칭된다는 점이다. "농노의 근성"을 지닌 마을 사람들은 계급적 주체라기보다는 "자각"시키고 "격려"해야 할 계몽과 동원의 대상에 불과하다. 한편 "그들"이라는 지칭은 초라하게 귀향한 김희준을 의아해

---

26) 이와 관련해서는 류보선, 『한국 근대문학의 정치적 (무)의식』(소명출판, 2005, 125-134쪽)을 참고할 것.
27) 이기영, 『고향 (하)』, 한성도서주식회사, 1937, 363쪽.

하는 마을 사람들을 평가해, "그들의 장한 일이라는 것은 돈을 많이 벌었거나 무슨 월급 자리를 얻었거나 그런 것"이라고 한 작가의 서술적 태도와도 일치한다. 그렇게 보았을 때 희준은 허숭 못지않게 계몽적이고 "시혜적"인 태도를 지녔을 뿐 아니라 허숭과는 달리 때때로 농민들에게 실패의 책임을 전가한다는 점에서 무책임하기까지 하다. 그리고 이러한 희준의 생각과 활동은 "희준이의 사상에 공명하나 그 의사를 확실하게 말로 표현할 줄"은 모르는 마을 사람들 앞에서 다음과 같이 "열정에 끓는 어조로 자기의 소신을 말"하는 일로 귀결된다.

> 이번에 우리가 명심해야 할 것은 이번 행동을 정정당당한 수단에 의해서, 우리의 튼튼한 실력으로 하지 못하고 한 개의 위협 재료를 가지고 굴복 받았다는 부끄러운 사실을 잊어버려서는 안 될 것입니다.[28]

그러나 사실 인용된 부분은 열정적으로 피력될 "소신"이기보다는 부정한 협박에 의해 상대를 굴복시킨 데에 대한 부끄러운 반성으로 규정되어야 한다. 더 나아가 이는 현존하는 소설적 플롯 하에서는 제기된 문제를 합법칙적으로 해결할 수 없음을 암시하는 것이기도 하다. "제가 감히 이 잔을 마실 수 있겠습니까?"[29]라는 예수의 질문을 흉내 낼 정도로 김희준을 자만하게 하는 "진리"와 "신념"의 면을 고려하지 않을 경우, 그의 협박은 축재를 위한 안승학의 여러 악행과 크게 다르지 않은 것이다. 또 이는 『흙』에서 유정근을 칼로 위협해 마을 사람들의 빚을 탕감케 하는 작은갑의 행위와도 별로 다를 바 없다. 이는 "리얼리즘의 승리"일 수 없으며, 그런 의미에서 인용문에 등장하는 "우리"는 어울리지 않는다. 그것은 김희준과 농민들이 아니라 김희준과 안승학을 한데 묶는 것이 되었기 때문이다. 아닌 게 아니라 이 두 사람은 반성을 모르는 대신 마을 사람 누구보다도 "개명"한 근대적인 인물이라는 점에서

---

28) 위의 책, 443쪽.
29) 이기영, 앞의 책, 1939, 275쪽.

충분히 "우리"일 수 있다. 그들은 소작인과 지주의 계급적 대립을 주선하고 대리하는 양편의 매개적 인물이라는 점에서도 "우리"이다.

요컨대 『고향』은 허숭이 한꺼번에 구현하는 농민 운동과 개인적 성공이라는 두 가지 측면을 양립 불가능한 것으로 분리해 냈으며, 이를 김희준과 안승학에 배분해 대립시켰다. 이는 자기희생의 관념론을 극복하며 인물과 플롯을 구성해 낸 핵심적인 형식이었다. 그러나 계급적 대립을 투영하고 자기 동일화한 이 서사적 가상(假像)은 마을 사람들을 "그들"로 부르는 동시에, 안승학을 협박하는 희준의 행위를 통해 그 실상의 단면을 드러냈다. 이는 이 두 인물의 대립이 주로 현실의 총체적 전유를 추구하는 서사적 목적론에 의해 정립되었음을 암시한다. 지식인 김희준과 마름 안승학은 지주와 소작인의 갈등이라는 "전형적인 상황"을 매개하는 것 이상으로 사회를 계급적으로 분석하고 묘사하려는 플롯의 의지와 그 "노스탤지어"의 미래를 매개한다. 즉 마을 사람들은 물론 안승학의 딸까지 동원해 "고향"을 점령하는 일은 주인공이나 작가가 특정한 재현의 욕망에 갇혀 있음을 증명한다. 물론 진정한 의미의 노동계급에 속하지 못하는 김희준에게는 이 서사적 감옥이야말로 더욱 더 그리운 유일한 현실이어야 했을지도 모른다. 이를 한국 근대문학사는 리얼리즘이라고 불렀거니와, 감옥 역시 현실 세계의 일부분이라는 점에서 이는 반드시 틀린 규정만은 아닐 것이다.

3. 타자로서의 텍스트, 타자로서의 독자

이제까지 필자는 『흙』과 『고향』의 이념적 대립과 서사적 차이를 확인하기보다는 이 두 작품이 총체적인 현실 전유라는 재현의 의지와 논리를 그 서사적 핵심 사항으로 공유하고 있음을 강조하고자 했다. 한 예로 "다방적 정서를 여명의 후지산정에 선 것 같은 기백으로 바꾸지 않으면 안 된다"30)는 이광수의 논의, 그리고 "차점에 와 보면 그곳의 공

기와 박준의 정신이 꼭 하나로 얼리고 조화되는 것 같았다"31)는 한설야
의 서술과도 유사하게, 이 두 작품은 다음과 같은 풍속적 양상을 살여
울과 원터 마을이라는 각각의 소설적 점령지 속에 가두려 한다는 점에
서 상통한다.

> 갑진은 위스키를 단숨에 들이켰다.
> "마아."
> 하고 옆에 앉은 계집애들이 놀랐다.
> "예, 위스키, 병으로 가져와!"
> 하고 갑진 좌우에 앉았던 계집애들의 어깨에 한 팔씩 걸치고 잘 돌아가지
> 도 아니하는 가락으로,
> "사께와 나미다까, 다메이끼까."
> 라는 일본 속요를 소리껏 불렀다.32)

> "저 애도 벌써부터 난봉이 났어. 노래를 해도 카페에서 부르는 노래만
> 부르고!"
> "이왕 나려면 일찌감치 나야지."
> "그는 그렇지!"
> "그런데 뭐—…… 사—게와 나미다까 다메이끼까?"
> "눈물이고 한숨이고 애 그만 가자!"
> "아니 누이! 이 노래가 좋지 않수? 술이라고 하지 말고 이렇게 하면
> 어때?"
> (연기란 눈물인가 한숨이런가? 요 내 몸! 불태우는 용광로런가?)
> "어때여? 아— 이만하면 훌륭한 공장가가 되지 않었수?"33)

두 작품에서 고가 마사오(古賀政男)의 히트 곡인 〈사께와 나미다까
다메이끼까(酒は涙か溜息か)〉는 각각 "일본 속요"와 "카페에서 부르는

---

30) 이광수, 「문학의 국민성 3」, 『경성일보』, 1939. 11. 17.
31) 한설야, 김외곤 편, 「파도」, 『숙명』, 태학사, 1989, 82쪽.
32) 이광수, 앞의 책, 306쪽.
33) 이기영, 앞의 책, 1939, 142쪽.

노래"로 규정된다. 이 노래는 조선 민족과 노동 계급에 대해 반정립(反定立)됨으로써 배제적으로 한정된다. 고향을 전유하는 일이 그러했던 것처럼 유행가의 배제 역시 각각의 서사적 맥락을 전체화하는 방식으로 수행된다. 당연히 이는 이 노래를 매개로 발현될 수 있는 다른 수많은 현실들을 무시하고 은폐한다. 인용된 예에서만 보더라도 "일본 속요"라는 『흙』의 규정은 어떤 경우 "카페에서 부르는 노래"라는 『고향』의 규정과 모순될 수 있으며, 그 반대도 마찬가지다. 한편 다음 장면에 등장하는 이 노래는 두 소설의 서사적 현실을 벗어나 멀리 울려 퍼진다.

어제다. 문안에 들어갔다 늦어서 나오는데 불빛 없는 성북동 길 위에는 밝은 달빛이 깁을 깐 듯하였다.
그런데 포도원 께를 올라오노라니까 누가 맑지도 못한 목청으로,
"사……게…와 나……미다까 다메이……끼……까……"
를 부르며 큰길이 좁다는 듯이 휘적거[어]리며 나려 왔다. 보니까 수건이 같았다. (중략)
그는 길은 보지도 않고 달만 쳐다보며, 노래는 그 이상은 외지도 못하는 듯 첫 줄 한 줄만 되풀이하면서 전에는 본 적이 없었는데 담배를 다 퍽 퍽 빨면서 지나갔다.
달밤은 그에게도 유감한 듯하였다.34)

따라서 『천변풍경』(박태원)이나 『불사조』(심훈) 등에도 등장하는 〈사께와 나미다까 다메이끼까〉는 『흙』과 『고향』의 세계가 현실 자체가 아니라는 지극히 당연한 사실은 물론이거니와, 이 노래를 배제하는 것이 현실을 재현하는 여러 방법 중의 하나에 불과하다는 점도 암시한다. 달리 말해 『흙』과 『고향』은 그 나름의 방식으로 세계와 인간의 어떤 부분을 표현하는 이 노래와 근본적으로 다르지 않은 또 다른 텍스트들일 뿐이다. 그리고 실제 현실은 이 천차만별의 텍스트들 및 이것들이 제출하는 여러 인식 및 재현의 맥락과 표현의 형식들을 복잡하게 포괄하고 있

---

34) 이태준, 「달밤」, 『달밤』, 한성도서주식회사, 1935, 156-157쪽.

다. 실로 오늘날에 이르기까지 이 유행가는 『흙』 및 『고향』과 더불어 현실의 일부분으로 존재하고 있는 것이다. 그렇다면 〈사께와 나미다까 다메이끼까〉는 텍스트의 내부에서 텍스트의 외부를 그려낸다.

그런데 이러한 논의로써 필자가 강조하고자 하는 것은 〈사께와 나미다까 다메이끼까〉를 배제적으로 한정하는 『흙』과 『고향』에 대한 비판이 두 작품의 소설적 재현을 받아들이지 않거나 전적으로 부정하는 식으로 이루어져서는 안 된다는 점이다. "일본 속요"와 "카페에서 부르는 노래"라는 규정이 서로에게 그렇게 작용하듯이, 이러한 비판은 종종 전체화하는 또 다른 담론으로써 주어진 텍스트와 현실을 찬탈하려 하기 쉽다. 그러나 주체를 특정한 담론 체계에 몰입시키는 이러한 독서 태도야말로 『흙』과 『고향』의 글쓰기 태도와 오히려 상통한다. 이 역시 다음 논의가 지적하는 "유아론적 반복"의 감옥에 갇혀 있다.

> 주체가 파악해야 할 것은 이 합법칙적 과정이었다. 자신의 현실을 앎으로써 자신이 누구임을 알게 되고 그 역도 가능하다면 역사의 필연적인 행로를 벗어난 주체는 있을 수 없다. 합법칙적 과정을 파악하는 주체는 필연적 행로에 의해 규정되는 주체일 것이기 때문이다. 대상을 전유하는 주체가 그 대상에 의해 다시 전유되는 구조에서 이 구조의 '밖'은 드러나지 않는다. 즉 주체와 대상이 갖는 전유―재전유의 관계는 순환적인 만큼 폐쇄적이고 동시에 자의적일 수 있다. 주체가 그에 의해 파악되는(전유되는) 대상 이외의 것을 바라볼 수 없는 한, 다시 말해 타자의 시선이나 목소리가 배제되는 가운데서는, 주체와 대상이 밀착되어 같은 내용을 되풀이 말하는 유아론(唯我論)적 반복이 일어날 가능성이 크다.35)

인용에서 말하는 "유아론적 반복"이란 현실의 총체를 올바르게 묘사했다고 주장하는 텍스트에 동의하거나 굴복함으로써 특수한 이념적, 서사적 콘텍스트에 감금된 주체로 동일화되는 글쓰기와 글 읽기의 과정을 일컫는 듯하다. 전유하는 동시에 전유됨으로써 반성을 봉쇄하는 이 운

---

35) 신형기, 「현덕과 스타일의 효과」, 『사이/間/SAI』 창간호, 2006. 12.(게재 예정)

동은 텍스트에 대해 타자가 아니고자 한다는 의미에서 동어 반복적이다. 그러나 보다 근본적으로 텍스트를 새로 읽거나 쓰기 위해서는 전체화 및 완결을 지향하는 뿌리 깊은 근대적 지배욕과 함께 현실과 텍스트를 적당한 넓이와 각도의 매끄러운 거울삼은 자기 반영적이고 자기충족적인 "유아론적 반복"을 깨뜨려, 그 크고 작은 조각들을 통해 비치는 혼종적인 분열상과 함께 깨어진 틈 사이로 날카롭게 폭로되는 "구조의 밖"을 끊임없이 일별하는 데에서 멈추어야 한다. 즉 여러 콘텍스트들을 파편적이거나 일탈적으로 계속 교통시켜 텍스트가 "의식하지 않음에도 불구하고 관계 맺고 있는 타자"36)들을 적극적으로 초대해 들여야 한다. 이는 "고향"이나 공동체에 갇힌 농민이 되는 대신 떠돌아다니는 이방인 장사꾼으로서 텍스트들의 진정한 사회학을 성립시켜야 함을 의미한다. 텍스트는 동일화된 주체의 입장에서 숭고하게 전유되거나 그리움에 고착되기보다는 소외된 타자의 입장에서 비천하게 공유되거나 널리 교환되어야 한다. 궁극적인 텍스트는 있을 수 없으며 덧없는 콘텍스트만이 잠시(또는 조금 더 오랫동안) 작용할 뿐이기 때문이다. 다음은 그 부질없는 '콘텍스트적 실천'의 한 예이다.

> "읍내로 산보 가자."
> "뭐 사줄 테야?"
> "뭘 사 주니?"
> "연애 사탕!"
> "호호호…… 연애 사탕이 뭐냐?"
> "쪼코렛트도 몰라?"37)

> 일력(日曆)은 초콜릿을 증가시킨다.
> 여자는 초콜릿으로 화장하는 것이다. (중략)
> 여자는 만월(滿月)을 잘게 썰어 향연을 벌인다. 사람들은 그것을 먹고

---

36) 가라타니 고진, 졸역, 『유머로서의 유물론』, 문화과학사, 2002, 35쪽.
37) 이기영, 앞의 책, 1939, 137쪽.

돼지 같이 살찌는 초콜릿 향기를 방산(放散)하는 것이다.[38]

사랑엔 敗했을망정
銀빛 甲冑 떨쳐입은 초코레ー트 兵丁閣下

사랑은 여리다고
아가씨의 입에서도 눈처럼 녹습니다
서방님의 입에서도 얼음처럼 녹습니다[39]

"오늘은 제가 산타클로스예요."
유라는 마치 신부와도 같이 명랑하게 웃으면서 나의 즐겨하는 호도, 초콜렛 등이 담긴 기다란 양말짝을 책상 모서리에 걸었다. 소설 쓰는 책상은 때 아닌 크리스마스의 식탁으로 변하였다.[40]

여기서 수행하려 한 것은 초콜릿이라는 사물에 집착하는 소재주의적이고 쇄말적인 독서가 아니다. 그보다 이러한 비교가 가능하며, 이로써 각각의 텍스트적 질서를 초과하는 그 어떤 잉여와 불균등성이 파편적으로 맥락화될 수 있음을 현시한다. 즉 이상과 김기림의 시에서 차지하는 무게와는 달리, 눈에 띄지도 않을 만큼 부차적이거나 우연적인 요소로 보였던 『고향』의 초콜릿은 위 인용이 함축하는 차이의 작용을 통해 작품의 지배적인 논리에서 깨어져 나온다. 그것은 텍스트의 중심적 질서가 오히려 현실 사회의 주변적인 질서일 수도 있으며 그 반대도 마찬가지라는 것, 더 나아가 이러한 중심과 주변의 관계 자체가 부정될 수도 있다는 사실이 이 작품을 성립시킨 한 가지 조건임을 표현한다. 이를테면 위의 인용문들은 초콜릿에 대한 다양한 감각과 통합되지 않는 반응의 역사를 기술함과 함께, 연애와 매춘과 크리스마스와 "연애 사탕"을 유통시키고 삶을 구성하는 사회와 시장의 여러 맥락을 일탈적으로 활성

---

38) 이 상, 「홍행물천사」, 『공포의 기록』, 범우사, 2005, 22쪽.
39) 김기림, 「식료품점」, 『김기림전집 1』, 심설당, 1988, 96쪽.
40) 이효석, 「마음의 의장」, 『이효석전집 1』, 창미사, 1990(2쇄), 285쪽.

102

화한다. 〈사께와 나미다까 다메이끼까〉와 마찬가지로, 이는 배제된 만큼이나 뿌리 깊이 연결된 작품의 본질적인 의사소통 환경과 관련되어 있다. 이때 텍스트가 침묵시킨 요소들을 들끓게 하는 이 새로운 화행(話行)의 콘텍스트에서 기존의 위계질서는 유동적이 된다. 한 예로 롤랑 바르트가 말하는 텍스트 내부의 "핵 단위", "촉매 단위", "징조 단위", "정보단위"41) 등의 기능은 변화된다. 이런 식으로 초콜릿은 프로 소설을 둘러싼 "유아론적 반복"의 기원과 그 문학사적, 사회사적 위치를 반성하게 하는 한 계기가 될 수도 있다.

그러나 다시 한 번 강조하건대 이는 또 하나의 중심을 수립하는 일을 목표로 삼지는 않는다. '텍스트들의 사회학'은 텍스트들을 각각의 지배적인 맥락에서 해방시켜 새로운 콘텍스트들 속에 확고부동하게 자리잡게 하는 것이 아니다. 그것은 〈사께와 나미다까 다메이끼까〉를 "일본 속요"나 "카페에서 부르는 노래"로 맹렬히 한정하는 서사적 입장과 세계관을 비판하는 동시에 수긍하기도 하는 독서의 태도, 그리고 이 노래를 "연기란 눈물인가 한숨이런가?"라는 "공장가"로 개사하는 갑성의 "산보"와 이 노래의 "첫 줄 한 줄만 되풀이"해 부를 수밖에 없는 황수건의 슬픈 "달밤"을 한꺼번에 관찰하고 관련짓는 독서의 실천을 지칭한다. 이는 주장하는 대신 곁눈질하는 것이며, 텍스트의 내부로 동일화되는 만큼 텍스트의 외부를 향해 차이화되고자 하는 것이다. 이렇게 할 때에 이제까지 창작과 비판을 주도했던 기존의 틀은 물론, 개별 텍스트뿐만 아니라 문학의 경계와 근대성 자체를 넘나드는 또 다른 문제 제기와 반성의 근본적인 가능성이 발생할 것이다. 따라서 이미 여러 논자들에게서 발견되는 이러한 태도는 새로운 담론과 텍스트들을 도입하고 논의하는 일의 전제 조건이자 그것들을 분석의 도구와 대상으로 활용하는 읽기와 쓰기의 근거가 되어야 할 터이다.

---

41) 롤랑 바르트, 김치수 편저, 「이야기의 구조적 분석 입문」, 『구조주의와 문학비평』, 홍성사, 91-138쪽 참조.

그리고 그 점에서 이효석이 말하는 "칵테일식 생활양식"[42]을 넘어, "제일 싫어하는 음식을 탐식하는 아이러니"를 논하거나 아달린을 삼키는 「날개」(이상)의 주인공은 의미심장하다. 그는 편안하지만 위험하기 쉬운 "유아론적 반복"을 넘어 낯설고도 매력적인 질문을 이끌어 들이는 타자의 위치를 제시하기 때문이다. 그는 아스피린을 아스피린으로 복용하거나 아달린을 아달린으로 사용하는 일, 그리고 아달린을 아스피린으로 착각시키는 이 모든 일상적이거나 심각한 전유 행위를 뛰어넘어 스스로 아달린을 질경질경 씹으며 "맛이 익살맞다"고 감각함으로써 아스피린과 아달린의 고유성은 물론 그에 근거한 〈아스피린/아달린〉의 대립마저 벗어나는 아이러니와 유머를 보이고 있다. 이상의 주인공은 자기의 "연구" 대상인 아내에게 배신감을 느끼면서도 그녀가 준 아스피린과 아달린의 어느 한 쪽을 자기화하고 폐기하는 대신 이 둘을 공존시키고 공유하는 동시에 그것들 모두로부터 소외되는 성인의 "익살"을 실천한다. 계속 거리를 떠돌거나 경성역 다방에 "아무 것도 없는 것"과 잠시 마주앉을 수 있을 뿐, 돌아갈 집도 궁극적인 고향도 없는 그의 형편은 문학 연구자들의 상황과 입장이어야 할 듯도 하다.

**주제어 : 텍스트, 콘텍스트, 타자, 전유, 서사적 감옥, 차이화, 텍스트들의 사
회학**

---

42) 이효석, 「주리야」, 『이효석전집 4』, 창미사, 1990, 19쪽.

◆ 참고문헌

1. 기본자료

「편집여언」, 『학지광』 18호.
김기림, 「식료품점」, 『김기림전집 1』, 심설당, 1988.
김남천, 「물!」, 『대중』, 1933. 6.
김동인, 「마음이 옅은 자여」, 『김동인전집 1』, 조선일보사, 1987.
―――, 「태형」, 『김동인전집 1』, 조선일보사, 1987.
김철 교주, 『바로잡은 무정』, 문학동네, 2003.
이광수, 「무명」, 『이광수전집 6』, 삼중당, 1962.
―――, 「문학의 국민성 3」, 『경성일보』, 1939. 11. 17.
―――, 『흙』, 문학과지성사, 2005.
이기영, 『고향 (상)』, 한성도서주식화사, 1939(6판).
―――, 『고향 (하)』, 한성도서주식회사, 1937.
이 상, 「흥행물천사」, 『공포의 기록』, 범우사, 2005.
이태준, 「달밤」, 『달밤』, 한성도서주식회사, 1935.
이효석, 「마음의 의장」, 『이효석전집 1』, 창미사, 1990(2쇄).
―――, 「주리야」, 『이효석전집 4』, 창미사, 1990.
임 화, 「6월 중의 창작」, 『조선일보』, 1933. 7. 18.
전영택, 「마금나믄말」, 『창조』 5호, 1920. 3.
―――, 「생명의 봄」, 『창조』 6호, 1920. 5.
조명희 「낙동강」, 『낙동강』, 건설출판사, 1946.
한설야, 김외곤 편, 「파도」, 『숙명』, 태학사, 1989.

2. 연구논저

김윤식, 『김동인연구』, 민음사, 2000(개정판).
김 철, 「프롤레타리아 소설과 노스탤지어의 시공」, 『한국문학연구』, 2006. 6.
김치수 편저, 『구조주의와 문학비평』, 홍성사, 1981.
류보선, 『한국 근대문학의 정치적 (무)의식』, 소명출판, 2005.
신형기 「형더과 스타일의 효과, 「
이경훈, 「번역과 번역문학, 근대와 근대문학」, 『문학과사회』, 2006. 봄.
가라타니 고진, 『유머로서의 유물론』, 문화과학사, 2002.

◆ 국문 초록

한국 근대 문학에는 텍스트 읽기와 쓰기의 감옥이라 할 만한 현상이 나타난다. 그것은 부여된 인식과 재현의 맥락 속에 현실을 전유하려는 전체화의 의지를 의미한다. 이러한 서사적 실천을 대표했던 것은 민족의 이야기와 계급의 이야기다. 종종 억압과 맹목을 낳았던 이러한 서사에는 "유아론적 반복"이 작용한다. "유아론적 반복"이란 특수한 이념적, 서사적 콘텍스트에 감금되고 식민화된 주체로 동일화시키는 글쓰기와 글 읽기의 과정을 일컫는다. 그러나 근본적으로 텍스트를 새로 읽거나 쓰기 위해서는 자기 반영적이고 자기충족적인 "유아론적 반복"을 깨뜨려, 혼종적인 "구조의 밖"에 주의를 기울여야 한다. 즉 여러 콘텍스트들을 계속 교통시켜 텍스트의 타자들을 초대해 들여야 한다. 이는 '텍스트들의 사회학'을 성립시켜야 함을 의미한다. 텍스트는 동일화된 주체의 입장에서 숭고하게 전유되는 대신 소외된 타자의 입장에서 비천하게 공유되거나 널리 교환되어야 한다. 궁극적인 텍스트는 있을 수 없으며 덧없는 콘텍스트만이 잠시 작용할 뿐이기 때문이다. 따라서 '텍스트들의 사회학'은 또 하나의 중심을 수립하는 일을 목표로 삼지는 않는다. 그것은 주장하는 대신 곁눈질하고자 하며, 텍스트의 내부로 동일화되기보다는 텍스트의 외부를 향해 차이화되고자 한다. 이렇게 할 때에 문학 자체 및 그 외부에 대한 새로운 질문의 가능성이 발생할 것이다.

◆ SUMMARY

Appropriation of Reality, Co-possessing of Text
– An essay for a new attitude of text reading

Lee, Kyoung-Hoon

There appears some phenomena which could be named 'the prison-house of reading and writing of text' in modern Korean literature. It means the intention of totalization that attempts to appropriate the whole realty by means of the given context of cognition and representation. The narrative of nation and the narrative of class are the typical forms of these narrative practices. On these narratives which have produced suppression and blindness often, "the solipsistic repetition" operates. The solipsistic repetition is the process of writing and reading that bears subjects who are confined and colonialized by some specific ideological and narrative contexts. But to re-read and re-write texts radically, it needs to break down the self reflecting and self-sufficient solipsistic repetition and pay attention to the hybrid outside of the structure. In other words, it is necessary to invite the others of texts by relating them with many contexts endlessly. It means that we must organize 'the sociology of texts'. Instead of being appropriated sublimely by the identical subject, texts have to be co-possessed humbly or exchanged broadly by alienated others. For there could be no ultimate text at all, but only transient contexts can operate a little while. Therefore, 'the sociology of texts' does not aim to establish another center of text.

Keyword : text, context, the others, appropriation, the prisonhouse of narrative, differentiation, the sociology of texts

―이 논문은 2006년 11월 30일에 접수되어, 소정의 심사를 거쳐 2007년 2월 6일에 최종적으로 게재가 확정되었음.

한국 (근대)문학의 세 가지 테제에 대한 비판적 재검토
– 감금과 자유의 21세기 판 역설들

공 임 순*

목 차

1. (인)문학의 자율성 테제 – 감금과 자유의 21세기 판 역설
2. 근대문학의 종언 테제 – 외재성의 상실과 형해화된 '부정성'의 운동
3. 리얼리즘과 모더니즘의 '회통'의 테제 – 제 2의 자연과 실증주의의 재도래
4. 고요하고 투쟁 없는 제 3세계다움 – 침묵하는 객체들
5. 남은 문제들 – 결론을 대신하며

1. (인)문학의 자율성 테제 – 감금과 자유의 21세기 판 역설

이 글은 현재 문학(연구)의 안팎에서 벌어지고 있는 제 현상에 주목한다. 미증유의 근대가 낳은 가장 특징적인 현상 중의 하나는 무엇보다 두터워진 현재일 것이다. 시간과 공간은 압축적으로 동질화되어 사회적이고 심리적인 거리 감각을 소멸시키고 있다. 이 축소된 '거리' 감각은 역사적 시간에 대한 우리의 지각에 심대한 변화를 초래한다. 가까운 과

---

* 연세대학교 국학연구소 연구교수.

거와 먼 과거는 현재와 달랐다는 막연한 인식에 의해 분절될 뿐, 과거 사이에 존재하는 차이와 대비는 그리 중요하지 않다. 그래서 과거는 놀라울 정도로 유사한 특징을 공유하게 된다. 이렇게 축소된 '거리' 감각은 개념의 폭력을 동반하기 쉽다. 단 하나의 잣대로 과거를 재단하려는 지적 욕망이 연구자들을 부추긴다. 현재의 학문 경향 역시 역사적 맥락에 대한 전반적인 강조에도 불구하고, 개념을 둘러싼 폭력의 위험에서 결코 자유롭지 못한 것이 사실이다. 문학의 현재적이고 공시적인 단면에 초점을 맞추고자 하는 나의 의도가 여기에 있다. 한 대상의 전후 맥락을 모두 살펴야 한다는 엄청난 심적 부담감이 역으로 현재의 공시적인 단면을 부감하는 날카로운 시선을 무디게 만들지도 모르기 때문이다. 이러한 입론에 따라 이 글은 두 가지 이질적이지만 공통적인 징후를 드러내는 문학 안팎의 우발적인 사건을 중심으로 현재 문학과 문학 연구자가 처한 위상을 재점검하는 기회로 삼고자 한다. 이 과정에서 문학(연구)의 전후 맥락과 변모 양상이 자연스럽게 도출되었으면 하는 바람도 가져본다.

지난 9월 26일부터 30일까지 인문학의 현 주소를 말해주는 '인문학 주간'이 선포되었다. '인문학 주간'은 9월 15일 고려대 인문학 교수들의 성명서가 제출된 이후 현재 인문학의 침체와 위기의 심각성을 알리고, 인문학의 사회적 환원과 부흥을 도모하기 위해 마련된 자리였다. 인문학의 위기가 거론된 것은 비단 올해만은 아니다. 1990년대부터 꾸준히 제기된 인문학의 위기는 '인문학 주간'과 전국 인문학장들의 성명서를 통해 보다 가시화되고 정식화되었다는 측면이 크다. 그러나 한 신문사의 보도에 따르면 '인문학 주간'은 주최측의 기대와는 달리 대학원생과 젊은 연구자들의 호응을 이끌어내지 못한 채 조용히 막을 내렸다고 한다.1) '인문학 주간'에 전국 인문학장들의 공동 명의로 발의된 성명서의 절박한 위기감에 비한다면, 이 인문학에 몸담고 있는 실제 종사자들의

---

1) 「겉 다르고 속 다른 인문 주간 행사」, 『세계일보』, 2006. 9. 27.

참여는 저조했던 셈이다. '인문학 주간'은 다채로운 '인문학 주간 행사'로 봉합할 수 없는 어떤 구멍을 드러낸다. 이른바 감옥의 자유라는 21세기 판 모순어법이 그것이다. 감옥의 자유라는 21세기 판 모순어법은 외적인 구속과 굴레가 그의 자유를 박탈한 이후에야 비로소 그의 내적 '진실'과 '자유'를 확인할 수 있다는 감금과 자유의 불가피한 연루에 대한 우리 시대의 음화를 담고 있다. 자유는 무엇으로부터의 자유이자 부정이라는 점에서 감금과 자유의 역설적 통합은 자본주의적 폭력의 기원을 고스란히 담지한다.[2] 즉 부정을 동반한 자유로운(혹은 자발적인) 동의와 협조는 물질적이고 역사적인 이해관계를 함축한 채 우리의 일상과 의식을 재조직하고 있는 셈이다. 그래서 '인문학 주간'의 역설과 아이러니는 국가와 시장을 부정함으로써 인문학의 내적 '진실'과 '자유'를 획득하고, 국가와 시장에 투항함으로써 인문학의 '자율성'과 '가치'를 확보한다는 현재 자본주의의 일상화된 원칙을 재천명하기에 이른다.

김훈의 『칼의 노래』를 다룬 다른 글[3]에서 나는 김훈의 '이순신'이 영웅 없는 영웅주의의 전도된 이면과 감옥의 자유라는 21세기 판 모순어법을 체현하고 있다고 지적한 바 있다. 김훈의 '이순신'이 다른 어떤 '이순신'보다 인간적일 수 있는 이유는 외적 구속과 굴레가 그나마 이들의 개체성을 보증하는 유일한 토대이자 원천이었기 때문이다. 이 외적인 구속과 억압을 체현하는 모든 것은 적으로 동질화된다. 국가든 임

---

2) 자본주의의 내적 '자유'란 외부 세계의 추상화된 부동성, 즉 화폐자본의 객관적이고 추상화된 법칙을 전제로 성립하기 때문이다. 단 이 내적인 역설을 이해한다고 해서 그것을 없앨 수 있다거나 정정할 수 있다는 말은 아니다. 이 문제에 대한 해법은 여전히 현재진행형이다.

3) 졸고, 「지금 역사소설은 세계텍스트를 꿈꾸는가?」(『문학수첩』, 2006년 여름호)를 참조한다. 이 글에 대한 비판도 존재했던 것으로 안다. 하지만 이 비판의 근거 자체가 굳이 따로 장을 마련할 정도로, 핵심적인 것이 아니었기 때문에 생략한다. 김훈의 '이순신'은 뇌가 비대해진 현대인과 닮았다는 필자의 주장에 대해 오히려 조선 시대의 유학자들이 더 많이 사색했다는 주장은 사회적이고 심리적인 '거리'의 축소와 이 축소된 거리에서 현대인이 느끼는 적대적 타자에 대한 불안과 공포 그리고 고립에 대한 기초적인 이해마저 결여하고 있기 때문에 답변할 가치를 못 느낀다는 점만 지적하고 넘어가자.

110

금의 울음이든 결혼이든 늙은 아내의 육체이든 뭐든 이들의 내면에 위협적인 적들은 이들의 내면적 '진실'을 보증하기 위해서라도 필요악으로 반드시 등장해야 하고, 감옥의 자유라는 모순어법은 영웅 없는 영웅주의의 전도된 이면을 구성하게 된다는 것이 이 글의 핵심 요지였다.

이런 점에서 '인문학 주간'은 김훈의 '이순신'이 작동하는 의미생성 기제와 많은 부분 닮아 있다. 『칼의 노래』에서 김훈은 '이순신'의 내면적 '진실'과 '자유'의 원천을 임금의 언어와 울음에서 이끌어낸다. 말하자면 "임금의 언어는 장려하고 곡진하다. 임금의 언어는 임금의 울음을 닮아 있다. 임금의 언어와 울음은 임금의 권력이었고, 임금의 울음과 울음 사이에서 임금의 칼날은 번뜩였다. 따라서 임금의 전쟁과 나의 전쟁은 달랐다"고 토로하는 식이다. '이순신'의 내적 '진실'과 '자유'는 이 적대적 타자와의 다름과 부정에서 적극적으로 창출되고 재구성된다. 김훈의 '이순신'이 과거에 재현되었던 어떤 이순신'들'과도 다른 점은 이 적대적 타자에 대한 전율에 가까운 예민한 자의식과 감수성일 것이다. (오죽하면 그의 육체에 타자(임금)가 기생해 산다고 생각할까!) 그의 '이순신'이 내면적 진실과 순결한 영혼을 구제받게 되는 지점도 바로 여기이다. 김훈의 '이순신'은 이 적대적 대타자를 회전하며 자신의 내적 '진실'과 '자유'를 재차 확인한다. 김훈의 '이순신'은 결백의 수사학을 등에 업고 현재의 '문학 장'에 진입함으로써 문학이라는 '상징적 영역'의 대안 공간에서 사회적 인정과 가치를 획득하게 되는 것이다.

전국 인문대학장단의 성명서도 이와 마찬가지로 현재 인문학의 붕괴를 "인문학적 정신과 가치들을 경시하는 사회구조의 변화"[4]에서 찾는다. 인문학 내부에 책임이 있다는 자성을 동반하고 있기는 하지만, 보다 근본적인 책임은 사회구조의 변화 탓이다. 이 구체적인 진원지로 "이런 상황을 주도해온 정부당국과 그 변화에 순응해온 대학"이 불려나온다. 인문학의 위기와 붕괴는 인문학 내부를 뒤흔드는 사회구조의 변화 때문

---

4) 「전국인문대학장단 성명 전문」, 『연합뉴스』, 2006. 9. 26.

이고, 이 사회구조의 변화를 주도해온 정부와 대학이 현재의 위기를 책임지고 해결해야 한다는 전언이다. 인문학 내부의 적대적 대타자가 환기되고, 이 적대적 대타자에 대한 '부정'과 '다름'은 인문학의 사회적이고 상징적인 가치를 재확인하는 준거점이 된다. 이른바 '부정'의 긍정적 구성력이라고 부를 만한 이것은 "자본과 테크놀로지가 질주하는 이 시대에 우리에게 필요한 것은 단편적인 기술이나 정보 위주의 지식이 아니다. 우리는 미래사회를 위해서 인문교육으로 다져진 인재를 키우는 것이 절박한 과제"라는 점을 재천명하는 데서 절정에 도달한다. 현재 인문학의 위기와 파국이 재도약과 변신의 낙관적 전망을 약속하는 이유도 여기에 있다. "인문학은 늘 인간과 문명에 대한 근원적인 통찰을 추구해 왔고, 이것은 오늘의 인문학이 재확인해야 할 소중한 자산"이기 때문이다.

위기를 재도약의 획기적 전환점으로 삼고자 하는 인문대학장단이 내놓은 처방과 대안은 그래서 다음과 같다. "대학은 소비자 욕구 또는 시장논리에 영합하지 말고 충실한 인문교육이 이루어질 수 있는 방안을 마련하고 실시하며", "정부는 인문학의 진흥을 위해 일시적인 미봉책으로 대응할 것이 아니라 장기적이고 지속적인 지원을 아끼지 말아야" 한다는 것이다. 나아가 "정부와 관계기관은 '인문학진흥기금'을 설치하고, 인문학의 중장기적인 발전을 실천하기 위한 기구로서 교육부총리 산하에 가칭 '인문한국위원회'(Humanities Korea)를 설치"하며, "국가의 주요 정책위원회에 인문학자의 참여를 제도적으로 보장함으로써 인문적 가치가 국가 정책에 반영될 수 있도록 해야 한다"는 국가장기비전을 제시하는 것으로 이 성명서는 마무리되고 있다.

인문학장단의 성명서는 앞에서도 잠깐 지적했듯이 인문학계 내부의 사람들에게조차 전반적인 공감을 얻는 데는 실패했다. 유종호는 "반복되는 위기 선언은 대학의 위기라는 맥락"에서 들릴 뿐이라고 언급하면서, 작금의 사회풍토가 인문학의 정신과 본질을 훼손시키고 있는 만큼 이러한 단기적인 처방이 아니라 인문학의 기본을 회복시킬 수 있는 "사회적인 장기 투자"가 현 시점에서 더욱 필요하다고 역설한다.[5] 하지만 인문학장단의 성명서는 (인)문학의 정신에 대한 추상적 원리를 반복하는 것만으로는 부족한 (인)문학의 당면한 역사적 생성 조건을 중층적으로 매개하고 있다. (인)문학의 '자율성' 테제에 내재된 역설, 즉 감옥의 자유라는 21세기 판 역설의 딜레마는 현재 문학과 문학 연구자들이 처한 위상과 관련해서 우리가 규명해야할 몇 가지 쟁점들을 구체적으로 명시하고 있기 때문이다. 다음 장에서 이어질 내용은 이것이다.

2. 근대문학의 종언 테제 – 외재성의 상실과 형해화된 '부정성'의 운동

　　2006년 8월호에 『현대문학』은 제51회 현대문학상 수상자 특집으로 황종연의 평론 "문학의 묵시록 이후—가라타니 고진의 「근대문학의 종언」을 읽고"를 실었다.[6] 황종연의 평론은 가라타니 고진의 「근대문학의 종언」에 대한 일종의 반박문적인 성격이 짙다. 가라타니 고진의 「근대문학의 종언」은 일본 문학계뿐만 아니라 한국 문학계에 던진 파장도 적지 않아서, 2004년 『문학동네』에 「근대문학의 종언」이 게재된 이래 2006년 『근대문학의 종언』[7]이 책으로 출간되자마자 황종연의 평론이 이를 뒤따르는 일련의 연쇄 반응을 낳았다. 가라타니는 「근대문학의 종언」에서 근대 문학, 더 엄밀히 말해 근대소설은 끝났다고 주장한다. 종언에 대한 주장은 결과적으로 상당한 충격 효과를 양산하기 때문에, 때로 다양한 종언 담론들은 억압적인 권력을 배후에 은폐하는 경우가 많다. 역사의

---

5) 유종호, 「원로학자 유종호에게 듣는다」, 『세계일보』, 2006. 9. 29.

6) 황종연, 「문학의 묵시록 이후—가라타니 고진의 「근대문학의 종언」을 읽고」, 『현대문학』, 2006년 8월호.

7) 가라타니 고진, 조영일 역, 「근대문학의 종언」, 『근대문학의 종언』, 도서출판 b, 2006, 43-86쪽 참조.

종언에서부터 이데올로기의 종언 그리고 근대 문학의 종언에 이르기까지, 이 종언 시리즈는 종언할 대상을 분류·규정하고 여기에 부합하지 않는 이질적이고 불필요한 세부로 여겨지는 것들을 폭력적으로 잘라냄으로써 단선적이고 획일화된 이념(들)을 보편적인 원리로까지 승격시키곤 한다. 그래서 ~에 대한 종언은 근대화의 논리를 비판하면서 확대 재생산한다는 비난을 면하기 힘들다. 어떤 것에 대한 이성적 자각은 그렇지 않은 것에 대한, 즉 비자각적이고 뒤떨어진 예외와 추방을 영속화한다는 점에서 ~에 대한 종언은 ~에 대한 이성적 자각을 진보와 동일시하는 근대화 논리와 일맥상통하기 때문이다.

황종연이 "근대문학은 끝났다는 가라타니의 주장이 타당하고 유용한 가설"[8]이라는 점에 일견 동의하면서도, 가라타니의 입론에 전적으로 찬성하지 않는 것은 어찌 보면 너무나 당연한 일이다. 수잔 손탁이나 김우창을 모범적인 사례로 들어 그는 "문학의 시대가 끝난 이치를 냉철하게 인식하도록 요구하는 가라타니의 종언론은 문학의 존재 이유를 좀 더 깊이 생각하라는 도전으로 받아들일 필요가 있다"고 전제한다. 황종연은 이 종언 이후에 문학은 어떻게 생존할 것인가를 궁구하는 것이 지금 시점에서 훨씬 유용한 일이라는 점도 간과하지 않는다. "근대문학의 어떤 이상을 고집하며 문학 집단들의 무능과 타락을 고발하거나 근대문학의 어떤 자질이 한국문학에 살아 있다는 증거를 찾아내려고 부심하는 일이 아니라 근대문학 이후에도 문학이 존재할 이유"[9]를 찾는 것이, 가라타니나 김종철과 같이 떠날 사람은 떠나고 남아 있는 사람들이 해결해야 할 향후 과제이다. 황종연의 이 지적은 누구나 공감할 수밖에 없는 우리 시대의 초상일 것이다. 문학 제도 내에서 문학 제도를 울타리로 삼아 치열하게 쟁투해온 문학 연구자들에게 문학의 무의미성이란 문학의 파산 선고 외에 아무것도 아니기 때문이다. 그래서 황종연의 이

---

8) 위의 글, 196쪽.
9) 위의 글, 198쪽.

114

평론은 가라타니와 가라타니 이후의 한국 문학으로 이어지는 매듭을 형성한다고 해도 과히 지나치지 않을 듯하다.

그의 평론에 대해 심정적으로 공감하는 것과 무관하게, 황종연이 가라타니의 「근대문학의 종언」을 읽는 방식에 문제가 없는 것은 아니다. 근대 네이션과 근대문학의 기원을 추적하는 가라타니의 해석 체계에 대해 황종연은 "근대문학이 언문일치제도를 조건으로 성립한 이후, 그것을 계속 정통화하고 그 국민 이데올로기를 추인하거나 강화하는 역할을 해왔다고 믿기는 어렵다"[10]고 반박한다. 근대 네이션과 근대문학의 형성을 동시적으로 파악하면서 20세기 후반이 되면 전 세계적으로 문학이 네이션의 기반이 되는 예는 더 이상 찾아보기 힘들어지리라는 가라타니의 견해와 분기되는 지점이다. 이는 근대문학의 위상에 대한 두 사람의 서로 다른 시각에서 연유한다. 황종연은 근대문학이 네이션의 형성을 추동하기도 했지만 끊임없이 근대 네이션으로부터 이탈하는 왕복운동을 해왔다는 것인데, 여기서 황종연이 가라타니를 우회하는 사유의 굴절과 전위를 드러낸다.

가라타니가 근대문학과 네이션의 형성을 언문일치를 조건으로 동시적으로 파악하고 있는 것은 사실이다. 하지만 가라타니는 황종연과 달리 근대문학의 존립 기반을 근대 네이션과 근대문학의 역학에서 도출하지 않는다. 오히려 가라타니는 근대 네이션이 '세계'와 맞서는 형태로 '세계'와 역동적인 긴장 관계를 형성해온 근대 네이션의 특정한 역사적 전개 과정에 착목한다. 근대 네이션은 근대 이전의 제국이나 제국주의의 보편적 '세계상'에 포섭되면서도 대립하는 역동적인 긴장 관계를 구축함으로써, '세계'의 내부이자 외부로서의 역할을 담당할 수 있었다. 루터의 『성서』가 세계어인 라틴어를 속어로 번역하는 형태로 새로운 글쓰기(문어)를 창출했던 것처럼, 근대문학은 '세계'와 길항하는 공감의 공동체로서 근대 네이션을 형성하는 데 일조했다. "지식인과 대중 또는

---

10) 위의 글, 213쪽.

다양한 계층을 '공감'을 통해 하나로 만들었던" 근대문학은 "세계 각지에서 네이션으로서의 동일성이 완전히 뿌리"를 내리고, "사람들이 현실적이고 경제적인 이해에서 네이션을 생각하는" 오늘날 그 네이션의 동일성을 상상적으로 구축할 필요가 사라졌다. 이 지점에서 물음은 역류된다. 즉 근대 네이션과 근대문학의 상호작용이 아니라 근대 네이션과 '세계'의 상관성을 사유하는 일이 현재와 현재 이후에 과연 문학은 존립 가능할 것인지를 묻는 일차적인 출발점이 되어야 한다는 뜻이다.

가라타니는 "현재 전 세계의 네이션=스테이트가 자본주의적인 세계화에 의해 문화적으로 침투해 있지만, 그것에 대한 반발이 있다고 해도 이전처럼 노골적인 내셔널리즘은 등장하지 않는다"고 본다. "경제적으로 불리한 것이 있으면 맹렬히 반발"하겠지만, 근대 네이션이 '세계'와 동적인 긴장 관계를 구축해왔던 특정한 역사적 시기는 지나갔다. 가라타니의 말대로라면, 이슬람과 기독교의 원리주의만이 오늘날 유일하게 '세계'와 동적인 긴장 관계를 형성하고 있을 따름이다. 황종연과 가라타니의 논의를 이처럼 길게 상술한 이유는 외재성의 인식에 대한 두 사람의 사유 체계가 근대문학의 종언 테제를 검토하는 하나의 입각점이 되리라는 판단에서이다. 외재성에 대한 인식은 '부정성'의 의미와 관련해서 핵심적인 관건인 까닭이다.

황종연은 문학이 현재와 현재 이후에도 존립 가능하다면, 그것은 근대문학의 역사에서 근대문학이 언제나 자신의 성립 조건을 불신하고 해체해온 '부정성'의 운동을 기억하는 데서 이루어질 것임을 시사한다. 문학의 현재와 현재 이후는 근대문학의 '부정성'의 운동을 회복하고 상연하는 데서 시작된다. 근대문학의 '부정성'을 긍정적 구성력으로 자리매김함으로써 문학은 사회의 여타 하위체제와는 다른 문학의 '자율성'을 계속 확보하게 되리라는 것이 황종연의 진단이다. 그러나 이 '부정성'이 가라타니가 말한 모놀로그 내지 루카치가 부분 체계의 형식적 법칙화로 정의한 독아적인 폐쇄성에 빠지지 않기 위해서는 외재성의 장소가 전제되거나 동반되어야 한다. 가라타니가 규정한 외재성이란 자기 자신이 속한 언설 시스템의 외부로 나아가 외부에서 내부를 전회하여 탈구축하는 비판의 임팩트를 가리킨다. 말하자면 자기와 자기-아닌 것의 차이를 무한 누적하는 자기 동일성의 폐쇄된 회귀나 수렴이 아니라 '역사'와 '사회'를 개시하는 교통 공간으로서 작용하는 것, 가라타니가 일관되게 주장하는 '외재성'은 바로 이것이다.

가라타니의 근대문학의 종언은 황종연이 규명했듯이 헤겔의 역사철학적 계보를 잇는 종언 테제의 반복으로 보이기도 한다. 그러나 가라타니가 데카르트나 헤겔을 비판적인 사유의 대상으로 끌어들여 대화를 시도하는 것은 외재성을 고찰하려는 그 나름의 주제의식을 근저에 깔고 있기 때문이다. 이 외재성과 부정성은 근대문학의 '자율성'과 근대문학의 '종언' 테제와 연동되어 근대문학을 근대문학 아닌 것과의 차이를 무한 누적하는 자기 동일성의 폐쇄된 시스템이 아니라 근대문학이 외부와 교섭할 비판의 임팩트를 계속 창출할 수 있느냐라는 당면 과제와 복합적으로 착종되어 있다. 만약 근대문학의 존립을 가라타니의 설명대로 근대 네이션과 '세계'의 역동적인 상호작용에 둔다면 외재성은 사라져버렸다는 그의 지적은 충분히 경청할 만하다. 근대 네이션과 '세계'가 역동적인 긴장 관계를 상실하고 근대 네이션이 이른바 현재 세계화로 표상되는 '세계'의 내부이자 외부로서 기능하기를 멈춘다면, 근대문학은 근대 네이션이 사라지는 것과 더불어 그 외부를 잃어버리게 된다. 이 외재성이 사라지고 나면, 근대문학의 '부정성'의 운동이란 한갓 형해화된 형식법칙으로 화할 뿐이다.

가라타니가 "포스트모더니즘이 더 이상 '비판'으로서가 아닌 하나의 단계 또는 상태처럼 간주될 때, 예를 들어 소비사회가 포스트모던인 것처럼 간주될 때-실제 일본에서는 그렇지만-그것은 더 이상 외부성을 가지지 않습니다. 그것은 **디컨스트럭션이 형식화되어 누구라도 할 수 있는 방법으로서 아카데미즘에 의해 수용될 수 있을 때, 그 외부성을 잃는 것과 같은 것입니다. (중략) 현재 진행되고 있는 것은 그 비판의 임팩트나 그 외부성이 사라져 공동체 내부에 갇혀가고 있는 것**

입니다"11)라고 공표했을 때, 그는 근대문학의 외재성이 더 이상 존재하지 않는다는 사실을 근대문학의 종언 테제로 가시화했던 셈이다. 그는 지금 문학이 근대의 특정한 '문학'을 알라바이 삼아 연명하는 것은 자기기만에 지나지 않는다고 꼬집는다. 특정한 근대'문학'의 건재를 과시하며 근대'문학'을 구제하려는 사람들은 실은 근대문학의 죽음을 온몸으로 증거하는 것에 지나지 않는다. 특정한 근대'문학'을 구제하려는 헛된 노력으로 허우적대기보다 차라리 세계적인 상품으로서 그 가능성을 구현하는 데 힘쓰는 것이 낫다. 추리소설만 해도 그렇다. 추리소설류는 일본 국내에서 순수문학을 자처하며 일본에서만 읽히는 통속적인 작품보다 경쟁력 면에서 월등히 뛰어나기 때문이다. 지금 문학이 세계적인 상품으로 세계 시장에 뛰어든다면, 문학은 근대'문학'의 특정한 역사적 생을 마감하고 다른 역사를 개진할 수 있을 터이다. 근대'문학'의 과거를 기웃거리며 근대'문학'을 뜯어먹고 사는 것보다 이것이 훨씬 생산적이고 유용하다.

가라타니가 포문을 연 근대문학의 종언 테제는 그나마 주변부였던 문학을 세계 시장으로 해소하는 참으로 문제적인 발언이 아닐 수 없다. 근대문학은 화폐자본이 도래시킨 시장의 자유를 부산물로 해서 탄생했다. 화폐로 표상되는 상품가치가 객관적인 사회법칙으로 현현하여 사회적 관계가 단지 양적인 화폐의 차이로 환원되면, 이 화폐의 획득에 무능하다고 여겨지는 집단이 주변부에서 출현하게 된다. 화폐로부터의 소외 내지 무능력을 보여주는 이 주변부 집단들은 정상적 의미의 생산 활동, 즉 화폐를 획득하려는 경제적 활동과는 구분되는 다른 가치들을 대변하고 이를 특화한다. 학문이나 자유직업 혹은 예술가의 집단이 이의 대표적인 예증이다. 그래서 이 주변부 집단을 판단하는 기준은 화폐량의 소유가 아니라 그와는 다른 가치들, 이를테면 정신적인 가치라고 인

---

11) 가라타니 고진, 조영일 역, 「포스트모던에서 주체의 문제」, 『언어와 비극』, 도서출판 b, 2004, 441쪽.

식되는 것들을 중심으로 결정된다. 화폐자본은 개개인의 인격과 무관하게 개개인의 업무에만 일면적으로 관계하기 때문에, 그 업무를 수행하는 개개인의 인격에 대해서는 별 관심을 기울이지 않는다. 개개인의 인격적인 요소와 충돌하지 않으면서도 개개인의 인격을 배제하는 화폐자본의 이러한 추상적이고 외면적인 관계로 인해 인간은 어느 때보다 서로에게 의존하는 한편 서로에게 고립된다. '근접'과 '거리'가 인간 상호 간에 생겨나고 이 '근접'과 '거리'가 인간의 모든 물질적이고 정신적인 활동을 규정짓게 되면서, '근접'과 '거리'의 모순은 더욱 첨예화된다. 일상적으로 이 모순을 체험하고 있는 집단이 곧 이들 주변부 집단들이다. 이들은 화폐자본에서 고립된 '거리'의 가치를 상징하고, 이를 중심 가치로 전유하여 자신의 존재 의미를 재확증하기 때문이다.

경제적 생산 활동이 직접적으로 화폐의 획득으로 이어지는 경제 부문의 종사자들에 비해, 주변부 집단들은 화폐자본의 획득을 부차적인 목적으로 둔다. 인격의 내적 완성이나 인간성 회복과 같은 이른바 화폐자본이 무화하거나 파괴한 가치들을 화폐자본의 획득보다 우선시하는 이들 주변부 집단들은 이에 따른 당연한 결과로서 화폐자본의 결여를 화폐자본과 적대적인 가치들로 상쇄하거나 보상하고자 한다. 경제적 보상과 이를 통해 사회적 인정과 지위를 확보하는 경제 활동 과정에서 배제/누락되어 있다는 점에서, 이 주변부 집단들이 화폐자본을 대하는 태도는 이중적이다. 한편으로 화폐자본을 경시하면서 다른 한편으로 주변부 집단들의 중심 가치가 화폐자본의 상실을 대체하지 못한다고 느낄 때 주변부 집단들의 심리적 고통은 배가된다. 이 상황이 반복되면, 주변부 집단들은 부차적 목적인 화폐자본의 획득에서 역으로 중심 가치를 재확인하는 전도된 현실과 마주치게 된다. 화폐자본의 총량이 그나마 주변부 집단들의 중심 가치가 아직 유의미함을 확고하게 입증해줄 것이기 때문이다. 부차적 목적인 화폐자본이 주변부 집단들의 중심 가치를 재공인하는 화폐자본의 전면적 도래는 사물화라고 하는 자본주의의 보편화된 소여(所與)성의 문제를 촉발한다. 아도르노와 호르크하이머가 사물화는 '망각(forgetting)'이라고 한 그 명제에 포함된 제2의 자연과 본래적 직접성의 욕망이 이 사물화의 근본 현상을 둘러싸고 있다.12) 다음 장에서는 이 제 2의 자연과 본래적 직접성의 욕망이 어떻게 예기치 않은 방식으로 있는 현실을 추인하고, '작품으로의 회귀'라는 실증주의로 드러나는지를 좀 더 면밀하게 고찰하고자 한다.

3. 리얼리즘과 모더니즘의 '회통'의 테제 – 제2의 자연과 실증주의의 재도래

"애니미즘이 사물을 정령화했다면 산업주의는 영혼을 (사)물화한다. 상품이 자유로운 교환의 종결과 함께 물신적 성격을 제외한 나머지 모든 경제적 질을 상실한 이래로, 이러한 물신적 성격은 사회생활의 모든 국면에 확산된다."13) 아도르노와 호르크하이머의 『계몽의 변증법』 중 한 구절이다. 그는 현대 사회를 이 사물화의 진전이라는 렌즈를 통해 바라봄으로써 현대 사회에 대한 음울한 전망을 내놓는다. "지배하는 과학에 의해 오인된 근원으로서의 자연이 기억될 때 계몽은 완성되고 스스로를 지양한다. 그러나 **현재 세계에 봉사하고 있는 계몽은 이러한 가능성 앞에서 대중의 총체적인 기만으로 변질**"14)되고 만다는 것이 그의 주장이다.

아도르노와 호르크하이머의 마지막 강조점은 자못 의미심장하다. 대중의 총체적인 기만은 문화산업의 그럴듯한 거짓 가상으로 표현되기 때문이다. 문화산업은 "충동을 승화하는 것이 아니라 억압하며", "소비자

---

12) 여기에 대해서는 Steven Vogel, *Against Nature*, State University of New York Press, 1996, p. 78을 참조했다.

13) M. 호르크하이머 · Th. 아도르노, 김유동 · 주경식 · 이상훈 역, 『계몽의 변증법』, 문예출판사, 1995, 56-58쪽을 정리했다.

14) 위의 책, 76쪽.

120

의 모든 욕구가 실현될 수 있는 것처럼 제시하지만 그 욕구들은 실은 사전 결정된 것"으로 경험하게 한다. 이러한 문화산업의 거짓 가상은 예술작품의 가상, 말하자면 "인간의 거세당한 충동을 부정적인 것으로 형상화하며, 충동이 굴욕을 당하게 하기보다 내부로 철수시켜 거세당한 것을 매개된 것으로 만듦으로써 구제하는" 가상을 오용하고 탈취한다. 문화산업의 거짓 가상은 예술작품의 가상과 달리 '필요와 통합된 가상' 인 것이다. 현실의 사물화를 부정적으로 형상화하며 충동을 매개된 것 으로 만들어 구제하는 예술작품의 비가상적인 것의 가상은 문화산업의 일차원적인 가상에 의해 항상적인 위협에 처하게 된다. 그래서 예술작 품은 사물화의 효과인 거짓 가상의 폭발적인 증가 때문에 가상을 포기 할 지경에까지 다다른다. '부정적' 지양을 통해 유토피아적 계기를 간직 하고자 하는 예술작품의 가상이 이처럼 사물화의 실제 효과인 문화산업 의 가상과 구별할 수 없게 되는 지점에서, 가상은 직접적인 현실 내지 산 경험으로 일상에서 실체화된다. 가상 자체가 현실이 되는 가상의 일 차원화는, 그 가상에 매개된 인간 주체의 구체적인 활동과 역사적인 제 관계를 지우고 발생의 흔적들을 없애버리는 방식으로 부동의 사실성으 로 전환되는 것이다.

아도르노와 호르크하이머는 '사물화'에 의해 망각된 이러한 사회성 을 '망각(억압)되어진 자연의 귀환'과 같은 자연의 특수한 직접성에 기 댐으로써 내면의 정관주의로 침잠하고 말지만,15) 루카치는 이 사물화의 개념을 끝까지 밀고 나가 직접성에 다가가려는 어떠한 욕망도 단호하게 거부하고 '매개'의 개념을 사유의 중심 토대로 하여 자신의 이론을 전 개해나간다. 그는 사물화의 근본 상황 하에서는 "직접적으로 주어져 있 는 대상들의 사물 형식들, 대상들의 직접적인 현존재, 그 양상이 일차적 인 것으로 나타나고, 실재하는 것, 객관적인 것, 대상들의 '연관들'은 이

---

15) 이 부분은 논란의 여지가 있다. 그러나 아도르노가 반성적 사유의 토대로 억압된 자연
   의 회귀에 기대고 있는 것만은 분명하다.

에 반해서 이차적인 것, 단순히 주관적인 것으로 현상한다. 이에 따라서 직접성의 입장에 서 있는 한, 모든 현실적 변화는 개념 파악할 수 없는 것으로 나타난다. 어떤 것이 변화한다는 사실

여지가 없는 사실이, 이러한 직접성의 입장에 매몰되어 있는 의식형태에게는 하나의 파국으로 모든 매개 장치를 절단하면서 돌연 외부에서 첨예하게 밀려들어오는 격변으로 비치게 된다"[16]는 점을 예리하게 파고든다. 루카치가 이 인용문에서 말하고 있는 바는 인간이 사물화의 근본 현상인 직접성에 매몰되어 있을 때, 파국이나 격변(위기)은 돌이킬 수 없는 운명처럼 인간에게 인식된다는 점이다. 루카치는 사물화와 매개의 상대화된 규정을 따라 인간은 매개를 통해서만 직접적으로 주어져 있는 대상들의 어떠한 왜곡과 폭력의 잔상을 발견할 수 있을 뿐이며, 그것이 이전에는 어떠한 형태였는지는 알 수가 없다고 설득력 있게 제시한다.[17] 그런데 현대 사회는 마치 모든 세계가 인간 활동과 무관하게 영원히 변경 불가능한 '자연'인 양 출현하고, 이의 결과로 사물화된 제2의 자연이 객관성으로 치환되는 여하한 실증주의가 학문의 분업화와 더불어 전면화된다고 루카치는 주장하고 있다.

이러한 실증주의는 다양한 양태로 분출된다. 사물화의 근본 현상인 기성(既成)의 세계를 있는 그대로 긍정하는 조야한 실증주의(추수주의)부터 이를 '부정'하는 보다 고차원적인 직접성의 욕망까지 그 스펙트럼은 폭넓다.[18] 이 후자의 태도를 한마디로 압축하는 현재의 (인)문학 경

---

16) 게오르그 루카치, 박정호·조만영 역, 『역사와 계급의식』, 거름, 1986, 280쪽.

17) 이 지점이 아도르노와 루카치가 갈라지는 핵심적인 부분이다. 아도르노가 사물화의 망각된 사회성을 인정함에도 불구하고 인간 고유의 본원적 육체로 환원되는 것과는 달리, 루카치는 억압된 자연의 실체나 토대를 믿지 않는다.

18) 지금 학계에서 기성의 세계를 있는 그대로 긍정하는 가장 대표적인 이론은 근대화론일 것이다. 근대화론은 기성의 법칙들의 있을 수 있는 가능한 결과들을 수량적으로 계산하는 수량화에 매몰되어 있으며, 이 기능화된 수량화를 절대 법칙으로 추인한다. 따라서 더 정밀한 계산으로 이전의 오류를 수정한다는 입장은 사물화의 기능화된 법칙에서 한 발자국도 벗어나지 못한 채로 부분적인 오류를 제거하는데 전력을 기울인다. 이것은 마치 식민 지배자가 식민지에 도착해 "우리가 그런 게 아니야. 저들은 원래 저렇

향 중 하나가 '환멸'의 심리이다. "이제는 거의 지쳤다고 할 수 있다. 특히 2000년대의 벽두부터 터져 나온 문단 주변의 이러저러한 추문들과 『조선일보』 문제를 둘러싼 상업주의와 문단 권력과 관련된 부끄러운 현상들을 관찰하고 그에 개입하는 동안 한국의 근대 문학 제도에서는 더 이상 지성과 윤리를 갖춘 문학은 산출되기 어렵다는 비관적 결론이 고개를 드는 것을 어쩔 수 없었다"[19]고 토로하는 김명인의 글이 이를 잘 보여주고 있다. 그는 현재 한국의 문학은 근대문학으로서의 성찰적 활력을 소진하고 제도적 타락으로 앞길이 막혀 있는 환멸적 상황이라고 규정한다. 문학이 한갓 쇼핑의 대상이고 문학평론은 광고문구이거나 장식물과 다르지 않다면, 문학의 미래는 어디에도 없다. 이런 그가 현재 한국 문학의 가능성을 떠올리는 것은 그리 쉽지 않아 보인다. 제도화된 문학적 글쓰기를 포기하고, 대중의 일상 속에 보다 쉽게 접근할 수 있는 언론 매체의 칼럼류로 글쓰기를 전환함으로써 그는 대중과 직접 소통할 수 있는 직접성에의 욕망, 말하자면 사물화의 한 단면이라고 할 수 있는 대중과의 직접적 접촉 및 설득에의 심리를 강하게 드러낸다.

한편에서 현재 문학에 대한 '환멸'의 심리가 제출된다면, 다른 한편에서는 '대상으로 회귀하고자 하는' 또 다른 형태의 실증주의가 고개를 든다. 조정환은 현재의 이러한 실증주의적 연구 경향을 최원식의 '회통'을 예로 들어 비판적으로 접근하고 있다. 그는 리얼리즘/모더니즘의 창안된 정체성을 떠나 작품의 실상으로 직핍하려는 최원식의 '회통'에 대해 이름(명명)의 포기, 나아가 비평의 방기이자 유언에 다름없다고 질타한다.[20] 조정환이 비평의 임무에 대한 파산 선고로 간주한 최원식의 '회통'은 "리얼리즘과 모더니즘이 차이 속에 얻어진 상상적이거나 창안된 표지일 가능성"이 크다는 자각에서 출발하여 지금 문학에 긴급하게 요구되는 "담론으로부터 대상을 창안하기보다는 담론으로부터 대상으로

게 가난하고 궁핍했어. 이 가난은 저들의 탓이야"라고 말하는 것과 유사하다.
19) 김명인, 『환멸의 문학, 배반의 민주주의』, 후마니타스, 2006, 12쪽.
20) 조정환, 『카이로스의 문학』, 갈무리, 2006. 나머지 인용문은 이 책으로 대신한다.

귀환"하여 참된 비평 정신을 회복하려는 그의 최근 행보와 긴밀하게 조응된다. "리얼리즘/모더니즘의 창안된 정체성을 떠나 작품의 실상으로 직핍하면, 리얼리즘의 최량의 작품들은 통상적 리얼리즘을 넘어서는 순간 산출되었으며, 모더니즘의 최량의 작품들도 통상적인 모더니즘을 비월하는 찰나에 생산되었다는 것에 다시금 주목하게 된다"고 최원식은 주장하는 것이다.21)

이러한 그의 논리 전개에 따라 양자의 회통이 모색된다. 리얼리즘과 모더니즘이 비록 가상일지라도 한번 생긴 것은 그 가상을 성립시킨 업이 소멸되지 않는 한 쉽게 사라지지 않기 때문에 우선 양자의 회통을 통해 작품의 본질에 육박하는 최량의 비평 정신을 회복하는 것이 필요하다는 나름의 진단을 거쳐 그는 '회통'을 현재와 현재 이후의 문학을 위한 일시적 거처이자 교정책으로 자리매김한다. 최원식의 '회통'은 동일성의 비동일성이라는 아도르노의 '자연' 개념, 즉 동일성으로 환원되지 않는 그 무엇의 출현을 기다리는 '자연' 개념과 상당히 흡사하다. 아도르노가 고통이나 공포의 미세한 감각을 기억하는 육체에서 사유(정신)의 한계와 '부정성'의 영원한 운동을 엿보았던 것처럼, 최원식은 오용된 비평의 개념들을 철회하고 비평의 본원인 작품으로 되돌아가 작품에서 최량의 비평 정신을 자연스럽게 유도하는 원형질의 감각을 요청한다. 정적이고 체계적인 사유가 항상 놓치기 마련인 '남아 있는 어떤 것'을 작품에서 포착하여 이 파국을 헤쳐 나갈 동력을 발견하려는 최원식의 '회통'은 작품에 대한 무한한 기대를 반향하는 한편 창작자들에게는 창작의 엄중한 책무를 상기시킨다. 이에 대한 조정환의 비판은 신랄하다. 최원식의 회통은 그야말로 "언어적 제스처에 불과하며 창작과는 독립적으로 사유하고 표현해야 할 비평의 임무를 창작에게 떠넘기는" 행위에 불과하다고 보기 때문이다. 덧붙여 조정환은 "리얼리즘/모더니즘 논쟁은 모더니즘의 승리로 끝났다기보다 리얼리즘의 자결로" 마무리되

---

21) 최원식, 『문학의 귀환』, 창작과비평사, 2001, 57-58쪽.

었다고 단언한다. 리얼리즘론만이 아니라 비평담론 일반까지 무덤에 끌고 들어가 버린 이 비평의 방기 내지 포기는 비단 최원식만의 문제는 아닌 듯하다.

'리얼리즘', '민족문학', '세계문학'은 아직 그 쓸모가 남아 있는 개념이요 방편이라고 설파한 백낙청은 최원식과는 분명 다른 입장에 서 있다. 하지만 그는 '통일시대 한국문학'을 전망하는 가운데, "'통일시대'의 총체상을 점검하고 분단체제극복에 획기적으로 기여하는 대작이 되려면 소재나 작가의 알음알이 차원에서도 분단 문제가 적극적으로 제기되지 않을 수 없으리라는 점"을 전제한 후, "이런 대작의 생산은 먼저 개개인의 작가가 자신에게 절실한 소재 또는 과제를 잡아서 자기가 알고 느끼는 만큼 정직하고 치열하게 수행해나가는 작업이 축적되는 가운데 자연스럽게 이룩되는 것이지 욕심을 앞세울 일은 아니라고" 슬쩍 한 발을 뺀다.[22] 비평가의 평가 행위도 평범한 독자가 작품을 읽다보면 자연스럽게 하게 되는 가치판단과 본질적으로 다르지 않다고 그는 다른 장을 빌어 비평가의 비평 행위를 독자의 취향과 동일시하는 뉘앙스의 발언을 개진하기도 했다.[23] '통일시대'와 '분단체제' 등 한국 문학의 굵직한 사안들을 주도했던 대표적인 비평가의 발언치고 현재 문학에 대한 수세적인 태도가 여지없이 묻어나온다. 그렇다면 이토록 막중한 책임이 부과된 작품은 이 비평가들의 바람대로 문학의 현재와 현재 이후를 열어줄 신성한 '사제'가 되어줄 것인가? 비평은 예술(작품)을 옹호할 임무로부터 벗어날 수 없다는 수잔 손탁의 말대로, 작품은 비평이 포기한 현재와 현재 이후의 문학의 새로운 가능성들을 과연 출현시킬 수 있을 것인가? 현재와 현재 이후의 문학은 이제 그 공이 작품(창작)들에로 넘어갔다. 비평(가)과 작품(창작자)이 맺는 이러한 비대칭적인 관계는 비평이 현실의 난관을 작품(창작)에게로 떠넘긴 데 따른 필연적인 결과이며,

---

22) 백낙청, 『통일시대 한국문학의 보람』, 창비, 2006, 142-143쪽.

23) 황종연, 「무엇이 한국문학의 보람인가—문학 평론가 백낙청과의 대화」, 『창작과비평』, 2006년 봄호, 311-312쪽 참조.

비평이 담보할 수 있는 최소한의 약속도 어떠한 보증도 사라졌음을 의미하는 것이다. 당연히 비평이 제도화된 강단에 고립되는 경향은 더욱 심화될 수밖에 없다. 하지만 작품은 이 사물화의 일차원적인 가상에서 진정 자유로운 것인가? 오히려 사물화의 근본 현상에 내재된 역사적 제 조건들을 지우고 기성의 세계를 전도된 방식으로 추인하는 위험은 작품(창작)이 더 크지 않을까? 다음 장에서는 이와 관련된 의문들을 김영하의 "작가 인터뷰"와 『검은 꽃』을 통해 독파해보려고 한다.

4. 고요하고 투쟁 없는 '제3 세계다움' - 침묵하는 객체들

현재 한국 문학을 대표하고 있는 작가를 꼽으라면 단연 김영하일 것이다. 연이은 화제 속에 그는 이른바 문단에서도 출판계에서도 잘 나가는 작가로 부상했다. 2006년 『작가세계』 가을호는 이런 흐름에 부응하듯 오늘의 작가 특집으로 김영하를 집중 조명했다. 오히려 뒤늦은 감이 있다고 느낄 정도로, 김영하는 1990년대 말부터 문단과 출판계의 지속적인 상찬의 대상이 되었다. 김영하의 작품에 대한 어떤 평가를 하고자 이 이야기를 끄집어낸 것은 아니다. 3장에서 제시된 '작품(대상)으로의 회귀'가 과연 비평의 대안이 될 수 있는지를 김영하의 "작가 인터뷰"를 중심으로 규명해보려는 의도에서 김영하를 출발점으로 삼은 것이다. 김영하는 10년 동안 글을 쓰면서 자신의 말들에 휩쓸린 적이 없느냐는 대담자의 질문에 다음과 같이 대답한다.

2000년대에 들어서시면서 뭔가 다른 게 필요하다고 생각했어요. (중략) **한 동안은 강력한 서사에 매료돼 있었는데 『엘리베이트에 낀 남자는 어떻게 되었나』 『아랑은 왜』 『검은 꽃』까지요. 그런데 이런 생각이 들었어요. 소설은 이야기가 다가 아니지 않느냐. 현대문학에선. 『오빠가 돌아왔다』 시절부터는 이야기성에서 좀 벗어나게 되죠.** 이야기만으로 의미가 있는 것은 아니잖아요. 현대문학에선. 이야기를 비우기 시작했어요. 전엔 누가 죽거나, 벼락을 맞거나, 남편이 흡혈귀이거나 등등의 강력한 이야기가 지배했는데 『오빠가 돌아왔다』부터는 이야기에 공간이 생기게 됩니다…… **의미가 구멍 사이로 지나가는 소설이 없을까 생각하게 되었죠. 그러면 그곳에서 발효도 일어나고 화학적 변화도 생기게 되고 의미의 충돌도 생기게 되고.**[24]

딱히 흠잡을 데 없는 발언이다. 그런데 그의 발언은 서사와 서사의 공백 사이에 자리한 중요한 쟁점을 함축하고 있다. 김영하는 서사(이야기성)에서 벗어나, 서사와 서사의 빈틈에서 창출되는 예기치 않은 의미의 출현을 향후 그의 문학의 방향성으로 제시한다. 꽉 찬 서사가 아니라 서사와 서사가 침묵하는 여백의 공간은 서사가 포착할 수 없는 "남아 있는 어떤 것"이 도래하는 비동일성의 공간일 것이다. 서사의 비워냄과 흩뿌림은 서사가 강제하는 억압적 동질화를 벗어나 차이와 다양성을 텍스트(아님 독자?)에 새겨놓는다. 이러한 찰나의 섬광은 최원식이 '회통'에서 말한 비월하는 찰나의 순간과 다르지 않다. 비평가는 지금까지의 비평/언어인 리얼리즘과 모더니즘 대신 작품(대상)으로 회귀하여 작품(대상)이 찰나적으로 뿜어내는 의미의 생성을 정관적으로 기다리며, 작품의 실제 창작자인 작가는 서사가 비워내는 서사의 빈틈에서 제3의 무언가, 억압된 무언가가 귀환하는 찰나의 순간을 조용히 응시한다. 물론 억압된 것의 귀환과 알려지지 않은 것의 찰나적인 드러남은 고도로 조직화되고 합리화된 세계에서 이름/개념이 갖는 폭압성을 드러내고 이름/개념이 붙잡지 못한 차이를 보존하기 위한 '대안'적 타자성의 전략적 장소로 기능하고 있음을 모르는 바 아니다. 그러나 차이를 보존하는 이 비동일성이 이름/개념에 대한 불편한 긴장을 포기하고 자동화된 사물의 세계를 억압된 자연의 회귀인 양 인식할 위험에서 완전히 자유로운 것은 아니다. 아니 어떠한 인식도 대상을 전부 파악할 수 없다는 상대주의적이고 허무주의적인 입장을 미학의 이름으로 정당화하고, '남겨진

---

24) 김이은, 「그가, 몸을 바꾸다」, 『작가세계』, 2006년 가을호, 87쪽.

어떤 것'의 이름/개념(이것도 인식일 수밖에 없을 텐데)으로 지금까지 전개된 비평의 인식적 매개마저 부정하는 고도의 실증주의와 주관주의로 함몰될 위험성마저 엿보인다.

김영하의 인터뷰가 예증하듯 작품(소설)은 서사성을 포기하고 비평은 비평의 개념을 대신하여 작품(대상)으로 회귀한다. 이 막중한 책임을 짊어진 작품은 그런데 서사를 포기하고 서사의 공백에서 무언가가 출현할 것이라며 기다리라고 말한다. 이러한 무한누진의 악순환이 거듭되면, 현재와 현재 이후의 문학을 담당할 복잡한 인식의 매개를 찾기란 거의 무망해 보인다. 김영하가 『검은 꽃』은 강력한 서사이며, 『오빠가 돌아왔다』는 서사가 비워진 작품이라고 말한 내용 역시 액면 그대로 믿기 힘들다. 외견상으로 『검은 꽃』은 『오빠가 돌아왔다』에 비해 서사성이 강한 것이 사실이다. 그러나 (상품) 가치는 노동의 표상이기도 하지만 차이가 만들어내는 차이화의 산물이라는 점을 염두에 둔다면,25) 『검은 꽃』은 제3 세계 문학으로 자신의 기원을 상정하는 문화 횡단적인 차이화의 매개를 이미 거쳤음을 간취할 필요가 있다. 이 말은 『검은 꽃』은 서사를 추동하는 시각 이미지의 매개된 분절을 따라 인간이 사라진 신성한 땅을 신비한 장대함과 완강한 침묵이 공존하는 자연 풍경으로 담론화하는 제3 세계 특유의 가치 생산과 밀착·연루되어 있다는 뜻이다.26) 야생의 밀림과 문명화되지 않은 원시적인 마야인과 식민지 조선인이 황량하지만 순백의 자연 풍경으로 현현하는 『검은 꽃』의 결말은 물질적이고 역사적인 제 조건들을 지우고 마치 침묵하는 자연 풍경이 민족국가(네이션=스테이트)의 외부에서 진정한 의미를 섬광처럼 발산

---

25) 여기에 대해서는 레이 초우의 『원시적 열정』(정재서 역, 이산, 2004년)을 참조했다.

26) 이러한 징후는 비단 김영하로 그치지 않는다. 동양의 관능적이고 신비로운 궁중 무희가 전 세계를 무대로 동양의 상품 가치를 재생산하는 김탁환의 『리심』 역시 이와 별반 다르지 않다. 한류와 접목된 신오리엔탈리즘은 세계 표준으로서의 공통성과 문화적 개별성으로서의 차이에 대한 현재의 복합적 혼교성을 새롭게 재구축한다. 전 지구적 상품 경제와 문화 간의 분절과 결합을 탐구하는 것이 현재 무엇보다 필요한 이유가 여기에 있다.

128

시키리라는 '자연'에 대한 매혹을 재생산한다.[27] 그래서『검은 꽃』은 서
구가 제3 세계에 기대하는 고요하고 투쟁하지 않는 제3 세계의 제3 '세
계다움'을 충실히 재현하게 된다. 이는 신종 오리엔탈리즘의 재판이자,
토착 지식인과 '세계'의 위계화된 권력/지식의 공모이다. 이 고유하고
투쟁하지 않는 자연 풍경 같은 제3 세계가 이슬람의 근본주의자들 같이
자신의 역사와 존재 근거를 주장할 때, 이 제3 세계는 참으로 번거롭고
성가신 타자가 되지만 서사가 비워내는 침묵하는 자연 풍경과 닮아 있
는 제3 세계는 언제든 포섭 가능한, 받아들일 만한 차이로 문화 횡단적
인 상품 가치를 보존하고 지탱하는 것이다. 비평은 비평을 배반하고, 작
품은 비평을 배반하는 영속적인 추방과 단절은 현재 문학(연구)과 문학
연구자가 처한 당면한 현실로 우리를 짓누르고 있다.

5. 남은 문제들 - 결론을 대신하며

지금까지 이 글은 (인)문학의 자율성 테제와 근대 문학의 종언 테제
그리고 리얼리즘과 모더니즘의 '회통'의 테제까지 한국 (근대)문학이 직
면한 세 가지 쟁점을 구체적으로 점검했다. 이 글은 문학과 비평(문학연
구)이 처한 현실을 근본적인 개념/이름으로 접근해보고자 했다. 가라타
니가 (근대)문학의 종언을 선언하고 세계상품으로서 (근대)문학의 존재
가능성을 역설했을 때, 이에 대한 반(反)작용으로 (근대)문학의 유의미성
을 주장하는 것은 동일한 논리의 악순환에 빠져들거나 가라타니가 제기
한 유효한 비판점마저 무화할 위험성을 다분히 안고 있다. 가라타니의

---

27) 이는 현재 한국 (인)문학에서 풍속 연구가 빠져들기 쉬운 함정이다. 때로 식민지 근대
   성은 이 풍속 연구와 결부되어 객체화된 자연 풍경처럼 식민지 시대를 흥밋거리로 구
   성하고 소비하는 양태를 보여준다. 전봉관의 일련의 작업은 이러한 풍속 연구를 통해
   식민지 시대도 지금의 시대와 다르지 않다는 본질주의적 태도를 지니고, 그 구체적인
   역사성을 소거하는 세련된 보수주의자의 면모를 진하게 풍긴다.

주장에서 우리가 간과할 수 없는 것은 (근대)문학의 외재성이 사라졌다
는 엄연한 역사적 생성조건이기 때문이다. 그의 통찰을 우리의 사례로
전유하여 숙고해야할 징후들은 이미 곳곳에 산재해 있었던 것이 사실이
다. 다만 공적인 학문장에서 촉발된, 가령 '인문대학장단의 성명서'와
같은 우연하고 일회적인 사건이 공적인 권위와 위신을 띠고 눈앞에 당
면한 현실로 제출됨으로써 보다 선명하게 드러났다는 점이 다르다면 다
를 뿐이다. 이는 또한 문학 연구의 후진 양성, 현재 유행하는 학제 간
연구, 학술진흥재단의 여러 지원금을 포함한 국가 지원 체계들,[28] 마지
막으로 지금 위기의 주범이자 모든 "비생산적인 갈등"의 원천으로 지목
된 386 세대의 문제와도 서로 맞물려 있다.

　이 네 가지 민감한 사안들은 (근대)문학의 외재성이 과연 존재하는가
의 문제와 직결되어 있기 때문이다. 근대 '네이션'이 세계화로 표상되는
지금의 '세계'와 아무런 긴장 관계를 형성하지 못하고 '세계'로 자진 투
항하고 있는 지금, 문학(연구)이 내셔널리즘을 붙잡고 치고박고 하는 것
은 마치 싸울 의지가 없는 한 놈을 붙잡고 그 놈이 자진 실토할 때까지
팬다는 정말로 희극적인 상황을 연출할 지도 모른다. 내셔널리즘에 대
한 현재 문학(연구)의 폭발적인 관심과 경도는 내셔널리즘이 더 이상 우
리의 일상적 안락에 아무런 위험도 되지 않는다는 사실을 역으로 입증
해준다. 그래서 문학 비평과 (인)문학 연구는 안전하고 투명한 적대자들,
그것이 정부이든 386 세대이든 동질화되지 않은 집단을 뭉뚱그려 적으

---

28) 우리는 이 지점에서 강상중의 견해에 귀를 기울여볼 필요가 있다. 일본의 전후고도성
　　장이 끝나고 거품경제로 일컬어지는 일본 경제의 불황은 '일본형 복지사회'를 지탱하
　　는 토대로 간주된 가족, 지역, 기업 등소규모 공동체의 함몰을 재촉했다. 소규모 공공
　　공간이자 개인과 국가를 잇는 이러한 중간영역의 소멸은 민족－국가의 퇴장과 민족－
　　국가의 과잉이라는 모순된 양상을 빚어낸다. 이것은 우리도 마찬가지가 아닐까. 자립
　　과 자율성의 환상이 깨어지고 중간영역으로서 대학이 갖는 위상이 흔들리면서, 국가로
　　의 투항과 개입이 그 자리를 대신한다. 이제 국가의 지원금은 모든 연구자의 로토이자
　　대리 충족물이 된다. 지원금이 연구의 질과 성과를 결정하는 절대자로 자리매김하는
　　전도된 현실이 도래하고 있는 것이다. 강상중·요시미 순야, 임성모·김경원 역, 『세계
　　화의 원근법』, 이산, 2004.

로 호출하고[29] 이 적들을 방패막이 삼아 "국가에 인문한국위원회라는 기관을 설치하고" (인)문학의 순정한 가치를 보호할 게토화된 생존을 요구하는 자기 딜레마에 빠져든다. 감금과 자유의 21세기 판 역설은 이렇게 부메랑이 되어 우리들에게 되돌아온다.

제3세계의 문화 횡단적인 차이가 경쟁력 있는 상품 가치로 창출되는 현재의 지식/권력의 장에서, 학제 간 연구 역시 평면적인 대내외의 연합으로 전락할 위험성을 고스란히 떠안고 있다. 차이와 다양성을 가로지른다는 이 문화적 다원주의는 제1 세계의 제3 세계 연구자들이 제3 세계의 가공되지 않은 자료를 자원으로 제1 세계의 이론으로 제3 세계의 학계에서 발언한다는 지식/권력의 위계화된 장을 확대 재생산한다. 세계체제를 분석한 월러스틴은 전체사와 단일학문성에 대한 자신의 옹호는 "경제적 토대를 이른바 문화적 토대로 바꿔치기하는 것에 대한 단호한 거부의 입장"[30]에서 정초되었음을 명확하게 밝힌 바 있다. 다(多)학제주의나 학제 간 연구에 대한 현재 (인)문학 연구자들의 강박증은 차이 아닌 차이를 알리바이로 전체를 시야에 넣는 단일학문성에 대한 고도의 긴장을 포기하고 다(多)학문주의라는 문화적 다원주의를 통해 지금의 세계체제에 안전하게 연착륙하고 있는 것은 아닐까? 그렇다면 앞으로 한국 문학에서 '세계'는 도대체 어떠한 모습을 띠게 될까? 우리의 후속 세대에게 '세계'에 대고 발언하라는 의미의 지향점은 어디이고 무엇을 이야기하라고 조언해줄 것인가? 이 글은 이처럼 해결되지 않은 질문들

---

29) 386세대들을 동일화하여 자기 정당화의 기제로 삼으려는 주관적 소망이 투여되어 있지 않다면, 386세대를 동질화할 근거를 찾기란 어려울 것이다. 마치 학계의 '순수한' 인문학적 가치를 불결하게 만든 책임이 이들 386세대들에게 있는 것처럼 형상화하고, 이 책임을 가시화된 386세대들에게 전가하는 것은 '순정한' 인문학적 가치의 내용들이 도대체 무엇인지 그리고 과거 역사가 왜 (인)문학자 내지 학계가 담당해야 할 책무인지를 치열하게 고민하는 데 아무런 해답도 제시해주지 못할 것임은 분명하다. 문제 설정의 방식이 바뀌지 않으면 그 해답 역시 이러한 문제 설정의 틀에서 결코 벗어나지 못한다. 순수와 불결의 인식론적 위계와 이로부터 파생되는 헤게모니 쟁탈전은 필자의 책 『식민지의 적자들』(푸른역사, 2005)을 참조할 수 있다.

30) 이매뉴얼 월러스틴, 이광근 역, 『월러스틴의 세계체제 분석』, 당대, 2005, 59쪽.

만을 던진 채 마무리지으려고 한다. 그 대답은 우리의 실천적 개입과 저항에 의해 달라질 그리고 '대상으로 회귀하는' 관조적인 미학적 응시가 아니라 비평의 인식적 매개를 끝까지 움켜쥐고 대결하는 치열한 자기-반성에 의해 구축될 미해결의 장으로 아직 열려 있기 때문이다.

주제어 : (인)문학의 자율성, 근대문학의 종언, 세계와 네이션, 실증주의, 제3세계다움, 학제 간 연구, 리얼리즘과 모더니즘의 '회통'

◆ 참고문헌

1. 일차 자료

가라타니 고진, 조영일 역, 「근대문학의 종언」, 『근대문학의 종언』, 도서출판 b,
　　　2006, 43-86쪽.

──────, ──────, 「포스트모던에서 주체의 문제」, 『언어와 비극』, 도서출
　　　판 b, 2004, 441쪽.

김명인, 『환멸의 문학, 배반의 민주주의』, 후마니타스, 2006, 12쪽.

김이은, 「그가, 몸을 바꾸다」, 『작가세계』, 2006년 가을호, 87쪽.

백낙청, 『통일시대 한국문학의 보람』, 창비, 2006, 142-143쪽.

최원식, 『문학의 귀환』, 창작과비평사, 2001, 57-58쪽.

황종연, 「문학의 묵시록 이후—가라타니 고진의 「근대문학의 종언」을 읽고」, 『현대
　　　문학』, 2006년 8월호, 196, 198, 213쪽.

──, 「무엇이 한국문학의 보람인가—문학 평론가 백낙청과의 대화」, 『창작과 비
　　　평』, 2006년 봄호, 311-312쪽.

2. 이차 자료

강상중·요시미 슌야, 임성모·김경원 역, 『세계화의 원근법』, 이산, 2004.

공임순, 「지금 역사소설은 세계텍스트를 꿈꾸는가?」, 『문학수첩』, 2006년 여름호.

게오르그 루카치, 박정호·조만영 역, 『역사와 계급의식』, 거름, 1986, 280쪽.

레이 초우, 정재서 역, 『원시적 열정』, 이산, 2004.

M. 호르크하이머·Th. 아도르노, 김유동·주경식·이상훈 역, 『계몽의 변증법』, 문
　　　예출판사, 1995, 56-58쪽, 76쪽.

이매뉴얼 월러스틴, 이광근 역, 『월러스틴의 세계체제 분석』, 당대, 2005, 59쪽.

Steven Vogel, *Against Nature*, State University of New York Press, 1996, p. 78.

◆ **국문초록**

본 논문은 한국(근대)문학의 세 가지 테제를 비판적으로 검토했다. 이 세 가지 테제란 (인)문학의 자율성, 근대문학의 종언, 마지막으로 리얼리즘과 모더니즘의 '회통'에 관한 것이다. (인)문학의 자율성 테제는 '인문학 주간'에 발표된 인문학장단의 성명서로 촉발되어, (인)문학의 자율성에 내포된 감금과 자유의 21세기 판 역설을 고스란히 보여주었다. 이는 현재 (인)문학과 (인)문학자가 처한 위상을 반영하는 것으로, 이 논의는 가라타니 고진이 제기한 근대문학의 종언 문제로까지 확장된다.

가라타니가 명명한 근대문학의 종언은 근대 네이션이 더 이상 '세계'와 긴장 관계를 형성하지 못하는 작금의 현실을 가리키고 있다. 근대 네이션의 상실은 곧 근대 문학의 외재성이 사라지는 것과 그 맥을 같이한다. 외재성의 소멸은 부정성의 운동에 대한 근본적인 성찰을 제기한다는 점에서, 한국(근대)문학의 현재와 미래에 적지 않은 고민을 안겨준다. 이 논문은 근대문학의 종언 테제를 거쳐, 리얼리즘과 모더니즘의 '회통'이 실은 대상(작품)에 대한 무한한 신뢰로 이어지는 실증주의의 재도래를 초래하고 있음을 비판적으로 고찰해보았다. 현재 신자유주의로 표상되는 전지구적인 상품화에 (근대)문학이 어떻게 포섭·연루되는지를 보여주는 하나의 징후적인 사건으로 이 문제들을 살펴볼 필요가 있다는 것이 본 논문의 중심 입론이었다.

마지막으로 본 논문은 문학 연구의 후진 양성, 현재 유행하는 학제 간 연구, 국가 지원 체계들, 현재 위기의 주범이자 모든 "비생산적인 갈등"의 원천으로 지목된 386 세대의 문제까지 보다 활발한 논쟁과 토론을 기대하면서, 남은 과제들로 마무리짓고 있다.

◆ SUMMARY

A critical study about three kinds of theses
in Korean (Modern) Literature

– The paradoxes of confinement and liberty as the 21th century version

Kong, Im-Soon

This essay examines critically three kinds of theses in Korean (Modern) Literature. That is about the autonomy of Korean (humanistic) literature, the end of Modern Literature, finally '회통(會通)' of Realism and Modernism. Being issued by a circle of the Korean Humanities presidents at 'the Korean Humanities' day', a these on the autonomy of Korean (Humanistic) Literature shows full well that it contains the paradoxes as the 21th century version. It reflects a situation of Korean (humanistic) Literature and scholars of Korean (humanistic) Literature to posit now, and then this discussion extends the end of Modern Literature for Karatani Kojin to raise a question.

The end of Modern Literature, which Karatani Kojin called, points at the existing state of things no longer any formation of strained relations between modern nation and 'the world'. The loss of Modern nation means the disappearance of outness of Modern Literature. The outness of Modern Literature is a serious matter in the present and the future of Korean Literature, because it raise a radical self-reflection about movement of negativity. In this essay, I tried to consider a question critically to bring out a New Positivism that '회통(會通)' of realism and modernism results in unlimited confidence of objects(literary works), through a these on the end of Modern Literature. These problems, I think, need to study a kind of symptom events how Modern Literature is subsumed and implicated within the current global commodity economy represented

New Freedom.

In the end, looking forward to being even more lively debates and controversy, I supposed the remarks about a few problems; the training rising generation of literature research, the current study between an educational system, a support system of nation, and the matter of 386 generation regarded as the current greatest crisis and all the "unproduct" conflict.

Keyword : the autonomy of Korean (humanistic) literature, the end of Modern Literature, modern nation and 'the world', positivism, Be like Third world, the study between an educational system, '회통(會通)' of Realism and Modernism

—이 논문은 2006년 11월 30일에 접수되어, 소정의 심사를 거쳐 2007년 2월 6일에 최종적으로 게재가 확정되었음.

한국문학의 근대성과 탈근대성

조 정 환*

목 차

1. 서론
2. 식민지 조선에서 국민문학의 발전
3. 해방 이후 분단상황에서 국민문학의 발전
4. 맺음말: 문학적 탈근대성과 삶문학의 가능성

1. 서론

신자유주의적 지구화의 하위흐름으로 활성화된 동아시아 지역화 담론에 힘입어 '세계인과 함께 읽는 아시아문예 계간지'『아시아』가 창간(2006년 여름)되었다. 이것은 새겨볼만한 중요한 의미를 갖고 있다. 그것이 한국의 민중·민족문학의 확장으로서 발간되었다는 점이 특히 그러하다. 민족문학을 넘어 아시아문학으로! 그런데 우리의 근대문학사는 이미 '대동아문학'의 체험을 갖고 있다. 그것은 국민문학의 확장으로 나타났음에도 불구하고, 1960년대 이후에 '친일문학'이라는 이름으로 더 자주 불려왔다. 대동아문학이 곧 황국의 국민문학으로 나타났기 때문일 것이다.

---

* 자율평론.

138

일단 지금의 '아시아문학'은 70년 전의 '대동아문학'이 **아니라**는 것에서 시작해야 할 것이다. 그렇지만 우리는 1930년대와 1990년대의 유사성을 떠올려온 적지 않은 담론들을 또한 의식해야 할 것이다. 대동아문학은 1920년대 프로문학(및 민족주의문학)의 해체와 황국 국민문학으로의 전향을 수반한 사건이었는데 공교롭게도 아시아문학은 민중·민족문학의 해체와 한국문학으로의 전향을 수반하면서 나타나고 있다. 넓게 보면 둘 모두가 '계급'이나 '민족'이라는 외투를 벗어버리고자 하는 욕망에 이끌린다.1) 『아시아』지는 일제말 대동아주의가 남긴 상처를 의식한 듯, "언제라도 아시아의 패권지역으로 둔갑할 가능성이 있는 '동북아시아'가 아니라 36억 인구가 살아가고 있는, 존재하는 그대로의 아시아"가 자신의 지평임을 밝히고 있고, 또 '『아시아』는 어떤 힘의 중심을 추구하지 않아야 한다. 굳이 중심이란 소리를 듣게 된다면 아시아의 다양성이 동등하게 만나고 섞이는 "소통의 중심"이란 평가를 가장 영광스럽게 받아들일 자세를 갖춰야 한다'고 강조하고 있다.2) 이런 점에서 아시아문학은 대동아문학과의 **다름**을 어떻게 구현할 것인가라는 과제를 안고 있는 셈이다.

일본제국주의를 강력한 후원자로 삼고 나타났던 20세기 초반(1940년 전후)의 대동아문학과 한국의 대자본을 후원자로 하여 출현하고 있는 21세기 초(2006년 전후)의 아시아문학, 이 두 가지를 비교하는 것이 무슨 의미를 가질 수 있는가? 한국 근대문학사의 통념은 일제 말기인 1938~45년간을 암흑기로 규정하고 근대문학의 정상적 발전이 가로막

---

1) 『아시아』, 아시아, 2006년 여름 창간호, 2쪽.

2) 여기에 나타나는 민주주의적 지향은 이 잡지를 재정지원하는 포스코청암재단에 대한 찬사에 의해 그 빛을 잃는다. "포스코청암재단은 포스코를 **세계 최고의 철강기업**으로 키우고 **기업의 사회공헌을 모범적으로 실천한** 창업자 청암 박태준 선생의 철학과 그러한 전통을 계승하고 강화해 나가는 포스코 현 집행부의 신념으로 세워졌다"(같은 책, 2쪽, 강조는 인용자). 세계최고란 발상도 그러하지만 기업의 사회공헌이란 것도 기업이 사회로부터 가져간 것의 극히 일부를 사회로 돌려주면서 자신의 착취행위를 가리려는 이미지 전략의 한계 속에서 이루어지는 것이지 않은가?

혔던 예외적 시기로 설정한다. 이 시기는 한국 근대문학 전체가 어떤 내적 갈등도 없이 순연하게 황국 국민문학으로, 대동아문학으로, 신체제문학으로 나타났던 한 시기이다. 이전의 국민문학자들은 말할 것도 없고 카프의 프로문학자들까지도 대동아문학으로 이끌렸던 이른바 **이 '암흑기'야말로 근대문학의 무의식이, 아니 그것의 국민문학적 본질이 선명하게 드러났던 시기가 아닐까?** 황국 국민문학이 보여주었듯이 우리는 근대문학을 배제와 차별을 통한 통합으로서의 일종의 총력전의 문학으로, 총동원의 문학으로 읽어야 하지 않을까?

이 문제는 이 시기의 문학을 암흑의 보자기에 싸놓은 상태에서는 혹은 일종의 치부처럼 덮어 가려놓은 상태에서는 결코 풀 수 없는 문제이다. 그것과 정면에서 대면하는 것이 필수적이다. 하지만 많은 경우에 그것은 비밀에 붙여져 있거나 수사로 가려져 있거나 혹은 내면 깊숙이에서 움직이는 것이라는 점에서 진지한 대면이 쉽지 않다. 게다가 이것은 연구자 자신의 무의식과의 대면을 동시에 요구한다는 점에서 더욱 어려워지는 문제이다. 이 문제에 실증주의적 방법으로 접근하는 것이 갖는 한계는 '친일문학'에 대한 최초의 본격적 비판을 시도했던 임종국이 국민문학론의 틀 내에서 이 문제를 바라보고 있다는 사실에서도 입증된다.3)

나는 이 글에서 지난 100여 년에 걸친 근대문학의 역사를 국민문학사로서 파악하면서 주요한 문학흐름들의 내적 경향들, 상호간의 융합과 분열, 그리고 그것이 드러내는 한계를 정식화해 보고자 한다. 글의 서술

---

3) "우리는 서구·개인주의 문학을 비판하는 그들의 이론을 취사선택해야 할 것이다. 따라서 친일문학은 막연한 은폐의 대상이 되어서는 안 된다. 밝힐 것은 밝히고 비판할 것은 비판하고 버릴 것은 버리고 취할 것은 취함으로써 우리는 우리의 문학을 살찌게 해야 할 것이다. 이러기 위해서 주목할 점의 하나가 문학에 국가의식을 강조한 그들의 이론이었다. 앞으로 **한국의 국민정신에 입각해서, 한국의 국민생활을 선양하는, 한국의 국민문학을 수립하려는 사람들을 위해서 그들의 식민지적 국민문학은 좋은 참고자료가 될 것**이다."(임종국, 『친일문학론』, 평화출판사, 1978, 469-470쪽, 강조는 인용자) 여기서 친일문학은 한국 국민문학이 참고해야 할 하나의 국민문학적 모델로 제시된다.

대상은 주로 한국문학에서의 근대성에 대한 분석에 두어지지만 나는 이를 통해 근대문학사에서 탈근대성의 자리가 좀더 분명히 드러나기를 희망한다. 이해를 돕기 위해 미리 말해두자면 나는 탈근대성이 **근대성 이후에 오는 것이라기보다 근대성의 내부에서 근대성을 추동하면서도 그것에 궁극적인 한계를 부여하고 나아가서는 근대성을 넘어서 나아가는 힘**으로 이해했다.

2. 식민지 조선에서 국민문학의 발전

한국 근대문학사에서 '친일문학'이라는 용어는 1938년에서 1945년까지의 7년 동안에 나타났던 문학의 지배적 경향을 일컫는 것으로 사용된다. 이 시기의 문학은 당시에는 국민문학, 대동아문학, 신체제문학 등으로 불렸고 '친일문학', '암흑기문학'이라는 명명은 이후의 문학 및 문학사 연구자들에 의해 붙여진 이름이다.4) '친일'이라는 개념은 조선을 포섭했던 제국 일본이 아니라 패전 후 민족국가로 축소된 일본 국민국가의 외부에서, 특히 조선민족의 입장에 서 붙여진 이름이다. 다시 말해 그것은 조선의 민족주의를 전제한 위에서 그것이 배제하고 싶은 역사적 행위와 사상을 명명하는 방식이다. 그럼에도 불구하고 민족주의적 정서가 가장 고조되었던 해방 직후에 좌우파 문학 모두에서 '친일문학'이라는 개념이 나타나지 않았던 것은 주목할 점이다. 갑작스럽게('도둑처럼') 찾아온 해방으로 인해 불과 수개월 내에 황국 국민문학에서 민족문학, 민주주의민족문학 혹은 인민문학으로 입장을 다시 정리해야 했던 해방

---

4) '국민문학'은 문학을 국민국가의 건설, 발전에 결부짓는 명명이며 '대동아문학'은 국민문학이 서구 문명에 맞서는 대동아 문명의 요소임을 강조하는 것이고 '신체제문학'은 대동아건설을 지향하는 황국이 식민지를 억압하고 수탈했던 제국주의 시기와는 달리 황국 내부의 민족적 사회적 통합을 통한 총동원체제로 나아감에 있어 문학이 수행해야 할 역할을 강조한 것이다.

공간 좌우파 문인들의 경우, 1938~1945년간의 자신의 문학활동을 어떻게 봐야하는지 채 정리가 되지 않았던 탓도 있겠지만 거세어진 민족주의 분위기가 대동아문학자들을 민족반역자로 보는 분위기가 무르익어 있었기 때문일 것이다. 역설적이지만 **해방공간은 조선의 문학가들에게는 해방으로서보다는 자기비판의 문제로 먼저 다가왔던 셈이다.** 대동아문학에 동참했던 문학가들이 민족주의 감정이 무르익은 해방 공간의 문학판을 이끌어야 했던 이 모순적 사정이 식민지 시대 말기의 문학활동들을 공식 담론 아래로 잠복하게 만드는 문학사적 요인이 아니었을까?

'친일문학'이라는 용어는 임종국의 『친일문학론』(1966) 이후에 공식적으로 사용된다. 이 책이 4·19혁명에 힘입어 씌어진 책임을 유념한다면 대동아문학에 대한 근대 한국문학의 자기비판은 해방 후 20년이 지나서, 그것도 아래로부터의 혁명을 계기로 해서 비로소 시작될 수 있었다고 볼 수 있다. 이후 이 용어는 참여문학('60)−민족문학('70)−민중·민족문학('80)으로 이어져온 좌파적 문학흐름 속에서 1938~1945년간의 지배적 문학을 지칭하는 용어로 일반적으로 사용되었다. 하지만 주지하다시피 친일문학이라는 개념은 민족을 비판의 핵심적 준거로 삼는 개념이다. 이 사실은 **전후 좌파적 문예운동이 민족주의에 무의식적으로 동화**되어 있었음을 반증한다.

1938~45년간의 '친일문학'에 대한 태도는 크게 **비호와 비난**의 두 가지로 구분된다. 비호의 제스처는 다양하다. 첫째는 그것에 대한 침묵을 통해 이 시기의 활동을 문제 삼지 않는 태도이다. 둘째는 당시의 문학활동이 강요된 것이므로 친일문인은 희생자에 다름 아니라고 주장하는 것이다. 셋째는 거의 모든 문인이 친일을 했으므로 친일문학가를 단죄할 수 있는 사람은 없다는 주장이다. 이와 같은 비호의 제스처를 통해 당대의 문학현상은 탐구의 치외지대에 놓인다. 반면 비난의 태도는 대체로 민족주의가 절대선이며 친일은 절대악이라는 등식에 기초해 있다. 이것은 민족주의적 및 사회주의적 좌파가 취한 태도이며 오늘날 과거청산론의 지배적 관념이기도 하다. 이 두 가지 태도의 변증법이 '친일

문학'의 문제를 논쟁적 문제로, 그러면서도 건드리기 어려운 뜨거운 감자로 만들어 놓았다. 특히 최근의 과거사청산 논의가 정파적 이해타산에 의해 오염되어온 이전의 과정을 반복함으로써 '친일문학'의 문제에 좀더 근본적인 방식으로 접근하려는 노력은 복잡한 회로에 갇혀 길을 잃게 되었다.

1990년대 이후의 문학연구, 특히 탈식민주의 이론의 문학사 연구에의 응용은 이 문제에 접근하는 완전히 다른 경로를 개척했다. 민족주의 담론 비판과 써발턴 관점의 적용은 '친일문학'이라는 개념 자체의 근거를 허무는 것이었다. 탈식민주의 관점은 친일문학 비판이 친일문학의 거울 이미지를 갖고 있음을 올바르게 비판하기 시작했다. 예컨대 윤대석은 임종국의 『친일문학론』이 문학에 국가관념을 도입한 국가주의 문학론을 긍정하면서 일본 군국주의 파시즘의 논리를 앵무새처럼 반복하고 있다고 비판한다.[5]

탈식민주의론이 파악하는 **친일문학의 본질은 국민문학**이다. 국민문학이란 문학이 국민국가의 건설과 강화에 복무해야 한다는 관념이다. 국가가 민족(들)의 국가 중심적 전유의 산물임을 고려할 때, 국민문학 개념과 민족문학 개념의 상통성은 쉽게 추측할 수 있다. 상상된 공동체인 민족이 국민형성을 위한 토대로 기능하기 때문이다. 문학이 민족의 이익을 위해 복무해야 한다는 생각은 문학이 국가를 위해 복무해야 한다는 생각과 일시적으로 상충할 수는 있지만 근본적으로는 상통한다. 반일이라는 민족적 입장에서 제시된 임종국의 친일문학 비판이 새로운 국민문학을 주장하는 것으로 귀결된 것은 따라서 필연적인 것으로 볼 수 있다. **민족문학은 국민문학의 잠재태**이다.

이런 의미에서 볼 때, 역설적이지만, 친일문학 비판은 친일문학과 공통지반 위에 서 있다. 친일문학은 '식민지 국민문학'[6]이라기보다 황국

---

5) 윤대석, 『식민지 국민문학론』, 역락, 2006, 16쪽.
6) 이 용어는 임종국의 용어이며 윤대석은 그로부터 이 용어를 가져왔다.

국민문학 그 자체였으며 **황국 국민문학의 하위 범주로서의 식민지조 선의 민족문학이었다.** 해방 이후의 **친일문학 비판과 다양한 색깔의 민족문학들, 그리고 그 내부에서의 논쟁은 한국의 근대 국민문학을 위한 잠재력들이다. 한국 근대문학사는 국민문학의 길이 근대문학의 경향이며 운명임을 반복해서 보여준다.** 이런 맥락에서 볼 때 **'친일문 학'은, 그것이 하나의 국민문학이라는 점에서, 예외가 아니라 정상이 며 우연이 아니라 필연**이다.

이러한 탈식민주의적 비판을 통해 친일문학이 정상화되며 필연화된 다는 점은 역설적이다. 한편에서 탈식민주의적 비판은 친일문학을 국민 문학으로, 근대문학의 정상형태로 식별함과 아울러, 당대의 민족주의문 학 이후, 그리고 전후의 친일문학 비판마저 새로운 국민문학, 새로운 근 대문학의 맹아로 파악하게 된다. 그리하여 비판은 발본적으로 된다. 그 러나 다른 한편에서 그것은 일제말의 친일문학을 정상화하면서 근대문 학에서 저항의 가능성을 봉쇄하는 현실적 효과를 가져온다. 민족문학론 의 입장에서 친일문학 비판의 유효성을 주장해온 김재용이 탈식민주의 적 비판에 대해 "이러한 비판은 언뜻 보면 친일문학을 비판하는 것처럼 보이지만 잘 들여다보면 거기에는 심각한 옹호가 깔려 있음을 확인할 수 있다. 왜냐하면 이 논리 속에는 당시 일본 제국주의의 식민주의에 대한 저항을 했던 문학인들의 활동이 들어설 여지가 없는 것이다. 이들 은 일본제국주의에 맞서 싸웠던 문학인들 역시 국민국가와 내셔널리즘 의 틀 속에 갇혀 있다고 보기 때문에, 저항의 가능성을 일체 인정하지 않게 된다. 나아가 제국 속에서의 모든 글쓰기는 제국에 포섭 되어 있 다는 것을 전제하고 제국 내에서의 다른 가능성을 열어놓지 않는 것이 다."[7]고 반비판할 수 있게 되는 것은 이 때문일 것이다. 그는 **저항의 불가능성을 유도하는 '단절 속의 반복'(스피박)론을 비판하면서 저항 의 실재성을 입증하기 위해** 절필과 침묵(김기림), 우회적 글쓰기(한설

---

7) 김재용, 『협력과 저항』, 소명출판, 2005, 44쪽.

144

야, 김사량), 최후의 선택으로서의 망명(김사량) 등을 저항적 현상으로 제시한다.[8]

이러한 반비판은 다음과 같은 세 가지의 문제를 갖는다. 우선 탈식민주의론 전체가 저항의 불가능성이라는 담론에 함몰한 것은 아니다. 권명아는 젠더론과 탈식민주의론을 결합시킴으로써 **파시즘 하에서 써발턴 수준에서 전개되었던 '골칫덩어리들'의 넌센스적 저항**을 식별하기 위해 노력한다.[9] 둘째로 **저항의 실재성이 저항의 실제적 유효성을 증명하는 것은 아니다.** 3·1 운동에 놀란 이후, 그리고 중일전쟁에서 승리한 이후 일본의 포섭방식은 형식적인 것에서 실질적인 것으로, 강제적인 것에서 헤게모니적인 것으로, 제국주의적인 것에서 제국적인 것으로 전화되어 갔다. 저항의 실재를 입증하기 위한 노력은, 강압과 저항의 변증법에 현혹된 나머지, 이러한 지배에 대한 유효한 투쟁의 양식이 무엇일까에 대한 질문을 접게 만든다. 셋째로, 그리고 가장 중요한 것으로, **저항의 가능성에 대한 주장이 '어떤 저항인가?'라는 문제를 은폐**하면서 일본제국주의=절대악, 반제국주의 저항=절대선이라는 민족주의 에피스테메를 부당전제한다는 점이다. 삶 속에는 권력에 맞서는 저항의 다양체들이 있다. 그것은 다양한 힘들 사이의 충돌, 밀침, 당김의 역학 속에서 결정된다. 그러므로 저항이 있었다는 사실 자체가 근대문학이 국민문학을 내적 경향으로 삼는다는 탈식민주의의 핵심주장을 논박하지는 못한다.

그렇지만 탈식민주의적 비판이 직면하는 어려운 문제가 있다. 그것은 당시의 민족주의 우파 문학뿐 아니라[10] 사회주의적 좌파 문학까지 국민문학의 흐름에 자발적으로 합류해간 이유가 무엇인가? 하는 것을 밝히는 문제이다. 만약 사회주의가 민족주의로 쉽게 환원될 수 있다면

---

8) 앞의 책, 185-261쪽.

9) 권명아, 『역사적 파시즘』, 책세상, 2005, 97-120쪽 참조.

10) 조선의 민족부르주아지가 친일로 기운 과정에 대해서는 윤해동, 『식민지의 회색지대』, 역사비평사, 2004, 231-259쪽 참조.

이 문제는 독자적 의미를 지니지 않는다. 하지만 **사회주의는 왜 민족주의로 환원될 수 있는가**가 문제로 남는다. 사회주의를 민족주의로 환원하는 것은 쉽지 않다. 사회주의 자체가 국제주의 개념을 통해 민족주의와 긴장된 관계 속에서 발전해 왔으며 한국사에서 그것은 부단히 민족주의와 진영적 대결을 보여왔기 때문이다.

그렇다면 한국의 사회주의는 민족주의와 구별되는 독자성을 보여주었는가? 조선의 사회주의 운동은 볼세비키 주도 하에서 일국사회주의로 방향을 전환한 소련사회주의의 영향 하에서 성장하였다. 그것은 소비에트와 같은 평의회민주주의의 요소들이 이미 청산된 뒤의 사회주의였고 국민국가의 강화 논리로 순화된 뒤의 사회주의였다. 식민지 조선의 프로문학이 일본의 프로문학과 마찬가지로 황국 국민문학에 쉽게 흡수되었던 것은 아마도 이와 무관하지 않을 것이다. 실제로 프롤레타리아 문학의 특이성은 조선에서는 채 구축되기도 전에 사라졌다. 그것은 소련사회주의의 국가주의화 외에 두 가지의 주요한 요인에 의해 규정되었다. 하나는 인민전선론의 대두이며 또 하나는 일본 파시즘의 일시적 승리의 정세이다. 전자는 파시즘에 대한 반대의 기치 하에서 노동계급이 부르주아지와 협력하는 것을 정당화했고 프로문학의 독자적 구축을 부정했다. 후자는 서구에 맞서는 동아시아라는 기치 하에서 일본 천황제와 파시즘, 일본 제국주의에의 협력을 유도했다. 일본의 사회주의자들은, 제국주의 전쟁에서 자국 부르주아지에 협력했던 제1차 제국주의 전쟁기의 사회민주주의 우파와 중도파의 태도를 반복했다. 이처럼 조선에 유입된 것은 파리 코뮨의 경험에 의해 혁신되어가고 있던 코뮨주의적 맑스주의도 아니었고, 사회애국주의와 대립하면서 혁명적 사회주의를 전개하던 초기 레닌주의의 소비에트적 볼셰비즘도 아니었으며 **당독재와 일국사회주의 노선을 따라 민족주의화되어 가던 국가주의적 볼셰비즘**이었다.

이것은 식민지 조선의 사회주의자들이 제국주의 일본에 협력했던 이유, 이들이 국민문학을 받아들였던 이유의 일단을 설명해 준다. 1920년대 조선에서 당대의 국민문학파와의 긴장과 갈등 속에서 성장한 조선 프로문학은 식민지 민족해방운동의 일부로서 출현했고 독립된 민족국가 건설을 목표로 했다. 프로문학은 부르주아 국민문학이 불가능하다고 보고 프롤레타리아트가 주도하는 국민문학만이 가능하다고 보았다. 그럼에도 불구하고 그것은 분명히 잠재적 국민문학이었다. 이 잠재적 국민문학이 지향했던 **반제반봉건의 과제는 황국 국민문학의 대동아주의가 내건 반서구 모토에 의해 쉽게 흡수되고 또 해소되었다.** 서구＝제국주의의 등식 하에서 천황제는 반제의 보루로 여겨졌고 대동아의 구축을 통한 자본주의 발전이 반봉건의 전망을 실현할 것으로 보였기 때문이다. 또한 **문학을 정치의 수단으로 파악하는 미학관은 문학을 전쟁의 수단으로 파악하는 대동아문학관과 아무런 마찰 없이 융합**되었다. 임화가 '그럴 리도 없고 사실 그렇지도 않았지만'이라는 유보를 두고 말하고 있지만, "가령 이번 태평양 전쟁에 만일 일본이 지지 않고 승리를 한다―이렇게 생각해 볼 순간에 우리는 무엇을 생각했고 어떻게 살아가려고 생각했느냐고 묻는 것이 자기비판의 근원이 되어야 한다고 생각합니다. 이 때 만일 내가 한 명의 초부로 평생을 두메에 묻혀 끝내자는 한줄기 양심이 있었는가? 아니면 내 마음 속 어느 한귀퉁이에 강렬히 숨어 있는 생명욕이 승리한 일본과 타협하고 싶지는 않았던가? 이것은 내 스스로도 느끼기 두려웠던 것이기 때문에 물론 입밖에 내어 말로나 글로나 행동으로 표시되었을 리 만무할 것이고 남이 알 리도 없을 것이나, 그러나 나만은 이것을 덮어두고 넘어갈 수 없을 겁니다. 이것이 자기비판의 양심이 아닌가 하고 생각합니다"[11]라고 했을 때, 여기에서 **'내 마음 속 어느 한귀퉁이에 강렬히 숨어 있는 생명욕'은 사회주의적 의욕과 배치되는 것이라기보다 그것까지를 포함하는 것이 아니었을까?** 사회주의 운동이 부르주아지와 적지 않게 협력해 왔음을 상기할 때 황국 내부에서의 국가 부르주아지와의 협력이 사회주의

---

11) 신형기 엮음, 좌담 「문학자의 자기비판」, 『해방3년의 비평문학』, 세계, 1988, 82-83쪽.

운동과 배치된다고도 말하기도 어렵지 않을까? 그럼에도 불구하고 황국
국민문학에 가담한 사회주의자들은 아래로부터의 민중에 의지하는 관
점, 즉 민주주의의 관점에서 보았을 때 크게 후퇴하고 있음이 분명하다.
황국은, 이미 구축된 국가에 민중을 동원하는 하향적 국가로서, 민중으
로부터 올라오는 상향적 민주주의와는 거리가 멀었기 때문이다. 이런
의미에서 황국의 파시즘은 사회주의의 쇠락, 형식화, 그 독자성의 상실
을 보여주는 한 시기이며 **황국 국민문학은 프롤레타리아트 문학이 총
동원의 국가주의에 흡수되었음을 보여주는 역사적 현상**이다.

　　그렇다면 이 **흡수**는 무엇에 의해 규정되었는가? 그것은 (흔히 주장
되듯) 사회주의자, 프롤레타리아트의 나약함에 의해 설명될 수 있는가?
다르게 말해 그것은 일본 제국주의의 폭력적 강대함의 효과인가? 이 문
제는 **황국 국민문학이 대동아문학으로서 등장했고 또 신체제문학으
로서 방향지워져 있음**을 통해 그 해답을 찾을 수 있다. 대동아공영의
논리는 동아시아의 제 민족을 공영의 관계로 편성하겠다는 제국의 논리
이다. 일본이 **만주전쟁에서 승리하고 중일전쟁에서 승리한 후 태평
양전쟁으로 나아가는 상황**은 조선민족의 문제를 단순히 조선-일본의
대립 관계 속에서 사고할 수 없도록 만들었다. 다시 말해 **민족 문제가
동아시아 지역문제의 일부로 편입**된 것이다. 동아시아는 하나의 단위
로서 서구 문명과 대결해야 한다는 대동아 논리는 민족주의적 사고를
해오던 사람에게는 중대한 도전이었다. 이것은 신체제의 개념에 의해
구체화된다. 민족 대 민족의 대립이 아닌 **서양 대 동양의 대립(전도된
오리엔탈리즘)이 문제로 부각**되었다.

　　대동아문학은 대외적으로는 서구에 대항하는 동양문학, 동아시아문
학으로서 **공영의 문학**으로 제시되었지만 실제로 그것은 일본-조선-
만주/남방으로 이어지는 **피라미드 이미지**를 내장하고 있었다. 다시 말
해 조선을 일본의 하위에 놓인 식민지이면서도 만주/남방의 상위에 놓
음으로써 조선인으로 하여금 **아제국주의적 심성**을 갖도록 하는 것이었
다. 또 **신체제문학은 이 위계적 권력배치를 통해 일본의 좌우파와 조**

선의 **좌우파 모두를 흡수하는 탈계급적인 체제통합의 전략**이었다. 전쟁은 계급의 체제적 통합에 가장 효과적인 방법인 바 신체제통합에 만주전쟁, 중일전쟁, 태평양 전쟁이 활용되었다. 특히 **태평양 전쟁은 서구에 대항하여 아시아인들 전체를 동원하고 아시아 모든 지역의 모든 계급을 동원하는 총력전의 표상으로 제시**되었다.

사회주의적 프로문학은 총력전의 상황 속에서 파시즘적 국민문학에 흡수되었고 이로써 그것의 민주주의적 생명력, 혁명적 생명력은 끝난다. 그것은 민족주의, 국가주의에 대항할 수 없었으며 그 내부에 **국가주의적 욕망**이 실제적으로 숨겨져 있었음을 드러낸다. 그것은 국민문학으로서의 근대문학을 넘어서기 위한 **보편문학의 관념**으로 등장했지만 근대문학의 내부로 수렴되면서 그 탈근대적 약속을 지키지 못하게 된다. 그것은 천황제 절대주의 군주제국가에 흡수됨을 통해 민주주의적 절대성, 절대적 민주주의로부터 아득히 멀어지게 된다. 프로문학의 좌절과 국민문학에의 흡수는 **근대문학의 국민문학적 본질의 적나라한 개시**의 시기를 연다. 그것은 **민중을 전쟁에 동원함으로써 국가를 강화하는 문학**이었다.

3. 해방 이후 분단상황에서 국민문학의 발전

일본의 패전과 조선의 해방은 황국의 신민들을 자연상태의 다중으로 되돌려 놓았다. 물론 우리는 점령군으로서 한반도에 들어온 미군과 소련군을 무시할 수 없다. **해방공간**은 이들 제국주의 군대들, 민족주의 엘리트들, 사회주의적 엘리트들 사이에서 **다중을 민중으로, 국민으로 조직하기 위한 경합이 벌어졌던 공간**이다.

이 경합 관계는 문학에도 즉각적으로 투영되었다. 문단의 우파는 조선문화협회(1945. 9. 8), 중앙문화협회(1945. 9. 18), 전조선문필가협회(1946. 3. 13), 조선청년문학가협회(1946. 4. 4)로 결집했고 문단의 좌파는 문학건설총본부(임화, 김남천; 1945. 8. 18, 이후 문화건설중앙협의회로 확대), 프로예술연맹(이기영, 송영; 9. 17)과 그 통합단체로서의 조선문학가동맹(1945. 12. 16)으로 결집했다. 전자는 민족문학에서 순수문학, 한국문학으로 나아가면서 남한 문단의 헤게모니를 장악했고, 후자는 민주주의민족문학으로 출발했으나 이승만에 의한 남한만의 단정 수립을 전후하여 월북했고 일련의 숙청과정을 거쳐 북한에서 주체문학이라는 이름의 국민문학으로 발전했음은 주지하는 바와 같다.

해방공간에서 민주주의민족문학은 조선공산당의 지도하에 민주주의 민족전선을 옹호하고 발전시키는 문학강령이었다. 이것은 코민테른에서 1935년을 전후하여 정립된 인민전선 전술의 조선적 적용이다. 식민지 조선에서 일본에 협력했던 이른바 '대동아문학자들'은 불과 며칠 만에 전쟁에서 승리한 소련의 영향 하에서 '민주주의 민족문학론자', '인민문학론자'로 변신하거나 미국의 영향 하에서 일종의 탈정치적 정치문학으로서의 민족문학가-순수문학가로 변신한다. 식민지 시기의 조선 근대문학에서 애국계몽문학이 프로문학, 국민문학을 거쳐 황국 국민문학으로 이어지는 해방 이전 국민문학의 모태였다. 이와 유사하게 해방 이후의 민족문학은, 북한의 경우 주체문학의 모태가 되었고, 남한의 경우 순수문학을 거쳐 한국문학으로 발전하거나(우파의 민족문학) 참여문학, 민족문학, 민중·민족문학을 거쳐 통일시대 한국문학으로 발전한(좌파의 민주주의민족문학) **해방 이후 일반적인 국민문학 형성**의 모태가 된다.

해방공간에서 문학적 쟁점은 **어떤 국가**를 건설할 것인가의 문제를 둘러싸고 발전한다. 민주주의민족문학이 민중이 주도하는 민주주의적인 통일민족국가 건설을 위한 문학을 지향했다면 우파의 민족문학은 소련과 공산당/노동당에 의해 지도되는 '공산주의' 국가에 대한 거부를 전제로 자본이 주도하는 통일민족국가 건설을 지향하는 문학이었다. 이처럼 식민지 시대에 우파의 국민문학론이 좌파에 대한 반작용에서 탄생했듯이 해방 이후에도 **우파의 문학론은 좌파의 문학운동에 대한 반작용 속에서 탄생**한다. 좌파가 문학가의 행동과 문학창작을 민주주의적 민

150

족국가 건설이라는 정치적 과제에 결부시키는 것과는 달리, 우파는 외관상으로는 문학을 공식적인 현실정치로부터 분리시키고 문학의 자율성을 주장하는 방식으로 좌파에 대항하는 전략을 선택했다.12) 물론 우리는 이 **순수문학 전략**이 한편에서는 **국민적 전통의 미학화**를 통해, 다른 한편에서는 **문학가들의 반공 행동**을 통해 적나라한 정치기능을 수행했음을 알고 있다. 이른바 근대초극을 내세운 순수문학 전략은 지배적인 것(독재-파시즘-자본주의)을 적극적으로 옹호하는 정치주의의 도구였고 **근대적 국민문학의 다른 실현**이었다.

4·19혁명의 여파로 탄생한 **참여문학**은 문학의 자율성 신화를 파괴함으로써, 다시 말해 문학을 민족적 현실에 연루시킴으로써 순수문학의 지배를 파열시키려는 문학적 표현 욕구의 분출을 보여준다. 이것은 1960년대 후반에 시민문학론(1966)으로, 다시 1970년대에는 민족문학론(1974)으로 재정립된다. 재정립된 **민족문학론**은 '민족의 주체적 생존과 인간적 발전이 요구하는 문학', '민족의 주체적 생존과 그 대다수 구성원의 복지가 심각한 위협에 직면해 있다는 의기의식의 소산이며 이러한 민족적 위기에 임하는 올바른 자세가 바로 **국민문학 자체의 건강한 발전**을 결정적으로 좌우하는 요인이 되었다는 판단에 입각한' 문학으로 정의된다.13) 이것은 전쟁으로 단절된 민족문학론 이념이 분단상황에서의 통일이념으로, **한반도 차원에서의 국민국가 건설의 욕망**으로 부활했음을 의미한다. 주목해야 할 것은 재정립된 민족문학론에서 **민주주의 개념이 취약**하다는 것이다. 4·19 혁명 이후 활성화된 지식인운동을 기초로 발전한 민족문학론은 해방공간에서 발흥한 민중의 직접적 민주주의를

---

12) "조연현은 반좌익투쟁의 최전선에서 좌익측의 역사주의적 합리주의적 계몽주의적 논리에 대항하는 정확히 말하면 그 논리들에 대해 대타적 동일성을 구현하는 독자적 논리를 펼쳐 나간다. 즉 논리에 대해서는 생리를, 개념에 대해서는 현실을, 합리에 대해서는 생명을, 상대성에 대해서는 절대성을 내세우는 방식으로 마르크시즘이라는 거대한 체계와 대항해 나간 것이다."(김명인, 『조연현, 비극적 세계관과 파시즘 사이』, 소명출판, 2004, 106쪽)

13) 백낙청, 『민족문학과 세계문학 1』, 창작과비평사, 1978, 124-125쪽.

고려하지 않을 수 없었던 민주주의민족문학론보다도 민주주의의 문제를 민족국가 형성이라는 문제의식에 종속시키는 경향이 있었다. 이것은 이후 민족문학 개념이 위로는 반공적 순수주의 국민문학과 대결하면서 아래로는 민중적 민족문학, 노동해방문학 등의 탈민족주의적이고 민주주의적인 계급문학 경향과도 대결하도록 만든다.

사북―고한 항쟁, 부마항쟁, YH노동자투쟁, 광주민중항쟁 등으로 인한 박정희 정권 해체기에 문학가들 중의 급진적 부분은 1960년 이후의 급속한 근대화 속에서 형성되고 성장해온 저항적 민중을 발견하면서 **민족문학의 민중적 재편**을 시도한다. 그 시도는 민중에게 분단을 넘어 통일된 민족국가를 수립하자고 호소하는 것에서부터, 민중권력(민주주의민중공화국)의 수립을 통해 자본주의를 사회주의로 대체하는데 민중(특히 노동자)이 앞장설 것을 호소하는 것에 이르는 넓은 스펙트럼을 가진 운동이었다. 민족문학의 민중적 재편 시도는 권력장악이나 권력수립을 통한 사회변혁의 대안을, 다시 말해 새로운 국민국가의 수립을 통한 사회변혁의 대안을 넘어서는 것이 아니었다. 이 점에서 그것은 근대성, 특히 **근대적 주권의 민중적 합성을 추구하는 운동**의 일부였다. 그러나 1980년대에 활성화된 이 운동에서도 주권의 민중적 합성이 민중 자신의 자율의 방식으로 사고되었던 것은 아니다. 권력을 장악한 볼세비즘의 영향에 직접적으로 노출되어 있었고 소련 사회주의의 제국주의적 발전 과정과 직접적으로 연루되어 있었던, 그래서 **제국주의와의 협력으로 손쉽게 넘어가버린 식민지 시대 및 해방공간에서의 사회주의 운동**에 비해 1980년대의 사회주의 운동이 강한 자발성을 갖고 있었고 비타협적인 혁명적 사회주의, 즉 권력을 장악하기 이전의 레닌주의에 더 강하게 이끌렸던 것은 분명하다. 하지만 그것이 **대의주의적 혁명관**을 넘어섰던 것은 아니다. 민중권력 수립은 민중을 동력으로 삼지만 궁극적으로는 혁명정당의 건설과 그 정당에 의한 권력 장악으로 이해되었는데 이점에서 운동은 자신 내부에 **국민국가의 이미지**를 깊이 간직하고 있었다고 해야 할 것이다. 이러한 에피스테메 속에서 전개된 민족문학의 민중적 재편 노력이 **리얼리즘을 재현(대의)을 중심으로 이해하게 된 것은 자연스럽다고 해야 할 것**이다. 여기서 강조해 두어야 할 것은, 정치에서의 대의주의가 민중의 자율, 자기통치가 가져올 결과에 대한 권력의 공포에서 비롯된 근대 국민주권의 안전장치였듯이 문학적 재현 역시 '객관적 현실'을 문학활동의 중심에 놓음으로써 한편에서는 사회적 갈등의 현실을 드러내면서도 다른 한편에서는 **민중이 자신의 잠재력을 능동적으로 표현하는 것을 억제**하는 기능을 했다는 점이다.

민족문학의 민중적 재편노력은 1990년대에 전개된 새로운 정세들에 의해 급속히 좌절되었다. 그 정세적 요인의 첫 번째는 사회주의권의 붕괴, 즉 미국을 중심으로 하는 자본주의권의 승리였다. 사회주의가 민중의 국가라는 생각도 환상적인 것이었음이 드러났지만 더 중요한 것은 지식인 문학가들의 태도변화였다. 민중문학을 지향했던 지식인 문학가들은 현실적인 권력으로서의 사회주의가 붕괴하자 너무나 쉽게 **'더 이상 대안이 없다'는 정서**에 젖어들었다. 그들은 혁명적 문학에 필요한 것으로 간주해온 민중성, 당파성, 총체성과 같은 미적 범주들을 비판하고 혁명적으로 전화하기보다 그것들을 일거에 부정하고 폐기하는 쪽으로 나아갔다. 이에 따라 현실사회주의의 붕괴를 자본주의의 영원성으로, 다시 말해 저항과 혁명의 불가능성으로 인식하는 문학적 에피스테메가 빠르게 유입되고 확산되었다.

이런 상황은 1990년대를 압도적으로 규정한 신자유주의적 지구화 드라이브와 새로운 세계질서에 의해 다시 규정되었다. 새로운 세계질서는 문학가들이 다시 직면한 신체제, 요컨대 **신자유주의적 '신체제'**인 셈이었다. 이로써 지금까지 근대적 국민국가 건설과 직간접적으로 연결되었던 문학의 위상이 급격하게 변하게 되었다. 신자유주의적 지구화는 문학에 이중의 영향을 미쳤다. 첫째로 국민국가들 자체가 전 지구적 권력네트워크의 마디로 편입되어 가면서 **문학이 추구해온 근대적 과제(근대적 국민국가의 건설과 완성) 자체로부터 미적 위엄을 박탈**하기 시작했다. 둘째로 자본이 공장노동에 대한 착취를 넘어 사회체 자체를 포획하는 방향으로 나아가면서 **문학을 축적의 바탕이자 수단으로 이용하려는 압력**이 강해졌다.

　　포스트모더니즘 문학은 현실의 이러한 변화 혹은 자본의 요구에 대한 문학적 대응형태로서 나타났다. 그것은 현실의 변화 경향을 실증적으로 추인하면서 근대문학을 거대서사, 계몽이성, 목적론이라고 비판했다. 이러한 비판은 근대문학의 현실태에 대한 거부로 등장했지만 실제로는 **근대문학 속에 내장되어 있는 혁명적 실천, 이성적 사유, 존재론적 가능성에 대한 부정**으로까지 나아갔다. 재현에 대한 포스트모더니즘의 비판은 **'재현을 그 계기로 삼는 표현'(지각과 상상의 역동운동)에 대한 탐구가 아니라 시뮬레이션적 조작에 대한 예찬**으로 나아갔다. 현실성에 편향된 리얼리즘에 대한 비판은 **실재성 자체로부터의 이탈**로 이어졌다. 그 결과 판타지는 실재하는 잠재성의 표현으로서가 아니라 비실재적인 것의 조작적 제시로 나타났다. 이리하여 포스트모더니즘은 **다중의 삶에 대한 시뮬레이션적 조작을 통해 구축되는 제국의 네트워크 권력의 영혼**으로 기능하기 시작한다. 포스트모더니즘문학은 제국의 원리와 메커니즘, 그리고 그 실상에 대한 미적 재현이며 이런 의미에서 **근대문학의 확장**이다. 그것은 더 거대한 주권인 **제국에 복무하는 문학**이다.

　　이처럼 포스트모더니즘은 한편에서 근대문학의 제국적 확장을 보여주지만 다른 한편에서 민족에 기초한 국민문학의 종언을, 즉 **고유한 의미에서의 근대문학의 종언**을 보여준다. 이 점에서 포스트모더니즘은 하나의 징후이다. 그것은 문학적 탈근대성을 포착하지만 다시 그것을 신비화시킨다. 포스트모더니즘에 대한 반대가 근대문학의 좌파적 주류였던 민족문학파에서 나온 것은 자연스럽다고 할 수 있다. 이 논쟁 속에서 민족문학파도 일정하게는 상황의 변화를 인정하고 그것을 자신의 문학활동과 논리 속에 반영하기 시작한다. 우선 민족문학파는 국민문학과 민족문학의 분리라는 기존 입장을 약화시키고 **민족문학을 국민문학(한국문학)과 등가의 것으로 조정**하기 시작했다. 여전히 국민문학의 완성(통일문학)은 과제로 남아 있지만 통일문학을 복합국가의 문학으로 간주한다면 민족문학이 **남한의 국민문학으로서의 한국문학**이 될 수 있다는 생각인 것이다. 『창작과비평』과 『문학과지성』의 경쟁기에 『문학과지성』(김현)이 취했던 '한국문학' 개념이 이제 포스트모더니즘문학에 대항하는 공통언어가 되고 있다. 이들은 포스트모더니즘 문학을 신자유주의적 지구화의 문학논리로 이해하면서, 이에 맞서 국민문학으로서의 한국문학을 기축으로 통일문학을 구축하고 이를 바탕으로 동아시아문학을 구축한다는 국가단위의 레고블럭 논리를 전개한다. 이러한 사유의 저변에서 움직이는 것은 근대문학의 모태인 국가–국민이라는 상상의 괴물이다.

그렇다면 이러한 논란 속에서 구축되고 있는 동아시아문학 혹은 아시아문학의 논리는 대동아문학과 그 논리의 부활인가? 그렇지는 않다. 일본이라는 헤게모니 국가를 가졌던 대동아문학과는 달리 아직은 그 헤게모니적 중심을 갖고 있지 않기 때문이다. 그러나 현재의 헤게모니 부재 상황은 치열한 헤게모니 경합이 현상하는 형태이다. 한중일간의 치열해지는 역사논쟁, 영토분쟁은 헤게모니 경합이 지역블럭화 움직임 내부에서 내연하고 있음을 보여준다. 다시 말해 지금의 동아시아문학론 혹은 아시아문학론 속에는 대동아문학의 혼령이 따라붙고 있다. 『아시아』지가 민주주의적 공통언어를 발견하지 못한 채 영어라는 국제적 헤게모니 언어, 다시 말해 제국어를 대용 공통어로 사용하는 것도 간과될 수 없는 문제이다. 아시아가 미국 헤게모니 하에서 지역블럭화할 것임을 보여주는 불길한 징후처럼 느껴지기 때문이다. 이러한 사실은 (아시아공동체를 네트워크로 받아들이려는 김지하의 희망에도 불구하고[14]) 아시아문학 구상이 근대문학 그 자체에 대한 발본적 성찰이 없이는 **수평적이고 민주적인 것으로 혹은 네트워크적인 문학장으로 되기 어려울 것임을** 반증한다.

그렇다면 **무엇이 동아시아문학, 아시아문학, 나아가 세계문학을**

---

14) 김지하, 「아시아공동체 구상과 아이덴티티 퓨전」, 『아시아』, 2006. 여름, 76-80쪽 참조.

탈국민화하고 민주화할 수 있을 것인가? 이 물음은 '무엇이 근대문학의 확장과 동시에 근대문학의 종언을 가져오고 있는가?'라는 물음에 기초해야 한다. 포스트모더니즘은 도래한 현실을 무비판적으로 실증하는 방식으로 접근함으로써 이 물음을 묻어버렸고 국민문학론은 근대문학의 지구적 확장과 근대문학의 종언이라는 생각 자체를 환상적인 것으로 치부해 버렸다. 포스트모더니즘문학의 긍정이나 국민문학론의 거부에는 권력이 역사를 규정한다는 공통의 생각이 서로 상반되는 이미지로 나타나 있다.

하지만 자본(권력)이 역사를 규정한다는 통념은 일면적이며 실제로는 잘못된 것이다. 사회적 삶의 현실성, 그 표면에서 자본－권력이 규정적인 것으로 보일 때조차도 그것은 우리의 지각이 낳는 환각일 뿐이다. 현실적인 것은 이성적인 것일 수 있어도 잠재적이거나 상상적인 것을 억제한다. 그럼에도 **현실적인 것은 잠재적 층위에서 움직이는 다양한 활력들, 욕망들, 상상들, 행위들에 의해 규정**된다. 현실적인 것은 잠재적인 것에서 가능적인 것으로, 다시 가능적인 것에서 현실적인 것으로 나아가는 팽창적 나선운동의 한 계기일 뿐이다. **근대문학은 잠재적인 것을 국민국가라는 현실태로 전환시키는 매개의 역할을 담당해 왔으며 이제 그것은 제국에 의한 삶의 포섭을 정당화하는 시뮬레이션 장치로 전화**되고 있다.

근대문학은 삶의 활력을 국가의 권력으로 전환시키는 매개체였다. 그것은 국가적 삶을 강조하면서 국가적 삶과 자연적 삶의 이원화를 재생산해 왔다. 국가공동체가 강해지면 그럴수록 국민들의 대다수의 삶이 자연상태보다 더 열악해지는 역설이 전개되어 왔다.[15] 자신들의 **권리를**

---

15) 자연상태와 국가상태에 대한 스피노자의 생각을 요약하면 다음과 같다.

  1) 자연권은 만물로 인하여 생겨나는 자연의 여러 법칙, 또는 여러 규칙이다. 그것은 자연의 힘이다. 모든 자연의 하나하나의 자연권은 그 힘이 미치는 곳까지 존재한다. 따라서 한 사람 한 사람이 자기본성의 여러 법칙에 따라 행동하는 것은 모두 최고의 자연권에 의해 행동하는 것이고 그 한 사람 한 사람은 그의 힘으로 할 수 있는 만큼의 권리를 자연에 대하여 가지고 있는 것이다.(스피노자, 『국가론』, 서광

156

국가에 양도하면서 국가공동체가 언젠가는 더 나은 삶을 가져올 수 있으리라 기대했던 국민들의 믿음은 번번이 환상으로 판명되어 왔다. 전쟁, 억압, 빈곤, 경쟁은 국가의 내재적 논리이자 국민문학의 논리였다. 국민국가는 약속과는 달리 안전과 자유를 가져다주지 못했다. 이러한

사, 2001, 25쪽) 자연상태에서의 인간은 이성보다는 맹목적인 욕망에 의해서 이끌리는 경우가 많다. 따라서 인간의 자연력, 즉 자연권은 이성에 의해서가 아니라 도리어 인간으로 하여금 행동하게 하고 자기를 보존하기 위해 노력하게 하는 여러 충동에 의해 규정되어야 한다.(25쪽) 이런 한에서 개개인은 자연상태에서는 서로의 적이다.

2) 자유라고 말할 수 있는 것은 그가 인간적 본성의 여러 법칙에 따라서 존재하고 활동하는 능력을 가지고 있을 때에 한해서이다.이성에 따르는 인간이 자유스럽다. 두 사람이 뜻을 같이하고 힘을 합친다면 그들은 혼자인 경우보다 더 많은 일을 할 수 있다. 두 사람은 더 많은 권리를 자연에 대해 갖는다. 점점 많은 사람들이 친밀관계를 이루게 됨에 따라 더 많은 권리를 모든 사람이 갖게 된다. 인간은 서로의 도움 없이는 생활을 지탱하고 정신을 함양한다는 것이 거의 불가능하다. 인류의 고유한 영역으로서의 자연권은 인간이 공동의 권리를 가지고 살고 일구어 놓을 땅을 서로 같이 지니고 자기를 지켜 모든 사람들이 폭력을 배제하며 공동의 의지에 따라서 생활할 수 있을 때만 생각하게 된다.

3) 국가는 마치 하나의 정신에 의해 인도되는 것처럼 결합된 다중(즉 국민)의 힘의 자연권이다. 이것은 주권이라 불린다. 주권은 공동의 의지를 발판으로 나라 일을 배려하는 사람, 즉 법률을 제정하고 해석하고 폐지하며 도시를 방위하고 전쟁과 평화를 결정하는 등의 배려를 하는 사람의 수중에 절대적으로 장악된다.

4) 이 배려가 전체 민중으로 성립된 회의체에 속할 때 그 통치를 민주정치라고 부르고 그 회의체가 약간의 선택된 사람들로 구성되었을 때 이를 귀족정치라 부른다. 끝으로 국사의 배려 즉 주권이 한 사람의 수중에 있을 때 이를 군주정치라고 부른다.

5) 국가에 있어서도 자연권을 유지하고 있는 것들은 모두 적이다. 비국민이나 타국이 그러하다. 상호간에 맹약을 체결하는 국가가 많을수록 국가간의 적대는 줄어든다.

6) "국가에게 어떤 약속을 했다하더라도 그것이 시간의 흐름에 따라 또는 깊이 생각해 본 결과 다중의 국민의 공동복리에 해롭다는 것을 알게 되거나 그렇게 생각되었을 때 그는 확실히 그 약속을 해소할 의무를 지니게 된다."(61쪽) 이때는 국가는 해체되고 자연상태가 복귀된다. 각자는 국가의 권리로부터 자기의 권리로 돌아간다. 국가는 자연상태에 있어서의 인간이 자기의 권리 아래 있기 위해서, 자기의 적이 되지 않기 위해서는 자기자신을 멸망시키는 것 같은 일을 주의해야만 하는 것과 똑 같은 이유로 그것들에게 구속되기 때문이다. 이 때문에 국민국가는 다중의 힘의 자연권리에 의해 구속된다.

약속 위반에 대한 실망은 그때그때의 국가상태로부터의 이탈과 비판을 가져왔지만 그때조차도 그 비판이 **새로운 국가상태에 대한 상상 속에서** 이루어지곤 했다. 민족, 민중, 시민에 대한 호소는 국가를 다르게 구성할 국민적 주체성에 대한 호소로 귀결되었다.

20세기 말 이후 근대문학은 이중의 도전에 직면했다. 그 하나는 권력관계의 지구화 혹은 권력관계의 신자유주의적 재편으로 인해서 **국가적 국민적 관계가 외부로부터 해체**되기 시작한 것이다. 또 하나는 국가적 국민적 관계가 포섭할 수 없고 오직 배제할 뿐인 **비국민적 소수자적 삶의 무한증식**이다. 소수자들은 내부로부터 국가적 국민적 관계를 냉소하면서 근대문학의 토대인 국가에 도전하기 시작한다. 이 양면적 도전으로 인해 국민국가의 실질은 점차 취약해지고 있으며 허구적인 것으로 되고 있다. 국민국가는 더 이상 **다중의 삶의 안전**을 보장해 주지 못하며 (혹은 그럴 수 있으리라고 기대되지도 못하며) 오히려 그것을 위험으로 몰아넣는 조직으로 되고 또 그렇게 인식되기 시작하고 있다.

그렇다면 21세기에 들어 동아시아에서, 나아가 전 세계에서 강화되고 있는 민족주의의 목소리는 무엇을 의미하는가? 그것은 성질을 달리하는 요소들의 복합이다. 한편에서 그것은 취약해진 그리고 이전과는 다른 기능을 맡게 된 국민국가가 자신의 권력을 유지하고 재생산하기 위해 행사하는 **국민주의 시뮬레이션**이다. 다른 한편에서 그것은 신자유주의적 탈국민화가 가져오는 극단적 삶의 위기로부터 자신을 지키려는 **민중의 자구책**이다. 후자의 민족주의 목소리에서 국가는 더 이상 확고한 중심에 놓여 있지 않다. 그것은 근대적 현상이기보다 탈근대적 현상이다. 와해되는 삶, 삶의 자연상태로의 복귀 속에서 새로운 시민상태, 새로운 공동체의 모색을 통해 삶을 지키려는 노력의 카오스적 표현이다. 개인의 권리의 어떠한 양도도 없이 **국민국가를 넘는 방식으로 이루어지는 인류적 협력에 대한 갈망**의 표현이다.

주목해야 할 것은 신자유주의적 시민상태에서 **삶의 자연상태와 시민상태의 경계가 사라진다**는 것이다. 신자유주의적 시민상태는 인류를 적나라한 자연상태로 몰아넣는 것처럼 보인다. 국가로부터 시장으로의 권력이동이라는 표현이 그것을 드러낸다. 이것이 국민국가의 지위후퇴를 동반하는 것임은 앞서 말했다. 자연상태와 시민상태의 경계소실, 혹은 양자의 융합은 마치 더 이상의 사회적 대안이 없는 듯한 인상을 남긴다. 그러나 이 양자의 융합은 개인들이 자신의 자연권의 어떠한 양도도 없이 스스로 자기권리 아래에서 **새로운 시민상태를 구축할 수 있는 가능성의 장**이 아닌가? 국가적 권리의 강화가 자연적 권리의 약화를 가져왔던 근대적 모순을 끝내고 **국가적 삶의 자연권적 재구축**을 가능케 하는 것이 아닌가? **다중의 절대적 자치**, 절대적으로 민주적인 삶.

문학은 국민국가의 정신적 동학으로 남아 있을 수도 있고, 또 삶을 포획하는 제국의 시뮬레이터로 남아 있을 수도 있다. 하지만 문학은 이제 자연상태와 시민상태의 경계가 사라지는 삶의 평면에서 **다중의 절대적으로 민주적인 삶의 자기표현**일 수 있게 된다. 지구적 삶의 현재적 배치는 이 **절대적으로 민주적인 삶문학**[16]에 가능성을 제공한다. 그것은, 문학이 현실적 삶의 제 양상들을 무시하지 않으면서도, 그것을 단지 지각하는 데 머무르지 않고, 그것을 **잠재적 삶의 무궁한 기억들과 상상들이 펼쳐내는 창조적 드라마의 계기**로서 형상화해 나갈 가능성이다.

4. 맺음말: 문학적 탈근대성과 삶문학의 가능성

근대문학은 근대적 국민국가 건설의 계몽적 통합적 장치로 등장했다. 근대문학을 둘러싼 많은 논쟁들은 그 근대적 국민국가가 어떤 국가일 것인가, 즉 군주국가일 것인가, 귀족국가일 것인가, 민주국가일 것인가를 둘러싸고 전개되었다. 전근대적 국민국가가 군주적이었던 데 대한

---

16) 삶문학에 대해서는 조정환, 『카이로스의 문학』, 갈무리, 2006, 총론 참조.

반발, 즉 군주 한 사람에게 귀속된 권력을 좀더 넓은 다수에게 분산시키려는 노력이 국민국가의 근대화 노력을 규정한다. 이 노력은 비록 국가 수준에서 직접적으로 모습을 드러내지는 않지만 점점 더 강하게 자신의 권리를 의식해 가면서 자연적 삶 속에서 더 직접적으로 협력해 가고 있는 다중의 힘에 의해 규정되어 왔다. 모든 국가는 마치 하나의 정신에 따라 움직이는 것처럼 결합된 이 **다중의 자연권**을 재현한다.

근대문학은 주로 지식인에 의해 발전되었다. 하지만 근대문학은 다중을 국민으로 전환시켜야 하는 한에서 다중을 고려하지 않을 수 없었고 다중에 의해 구속되었다. 처음에 그것은 **계몽**의 방식으로 다중과 관계했지만 점차 다중의 삶의 욕구를 **반영**하는 것으로 나아갔고 나아가서는 다중 자신의 삶의 **표현**으로 발전하게 된다.

민족주의자들은 민족을 국가의 토대로 설정함으로써 다중 주체성을 신비화한다. 그래서 상상된 것으로서의 민족정신을 주체성으로 설정한다. **사회주의자**들은 국가가 민중, 특히 프롤레타리아트에 구속되어야 한다는 생각을 명시적으로 표현한 점에서 민족주의보다는 더 많은 민주주의를 표현한다. 물론 사회주의 속에는 다양한 편차가 있고 다채로운 환상이 숨어 있다. **사회민주주의자**들은 자유로운 대의의 방식을 선택함으로써 프롤레타리아트의 구속에서 좀더 자유로워지고자 했다. 혁명적 사회주의자들은 프롤레타리아트에 의한 구속을 관념적으로는 받아들였지만 계급 외부에 있는 당의 지도라는 개념을 통해 프롤레타리아트의 구속권과 통제권을 평가절하하고 실질적으로는 그것에서 자유로와지고자 했다. 때로는 혁명적 사회주의자들이 사회민주주의자들보다도 프롤레타리아트의 구속에서 더 자유로와져 버린 것은, 다시 말해 덜 민주적으로 된 것은 이 때문이다. 당이 권력을 더 많이 가질수록 다중은 더 적은 활력을 갖게 되었기 때문이다.

식민지 문학은 그 출발기에 민족의 독립과 민족에 기초한 국민국가의 건설을 지향했다. 식민지의 프로문학도 이 점에서는 예외가 아니었다. 차이가 있다면 국민국가 건설의 과제를 부르주아지 대신 프롤레타리아트가 맡아야 한다고 본 점 뿐이다. 하지만 조선에서 보이듯이 식민지 프로문학은 **제국에 복무하는 국민문학**으로 발전하기도 했다. 물론 이것은 억압적인 성격의 제국주의가 **헤게모니적인 성격의 제국**(황국)으로 전환됨으로써 더욱 가속되었던 현상이다. 이때 군주제와 귀족제의 일정한 혼합이 이루어지지만 **프로문학의 민주적 가능성은 제한**된다. 왜냐하면 제국의 국민문학은 국가를 위한 전쟁과 동원의 문학으로 나타나기 때문이다.

황국 국민문학을 암흑기문학으로 명명하면서 해방 이후의 문학과 단절하는 통념과는 달리 이 **두 시기 사이에 문학의 국민문학적 본질은 연속**된다. 민주주의민족문학이 남한에서만 미국 제국주의로부터 나라를 지키려는 구국문학으로 나아간 것이 아니다.17) 북한의 주체문학은 제국주의로부터 민족을 지키고 구원하기 위한 **구국문학**의 다른 형태이다. 우파 문학인 순수문학은 반공의 기치 하에서 민중의 삶의 요구를 억압하는 미학적 힘으로 작용했고 이것은 민중의 희생을 요구하는 **권위주의 국가를 구원하는 문학**이었다. 이에 대항하여 나타난 참여문학, 민족문학, 민중·민족문학은 실제로는 민족주의적이었던 박정희 정권을 반민족적 매판적 권력으로 오인하거나 비난함으로써만 자신의 민족적 색채를 부각시킬 수 있었다.18) 지금까지의 민족주의 담론은 아래로부터의 민주주의적 열망을 흡수하는 블랙홀 혹은 민중의 민주주의적 요구가 사회에 가하는 충격을 완화하는 완충장치였다. 전후 한국에서 아니 한반도의 남과 북 모두에서 민족주의는 **위로부터의 권력 이데올로기이자 아래로부터의 저항 이데올로기로 동조**(synchronize)됨으로써 강력한 힘을 얻어왔다. 이 점은 **한반도에서 근대문학의 국민문학적 정신이 넘칠 정도로 발전되어 왔음**을 의미한다. 한국문학, 통일문학, 아시아문

---

17) 김영석, 「구국문학의 이론과 실천」, 『해방3년의 비평문학』, 세계, 1988, 319-322쪽.

18) 박정희 정권의 민족주의적 성격에 대해서, 그리고 박정희 정권에 대한 저항엘리트의 비판이 어떻게 민족주의의 거울이미지를 투사하는지에 대해서는 김보현, 『박정희 정권기 경제개발』, 갈무리, 2006.

학 등의 담론은 그 정신을 담아내려는 최근의 그릇들이다.

그렇다면 우리가 한국문학에서의 탈근대성에 대해 이야기하는 것이 과연 가능한가? 우리가 탈근대성을 크로노스적 시간 속에서의 역사적 (historical) 시기구분의 용어로 사용하고자 한다면 한국문학에서의 탈근 대성을 말하기는 쉽지 않다. 그렇지만 우리가 생성과 열림의 시간인 카 이로스의 지평에서, 다시 말해 '발생적 역사'(Geschichte) 속에서 사고할 때 우리는 **근대 속에서 그것을 규정하고 근대와의 대항을 통해 근대 를 밀어붙이며 궁극적으로는 근대의 시간을 넘어서 나아가는 탈근 대성의 잠재력**을 확인할 수 있다.

무엇보다도 탈근대성은 근대문학에 운명을 부여하며 그것의 이행을 규정하는 힘으로 실재한다. 애국계몽문학에서 국민문학/프로문학으로의 이행을, 그것에서 황국 국민문학으로의 이행을 규정한 것은, 그리고 해 방 이후 문학의 이행을 규정한 것은 근대문학의 자율적 힘이 아니다. 이 이행은 **문학이 더 나은 삶을 구축하려는 다중의 욕망과 만나는 지 점**에서 비로소 이루어지기 때문이다.

둘째로 **탈근대성은 국민문학의 더 민주적인 재구성을 강제하는 힘** 으로 작용한다. 그때그때 구축된 지배적인 것에 대항하여 이루어지는 저 항은, 설령 그것이 국민국가의 재구축으로 귀착된다 할지라도, 민주적 인 가능성을 확대하는 것으로 작용한다. 그러므로 식민지자본주의에 대 항한 프로문학, 황국 국민문학 속에서 조선문학가들이 행한 풍자, 변형, 비틀기, 그리고 해방공간에서 민중의 요구에 더 폭넓게 응답하고자 한 민주주의민족문학가들의 노력, 또 전후 참여문학과 민족문학이 독재와 외세가 가하는 압박에 대해 행한 투쟁들은 그 자체가 근대의 한계 속에 머물러 있다고 할지라도 탈근대적 힘의 표현이다.

셋째로 탈근대성은 끊임없이 **국민문학을 넘어서는 외부의 힘**으로 나타난다. 국민문학이 황국을 위한 민중의 희생을 요구할 때 민중들이 그것에 보낸 조롱들과 냉소들, 사보타지들이 그것이다. 우리가 주목해 야 할 것은 신자유주의적 지구화의 과정에서 국민문학의 동원력이 급격하게 하락하고 있다는 것이다. **회의와 냉소**가 다중의 삶의 전략으로 확산되고 있다. 동원을 위해 작동하는 공식적 언어보다는 그것을 무력하게 만드는 **웅성거림과 수다**가 부상하고 있으며 그 속에서 은연중에 산출되어 나오는 공명하는 별자리들이 문학을 통해 확인된다. 탈근대성의 잠재력이 뚜렷한 가능성으로 구축되고 있는 것이다. 개개인들이 더 이상 **하늘의 별**의 안내에 따라 살려고 하지 않고 **각자의 마음 속의 별**을 따라 살아가려는 노력이 표현된다. 그럼에도 불구하고 전 지구적 전쟁에 다중들을 동원하려는 자본의 노력은 중단되지 않고 있다. 그래서 이제 문학적 갈등은 '우리 국가인가 적의 국가인가'라는 국민문학적 전선을 넘어 '전 지구적 영구전쟁인가 전쟁에 대항하는 전쟁인가'사이에서, 죽임의 문학인가 삶문학인가 사이에서 결정되고 있다.

주제어 : 근대성, 탈근대성, 한국문학, 국민문학, 삶문학, 친일문학

◆ 참고문헌

권명아,『역사적 파시즘』, 책세상, 2005.
김명인,『조연현, 비극적 세계관과 파시즘 사이』, 소명출판, 2004.
김보현,『박정희 정권기 경제개발』, 갈무리, 2006.
김재용,『협력과 저항』, 소명출판, 2005.
백낙청,『민족문학과 세계문학 1』, 창작과비평사, 1978.
신형기 엮음,『해방3년의 비평문학』, 세계, 1988.
윤대석,『식민지 국민문학론』, 역락, 2006.
윤해동,『식민지의 회색지대』, 역사비평사, 2004.
임종국,『친일문학론』, 평화출판사, 1978.
조정환,『카이로스의 문학』, 갈무리, 2006.

◆ **국문초록**

근대문학은 근대적 국민국가 건설의 계몽적 통합적 장치로 등장했다. 이 글에서 나는 지난 100여 년에 걸친 근대문학의 역사를 국민문학사로서 파악하면서 주요한 문학흐름들의 내적 경향들, 상호간의 융합과 분열, 그리고 그것이 드러내는 한계를 정식화해 보고자 했다. 글의 서술대상은 주로 한국문학에서의 근대성에 대한 분석에 두어지지만 이것을 통해 근대문학사에서 탈근대성의 자리를 밝히고자 했다. 나는 탈근대성이 근대성 이후에 오는 것이라기보다 근대성의 내부에서 근대성을 추동하면서도 그것에 궁극적인 한계를 부여하고 나아가서는 근대성을 넘어서 나아가는 힘으로 이해했다.

◆ SUMMARY

Modernity and Postmodernity of Korean Literature

Joe, Jeong-Hwan

The modern literature appeared as a apparatus of enlightenment and unification for building modern nation state. In this article I grasp the history of korean modern literature as a history of national literature. And in the historical flow of literature I tried to discern the inner tendencies of chief currents of literature, the fusion and division of the tendencies, and the limits of them. Though I concentrated in the analysis of modernity in korean literature, I tried to outline the topos of postmodernity in history of korean modern literature. In this article I did not understand postmodernity as following modernity. But I understand that the postmodernity was driving the modern history of literature in the modernity. And furthermore I described that postmodernity was the power which ultimately gave limit to the modernity and transcended it.

Keyword : modernity, postmodernity, korean literature, national literature, pro-japanese literature, bio-literature

－이 논문은 2006년 11월 30일에 접수되어, 소정의 심사를 거쳐 2007년 2월 6일에 최종적으로 게재가 확정되었음.

연대(solidarity)와 전유(appropriation)의 갈등적 역학
― 포스트 콜로니얼리즘, 탈민족주의, 젠더 이론의 관계를 중심으로

권 명 아*

목 차

1. 문제의 제기: 연대와 전유의 역학
2. 한국에서의 '포스트' 담론의 반향: 민족주의 비판의 중심성과 '역사'의 전성 시대
3. 역사성과 당대성의 길항 관계: 대만과 홍콩에서의 포스트 콜로니얼리즘 논쟁
4. 역사 연구를 통한 현실 개입의 필요성: 카니발적 내셔널리즘을 중심으로
5. 남은 문제: 이론적 실천을 사유하기 위하여

1. 문제의 제기: 연대와 전유의 역학

이 논문은 1990년대 중반 이후 가속화된 연구 방법론의 전환에 대해 역사적이고 담론 비판적인 고찰을 시도하는 것을 목표로 한다. 이를 위해서는 매우 광범위한 연구가 이루어져야 하지만, 본고에서는 주로 포스트 콜로니얼리즘 이론과 탈 민족주의, 그리고 젠더 이론의 관계를 중심으로 논의를 진행하고자 한다. 한국의 경우 학문 방법론에 있어서 포

---

* 한양대학교 비교역사문화연구소 연구교수.

168

스트 콜로니얼리즘 이론은 주로 영문학 연구자들의 번역을 중심으로 초
창기에 소개되었다. 그러나 실제 연구 경향에 있어서는 한국문학 연구
에서 가장 광범위한 영향을 미쳤다고 할 수 있다. 또 포스트 콜로니얼
리즘 이론의 수용을 통해 한국 문학 연구는 일정한 논의의 전환과 성장
을 보여주었던 것도 사실이다. 또 포스트 콜로니얼리즘 이론의 핵심 키
워드인 인종, 젠더, 민족의 문제가 한국 문학 연구의 새로운 화두가 되
면서 방법론적 다양화를 이끌어나간 것 또한 사실이다. 그러나 한편으
로는 포스트 콜로니얼리즘 이론에 내포된 정치적 입장의 차이나, 인종,
젠더, 민족 문제를 연구한다는 것의 실천적 의미에 대한 논의가 부족한
채 논의가 확산되면서 여러 문제를 양산하고 있기도 하다. 특히 인종,
젠더, 민족에 관한 문제는 정체성 정치의 역사적이고 실천적인 함의들
을 내포하고 있음에도 불구하고, 점점 식상한 키워드로 소비되고 있는
것 또한 사실이다.

　　또한 한국문학 연구에서 포스트 콜로니얼리즘 이론이 도입되면서 나
타난 가장 큰 변화는 식민지 시대 연구 붐의 형성이라 할 수 있다. 이는
매우 역설적인 현상으로, 포스트 콜로니얼리즘 이론의 경우 식민지 시
기 자체에 대한 연구와 함께 무엇보다 후 식민화(de-colonization) 시기에
나타나는 식민성의 유산과 경험에 지대한 관심을 보여주고 있기 때문이
다. 포스트 콜로니얼리즘 이론에 대한 초기의 논의가 주로 'post colonial'
이란 개념이 시간적 개념인가, 즉 특정 시기로서 후 식민화 시기를 지
칭하는 일반론적 개념인가 여부에 대한 것이었다는 점은 이를 반증하는
것이다. 포스트 콜로니얼리즘 이론가들은 공히 포스트 콜로니얼의 개념
이 시간성이 아닌 식민주의의 효과에 대한 개념이라는 점을 강조한다.
포스트 콜로니얼리즘의 이론과 실천, 정치학을 논하면서 헬렌 길버트와
조앤 톰킨스가 강조하고 있듯이 일반적으로 포스트 콜로니얼리즘 이론
의 수용과 논란에서 핵심적인 사안은 포스트 콜로니얼리즘 이론이 주로
이른바 "해방 이후"의 시기를 지칭하는 연대기적 개념으로 간주된다는
점이었다. "때로 포스트 식민주의는 너무 편협하게 정의되기도 한다. 지

나치게 경직된 어원에 의거하여, 식민화가 끝나거나 다른 나라의 지배로부터 공식적으로 벗어난 것을 기념하는 독립 기념일 이후 시기를 의미하는 시간적 개념으로만 잘못 이해되는 경우가 많다. 그러나 포스트 식민주의는 단순히 시간적으로 식민주의의 뒤를 이어 그것을 대체하는 개념이 아니다. 오히려 식민주의의 담론, 권력 구조, 사회적 위계에 관여하며 그것에 대항하는 개념이다."[1] 따라서 포스트 콜로니얼리즘 이론은 주로 식민화와 후식민화의 상호 관계에 집중적인 관심을 보이고 있다. 연구 시기 역시 후 식민화 시기에 집중되어 있는 경우가 보다 일반적이다. 그러나 한국의 경우는 식민지 시기와 후 식민화 시기의 상호 관계, 특히 식민주의의 효과에 대한 연구보다는 식민주의 자체나 식민지 시기 자체에 대한 연구에 지나치게 경도되는 이상 현상이 나타나고 있다. 물론 이는 식민주의 효과를 연구하기 위해서는 식민성의 성격과 내용 자체를 다시 연구해야 하는 한국의 연구 상황과도 관련된다고 할 것이다. 그러나 서구를 비롯한 다른 지역의 경우도 탈식민주의 연구는 식민성에 대한 재인식과 식민주의 효과에 대한 문제제기가 동시적이고 분리되지 않는 하나의 연구 방법으로 간주되고 있다. 그런 점에서 한국 문학 연구나, 역사 연구 영역에서 포스트 콜로니얼리즘 이론의 수용이 주로 식민지 시기에 대한 이상 집중 현상으로 경도되는 것은 매우 문제적이다. 이는 단지 인문학 연구가 특정 시기 연구에 편중된다는 점에서만 문제적인 것이 아니라, 이런 현상이 역사 담론의 이상 과잉 현상과, 현실 개입으로부터의 후퇴라는 한국 인문학의 현상과 밀접한 관련이 있다는 점에서 문제적이다.

어떤 점에서 포스트 콜로니얼리즘 이론은 실상 그 자체 내에 고유한 문제틀을 갖고 있지 않다고 할 수 있다. 오히려 포스트 콜로니얼리즘 이론은 이미 구성된 급진적인 정체성 정치의 이론들(마르크스주의, 프로이트주의, 페미니즘 이론, 소수자 정치의 이론 등)을 경계를 넘어 전

---

1) 헬렌 길버트·조앤 톰킨스, 문경연 역, 『포스트 콜로니얼 드라마』, 소명출판, 2006, 17쪽.

170

유한 이론이라 할 것이다. 때문에 포스트 콜로니얼리즘 이론은 한편으로는 구체적인 자기 규정성이 없는 공허한 것으로 간주되거나, 반대로 모든 정체성 정치의 급진적 이론들이 포스트 콜로니얼리즘 이론으로 환원되어 버리는 특이한 현상이 나타나고 있다. 따라서 이 논문에서는 인문학에서의 연구 방법론 전환과 관련된 일련의 문제들을 포스트 콜로니얼리즘 이론과 젠더 이론의 갈등적 역학 관계를 중심으로 고찰하고자 한다. 또한 이를 통해서 본고에서는 이론은 그 자체로 비판적인 의미를 지니는 것이 아니라, 이론적 실천을 통해서만 이론의 비판성이 구성된다는 것을 제기하고자 한다. 또 이론적 실천에 있어서, 비판적 연대와 이질적 이론의 차이를 소멸시키는 자기중심적 전유 과정 사이의 갈등을 고찰하는 것이 이 논문의 또 다른 중요한 목표이기도 하다. 이러한 연대와 전유의 역학을 고민하는 것은, 첫째로는 학문 방법론의 영역에서 나타나는 이론간 연대의 가능성과 담론 헤게모니 구성을 위한 전유의 문제를 고찰함으로써 이론의 비판성은 과연 무엇인가를 논의하기 위해서이다. 둘째로는, 역사연구와 현실 개입의 관계를 제기하기 위해서이다. 이는 역사적으로 급진적이고 비판적인 기능을 수행했던 특정의 이념, 이론, 문화 실천들이 전혀 이질적인 보수주의적 지형으로 전유되어 가는 최근의 문화적 현상을 사유할 수 있는 방법론적 필요성과도 관련된다.

이러한 세부적인 두 가지 연구 목표를 탐구하기 위해서 본 논문은 첫째, 한국에서 이른바 '포스트' 담론이 미친 반향에 대해서 검토해보고자 한다. 특히 이 문제에 대해서 포스트 콜로니얼리즘 이론과 젠더 이론의 관계를 중심으로 고찰하고자 한다. 이는 단지 두 이론 간의 문제를 고찰하기 위해서라기보다 이론적 실천에서 연대와 전유의 딜레마를 사유하기 위해서이다. 포스트 콜로니얼리즘 이론은 경계를 넘는 이론적 실천의 하나로서 학문적, 국가적 경계를 넘는 연대를 중요한 실천 전략으로 제시하고 있지만, 여기서 연대와 전유(appropriation)의 차이와 경계 또한 모호한 것이 사실이다. 연대에 대한 이론적 논의는 때로는 실천적 차원에서는 이질적인 이론에 대한 전유로 전화하기도 하기 때문이다. 둘째로는 한국에서 포스트 담론이 미친 반향의 의미와 한계를 규명하기 위한 참조 항으로 식민 지배를 경험한 홍콩과 대만에서의 포스트 콜로니얼리즘 이론 논쟁을 비교 고찰하고자 한다. 아시아의 여타 지역에서 이루어진 포스트 콜로니얼리즘에 관한 논쟁을 검토함으로써 한국에서의 이론적 논의의 지형도가 과도하게 민족주의와 탈 민족주의라는 단일 의제에 집중된 것은 역사에 대한 과잉된 열기와 현재적인 이론적 실천에 대한 관심의 후퇴라는 퇴영적 현상의 결합물이라는 것을 비판적으로 제기하고자 한다. 셋째로는, 역사 연구를 통한 현실 개입의 문제를 사유하기 위해서 민족, 젠더, 인종의 문제가 담론의 역사 속에서 어떤 지속성과 차이, 이탈의 과정을 보여주고 있는지를 고찰하고자 한다. 또 앞서 두 논제와 관련하여 전유와 연대의 역학이 문화 실천의 장에서는 어떻게 일어나고 있는지에 대해서도 함께 고찰할 것이다. 이에 대해서는 월드컵 열풍이나 최근의 문화적 현상에서 나타나는 카니발적 내셔널리즘[2] 을 중심으로 고찰할 것이다. 카니발 내셔널리즘은 1990년대 이후 지속된 하위문화의 카니발적 전복성을 민족주의/국가주의적으로 전유한 대표적인 사례이기도 하다.

본 논문에서 젠더 이론과 포스트 콜로니얼리즘 이론의 관계에 대한 논의나 양자의 연구 방향을 동일화하는 반응 양태들을 검토하는 것은 젠더 이론의 고유성을 부각하려는 취지에서는 아니다. 오히려 이런 질문에 매달리는 것은 과연 포스트 콜로니얼리즘 이론과 이에 대한 반응이 현재 한국의 학문적 풍토에서 지니는 의미가 무엇인지를 고민해볼 필요가 있다는 점 때문이다. '새로운 이론적 모색'을 '포스트' 담론의

---

2) 카니발적 내셔널리즘이라는 개념은 카니발적인 것과 내셔널리즘이라는 이질적인 이데올로기와 문화 실천의 결합 양식을 규명하기 위해 필자가 구성한 개념이다. 이 개념에 대해서는 문화사학회 정기 심포지엄(2006. 2. 7)에서 발표한 바 있다. 그러나 출처 없이 게재된 신문 인터뷰(『동아일보』, 2006. 3. 31) 기사로 인해서 이 개념을 임지현에 의해 제기된 것으로 오해하는 해프닝이 벌어지기도 하였기 때문에 개념의 출처를 분명하게 밝혀두고자 한다.

일환으로 동일화하고 보편화하는 추세는 1990년대 이후 한국 학계에 풍미한 현상이고 여기에는 무엇인가 문제적인 징후가 내포되어 있지 않은가 하는 질문이 본 연구의 출발점이다.[3]

2. 한국에서의 '포스트' 담론의 반향: 민족주의 비판의 중심성과 '역사'의 전성 시대

한국의 1990년대는 '포스트'와 함께 시작되고 종료되었다. 포스트모더니즘, 포스트 콜로니얼리즘, 포스트 내셔널리즘으로 이어지는 신조어는 한국의 '학도'들에게 '포스트'를 달고 끝도 없이 '서구로부터' 밀려오는 방문의 행진처럼 느껴졌다. '포스트'의 방문 시대의 지적 풍경과 심성 변화를 한 작가는 포스트 잇(post it)에 비유한 바 있다. 즉 1980년대와 달리, 포스트로 이어지는 시대는 포스트 잇처럼 이론과 이론가, 이론과 실천, 혹은 이론과 현실 사이에 포스트 잇의 작동 방식과 같은 '쿨함'이 지배한다는 것이다. 어디에도 잘 붙고, 뗐다가 붙이기도 쉽고,

---

3) 이 논문은 본 필자의 일련의 연구 작업의 일환에 있는 논문이다. 특히 1990년대 이후 인문학 연구 전반에서 학문 방법론의 전환은 급격하게 이루어졌지만, 이에 대한 논쟁적 비판과 논의는 그다지 활발하게 전개되지 못했다. 특히 1990년대 이후 학계를 둘러싼 일련의 지형도의 변화와 지식인의 입장 변화, 학문 방법론의 전환이라는 문제는 향후 학문 방법론의 실천적 의미를 고민하는 데 매우 중요한 지점이라고 생각된다.

그러나 이러한 문제를 전반적으로 심도 있게 다루기에는 아직은 본 필자의 역량이 부족하다. 따라서 몇 가지 핵심적인 사안들을 중심으로 논의를 전개하고자 한다. 특히 이 논문은 지식인과 권력 관계의 변화와 이에 따른 담론 지형도의 변화를 고찰해보고자 하는 본 필자의 일련의 작업과 궤를 같이 하는 것이다. 최근 이와 관련된 필자의 논의로는 「공유기억 연구의 방법론과 탈 민족주의 연구 경향에 대한 비판적 고찰」(『상허학보』, 2006년 2월) 및 「생존과 환멸: 협력 담론의 역사」(『민족문학사연구』, 2006년 8월)가 있다.

본고에서는 이러한 고민의 연속성 상에서 연대와 경계를 넘는 학문적 실천의 상징인 포스트 콜로니얼리즘 이론이 실제로 '경계를 넘으면서' 발생시키는 효과에 대해 비판적인 문제제기를 하는 데 초점을 두고 있다.

붙였다 떼어도 흔적이 남지 않는 것, 그것이 '포스트' 시대의 "쿨 함"의 시대정신이라는 것이다.[4] 역설적인 것은 포스트 콜로니얼리즘 이론의 '경계를 넘는(transnational/interdisciplinary)' 실천을 상징하는 대표적인 매체의 제목이 『흔적』[5]인 것처럼, 포스트 콜로니얼리즘 이론으로 대표되는 이론적 실천은 '흔적'을 강조하고 있다는 점이다. 흔적을 다시 새기려는 이론의 주장과 이를 어떤 흔적도 편의적으로 없앨 수 있고, 어디든 자유롭게 '움직이는' 시대정신(특히 지식인들의 이론에 대한 관계에 있어서)의 한 편린으로 받아들이는 현상이 본 고에서 논하고자 하는 포스트 콜로니얼리즘 이론과 이에 대한 한국 연구자들의 반응 사이의 어디쯤엔가는 놓여져 있다.

  '포스트'의 시대에 대한 불편한 심기는 단지 한국에 국한된 현상은 아니다.[6] 오히려 식민 지배를 경험한 아시아의 다른 지역에 비하면 한

---

4) 김영하, 『포스트 잇』, 현대문학사, 2002, 10쪽.
5) 사카이 나오키가 편집인인 『흔적』은 다언어문화이론저널을 표방한 매체로서 포스트 콜로니얼리즘 이론의 트랜스 내셔널한 실천을 대표하는 매체이기도 하다. 2000년에 창간되었다. 『흔적』의 편집 동인은 국적과 연구 영역을 넘어서 매우 광범위하다. 『흔적』의 편집 동인들의 연구는 한국 문학에서 포스트 콜로니얼리즘 이론으로서 가장 광범위한 영향을 주었다. 그 중 대표적인 것은 편집인인 사카이 나오키의 연구이다. 또 이외에도 강상중, 안토니오 네그리, 마이클 하트, 오카 마리, 왕 샤오밍, 왕 후이, 디페쉬 차크라바티, 최정무, 테사 모리스 스즈키, 가야트리 스피박 등이 많은 영향을 끼쳤다. 뒤에서 언급할 랴오 핑후이 역시 『흔적』의 편집 고문이다. 이 중 중국 연구자들, 특히 왕 후이의 저작은 한국에도 많은 영향을 미쳤는데, 여기에는 창작과 비평에서 출간된 일련의 동아시아 시리즈 번역의 영향도 무시할 수 없는 것이다. 또 이들은 인터 아시아의 멤버이기도 하다. 실상 한국 문학 연구나 인문학 연구에서 포스트 콜로니얼리즘 이론의 영향 관계를 고찰하려면 "경계를 넘는" 이들 지식인들의 새로운 연대와 헤게모니 구성의 기제를 함께 살펴보아야 한다. 한국 문학 연구에서 포스트 콜로니얼리즘 이론의 영향 중 하나는 해외 연구자들과의 네트워크 구성에 대한 "뜨거운 열망"으로 나타나고 있다. 이 네트워크는 한편으로는 경계를 넘는 지식인 연대의 의미를 지니지만, 동시에 해외 연구자들과의 네트워크 구성을 통해 국내에 헤게모니를 구축한다는 '디아스포라적 지식인'과 '토착적 지식인' 사이의 새로운 방식의 협력 구조의 하나이기도 하다.
6) 중국, 대만, 홍콩 등에서 포스트 콜로니얼리즘 이론에 대한 논의는 그 이론이 지적, 문화적 식민성의 극복이라는 의제를 제기하고 있음에도 불구하고 역으로, 포스트 콜로니

국의 경우 포스트 콜로니얼리즘 이론은 별다른 논란 없이 무난히 수용된 경우에 해당한다. 이는 한국에서 포스트 콜로니얼리즘 이론이 방법론으로서 확산되었다는 것을 의미하지는 않는다. 오히려 여타의 식민 지배를 경험한 아시아 지역에 비해서 한국은 포스트 콜로니얼리즘 이론

얼리즘 이론 자체를 둘러싼 지적 식민성에 대한 심각한 갈등을 낳았다. 여기서 토착 지식인과 디아스포라적 지식인 사이의 갈등, 중국과의 관계(이는 마르크스주의에 대한 태도와도 관련된다), 다문화주의와 중화주의 및 토착적 민족주의의 새로운 갈등이 벌어졌다. 첸쾅신은 포스트 콜로니얼리즘 이론이 아시아를 방문하면서 디아스포라적 기회주의와 토착적 협력주의라는 '지식인의 새로운 존재 방식'을 낳았다고 고찰한다.

포스트 콜로니얼리즘 이론이 식민 지배를 경험한 아시아 지역에서 디아스포라적 기회주의와 토착적 협력주의 라는 '지식인의 새로운 존재 방식'을 낳았다는 진단은 중국, 홍콩, 대만 등에서 미국이나 유럽에 기반을 둔 연구자들 및 트랜스 내셔널한 범위에서 활동하는 지식인들과 해당 지역 내에 기반을 두고 활동하는 연구자들 사이의 "실존적" 갈등을 낳았다는 점과 관련된다. 해당 지역에 기반을 두고 연구를 진행해 온 연구자들은 디아스포라적 지식인들의 '방문'으로 그들의 연구 기반과 연구 방법이 위협받는 상황에 대해 극심한 불안을 갖게 되었다. 이는 어떤 점에서 WTO 체제에서 절멸의 위협을 호소하는 농민들의 불안과도 겹쳐진다. 따라서 이러한 토착 지식인들의 불안을 무의미한 것으로만 받아들일 수는 없다.

이런 맥락으로 인해 아시아 지역에서 포스트 콜로니얼리즘 이론이 자본의 전지구화의 이론적 상응물이라는 비판이 아시아 지역의 포스트 콜로니얼리즘 이론에 대한 논쟁에서 중요한 논점으로 대두되는 것이다. 특히 포스트 콜로니얼리즘 논자들이 대부분 제3세계 출신으로 제1세계에 기반을 둔 연구자라는 점 때문에 포스트 콜로니얼리즘 이론은 이러한 '디아스포라적' 지식인들이 스스로를 '서발턴화'하면서 제1세계 내에서 권력의 중심성을 갖고, 그 권력을 통해 다시 제 3세계로 회귀한 현상으로 비판받기도 한다. 이러한 현상에 대해서는 레이 쵸우가 『디아스포라의 지식인─현대 문화 연구에 있어서의 개입의 전술』(정수현, 김우영 옮김, 이산, 2005, 15-86쪽)에서 날카롭게 지적한 바 있다.

첸쾅신에 따르면 디아스포라적 기회주의는 제국의 중심 공간에 거주하는 이들을 지칭한다. 그들은 자신들의 다문화주의적 정체성을 판매할 뿐 아니라, '고국'으로부터 들려오는 소리를 봉쇄하기 위해 말하는 위치를 독점한다. '토착적 협력주의'란 신식민적 제국으로부터 온 '복귀자들'을 지칭한다. 그들은 분명히 중심에로 '복귀'하고자 하는 욕망을 내비친다. 그들은 지역적인 정보를 '보고'하기 위해 토착적인 정보제공자가 되며 디아스포라적이건 아니건, 좌익이건 우익이건, 중심 권력에 협력하는 아카데믹한 브로커가 된다. Kuang-Hsing Chen, "The Decolonialization Question", *Trajectories: Inter-Asia Cultural Studies*, de. by Kuang-Hsing Chen et. al., London: Routledge, 1998, p. 1-9

이 논쟁 없이 수입되었다는 점에서 특이한 사례라고 할 수 있다.[7] 이론적 논쟁 대신 불편한 심기가 자리를 대체하는 것, 이것이 오늘날 이론을 둘러싼 한국의 시대정신이라 할 것이다. 그리고 이론적 논쟁과 점검의 부재와 새로운 입장들에 대한 심정적 불편함이 오늘, 이곳의 '역사' 전성시대의 이상 징후와도 밀접한 관련을 맺는다.

포스트 콜로니얼리즘 이론의 기원과 전파를 논하는 것은 본 논문의 역량을 넘어서는 일이다. 오히려 본 논문의 주요 관심은 "오늘날 한국의 지적 풍토와 이론"에 관한 문제이다. 1990년대 이후 이론적 실천을 위한 '전화'의 기획들은 지속적으로 시도되어 왔지만 이러한 시도들에 대한 반응은 이론적 영역과는 또 다른 심정의 영역으로부터 밀려왔다. 이론적 변화에 대한 심정적 반응 구조 역시 이론의 분석 대상인 것은 말할 필요도 없을 것이다. 이러한 심정적 반응 구조의 대표적인 방식이 이론적 전화의 시도들을 '포스트' 이론의 범주로 '보편화'시키는 전략이다. 이러한 현상은 실상 포스트모더니즘 논쟁으로 시작된 1990년대부터 지속된 것이다. 포스트모더니즘 논쟁이 격렬하던 1990년대 초반 쥬디스 버틀러는 "포스트모더니즘 논쟁은 진정 문제적이다. 왜냐하면 이 논쟁에서는 정치적으로나 이론적으로 이질적이고 차별적인 모든 이론과 실천들이 모두 포스트모더니즘으로 간주되기 때문이다"[8]라고 지적한 바 있다. 특히 이질적이고 환원 불가능한 이론적 실천을 포스트모더니즘으로 보편화하는 시도는 단지 이론 내적인 것이 아니라, 이른바 전지구적 자본주의화의 보편화 전략의 다른 한 면이라고 버틀러는 강력하게 비판한 바 있다. 이는 미국의 경우 이론적 전화의 시도들을 포스트모더니즘

---

7) 물론 이론적 논쟁이 없었다는 것과 심정적 반박이 극대화되었다는 것은 다른 문제이다. 실상 한국에서 학문 영역에서의 이론을 둘러싼 논쟁이 그다지 활발하게 진행되지는 못하고 있는 것이 현실이다.

8) Judith Butler, "Contingent Foundation: Feminism and the Question of "Postmodernism"", *Feminist Theorized the Political*, ed. by Judith Butler and Joan Scott, Routledge, 1992, p. 57 참조. 본 논문에서 사용하는 '우연한 조우'란 쥬디스 버틀러가 논의한 페미니즘과 포스트 모더니즘이 '공유'하는 토대의 '우연성'이라는 개념에 기반하고 있다.

으로 동일화하고 보편화하는 시도들이 이른바 "정의의 전쟁"을 내세운 걸프전과 동시대적 현상으로 드러났다는 점에서 징후적이라고 버틀러는 지적한다. 이러한 보편화는 포스트 콜로니얼리즘 논의에서는 더욱 극대화되는데 이 문제는 한편으로는 보편화 전략의 측면과 동시에 포스트 콜로니얼리즘 이론의 '경계를 넘어서는' 실천의 어떤 효과들의 차원에서도 생각해 볼 문제들을 남겨놓는다.

젠더 이론과 페미니즘 실천에 국한해서 논하자면 젠더 이론과 포스트 콜로니얼리즘 이론이 공유하는 토대는 불확정적(contingent)이다. 그럼에도 불구하고 (한국의 경우)포스트 콜로니얼리즘 이론에 대한 통념에 의해 젠더 이론은 포스트 콜로니얼리즘 이론으로 단순하게 환원되는 경향이 지배적이다. 물론 대부분의 포스트 콜로니얼리즘 이론은 페미니즘과의 이론적 접점을 두드러지게 강조하며 실제 연구에 있어서 많은 접점을 만들어갈 수 있는 이론적 가능성들 또한 내포하고 있는 것이 사실이다. 그런 점에서 본 논문은 이러한 실천적 연대의 이론적 가능성에 대한 전폭적인 신뢰를 전제로 하면서, 동시에 실제 연구 경향과 이론의 효과 차원에서의 문제점, 학문적 연대를 위한 선결 문제들을 제기하면서 논의를 시작하고자 한다. 포스트 콜로니얼리즘 이론이 그 자신의 고유한 문제틀 속에서 여타의 이론과의 관계를 어떻게 구축하고 있는가에 대한 일반적인 설명은 로버트 영의 다음과 같은 지적을 통해서 확인할 수 있다.

> 포스트식민주의는 헤게모니를 장악한 경제 제국주의의 현 상태를 공격하고 식민주의와 제국주의의 역사를 공격하지만, 또한 맑스주의나 페미니즘과 똑같은 방법으로 긍정적인 정치적 입장과 새로운 형태의 정치적 정체성과의 적극적인 관계를 표시하기도 한다. 페미니즘에 관해서 보자면, 포스트식민주의의 정치와 이론은 대체로 이른바 '제3세계 페미니즘'의 목표와 실천과 같다고 할 수 있다.(Park and Sunder Rajan 2000) 맑스주의에 관해서 보자면, 포스트 식민주의는 제국주의와 식민주의의 체제와 역사들, 그것들의 여파와 지속 등을 분석하기 위해 발전해 온 압도적으로 비서구

적인 그런 맑스주의 형태들을 통합하고 있다는 점에서 맑스주의와 차이가 있다. 이러한 자원들에 의존하는 포스트식민주의의 현대 권력 구조에 대한 비판은 포스트식민 시대의 주체적, 물질적 조건을 분석하기 위해 발전되었고 적극적인 변혁적 실천과 연결되어 있는 개입주의적 방법론들과 결합되어 있다. (중략) 그것의 힘은 개별 요소들의 결합의 네트워크, 공통의 정치적 정체성들의 네트워크에서 나오며, 그 네트워크는 인식론적으로나 사회적으로나 제도적으로 고정되고 연결되어 있는 경계선들을 뚫어버린다.[9]

포스트 콜로니얼리즘 이론은 "포스트식민주의의 현대 권력 구조에 대한 비판"을 통해 "문화적 상상체의 탈식민화"[10]와 같은 의제들을 제출하였다. 이러한 문제제기 속에서 인종, 젠더, 민족, 제국의 관계는 핵심적인 항목이 되었고 학문적, 지역적 경계를 넘는 연대의 시도가 중요한 실천 전략으로 제기되었다. 또한 문화연구가 이러한 경계를 넘는 이론적 연대의 중요한 방법으로 제기되었다. 여기서 페미니즘과 포스트 콜로니얼리즘의 조우는 "새로운 형태의 정치적 정체성"에 대한 모색이라는 차원에서 이루어진다. 즉 두 이론의 조우는 (불확정적이지만) 새로운 주체화의 이론적 실천이라는 지점에서 만날 수 있는 것이다. 이는 역으로 새로운 주체화의 이론적 실천과 문제틀이 부재할 때 포스트 콜로니얼리즘 방법론을 통한 연구는 젠더 이론과의 접점을 만들기 어렵게 된다(혹은 이론적으로 배제된다).[11]

이는 한국에서 포스트 콜로니얼리즘 이론의 영향권에 있는 연구들이 내셔널리즘 비판이라는 단일 의제에 집중되고, 정체성 정치와 관련된

---

9) 로버트 J. C 영, 김택현 역, 『포스트식민주의 또는 트리컨티넬털리즘』, 박종철출판사, 2005, 113-114쪽.

10) Kuang-Hsing Chen, "The Decolonialization Question", *Trajectories: Inter-Asia Cultural Studies*, ibid. pp. 1-7.

11) 한국에서 탈식민주의 이론에 입각한 연구들이 민족주의 비판이라는 단일 의제에 집중되면서, 역설적으로 어떻게 젠더 이론을 배제하고 전유하는가에 대한 비판적 고찰은 권명아, 「공유기억 연구의 방법론과 탈민족주의 연구 경향에 대한 비판적 고찰」, 『상허학보』, 2006년 2월, 참조.

178

다양한 당대적, 역사적 문제들을 등한시 한 채 역사 연구의 방법론으로 협소하게 환원되고 있는 한국의 연구 풍토와 밀접한 관련을 맺는다. 정체성 정치와 관련된 문제는 민족주의로 단일하게 환원되지 않음에도 불구하고 한국에서 포스트 콜로니얼리즘 이론에 입각한 논의는 민족주의로 환원되지 않는 다양한 소수자 정치의 문제에 관심을 갖지 않은 채 젠더 이론을 단지 민족주의 비판의 '도구'로 전유하는 것이다.

물론 젠더 이론과 포스트 콜로니얼리즘 이론은 많은 부분에서 문제틀과 아젠다를 공유하고 있다. 특히 내셔널리즘의 동일화 기획에 따른 소수자의 배제를 비판하는 지점에서 두 이론은 매우 가깝게 근접하고 있다. 실상 젠더 이론의 경우 내셔널리즘 비판은 근대적 주체화 기획에 대한 근원적 재 고찰의 과정에 수반되는 작업이다. 젠더 이론은 여성 정체성에 대한 복원을 중심으로 하던 초기의 페미니즘으로부터 근대의 탈구축이라는 의제로 페미니즘이 자체적인 방향 전환을 시도한 결과 도출된 것이다.12) 여기서 근대의 탈 구축은 근대적 주체화 기제를 젠더 중립성의 외양으로부터 탈각시킴으로써 근대성의 이념에 내재된 보편화 이데올로기를 비판하는 것을 의미한다. 이를 통해 주체 구성의 역사화와 차이화라는 아젠다가 "차이와 평등"이라는 기존의 페미니즘의 의제를 대체하면서 제기된다. 이 과정에서 젠더 이론은 "역사화"라는 의제에 직면하였고 젠더사의 고유한 영역이 형성되었다.

이러한 주체 구성의 역사에 대한 젠더 이론의 탐색 작업은 포스트

---

12) 이러한 전환은 페미니즘 자체 내의 이론적 비판 작업과 함께 소수자의 정치에 대한 새로운 구상들과 이론적 연대를 모색한 결과이기도 하다. 특히 마르크스주의의 전화와 인권의 정치로의 전환, 이른바 신사회 운동으로부터 포스트 마르크스주의로의 전환, 프로이트주의와 마르크스주의, 그리고 페미니즘의 결합이라는 1980년대 이후의 일련의 이론적 전화 과정의 한 산물이다. 이러한 마르크스주의의 이론의 전화란 실은 포스트모더니즘 논의에 대한 이론적 공박이었다. 또 이 과정에서 포스트모더니즘의 근대 비판과는 입장을 달리하는 근대 비판의 문제틀이 구축되었고 젠더 이론, 푸코-알튀세르적인 이데올로기 이론과 주체 구성 이론들(들뢰즈, 가타리 등의)이 도출되었다. 파시즘 이론은 이 세 가지 경향성을 결합하여 포스트모더니즘 이론의 근대 비판에 대한 이론적 공박을 제기하는 경향에서 도출된 바 있다.

콜로니얼리즘 이론의 식민성에 대한 질문과 만나게 되는 중요한 지점이 기도 하다. 그럼에도 불구하고, 현재 한국 문학 연구에 있어서 젠더 이론에 내포된 주체 구성의 역사화와 차이화에 대한 의제는 여전히 배제되고 있다. 이는 앞서 논의한 바와 같이 다음의 세 가지 문제들과 밀접한 관련이 있다. 첫째, 포스트 모더니즘, 근대성 논의, 포스트 콜로니얼리즘 이론의 수용으로 이어지는 한국 문학 연구의 방법론적 전환이 식민지 시기 연구 붐이라는 이상 현상으로 경도되고 있다는 점이다. 이는 1990년대 중반 이후 나타난 역사 담론의 과잉 현상과 인문학이 현실 개입으로부터 후퇴하는 현상의 반영이라는 점에서 문제적이다. 현실 개입으로부터의 후퇴와 식민지 시기로의 과잉 집중화는 젠더 연구를 주체성의 정치로서가 아닌 역사 연구의 새로운 항목으로 소비하게 하는 중요한 동력이다. 둘째, 경계를 넘어가는 포스트 콜로니얼리즘 이론의 특성이 이론간 연대를 기본 아젠다로 설정하고 있지만, 이는 이론적 연대와 담론 헤게모니 구성을 위한 이질적 이론에 대한 전유 사이의 경계를 모호하게 하고 있다는 점이다. 이는 또한 포스트 콜로니얼리즘 이론의 이론적 자기 규정성의 공허함과도 관련된다. 세 번째로는 앞의 두 문제의 효과로서 인문학 연구에서 연구 방법론에 대한 모색은 이론적 실천을 위한 고민보다는 담론 헤게모니 구성을 위한 세련된 소모품으로 전락하고 있다는 점이다. 특히 젠더, 인종, 민족에 관한 연구들은 정체성 정치와 관련된 실천적 의제들은 사상된 채 소비되고 있다. 이런 문제의 결과, 한국 문학 연구에서 포스트 콜로니얼리즘 이론의 영향은 경계를 넘는 연구 영역의 확산과 심화에 기여하기보다, 역으로 한국 문학의 제도화를 더욱 공고하게 만들고 있다. 특히 연구 시기로서는 식민지 시기 연구에 대한 배타적 집중화를, 연구 방법 상에 있어서는 여타의 이질적인 주체성 정치의 이론을 포스트 콜로니얼리즘 이론이나 탈 민족주의적 입장의 종속적 위치로 전락시키고 있는 것이다.

그러나 이론이 정치에서 소비의 장으로 변화되고 인문학이 현실 개입으로부터 후퇴하는 현상은 단지 포스트 콜로니얼리즘 이론의 효과는

180

아니다. 이러한 현상은 이미 1990년대 중반 이후 일련의 방향 전환의 과정을 통해서 지속적으로 이루어진 것이다. 따라서 현재 한국 문학 연구에 있어서 이론의 위치와 의미를 논의하기 위해서는 1990년대 이후 지속된 이러한 방향 전환의 과정에서 어떠한 논의와 입장의 전환들이 수반되었는가를 살펴보아야 한다. 1990년대 중반 이후 이른바 포스트모더니즘 논쟁, 세대 논쟁, 문단 권력 논쟁, 동아시아 논쟁, 근대성 논쟁을 거치면서 일련의 다양한 의제들이 도출되었다. 특히 지식인의 정체성, 소수자 정치 및 차이의 정치학과 문화적 다양성에 관한 의제 등이 이 논쟁의 핵심을 이루고 있었다. 특히 이 논의의 과정에서 이른바 제도화된 문학 개념 및 문학 장, 그리고 이를 토대로 생산되는 지식인의 정체성에 관한 논란이 이어진 바 있다. 본고에서 논하고 있는바 인문학이 현실 개입으로부터 후퇴하면서 역사 담론에 대한 과잉 생산으로 이어지고, 한국 문학 연구의 경우 식민지 연구 붐이라는 이상 과열 현상으로 이어지고 있는 점, 또 이론이 단지 세련된 소모품으로 소비되는 추세는 이러한 1990년대 이후 지속적으로 이루어진 일련의 과정의 결과이다.

먼저 지식인의 정체성에 관한 논쟁은 제도화된 문단 권력에 대한 비판과 결부된 문단 권력 논쟁 뿐 아니라, 제도화된 학문적 글쓰기에 매몰된 지식인들의 식민성을 비판하는 일련의 의제로 이어졌다. 후자의 경우 기존의 제도화된 논문 생산을 비판하고 탈 근대적 글쓰기로서 "에세이적 글쓰기"를 강조하기도 하였다. 이 논쟁은 제도, 학문 생산의 방법, 글쓰기, 지식인의 정체성이라는 일련의 의제를 내포하는 것이었다. 그러나 지식인의 정체성과 관련된 일련의 논의는 인문학의 위기 담론과 이른바 학진 시스템의 도입, 그리고 이에 동반된 제도화된 논문 생산 시스템이 획일화되는 과정 속에서 소진되어 버렸다.

또한 소수자 정치와 차이의 정치학 및 문화적 다양성에 관한 이론적 실천의 과정은 한마디로 규정하자면 차이의 정치학이 차별화 마케팅 전략 속으로 흡수되어 가는 과정을 밟아가고 있다.13) 물론 문화 산업 및 제도화된 학문 생산 시스템의 차별화 마케팅 전략으로 흡수되지 않으려는(전유되지 않으려는) 시도들 또한 지속적으로 제기되고 있으나 그 힘은 미미한 편이다. 소수자 정치 및 문화적 다양성에 관한 의제들이 차별화 마케팅 전략에 전유되는 과정은 마이클 하트와 네그리가 『제국』에서도 지적하고 있듯이 이른바 자본의 전지구화 과정의 일련의 효과이기도 하다. 포스트 콜로니얼리즘 이론 역시 이러한 일련의 차별화 마케팅 전략의 한 축에 놓여져 있는 것이기도 하다. 이러한 과정을 통해서 소수자 정치 및 차이의 정치학과 관련된 의제는 마케팅 전략 1순위로 등극하게 된다. 이는 학문장 역시 마찬가지여서 차이의 정치학은 그 이론적 실천의 효과는 미약해지고 있지만, 소비 가능한 이론의 순위로서의 인지도는 점차 높아지고 있다. 흥미로운 것은 문화적 다양성 및 소수자 정치 특히 젠더 문제는 문단 권력론, 신세대론, 민족주의 문학 논쟁 등 모든 논쟁에 '동반되는' 의제였다는 점이다. 이는 이들 논쟁이 모두 젠더 문제에 관심을 가지고 있었다기보다는 젠더라는 의제가 각자의 정치적 정당성을 증명하기 위한 알리바이로 어떻게 작동하고 있는가를 보여주는 사례라고 할 수 있다.

세 번째로 포스트모더니즘 논쟁에서 촉발된 근대성 논쟁은 초기에는 근대성 비판의 미학적 형식의 전범은 누구인가를 둘러싼 김수영 논쟁, 이른바 동아시아적 전통 서사의 복원과 관련된 논란을 일으킨 역사 판타지에 대한 논쟁 등 정전 해석에 관한 논란을 유발하였다. 근대성 논쟁은 일찍부터 제도권 학계의 논쟁으로 전유되어서 근대 초기에 대한 연구 붐을 형성하면서 동시에 정전 다시 읽기 붐이 일게 되었다.

마지막으로 세대 논쟁은 이른바 1980년대적인 것과 1990년대적인

---

13) 이런 식으로 차이의 정치학이 전혀 다른 방식으로 전유되고 흡수되는 것은 1990년대 초반 문화 산업의 진전에서도 특징적인 현상이다. 이러한 면모는 '차이의 정치학'이 자본의 전지구화라는 기제 속에서 차별화 마케팅 전략으로 전유되는 역학과 밀접한 관련을 맺는다. 이 과정에서 차이의 정치학과 차별화 마케팅 전략의 경계선은 매우 모호하다. 이는 글로벌 자본의 전유 능력이 모든 차이의 정치학을 마케팅 대상으로 전이시킬 수 있다는 점을 의미하는 것이기도 하다. 이에 대해서는 권명아, 「차이의 마케팅 시대, '여성'이 취급되는 방식」, 『현대문학』, 2002년 10월 참조.

것이라는 항목과 이에 내포된 다양한 함의를 둘러싼 논쟁이었다. 특히 1990년대적 가치를 담지했다고 간주되는 신세대 문학이 문화적 다양성의 지표이냐 문화 제국주의의 산물이냐를 둘러싼 논쟁이 중요하게 제기된 바 있다. 그러나 이 논쟁 역시 지속되지 못하고, 오히려 문화 산업의 논리가 가속화되면서 신세대적 가치가 문화 상품으로서의 가치를 인정받게 됨에 따라 문화 다양성이라는 이름 하에 지속적인 차별화 마케팅 상품으로 소모되는 결과를 낳았을 뿐이다. 한국에서 포스트 콜로니얼리즘 이론의 '방문'은 이처럼 1990년대 중반 달아올랐던 논쟁의 열기가 소진되고 인문학이 국가 주도의 제도화 시스템(학진 및 제도화된 논문 생산 시스템의 강화) 속으로 흡수되던 시점에 이루어졌다.

3. 역사성과 당대성의 길항 관계: 대만과 홍콩에서의 포스트 콜로니얼리즘 논쟁

한국의 경우 포스트 콜로니얼리즘 이론의 영향이 역사의 전성시대로 이어지고, 주로 민족주의 비판의 측면에 집중된 것은 어떤 의미를 지니는가? 이 절에서는 아시아 지역에서 포스트 콜로니얼리즘에 대한 논쟁과 다양한 입장들을 개략적으로 살펴보면서, 이 논의들에서 젠더, 인종, 민족, 역사성과 당대성의 길항 관계, 그리고 이론적 실천의 개입의 전략들이 어떻게 그려지는가를 살펴보고자 한다. 이를 통해 포스트 콜로니얼리즘 이론이 각 지역의 고유한 역사적, 현실적 맥락과 접합되면서 구체적으로 어떠한 새로운 연구 전망을 보여주는지를 검토하고자 한다. 또 여타의 아시아 지역에서 식민성, 젠더, 인종, 민족에 관한 논의 지형을 비교 검토함으로써 한국에서의 이후의 논의의 발전을 위해 검토해야 할 사항을 제시하고자 한다.

본 논문에서는 한국의 역사적 경험을 연구하는 데 중요한 비교항으로 평가되는 대만의 경우와 포스트 콜로니얼리즘 이론의 딜레마를 총체

적으로 체현하고 있는 홍콩의 경우를 중심으로 논의하고자 한다. 대만
과 홍콩은 제국—식민지, '국가'로의 통합과 내셔널리즘, 그 대안으로서
다문화주의나 혼종화의 딜레마를 극명하게 보여주는 사례로 상호간 비
교 연구 또한 활발하게 진행되고 있다. 랴오 핑후이는 대만의 "이중 변
경화"가 홍콩이 지녔던 상징적 지위를 대만이 계승하는 결정적 계기가
되었다고 논하고 있기도 하다.[14)]

대만의 경우 포스트 콜로니얼리즘 이론은 포스트모더니즘 논쟁의 연
장선에서 이루어지고 있다. 그 내부의 역학은 물론 다양하지만, 그중 영
어로 소개된 대표적인 논쟁을 중심으로 논의를 전개하고자 한다. 1990
년대 이후 대만에서 포스트 콜로니얼리즘과 관련된 논쟁은 포스트모더
니즘, 다문화주의에 대한 입장 차이를 함축하면서 이루어졌다. 치우 꾸
이펀, 랴오 챠오양,[15)] 랴오 시엔하오, 천 팡밍, 랴오 핑후이[16)] 등 대만의
대표적인 논자들이 지속적인 논쟁을 펼쳐왔다. 이외에도 인터 아시아
그룹의 일원인 첸콴신과 레오 칭,[17)] 그리고 일본의 대만 전공자인 마루
카와 테츠지[18)] 등이 대만의 포스트 콜로니얼리즘 논쟁을 주도한 바 있
다. 대만과 홍콩의 경우 식민성과 탈식민성의 문제에서 미국(및 "서구")

---

14) Liao, Ping-hui, "Postmodern Literary Discourse and Contemporary Public Culture in Taiwan", *Boundary* 2, 24: 3, 1997, pp. 41-63.

15) Chaoyang Liao, 대표적인 논문으로는 "Borrowed Modernity: History and the Subject in A Borrowed Life", *Boundary* 2, Vol. 24, No. 3, Postmodernism and China, Autumn, 1997, pp. 225-245.

16) Ping-Huiliao. 대만에서 포스트콜로니얼리즘 이론에 대해 비판적이면서도 동시에 이 문제를 통해 새로운 방법론을 구축하려는 대표적인 논자이다. 대표적인 논문으로는 "Postcolonial studies in Taiwan: issues in critical debates", *Postcolonial studies*, vol 2, No 2, 1999, pp. 199-211.

17) Leo Ching, 대만의 황민화에 대한 흥미로운 연구를 제시한 바 있다. 황민화 기제에서 타이완인, 중국인, 일본인을 둘러싼 젠더, 인종, 민족의 복합적 의미를 통해서 식민성에 대한 새로운 해석을 제시하였다. *Becoming "Japanese"; Colonial Taiwan and the politics of Identity formation*, Berkerly: University of California Press, 2001, pp. 89-132.

18) 丸山哲史, 대만의 포스트콜로니얼리즘에 대한 대표적인 저서로는 『臺灣, ポスト コロ ニアルの身體』, 東京, 靑土社, 2000, pp. 11-54.

과 중국이라는 상이한 '제국'과의 관계(대만의 경우는 일본과의 관계가 교차된다)가 복합적으로 얽혀있다는 점에서 서구의 포스트 콜로니얼리즘 논자들의 서구 제국주의 역사를 중심으로 한 논의의 한계를 넘어설 수 있는 상징적 준거로 간주된다. 또 탈식민화에 관한 논란에 있어서 다문화주의와 포스트모더니즘에 대한 입장이 중요한 관건이 되는 것은 대만에 있어서 탈식민주의 이론의 효과가 내셔널리즘 비판이라는 단일 의제가 아닌, 주체 구성의 새로운 틀, 정체성 정치를 위한 대안적 이론과 실천에 대한 복합적인 의제들을 내포하고 있다는 것을 의미한다. 또 대만의 경우 '내셔널리즘'이라는 규정 자체가 자명한 것으로 간주되거나 이미 규정된 내셔널리즘을 비판하는 태도들이 포스트 콜로니얼리즘에 대한 논의를 통해서 근본적으로 의문시 되었다. 과연 무엇이 내셔널리즘인가, 혹은 탈식민화 기획이란 과연 어떤 '중심'으로부터의 이탈의 기획인가 하는 점 등이 집중적인 의제로 제시되었다. 또 이 과정에서 대만의 근대성(이는 대만의 '정체성'을 새롭게 질문한다는 것을 의미한다)에 대한 다양한 새로운 규정들이 시도되었다. 'Borrowed Modernity', 'Alternative Modernity', 'Satellite Modernity' 등 다양한 규정들이 제시되었는데 이는 단지 근대 초기, 혹은 근대화의 성격을 규명하는 시도가 아니라[19] 대만 정체성의 역사, 현재, 미래를 규명하는 새로운 문제틀을 구성하려는 시도들이라고 할 수 있다.

또한 대만의 정체성과 탈식민화 기획에 대한 논의에서 가장 중요한 것은 대만과 제국들 사이의 관계 뿐 아니라 대만 내부를 구성하는 이질적인 정체성 그룹의 주체 위치와 이에 기반 한 주체화 전략의 정치적, 이론적 성격을 규명하는 문제이다. 여기서 포스트 콜로니얼리즘 이론에 대한 다양한 반응들이 젠더, 인종, 계급의 문제를 가장 중요한 심급으로 (이론적으로나 현실적으로나) 소환하게 된다. 특히 대만의 경우 1970년

---

19) 이는 한국의 경우 근대성에 관한 질문이 근대화의 성격에 대한 질문으로 환원되면서 근대 형성기 연구 붐을 조성한 것과는 대조적이다.

대 이후 지속되어온 지배적 정체성 정치를 해체하는 문화 실천(페미니즘, 게이 문화 운동, 소수자 문화, 다 언어주의 전략, 트랜스 내셔널한 문화 실천) 등에 대한 새로운 해석과 평가가 이어지면서 탈식민화 기획에서 이러한 새로운 정체성 정치가 차지하는 의미가 중요한 논점으로 제기되었다.

이외에도 한국과 마찬가지로 식민지 경험에 대한 새로운 조명 역시 이루어지고 있지만, 이는 단지 역사 연구의 부흥이라는 차원이 아니라 앞서 제시한 의제들과 밀접한 관련을 맺으면서 진행되고 있다. 다문화주의적 정체성 정치의 의미를 계승하면서 포스트 콜로니얼리즘의 의제와 이것을 넘어선 새로운 문제틀을 구성할 수 있는 가능성을 "대만의 정체성"에 대한 규명 작업에서 찾고 있는 랴오 핑후이의 논의를 통해서 대만에서 포스트 콜로니얼리즘 이론에 대한 반응과 문제틀의 새로운 구성이 어떤 식으로 이루어지는 지를 소개하면서 논의를 정리하고자 한다. "대만의 정체성"이라는 상징적 지점을 통해서 탈식민화의 새로운 가능성(랴오 핑후이는 이를 포스트 콜로니얼리즘 이론을 넘어선 탈식민화의 기획이라고 명명한다)을 모색하는 랴오 핑후이는 몇 가지 새로운 문제틀을 제기한다. 이는 "트랜스내셔널 교환(transnational exchange)", "대만의 이중 변경화(주변에서 변경으로의 문제틀의 변환)",20) "대안적

---

20) 대만의 이중 변경화란 중국과 대만의 관계의 변화와 대만의 국가적 지위의 딜레마라는 역사적 상황으로부터 비롯된 의제이다. 즉 1971년 중화민국이 UN 회원국에서 탈퇴했을 때 이후 타이완의 역할은 중국의 주변으로부터 세계의 변경으로 이동했다: 이를 랴오핑 후이는 대만의 이중의 변경화라고 칭하는 것이다. 이 시기 이후 타이완 인민들은 외교적, 정치적 고립의 위기로부터 생존하려고 발버둥쳤다. 역사적으로 보면 1683년 청의 황제는 타이완을 '피엔추이(pien-tsui: 주변)'로 간주했다. 1945년 뒤늦게 발간된 『타이완 국사』에서 리엔야탕은 대만을 "타오이하이커(tao-yi hai-ke, 해적들을 은신시켜주는 고립되고 원시적 장소)"라고 간주했다. 장개석이 타이페이의 주요 도로를 본토의 도시들을 따라 지은 것은 그가 망명해 있다고 생각했기 때문이었다. 1972년 닉슨의 중국 방문 이후 피엔위앤(pien-yuan: 변경)과 이중의 변경화라는 발상은, "Tzu-pien pu-chin, chuang-chin chih-ch'ang(위험한 시기에 겁먹지 말고, 자조(자립)를 가꾸어라"라는 장개석의 구호에도 드러난다. 1978년 대통령이 된 장경국은 자신을 '타이완인'이라고 선언

모더니티(alternative Modernity)"라는 의제에 함축되어 있다.

　랴오 핑후이는 대만에서 다문화주의적 실천[21]과 대안적 정체성 정치의 의미와 한계를 평가하면서 이러한 실천들의 의미를 한편으로는 "포스트모더니즘에 대한 광분"과 그러한 태도를 생산한 현실적 규정력에서 찾는다. 즉 "타이완의 이중의 변경화는 타이완 섬의 주민은 무력해졌지만, 다른 한편으로는 국내의 권위주의 체제에 도전하고, 트랜스 내셔널한 코드와 기술을 획득하려는데 강력한 욕망을 갖도록 만들었다. 상상적으로 지구적 생산물을 영유해야 한다는 정신사회적 욕구, 그리고 토착적 대항전통(counter tradition)을 가동화하려는 욕망이라는 이중의 절합(articulation)이 포스트모더니즘에 대한 광분을 만들어냈다"는 것이다. 이러한 광분은 한편으로는 대만 문화를 (문화산업과 결부된)포스트모던한 공간으로 채색하였지만, 여기서 중심으로부터 이탈하는 새로운 정체성 정치가 구성되는 토대가 만들어진 것 또한 사실이라는 것이 랴오 핑후이의 진단이다. 또 "변경성은 피억압자에게 중요한 저항의 지위와 장소뿐만 아니라 새로운 주체성과 새로운 문화자본을 발전시키는 제3공간을 구축할 수 있는 대안으로서의 의미를 지닌다. 그런 점에서 변경성은 타이완의 정체성을 재고하는 관점(vantage point)이자 지위(position)를 구성하는 것이다"라고 하면서 변경성을 탈 식민적 주체 구성을 위한 하나의 대안적 문제틀로 제시한다.

　또 '트랜스내셔널 교환(transnational exchange)'이라는 의제는 랴오 핑후이에 따르면 기존의 이론적 한계를 돌파하는 새로운 가능성을 보여준다. 즉 "월러스틴의 '세계체계' 이론의 한계는 정태적인 경향이 있고 국

하고 타이완의 지위의 변화의 역사적 효과를 수용한다. Liao, Ping-hui, "Postmodern Literary Discourse and Contemporary Public Culture in Taiwan", ibid., 1997, pp. 41-63.

21) 대만에서 다문화주의적 문화 실천을 대안으로 제시하는 것에 대해서는 비판적인 의견들이 제기되었다. 이는 대만에서의 다문화주의, 특히 한인 문화에 대항하는 타이완 토착 문화, 언어의 회복과 관련된 다문화주의가 '신 타이완인의 구성'을 모토로 내건 민진당의 집권으로 상징되는 대만의 네오 내셔널리즘과 밀착되어 있다는 점에서 비판된다.

경을 가로지르는 복합적이고 동태적 거래들을 고려하지 못한다는 점이다. 한편 아르준 아파두라이의 '차이와 이접', 베네딕트 앤더슨의 '원거리 민족주의', 로버트슨의 '글로벌—로컬' 등의 한계는, 어떤 특수한 문화적, 민족적, 종교적 전통들이 트랜스내셔널 공동체들을 공공화하는데 가동되는가를 설명하지 못한다는 점이다. 탈식민주의를 넘어서는, 그리고 오늘날 세계에 있는 범중국적 체제(pan-Chinese)를 고려하는 적절한 모델은 '트랜스내셔널 교환(transnational exchange)'의 모델일 것이다. 하나의 예는 중국 역사에서 국가의 영토적 경계를 위반하는 전쟁, 교역, 문화적 교환(예; 중국 불교), 다른 하나의 예는 일본 제국주의의 양가적 식민 유산 및 그것의 지역화 과정으로의 통합에 대한 문제이다." 랴오펑후이는 대만의 남진 프로젝트를 이러한 재협상의 대표적 사례로 제시한다. 남진 프로젝트는 "타이완을 아시아태평양의 허브로 만들려는 의도를 지니는데, 이를 통해 타이완의 정체성은 한—중국 지향으로부터 다문화적이고 트랜스내셔널한 정체성으로 이동한다".

　　간략하게 살펴본 바와 같이 식민 지배를 경험한 아시아 지역에서 포스트 콜로니얼리즘 이론에 대한 반응은 한국과 유사한 측면도 존재하지만, 오히려 좀더 다양한 이론적, 실천적 의제들을 활성시켰다고 보인다. 물론 대만과 홍콩에서의 논의들의 의미와 한계에 대해서는 다른 차원에서 평가가 되어야 하겠지만 이론에 대한 심정적 반응과 내셔널리즘 비판이라는 단일 의제에 집중된 한국의 포스트 콜로니얼리즘 이론에 대한 반응과 비교해볼 때 많은 고민거리를 안겨준다. 적어도 대만과 홍콩에서 포스트 콜로니얼리즘 이론은 포스트잇과 같은 간편한 실용성 보다는 흔적을 사유하는 촉발제가 되었다고 생각되기 때문이다. 또 대만과 홍콩에서의 포스트 콜로니얼리즘 이론에 대한 연구는 한국의 상황과 비교해 볼 때 중요한 참조항이 될만한 몇 가지 의제를 제시하고 있다. 첫 번째로는 자본의 전지구화와 관련된 지식인의 새로운 존재 방식에 대한 문제제기이다. 또 국경을 넘는 새로운 네트워크의 성립이 만드는 효과에 대한 문제제기이다. 둘째로는 포스트 콜로니얼리즘 이론이 단지 역사 연구의 '새로운' 방법론으로 전유되는 것이 아니라, 문화 실천의 새로운 모델과 주체성 정치의 패러다임에 대한 질문을 새롭게 제기한다는 점이다. 이와 관련하여 세 번째로는 역사 연구와 당대성에 대한 개입의 관계를 지속적으로 고민하고 있다는 점이다. 여기서 문화연구와 새로운 방식의 역사 연구는 접점을 갖게 되고, 기존의 제도적인 학문 연구의 방법론과 제도성에 의문을 제기하고 있다는 점이다. 대만과 홍콩에서의 포스트 콜로니얼리즘에 대한 참조를 통해 위와 같은 세 가지 의제를 제시할 수 있으며, 이는 한국에서의 연구 방법론의 전환이 지닌 효과와 의미를 규명함에도 중요한 의제라 할 것이다.

4. 역사 연구를 통한 현실 개입의 필요성: 카니발적 내셔널리즘을 중심으로

이 장에서는 앞의 장들에서 논한 문제들을 토대로, 실제로 한국에서 역사 연구를 통한 당대적 개입, 젠더 이론의 주체성 정치에 대한 고민들이 탈 민족주의라는 단일한 하나의 아젠다로 환원되지 않는 지점들이 무엇인가에 대해 논하고자 한다. 이는 좀더 구체적인 문화 실천에 대한 분석을 통해 제시되어야 하기 때문에 이 장의 논의는 앞 장들과는 달리 문화 실천과 담론의 역사에 대한 구체적인 분석을 통해서 역사 연구와 당대적 개입에 관한 문제를 논하고자 한다. 내셔널리즘 비판의 방법론에 있어서 젠더 이론의 가장 큰 고민은 내셔널리즘과 젠더, 그리고 각 역사적 국면에서의 주체 구성의 차별성을 규명하는 것이다. 이러한 고민은 역사성과 당대성을 가로지르면서 주체 구성의 기제를 비판적으로 재구해야 하는 방대한 작업을 통해서 해결될 수밖에 없다.

하나의 사례를 통해서 이 문제에 대해 논의해 보고자 한다. 최근 한국 전쟁을 소재로 한 영화들이 이른바 한국 영화 천만 관객 시대를 이끌어가고 있다.22) 2005년에 개봉된 영화 『웰컴 투 동막골』도 이러한 문화적 추세의 일환 속에서 관객 동원에서도 기록적인 성과를 보였다. 이 영화는 네티즌이 선정한 2005년의 최고 영화와 삼성 경제 연구소가 네트즌 조사를 통해 선정한 2005년 히트 상품 9위에 링크되기도 하였다. 개봉 초기에 『조선일보』는 이 영화를 국가 정체성을 위협하는 "반미영화"로 비난하였다가 흥행 가도를 달리자 논조를 바꾸는 해프닝을 벌이기도 했다. 『조선일보』의 이 해프닝은 실은 보수적인 국가주의자들의 국가 정체성에 대한 이념과 '관객(다중)'의 새로운 코드에 대한 당혹스러움을 선명하게 보여주는 사례이다. 또 『조선일보』의 해프닝은 '조선일보'로 대변되는 기성세대의 국가주의 이념의 시대착오적 맹목성을 보여주는 사례로 비웃음의 대상이 되었다.

> 영화를 봤다. '웰컴 투 동막골'. 객석에선 웃음이 터져 나왔고, 진한 감동도 있었다. 영화가 끝난 후 초등학생인 딸이 말했다. "미국, 참 나쁜 나라네", 아내가 말했다. "반미 영화". (중략) 이제 전쟁을 체험한 세대는 점점 줄고 있고, 반미 친북의 새로운 패션들은 속속 등장하고 있다. 교육 현장에서, 미디어에서, 국가 주도 행사에서 북한은 미화되고, 피를 흘려 싸운 우리 병사들은, 그리고 2차 대전이 끝난 후 쉴 새도 없이 한국전쟁에 참전한 혈맹 국가 병사들의 모습은 비하되고 있다.[23]

---

22) 한국 영화 천만 관객 시대는 단지 영화 점유율의 문제가 아니라 한국 영화의 '정체성'이 주변과 제국(중심)의 관계에 대한 자기 위치를 지정하고, 환치하고 은폐하는 일련의 정체성 정치의 징후적 지점을 내포한다. 한국 영화는 자신의 주변성을 토대로 제국의 위치로 진입하는데, 이는 단지 자기의 오리엔탈리즘화라는 근대적 오리엔탈리즘의 역전된 형태가 아니라 자기의 서발턴화를 통해서 제국화, 권력화하는 탈식민화 시기의 대표적인 정체성 정치를 반영한다. 이에 대해서는 권명아, 「변경과 제국의 전이와 오리엔털리즘—임권택과 김기덕을 중심으로」, 『당대비평』, 2004년 겨울호, 참조.
   또한 주목해야 할 것은 한국영화 천만 관객 시대를 이끌고 있는 영화들이 대부분 한국 전쟁 경험과 분단 문제를 다룬 작품들이라는 점이다. 즉 〈공동경비구역 JSA〉(2000, 583만 명), 〈친구〉(2001, 818만 명), 〈실미도〉(2004, 1,100만 명)와 〈태극기 휘날리며〉(2004, 1,170명), 〈웰컴 투 동막골〉(2005, 793만 명) 순으로 해마다 천만 관객에 육박한 영화들은 한국 전쟁 경험과 남북 관계를 다루고 있다는 (〈친구〉를 제하고) 공통성을 보인다.
23) 『조선일보』, 진성호(인터넷 뉴스 부장) 「웰컴 투 김일성 왕국」, 2005. 8. 25. 『한겨레신

190

이러한 해프닝이 아니어도 이 영화는 한국에서의 민족주의 담론의 역사와 현재, 국가주의적 담론의 반복과 이탈 등 논란거리를 안고 있다.[24] 젠더 연구자의 입장에서 이 영화는 오래 동안 지속된 담론 규약(담론의 역사성과 주체 구성의 역사적 차별성), 특히 민족 이야기에 내포된 젠더 정치로부터의 '작은 일탈'이 갖는 의미(지속과 이탈을 통한 주체 구성 담론의 변화)에 대해 고민하게 하는 하나의 사례이다. 또 영화를 둘러싸고 '국가 정체성'에 관한 논란이 제시되는 방식이나, 이에 대한 반작용 및 관객의 반응 구조는 최근 한국에서 보수주의적인 국가주의, 이에 대한 반박에 기반 한 오래된 패턴을 반복하는 '민족주의', 그리고 다중의 새로운 코드로서 "카니발적 내셔널리즘" 사이의 기묘한 일치와 불일치를 보여주는 전형적 사례이다. 본 고에서는 『웰컴 투 동막골』 및 이를 둘러싼 다중의 반응 코드를 카니발적 내셔널리즘이라고 규정하고자 한다. 이는 단지 『웰컴 투 동막골』에 국한된 현상이 아니라 최근 들어 다양한 문화 현상에서 공통적으로 발견되는 특성이다. 즉 카니발적 내셔널리즘은 한국에서 역사적으로 구성된 특정한 민족주의 담론과 국가주의적 서사를 지속하고 있으면서, 동시에 이로부터 이탈하는 다중의 새로운 문화 코드를 의미한다. 이는 민족주의 이념이 기존의 담론 구조에서 이탈하여 카니발적 유희의 형태로 생산되고 소비되는 민족주의의 새로운 형식이라는 것이 필자의 생각이다. 그리고 다중의 이러한 카니발적 내셔널리즘은 오래된 민족주의/국가주의 담론을 지속하면

___

문』은 물론 이에 대한 반박 기회를 놓치지 않았다. 『조선일보』의 이러한 해프닝은 '조선일보'의 시대착오적인 시각의 전형적 사례로 비판되었다. 곽병찬, 「팝콘, 그리고 국가 정체성」, 『한겨레신문』, 2005. 10. 18.

24) 영화 비평가들은 이 영화에 대해 민족주의적 위험성에 대해 석연치 않은 감정을 토로하는 어정쩡한 태도를 보였다. 이러한 태도는 1990년대 이후 한국 영화 비평가들이 취하는 한국 영화에 대한 감싸주기 태도의 연장선이다. 비평가들의 이러한 태도는 스크린 쿼터에 대한 태도와 등가를 이룬다. 일단 보호하고, 비판은 나중에 한다는 태도가 한국 영화 전체를 둘러싼 영화 비평가들의 실천 강령이다. 또 이 영화에 대해 특히 결말을 중심으로 민족주의의 문제를 논한 경우도 있다. 강성률, 「민족의 이상향과 과도한 민족주의의 함정」, 『내일을 여는 역사』, 2005년 12월호.

서 이탈하고, 이 지속과 이탈의 변증법적 과정이 현재, 당대의 보수적인 국가주의 담론과도 고전적인 민족주의 코드와도 불일치하는 기묘한 긴장 관계를 생산하는 것이다.

또 이러한 카니발적 내셔널리즘은 1990년대 이후 지속된 하위문화의 카니발적 성격을 내셔널리즘적으로 전유한 방식이라는 점에서 더욱 주목을 요한다. 1990년대 중반까지 한국의 하위문화는 카니발적 미학을 통해서 기존의 문화적 경계를 이탈하고 전복하는 역할을 하였다. 황종연의 경우 이러한 카니발적인 것을 전복적 에너지로 높이 평가하였다.[25] 그러나 1990년대 하위문화에 내재된 카니발적 성격은 그 자체로 전복적이라고 볼 수 없다. 문제는 이러한 카니발적 성격이 작용하는 장(champ)과의 관계인 것이다. 최근의 문화 현상에서 확인되듯이 카니발적 성격은 그 자신과 전적으로 이질적인 내셔널리즘 이념과 결합하여 새로운 형식의 도그마를 만들어내기도 한다. 이러한 식의 이질적 접합이 흥미로운 것은 이러한 현상이 최근 여러 지점에서 공통적으로 발견된다는 점 때문이다.[26] 즉『해방 전후사의 재인식』이나, 월드컵 열기, 영화『웰컴 투 동막골』과 같은 문화 산업의 생산물에 이르기까지 새로운 정체성 정치를 표방한 '해방의 기획'들이 완전히 이질적인 민족주의(/국가주의)로 손쉽게 전유되거나, 상호 결합하여 이질적인 이데올로기적 구성물을 만들어내는 것이 현재의 중요한 징후적 지점이라고 생각된다. 그런 점에서 본 논문에서『웰컴 투 동막골』의 카니발적 내셔널리즘을 문제적으로 고찰하는 것은 이러한 정치, 학문, 문화 산업 등의 장에서 동시적으

---

25) 황종연,『비루한 것들의 카니발』, 문학동네. 2001.

26) 이런 식으로 차이의 정치학이 전혀 다른 방식으로 전유되고 흡수되는 것은 1990년대 초반 문화 산업의 진전에서도 특징적인 현상이다. 이러한 면모는 '차이의 정치학'이 자본의 전지구화라는 기제 속에서 차별화 마케팅 전략으로 전유되는 역학과 밀접한 관련을 맺는다. 이 과정에서 차이의 정치학과 차별화 마케팅 전략의 경계선은 매우 모호하다. 이는 글로벌 자본의 전유 능력이 모든 차이의 정치학을 마케팅 대상으로 전이시킬 수 있다는 점을 의미하는 것이기도 하다. 이에 대해서는 권명아,「차이의 마케팅 시대, '여성'이 취급되는 방식」,『현대문학』, 2002년 10월 참조.

로 발생하고 있는 하위 문화적 전복의 코드와 민족주의/국가주의의 결합이라는 새로운 이데올로기의 형식을 고찰하고자 함이다. 또한『웰컴 투 동막골』에서의 카니발적 내셔널리즘의 위치는 민족주의/국가주의적인 담론의 역사성과 여기서 관철되어 온 젠더 정치의 지속과 이탈의 차원에서 접근함으로써 그 의미를 명확하게 이해할 수 있다.

『웰컴 투 동막골』은 여러 면에서 한국 사회에서 지속되어온 한국 전쟁 경험에 대한 재현 관습을 반복하면서 이탈한다. 실상『웰컴 투 동막골』에 대한 대중의 호응은 표면적으로는 재현 관습의 반복보다는 이탈(신선함으로 간주된)의 차원에 호응한 측면이 더욱 큰 것처럼 보이기도 한다. 또는 2005년의 시점에서 한국 전쟁에 대한 재현 관습이 어떤 차원에서 반복되고 있는가는 그다지 관심의 대상이 되지 않고 있다는 것이 더욱 중요할 것이다. 실상『웰컴 투 동막골』은 한국 전쟁을 재현하는 서사 관습에 대한 자의식을 드러내기보다, 영화 전체를 하나의 판타지로 만드는데 더욱 주력한다.27) 이것이 영화 전체를 낯익은 재현 관습과의 관계로부터 떼어놓게 되는 가장 중요한 전략이다. 그리고 이 지점은『웰컴 투 동막골』이 한국 전쟁 경험에 대한 재현 관습이나, 재현 패러다임에 대한 '관객'의 반응 체제의 변화를 보여주는 징후적 지점이다. 무엇보다도, 이제 한국의 '관객'들은 한국 전쟁 경험을 즐기고 소비할 수 있게 된 것이다. 이것은 한국 전쟁 뿐 아니라 이른바 남북 관계의 정치적 대립을 상품 미학적으로 소비할 수 있게 된 1990년대 이후로 지속된 현상이기도 하다.28)

---

27) 이는 영화의 원작인 장진의 연극『웰컴 투 동막골』(2002)에서도 동일하게 드러난 현상이다. 이 영화가 기존의 유형화된 전쟁 경험 서사에서 이탈하고 있었던 것은 이러한 원작이 내포한 '판타지'적 측면에서 비롯된다. 특히 한국 연극은 차범석의 작품들로 상징되듯이 한국 전쟁 경험에 대한 보수적 민족주의 서사를 지속하는 것이 하나의 '전통'이 되어왔다. 이러한 한국 연극의 전통과 유형화된 서사 관습으로부터 이탈하려는 연극적 시도가 이 영화 서사의 기본적인 형식적 특성을 규정한다.

28) 대표적인 것이 영화『쉬리』,『간첩 이철진』의 대중적 성공이다. 이 두 영화는 재현 관습에 있어서 냉전 체제하의 간첩물의 문법을 그대로 차용하고 있다. 특히『쉬리』의 경

기본적인 서사 형식에 있어서『웰컴 투 동막골』은 한국 전쟁에 대한 재현 관습의 전형적인 패턴을 재생산한다. 누대에 걸쳐 변화가 없는 천진난만한 마을(동막골의 상징이 노골적으로 표현하는 바와 같이)은 이른바 '외세에 의해 짓밟히기' 이전의 공동체를 민족(혹은 국가)과 등치시킨다. 이는 한국 전쟁을 외세에 의해 "난데없이 짓밟힌 체험"으로 서사화하는 전형적인 패턴이다.[29] 이러한 서사에서는 전쟁은 곧 공동체의 해체로 등치되고 전쟁으로 인한 상처를 치유하는 것은 원래의 공동체를 복원하는 상징적 제의(영화에서 '외세'에 대항해 힘을 합치는 남과 북의 병사의 상징은 이러한 전형적인 패턴이다)로 귀결된다. 이러한 서사 문

우는 기존의 여간첩물과 마찬가지로 여성의 신체를 적에 의해 침투된 사회체의 상징적 등가물로 재현하고, '은폐된 위험(여성 신체=쉬리 속에 감춰진 도청기=사회체에 침투된 적)'을 경고함으로써 사회체의 안정성을 강조하는 파시즘의 젠더 정치를 전형적으로 재생산한다. 이러한 젠더 정치는 반유태주의자들에게는 "사회의 알렉산드리아니즘화(줄리앙 벤더)"로, 때로는 "경계의 문란"(자유군단 전사들의 문법)으로 비판되었다. 한국 사회에서는 이러한 적에 의해 침투된 사회체를 정화하고 방어하는 것을 "형세작위"라고 명명하여 전쟁 지도 원리의 핵심으로 간주하였다.(朴蒼岩,「戰爭指導原理－形勢作爲 中心으로」,『自由』, 창간호, 1968, 20-21쪽)

　그러나 냉전 체제의 간첩물들이 관객에게 적에 대한 공포심을 침투시킨 것과 대조적으로『쉬리』,『간첩 이철진』에서는 동일한 문법이 '적'을 '남한 사회가 끌어안아야 할 같은 민족'으로 상상하게 한다. 이것은 남한 사회의 우월함에 대한 관객의 집단 무의식의 발현이기도 하다.

29) 한국 전쟁 경험에 대한 서사화는 주로 문학과 영화를 통해서 이루어졌다. 특히 문학은 공식 담론으로 드러나지 않는 전쟁 경험의 복합적이고 이질적인 양태를 여러 형식으로 드러낸다. 공동체 해체, 근친 살해, 고향 상실, 가족 해체 등 전쟁은 개인의 존재론적 토대와 관련하여 복합적인 방식으로 경험되고 기억되었다. 여기서 한국 전쟁이 "난데없이 짓밟힌", "영문도 모르는" 사건으로 경험되고 기억된다는 점은 매우 중요하다. 특히 이러한 경험 양식은 전쟁 직후인 1950년대에 지배적이었다. 이는 반공주의적인 작가들에게조차 공통된 현상이었다. "영문도 모르고 당한" 참화로 전쟁을 경험하고 기억하는 방식은 동시에 '외세'에 대한 맹렬한 적대감을 내포하는 것이기도 하다. 2002년 연극『웰컴 투 동막골』에서 마을 촌장을 맡은 윤주상은 인터뷰에서 "이 연극은 영문도 모르고 역사에 휘둘린 사람들의 이야기"(인터뷰,『조선일보』, 2002. 11. 18. 이규현 기자)라고 말하고 있는데 이러한 표현은 전쟁 경험 서사에서 반복적으로 등장하는 것이다. 이는 원작 작품이 기존 전쟁 경험 서사와 아주 밀착되어 있다는 것을 보여준다.

법에서는 바로 짓밟힌 공동체를 복원하기 위한 상징적 제의들이 작품 전체를 중요하게 지배한다. 『웰컴 투 동막골』도 예외는 아니어서, 옥수수가 팝콘이 되어서 눈처럼 내리는 장면,[30) 산 멧돼지를 잡기 위해 기지를 발휘하고 힘을 모으는 남, 북한 병사들이 화합의 장면, 천진난만하게 썰매를 타며 친밀함을 더해가는 장면 등 영화는 바로 이처럼 훼손된 공동체 의식을 복원하는 상징적 제의를 카니발적 세계로 만들기 위한 세밀한 장치들을 마련해놓고 있다.[31)

또한 『웰컴 투 동막골』은 한국 전쟁 경험에 대한 서사 관습에서 전형적인 천진난만한 훼손되지 않는 공동체(이는 단지 민족의 등가물만은 아니다. 이 공동체는 가족, 고향 등 개인의 존재론적 기원들과 동일화되고, 여기서 더 나아가 민족을 공동체로 상상하는 서사 관습으로 이어진다)와 그 타자로서 '외래적인 것'(그리고 외래적인 것에 오염된 존재로서 "적들"—여기에는 '인민군', 외세에 기생하는 양공주, 마찬가지로 외세에 기생하는 정치 협잡꾼 등 다양한 집단이 내포된다)을 설정하면서, 본래적인 것(indigenous, native, nation으로 이어지는)과 외래적인 것(타자에 대한 증식하는 담론으로서)이라는 대립을 구축한다.

'동막골의 세계'는 한국 전쟁기인 1950년대의 역사적 현실과 어떤 관련을 맺는가. 그것은 역사적 근거를 갖지 않는 사후적인, 상상적인 구

---

30) 이 장면은 네티즌이 뽑은 올해의 영화 최고의 장면으로 선정되기도 하였다.

31) 훼손된 공동체를 복원하기 위한 상징적 제의는 소설에서 지속적으로 주술적 방식의 형태로 드러났다. 이는 죽은 자의 무덤을 만드는 것, 묘비를 세우는 것, 제사, 굿과 같은 주술적 행위로 드러나는데 이는 전쟁 경험을 '근대적' 방식으로 해소하지 못하기 때문에 발현된 대응 방식이 아니라, 전쟁 경험을 치유하는 상징적 행위이기도 하였다. 이러한 방식은 또 전쟁을 근친 살해에 대한 죄의식 속에서 기억하는 방식에서 지배적이다. 이는 주로 전쟁 직후 소설에서 강박적으로 드러나는 것이기도 하다. 전쟁 직후 소설에서 전쟁 경험은 스스로를 가해자이면서 동시에 피해자로 느끼는 죄의식의 복합 감정을 동반하였다. 이러한 콤플렉스가 상징적 제의에 대한 강박을 낳았다. 그러나 이는 콤플렉스에서 벗어남과 동시에 공동체의 상상적 구축을 위한 전형적인 서사 기제로 재생산된다. 이에 대해서는 권명아, 「한국 전쟁의 경험과 주체성의 서사 연구」, 연세대 박사논문, 2002년, 참조.

성물인가? 담론과 주체 구성의 역학, 그리고 거기서 '역사, 현실, 담론적 구성'의 관계에 대한 젠더 이론 및 포스트 콜로니얼리즘의 논의는 위와 같은 질문들과도 관련된다. '동막골의 세계'는 1950년대 역사적 현실과 무관하면서도 관련된다. 즉 한국 전쟁은 다리를 끊고 도망가 버린 정치 지도자들을 저주하면서 골방과 지하실에서 숨 막히는 생존 투쟁을 했던 기억들로 남아있기도 하다.[32] 또는 이른바 양공주 문화, PX 문화로 대표되는 미국식 문화의 전성기로도 기억된다.[33] 동시에 한국 전쟁은 산 너머에서 간간이 들리던 대포 소리가 점점 가까워지는 공포로도 기억된다.[34] 즉 한국 전쟁 경험은 전혀 동질적이지 않았으며, 지역적, 성적, 계급적으로 차별적인, 전혀 동일화될 수 없는 경험이었다. 그런 점에서 동막골의 세계는 이러한 이질적 경험의 한 양식으로서 역사성을 갖는다. 그러나 전쟁 경험에 대한 서사 관습이 반복되면서 주로 '동막골의 세계'와 같은 형식으로 전쟁 경험을 기억하고 서사화하는 관습이 지배적이 되고 이것이 전쟁 경험이 민족 수난의 경험으로, 우리 모두가 겪은 고통의 기억으로 각인되는 기억에 대한 국가주의적 전유의 전형적 형식이 된다. 즉 '동막골의 세계'와 같은 표상이 한국 전쟁 경험에 대한 대표 표상이 된 것은 역사적으로 이러한 전쟁 경험에 대한 국가주의적 전유와 이를 통해 한국 전쟁을 민족 공통의 수난의 역사로 만들어온 역사의 산물이다.

 '동막골의 세계'와 같은 표상 방식이 전쟁 경험의 대표 표상이 되는 방식은 전쟁 경험의 민족주의적이고 국가주의적인 전유가 진행되는 과정이다. 이러한 전유의 과정을 통해서 '동막골의 세계'는 민족/국가를 본래적인(indigenous) 가치와 삶, 심성의 세계로 만들고 이를 외래적인

---

32) 이러한 전쟁 경험을 통해 분단 체제를 지속적으로 비판하고 있는 것이 박완서이다.

33) 전후 작가 중 손창섭, 장용학, 오상원은 전쟁 속에 번성하는 경제 호황과 전후 원조 경제를 통해 기생적으로 성장하는 한국 자본주의를 비판한 대표적인 작가들이다.

34) 이러한 방식은 공동체 해체로서 전쟁을 경험하고 기억하는 서사 유형에서 대표적이다. 주로 황순원, 김원일, 오정희와 같은 작가들의 작품에서 전형적으로 나타난다.

것과 대립시킨다. '동막골 사람들'의 심성, 삶의 방식과 공동체를 구성하는 원리는 외세에 의해 짓밟히기 이전부터 지속적으로 "이 땅의 사람들이 지켜온 삶의 고유한 양식"이 된다. 이러한 표상 체계가 구성되는 역사적 과정을 통해서 한국인들의 상상의 공동체 '민족'이 형성된다. 여기서 "이 땅의 사람들이 지켜온 삶의 고유한 방식"이 본래적인 것으로 구성되고 이것이 민족의 상상태를 규정하면서 토착적인 것과 전통적인 것이 민족의 상상태에 결부된다. 토속적인 향토미의 세계가 한국의 전통적인 민족 서사처럼 간주되어 온 것도 이러한 담론의 역사를 통해 구성되는 것이다.

『웰컴 투 동막골』이 이처럼 한국 전쟁 경험에 대한 담론의 역사 속에서 서사 관습을 반복적으로 재현하고 있음에도 불구하고 이 작품이 전형적인 서사 관습으로부터 이탈된 것처럼 느껴지는 것은 기본적으로 서사 구조 내에서 "미친 년(여일, 강혜정 분)"이 차지하는 의미의 변화와 관련된다. 단적으로 말하자면『웰컴 투 동막골』은 "미친 년"이 모든 표상 구조(본래적 공동체와 외세에 의한 훼손의 역사와 복원에 대한 지향 등)의 상징적 집약체라는 점에서 기존의 서사 관습을 반복하고 있다면, 그녀, "미친 년"이 죽기는 하되, 적어도 강간당해서 죽지 않는다는 점에서 결정적으로 서사 관습을 이탈하고 있다.

한국 전쟁 경험에 대한 서사 관습에서 전쟁을 본래적 공동체가 외세에 의해 훼손되고 더럽혀진 것으로 담론화 하는 유형들은 공통적으로 여성의 신체를 표상 구조의 상징적 집약체로 전유한다. 여기서 양공주나 "강간당해서 미친 년" 혹은 "미쳐서 강간당한 년"은 훼손된 민족 신체의 상징적 등가물이었다.[35] 필자는 이를 한국 민족주의 서사의 고유

---

35) 이에 대해서 필자는 여러 논문을 통해 규명한 바 있다.
　　대표적으로는「여성 수난사 이야기와 파시즘의 젠더 정치」,『문학 속의 파시즘』, 삼인 출판사, 2000;「수난사 이야기로 다시 만들어진 민족 이야기」,『문학 속의 파시즘』, 앞의 책;「여성 수난사 이야기의 역사적 형식」,『상허학보』, 2003년 2월;「문예영화와 공유기억 만들기」,『한국학연구』, 동국대한국학연구소 편, 2003년 13월;「궁핍의 파토스와 국민 문학화」,『파라 21』, 2003년 여름호;「국사 시대의 민족 이야기」,『실천문학』,

한 양식으로서 여성 수난사 이야기라고 명명한 바 있다. 여성 수난사 이야기에서 "훼손된 여성의 신체"는 민족의 현실(훼손)과 이상(본래적 순수성의 회복)에 대한 상징적 집약체가 된다. 또 여성 수난사 이야기는 훼손된 여성 신체에 대한 콤플렉스(증오와 연민, 부정과 자기 동일화)를 내포하고 있다. 즉 여성 수난사 이야기는 '민족'(특히 전쟁 경험에서 촉발된 민족에 대한 양가감정)에 대한 복합 감정의 산물이다. 또 여성 수난사 이야기는 이러한 콤플렉스를 해소하고자 하는 욕망의 발현으로서 훼손된 여성의 죽음을 통한 '정화 제의'를 공통적으로 내포한다. 훼손된 여성의 죽음은 민족을 둘러싼 복합 감정을 정화하고 민족을 본래의 훼손되지 않은 상태로 재생하려는 소망의 형식을 담지하는 것이다. 그런 점에서 『웰컴 투 동막골』에서 "미친 년 여일"이 갈등하는 세력들의 와중에서 죽음에 이르는 과정은 갈등의 해소와 정화를 상징하는 여성 수난사 이야기의 전형적 패턴을 반복하는 것이다. 그러나 『웰컴 투 동막골』에서 "미친 년 여일"은 여성 수난사 이야기가 전형적으로 내재하고 있는 미친 년=강간=외세에 의해 더럽혀지고 훼손된 신체(공동체, 사회체, 민족의 신체로 이어지는)라는 등식을 이탈하면서 오히려 미친 년=순진 무구의 세계=카니발적 세계의 의미로 전이된다. 이러한 이탈은 강간의 플롯에서 비켜섬으로써 가능해진 것이다.

『웰컴 투 동막골』에서 "미친 년 여일"이 체현하는 지속과 이탈의 의미는 이 작품이 생산하고 재생산하는 카니발적 내셔널리즘의 의미를 전형적으로 보여준다. 즉 "미친 년 여일"의 죽음은 훼손으로부터 재생으로라는(갈등에서 통합으로 상징되는) 서사를 지속하고 있다는 점에서 기존의 오래된 민족주의 서사를 반복한다. 그러나 "미친 년 여일"이 강간의 플롯에서 비껴서 있는 것은 이 영화가 "한국전쟁=외세에 의해 강간된 신체"라는 한국 전쟁에 대한 콤플렉스를 이탈하게 하는 결정적 요인이다. 이는 『웰컴 투 동막골』이 한편으로는 한국 전쟁 경험과 민족

2003년 겨울호.

주체성의 구성과 관련된 역사적인 담론 관습을 반복하면서, 동시에 담론의 역사성으로부터 이탈하고 있다는 점을 보여준다. 이는 단지 담론의 역사로부터의 이탈일 뿐 아니라, 이러한 담론을 통해 구성되는 주체성의 역사로부터도 이탈하는 것을 의미한다. 여기서 기존의 오래된 민족주의적 주체와 겹치면서 이탈하는 카니발적 내셔널리즘의 주체가 구성된다(혹은 재생산된다). 이 카니발적 내셔널리즘의 주체는 전쟁 경험 서사에 각인된 민족을 둘러싼 콤플렉스와 히스테리로부터 이탈하여 유희적인 명랑성으로 대체된다. 이 유희적인 명랑성은 한편으로는 한국의 민족주의에 내포된 증오와 자기 연민과 재생에 대한 강박관념으로부터의 가벼운 이탈을 의미한다. 그러나 이 이탈의 의미는 양가적이다. 이는 한편으로부터는 민족에 대한 히스트레적 강박에서 벗어나 있다는 명랑함을 의미하지만, 동시에 "본래적인 순수성"에 대한 더욱 명랑한 지향성을 보여준다는 역설을 내포하는 것이다.

　한국 전쟁 서사, 특히 여성 수난사 이야기에서 미친 년이나 훼손된 여성을 통해 드러나는 강간의 플롯은 '여성 신체' 그리고 이에 투영된 민족 신체에 대한 죄의식, 터부, 히스테리를 내포하는 것이었다. 따라서 이러한 담론의 역사를 통해 구성된 한국의 민족주의적 주체성은 이러한 죄의식, 터부, 히스테리와 재생에 대한 강박을 내포하는 것이다. 『웰컴 투 동막골』의 명랑한, 카니발적 내셔널리즘은 이러한 죄의식, 터부, 히스테리로부터 가볍게 이탈한다는 점에서 의미를 지니지만, 그 명랑한 이탈은 동시에 더욱 건강한 민족 신체에 대한 적극적 소망의 형식이라는 점에서 이중적인 것이다. 흥미로운 것은 이러한 카니발적 내셔널리즘은 한편으로는 과거에 대한 서사를 반복적으로 호출한다는 점에서 '역사'와 밀착된 것처럼 보이지만, 그 이면에는 더 이상 과거의 강박, '역사의 망령'에 결부되어 있지 않다는 역설적인 측면을 보여주는 것이기도 하다. 즉 현재 카니발적 내셔널리즘에 내재된 '역사의 호출'은 실은 역사성으로부터 이탈하는 과정이기도 하다는 점에서 '역사'와 이중적인 관계를 맺고 있는 것이다.

이런 점에서 현재 한국에서 문화적으로 드러나는 민족주의적 코드를 오래된 민족주의적 코드로 동일시하는 것은 적절한 개입이 되지 못한다. 내셔널리즘의 '폭력성'은 지역과 역사적 특성을 넘어서 근대 체제 일반의 보편적 특성일 수 있지만 내셔널리즘의 역사적, 지역적, 경험적 특성은 그 차이화의 기제를 통해서 규명되어야 하기 때문이다. 또 식민지 시기와 후 식민 시기의 관련성은 이러한 역사성과 당대성의 차이와 지속을 통해서만 그 의미를 명확하게 규명할 수 있다. 이런 지점에서 젠더 이론의 주체 구성의 역사화와 차이화라는 방법론적 고유성은 개입의 지점을 명확하게 하고 있는 것이며, 이러한 개입의 지점에서 포스트 콜로니얼리즘 이론의 민족주의 비판과도 조우하거나, 어긋날 수 있을 것이다.

5. 남은 문제: 이론적 실천을 사유하기 위하여

학문적 실천에 있어서 연대와 전유의 갈등적 역학을 논의하는 것은 매우 어려운 문제이다. 어떤 점에서는 학문적 실천이나, 이론을 통한 현실 개입 등의 의제를 "여전히" 제기하는 것이 무의미할 지도 모른다. 특히 학문 연구와 비평, 식민지 시기 연구와 해방 이후 연구, 논문과 비평, 국문학 연구와 문화 연구가 넘을 수 없는 견고한 배타적인 경계를 구획하고 있는 한국의 연구 풍토에서는 이런 의제를 제시하는 것은 더욱 불필요한 것인지도 모른다. 또한 이론적 실천을 제기하는 논의들이 학문장의 매력적인 키워드로 전화되어 소비된 것은 이미 1990년대 초반부터 진행되어 온 일련의 역사를 지니고 있다. 역설적인 것은 '경계를 넘는' 연대가 가장 매력적인 학문장의 키워드가 된 이 시대에 학문장의 배타적 제도화와 경계 설정은 더욱 강화되고 있다는 점이다. 이제 경계를 넘는 것도 '전략'인 시대인 것이다.

본고는 이론은 그 자체로 비판적인 의미를 지니는 것이 아니라, 이론적 실천을 통해서만 이론의 비판성이 구성된다는 것을 고민하는 데 중점을 두었다. 또 이론적 실천에 있어서, 비판적 연대와 이질적 이론의 차이를 소멸시키는 자기중심적 전유 과정 사이의 갈등을 고찰하는 것이 이 논문의 또 다른 중요한 목표였다. 이러한 고민을 통해 학문 방법론의 영역에서 나타나는 이론간 연대의 가능성과 담론 헤게모니 구성을 위한 전유의 문제를 고찰함으로써 이론의 비판성은 과연 무엇인가를 논의하였다. 또 이러한 고민은 역사연구와 현실 개입의 관계를 새롭게 정립할 필요성에서 비롯되었다. 이는 역사적으로 급진적이고 비판적인 기능을 수행했던 특정의 이념, 이론, 문화 실천들이 전혀 이질적인 보수주의적 지형으로 전유되어 가는 최근의 문화적 현상을 사유할 수 있는 방법론적 필요성과도 관련되는 것이다. 그러나 이러한 문제를 해결하기 위해서는 담론의 역사와 지식인의 존재론에 대한 좀 더 광범위한 연구가 필요하다. 이 문제는 차후의 연구과제로 남겨놓고자 한다.

주제어 : 젠더 이론, 포스트 콜로니얼리즘 이론,『해방 전후사의 재인식』, 카니발적 내셔널리즘, 역사성, 당대성, 개입, 역사학의 알리바이, 사실의 권위, 탈민족주의, 전쟁 경험, 여성 수난사 이야기

◆ 참고문헌

1. 단행본

김영하, 『포스트 잇』, 현대문학사, 2002.
사카이 나오키 외, 『흔적』, 문화과학사, 2000.
헬렌 길버트·조앤 톰킨스, 문경연 역, 『포스트 콜로니얼 드라마』, 소명출판, 2006.
황종연, 『비루한 것들의 카니발』, 문학동네. 2001.

2. 논문

Chaoyang Liao, "Borrowed Modernity: History and the Subject in A Borrowed Life", *Boundary* 2, Vol. 24, No. 3, Postmodernism and China, Autumn, 1997, pp. 225-245.

Judith Butler, "Contingent Foundation: Feminism and the Question of "Postmodernism"", *Feminist Theorized the Political*, ed. by Judith Butler and Joan Scott, Routledge, NY, Londod: 1992.

Kuang-Hsing Chen, "The Decolonialization Question", *Trajectories: Inter-Asia Cultural Studies*, de. by Kuang-Hsing Chen et. al., London: Routledge, 1998, pp. 1-9.

Leo Ching, *Becoming "Japanese"; Colonial Taiwan and the politics of Identity formation*, Berkerly: University of California Press, 2001, pp. 89-132.

Liao, Ping-hui, "Postmodern Literary Discourse and Contemporary Public Culture in Taiwan", *Boundary* 2, 24: 3. 1997, pp. 41-63p.

──────, "Postmodern Literary Discourse and Contemporary Public Culture in Taiwan", ibid., 1997, pp. 41-63.

Ping-Huiliao, "Postcolonial studies in Taiwan: issues in critical debates", *Postcolonial studies*, vol 2, No 2, 1999, pp. 199-211.

로버트 J. C 영, 김택현 옮김, 『포스트식민주의 또는 트리컨티넬털리즘』, 박종철출판사, 2005, 113-114쪽.

丸山哲史, 『臺灣, ポストコロニアルの身體』, 東京, 靑土社, 2000, pp. 11-54.

◆ **국문초록**

이 논문은 포스트 콜로니얼리즘 이론과 젠더 이론의 상호 관계에 대해서 논하고 있다. 이 논문의 근본 목적은 두 이론이 공유하는 토대의 '우연성'과 불확정성을 강조함으로써 이론은 그 자체로 비판적인 의미를 지니는 것이 아니라, 이론적 실천을 통해서만 이론의 비판성이 구성된다는 것을 강조하는 것이다. 또 포스트 콜로니얼리즘 이론은 경계를 넘는 이론적 실천의 하나로서 학문적, 국가적 경계를 넘는 연대를 중요한 실천 전략으로 제시하고 있지만, 여기서 연대와 전유의 차이와 경계 또한 모호한 것이 사실이다. 연대에 대한 이론적 논의는 때로는 실천적 차원에서는 이질적인 이론에 대한 전유로 전화하기도 하기 때문이다. 본 논문에서는 이러한 문제점을 포스트 콜로니얼리즘 이론과 젠더 이론의 상호 관계와, 현재 한국에서 진행중인 역사 논쟁 및 문화적 경향 등을 통해서 비판적으로 고찰하였다. 특히 『해방 전후사의 재인식』을 둘러싼 논란은 민족주의 비판으로 단일 의제화 된 담론 지형이 어떻게 손쉽게 이질적인 차이의 정치학을 전유하는가를 보여주는 대표적 사례라고 볼 수 있다. 또 월드컵 열풍이나 최근의 문화적 현상에서 나타나는 카니발적 내셔널리즘은 1990년대 이후 지속된 하위문화의 카니발적 성격을 민족주의/국가주의적으로 전유한 대표적인 사례이기도 하다. 또 아시아의 여타 지역에서 이루어진 포스트 콜로니얼리즘에 관한 논쟁을 검토함으로써 한국에서의 이론적 논의의 지형도가 과도하게 민족주의와 탈민족주의라는 단일 의제에 집중된 것은 역사에 대한 과잉된 열기와 현재적인 이론적 실천에 대한 관심의 후퇴라는 퇴영적 현상의 결합물이라는 것을 비판적으로 고찰하였다.

◆ SUMMARY

Between 'solidarity' and 'appropriation'
– Post colonialism, post nationalism and gender theory

Kwon, Myoung-A

Postcolonialism is complex constitution which manifest the solidarity with the diversity kind of the politics, especially with the feminism. But the common foundation between the feminism and the postcolonialism is only contingent. In the term of "contingent foundation", my focuss is not making specific the feminism but the making issue about the formation of the practice of the theory.

In this dissertation, my main them is about the appropriation of the new, radical politics by the dominant ideological apparatus. *Rethinking Colonial-Postcolonial History(2006)*, "Welcome to Dongmak Goel"(2005), and frenzy about the cheer of World Cup soccer game(2002) is the symptom of this kind of appropriation. In the production and reproduction of this kind of appropriation, the complex subjectification is on act. In this subjectification, the ready made, and dominant mode of subject is remain, but in another aspect some kind of the break away from that dominant mode is also on act. With the new term, "Carnival Nationalism", I research the characteristic property of this new type of subjectification.

Keyword : postcolonialism, gender theory, solidarity, appropriation, Carnival Nationalism, the hi/story of women ordeal, multiculturalism

—이 논문은 2006년 11월 30일에 접수되어, 소정의 심사를 거쳐 2007년 2월 6일에 최종적으로 게재가 확정되었음.

근대 개념어 연구의 동향과 성과
— 언어의 역사성과 실재성에 주목하라!

김 현 주[*]

목 차

1. 검토의 방법과 목표
2. 개념어 연구의 이론적 전제와 방법
3. 문화사적 근대성 연구와 개념어 연구
4. 근대문학 분과에서 진행된 개념어 연구의 내용과 성과
5. 연구의 과제와 전망

1. 검토의 방법과 목표

이 글은 지난 수년 간 근대문학 분과에서 진행된 개념어 연구에 대한 보고서이다.[1] 한국에서는 근대적 개념에 대한 관심이 대략 1990년대

---

* 연세대학교 교수.

1) 이 글의 검토 대상은 '담론'이 아니라 담론의 중심 요소 혹은 의미론적 상징으로 기능하는 '개념'에 대한 연구이다. 그렇지만 개념은 자연스럽게 담론과 연결되기 때문에 두 연구를 엄격하게 구분하는 것은 가능하지 않다. 따라서 이 글은 개념 연구에 초점을 맞춰 그 내용과 성과를 되도록 명확하게 하는 한편, 담론 연구와의 연결성도 놓치지 않기 위해 노력할 것이다. '개념어'라는 표현을 쓴 것은 개념이 추상적인 관념이 아니라 '언어행위'라는 점을 강조하기 위해서다.

초반에 형성되었다. 2000년대에 들어서면서 몇몇 인문·사회과학 분과에서 연구 결과를 내놓기 시작했고, 근대문학 분과에서는 축적된 연구가 학위논문과 단행본 등으로 결실을 맺었다. 이 보고서의 일차 목표는, 근대문학 연구자들이 이 분야에서 어떤 문제의식을 가지고 어떤 연구를 했는지, 그리고 어떤 성과를 얻었는지를 중간 점검하는 것이다.

근대문학 분과에서 이루어진 개념어 연구의 내용과 성과를 논의하기 위한 준비 작업으로 아래와 같은 두 단계를 밟을 것이다. 우선, 외국에서 수행된 관련 연구를 검토할 것이다. 이는 개요의 수준으로라도 개념어 연구의 이해 기반을 마련하기 위해서다. 근대적 개념에 대한 역사적 연구는 '개념사'와 '(신)문화사'로 불리는, 한국에서는 비교적 최근에 소개된 역사 연구 방법들과 관련이 있다. 따라서 이론과 방법론, 그리고 실행을 개괄함으로써 개념어 연구를 이해하는 토대를 마련하고자 한다.

다음 단계로, 한국 학계에서 수행된 개념어 연구를 개괄할 것이다. 그 이유는 두 가지다. 첫째, 근대문학 분과에서 이루어진 개념 연구는 고립된, 자족적인 작업이 아니었다. 문학 분과의 연구는 1990년대 이후 인문·사회과학계에 형성된, 근대성에 대한 문화사적 탐구라는 목표를 공유하고 있었다. 중요한 문제의식도 일치했다. 그러므로 근대문학 분과에서 수행된 개념어 연구의 컨텍스트를 이해하기 위해서는 다른 분과에서 이루어진 연구들도 포함하는, 좀 더 넓은 시야를 확보할 필요가 있다.

둘째, 검토하는 주제, 즉 '개념' 자체가 그러한 포괄적인 검토를 요구한다. 사회적으로 제도화된 지식으로서 하나의 개념은 어떤 특정한 텍스트에서만 사용되는 것이 아니다. 또 특정한 이론이나 담론에만 소속된 것도 아니다. 예컨대 민족이라는 용어는 정치 팸플릿이나 칼럼, 역사서에만 등장하지 않는다. 그것은 문학 비평이나 소설, 기행문에서도 발견된다. 한국에서 '민족'은 정치·역사 담론 뿐 아니라 문학 담론을 구성하는 데도 중요한 요소로 기능해왔다. 따라서 개념어에 대한 문학계 연구의 성과를 논의하기 위해서는 다른 분과의 연구들도 검토해야 한다.

위와 같은 두 단계의 검토를 배경으로 하여 근대문학 분과에서 이루어진 개념어 연구의 내용과 성과를 살펴볼 것이다. 먼저 살필 것은 근대적 문학 담론을 구성한 핵심 개념들에 대한 연구이다. 여기에는 '문학' 개념, '소설'이나 '비평' 등의 장르 개념, 그리고 '모더니즘'이나 '리얼리즘' 같은 비평 개념에 대한 역사적 연구들이 속한다. 물론 검토 대상을 문학 담론과 직접 연결된 개념 연구로만 한정하지는 않을 것이다. 최근 근대문학 연구자들은 문학 담론의 경계를 넘어서 정치·사회 담론을 구성하는 다양한 개념들의 함의와 그 변화를 분석하는 데도 노력을 기울이고 있다. 이러한 작업에서 문학 연구자들은 다른 분과 연구자들과는 구별되는 문제의식과 방법을 보여주었다. 따라서 정치·사회적 개념들에 대한 연구도 검토 대상에 포함시킬 것이다.

근대적 개념의 형성·변화에 대한 연구는 여러 분과들의 협력을 필요로 한다. 여기서 협력이란 비단 연구자들의 개인적·조직적 협력만을 의미하지 않는다. 이러한 가시적인 형태의 협력도 필요하지만, 더 중요한 것은 연구의 문제의식과 방법, 그리고 결과의 교류와 소통이다. 관련 연구들의 문제의식, 방법, 결과를 교류, 소통시키면서 근대문학 연구자들이 개념어 연구에 기여할 수 있는 길을 모색하는 것이 이 글의 궁극적인 목표이다.

2. 개념어 연구의 이론적 전제와 방법
– 독일의 개념사 연구와 영·미의 새로운 지성사 연구를 중심으로

이 장에서는 개념어 연구의 이론과 방법론을 개괄한다. 개념 연구를 크게 진척시켰다고 평가받았을 뿐 아니라 근래 한국학자들의 연구에도 영향을 주고 있는 독일의 개념사 연구와 영·미의 지성사 연구에 대한 개괄적 검토가 이 장의 주요 내용이다.

개념사(begriffsgeschichte)는 독일에서 1970년대에 형성된 역사서술 모델로서, 가장 중요한 이론적 범주는 당연히 '개념'이다. 우선, 개념은 '관념'이나 '이념'과는 다르다. 개념은 비록 실재를 표상하는 관념이기는 하지만 구체적인 맥락에서 수행되는 언어행위의 한 부분이다. 또 개념이, 그것이 언급하는 사실에 직접적으로 얽매어 있지 않다는 점도 중요하다. 개념은 사실 관련 자체를 촉발시키고 그것을 특정한 방향으로 유도할 수 있다. 그래서 개념은 사회적 영향과 정치적 변화의 실제적 요소가 된다. '실재의 지표'라는 점에 비중을 두는가, '실재의 요소'라는 점에 비중을 두는가에서 입장 차이가 있으나, 개념사 연구자들은 모두 개념의 이러한 '역동성'에 주목한다.

그렇지만 개념사 이론의 기본 범주에는 개념 이외에 '언어'와 '사실(실재)'이라는 두 가지 범주가 더 있다. 개념사는 개념의 역동성, 즉 그것의 실재성과 실재 유도 능력을 강조하지만, 그렇다고 다른 두 범주를 개념으로 환원하거나 개념에 절대적 우위를 부여하지는 않는다. 모든 언어가 개념이 되는 것은 아니며 개념이 모든 사실을 포착할 수 있는 것도 아니라고 보기 때문이다. 그래서 개념사는, 예컨대 사회사를 대체하기보다 사회사를 보조하고 사회사와 긴장 관계를 형성하며 사회사의 이론적 전제를 검증하는 것을 목표로 삼는다. 개념사 연구자는 개념·언어·사실, 이 세 가지 기본범주가 복잡하게 서로 의존하면서 역사를 구성한다고 가정한다.

독일의 개념사 연구를 대표하는 것은 라인하르트 코젤렉(Reinhart Koselleck)의 '사회사적 개념사(sozialhistorische begriffsgeschichte)'이다. 코젤렉은 역사가, 언어학자, 문학사가 들이 공동으로 참여하는 다양한 개념사 연구를 이끌었다. 가장 중요한 업적은 그가 오토 브룬너(Otto Brunner), 베르너 콘체(Werner Conze)와 함께 편집한 『역사 기본개념 사전(Geschichtliche Grundbegriffe. Lexikon der politisch-sozialen Sprache in Deutschland)』이다. 지금까지 모두 9권이 출간된 이 사전은 고대에서 현대까지 독일어권 유럽지역에서 사용된 정치적·사회적 핵심 개념들의 역사적 의미변화를 추적한 것이다. 이 사전은 '국가', '시민사회', '혁명', '계급', '진보', '역사' 등 일상생활에서 빈번하게 사용되는 한편 정치·사회적으로도 중요한 역할을 한 115개의 개념을 다루고 있다.

코젤렉은 개념들의 역사를 서술하면서 18세기 중반부터 19세기까지를 가장 중요시했는데, 이 작업을 일관한 문제의식은 근대적 유럽의 출현과 그 전개 과정상의 특징이었다. 그는 18세기 중반, 보다 구체적으로 말하자면 1770년을 전후한 시기에 나타난 고전적 개념들의 의미 변화를 살피거나 이 시기에 새로 만들어진 개념들을 조사함으로써 낡은 세계의 해체와 근대의 탄생을 추적했다. 그가 특히 주목한 현상은 개념들의 시간화였다. 이는, 근대에는 경험공간과 기대지평 사이의 간격이 커지면서 이전에는 존재하지 않았던 기대요소들이 개념들에 대거 주입되었다는 것을 뜻한다. 코젤렉은 개념들의 통시적 연구를 통해 근대의 특수한 시간 구조를 드러냈다.

그런데 코젤렉의 연구는 '위대한' 텍스트 안에 있는 '특별히 의미 있는' 단어들의 '장기적' 전개과정에 집중하여 언어적 맥락 및 사회적 맥락을 중시하는 공시적 관점에서의 분석은 소홀하다는 지적을 받아왔다. 롤프 라이하르트(Rolf Reichhardt)는 사회적 컨텍스트를 중시하는 공시적 분석을, 존 포콕(J. G. A. Pocock)과 퀀틴 스키너(Quentin Skinner)는 언어적 컨텍스트를 중시하는 공시적 분석을 시도하여 코젤렉의 개념사 연구를 비판, 보완하거나 그 방향을 전환시켰다.

롤프 라이하르트의 '사회사적 의미론(sozialhistorische semantik)'은 개념을 통해 일상적 경험과 기대, 그리고 그것들의 변화를 읽는 것을 목적으로 한다. 라이하르트에 따르면, 개념사 연구자는 개념의 사회적 대표성, 즉 개념에 담긴 의미체계의 사회적 영향력을 읽을 수 있어야 하는데, 이는 보통사람들이 사용했던 일상 언어의 연구를 통해서만 정확히 측정될 수 있다. 그래서 그는 일상생활의 세계로 눈을 돌려 교리문답서, 연감, 풍자, 노래, 조형물, 전단지의 그림 등 코젤렉이 간과했던 민중적인 사료들을 집중적으로 살폈다. 그리고 개념의 사회적 영향력을 좀 더 구체적으로, 또 정확하게 측정하기 위해 용어 및 어휘의 사용빈

210

도를 조사하고, 이러한 단어들의 사용 및 등장이 어떠한 역사적 상황에서 어떻게 진행되었는가를 고찰했다. 여기에 컴퓨터를 이용한 계량적 분석과 미셀 푸코(Michael Foucault)의 담론 분석이 채용되었다. 아울러 특정한 개념이 한 텍스트 속에서 갖는 의미의 장을 구조화하기 위해 그 개념과 관련된 다른 단어와 사용례들을 포착하고 그것들을 몇 개의 범주 속에 편입시키거나 범주별 등장빈도를 순위화시키는 작업을 했다. 라이하르트는 '아래로부터의' 관점까지 포괄하면서 개념의 사회적 반향과 차용의 과정을 보다 엄밀하게 추적하는 새로운 이론과 방법론을 제시했다.[2]

한편 전통적인 관념사와 이념사에 대해 코젤렉에 앞서 문제를 제기한 사람은 영국의 정치사상사 연구자인 포콕과 스키너였다. 존 오스틴(J. L. Austin)과 존 써얼(J. Searle)의 '언어행위이론'에서 많은 영향을 받은 두 사람은 언어를 사상(관념이나 이념)의 '표현'으로 간주해 온 기존의 사상사 연구를 반박했다. 이들은, 특정한 언어 지평 안에서 특정한 방법으로 단어들을 사용하는 것이야말로 '생각'하는 것이라고 주장했다. 단어 뒤편에 따로 사상이 존재하는 것이 아니라는 얘기다. 포콕과 스키너는 전통적인 사상사의 방법론에 대해 누구보다 먼저 그리고 적절하게 언어 탐구적 비판을 제기했다는 평가를 받고 있다.

아울러 포콕과 스키너는 코젤렉의 개념사 구상도 비판했다. 이들에 따르면, 단어를 초월하여 '개념'이 존재한다고 생각하는 것은 오류다.

---

2) 롤프 라이하르트의 대표적 업적은 한스 위르겐 뤼제브링크(Hans-Jürgen Lüsebrink)와 함께 편집한 『프랑스 정치 사회 기본개념 편람(Handbuch politisch-sozialer Grundbegriffe in Frankreich 1680~1820)』이다. 독일 개념사에 대한 이상의 설명은 라인하르트 코젤렉, 한철 옮김, 『지나간 미래』, 문학동네, 1998; 루시앙 휠셔(Lucian Hölscher), 「문화사로서 신개념사」, 『역사와문화』 1집, 문화사학회, 2000; 나인호, 「독일 개념사와 새로운 역사학」, 『역사학보』 174집, 역사학회, 2002; 하영선, 「변화하는 세계와 개념사」, 『세계정치』 25집, 서울대 국제문제연구소, 2004를 참조하여 작성했다. 『지나간 미래』에 실린 한철의 해설 「개념의 흔적에 담긴 시간들—라인하르트 코젤렉의 『지나간 미래』」와 나인호의 논문은 독일 개념사의 이론적 설계와 경험적 연구를 개괄한 것이다.

어떤 사람이 어떤 것을 어떤 방식으로 인지하는가라는 문제는 어떤 언어 행위를 하는가 이상을 의미하지 않는다. 다시 말해 "언어 사용자의 특정한 역사적 활동과는 상관없이 자신의 고유한 역사를 가지는 단어는 없다." 이러한 논리에 의하면, '개념들의 역사'가 아니라 '특정 주장 속에서 개념들이 사용된 방식의 역사'만이 존재할 수 있다.

위와 같은 가설에 입각하여 포콕과 스키너는 특정 상황과 시점에서 진행되는 개별 언어행위 속에서 어휘(용어)가 어떻게 사용되는가, 개별 언어행위를 통해 산출된 어휘(용어)의 독특한 의미와 기능은 무엇인가를 규명하는 데 관심을 쏟는다. 어휘의 의미와 기능이 다양한 컨텍스트 속에서 파악되어야 한다는 것을 인정하면서도, 이들이 특히 강조하는 것은 다양한 형태의 컨텍스트에 다양한 방식으로 함축되어 있을 수 있는 언어적 컨텍스트의 가치이다. 때문에 이들은 개별 어휘의 의미와 기능을 "언어 패러다임" 혹은 "담론"의 양식(포콕), 언어적 관행들로 이루어진 "이데올로기"(스키너) 속에서 파악하려 한다. 연구의 최종 목표는 한 시대의 언어적 컨텍스트와 그것의 시대적 변동을 재구성하는 것이다. 그래서 이들의 이론은 '언어적 컨텍스트주의(linguistic contextualism)'로 불린다.

언어적 컨텍스트주의는 미셸 푸코의 담론 이론이나 '언어로의 전환(linguistic turn)'을 주창하는 미국의 포스트모더니즘 역사이론에 매우 근접한다. 언어적 전환의 기본 전제는, 언어는 실체나 세상을 반영하는 대신 그것을 구성한다는 것이다. 다시 말해 언어는 우리가 세상의 어떤 것을 가리키고 세상에서 행동하는 데 사용할 수 있는 도구가 아니다. 언어는 우리로부터 독립해서 작동하고 의미하며 우리의 통제 너머에서 우리를 통제한다. 그러므로 역사가가 이해해야만 하는 것은, 푸코의 말을 빌리면, 자신의 고유한 법칙을 가지고 있으며 무엇이 말해져야 하는지, 누가 그 이야기를 할 수 있는지 등에 대해 스스로 결정을 내리는 담론들과 화술의 집합들이다.[3]

지금까지 독일의 개념사 연구와 언어적 컨텍스트를 중시하는 영국의 정치사상사 연구, 그리고 언어로의 전환으로 대표되는 최근의 문제의식을 살펴보았다. 1990년대 후반부터 한국에 소개되기 시작한 이들 역사 연구 방법론은 우선, 지식의 변화를 통해 역사를 설명하고자 한다는 점에서 제도, 정책, 생산양식, 경제체제, 정치체제 같은 구조적이고 객관적인 요소들의 변화를 통해 역사를 설명하고자 하는 구조사, 사건사, 제도사, 사회사 연구와는 차이가 있다.

아울러 이들 연구는 전통적인 사상사 패러다임에도 도전한다. 사상사는 보통 '위대한 사상가'들의 '위대한 사상'에 대한 연구로 간주되어 왔다. 예컨대 조동일이 '한국문학사상사'를 구상하면서 '인물을 단위로 한' 구성과 '문제의 항목을 단위로 한' 구성이라는 두 가지 방법을 생각한 것은 이러한 전통적 견해에 근거한다. 그런데 문제의 항목을 단위로 한 사상사는 이념이나 관념의 목적론에 봉사하기 쉽다. 다시 말해 사상사는 어떤 추상적이고 고상한 관념이나 이념의 자기 발전 과정으로 나타나기 쉽고, 그렇게 되면 해당 관념이나 이념이 어떤 상황, 어떤 시간 속에 존재하는지는 무시된다. 한편, 인물을 단위로 한 사상사는 개별 행위자의 목적론에 종속되기 쉽다. 인물 중심의 사상사는, 구심적 위치를 차지하며 의도에 따라 언어를 사용하는 개인적 저자 혹은 화자를 가정하기 때문이다.4) 정도의 차이는 있지만, 개념사 연구에서 '언어로의 전

---

3) 영·미의 새로운 지성사 연구에 대한 이상의 개괄은 린 헌트(Lynn Hunt), 조한욱 옮김, 『문화로 본 새로운 역사』, 소나무, 1996; 조지형, 「'언어로의 전환'과 새로운 지성사」; 안병직 외, 『오늘의 역사학』, 한겨레신문사, 1998; 조지 이거스(Georg G. Iggers), 임상우·김기봉 옮김, 『20세기 사학사』, 푸른역사, 1998; 아나벨 브레트(Annabel Brett), 「오늘날 지성사란 무엇인가」, 데이비드 캐너다인(David Cannadine) 엮음, 문화사학회 옮김, 『굿바이 E. H. 카』, 푸른역사, 2005를 참조했다.

4) 조동일의 『한국문학사상사시론』은 인물 중심의 사상사이다. 조동일은 시대적인 상황이나 사상의 일반적 추세도 중요하지만 '사상은 어느 것이나 어떤 사람의 사상'이라고 강조한다. 따라서 사상사의 목표는 사상을 정립한 주체로서 개인의 경험이나 결단을 깊이 있게 살피는 것이 된다. 조동일은 이 책에서 원효, 최치원, 김부식에서 20세기의 최재서, 조윤제에 이르기까지 '문학에 대해 체계와 조리를 갖춘 사상을 정립하는 데 남다른 용기와 지혜를 보여준' 26인의 문학사상을 탐구했다. 조동일, 『한국문학사상사시

환’에 이르는 연구들은 지성의 역사를 재구성하면서 ‘관념—이념’과 ‘저자—화자’를 탈중심화하고 ‘언어’ 혹은 ‘담론’의 능력에 주목한다는 공통점이 있다.

그렇지만 이들 연구는 언어와 사실(실재), 언어와 개념, 문화사와 사회사 사이의 관계설정 방식에서는 차이를 보인다. 앞서 말했던 것처럼, 독일 개념사는 사회사와의 관계를 중시한다. 예컨대 코젤렉은 개념의 의미 변화를 추적함으로써 궁극적으로 정치·사회적 구조의 변화를 설명하고자 했다. 반면 언어적 컨텍스트주의, 담론 이론 등은 사회사를 의식하지 않으려는 경향이 있다. 언어 연구와 별개로, 그것이 보조하거나 의식해야 할 사실(실재) 연구가 필요하다고 보지 않기 때문이다. 이러한 경향의 연구들은 스스로를 사회사와의 관련 속에서 규정하기보다 문화사 안에 위치시키기도 한다.

특히 개념사는 최근 동아시아 여러 나라에서도 역사 연구의 새로운 방법으로 채용되고 있다. 지난 5월 성균관대학교 동아시아학술원이 주최한 국제학술회의에서 金觀濤·劉靑峰(香港 中文大學 중국문화연구소) 교수는 「19세기 중·일·한의 天下觀 및 갑오 청일전쟁의 발발」이라는 제목의 논문을 발표했는데, 이 논문의 주요 방법은 개념어 연구였다. 이들은 19세기 후반의 신문, 잡지, 문헌 등에서 ‘천하’, ‘만국’, ‘국가’ 등의 사용빈도와 결합 용례를 조사하여 1860년 이후 중국에서 ‘천하관’이 ‘만국관’으로 변화되었지만 중국중심주의의 본질은 변하지 않았다고 주장했다. 이들의 작업은, 용어의 변화야말로 보편적 관념의 변화를 검증하는 가장 좋은 증거라는 시각에 의거하고 있다.[5] 또 지난 7월에 성균관대학교 동아시아학술원이 주최한 한·중 학술회의에서 孫江(일본 靜岡文化芸術大學) 교수는 「텍스트의 종결과 근대지식의 발생—개념사적 시각」이라는 논문을 통해 근대지식 연구에서 개념사적 시

론』, 지식산업사, 1978.

5) 金觀濤·劉靑峰, 「19세기 중·일·한의 天下觀 및 갑오 청일전쟁의 발발」, 『중국의 천하관과 동아시아』(학술회의 자료집), 성균관대학교 동아시아학술원, 2006. 5. 18.

각의 유효성을 강조했다. 그는 근대적 개념 생성 역사의 비교 연구를 동아시아근대성을 논의하는 한·중 학술교류의 주요 방법으로 제안하기도 했다.[6]

　개념 연구의 데이터베이스를 만들기 위한 작업도 활발하다. 성균관대학교의 '동아시아 근대 언론매체 사전 편찬 및 디지털사전 DB 구축' 팀은 19세기부터 1945년까지 한·중·일 신문 잡지의 DB를 구축하기 위한 작업을 진행하고 있다. 이는 한·중·일의 신문, 잡지에 수록된 기사의 제목과 인명, 사건, 개념어 등 주요 색인어를 추출, 입력한 기초 자료를 뜻한다. 한편 金觀濤·劉靑峰 교수 팀은 1830년대에서 1930년대까지 10개 종류의 문헌을 3개(서양의 문명, 제도, 역사, 지리를 소개한 저서들/중국의 민간 사회가 서양과 접촉한 결과물들/관방에서 편찬한 통치 자료들)로 분류하여 전문(full text)을 입력하는 작업을 진행하고 있다. 이 팀은 현재 80,000,000자를 입력했으며, 120,000,000자 입력을 목표로 하고 있다.[7] 한·중·일의 데이터베이스를 바탕으로 기사와 어휘에 대한 통합 검색 기능이 지원된다면, 동아시아 3국에서 근대 개념어 형성의 역사를 비교, 분석하는 연구는 새로운 전기를 맞이할 것이다.

3. 문화사적 근대성 연구와 개념어 연구

　1990년대 이후 한국 인문·사회과학계에서 수행된 근대적 개념에 대

---

6) 孫江, 「텍스트의 종결과 근대지식의 발생－개념사적 시각」, 『국민국가의 근대성과 그 문화제도－지식·학술·매체·공론장을 중심으로』(학술회의 자료집), 성균관대학교 동아시아학술원, 2006. 7. 5~7.

7) 金觀濤·劉靑峰, 「근대 중국의 사상의 기원에 대한 연구와 데이터베이스 방법론 (Studies of Origin of Modern Chinese Thought and Database Methodology)」(비공개 발표문) 참조. 이 논문은 컴퓨터를 이용한 계량적 분석의 결과를 해석하는 데 큰 비중을 두고 있다. 컴퓨터를 이용한 계량적 분석은 프랑스 역사학자들 사이에서 맨 처음 시도되었고 독일 개념사 연구에도 채용되었다.

한 연구는 주제의 측면에서는 근대성 연구에 의해 촉발되었고, 방법론의 측면에서는 앞서 살핀 개념사 연구, 담론 연구와 더불어, 더 큰 맥락에서 문화사 연구(혹은 문화주의적 역사연구)로부터 영향을 받았다. 이 장에서는 근대성에 대한 문화사적 탐구의 한 부분으로 수행된 개념어 연구의 문제의식과 성과를 개괄한다.

1990년대에 한국 학계에서 진행된 '근대성' 토론은 근대를 '역사화' 해야 한다는 요청으로 수렴되었다. '근대의 역사화'라는 요구는 서구의 경험을 추상화해서 얻은 이념적 지표와 우리가 도달한 지점을 단선적으로 비교, 확인하는 '이념형적' 근대성 연구에 대한 반성을 바탕으로 등장한 것이다. 따라서 이 요구는 크게 두 가지 차원을 결합하고 있다. 하나는 '근대를 정당화하기 위한', '과거를 근대에 도달하기 위한 필연적인 전제조건으로 보고 미래를 근대의 연장으로 확인하려는' 연구를 벗어나야 한다는 요구이다. 근대성 논의가 탈근대성 논의와 함께 진행된 것은 이 때문이다. 다른 하나는 '한국의 근대'가 전개되어 온 역사적 과정을 살핌으로써 현재 우리의 삶을 규율하고 있는 역사적 조건들을 성찰의 대상으로 삼아야 한다는 요구이다. 이에 따라 근대성의 경험적·역사적 차원에 대한 탐구가 필요하다는 생각이 널리 공감을 얻게 되었다. 앞의 요구가 연구 목표의 성찰을 촉구한 것이었다면, 뒤의 요구는 연구 대상과 방법의 전환을 촉구한 것이었다.[8]

근대의 역사적 조건들이 주체의 삶과 경험 속에서 의미화되는 맥락과 기제에 관심이 집중되면서, 근대성과 주체의 삶을 매개/분절하는 '문화영역'이 중요한 연구 대상으로 부상했다. 이에 따라 한국의 근대성 형성을 탐구하려는 인문·사회과학자들 사이에서 문화사의 문제의식과

---

8) 최근 한 글에서 장석만은 '한국 근대성 연구'가 '지금 우리에게 '타자와 만나는 긴장'을 가장 효과적으로 마련해주는 공부'라고 말했다. 그에 따르면, 이 연구의 이점은 1) 지금의 우리를 거리를 두고 볼 수 있다, 2) 지금과는 전혀 다른 방식의 미래를 생각해 볼 수 있다는 데 있다. 장석만, 「우리에게 근대성 연구는 무엇인가」, 『한국 근대성 연구의 길을 묻다』, 돌베개, 2006.

216

방법론이 진지하게 논의되었고 적극적으로 채용되었다. 기존의 역사 연구가 주로 사회과학적 변인들, 예컨대 경제체제나 정치체제 같은 구조적이고 객관적인 요인들의 변화를 통해 역사를 설명하려고 했다면, 문화사는 문화영역(언어, 담론, 대중문화, 대중매체, 유행, 소비생활, 의료, 독서 등)에 의해 주체의 심리, 의식, 행태, 실천이 구성되고 변화하는 과정을 분석함으로써 역사를 설명하고자 한다.9) 2장에서 살핀 담론 이론과 개념사 이론 등의 조명을 받으면서, 근대성에 대한 문화사적 탐구의 주요 대상으로 부상한 것이 바로 '개념'이었다.

한국의 근대성을 개념이라는 창을 통해 성찰한 최초의 체계적 시도는 1992년에 제출된 장석만의 박사학위 논문 「개항기 한국사회의 "종교" 개념 형성에 관한 연구」였다. 이 논문에서 장석만은 19세기 후반에서 20세기 초에 걸쳐 한국에서 근대적 종교(religion) 개념이 형성된 과정, 곧 종교 개념의 성격과 특성을 추적했고, 그 위상과 배치를 당시 담론의 전체적 재편성에 결정적인 영향을 미친 서구의 근대성 수용이라는 틀에서 해석했다.10)

장석만의 문제의식은 연구 대상을 '종교'에서 '종교 개념'으로 옮긴 데서 가장 잘 드러난다. 이는 간단히 말해 '종교'가 안정된 객체가 아니라 하나의 담론이라는 생각을 반영하고 있다. 예컨대 종교사는 하나의 고정된 실체로서 종교가 존재한다고 생각할 때 성립할 수 있다. 통일적인 종교 개념이 전제된다는 것이다. 또 대개의 종교사는, 역사는 시간이 흐르면서 변화, 발전한다는 근대적 역사 관념 및 역사철학에 의거해 기술된다. 이러한 종교사 연구의 전제이자 목표로 기능해 온 것이 바로 근대적 종교 개념이었다. 이와는 달리, 종교 개념의 형성 과정을 추적하

---

9) 1990년대 이후 한국 인문·사회과학계에서 진행된 '근대성' 토론의 문제의식과 근대성에 대한 문화사 계열 연구의 이론적 전제에 대해서는 김동식, 「풍속·문화·문학사」, 『민족문학사연구』 19호, 민족문학사연구학회, 2001; 장석만 외, 『한국 근대성 연구의 길을 묻다』, 돌베개, 2006, 참조.
10) 장석만, 「개항기 한국사회의 "종교" 개념 형성에 관한 연구」, 서울대 박사논문, 1992.

는 작업은 종교에 대한 근대적 관념을 괄호 안에 넣는 일에서 시작된다. 그리고는, 한국에서 '종교'는 어떠한 역사적 조건들 속에서 어떠한 과정을 거쳐 스스로를 자율적이고 독자적인 체계로 정립해왔는가라는 새로운 질문을 던진다. 기왕의 종교사 연구가 이념형적 근대화론을 구현하고 강화해왔다면, 종교 개념의 형성에 관한 연구는 근대성의 경험을 탐구하고 근대성의 반성을 촉구한다.

장석만의 논문 이후 한국 인문·사회과학계에는 몇 가지 새로운 경향이 나타났다. 첫째, 19세기 말에서 20세기 초에 이르는, '아직 결정되지 않은(not-yet-determined)' 역사의 현장[11]에 대해 가히 폭발적이라 할 관심이 일어났다. 이 시기는, 근대를 지향하고는 있었지만 결과적으로 근대에 미달했던 시기가 아니라, 근대를 거리를 두고 바라보고 근대와는 다른 방식의 미래를 생각해 볼 수 있게 해주는 일종의 경계지대로 이해되기 시작했다. 1990년대 후반에서 2000년대에 걸쳐 인문·사회과학 분과 전체에서 이른바 '계몽기 연구'가 붐을 이루었다.

둘째, 개념의 역사성과 실재성에 대한 의식이 심화되었다. 개념어 연구의 전제는 먼저, 개념의 역사성에 대한 의식이다. 간단히 말해 개념에는 사회적·정치적 경험과 의미가 응축되어 있으며, 따라서 그것은 역사적 변화를 거친다는 생각이다. 다음은 개념의 실재성에 대한 의식이다. '개념의 의미들'은 사회구성원들의 심리·의식·행태·실천에서 일종의 규칙, 혹은 '유형(types)'으로 작용한다.[12] 개념의 역사성과 실재성에 대한 위와 같은 새로운 의식이 없었다면 그것을 통해 역사를 설명한다는 발상은 성립하지 못했을 것이다. 개념의 역사성에 대한 의식은 역사 연구자가 자신의 언어와 사료의 언어 사이의 관계를 다시 성찰하도록 이끌었다. 또 개념의 실재성에 대한 의식은 사실에서 관념으로, 관념에서 사실로의 직접적이고 단순한 순환구조를 깨뜨렸다.

---

11) 전인권, 「『독립신문』의 재해석과 한국의 사회과학」, 『독립신문 다시 읽기』, 서울대 정치학과 독립신문 강독회, 푸른역사, 2004, 462쪽.

12) 개념사 연구에서 개념의 역사성과 실재성에 대한 강조는 나인호, 앞의 글 참조.

셋째, 개념어에 대한 역사적 연구는 분과학문의 자기 성찰로 나아가기도 했다. 연구자들은 그때까지 근대 인문·사회과학의 정체성을 수립하는 데 사용해온 기본 개념들을 낯설게 보기 시작했다. '종교'와 마찬가지로, '문학'도 안정된 객체가 아니라 하나의 담론이라면 그것이 연구의 전제나 목표로 당연시되어서는 안 될 것이다. 이러한 '각성'으로부터 '문학'의 역사적 형성 과정과 조건들을 탐색한다는, 한국 근대문학의 자기 성찰적 기획이 성립했다.[13]

2000년에 들어서면서 여러 분과에서 연구의 성과물을 내놓았다. 예를 들어 국제정치학 분과에서는 2004년에 "세계정치의 개념사"라는 제목으로 기획논문들이 발표되었다. 이 기획을 성립시킨 질문은, '19세기 이래 한국은 유럽의 근대 국제정치 개념들을 어떻게 받아들였고 그것들은 어떤 과정을 거쳐 오늘 우리가 사용하는 개념이 되었는가?'였다. 논문들에서는 19세기 말에서 20세기 초에 걸쳐 근대 (국제)정치학의 핵심 개념들—'주권', '부국강병', '세력균형', '민주주의', '경제', '문명', '평화', '개인'—이 도입·수용된 과정이 추적되었다.[14] 이러한 연구들은 정치적 근대성의 형성을 정치적 체제나 제도의 변화가 아니라 그에 대한 당대인의 경험과 기대, 그리고 그것들의 변화를 담고 있는 개념을 통해 설명하려고 시도했다는 점에서 기왕의 연구들과 구별된다.

국제정치학자들은 담론 이론 등의 문제의식을 일부 수용하면서도 개념사의 방식을 좀 더 신뢰했다. 권두논문[15]에 해당하는 글을 보면, 이들이 코젤렉의 개념사 연구에 주목했음을 알 수 있다. 이들에게 코젤렉의

---

13) 한국 근대문학의 자기 성찰적 기획에 대해서는 김철, 『국문학을 넘어서』, 국학자료원, 2000, 참조.

14) 기획논문들은 『세계정치』 25(서울대 국제문제연구소, 2004)에 실려 있는데, 필자와 논문 제목은 아래와 같다. 하영선, 「변화하는 세계와 개념사」; 신욱희, 「근대 한국의 주권 개념」; 김영호, 「근대 한국의 부국강병 개념」; 장인성, 「근대 한국의 세력균형 개념: "균세"와 "정립"」; 김용직, 「근대 한국의 민주주의 개념:『독립신문』을 중심으로」; 손열, 「근대 한국의 경제 개념」; 이헌미, 「대한제국의 영웅 개념」.

15) 하영선, 「변화하는 세계와 개념사」, 『세계정치』 25집, 서울대 국제문제연구소, 2004.

개념사 연구가 수용된 데에는 몇 가지 이유가 있는 것 같다. 첫째는 연구 대상의 동일성이다. 코젤렉의 연구는 정치·사회적 개념들에 대한 연구였기 때문에 한국 사회과학자들의 연구와 직접적으로 연관되었다. 둘째는 코젤렉의 작업이 근대의 출현을 해명하기 위한 것이었다는 데 있다. 한국 학자들이 개념의 도입과 수용을 추적함으로써 해명하고 싶었던 것도 역시 근대성이었다. 셋째는 코젤렉의 개념사가 사회사와 친밀한 관계를 유지한다는 데 있다. 사회과학자들은 개념사에서 기왕의 사회사 연구를 보완할 수 있는 방법을 찾으려 했다.[16]

최근 발간된『역사용어 바로쓰기』는 역사학계의 용어에 대한 관심을 보여준다. 이 책은 한국 근대사 전공자를 주축으로 30여 명의 연구자들이 참여하여 한국 역사학계에서 사용되는 40개의 역사 용어를 점검한 것이다. 여기에는 정치·사회·경제 관련 용어들이 다수를 차지하고 있지만, 일상생활과 문화, 문학 관련 용어들도 일부 포함되어 있다.[17] 용어의 변천을 소개하고 용법들을 비교 분석하거나 새로운 용어를 제안하거나 대안을 검토하는 등 다양한 방식으로 서술되고 있기 때문에 개념사의 문제의식이 일관되게 관철되고 있다고 하기는 어렵다. 그렇지만 '들어가는 글'에서 한정숙은 코젤렉의 개념사 연구를 역사 개념어 연구의 표본으로 들면서 개념사의 문제의식을 보여주고 있다.[18]

현재 개념어 연구는 학제적 경향이 강화되는 방향으로 나아가고 있

---

16) 하영선은 '사회사의 틀 속에서 개념사를 분석'하고 궁극적으로 '개념사와 사회사를 결합함으로써 살아있는 역사의 모습에 접근할 수 있을 것'으로 전망하고 있다. 하영선, 위의 글 참조. 하영선은「문명의 국제 정치학: 근대 한국의 문명 개념 도입사」(『세계정치』 24집, 서울대 국제문제연구소, 2002)에서 이미 코젤렉의 개념사 연구에 관심을 표한 바 있다.

17) 근래에는 한국사, 한국문학 전공자들 사이에 일상적 담론에 대한 연구가 활성화되면서 '청년', '연애', '어린이', '신여성' 등 일상생활에서 좀 더 빈번히 사용되었던 사회적·문화적 개념들에 대한 연구 업적이 축적되고 있다.

18)『역사비평』 편집위원회 엮음,『역사용어 바로쓰기』, 역사비평사, 2006. 자세히 확인할 수 없었지만, 현재 서울대 역사연구소 소속 연구자들은 역사용어 사전을 집필하기 위한 연구를 수행하고 있다고 한다.

220

다. 근대성의 문화사적 탐구라는 공통 목표와 개념이라는 주제적 특성
에 의해 개념어 연구는 학제적 성격을 띠면서 진행되어 왔다. 예컨대
국제정치학자들이 다룬 개념들보다 좀 더 일반화된 근대적인 정치적 정
체성 개념들―'민족', '국민―국가', '사회'/'개인' 등―에 대해서는 정치
사상사・사회사상사 전공자뿐 아니라 문학 전공자도 많은 관심을 보여
왔다.19) 집단적 시도로는 한림대학교의 '한국 인문사회과학 기본 개념
의 역사・철학 사전 편찬 사업'을 들 수 있다. 이 사업은 2005년 9월에
서 2015년 8월까지 10년에 걸친 작업으로 기획되었으며, 문학・역사・
철학・정치・사회의 5개 분야 교수와 연구자들이 참여하고 있다. 현재
제1차년도(05~07년) 연구가 진행 중이다.

4. 근대문학 분과에서 진행된 개념어 연구의 내용과 성과

(가)는 1976년에 출간된 『문학이란 무엇인가』의 목차 일부이고, (나)
는 1996년에 출간된 『문학의 새로운 이해』의 목차 일부이다. 두 권 모
두 문학개론서로 분류되는 책인데, 1부에 모아놓은 글들의 제목만 훑

---

19) 정치・사회적 개념에 대한 문학 연구자들의 연구는 4장에서 다룰 것이다. 개인, 사회,
  민족, 국민, 국가, 문명, 문화 등 개념에 대한 사회과학계의 연구로는 아래와 같은 것들
  이 있다. 박명규, 「한말 '사회' 개념의 수용과 그 의미체계」, 『사회와 역사』 59집, 한국
  사회사학회, 2001; 김동택, 「근대 국민과 국가 개념의 수용에 관한 연구」, 『대동문화연
  구』 41집, 성균관대 대동문화연구원, 2002; 박명규, 「1920년대 '사회' 인식과 개인주의」,
  『한국사회사상사연구』, 나남출판, 2003; 박주원, 「『독립신문』과 근대적 '개인', '사회' 개
  념의 탄생」, 『근대계몽기 지식 개념의 수용과 그 변용』, 소명출판, 2004; 김동택, 「『국
  민수지』를 통해 본 근대 '국민'」, 『근대계몽기 지식 개념의 수용과 그 변용』, 소명출판,
  2004; 박주원, 「1900년대 초반 단행본과 교과서 텍스트에 나타난 사회 담론의 특성」,
  『근대계몽기 지식의 발견과 사유지평의 확대』, 소명출판, 2006; 정용화, 「근대적 개인
  의 형성과 민족」, 『한국정치학회보』 40집, 한국정치학회, 2006; 정용화, 「1920년대 초
  계몽 담론의 특성: 문명・문화・개인을 중심으로」, 『동방학지』 133집, 연세대 국학연구
  원, 2006.

(가)[20]	(나)[21]
I 文學이란 무엇인가	제1부 문학의 존재론
文學의 本質	문학은 무엇을 할 수 있는가
文學이란 무엇인가	작가란 무엇인가
作品을 쓴다는 것은 무엇인가	문학 생산의 장
文學은 무엇을 할 수 있는가	글쓰기와 글읽기
누구를 위해 쓸 것인가	작가의 죽음과 독자의 탄생

어봐도 20년 동안 문학에 대한 질문이 얼마나 크게 달라졌는지 알 수 있다.

(가)의 제목은 책 제목과 동일한 '문학이란 무엇인가'이다. 그 안에 속한 글들 가운데 한 편도 제목에서 같은 질문을 반복하고 있다. 또 다른 글은 직접 문학의 본질을 규정하고자 한다. 이쯤 읽으면, 1부가 문학의 일반적인 성격과 본질을 이해하는 것을 목표로 하고 있음을 알 수 있다. 이어지는 글들의 제목을 보건대, '문학'은 '작가-작품-쓰기'라는 틀 안에서 사유되고 있다. 책의 편집자들은 머리말에서 '문학이 무엇인지 알고자 한다.'고 말했는데, 1부의 편제는 이러한 목표를 구현하고 있는 것이다.

(나)에서는 질문의 형태가 크게 바뀌었다. 여기 실린 글들은 문학의 정의를 묻는 대신에 그것의 존재론적 국면을 묻는다. '장'이란 문학의 실존을 사회적 제도와 구조 속에서 설명하는 개념이다. 문학이라는 제도는 전체 사회의 다양한 관계들의 장 안에서 구성되는 것이다. 그리고

---

20) 김현·김주연, 『문학이란 무엇인가』, 문학과지성사, 1976. 이 책은 2006년 11월 현재 27쇄를 발행했다.

21) 김인환·성민엽·정과리, 『문학의 새로운 이해-그 문턱을 넘어서』, 문학과지성사, 1996. 이 책은 2006년 11월 현재 7쇄를 발행했다. 특정한 몇몇 편집자가 엮어낸 두 책이 당시 한국의 문학 담론 전체를 대표한다고 보기는 어렵다. 그렇지만 이 책들이 그 시기 문학 담론의 중요하고도 일반적인 경향을 보여준다고는 생각할 수 있다. 지면이 제한되어 목차의 나머지 부분은 싣지 못했다.

222

문학 생산의 중요한 결절 지점은 '작가—쓰기'로 제한되지 않으며, 오히려 그것들을 변형시키는 '독자—읽기'라는 지점이 중요시된다. 1부의 목표는 문학의 사회적 실존을 이해하는 것이다.

문학의 사회적 실존에 대한 관심의 배후에는 그것의 역사성(근대성)에 대한 의식이 있다. (가)의 편집자들은 문학을 자족적이고 자율적인, 하나의 단단한 독립체로 이해했다. 자율적 문학을 보편적이고 일반적인 것으로 전제했기 때문에 '문학의 본질은 무엇이고 어디에 있는가'라는 식의 질문이 가능했던 것이다. 그런데 (나)의 편집자들은, 문학이 단단한 자족체라는 관점은 초기 자본주의에서 20세기 초엽 사이에 생성되어 발전해 온 하나의 특이한 관점일 뿐이라고 말하고 있다. 오늘날 우리가 문학이라고 부르는 것은 근대 이후 태어난 역사적 개념이라는 뜻이다.[22]

이제 근대문학 연구자들은 한국에서 '문학'이 형성된 역사적 과정과 조건을 설명해야 하는 새로운 과제를 안게 되었다. '문학의 형성'에 관한 연구는 크게 제도 연구와 담론 연구로 나뉘어 진행되었다. 제도 연구는 근대문학제도 자체에 대한 연구와 그것과 연계된 다양한 사회제도와 환경들에 대한 연구를 포함한다.[23] 담론 연구는 근대문학 담론 자체에 대한 연구와 그것과 연계된 다양한 정치적·사회적 담론에 대한 연구를 가리킨다. 이 장에서 검토할 것은 이러한 담론들을 구성한 주요 개념들에 대한 연구이다.

---

22) 김현·김주연, 「이 책을 내면서」, 『문학이란 무엇인가』, 문학과지성사, 1976, i-iv; 김인환·성민엽·정과리, 「문 여는 소리, 혹은 첫 낚싯물」, 『문학의 새로운 이해―그 문턱을 넘어서』, 문학과지성사, 1996, iv-xiii 참조.

23) 한기형은 이를 통틀어 '근대문화제도'로 명명한다. 근대문화제도는 근대문학제도와 그것의 탄생 및 실존에 연계된 다양한 사회제도와 환경들을 가리킨다. 여기에는 검열을 비롯한 국가의 문화정책, 매체, 출판, 학술제도(지식제도)가 포함된다. 근대문화제도 연구에 대해서는 한기형, 「근대문학과 근대문화제도」, 『한국 근대문학의 역사적 전환과 창조적 모색』(학술대회 자료집), 상허학회, 2006. 11. 4, 참조.

1) '문학'과 그 관련 개념들의 역사적 형성에 관한 연구

이 절에서는 '문학' 개념을 중심으로 하여 근대문학 담론을 구성하는 기본개념들―'소설'이나 '비평' 같은 장르 개념, '모더니즘'이나 '리얼리즘' 같은 비평 개념 등―의 형성에 관한 연구를 검토한다.

문학 개념에 대한 연구를 촉발한 것은, 앞서 지적한 대로, 한국에서 근대적 문학은 어떻게 형성되었는가라는 질문이었다. 이는 '근대의 역사화'라는 요구가 근대문학 분과에서는 '(근대)문학의 역사화'로 구체화되고 있었다는 것을 보여준다. 황종연의 연구를 시발점으로 하여,[24] 김동식과 권보드래가 이 문제에 주목했다. 김동식은 한국에서 문학이 어떠한 역사적 조건들 속에서 어떠한 과정을 거쳐 자율적인 체계로서 스스로를 정립해왔는가를 해명하고자 했다.[25] 권보드래는 소설 개념을 중심으로 한국에서 근대적인 문학을 형성하고 (재)생산해 간 실천의 배경이 되는 인식의 틀을 재구성하고자 했다.[26]

두 연구자는 제도론과 인식론이라는 시각차를 보이지만,[27] 제도와 인식의 변화를 담론과 그것을 구성하는 중심 개념의 변화를 통해 해명하려 했다는 점에서 일치한다. 담론은 개념으로 환원되지 않는 복잡한 체계이자 작용이며, 따라서 두 논문에는 개념 연구를 '초과하는' 내용들

---

24) 최초의 문제 제기자는 황종연이다. 황종연은 '문학'이 번역어라는 사실을 환기하면서 근대문학 연구자들이 '문학' 담론과 그 제도의 근대성에 관심을 가지도록 이끌었다. 황종연, 「문학이라는 역어」, 『동악어문논집』 32, 동국대학교 어문학회, 1997.

25) 김동식, 「한국의 근대적 문학 개념 형성 과정 연구」, 서울대 박사논문, 1999.

26) 권보드래, 「한국 근대의 '소설' 범주 형성에 관한 연구」, 서울대 박사논문, 2000. 이 글에서는 권보드래가 학위논문을 보완하여 출간한 『한국근대소설의 기원』(소명출판, 2000)을 텍스트로 했다.

27) 인식론에 관심을 두는가, 제도에 관심을 두는가에 따라 두 연구자는 같은 사실에 대해 상이한 해석에 도달한다. 예컨대 권보드래는 어문일치를 민족적 인식에 의해 추동된 것으로 해석하지만, 김동식은 그것이 본질적으로 공공영역의 역사적인 변화와 관련이 있다고 주장한다. 이러한 문제는 이 글의 주제를 벗어나는 것이므로 여기서는 더 깊이 논의하지 않는다.

이 많다. 그렇지만 논문들은 개념이 담론을 구성하는 핵심적 계기이자 그것의 의미론적 상징으로 작용하는 양상을 파악하는 데 비중을 두고 있다. 개념 연구에 초점을 두고 두 연구자의 문제의식과 방법을 정리하면 아래와 같다.

먼저, '문학'이 역사적인 것이라는 의식이다. 두 연구자는 근대문학이라는 관념 혹은 제도를 역사적 구성물로 본다. 김동식에 따르면, '문학'은 초역사적이며 영속적인 실재가 아니라 계몽주의 이후 기능분화 과정을 거쳐서 제도화된 관념의 체계이다. 권보드래는, 문학이 시대적·민족적 차이를 넘어 보편성을 가진다는 생각은 '영원성'을 희구하는 유럽 낭만주의에 의해 창출된 것에 지나지 않는다는 관점을 취한다. 따라서 문학에 대한 지금 우리의 관념은 당연하게 전제될 수 있는 것이 아니라 그 형성 과정과 조건이 설명되어야 한다.

문제는 문학 관련 영역 내부의 변화만으로는 근대문학의 형성과 그 조건을 설명할 수 없다는 데 있다. 김동식에 따르면, '문학'의 형성은 문학적인 영역과 문학 외부 환경과의 상호관련 속에서 파악될 필요가 있다. 그는 사회의 주도적 담론의 전반적인 모습을 재구하고 그것과의 관련성 속에서 문학 담론의 형성을 검토해야 한다고 보았다. 권보드래는 '문학'의 생산과 재생산의 배경이 되는 인식 일반의 틀을 재구성해야 한다고 보았다. 두 연구자는 시·소설과 같은 개별 양식들에 대한 연구를 종합하는 것만으로는 근대적 문학의 형성을 설명할 수 없다는 문제의식을 공유하고 있다.

사회의 주도적 담론 혹은 인식의 일반적 틀과의 관련 속에서 당시의 문학 개념을 추론해내기 위해 두 사람은 앞선 연구자들이 취급하지 않았던 다양한 자료들을 발굴하고 해석했다. 문학 관련 자료들만 검토하는 방법을 지양하고 문학 밖의 자료들도 포함시켰으며, 특정 문학인의 주장이나 선언을 주제화하는 방법을 지양하고 대중적이고 일반적인 발언들도 포함시켰다. 그 결과 자료의 범위가 크게 확장되었다. 신문, 잡지, 학술지, 역사서, 교과서, 신소설 등이 검토 대상이 되었다. 신문과

잡지에서는 체계와 조리를 갖춘 논설뿐 아니라 잡보, 기서, 외보, 광고 등도 검토했다.[28]

연구 방법상의 가장 중요한 진전은 두 연구자가 자료의 언어와 현재의 언어, 당대인의 관점과 오늘날 연구자의 관점 사이의 관계를 다시 성찰했다는 데 있다. 19세기 말에서 1900년대까지를 다룬 기왕의 문학사에는 문학에 대한 오늘날의 관념과 분석개념들이 우위를 점하고 있다. 문학사의 이러한 '현재적 편견'에 의해 이 시기는 '현재의 식민지'로 전락하고 말았다. 이러한 문제의식에서 출발한 두 연구자는 우선 문학에 대한 근대적 관념을 괄호 안에 넣는 일에서 시작한다. 이들은, 이 시기에도 "시가나 소설이 문학으로 인정되었을 것이라는 생각"(권보드래), "시나 소설이 문학적 양식으로 확고하게 승인을 받은 안정적인 상태였을 것이라는 생각을 괄호에 넣"(김동식)었다.[29] 그리고는 당대인들의 인식 및 인식의 변화를 담고 있는 개념들과 그것들에 의해 구성되는 동시에 그것들의 의미를 규정하는 담론체계 혹은 언어지평을 '가능한 한 있는 그대로 복원'하고자 했다. 권보드래가 말한 것처럼, 당시의 인식지평을 복원하는 일은 곧 당시의 언어지평을 회복시키는 일이었다.[30]

문학이라는 말을 둘러싼 언어지평을 복원하는 작업은 계기적·복합적 방식으로 진행되었다. 김동식은 19세기 말에서 1910년대에 이르기까지 문학이라는 말의 용례를 조사, 검토함으로써 문학이라는 말의 의미와 위상이 어떠한 역사적 변화를 겪었는지를 추적했다. 다시 말해 그는

---

28) 김동식은 박사학위논문을 제출한 이후 1900년대 문학 개념에 대한 자신의 견해를 다시 정리해 발표했고 학위논문에서 다루지 않았던 신문과 학술지를 대상으로 '문학'의 용례를 조사하여 그 결과를 발표했다. 김동식, 「개화기의 문학 개념에 관하여―의사소통양식으로서의 문학을 중심으로」, 『국제어문』 29집, 국제어문학회, 2004; 김동식, 「1900~1910년 신문·잡지에 등장하는 '문학'의 용례에 대하여―『대한매일신보와 개화기 학술지를 중심으로」, 『한국 근대문학의 풍경들』, 들린아침, 2005.

29) 김동식, 「개화기의 문학 개념에 관하여―의사소통양식으로서의 문학을 중심으로」, 『국제어문』 29집, 국제어문학회, 2004, 91쪽.

30) 권보드래, 앞의 책, 18-19쪽.

1910년을 분기점으로 하여 그 이전과 그 이후에 문학이라는 말이 무엇을 지칭하는 용어로 사용되었는지, 어떠한 사유체계 속에서 의미를 부여받고 있었는지를 살폈다. 권보드래는 문학이라는 단어를 둘러싼 의미의 장을 구조화하기 위해 그 단어와 다른 단어들 사이의 의미관련 양상과 변화를 추적했다. 예컨대 '문학'의 하위개념들(시가, 소설, 희곡 등), 상위개념들(예술 등), 병렬개념들(음악, 미술, 연극 등), 설명개념들(미, 정 등), 대응개념들(문, 학문, 과학 등), 그리고 중요한 개념체계들(지·덕·체, 지·정·의)의 형성과 굴절(변형) 양상이 조사되었다. '문학'을 둘러싼 언어지평을 복원하기 위해 김동식이 통시적 분석에 주력했다면, 권보드래는 공시적 분석에 주력했다고 말할 수 있다.

연구 결과, 오늘날 통용되고 있는 것과 같은 문학 개념을 우리가 소유하게 된 것은 1910년대 이후라는 사실이 드러났다. 권보드래는, 1900년대에는 '문학'이나 '소설'이 오늘날과 같은 정립을 보지 못했으며 근대적인 예술의 상도 물론 없었고 시·소설·희곡 같은 글쓰기의 구분도 없었다고 말하고 있다. 김동식도 유사한 결론에 도달했다. 그에 따르면, 이 시기에 문학이라는 말은 의사소통의 효율성을 옹호하는 담론, 그것을 포괄하는 계몽이라는 한층 더 큰 담론 안에서 통용되었다. 즉 '문학'은 문자, 문자 독해 능력, 학문 일반, 지식 일반, 교육의 기초적 텍스트, 학술적인 문장, 문장 박식, 고급한 저술 등의 의미로 사용되었으며 시나 소설과 같은 특정한 글쓰기 양식을 지칭하는 말로 특수화되어 있지 않았다. 1900년대에는 문학이라는 말이 오늘날과는 아주 다른 의미로 사용되었던 것이다.

이들의 연구는 19세기 말에서 20세기 초에 이르는 기간에 대한 기왕의 역사적 규정을 수정할 필요가 있다는 것을 보여주었다. 이 시기가 그저 '과도기'나 '이행기'로 규정되어온 것은 1930년대 이후 한국 근대(문학)사 연구가 서구적 근대를 역사의 목표로 상정해왔기 때문이다.31)

---

31) 권보드래에 따르면, 1930년대에서 1980년대까지 문학사 기술의 기준점은 '서구적 근

김동식은 19세기 말~1900년대는 그 이전이나 그 이후와 구별되는 사유체계 또는 관념체계를 형성하고 있던 시대라고 말한다.[32] 권보드래에게 '1900년대'는 "근대의 발원지이면서 동시에 오늘날의 근대와는 전혀 다른 운동을 보여준 장(場)"이었다.[33] 이 시기는, 장석만이 말한, 일종의 경계지대였던 것이다.

김동식과 권보드래가 문학사의 현재적 편견을 극복하기 위해 개념 연구의 방법을 활용했다면, 손정수는 비평사의 현재적 편견을 극복하기 위해 개념 연구의 방법을 활용했다. 손정수의 '개념사로서의 비평사'는 당대에 사용된 비평 개념과 현재적으로 재구성된 비평개념을 무반성적으로 동일시해온 비평사의 관행에 대한 문제의식에서 출발한다. 1920~30년대에 사용된 비평 개념을 상황을 달리하는 서구나 일본의 의미망 또는 시간을 달리하는 현재의 의미망으로 포착할 경우 그 개념의 역사성이 은폐될 수밖에 없다. 이렇게 되면 개념이 놓여있는, 그리고 개념의 맥락을 규정하는 당시의 인식론적 장의 역사성도 은폐된다.

손정수는 개념사적 접근을 통해 1920~30년대에 사용된 비평 개념들과 그것을 규정한 인식론적 장의 역사성을 복원하고자 했다. 예컨대 그는 「1930년대 한국 문예비평에 나타난 리얼리즘 개념의 변모양상」에서 리얼리즘 개념의 구성 계기로 작용한 주요 개념들―'현실', '대중', '실천'―이 1930년대 중반 이후 어떤 방식으로 변위, 치환의 과정을 겪고 있었는가를 추적함으로써 이 시기의 문학적 사실들을 규정하고 있는 고유한 문제의식의 구조에 접근하고자 했다.[34] 비평사에 대한 개념사적

대'였다. 이식적 근대/내발적 근대는 서구적 근대성을 역사의 목표로 상정했다는 데서는 공통적이었다. 권보드래, 앞의 책, 11-16쪽.

32) 김동식에 따르면, 이 시기의 사유체계와 담론지형이 그 이전이나 그 이후와 구별된다는 것을 확연히 보여주는 사실은 1) 사회의 주도적 이념으로서 제시된 계몽의 기획 2) 근대적인 인쇄복제 기술에 근거한 미디어 환경의 변화, 3) 수평적 의사소통을 가능하게 했던 정치적 공공영역이다. 김동식, 앞의 글, 92쪽.

33) 권보드래, 앞의 책, 21쪽.

34) 손정수, 「1930년대 한국 문예비평에 나타난 리얼리즘 개념의 변모양상」, 『개념사로서

228

접근의 유효성을 증명함으로써 손정수는 문학 연구에서 개념어 연구의
가능성을 확장했다.35)

근대적 문학 담론을 구성하는 기본 개념에 대한 논의도 다양한 차원
에서 보완, 수정되었다. 권보드래, 김동식의 논문에서 근대적 문학 담론
의 핵심적 구성계기로 강조된 '정(情)'-'개인'-'미'라는 개념체계에 대
해 '동정(同情)'-'사회'-'도덕(윤리)'이라는 개념체계를 강조한 연구들
이 이러한 경향을 잘 보여준다. '동정'에 맨 처음 주목한 것은 김성연이
었다. 김성연은 20세기 초에서 이광수를 거쳐『창조』에 이르기까지의
문학 담론에서 '동정'의 형성과 의미 변화를 추적했다.36) 이어 김현주는
이광수의 소설과 비평에서 '동정'이 근대적 '개인'/'사회'를 구성하는 데
새로운 감정 규범으로 기능하는 양상을 탐구했다. 또 김현주는 이광수
에게 '동정'이 비단 문학과 문학교육 구상에서뿐 아니라 정치적 구상에
서도 핵심적인 기능을 하고 있다고 주장했다.37) 이러한 연구들은 1910
년대 '문학' 담론을 둘러싼 정치·사회적 역학의 복잡성을 조명한 데
의의가 있다.

의 한국근대비평사』, 역락, 2002.

35) 손정수의「한국 근대 초기 비평에 나타난 자연주의 개념의 변모양상」,「1930년대 한
국 문학비평에 나타난 모더니즘 개념의 내포」도 비평사에 대한 개념사적 접근을 시도
한 논문들이다. 이 논문들도 손정수,『개념사로서의 한국근대비평사』, 역락, 2002에 실
려 있다.

이외에 장르 개념의 형성에 관한 연구로는 원종찬,「한국 동화장르에 관한 연구: 동아
시아 각국과 다른 동화 개념의 연원」,『민족문학사연구』 30호, 민족문학사학회, 2006;
차혜영,「소설 개념의 형성과 식민지 근대부르주아의 정치학」,『민족문학사연구』 28호,
민족문학사학회, 2005; 김현주,「1930년대 "수필" 개념의 구축 과정」,『민족문학사연구』
22호, 민족문학사학회, 2003, 등이 있다.

36) 김성연,「한국 근대문학과 동정의 계보」, 연세대 석사논문, 2002.

37) 김현주,「1910년대 '개인'·'민족'의 구성과 감정의 정치학」,『현대문학의연구』 22집,
한국문학연구학회, 2004; 김현주,「문학·예술교육과 동정(同情)」,『상허학보』 12집, 상
허학회, 2004. 최근에는 심성(mentality)으로서의 '동정'에 초점을 두어 1910년대 후반부
터 1930년대 초반까지 지식인 담론과 소설의 윤리적 감각을 탐구한 논문이 제출되었
다. 손유경,「한국 근대소설에 나타난 '동정'의 윤리와 미학」, 서울대 박사논문, 2006.

‘문학’의 형성을 당대의 주도적 담론체계 혹은 인식틀과의 관련 속에서 설명해야 한다는 문제의식도 확장, 심화되었다. 연구자들은 ‘문학’이나 문학 담론을 구성하는 주요 개념들이 ‘국가’/‘민족’, ‘사회’/‘개인’, ‘문명’/‘문화’ 등 정치·사회적 기본 개념들과 맺고 있는 심층적 연관관계에 대한 탐구로 나아갔다. ‘(국)문학’의 형성과 정착이 문명 담론으로부터 문화 담론으로의 변화라는 더 큰 맥락에서 이루어진 것임을 밝힌 연구들이 여기에 속한다.[38] 또 문학 담론과 정치·사회 담론의 연계성에 대한 논의를 개념의 차원에 한정하지 않고 장르, 글쓰기, 수사학의 차원으로 확장한 연구도 있었다.[39]

2) 정치·사회적 개념들의 역사적 형성 및 기능에 관한 연구

근대문학 연구자들은 문학 담론을 넘어서 사회·정치적 담론과 관련된 다양한 개념들에도 관심을 보여 왔다. 이는 ‘문학’의 형성을 당대의 담론체계의 전체적 재편성과 연관하여 설명해야 한다는 문제의식을 더 멀리 밀고 나간 경우인데, 문학 담론과 직접적인 관련이 없다는 점에서 앞서 살핀 연구들과는 구분된다.

맨 먼저 검토할 것은 2004년에 출간된 『근대계몽기 지식 개념의 수용과 변용』이다.[40] 머리말에 제시된 연구의 목표, 시각, 방법을 간략하게 정리하면 아래와 같다. 첫째, 한국의 근대 형성 과정에서 1894년 ‘갑오개혁’에서 1910년 ‘한일합방’에 이르는 시기가 차지하는 독특한 위상

---

38) 류준필, 「‘문명’·‘문화’ 관념의 형성과 ‘국문학’의 발생」, 『민족문학사연구』 18호, 민족문학사학회, 2001; 김현주, 「이광수의 문화 이념 연구」, 연세대 박사논문, 2002.

39) 김현주, 「‘사회’와 비평/소설의 글쓰기」, 『한국근대문학연구』 10집, 한국근대문학회, 2004.

40) 이화여대 한국문화연구원, 『근대계몽기 지식 개념의 수용과 변용』, 소명출판, 2004. 이 책은 한국학술진흥재단의 지원을 받아 수행한 연구의 제1차년도 결과를 모은 것이다. 제2차년도 연구 결과는 『근대계몽기 지식의 발견과 사유 지평의 확대』(소명출판, 2006)로 발간되었다.

을 재조명한다. 둘째, 근대성의 문제를 정치체제론이나 경제발전론 그리고 이데올로기론을 넘어서 담론과 개념의 형성이라는 시각에서 바라본다. 셋째, 신문, 잡지, 교과서와 단행본 등 인쇄매체를 텍스트로 함으로써 대중적 지식의 형성을 조명한다. 이 책은 장석만 이후 진행되어온, 개념어를 통한 근대성 연구의 문제의식을 계승하고 있다.

그런데 이 책에는 몇 가지 새로운 점이 있다. 먼저, 이 책은 학제간 공동연구의 산물이다. 이 연구에는 문학(한국문학), 역사학(한국사, 일본사, 중국사, 독일사), 정치학, 사회학 전공자 12명이 참여했고, 이들은 연구 결과를 통해 비교 연구, 공동 연구의 필요성과 유효성을 입증했다. 그리고 『독립신문』의 데이터베이스를 바탕으로 계량적 연구가 시도되었다는 점도 기억되어야 한다. 계량적 연구는 개념들의 사회적 영향력과 반향을 좀 더 엄밀히 측정하는 데 기여했다. 또 하나 덧붙일 것은 한국문학 연구자들이 집단적으로 정치·사회적 개념에 주목했다는 점이다. 고미숙, 권보드래, 길진숙, 류준필, 정선태는 1896년에서 1899년까지 『독립신문』 등을 대상으로 '위생', '동포', '문명'/'야만', '독립', '민족' 개념의 수용과 변용, 그리고 그 특징을 연구했다.[41]

문학 연구자들에 의해 수행된 정치·사회적 개념 연구의 특징과 의의에 주목할 때, 류준필의 「19세기 말 '독립'의 개념과 정치적 동원의 용법」은 자세히 검토될 필요가 있다. 류준필은 기왕의 개념사 연구가 주로 서구의 정치적 개념들의 수용 양상에 초점을 맞추었다는 점, 그래서 지배층 관료와 상층 지식인 집단의 인식과 사상체계의 변모를 고찰하는 데 그쳤다는 점을 비판했다. 그의 문제의식은, 개념 연구는 개념들이 현실을 어떻게 견인하고 변모시켰는지 살피는 데까지 나아가야 하며 그러기 위해서는 개념들이 현실에 개입하는 방식까지도 다룰 수 있어야

---

41) 필자와 논문 제목은 아래와 같다. 고미숙, 「『독립신문』에 나타난 '위생' 담론의 배치」; 권보드래, 「'동포(同胞)'의 역사적 경험과 정치성」; 길진숙, 「『독립신문』·『매일신문』에 수용된 '문명/야만' 담론의 의미 층위」; 류준필, 「19세기 말 '독립'의 개념과 정치적 동원의 용법」; 정선태, 「『독립신문』의 조선·조선인론」.

만 한다는 것이다. 다른 말로, 이는 연구자가 개념들의 현실적 영향력 혹은 반향을 읽을 수 있어야 한다는 요구이다.

개념의 현실적 영향력이나 반향을 읽어내는 데는 지식인들의 저술보다 대중매체가 더 적합하다. 이 점에서 류준필은 『독립신문』의 사료적 가치를 강조한다.[42] 『독립신문』의 담론은 지배층 관료나 개화 사상가들의 담론과는 구분된다. 다수의 독자를 대상으로 삼고 당면한 사회·정치적 상황에 개입하고자 했기 때문에 『독립신문』의 담론은 일상적인 감각과 언어를 동원하는 한편 그것들과 결합해야 했다. 그는 일상적 용어와 표현에 대한 관심을 환기하면서 개념어 연구를 "당시 현실에 내재된 현실 요소들을 발굴하고 대면하기 위한 방법으로 활용"하고자 했다.

분석 방법을 좀 더 자세히 설명하면 아래와 같다. 류준필은 『독립신문』이라는 텍스트 안에서 독립 개념이 형성한 의미체계를 재구성하기 위해 독립이라는 단어가 다른 단어나 용어들과 이루는 의미론적 연관(대응, 병렬, 설명 등)을 포착하는 데 관심을 기울였다. 또 독립을 방해하는 현실의 부정적 요소에 대한 진술들, 독립의 실현 경로에 대한 진술들, 그리고 현실의 여러 국면과 다양한 방식으로 결합하면서 등장하는 일상의 구체성과 실감에 육박하는 표현들에도 관심을 기울였다. 예컨대 그는 '독립'이 '지혜'나 '수치', '분노', '용맹' 같은 일상용어들을 끌어안으면서 그 의미체계가 변형되는 과정을 추적했다. 이 논문에서 류준필이 가장 공들여 분석한 것은 '개념의 용법과 그 수사학'이었다.[43]

류준필의 연구는 기왕의 개념사 연구에 대해 언어 탐구적 대안을 제기했다는 데 중요성이 있다. 앞선 연구들이 '위로부터의' 역사에 그쳤으며 '사상체계의 변모'를 추적하는 데 그쳤다는 지적도 중요하다. 그러나

---

42) 이른바 '계몽기 연구 붐' 현상과 더불어 당시의 신문에 대한 관심이 증대했는데, 그 중에도 특히 『독립신문』이 주목을 받았다. 서울대 정치학과 석·박사들이 주축이 된 '독립신문 강독회'는 6년여에 걸쳐 『독립신문』을 읽고 사설 선집을 내기도 했다. 서울대 정치학과 독립신문 강독회, 『독립신문 다시 읽기』, 푸른역사, 2004, 참조.

43) 류준필, 「19세기 말 '독립'의 개념과 정치적 동원의 용법」, 『근대계몽기 지식 개념의 수용과 변용』, 이화여대 한국문화연구원, 소명출판, 2004, 15-58쪽.

232

이런 점들과 연관되면서도 더 근본적인 문제는 언어적 양상에 대한 관심이 부족했다는 데 있다. 이는 3장에서 살폈던 국제정치학자들의 연구에도 해당되는 문제이다. 예를 들어 하영선은 '문명 개념을 도입하는 과정에서 벌어진 국내의 정치·사회 세력들 간의 '언어의 정치', '언어의 전쟁'에 주목하겠다.'44)고 했지만 실제로는 언어적 표현양상에 거의 관심을 기울이지 않았다.

언어적 표현 양상에 대한 무관심은 개념의 의미들 혹은 의미체계를 이미 완성된 어떤 것으로 전제한 데 따른 것이다. 국제정치학자들의 기획논문은 모두 제목 앞에 "개념 도입사"라는 표제를 달고 있는데, 이 표제는 어떤 개념의 의미들이나 의미체계가 서구에서 이미 충전되었거나 형성되었다는 뜻으로 읽히기 쉽다. 개념의 의미가 이미 완성된 것으로 간주되었기 때문에 '개념을 제대로 이해하지 못했다'거나, '이해하기는 했는데 실현에는 실패했다'는 식의 결론이 나올 수밖에 없었던 것이다.45) 류준필이 보여준 것은 개념의 의미들이나 의미체계는 텍스트 안의 다른 단어들, 다양한 진술들과 표현들의 영향을 받으면서 형성되는 것이라는 점이다. "개념 연구란 개념어 연구이고, 언어에 대한 혹은 언어를 통한 연구이다."46)

류준필과 마찬가지로 개념의 용법과 수사학에 주목한 것으로 김현주의 논문이 있다. 최근 김현주는 1920년대의 역사서, 역사비평·사회비평 같은 저널리즘, 그리고 선언서·결의문·격문 같은 정치 문건 등에서 '사회', '민족', '민중', '개인', '문화', '여론', '역사' 같은 어휘들을 둘러싸고 이루어진 지적·담론적 경쟁을 재구성하는 작업을 하고 있다. 김현주가 특히 주목하는 것은 특정 시점과 상황에서 행해지는 개별 언

---

44) 하영선, 「문명의 국제 정치학: 근대 한국의 문명 개념 도입사」, 『세계정치』 24집, 서울대 국제문제연구소, 2002.

45) 하영선, 「변화하는 세계와 개념사」, 『세계정치』 25집, 서울대 국제문제연구소, 2004, 참조.

46) 류준필, 앞의 글, 16쪽.

어행위 속에서 어휘들이 어떻게 사용되는가, 어휘들의 특수한 의미와 기능은 무엇인가이다. 예컨대 「김윤식 사회장 사건의 정치문화적 의미」, 「3·1운동 이후 부르주아 계몽주의 세력의 수사학」은 1920년대 초에 경합하던 정치세력들이 자기들의 목표와 관심에 따라 '사회', '여론', '민중' 등의 의미를 제한하거나 특별한 용례만 허용하고, 상대편이 그것들에 부여한 의미를 승인하거나 부인하고, 어휘들의 사용 범위와 빈도를 조절해간 양상을 추적한 것이다.47)

  김현주는 지식 연구를 좀 더 섬세하게 진행하기 위해서는 어휘나 용어뿐 아니라 그것을 포함한, 한 단계 더 복잡한 언어 장치에 대한 연구로 나아가야 한다고 주장한다. 어떤 어휘의 용법과 의미 및 기능을 당시의 언어적 컨텍스트 속에서 파악해야 한다고 했을 때, 우선 고려해야 할 언어적 컨텍스트는 그 어휘가 속한 텍스트이다. 역사서에서 개개의 사료들이 서사 안에서 비로소 의미를 만들듯이, 용어의 의미는 일차적으로는 텍스트 안에서 확정되는 것이다. 따라서 어휘의 용법, 의미, 기능은 텍스트의 다양한 언어적 장치, 즉 구성과 서술, 문장과 수사와의 관계 속에서 탐구되어야 한다. 「논쟁의 정치와 「민족개조론」의 글쓰기」는 「민족개조론」의 구성과 서술, 어휘와 수사를 '논쟁'이라는 정치적·언어적 컨텍스트와 연관하여 해석한 논문이다. 「신채호의 '역사' 이념과 서사적 재현 양식의 연관성에 대한 연구」는 신채호의 '역사' 개념을 역사서와 역사비평의 서사, 수사 등 언어적 양상과 연관하여 해석한 것이다.48)

  어휘와 텍스트 연구의 최종 목표는 한 시대의 담론(언어적 컨텍스트)

---

47) 김현주, 「김윤식 사회장 사건의 정치문화적 의미-'사회'와 '여론'을 둘러싼 수사적 투쟁을 중심으로」, 『동방학지』 132집, 연세대 국학연구원, 2005; 김현주, 「3·1운동 이후 부르주아 계몽주의 세력의 수사학-'사회', '여론', '민중'을 중심으로」, 『대동문화연구』 52집, 성균관대 대동문화연구원, 2005.

48) 김현주, 「논쟁의 정치와 「민족개조론」의 글쓰기」, 『역사와 현실』 57집, 한국역사연구회, 2005; 김현주, 「신채호의 '역사' 이념과 서사적 재현 양식의 연관성에 대한 연구」, 『상허학보』 14집, 상허학회, 2005.

과 그것의 시대적 변동을 재구성하는 것이다. 어휘(용어)의 수용, 변용 과정을 추적하는 일은 근대적 지식의 유형과 성격, 나아가 근대적 제도의 형성을 살피는 데 중요한 한 단계이다. 그러나 어휘나 용어에 대한 연구만으로는 지식의 존재 방식과 정치·사회적 기능에 대한 명확한 이해에 도달하기 어렵다. 따라서 개념어 연구는 담론 연구의 일부로서, 그것과 결합할 수밖에 없다. 예컨대 1920년대 초 '사회'와 '여론'이라는 어휘를 둘러싼 경쟁을 묘사함으로써 김현주가 밝혀낸 것은 부르주아 계몽주의 정치학의 언어관례(linguistic conventions), 곧 부르주아 계몽주의 정치담론의 동요였다. 이는 정치문화의 시대적 변동을 알리는 현상이었다.

정치·사회적 개념어 연구에 대한 근대문학 연구자들의 기여는 일상어에 대한 관심을 촉구하거나 어휘 연구를 텍스트의 구성, 서술, 수사 분석과 결합시킴으로써 텍스트의 언어적 양상에 관심을 환기한 데 있다. 류준필은 자신의 연구에 대해 "언어(혹은 텍스트)를 매개로 역사적 현실의 구체성에 접근할 가능성이 여전히 유보되어 있다."고 자평한 바 있다. 이는 담론(언어적 컨텍스트) 연구와 현실 연구의 관계에 대한 고민을 담고 있는 말이다. 그러나 언어적 현상을 조명할 뿐인 개념어 연구는 오히려 그렇게 함으로써 현실 연구와 생산적인 긴장관계를 유지할 수 있을 것이다.

5. 연구의 과제와 전망

근대문학 연구자들이 개념어 연구를 더 진척시키기 위해서는 아래와 같은 몇 가지 문제에 주목할 필요가 있다.

먼저, 개념어 연구는 문학사의 특정 지점에 대한 설명을 보완하거나 교정하는 것을 넘어서 좀 더 근본적인 유효성을 증명해야 한다. 개념어 연구는, 근대의 출발점, 즉 담론체계의 대대적 재편성이 이루어지고 이에 따라 개념의 의미들이나 의미체계가 격변했던 19세기 말에서 20세기 초를 조명하는 데서 유효성을 입증했다. 최근에는 개념 연구가 기왕의 비평사, 장르사를 반성하는 방법으로 응용되면서 점차 대상 시기가 넓어지고 있지만, 개념 연구의 문제의식과 방법이 문학사의 다양한 시기와 항목으로 확장되지는 못한 상태이다. 그렇지만 개념 연구는 문학사의 현재적 편견을 교정하는 방법으로서 가능성이 매우 크다고 생각된다.

다음으로는, 개념어 연구는 하나의 독립된 영역이기보다 담론 연구의 일부로 수행되어야 한다는 점이다. 이때 주목할 것은 개념의 담론적 배치이다. 개념의 담론적 배치를 연구한다는 것은 개념을 둘러싼 정치·사회적 역학을 탐구한다는 것을 의미한다. 근대적 개념의 도입이나 수용은 사회의 근대적 재구성 혹은 재편을 향한 단선적이고 매끄러운 과정으로 서술되는 경우가 많다. 그러나 개념의 의미들 혹은 의미체계의 형성과 변화는 젠더, 계급, 정치세력들의 경쟁·동의·협력·타협을 거치는, 복잡한 관계와 과정의 산물이다. 따라서 개념어 연구는 개념을 둘러싼 정치적·사회적 세력들 간의 복합적 권력 관계를 파악하는 데로 나아갈 필요가 있다.

개념을 둘러싼 정치·사회적 역학관계를 좀 더 섬세하게 파악하기 위해서는 개념이나 용어뿐 아니라 그것을 포함한, 한 단계 더 복잡한 언어 장치에 대한 연구로 나아가야 한다. 즉 어휘의 용법, 의미, 기능은 텍스트의 다양한 언어적 장치, 즉 구성과 서술, 문장과 수사와의 관계 속에서 탐구되어야 한다. 또 이는 텍스트에 의해 형성되는 동시에 그것을 규정하는 더 넓은 언어적 컨텍스트에 대한 탐구로 나아가야 한다. 그동안 문학 연구 분야에서 텍스트의 분석 및 해석의 도구들을 발전시켜온 문학 연구자들이 개념어 연구에 기여할 수 있는 가능성이 바로 여기에 있다.

마지막으로 강조할 것은 개념어 연구의 학제적 가능성이다. 개념어 연구에서는 지금까지 다양한 차원에서 협력 연구가 진행되어왔지만, 그것이 분과들의 인식론과 방법론이 교류·소통하고, 나아가 분과들이 기존의 장점들을 발휘하면서 새로운 종합과 지양을 이루어내는 학제적 수준으로 발전하지는 못했다. 그렇지만 개념어는 경제학, 교육학, 문학, 역사학, 정치학 등을 포함하여 학제적으로 연구할 경우 큰 성과를 얻을 수 있는 영역이다.49) 개념어의 학제적 연구가 활성화된다면, 이는 학제적 교육의 매우 중요한 자원이 될 수 있을 것이다.

주제어 : 개념, 개념사, 문화사, 언어로의 전환, 담론, 근대성, 학제적 연구

---

49) 개념사 연구의 학제적 가능성에 대해서는 박명림, 「역사사회과학은 가능한가?—학제적 '현대한국' 연구의 과제와 전망」, 『역사비평』 75호, 2006. 5, 47쪽 참조.

◆ **연구 업적 목록**50)

1. '문학' 관련 개념어 연구

권보드래, 「문학 범주의 형성 과정」, 『민족문학사연구』 14호, 민족문학사학회, 1999.

─────, 「한국 근대의 '소설' 범주 형성에 관한 연구」, 서울대 박사논문, 2000.

─────, 『한국근대소설의 기원』, 소명출판, 2000.

김동식, 「한국의 근대적 문학 개념 형성 과정 연구」, 서울대 박사논문, 1999.

─────, 「개화기의 문학 개념에 관하여」, 『국제어문』 29집, 국제어문학회, 2004.

─────, 「1900~1910년 신문·잡지에 등장하는 '문학'의 용례에 대하여」, 『한국 근대문학의 풍경들』, 들린아침, 2005.

김성연, 「한국 근대문학과 동정의 계보」, 연세대 석사논문, 2002.

김재영, 「근대계몽기 소설 개념의 변화」, 『현대문학의 연구』 22집, 한국문학연구학회, 2004.

김행숙, 「근대시 형성기에 있어서의 "감정"의 의미」, 『어문논집』 44집, 민족어문학회, 2001.

김현주, 「식민지 시대와 '문명', '문화'의 이념」, 『민족문학사연구』 20호, 민족문학사학회, 2002.

─────, 「이광수의 문화 이념 연구」, 연세대 박사논문, 2002.

─────, 「1930년대 '수필' 개념 구축 과정」, 『민족문학사연구』 22호, 민족문학사학회, 2003.

─────, 「문학·예술교육과 동정(同情)」, 『상허학보』 12집, 상허학회, 2004.

─────, 「1910년대 '개인'·'민족'의 구성과 감정의 정치학」, 『현대문학의연구』 22집, 한국문학연구학회, 2004.

─────, 「'사회'와 비평/소설의 글쓰기」, 『한국근대문학연구』 10집, 한국근대문학회, 2004.

─────, 『이광수와 문화의 기획』, 태학사, 2005.

류준필, 「'문명'·'문화' 관념의 형성과 '국문학'의 발생」, 『민족문학사연구』 18호, 민족문학사연구학회, 2001.

---

50) 참고문헌 목록 대신에 연구 업적 목록을 제시한다. 연구 업적 목록은 문학 관련 개념어 연구와 정치·사회 관련 개념어 연구로 나누어 정리했다. 다른 분과에서 이루어진 연구는 본문의 각주로 대신한다.

238

배수찬, 「근대적 '서사' 관념의 형성 과정에 대한 연구」, 『민족문학사연구』 29호, 민
　　족문학사연구학회, 2005.
손정수, 『개념사로서의 한국근대비평사』, 역락, 2002.
원종찬, 「한국 동화 장르에 관한 연구」, 『민족문학사연구』 30호, 민족문학사학회,
　　2006.
차혜영, 「소설 개념 형성과 식민지 근대 부르주아의 정치학」, 『민족문학사연구』 28
　　호, 민족문학사학회, 2005.
황종연, 「문학이라는 譯語」, 『동악어문논집』 32, 동국대 어문학회, 1997.
황호덕, 「한국 근대에 있어서의 문학 개념의 기원(들)」, 『한국사상과 문화』 8집, 한
　　국사상문화학회, 2000.

2. 정치 · 사회 관련 개념어 연구

고미숙, 「한국문학과 민족주의: 18세기에서 20세기 초 민족담론의 변이양상」, 『현대
　　문학의 연구』 13집, 한국문학연구학회, 1999.
──, 「『독립신문』에 나타난 '위생' 담론의 배치」, 『근대계몽기 지식개념의 수용
　　과 그 변용』, 소명출판, 2004.
──, 「『황성신문』에 나타난 '위생' 개념의 담론적 배치」, 『근대 계몽기 지식의 발
　　견과 사유지평의 확대』, 소명출판, 2006.
권보드래, 「'동포(同胞)'의 역사적 경험과 정치성」, 『근대계몽기 지식개념의 수용과
　　그 변용』, 소명출판, 2004.
──, 「동포와 역사적 감각: 1900~1904년 '동포' 개념의 추이」, 『근대 계몽기
　　지식의 발견과 사유지평의 확대』, 소명출판, 2006.
길진숙, 「『독립신문』 · 『매일신문』에 수용된 '문명/야만' 담론의 의미 층위」, 『근대계
　　몽기 지식개념의 수용과 그 변용』, 소명출판, 2004.
──, 「문명의 재구성 그리고 동양 전통 담론의 재해석」, 『근대 계몽기 지식의 발
　　견과 사유지평의 확대』, 소명출판, 2006.
김현주, 「논쟁의 정치와 「민족개조론」의 글쓰기」, 『역사와 현실』 57집, 한국역사연구
　　회, 2005.
──, 「신채호의 '역사' 이념과 서사적 재현 양식의 연관성에 대한 연구」, 『상허학
　　보』 14집, 상허학회, 2005.
──, 「3 · 1운동 이후 부르주아 계몽주의 세력의 수사학」, 『대동문화연구』 52집,
　　성균관대 대동문화연구원, 2005.
──, 「김윤식 사회장 사건의 정치문화적 의미」, 『동방학지』 132집, 연세대 국학
　　연구원, 2005.

류준필, 「19세기 말 '독립'의 개념과 정치적 동원의 용법」, 『근대계몽기 지식개념의
     수용과 그 변용』, 소명출판, 2004.
정선태, 「『독립신문』의 조선·조선인론」, 『근대계몽기 지식개념의 수용과 그 변용』,
     소명출판, 2004.
──── , 「근대적 정치운동 또는 국민 발견의 시공간」, 『근대 계몽기 지식의 발견과
     사유지평의 확대』, 소명출판, 2006.

◆ 국문초록

이 논문은 근대문학 분과를 중심으로 하여 1990년대 이후 한국 인문·사회과학계에서 수행된 개념어 연구의 내용과 성과를 간략하게 정리한 것이다. 근대적 개념에 대한 연구는 주제의 측면에서는 근대성 연구에 의해 촉발되었고, 방법론의 측면에서는 개념사 연구, 담론 연구, 문화사 연구 등으로부터 영향을 받았다. 다양한 분과에서 정치·사회·문화적 개념들의 변화를 통해 근대성의 경험을 탐구하고자 하는 연구들이 시도되었다.

근대문학 분과에서 개념어 연구는 기왕의 문학사를 반성하는 계기를 마련했다. 특히 문학 개념의 형성 과정에 대한 연구들은 문학이라는 용어의 역사성을 회복시키고 그것의 구성적 능력에 주목함으로써 당대의 문학적 사실들을 규정하고 있는 고유한 담론체계 혹은 사유체계에 접근할 수 있었다. 이는 19세기 말에서 20세기 초에 걸친 시기에 대한 근대(문학)사의 현재적 편견을 바로잡는 데 중요한 계기가 되었다. 한편 근대문학 연구자들은 정치·사회적 개념에 대한 연구들도 진행했다. 문학 연구자들은 일상어에 대한 관심을 촉구하고 어휘 연구를 텍스트의 구성과 서술 양상, 수사 분석과 결합함으로써 정치·사회적 개념어 연구를 풍부하게 해왔다.

학문의 경계를 넘나드는 이러한 실천은 근대문학 연구자들이 근대의 역사화라는 한국 인문·사회과학계 전체의 목표와 문제의식을 공유하고 있었음을 보여준다.

♦ SUMMARY

The trends and results in the study of modern concepts

Kim, Hyun-Ju

This report looks at the contents and results in the study of modern concepts in Korean humanities and social sciences since 1990's. The study of modern concepts was moved by the studies of modernity in the theme, and by the studies of conceptual history, discourse, cultural history in the methodology. Researchers tried to study experiences of modernity through inspecting closely the changes of political, social, and cultural concepts in various disciplines.

The study of concepts offered the important opportunities which retrospect the history of korean modern literature. Specially the study of formation of 'mun-hak(문학)' recovered the historicity of the term of 'mun-hak(문학)'. And through this study, researchers could approach discourse system or thought system. On the other hand, researchers of korean modern literature tried to study of political, social concepts. Researchers of korean modern literature demanded the interest of everyday language and combined the studies of concepts and analyses of plot, narrative, and rhetoric. Through these operations, researchers of korean modern literature enriched the study of modern concepts.

These interdisciplinary practices shows that researchers of korean modern literature held the aim and critical mind of korean humanities and social sciences in common.

Keyword: concept, conceptual history, cultural history, a linguistic turn, discourse, modernity, interdisciplinary study

─이 논문은 2006년 11월 30일에 접수되어, 소정의 심사를 거쳐 2007년 2월 6일에 최종적으로 게재가 확정되었음.

언어=네이션, 그 제유법의 긴박과 성찰 사이
- 한국문학 근대성 연구의 한 귀결에 대하여

이 혜 령*

목 차

1. 근대성 연구, 그 과거와 현재
2. 한국의 자국어 인식 및 근대어·문학어의 형성
3. 식민지 언어상황과 그 인식
4. 지금 여기의 혀와 손에 대하여

---

1. 근대성 연구, 그 과거와 현재

지난 11월 4일 개최된 상허학회 2006년도 심포지엄 〈한국 근대문학 연구의 역사적 전환과 창조적 모색〉은 십여 년 전에 있었던 1994년 5월 민족문학사연구소의 제1회 심포지엄 〈민족문학과 근대성〉1)과 함께 한

---

* 성균관대학교 강사.

1) 이 심포지엄에서 발표된 논문 중 하나는 최원식의 「한국문학의 근대성을 다시 생각한
　다」(『창작과 비평』 86, 1994. 겨울호에 수록)로, "20세기 한국문학사를 거울삼아, 민족
　문학운동의 일부가 1980년대에 빠져들었던, 다시 프로문학 주류성 문제에 접근하려 한
　편향을 이제 진정으로 해소하자"는 테제가 제기되었다. 이 테제는 이후 많은 연구영역
　과 방법론, 시각을 창출해왔으나 유독 프로문학은 그 대상에서 제외되었다. 이렇게 지
　난 10여 년 간의 연구가 프로문학을 괄호쳐둔 상태로 진행되어 왔던 것이다. 이는 근

국 근대문학 연구에 입문한 이후 현시점까지의 나에게 있어서 가장 인상 깊은 심포지엄으로 기억될 것 같다. 이는 순전히 개인적 소회만은 아니다. 왜냐하면 십여 년 전 민족문학사연구소의 심포지엄이 한국 근대문학의 근대성 연구가 본격화되었음을 보여준 자리였다면, 2006년 상허학회의 그것은 근대성이란 화두에서 촉발된 연구가 다다른 곳이 무엇이었는지를 보여주기 때문이다. 이미 근대성 화두가 다다른 가장 들끓는 논쟁지대 중 하나가 '민족'을 탈신비화하는 것이었음은 주지하는 바이다. 그런데 그날 심포지엄에서 가장 논쟁적인 키워드가 '문학'이었다는 사실을 고려한다면, 1990년대 중반부터 본격화된 '근대성' 연구의 도정은 '민족', '민족문학', '문학'을 내파하는 과정이었다고 할 수 있다.[2] 바로 이 지점이 한국근대문학 연구자들의 근대성 연구는 다른 인문학 분야의 그것보다 훨씬 발본적이었음을 시사해주는 대목이다. 왜냐하면 이러한 도정은 '국어국문학'이라는 제도의 중요한 이념적 버팀목들을 그 근저에서 흔들어놓은 것에 다름 아니기 때문이다. 자신의 근원으로부터 가장 멀리 나아갔던 것이다.

이와 관련하여, 이 글에서 반성적으로 돌이켜 보고자 하는 것은 나 자신도 몇 편의 논문을 통해 의견을 개진해온 언어·민족어·근대어·언어 내셔널리즘·번역 등을 키워드로 삼은 일련의 연구성과들이다. 이 주제는 국어국문학 제도의 물질적 이데올로기적 중핵인 "국어"의 기원과 형성을 그 대상으로 삼고 있다. 따라서 식민지 경험의 해석에서 발원하여 분단이란 역사적 상황의 지속을 통해 형성, 지지되어온 '민족문학사'의 이념을 떠받치고 있는 최종적인 보루로 인식되어온 '민족어'의 기원적 작위성을 논증하는 것에까지 이른 이 주제의 연구들이 근대성 연구의 발본성을 대표할 가능성도 크다. 하지만 그 발본성의 지향이 무엇인지를 연구자 자신이 현재 익숙하게 사용하고 있는 언어(들), 그리고

대성 논의가 애초에 안고 시작한 곤경과 방향을 시사해 준다.

2) 여기에 대한 총체적인 조망과 평가는 최근 박헌호, 「'문학'·'史' 없는 시대의 문학연구」, 『역사비평』 75호, 역사문제연구소, 2006. 여름.

그 언어의 물질적 이데올로기적 토대로서의 국민국가, 그리고 세계체제에서의 그것(들)의 위상과 관련하여 표명해보라는 요구를 받는다면 나부터가 난감해질 것이다.

여기서 '한국 근대문학 연구의 역사적 전환'은 단지 개개 연구자들의 경향적 총합에 의한 것이 아니라는 사실을 상기하고 싶다. 거의 10여년 간 한국 인문학계에서 풍미한 근대성 연구가 애초에 현실 사회주의권의 몰락, 후쿠야마가 '역사의 종언'이라고 호기있게 선언한 신자유주의의 전일화와 같은 세계사적 전변에서 촉발되었다. 그것이 연구자에게 무엇이었는가를 이념 내지 사상의 차원에서만 아니라 존재조건과 방식의 차원에서 고민하도록 하고 있다는 것이 현재의 상황이라고 생각한다. 상허학회 심포지엄 발표자 중 하나인 공임순은 토론과정에서 자신의 위치를 "어떤 연구소에도 속하지 않고 일국적인" 연구자라고 언급했다. 이 피로감이 묻어 있는 자기정의는 퍽 인상적이었다. 이러한 자기정의가 의미하는 바에 대해서 심포지엄에서는 충분히 논의되지 않았지만, 이는 '한국 근대문학 연구의 역사적 전환'에 가로놓인 현실 중에 하나는 '한국학'이 미국을 중심무대로 한, 학문의 세계화 대열로 진입하거나 포섭되고 있는 현상 속에서 나온 것이다. 그 현상이 이제 한국내 연구자들의 위치를 재조정하도록 요구하기 시작한 것이다. 쉽게 말하자면, 대학원 진학 시 뭇지인들이 내게 해 준 "국문과라서 유학 안 가도 되겠네"라는 말 속에 담긴 '국문학', 한국에서 한국문학을 연구한다는 것의 언어적 지역적 기득권(?)이 예전 같지는 않을 것이다. 이와 근사한 현실에 대해 권명아는 자신의 논문3)에서 '디아스포라 지식인'이라는 존재방식에 대한 언급으로, 마이클 김에게서는 자신의 청자(聽者) 내지 독자를 누구로 상정할 것이냐는 논의로 표출되었다. 여기에 언어의 문제가 개입되어 있음은 물론이다. 이때 에스페란토어를 통한 자신의 연대와 소

---

3) 권명아, 「연대와 전유의 갈등적 역학」, 「한국 근대문학 연구의 역사적 전환과 창조적 모색」, 상허학회 2006년도 심포지엄 자료집, 이화여대 포스코관 B161호, 2006. 11. 4.

통의 실천 대해서 이야기한 조정환이 나에게는 참 행복해 보였다. 왜 그렇게 느꼈는지는 굳이 말하지 않겠다. 일찍이 복거일이 영어 공용어론을 주장했을 때도 느끼지 못했던 영어—학문의 제국 미국의 언어—의 압박이 정도는 다르겠지만 유학 가지 않아도 좋겠다는 소리를 들었던 '국문학도'들에게 조금씩 현실화되고 있는 것. '한국 근대문학 연구의 역사적 전환'에서 내가 이제부터 검토해보고자 하는 연구들의 위치가 무엇인지를 논의한다는 것이 그리 간단치 않음은 이 때문이다. 이에 이 글은 기왕의 연구들에 대한 총체적이고 자세한 정리와 검토라기보다는 근대성 연구가 촉발한 연구경향과 언어 내셔널리즘 주제의 상관성, 그리고 내가 언어 내셔널리즘에 관련된 연구를 진행하면서 얻은 문제의식과 부딪히게 된 곤경에 비추어 연구성과들을 읽어나가는 방식을 취하도록 하겠다. 근대 계몽기와 1910년대의 자국어 인식 및 근대어 및 문학어의 형성에 관한 연구, 언어 내셔널리즘의 성격과 일본어 글쓰기를 중심으로 식민지 언어상황과 그 인식에 관한 연구성과들을 주대상으로 삼겠다.

2. 한국의 자국어 인식 및 근대어 · 문학어의 형성

현재 네이션과 언어의 역학을 비중있게 다룬 논의들이 근대 계몽기 그리고 일제 말기에 집중되어 있다.[4] 후자는 알다시피 1938년 이후 정세의 악화와 함께 본격화된 일본어 글쓰기의 문제이다. 이 두 시기는 알다시피 기왕의 문학사서술에서 소략하게 다루어졌다가 근대성 연구

---

4) 최근 단행본이나 학위논문으로 제출된 것만 우선 꼽자면, 권용선, 「1910년대 '근대적 글쓰기'의 형성 과정 연구」, 인하대 박사논문, 2004; 신지연, 「근대적 글쓰기의 형성과 재현성—1910년대 텍스트를 중심으로」, 고려대 박사논문, 2005; 황호덕, 『근대 네이션과 그 표상들』, 소명출판, 2005; 후자로는 정백수, 『한국 근대의 식민지 체험과 이중언어 문학』, 아세아문화사, 2000; 김윤식, 『일제말기 한국작가의 일본어 글쓰기론』, 서울대 출판부, 2003; 윤대석, 「1940년대 '국민문학' 연구」, 서울대 박사논문, 2005.

가 시작된 후 전자는 기원을 탐색하면서, 후자는 자민족문학사의 이념
을 상대화하거나 내셔널리즘 비판이 본격화되면서 등장한 연구의 영역
이다. 이와 같은 점에서 관련 주제들은 근대성 연구 경향의 시종을 관
통하고 있는 셈이다. 뿐만 아니라 이 두 시대가 해방(1945) 이전까지 20
세기 전반기에 있어서 언어와 네이션의 문제가 정치적으로 첨예하게 부
각된 시대이자 그 문제성이 충분히 식별가능한 형태로 존재하는 시대이
기도 하다는 것이다. 순국문체인가 국한문체인가, 일본어인가 아닌가는
일단 시각적 판별에 의존한다는 점에서 그러하다. 이는 한국의 근대어
의 형성과 정착과정은 글쓰기를 매개한 언어가 무엇인가는 문자적 수준
에서까지 논의되는 내셔널리티 문제에 긴박되어 있으며, 그 만큼 인쇄
매체 텍스트에 의존해 있었음을 반영한 현상이다. 그런데 공교롭게도
한국 근대문학이 본격적으로 전개된 1920, 30년 말―일본어 글쓰기가
본격화되기 직전―까지의 시기는 아직 본격적인 연구대상으로 떠오르
고 있지 않다. 문학텍스트는 한글로 쓰고, 그 밖에 다른 글쓰기는 한자
를 섞어쓰는 방식이 상당히 규범화되어 시각적 차원에서 균질화되었기
때문일 것이다. 그럼에도 이 연구대상의 분포양상이 보여주는 특징은
만약 문자적 수준에서 시각적 차이가 드러나지 않는 균질적인 텍스트들
을 두고 우리는 '에크리튀르' 내지 '글쓰기'를 어떻게 논해야 할 것인가,
그리고 네이션의 문제가 정치적 직접성 내지 폭력성의 차원으로까지 외
화되지 않거나 그것이 아예 실정화되어 버린 시대에서는 언어와 네이션
의 문제를 어떻게 비판적으로 다룰 것인가라는 문제적 과제를 던지고
있다.

　근대성이란 화두와 관련하여 자국어형성의 문제를 다른 방식으로 주
목하도록 한 연구는 임형택의 연구이다.5) 임형택은 "언문일치의 자각과
함께 실제로 부상한 것은 국문체가 아닌 국한문체였다"6)는 '엄연한 역

---

5) 임형택, 「근대계몽기 국한문체의 발전과 한문의 위상」, 『민족문학사연구』 14호, 민족
　　문학사연구소 편, 1999; 임형택, 「한민족의 문자생활과 20세기 국한문체」, 『창작과비
　　평』 107호, 2000. 봄호.

248

사적 현실'에 주목할 것을 요청한다. '국한문체'는 시대가 요구했던 계몽주의의 사명과 구국의 역사의식에 의해 태어난 표기체계였으며, '한문'은 지식의 한 분과로 전환하면서 근대적 의의를 획득할 수 있었다는 것이다. 계몽기의 '국한문체'가 지닌 그 자체의 역동적 · 창조적 의의에 대한 강조는, (근대)소설 중심의 근대문학사 서술에 대한 비판 그리고 한자가 한국인의 언어생활에서 거의 방출되시피한 역사적 과정에서 보이는 문제점에 대한 비판이 담겨 있다.7) 계몽주의 사명과 구국의 역사의식으로 표현한 한자 · 한문의 역할이란 사실상 근대 문명과 근대 국민국가의 건설과 긴밀한 관련을 갖고 있음은 물론이지만, 여기에 대한 서술의 의도보다는 '근대 계몽기'의 한자 · 한문의 근대적 역할을 강조함으로써 이천년 동안 사용해왔으나 해방 후 근대 국민국가의 건설과 근대화의 진전과정에서 점차 과거의 것으로 치부된 한자 · 한문을 한국 근대의 역사문화적 맥락 안으로 수렴해내려는 시도가 더 강하게 작용하고 있다.

임형택의 연구는 발전사의 목적지점－이광수 · 김동인으로 대변되는 언문일치체－에 의해 가리워졌던 "국한문체"의 역사적 문화적 의미를 시사해주었다면, 황호덕은 이를 좀더 입체적으로 부감해내는 연구를 보여주었다. 언어 · 네이션 · 번역 등을 키워드로 운위한 연구성과 중 오랫동안 중요한 저작으로 손꼽아질 황호덕의 『근대 네이션과 그 표상들』은 그의 박사학위논문 「한국근대형성기의 문장 배치와 국문 담론」을 수정 · 보완한 것이다.8) 단행본으로 간행된 이 저서는 많은 사진과 그림 등 그래픽이미지를 수록하게 되었다는 것에 주목해보고자 한다. 『근대 네이션과 그 표상들』은 근대 계몽기 '국어국자'란 '네이션'(nation)9)의

---

6) 임형택, 「근대계몽기 국한문체의 발전과 한문의 위상」, 『한국문학사의 논리와 체계』, 창작과비평사, 2002, 400쪽.
7) 이에 대한 논의는 임형택(2000)에 더 자세하게 서술되어 있다.
8) 황호덕의 저작에 대한 전면적인 리뷰는 다음을 참조. 권보드래, 「문학의 과거와 문학 연구의 미래」, 『사이/間/SAI』 창간호, 국제한국문학문화학회, 2006. 11.

'표상'에 다름 아니었으며, 그것은 20세기 초반까지 가장 지배적인 시각 미디어라 해도 과언이 아닌 근대 인쇄매체를 물질적 기반으로 창안된 것임을 환기시켜준다. 맥루한이 말한 바 인쇄술에 의한 언어의 '시각적 양식'의 보편화라는 사태[10]가 한국의 근대 계몽기에 있어서는 문자에 의한 네이션의 표상과 그 각축으로 나타났음을 황호덕의 저작은 보여준다. 한국의 근대 계몽기에 있어서, 두 개의 문자—한자와 한글—의 선택 내지 배치가 '만국공법' 체계로의 전환에 대한 서로 다른 네이션의 구상을 담지하고 있었다는 주장으로, 그 주장은 무엇보다 확연하게 달랐던 문자들, 그 배치들의 시각적 표상의 이질성에 의해 가장 강력하게 뒷받침되고 있는 듯이 보이기 때문이다. 예컨대, 박영효가 일황(日皇) 앞에서 조선어 송사(頌辭)를 한 장면을 두고, 황호덕은 "국기라는 국가적 상징, 독립된 국가의 재현이 중요하게 된 근대적 외교 행위 속에서 조선이라는 국가는 언어적 표상의 수준에서까지 재현되지 않으면 안 되었다"[11]라고 분석한다. '네이션'의 표상으로서의 언어. 그러나 그 언어는 현재로서는 알 수 없는 구어의 상황에서가 아니라 쓰기의 형태를 통해 그 성격이 규명되는데 황호덕은 "일본어와 다소 유사한 한문과 자국 문자 간의 혼종적인 모습이었다"고 서술한다. 언어가 에크리튀르의 문제로, 그리고 에크리튀르의 성격은 문자들의 내셔널리티의 문제로 연결되고 있다. 혼종성은 쓰인 텍스트, 말하자면 '시각적 양식'의 차원에서 가시화될 수 없었더라면 그 실감은 덜 했으리라는 데에는 이의가 없을 것이다. 바로 이와 같은 점에서, 『근대 네이션과 그 표상들』에서 저자가 중심적 논제로 부각시킨 '한문·한자'와 '한글·국자(國字)'의 역사적 배치물로서의 '국한문체'는 조선이 부닥뜨려야 했던 근대란 무엇인가를

---

9) 권보드래는 황호덕의 문제의식에서는 이 용어가 '국민국가'와 '민족국가' 사이의 선택의 곤혹스러움의 결과이겠지만, 국민·민족·국가와 거리를 찾아내기는 어렵다는 점에서 그 선택을 감행하여 입장을 정하는 것이 나았으리라고 지적한다. 권보드래, 앞의 글, 349-50쪽.

10) 마샬 맥루한, 임상원 역, 『구텐베르크의 은하계』, 커뮤니케이션북스, 2002, 441-459쪽.

11) 황호덕, 『근대 네이션과 그 표상들』, 소명출판, 2005, 147쪽.

250

고스란히 각인한 '시각적 양식'의 하나로 받아들여진다. 마치 이 저서의 그래픽이미지들이 당시 조선의 전근대적 풍경과 뒤엉킨 근대문물을, 타자와의 폭력적인 조우를, 비동시성의 동시성을 구현한 세계지의 표상을, 그러한 역학에 의해 형성된 '네이션'들의 각인을 보여주듯이 말이다.

황호덕은 국한문체 형성에 관여하였던 외교, 번역, 신조어의 창출 등과 같은 계기들을 전면화하면서 자신의 논의를 진전시킨다. 임형택이 계몽주의와 역사의식으로 언급한 내용이 황호덕에게 와서는 더욱 입체적이고 역동적으로 전개될 수 있었던 이유 중 하나는 이렇듯 근대 국민국가의 형성이라는 정치적 기획의 일환으로 언어의 문제를 제시하고자 하는 일관된 시도 때문일 것이다. 이에 가장 흥미로운 대목은 박영효의 한성부 개혁을 다룬 3장이었다. 왜냐하면 한 나라의 언어에 관한 방책이란 무엇과 같은 것인지, 무엇과 함께 구상되었는지를 보여주기 때문이다. 그것은 세계체제 내에서 교환가능한 단위로서의 네이션의 구축, 그리고 네이션 안의 가상적 통일성 혹은 균질성의 확보를 위한 도로·화폐·신문 등의 구상과 동궤의 것임을 이야기한다.[12]

이 장의 서술은 그 자체로 등장인물들, 배경, 갈등이 갖추어진 극적이고 역동적인 서사로 다가온 점에서도 인상적이다. 이러한 소감은 이 저작에 등장하는 인물들의 특별한 위치에서 비롯된 것이기도 하다. 식민지 시기 근대적 글쓰기 형성에 기여했던 최남선·이광수 등의 『청춘』 그룹, 1920년대 후반 본격적으로 등장한 조선어학회 그룹과 같은 언어 내셔널리티스트들이 결코 점할 수 없었던 지위에 있었던 자들이었다는

---

12) 황호덕의 문제의식에서 비롯한 이러한 발상은 내가 「한글운동과 근대 미디어」(2004)를 쓰는 데 중요한 전제가 되었다. 이 장의 서술은, 나에게 근대 미디어의 의미망을 넓혀 표준의 설정과 유통, 미디어를 정체성과 삶의 동질화의 기능과 효과를 발휘하는 기제일반으로 이해해 볼 수 있겠다는 생각을 갖게 해주었다. 이는 학교·신문사·교회와 같은 근대 시스템은 그 표준의 설정과 유통에 있어서 핵심적이었다는 점에서 미디어적 기능을 했으며 조선어학회의 한글운동은 바로 교과서·신문·성경과 같은 전국적으로 배포되는 인쇄매체에 자신의 맞춤법을 채택토록 하는 운동방식을 취했다는 논지로 드러났다.

사정과 관련 있을 듯 싶다. 김옥균·박영효·유길준 등은 정치 엘리트 또는 파워 엘리트였던 것이다. 그들의 시대가 자신들에게 '근대의 실험실'(laboratory of modernity)[13]일 수 있었던 시대의 인물들, 말하자면 자신의 근대 비전과 실험을 책상 밑에서만이 아니라 국가의 정책과 제도의 시행으로 실천해 볼 수 있었던 자들이었다. 더불어 황호덕이 그려낸 이들의 초상은, 근대 지식과 사상이란 국가기획을 자신의 종국적 서식지로 삼을 때 그 임종까지를 지킬 수 있다는 것을 암시하는 것만 같다. 그렇다면 '문학'이란 무엇인가.

황호덕의 연구는 근대문학개념의 역사적 형성과정에 대한 연구들 이후에 나온 것이기도 하다. 황종연이 「문학이란 역어」[14]를 통해 자민족(어)문학의 외적 계기를 드러냄과 동시에 그 외적 계기가 은폐되는 메커니즘을 보여준 이래, 더 본격적인 논의를 전개한 권보드래, 김동식, 류준필 등의 연구[15]는 민족문학으로서의 근대문학의 기저적 질료들과 이데올로기를 드러내는 데 충분한 성과였음은 주지의 사실이기에 굳이 재론하지는 않겠다. 그리고 권보드래가 『연애의 시대』를 통해 문화론연구의 한 지평을 보여주었듯이, 이들의 논의는 '탈'문학적인 연구로 나아갈 수 있는 맥락을 형성하게 되었다. 기원의 비밀을 밝힌다는 것은 기원 이후를 다소 진부한 것으로 바라보게 하는 경향이 있다. 근대문학 연구자들에게 자극 이상이었던 가라타니 고진의 『일본근대문학의 기원』은 충격적이기도 했지만 뭔가를 허탈하게 만들기도 했듯이 말이다. 따라서 기원에 관한 연구들은 기원 이후보다는 기원의 기원들, 기원의 디테일

---

13) 강상중, 이경덕·임성모 역, 『오리엔탈리즘을 넘어서』, 이산, 1997, 15쪽. 이는 식민지가 근대적 지식과 학문의 안정적이고 다루기 쉬운 실험장으로 활용된 것을 가르키는 말이다.

14) 황종연, 「문학이라는 역어」, 『동악어문논집』 32집, 동악어문학회, 1997.

15) 이에 관한 각 연구자의 대표적 논저는 권보드래, 『한국 근대소설의 기원』, 소명출판, 2000; 김동식, 「한국의 근대적 문학 개념 형성과정 연구」, 서울대 박사논문, 1999; 류준필 「'문명'·'문화' 관념의 형성과 '국문학'의 발생: '국문학'이라는 이데올로기 서설」, 『민족문학사연구』 18호, 민족문학사학회, 2001. 6.

들 쪽으로 나아가는 경향을 촉발했다. 황호덕의 연구가 기원의 기원을 추적하는 방향으로 나아간 것이라면 이후 살펴볼 연구들은 후자의 방향을 취한 것이라 하겠다.

문학이 형성적이고 역사적 관념이라면, 그것은 더 넓은 수원지 속에서 이루어진 것이라는 관점에서 '근대적 글쓰기'에 관한 연구들이 시작되었다. '리터래처'개념 변천에 관한 레이먼드 윌리암스의 진술16)은 우리가 알고 있는 '문학'을 역사화하고 그 경계를 상대화하는 데 자주 인용되어왔다. 권용선은 자신의 논문 「1910년대 '근대적 글쓰기'의 형성 과정 연구」에서 위에서 언급한 윌리엄스의 논의에 의지해 " '글쓰기'라는 보다 일반적인 개념이야말로 '문학' 개념에 의해 배제되어 왔던 동시대의 가장 활발하고 실제적인 감각들을 발견하게 해 줄 것"이라는 기대 속에 그간 한국근대소설론 속에서는 미완의, 과도적인 것으로 취급되어 왔던 연설·번역·편지가 1910년대 어떻게 새로운 글쓰기의 규범을 형성했는지를 주목했다. 신지연의 「근대적 글쓰기의 형성과 재현성─1910년대 텍스트를 중심으로」 또한 비슷한 문제의식에 입각하여 한문의 통사구문이 한국어에 의해 해체되고 재래의 낭독의 방식을 참조했던 글쓰기가 묵독의 글쓰기가 되어가는 과정을 추적한다. 그 결절점이자 주된 분석의 대상으로 『소년』·『청춘』의 텍스트들을 놓고 있다.

이렇게 최근 '1910년대 근대적 글쓰기'에 관한 연구들은 문학, 장르론으로 수렴될 수만은 없는, 아니면 특정한 문학의 양식을 가능하게 한 더 넓은 매트릭스로서 '글쓰기'를 제시한다. 그렇다면 민족어로 글을 쓴다는 것 이외에 무엇을 글쓰기의 '근대적' 자질로 삼았는가의 문제는 이 두 논문의 논제이니 만큼 짚어볼 필요가 있다. 권용선은 '연설'의 목적 달성을 위해서 필요한 정서적 감응, 소위 '同情'을 근대문학의 자질과 공통된 것17)으로 언급하며, 이상협의 『뎡부원』을 통해서는 작가 고

---

16) R. Williams, *KEYWORDS; a vocabulrary of culture and society.* Oxford Univ. Press, 1985.

17) 권용선, 「1910년대 '근대적 글쓰기'의 형성 과정 연구」, 인하대 박사논문, 2004, 47-49
  쪽. '동정'은 단순한 정서적 감응이 아니라, '나'와 '타자'의 다름을 자각한다는 전제 아

유의 소산으로서의 창작에 대한 인식과 거기에 기반한 '번역'의식의 출
현을 읽어낸다. 신지연이 근대적 글쓰기의 지표로 상정한 '재현'은 대상
과 분리된 시선을 권화한 근대적 주체의 자기 외화방식에 다름 아니다.
그러니까 두 논자 모두 종국에는 근대적 글쓰기의 가장 세련되고 안정
된 형태로 근대문학을 제시한 셈이거나 거기로 나아가는 과정을 염두에
두고 있다. 억측일 수도 있겠으나, 권용선과 신지연의 논의가 좀더 진전
된다면, 김동인 자신이 자신의 업적이라고 강조하던 3인칭 시점과 "-
았(었)다" 과거시제의 사용을 통한 근대적 소설문체 확립이 종국의 분석
대상으로 제시될 가능성이 크다.[18] 근대적 글쓰기에 관한 이 논의들도
'문학사'의 길이를 한뼘 늘리거나 그 틈새들을 더 풍부하게 보강하고
있다. 근대성 연구 이후 '문학사'의 이데올로기는 폭로되었으나 여전히
'문학사'는 많은 연구자들이 때로는 기댈 수밖에 없는 보이지 않는 의
식의 벽으로 남아 있는 셈이다.

   기존 문학사의 권위와 그것을 지탱하고 있는 문학관념의 배타화를
거부한 데서 출발한 논의가 '문학'으로 귀결되는 이유는 무엇일까? '문
학'으로 귀결되어서는 안 된다고 말하려는 게 아니다. 왜 근대적 글쓰
기의 전범이 한국에서는 더욱 배타적으로 '문학'으로 귀결되어야 했는
가의 물음은 제기되었어야 한다는 것이다. 이런 물음이 던져지지 않는
다면, 근대 계몽기와 일제 말기 언어 문제를 다룰 때는 중요하게 취급
된 '네이션'이라는 기제가 한국의 근대문학이 본격화된 시점 이후를
다룰 때에는 '한글'로 쓴다는 전제론적 규정만 남긴 채 사라지고 곧바
로 언문일치의 문체나 리얼리즘이라는 문제틀로 전화되는 경향은 지속

    래 타자를 자기화시키는 자기동일성의 논리가 작동된 정서라는 점에서 철저히 근대적
    사유체계라고 지적한다.

18) 3인칭 시점과 과거시제의 사용이 확립되어가는 과정으로 근대소설장르와 문체의 성립
    과정을 논증해 온 선행 연구들의 성과에 충분히 공감하면서, 그 연구들이 대게는 더 많
    은 혹은 더 치밀한 분석의 단위와 예를 제공할 뿐이지 말그대로 3인칭 시점과 과거시
    제 사용이 확립된 전형적 사례(들)의 제시라는 동일한 도달점에 이른다는 점에서는 이미
    예견된 '목적론'를 반복적으로 증명하고 있는 것은 아닌가 하는 우려를 지울 수 없다.

될 것이다.

여기서 한기형이 『소년』과 『청춘』의 '시문체'(時文體)를 다루는 방식은 돋보인다.[19] 한기형 또한 최남선의 시문체의 가능성을 "언어의 비공식 영역, 즉 개인의 내면과 그 내면 정서에 근거한 현실 묘사의 실감을 높이는 데 기여했다"[20]는 것으로 평가한다는 점에서 앞의 논자들과 일치한다. 그러나 그것에 이르는 인식적 회로의 문제를 신지식층에 기반한 주체형성의 문제, 그리고 식민지배라는 정치적 상황 속에서의 근대적 지식과 그 표현양식의 선택문제로 바라보았다는 점에서 다른 접근 방식을 취한 것이다. 한기형의 주장은 식민지배의 억압성과 그 사회의 폐쇄성에 기인한 문학의 특권화라는 익숙한 논의를 되풀이한 것으로 보일 수도 있으나, 문학이 첨단적이자 특권적인 것으로 인식될 수 있었던 조건과 그 안에서의 문학의 위치에 관한 더 많은 술어들을 발견하고 정교화하는 것은 중요하다고 생각한다. 최근 몇 편의 논문을 통해 식민지 시기 학교교육의 불비 속에서 근대적·표준적 지식을 보급하고 배타적으로 정립하는 교과서 밖의 교과서로 기능을 한 "독본"류의 존재방식과 성격에 대해 지속적인 관심을 환기하고 있는 구자황의 연구[21] 또한 이런 의미에서 참조의 틀이 될 수 있을 것이다.

우리는 이광수·최남선과 같은 이들은 언어문제를 당면에 놓인 근대 국민국가 형성 기획이자 자신의 정치적 실천의 일환으로 설정할 수 있었던 김옥균·박영효·유길준 등과는 전혀 다른 위치의 존재들이었음을 알고 있다. 이 사실이 의미하는 바가 '식민지이기 때문'이라는 진부한 답을 보완하는 것이라고 할지라도 천착될 필요가 있다. 왜냐하면 그것이 글쓰기의 조건이자 한국 (언어) 내셔널리즘의 형성 조건이기 때문

---

19) 한기형, 「근대어의 형성과 매체의 언어전략」, 『역사비평』 71호, 2005. 여름호.

20) 한기형, 앞의 글, 372쪽.

21) 구자황, 「'독본'을 통해 본 근대적 텍스트의 형성과 변화」, 『상허학보』 13집, 상허학회, 2004. 8; 구자황, 「「근대 독본류의 성격과 위상(1)−『時文讀本』을 중심으로」, 『탈식민의 역학』, 민족문학사연구소 편, 소명출판, 2006.

이다. 자민족문학의 이념은 민족어의 이념에 의해 부여된다는 것은 이미 상식이 되었지만, 그 조건이 같지 않았음은 물론이다. 예컨대, "이탈리아의 단테, 보카치오, 영국의 초서…"와 같이 위대한 문학이 각 나라의 국어를 창조했다는 식의 이야기는 1920·30년대 한글운동 담론에서 문학가의 사명을 이야기할 때 빈번히 등장하는 클리셰였다. 이 말은 「건설적 문학혁명론」에서 후스(胡適)가 한 주장으로 근대적 어문혁명의 과제를 제도에 맡기지 않고 문학을 통해 실현하고자 했던 그의 주장을 간결하게 보여준다. 후스의 이러한 주장이 조선에서는 어떻게 받아들여졌겠는가를 맥락화하는 데 있어서 이 주장이 서구의 문학사에 대한 참조 속에서 이루어졌다는 것22) 이외에도 고려해야 할 것이 있다. 당시 중국에서 백화문운동은 중국 정부의 제도적 기획에 의해 적극적으로 뒷받침되고 있었다는 사실이다.23) 중국과 비교해볼 때, 식민지 조선에서 문학에 부여된 민족어 창안과 보전의 사명은 '국어'가 아니었던 '조선어'의 지위와 제도적 기반의 결여 때문에 더욱 도드라진 것이기도 했다. 후스의 슬로건에 대한 공감은 그러한 결여를 근본적인 문제로 삼지 않으면서도 그 결여를 상상적으로나마 상쇄할 수 있는 방안으로 받아들여졌기 때문이었다. '문학'은 식민지권력이 독점적으로 장악하고 있는 교육과 같은 제도적 영역과 달리 조선인이 능동적으로 형성할 수 있는 영역으로 인식되었던 것이다. 근대어로서의 민족어의 미래를 '문학'에 전가하고자 한 것은 식민지라는 조건을 암암리에 의식하지 않을 수 없었던 언어 내셔널리즘의 성격과 맞물려 있는 터이다.

---

22) 후스의 이 주장에 관한 논의는, 이보경, 『근대어의 탄생―중국의 백화문운동』, 연세대 출판부, 2003, 102-112쪽 참조.

23) 후스는 자신의 글 「五十年來中國之文學」에서 1920년 중국 정부의 교육부는 초등학교 1, 2학년의 국문 교과서를 국어, 즉 백화문으로 고쳤고, 단계적으로 3, 4학년도 1922년까지 백화문으로 가르치도록 지시할 정도가 되었다고 밝히고 있다. 민두기, 『중국에서의 자유주의의 실험』, 1996, 35쪽에서 재인용.

3. 식민지 언어상황과 그 인식
- 언어 내셔널리즘의 성격과 일본어 글쓰기를 중심으로

조선어학회를 중심으로 한 언어 내셔널리즘 운동은 다양한 분과학문에서의 연구들이 나오지 않았더라면, 그들 자신이 진술하고 통념화된 것 이상의 이해를 갖지 못했을 것이다. 식민지 시대 이들의 활동이 한국 근대문학과 맺는 연관은 의외로 심오하다. 주시경 그룹과 최남선의 관계가 그러하며, 특히 3·1 운동 이후 문단의 형성과 함께 본격화된 한국 근대문학의 전개는 이 운동의 행보와 동일한 이데올로기적, 물질적 지반을 공유하고 있다는 점에서 그러하다. 마이클 로빈슨은 문화정치기 이후 '국어운동'을 '대학운동', '물산장려운동'으로 대변되는 문화적 민족주의 운동으로 자리매김하면서, "이런 문화운동의 붐을 이끌어 준 것이 한국문학의 급속한 성장이었다. 1920년대에 증가된 도시 독자들을 대상으로 한국의 작가들은 계속해서 국어와 문어체로 읽을 거리를 제공했다"24)다고 지적한 바 있다. 1934년 7월 문예가 78명은 정음파의 조선어학회의 〈한글맞춤법통일안〉에 대한 반대시비에 맞서서 「한글철자법 시비에 대한 성명서」를 발표한 데서 상징적으로 드러나는데, 조선어학회의 한글운동과 조선문예가들의 공통적 이해관계의 지반이 문화정치, 식민지배정책의 전환으로 폭발적으로 증가한 '한글' '미디어'라는 사실 때문이다.25)

이런 점에서, 한국의 언어 내셔널리즘의 거의 모든 레퍼토리가 식민지 시기와 해방 직후의 상황 속에서 만들어졌다는 사실은 자명하지만, 그 레파토리들이 도출된 역사적 콘텍스트의 해명은 아직 충분하다고는

---

24) 마이클 로빈슨, 김민환 역, 『일제하 문화적 민족주의』, 나남, 1990, 마이클 로빈슨은 보다 일찍이 한국의 언어 내셔널리즘에 대한 관심을 표한 바 있다. 「최현배와 한국의 민족주의-언어·문화·국가 발전을 통하여」, 『나라사랑』 35집, 외솔회, 1980. 3.
25) 한글운동과 미디어의 관련에 대해서는 이혜령, 「한글운동과 근대 미디어」, 『대동문화연구』 47집, 대동문화연구원, 2004. 9.

할 수 없다. 이 길잡이가 되어줄 기존 연구는 이준식, 박광현, 조태린, 박정우, 미츠이 다카시의 연구이다.

조태린은 조선어학회의 운동의 전개과정 속에서 그 이데올로기적 편폭을 조감하면서 유기체론적인 민족주의와 근대주의ㅡ언어정신론과 언어도구론ㅡ의 결합 양상으로 이들의 민족주의의 성격을 규명한 바 있다.26) 저항적 민족주의 일변도의 접근방식에 일침을 가한 연구라는 점에서 한국의 언어 민족주의의 역사성을 새롭게 부감할 것을 요청한 연구라고 할 수 있다.

이준식은 조선어학회 인사들과 그 운동을 지원했던 사회세력들을 살펴봄으로써 가장 지지 폭이 넓었던 민족주의 운동으로서의 한글운동의 성격27)을, 그리고 최근에는 경성제국대학의 아카데미즘이 노출한 식민 지성을 '조선어문학과'의 예를 통해 살펴보았다.28) 기존에 국어학사적 연구에서는 조선어학회에만 국한된 고립적인 양상으로 다뤄지던 한글운동을 다양한 사회세력과의 관계 속에서, 그리고 제국대학과 같은 아카데미즘이라는 제도적 외연 속에서 조망함으로써 그 이해의 시야를 넓혀주었다. 박광현은 「언어적 민족주의 형성에 관한 재고」, 「경성제대 '조선어학조선문학' 강좌 연구」29)에서 일본어=국어인 상황 속에서의 일본인 학자들의 '조선어학사', '조선어학조선문학' 강좌의 성격과 그 오리엔탈리즘과 식민주의에 대항한 대항문화로서의 조선인들의 연구를 위치짓고 있다. 그 대항적 성격 때문에 오히려 민족적 고유성 발견에

---

26) 조태린, 「일제시대의 언어정책과 언어운동에 관한 연구ㅡ언어관 및 이데올로기와의 관계를 중심으로」, 연세대 석사논문, 1997.

27) 이준식, 「일제 침략기 한글 운동 연구」, 『사회변동과 성·민족·계급』 49집, 한국사회사학회, 문학과지성사, 1996.

28) 이준식, 「일제 강점기 대학제도와 학문체계ㅡ경성제대의 '조선어문학과'를 중심으로」, 『사회와역사』 61집, 2002. 5.

29) 박광현, 「'경성제국대학'의 문예사적 연구를 위한 시론」, 『한국문학연구』 21집, 동국대 한국문학연구소, 1999. 3; 박광현, 「언어적 민족주의 형성에 관한 재고: '국문'와 '조선어'의 사이」, 『한국문학연구』 23집, 2000. 12.

치중하게 만들었다고 지적한다. 순결주의의 형태로 고양되었던 한국의 언어 민족주의의 성격은 이렇듯 일본어=국어라는 상황 속에서 형성된 것임을 논증하고자 했다. 필자가 이준식, 박광현의 연구에 공감하는 바는 그 입장이라기보다는 식민지 시대 언어 내셔널리즘의 형성과 운동을 둘러싼 사회적 제도적 관계망과 지식의 배치를 낳은 이데올로기의 문제, 예컨대 경성제대를 중심으로 한 아카데미즘을 본격적인 논제로 삼았다는 점이다. 이는 설사 일본어/조선어의 대립상을 부각시키기 위한 방법론적 선택이라 하더라도, 식민지 시대 언어를 둘러싼 훨씬 더 구체적인 사회문화적 접촉면을 보여주기 때문이다.

미쓰이 다카시의 연구30)는 1920, 30년대 '조선어규범화'는 조선인들의 운동에 힘입은 바 크지만 그 운동도 총독부의 규범화정책의 영향에서 벗어나기 어려웠음을 주장한다. '학무국'의 철자법개정문제와 조선어규범화운동을 긴밀하게 교직시킨 이 연구는, 저항/협력의 이분법을 깨야 한다는 의도가 지나치게 강하여 논의의 단선화를 가져오긴 했지만 이 논제에 있어서 식민지권력의 주요한 이데올로기적 기구인 '학무국', 그리고 학교, 그것을 무대로한 식민자와 피식민자의 인적 네트워크의 형성에 주목할 필요가 있음을 느끼게 한다.

무엇보다도 조태린에게서는 '협력'의 이데올로기적 근거가 되었던 언어 이데올로그들의 근대주의에 관한 논의를 더 심화시켜 '식민지 근대성'(colonial moderniry)이라는 문제틀로 본격화한 접근은 박정우에게서 이루어진다.31) 박정우가 충분히 논의를 진전시킨 것은 아니나 주목하고픈 대목은 1932년 6월 시작된 농촌진흥운동에서 일제는 농촌의 부녀와 미취학자들을 대상으로 문자학습을 시키는데, 거기에는 일본어 읽기, 쓰기, 간단한 회화뿐만 아니라 한글읽기과 쓰기도 포함되어 있다는 지적

---

30) 미쓰이 다카시, 「식민지하 조선에서의 언어지배-조선어 규범화 문제를 중심으로」, 『한일민족문제연구』 4집, 한일민족문제학회, 2003. 6.

31) 박정우, 「일제하 언어민족주의: 식민지 시기 문맹퇴치/한글보급운동을 중심으로」, 서울대 석사논문, 2001.

이다. 이러한 식민지 지배기구에 의한 한글교육은 1940년까지도 신문지상에 보도되고 있는 것을 본다면, "일제가 펼친 일련의 언어정책은 한글을 없애기 위한 정책이라기보다, 일어의 국어화에 따른 한글의 서열화정책이라고 보는 것이 더 적절할 듯하다"[32]고 지적한다. 학교교육을 통한 일본어 문해가 식민지적 주체의 형성, 식민체제에 대한 저항 가능성을 내장한 양날의 칼이었듯이, '한글' 또한 그러한 양가성 속에서 유동했다는 지적은 시사하는 바가 많다.

　이상의 연구들이 언어 내셔널리즘의 기본적인 성격과 그 성격이 부조될 수밖에 없었던 식민지의 상황에 대한 조망을 가능하게 했으나 여전히 저항이냐 협력이냐, 대항이냐 순응이냐가 낮은 음역으로 깔려 있다면 최근 김철의 「갱생(更生)의 도(道) 혹은 미로(迷路)」[33]는 식민지적 조건에서 한국의 언어 내셔널리즘의 서술전략을 설득력 있게 분석한 연구성과이다. 최현배의 『조선민족 갱생의 도』를 내셔널리즘의 스테레오타입적 모티프들과 몰락/재생이라는 근대적 시간관이 총체화된 텍스트로 읽어냈다는 점에서도 흥미로웠지만, 최현배의 텍스트가 순전히 의·식·주 생활상의 습관으로 민족의 문제를 다루는 식의 쇄말주의를 노정한 것에 대한 김철의 다음과 같은 언급은 언어 내셔널리즘의 식민지성을 적실하게 지적한 것이라고 생각된다. 즉, "'민족의 문제'가 이러한 쇄말적인 생활상의 문제들로 분절됨으로써 '민족' 혹은 제국의 영토 안에서 그 자신만의 고유하고도 특수한 영역, 즉 생활 개선이나 의식 혁명의 실천장(場)으로서 그 영역이 제한되고 따라서 명료해진다."[34] 주지하듯이, 한국의 언어 내셔널리즘은 언어를 '네이션'의 과거·현재·미래는 물론 영고성쇠, 무엇보다 '네이션'의 현존과 등가적인 것으로 상정하는 제유법을 통해 자기서사를 구축해 왔다. 거기서 언어는 '네이션'의

---

32) 박정우, 앞의 논문, 59-73쪽 참조.

33) 김철, 「갱생(更生)의 도(道) 혹은 미로(迷路)」, 『민족문학사연구』 28호, 민족문학사연구소 편, 2005. 10.

34) 김철, 앞의 논문, 319쪽.

260

구성요소라기보다 대체물(fetish)에 가까웠다. "조선어학회가 그동안 국민국가의 대행 몫을 해 온 것"이라든가 "한국 근대 문학이 그동안 '상상의 국민국가' 몫을 해 왔음"[35]이라는 김윤식의 수사는 이러한 맥락에 무의식적으로 기반한 것이라면, 김철의 논의는 언어가 '네이션'의 대체물일 수밖에 없었던 조건을, 그리고 대체물이라는 것을 은폐하거나 망각하기 위한 언어 내셔널리즘의 서술전략상의 특성을 보여준 것이다.

그런데 '분절화'의 효과는 그 봉합선이 은폐될수록 커지지만 그 은폐가능성과 정도는 서술전략이나 행위방식에 전적으로 의존할 수 없었다는 것을 염두에 둘 필요가 있다. 나는 '조선어학회사건'(1942)의 시점을 두고, 조선어학회의 한글운동은 가장 오래, 가장 넓게 합법성(legality)의 바운더리를 그린 민족주의 운동이었다고 주장한 바 있다. 왜냐하면 1938년 제3차 조선교육령 개정에 따른 조선어 교과의 선택과목으로의 전락, 1940년 8월 한글민간지의 폐간, 그리고 1941년『문장』과『인문평론』등 한글 문예잡지의 폐간, 1941년 3월 국민학교규정 공포에 의한 조선어과목 완전폐지 등 조선어교과에 학교에서 추방당하고, 미디어에 의한 조선인들의 재량권이 대거 몰수당한 후에야 발생했기 때문다.[36] 여기에 덧붙여야 할 것이 있었다면, 그 합법성의 경계가 일방적으로 폭력적으로 변경될 수도 있다는 것이다. 동일한 행위가 어제는 합법적이었던 것이 오늘은 범죄가 되어버리는 상황. 이런 의미에서 '조선어학회사건'은 '분절화'의 봉합선이 식민지권력에 의해 폭력적으로 찢어진 사건이자, 그 결과 그 봉합선 안쪽의 밑바탕이 무엇인지를 적나라하게 노출한 사건이라고 할 수 있다. 합법성의 경계를 설정하는 역학관계에 있어 절대적 비대칭성에 대한 고려가 있어야 한다. 이 비대칭성과 거기에 대한 현실적 인식의 접합 속에서 놓인 것이 일본어 글쓰기였다.

임종국의 친일문학연구, 일본인 연구자 호테이 토시히로에 의한 조

---

35) 김윤식,『일제 말기 한국 작가의 일본어 글쓰기론』, 서울대 출판부, 2003, 73쪽.

36) 이혜령,「한글운동과 근대어 이데올로기」,『역사비평』71호, 역사문제연구소, 2005. 여름, 340쪽 참조.

선문인들이 쓴 일본어 소설에 연구[37]가 제출된 이래 오랜 공백을 깨뜨리고 일본어 글쓰기를 대상으로 이중언어의 상황에 대한 본격적인 연구들이 제출되고 있다. 내셔널리즘 비판/반비판의 토픽 속에서 가장 논쟁적인 대상이었다고 해도 과언이 아닌 이태준, 임화 등의 개별적인 언어의식을 다루는 연구들[38]이 나오고 있는 것도 흥미로운 대목이지만, 이 글에서는 본격화된 연구를 제시한 정백수, 김윤식, 윤대석의 논의에 집중하고자 한다. 정백수와 김윤식은 일제 말기의 언어상황에 집중하면서도 이중언어의 상황을 한국근대문학사의 전과정의 문제로 바라보고 있다는 점에서, 윤대석의 논의는 '국민문학' 전반의 양상들과 이중언어인식의 차이를 대응시키고 있다는 점에서 그 범위나 논리에 있어서 모두 총체적 시야를 확보하고 있다. 무엇보다 이들 연구의 공통적 특징은 일본어 글쓰기 내부의 차이들을 읽어내고자 했다는 것이다.[39] 『한국 근대의 식민지 체험과 이중언어 문학』에서 정백수는 식민지 시대 '이언어상황'을 초기와 일제말기로 나누는데, 식민지초기 일본어가 선진문명을 표상하는 매체라면 일제 말기의 일본어는 제국주의의 국가적 편제를 표상하는 매체로 규정한다. 이광수의 일본어 글쓰기가 전자를 대표한다면, 김사량은 일제말 '국어'(일본어)로의 단일화를 강요하는 상황 속에서 일본어 글쓰기를 통해 역설적으로 '모어'로 순수관념화된 '조선어'의 세계를 창조한 작가로 평가한다. 김윤식은 『일제 말기 한국 작가의 일본어

---

37) 임종국, 『친일문학론』, 평화출판사, 1966; 호테이 토시히로, 「일제말기 일본어소설 연구」, 서울대 석사논문, 1996.

38) 김예림, 「초월과 중력, 한 근대주의자의 초상―일제말기 임화의 인식과 언어론」, 『한국근대문학연구』 9집, 한국근대문학회, 2004; 박진숙, 「이태준의 언어인식」, 『상허학보』 13집, 상허학회, 2004. 8; 배개화, 「1930년대 말 '조선' 문인의 '조선어'를 바라보는 두 가지 관점」, 『우리말글』 33집, 우리말글학회, 2005. 4; 와타나베 나오키, 「임화의 문학적 언어관―1930년대 중·후반의 견해를 중심으로」, 『국어국문학』 138집, 국어국문학회, 2004; 이혜령, 「이태준 『문장강화』의 해방전/후」, 『이태준과 현대소설사』, 상허학회 편, 깊은샘, 2004.

39) 이 저서들에 관한 검토는 친일문학에 대한 논의들과 아울러 이루어져야 하겠으나 이 글에서는 부득이하게 언어문제에 관한 시각만을 검토하기로 한다.

글쓰기론』을 통해 일제 말기 일본어 글쓰기를 제1, 2, 3 형식으로 나누어 고찰한다. 제1형식은 유진오·김사량·이효석의 글쓰기 욕망의 보편성, 달리 말해 문학의 보편성을 지향한 형식(어떤 언어이든 문학의 보편성에 도달하면 된다는 단순논리에 입각한), 제2형식은 이광수에 해당하는데 글쓰기의 페르소나를 정치(창씨개명의 글쓰기=가면을 쓴 글쓰기=천황제에 바친 혼의 글쓰기)와 문학(맨 얼굴의 글쓰기=본명의 글쓰기) 두 개로 분리시켰으나 어쩔 수 없이 그것의 교착 속에서 존재하는 글쓰기, 제3형식은 이광수가 보여준 교착의 합일을 궁극에 두고자 했던 최재서의 글쓰기로 요약된다. 윤대석은 「1940년대 '국민문학' 연구」에서 일본어/조선어의 이중언어상황에 대한 당대 문인들의 인식을 국어−지방어로 보는 인식, 제국어−소수어로 보는 인식, 외국어−준국어로 보는 인식으로 나누어 고찰한다. 특히 두 번째 인식의 작가들−대표적으로 김사량−을 통해 이중어 문학의 가능성을 드러냈다고 주장하는데, 제국주의 언어를 사용하면서도 조선의 고유한 특성을 드러내고 오히려 일본어를 조선어로 전유해내는 방식을 뜻한다.

일본어로 창작했느냐 안 했느냐의 문제가 친일규정에 결정적 표지이기도 했던 지배적 통념에 대한 반성적 문제제기라는 점에서, 세 사람의 시도는 그 자체로 의미가 있다. 이러한 시각적 유연성은 이중언어의 상황이란, 일본어가 제도적으로 강제된 국어일 뿐만 아니라 근대적 지식과 교양에 대한 갈망, 그리고 사회적 진출이라는 욕망을 매개하는 언어로서의 지위가 뚜렷해진 상황이자 이는 식민지 근대의 심화과정이기도 하다는 인식 때문에 확보될 수 있었다. 그러한 인식이 아니라면 일본어 글쓰기의 차이 및 그 내부를 들여다 볼 수 없었을 것이다. 그럼에도 "일본어 글쓰기" 내의 차이를 분별토록 하는 감각을 가장 밑바닥에서 통어하고 있는 것은 당혹스럽지만 '조선(민족)'과 '문학'이다. 김윤식의 창씨명과 본명, 가면과 맨얼굴의 비유를 통해 이광수의 '문학'을 구제하려는 시도는 김윤식에게 있어서는 이광수로 대변되었던 한국근대문학을 선험적인(a priori) 것으로까지 느끼게 만들기에 충분했다. 무엇보다 세 논자에게 있어서 일본어 글쓰기가 보여준 최대치의 가능성이 김사량의 문학에 모아진다는 사실에서 분명해진다. 이들의 시도는 이전보다는 섬세한 분석적 비평을 통해 교직되고 있기는 하지만 일본어(외국어)로 쓰여진 조선(민족)문학의 발견이라는 새롭고도 완강한 시각으로 읽혀진다.[40] 어쩌면 이는 연구자들의 시각일 뿐만 아니라 김사량 문학 자체의 성격일 수도 있다. 일제 말기의 글쓰기야말로 조선어를 고수하건, 일본어로 쓰건 한시도 언어와 네이션의 긴박으로부터 벗어날 수 없었기 때문이다. 일본어로 쓰면서 조선어·조선인·조선문화·조선실정을 새겨넣는다는 것은 일본어로 쓰기에 대한 양심의 가책의 표현일 것이다. 그리고 그 양심의 가책마저 일본어로 쓰여진 민족적 인종적 차별에 의해 비참해진 조선인 형상을 통해 그것을 읽는 일본인들의 양심의 가책으로 상쇄되기를 김사량은 원했을 것이다. 하지만 그러한 일본어/조선어, 일본인/조선인이야말로 대표자(representer)로서의 표상일 것을 지향할 수밖에 없다는 점에서 언어=네이션의 제유법을 강박적으로 의식할 수밖에 없다. 한편, 외국어로 쓰여진 조선문학의 가능성은 예이츠나 타고르가 선보여준 영어로 쓴 아일랜드문학, 인도문학의 가능성을 언급하는 우회의 방법을 통해 신체제가 본격화되기 이전인 1930년대 중반에 가시화되고 있었음[41]을 염두에 둬야 할 것이다.

아직 일본어 글쓰기의 문제를 깊게 파고 들지 못한 필자로서는 이 정도 이상의 검토를 하기는 어렵지만 기회가 주어진 김에 문제의식을 꺼내놓자면, 일본어 글쓰기를 조선어 글쓰기란 무엇이었는가를 보여주

---

40) 이 세 논자를 대상으로 하고 있지는 않지만, 김사량문학 연구사에 대한 비판적 검토는 다음을 참조. 김철, 「두 개의 거울: 민족담론의 자화상 그리기」, 『상허학보』 17집, 상허학회, 2006. 6; 김석희, 「김사량 평가사—"민족주의"의 레트릭과 김사량 평가—」, 『일어일문학연구』 57집, 일어일문학회, 2006.

41) 여기에 대해서는 이혜령, 「이태준 『문장강화』의 해방전/후」, 『이태준과 현대소설사』, 상허학회 편, 깊은샘, 2004, 367-368쪽. 특히 아일랜드(문학)에 대한 식민지 조선 지식인들의 전유방식에 대해서는 이승희, 「조선문학의 내셔널리티와 아일랜드」, 『민족문학사연구』 28호, 민족문학사학회, 2005, 참조.

는 거울상으로 바라본다면 어떻겠는가 하는 것이다. 예컨대, '국민문학'의 상수항인 일본어 글쓰기는 소설의 랜드스케이프를 한반도 밖 더 적확하게는 제국 일본의 권역으로까지 확장시켰으며 다(多)민족 내지 다인종을 출현시키게 된다. 그렇다면 조선어 글쓰기의 정수인 조선문학이란 역으로 그려야 하고 그릴 수 있는 랜드스케이프의 암묵적 제한 속에서 이루어진 것이지 않았을까?[42] 다른 한편으로, 만주를 무대로 한 계몽서사는 1930년대를 풍미한 가장 안정적인 장편소설의 형식인 브나로드식 계몽서사의 문법과 잇대어 있다는 것은 규명을 요구하는 바이다. 거칠게 말하자면, 한국근대문학과 일본어 글쓰기 문학의 절개선과 이음선 혹은 단절과 연속을 가늠해 보는 시각의 정립을 기대해 보고 싶다.

그런데 식민지시대의 언어상황에 대한 접근에 있어서 내가 더욱 갈증을 느끼는 것은 좀더 근본적인 차원에 있다. 이는 근대성 연구의 전반적 경향과 맞물린 지점이기도 한데, 근대성 연구 이후 거의 100년 전 나날의 삶까지 우리 눈앞에 보일듯이 재현되고 있으나, 여기에 비례하여 식민지권력과 그 체제의 메커니즘에 대한 서술성이 심화되지는 못한 것 같다는 사실이다. 이 주제와 관련하여 말하자면, 식민지 권력이 '조선어'에 대해서 어떤 정책과 시각을 갖고 있었는가를 더 구체적으로 추적할 필요가 있다. 예를 들어, 총독부 및 부속 관청의 관리들의 조선어 학습을 장려하기 위해 실시된 '조선어장려규정'은 문화정치에 의해 이루어진 정책들 중 언론출판의 자유를 제한적으로 허용한 것, 그리고 조선교육령 개정과 함께 '조선어'에 대한 접근을 달리한 조치 중 하나였으나 여기에 대한 한국에서 이루어진 연구성과는 거의 없는 실정이다.[43] '조선어장려규정'은 이중언어상황의 또 다른 한면을 보여준다. 야마다

---

42) 이러한 문제의식에 기반하여 나는 최근에 「조선어·방언의 표상들－한국근대소설, 그 언어의 인종주의에 대하여」(「한국(문학)의 바깥」, 2006, 국제한국문학/문화학회 학술대회 발표문집, 연세대 새천년관 104호, 2006. 10. 28)를 발표한 바 있다.

43) 그런 상황에서 山田寬人의 『植民地朝鮮における朝鮮語獎勵政策』(東京; 不二出版, 2004)은 그 정책의 역사와 실상을 파악하는 데 절대적 도움이 된다.

의 연구에 따르면, 이 시험에 응시한 일본인 관리들 중 가장 많은 비중을 차지하는 직업은 경찰, 그 다음이 교사였다. 그러니까 조선어를 배우는 일본인 관리들은 조선인과 대면접촉이 업무수행에 있어서 필연적인 직업의 사람들이었다. 특히 하급 경찰들이 접촉해야 했던 조선인들 대부분은 문맹의 존재들, 민중들이라는 사실에 주목한다면, 이 글의 본론을 시작할 때 언급한 시각적 양식의 문자와 글쓰기의 문제로 집중된 연구대상의 편향이 자칫 간과할 수 있는 사태가 무엇인지를 보여준다. 이는 우리의 논의가 인쇄매체에 의존하고 있다는 사실을 지속적으로 의식해야 함을 의미한다. 물론 최근 식민지 시대 '조선어 방송'을 통해 드러난 '조선어'를 둘러싼 문화적 헤게모니의 문제는 문자언어에 편중된 식민지언어상황에 대한 더욱 입체적 이해를 촉구하고 있다.44) 그렇다고 해도 근대사회에 있어서 언어를 둘러싼 사회적 관계와 헤게모니의 문제는 필연적으로 근대적 학교교육을 토대로 형성되는 문해능력(literacy)의 위계화에 있다는 사태는 충분히 의식되어야 한다는 사실에는 변함이 없다.

　애초 최남선과 이광수로 대변되는 한국 근대문학의 주체들이 일본 유학을 통해서 근대적 교육을 경험한 신지식인층이었다는 사실에서 강조되어야 할 바는 그들의 문학행위에 일본을 경유하여 들어온 서양문학이 개입되어 있었다는 것 이상이어야 한다. 한국 근대문학의 형성과 전개에 있어 중요한 기제로 인식되기 시작한 번역(문학)의 문제는 식민지 내부의 문해능력 문제로도 접근되어야 한다. 조선어 글쓰기의 문학을 통해 근대적 주체성의 한 형식으로서의 내셔널리티를 전유하고자 했던 이들은 대개가 일본어 글쓰기까지 가능한, 문해능력으로 따지자면 거의 최상위에 있었던 자들이었다. 식민지화에서 초래된 이중언어상황이란 강제된 것이며 지배/피지배의 불평등한 권력관계를 언어적으로 내재화한 것이자 그것을 지속시키기 위한 지배정책 속에서 지탱된 것이지만,

---

44) 마이클 로빈슨, 신기욱·마이클 로빈슨 편, 도면희 역, 「방송, 문화적 헤게모니, 식민지 근대성, 1924~1945」,『한국의 식민지 근대성』, 삼인, 2005; 서재길, 「일제 식민지기 라디오 방송과 '식민지 근대성'」,『사이/間/SAI』창간호, 한국국제문학·문화학회, 2006.

식민지 주민들에게 이중언어상황이 동일하게 적용되지 않는다는 것 또한 고려해야 한다. 요컨대, 근대적 학교교육에 의해 형성된 식민지 주민들 사이의 문해능력의 위계는 이중언어상황에 의한 불평등의 불평등한 분배상황을 의미하는 것이다.

해외문학파의 번역행위를 고찰한 서은주의 「번역과 문학 장(場)의 내셔널리티」는 번역(문학)의 문제를 단지 서구문학의 수용이나 이식의 문제틀에서만이 아니라 피식민 번역 주체의 멘탈리티 차원에서 접근했다는 점에서 흥미로웠다. 해외문학파의 번역작업에 대해 "왜 일역 이용을 버리고 유치한 번역문화를 수립해야 하는가"라고 힐난하며 국역무용론 제시한 김동인의 언어인식은 서은주가 적절하게 지적했듯이 당대 지식인들에게 어느 정도 보편화된 의식이며 일어/조선어의 위계질서가 그만큼 심화되었음을 보여주는 발언이기도 하다.45) 그런데 천착해야 할 것은 김동인의 그러한 발언은 일본어를 해득한 자신이 근대지식과 문화를 수렴하는 데 있어서 기득권적 위치에 있다는 사실, 즉 문해능력의 위계질서에서 상층에 속하고 있다는 사실에서 가능한 것인 데다가 그 상황 자체를 충분히 의식화하지 못한 데서 나온 발언이라는 것이다.

아닌 게 아니라, 해방 후 김동인은 소설가 김동인을 고백적 화자이자 주인공으로 삼은 소설 「망국인기」에서 부주의하게도 "일제(日帝)시절에는 그래도 서루 말, 언어가 통하야 이쪽 의사를 저쪽에 알릴 수 있고 저쪽 의사를 이쪽이 알 수 있었으니 서루 오해는 없이 살아왔으나, 지금은 다만 저들의 눈에는 우리는 미개인(未開人)일 따름이요, 우리의 눈에는 저들은 다만 군인일 따름이오"46)라고 언급을 한다. 미군정 치하

---

45) 서은주, 「번역과 문학 장(場)의 내셔널리티」, 『한국 근대문학의 형성과 문학 장의 재발견』, 민족문학사연구소 편, 소명출판, 2004, 263쪽.

46) 김동인, 「續亡國人記」, 『백민』, 1948. 3, 106쪽. 이 작품은 「망국인기」(『백민』, 1947. 3)를 마무리하는 속편이다. 해방 후 서울에 입성하였지만 집이 없었던 화자 김동인은 다행하게도 일제치하에서 조선어 소설쓰기에 매진해 온 민족문화 수호 공로를 인정해준 광공국청장의 후의로 적산가옥 한 채를 임대하게 되었지만 미군정청의 일방적인 조치로 그 집에 쫓겨나야 하는 상황에 부딪히게 된다. 인용문은 그 문제와 관련 있는 미군

아래 새로운 언어권력의 성립, 즉 영어를 매개로 한 세력의 부상 속에서 조선인 통역자들이 자신을 포함한 조선 민중의 의사를 가로채고 전달하지 않는 것에 대한 분개 속에 나온 말이라는 것에 주목해보면, 통역자·번역자란 결코 언어들 사이의 수평적이고 평등한 교환자가 아니라는 사실이 무의식중에 폭로되고 있음을 알 수 있다. 영어/조선어라는 새로운 이중언어의 상황—물론 해방 후 미군정청 하에서의 학교교육의 교육용어는 조선어로 이루어졌다는 점에서 현격한 차이가 있지만—에서 더 이상 두 언어를 넘나들 수 있는 처지가 아니게 되고 나서야 자신을 '일제시절'보다 더 비참한 처지로 전락한 망국인으로 규정하게 된다. 자민족어문학으로서의 조선문학확립에 매진해온 작가들 중 다수는 식민지지배자들과 "서루 말, 언어가 통하"던 존재이기도 했다. 이중언어 상황에 대한 접근은 식민지 모국과의 관계에서만 아니라 식민지 내부에서 사회문화적 불평등의 위계를 어떻게 주조했는지까지 나아가야 할 것이다.

4. 지금 여기의 혀와 손에 대하여

『근대 네이션과 그 표상들』에서 근대 국민국가 건설의 사명 속에서 네이션의 언어를 창안하고자 했던 정치적 엘리트들을 다루었던 황호덕은 일제 말기 정반대의 표상을 제시하여 네이션과 언어에 대한 또 다른 문제틀을 제출했다.[47] 황호덕은 전작에서는 '천하질서'가 완전히 붕괴

______

정청 미군 관료에게 진정서를 넣어줄 것을 어떤 조선인 비서관에게 부탁했으나, 그 비서관이 전달하지 않았다는 사실을 알고 분개한 끝에 나온 언급이다.

47) 황호덕, 「京城地理志, 이중언어의 장소론—채만식의 「종로의 주민」과 식민도시의 (언어) 감각」, 『대동문화연구』 51집, 성균관대 대동문화연구원, 2005. 9; 「변비와 설사, 전향의 생정치」, 『상허학보』 16집, 상허학회, 2006. 2; 「제국과 픽션, 일제말 조선어(문단) 해소론의 射程」, 「동아시아 근대 어문 질서의 형성과 재편」, 대동문화연구원 동양학 술회의 발표논문집, 성균관대 600주년기념관 첨단강의실, 2006. 1. 20.

하기 이전 일본이나 중국으로 여행을 가서 그곳 지식인들과 한문으로 필담을 나누던, 그래서 말이 필요 없었던 조선 지식인들의 평화롭고도 득의에 찬 묵언의 세계상을 제시하더니, 여기에 이르면 '고쿠코'(國語)의 강압적 지배 속에서 말을 할 수 없었던 일제 말기 조선민중들이 연출한 묵언의 세계상을 제시한다. 그 이미지는 정확히 대립적인 것이다. 후자의 세계상은 끔찍하게 처참하다. 김사량의 일본어소설을 매개로 뚜렷하게 드러낸 그러한 세계상의 성격과 의미를 인용해보자면 다음과 같다.

김사량은 이 고쿠코에 들린 지식인들, 고쿠고 공간의 언어적 픽션을 몇 번이고 가로지르면서, 오히려 하층민의 삶—전향이 불가능한 삶에 주목한다. …김사량은 그의 소설 내내 고쿠고(國語)라는 명칭을 극도로 절제하며 내지어, 조선어, 그 혼종된 형태로서의 '내선어'(內鮮語)라는 명칭을 사용하고 있음을 알 수 있다. 외부에 있으면서도 제국 일본 내에 속해 있는 인간의 모습—"벌레", "이슬람교도". "돼지", "소"로 호칭되고 취급되는 (비)인간들의 비국어(非國語), 비모어(非母語). 일본인의 경계에서 포섭과 배제를 거듭하며 국가에 봉사하는 한편, 정치의 내부·법의 외부에 있는 '예외상태'의 존재들은 제국의 통치성이 존재하는 한, 상례적으로 존재할 것임을 김사량은 암시한다. '벌거벗은 삶' blossen Leben/bare life은 예외의 형태, 즉 배제를 통해서만 포함되는 어떤 것으로, 정치 속에 붙들리듯 남아 있다. …(중략)… 그리고 김사량이 종종 그려낸, 완벽한 고쿠고를 구사하지만, '이지메'에 시달리는 조선 아동들은 차별의 체계란 특정 '요소'들에 있는 것이 아니라, 일종의 다양한 배치를 통해 매번 갱신되는 것임을 보여준다. …(중략)…완전한 고쿠코 사회의 이후에도, 반드시 남을 수밖에 없는 차이의 기술들.[48]

이러한 진술의 진의는 음미되어야 하는 바이지만, 언어는 인종을 초월할 수 없다는 것을 시사한다. 발리바르에 따르면, 언어와 인종은 민족의 속성이 국민에 내재한다는 관념을 표출하며, 둘 모두 현실의 개인들과 정치적 관계를 초월하는 수단을 제공한다는 점에서 인민을 '자연'에

---

48) 황호덕, 「제국과 픽션, 일제말 조선어(문단) 해소론의 射程」, 106쪽.

뿌리박게 하는 두 가지 길이다. 그리고 이 둘의 상호보완성만이 '인민'으로 하여금 자신을 절대적으로 자율적인 단위로 표상하도록 해준다. 그런데 어떤 개인도 모국어를 '선택'할 수 없으며, 그것을 자기 뜻대로 '바꿀' 수 없지만 여러 언어를 영유하는 것은 항상 가능하며 다른 담론의 담지자, 다른 언어변화의 담지자가 될 수 있다는 점에서 언어적 공동체는 종족체 산출에 불충분하며, 따라서 언어적 공동체가 특정 인민의 경계 안에 고착되기 위해서는 폐쇄의 원리, 배제의 원리를 갖추어야 하는데 이 원리가 인종공동체의 원리라는 것이다.[49]

　이는 역사적 현상이 아니라 세계 도처에 일어나는 현재적 현상이다. 한국은 어떤가. 이주노동자와 한국 남성들과 결혼한 이주여성들과 같은 새로운 이웃들의 등장은 전에 본 적이 없었다고도 할 수 없는, 그러나 전혀 다른 차원의 심상지리를 만들어내고 있다. 한국의 농촌과 대도시 주변부는 점점 베트남, 필리핀 등 동남아에서 온 외국인 이주자들, 중국에서 온 교포들, 탈북자들 등의 디아스포라들, 또 그들과 한국인들 사이의 2세들의 인구비중이 늘어나고 있다. 한국인의 고향으로서의 농촌이란 관념이 단물 빠진 무엇이 되어린지 오래이지만, 그 관념은 농촌이 갈수록 한국인들의 혈통적 근원으로서의 장소로도 표상되기 어려워지기 시작했다는 사태 속에서 결정적으로 해체될 것이다. 가난한 자들은 더 피부색이 짙고 더 가난한 나라에서 오는 사람들과 결혼하거나 함께 일해야 한다. 인종과 결합된 농촌과 대도시 주변부의 심상지리는 세계체제 차원의 동력학에서 비롯된 사회경제적 위계질서를 신체로 각인시켜 실정화하는 관념 내지 위계적 사회집단의 신체적 표상으로 정의되는 인종 관념을 확인·강화시킬 것이다. 이렇게 한국은 정치적, 경제적, 문화적, 그리고 이제는 인종적 차원에서까지 세계체제를 내장하게 되었다는 점에서 드디어 세계화되었는지도 모른다.

---

49) E. 발리바르, 서관모 역, 「민족형태: 그 역사와 이데올로기」, 『이론』 6집, 1993. 가을호, 참조.

‘우리’는 이미 TV에서 그들의 서툴고도 수줍은 듯한 한국어와 설명이 없었더라면 베트남인인지 필리핀인인지 구분할 수 없지만, 그러나 통칭 동남아 사람인 것 같은 얼굴을 종종 보게 된다. 그런 현실을 반영했던지 한국어를 모국어로 하지 않는 외국인 및 재외국민을 위한 한국어능력시험(TOPIK)이 2006년 가을 10회째 국내에서 실시되었으며, KBS와 같은 국내 굴지의 언론사가 이와 비슷한 시험을 입사를 위한 등용문으로 삼고 있다. ‘국어’의 ‘달인’을 뽑는 퀴즈대회가 공중파 방송의 오락 프로그램으로 인기리에 방영되고 있다. ‘한국어’, ‘국어’의 시장은 커지고 있는 반면에 국문학박사들은 앞으로는 영어로도 글을 써야 한다는 말을 종종 듣고 있는데, 나만 해도 여간 신경 쓰이는 게 아니다. 차라리 나에게 여행하거나 혹여 어떤 기회로 외국에 체류할 때를 대비하여 생활 영어나 배워두라는 조언을 들었다면 속편했을 것이다. 어떤 언어로든간에 논문이나 학술서적 따위를 쓴다는 것은 고급한 문해능력을 요구한다.

이 대목에서 황호덕이 감동스럽게 언급한 김사량의 ‘위치’, 거기에 빗대어 ‘쓰는 자’의 위치에 대해서 말하고 싶다. 김사량의 위치는 비명을 질러야 하고 말조차 할 수 없는, 말해도 알아들을 수 없는 하층민이 아니라, 그들의 대변자(representer)이다. 비(非)국어, 비(非)모어의 내선어(內鮮語)란 특정 내셔널리티에 귀속될 수 없는 언어이다. 그것이 지닌 혼종성을 분별케 하는 감각은 언어와 네이션의 긴박 속에서 강제된 것이며, 그것을 재현하는 자의 언어적 동일성 속에서만 인지되고 맥락을 부여받을 수 있는 언어라는 것이다. 내선어 따위로는 근대어의 가장 원숙한 양식인 소설을 쓸 수는 없는 노릇이다. 물론 그 귀속불가능한 혼종적 언어는 배제와 포섭의 동학을 통해 동질적 정체성을 자연화하려 하는 통일체로서의 네이션의 폭력성을 아프도록 환기시킨다. 그러나 쓰는 자에게 혼종성은 비평적 상징이지만, 쓰여지는 자에게 혼종성은 정말 간절히 벗어나기를 원하는 비천하고 열등한 삶의 물질적 육체적 각인일 뿐이다. 쓰는 자, 쓸 수 있는 자의 손은 적어도 그 폭력과 광기에서 놓여난, 아니면 얼마 동안만이라도 유예된 손이 아니겠는가. 동일자의 폭력을 증언하면서 타자들의 표상을 발견하고자 했던 근대비판이 그 폭력의 표상으로서의 혼종성을 재현하는 데서 멈춰버린 이유 중 하나는 쓰는 자와 쓰여지는 자의 비대칭성을 충분히 자각하지 않았기 때문이다.

근대성 연구가 도달한 한 귀결은 너무나 자명하여 심문조차 받지 않았던 언어=네이션이라는 제유법에 대한 성찰에서 촉발되었으나, 그 제유법의 긴박으로부터 벗어나는 것 또한 좀처럼 쉽지 않다는 것을 보여준다. 왜냐하면 근대 국민국가의 국민어로 등록되지 않는 언어는 소멸의 위기에 직면하다 소멸되었으며, 국민국가 간의 위계질서는 언어들 간의 위계질서, 그리고 인종간의 위계질서와 중복되기 때문이다.

'언어'를 논한다는 것은 너무 큰 것을 이야기하거나 아니면 너무 작은 것을 이야기하게 되는 양단을 오가게 만든다. 근대문학 전체를 들먹인다든가 근대 국민국가와 세계체제를 언급하게 되고, 그러다가도 단어 하나하나에 의미를 두게 된다. 어느 때보다도 한국어로 글쓰기를 하고 있다는 것을 의식하고 있는 지금, 생각건대, 차마 부닥뜨리고 싶지 않았던 물음이 있다. 그럼 도대체 나와 내 이웃의 혀와 손, 그리고 정신을 구속하지 않는 소통의 언어란 가능한 것인가. 분명한 것은 내 이웃의 혀와 손이 내쳐진다면 나의 혀와 손도 그리될 수 있는 가능성은 더 농후해질 것이라는 사실이다. 낡은 언어가 되어버린 "해방"과 "자유". 이것을 다르게 이야기하는 방식을 만들어내지 못한 것, 어찌보면 근대성 연구가 부딪힌 가장 명백하고도 막막한 곤경일 것이다.

주제어 : 언어=네이션이라는 제유법, 언어 내셔널리즘, 근대 국민국가, 근대어, 근대문학, 일본어 글쓰기, 문해능력, 인종

◆ 참고문헌

1. 한국의 자국어 인식 및 근대어·문학어의 형성

강명관, 「한문폐지론과 애국계몽기 국한문논쟁」, 『한국한문학연구』 8집, 1985.

———, 「일제초 구지식인의 문예활동과 그 친일적 성격」, 『창작과비평』 62호, 1988.
　　　겨울호.

김동식, 「한국의 근대적 문학 개념 형성과정 연구」, 서울대 박사논문, 1999.

구자황, 「'독본'을 통해 본 근대적 텍스트의 형성과 변화」, 『상허학보』 13집, 상허학
　　　회, 2004. 8.

———, 「근대 독본류의 성격과 위상(1)-『時文讀本』을 중심으로」, 『탈식민의 역학』,
　　　민족문학사연구소 편, 소명출판, 2006.

권보드래, 『한국 근대소설의 기원』, 소명출판, 2000.

권영민, 『서사양식과 담론의 근대성』, 서울대 출판부, 1999.

———, 『국문 글쓰기의 재탄생』, 서울대 출판부, 2006.

권용선, 「1910년대 '근대적 글쓰기'의 형성 과정 연구」, 인하대 박사논문, 2004.

권정희, 「도쿠토미 로카[德富盧花] 『호토토키스[不如歸]』의 번역과 번안-조중환의
　　　『불여귀』」, 『민족문학사연구』 22호, 민족문학사학회, 2003.

김영민, 『한국 근대소설의 형성과정』, 소명출판, 2005.

———, 『한국의 근대신문과 근대소설-1 대한매일신보』, 소명출판, 2006.

김　항, 「구한말 근대적 공론영역의 형성과 상징적 기능연구」, 서울대 석사논문,
　　　2000.

류준필, 「'문명'·'문화' 관념의 형성과 '국문학'의 발생: '국문학'이라는 이데올로기
　　　서설」, 『민족문학사연구』 18호, 민족문학사학회, 2001. 6.

———, 「근대 계몽기 신문 및 소설의 구어 재현 방식과 그 성격」, 『대동문화연구』
　　　44집, 대동문화연구원, 2003.

박진영, 「일재(一齋) 조중환(趙重桓)과 번안소설의 시대」, 『민족문학사연구』 26호, 민
　　　족문학사학회, 2004. 11.

박현수, 「과거시제와 3인칭대명사의 등장과 그 의미」, 『민족문학사연구』 20호, 민족
　　　문학사학회, 2002. 6.

사에구사 도시카쓰 외, 『한국 근대문학과 일본』, 소명출판, 2003.

서재길, 「『日本語 新小說 東閣寒梅』와 한국 근대소설 문법의 형성과정」, 『비교문
　　　학』 31집, 한국비교문학회, 2003. 8.

신지연, 「근대적 글쓰기의 형성과 재현성—1910년대 텍스트를 중심으로」, 고려대 박
　　　사논문, 2005.
이경훈, 「번역과 번역 문학, 근대와 근대 문학」, 『문학과사회』 73호, 2006. 봄.
임형택, 「근대계몽기 국한문체의 발전과 한문의 위상」, 『민족문학사연구』 14호, 민
　　　족문학사학회, 1999.
───, 「한민족의 문자생활과 20세기 국한문체」, 『창작과비평』 107호, 2000년 봄.
정선태, 「근대계몽기의 번역론과 번역의 사상」, 『배달말』 33집, 배달말학회, 2003. 12.
───, 「번역과 근대 소설문체의 발견」, 『대동문화연구』 48집, 2004.
정용화, 『문명의 정치사상: 유길준과 근대 한국』, 문학과지성사, 2004.
정환국, 「애국계몽기 한문현토소설의 존재방식: 신문연재소설의 경우」, 『고전문학연
　　　구』 24집, 한국고전문학회, 2003. 12.
───, 「근대계몽기 역사전기물 번역에 대하여: 『越南亡國史』와 『伊太利建國三傑
　　　傳』의 경우」, 『대동문화연구』 48집, 대동문화연구원, 2004. 12.
최태원, 「『혈의 누』의 문체와 담론구조 연구」, 서울대 석사논문, 2000.
한기형, 「근대어의 형성과 매체의 언어전략」, 『역사비평』 71호, 역사문제연구소,
　　　2005. 여름호.
한기형외 저, 『근대어·근대매체·근대문학』, 성균관대 출판부, 2006.
황종연, 「문학이라는 역어」, 『동악어문논집』 32집, 동악어문학회, 1997.
황호덕, 『근대 네이션과 그 표상들』, 소명출판, 2005.

2. 한국의 식민지 시대 언어상황과 그 인식

김예림, 「초월과 중력, 한 근대주의자의 초상—일제말기 임화의 인식과 언어론」,
　　　『한국근대문학연구』 9집, 한국근대문학회, 2004.
김　철, 「갱생(更生)의 도(道) 혹은 미로(迷路)」, 『민족문학사연구』 28호, 민족문학사
　　　학회, 2005. 10.
김하수, 미우라 노부타카·가스야 게이스 편저, 이연숙·고영진·조태린 역, 「제국
　　　주의와 한국어 문제—제국주의와 민족주의가 한국 언어학에 미친 영향을
　　　중심으로」, 『언어 제국주의란 무엇인가』, 돌베개, 2005.
마이클 로빈슨, 「최현배와 한국의 민족주의—언어·문화·국가 발전을 통하여」, 『나
　　　라사랑』 35집, 외솔회, 1980. 3.
─────, 김민환 역, 『일제하 문화적 민족주의』, 나남, 1990.
미쓰이 다카시, 「식민지하 조선에서의 언어지배—조선어 규범화 문제를 중심으로」,
　　　『한일민족문제연구』 4집, 한일민족문제학회, 2003. 6.
박병채, 조영만 외, 「일제하의 국어운동 연구」, 『일제하의 문화운동사』, 현음사,

1982.

박광현, 「'경성제국대학'의 문예사적 연구를 위한 시론」, 『한국문학연구』 21집, 동국대 한국문학연구소, 1999. 3.

———, 「언어적 민족주의 형성에 관한 재고: '국문'와 '조선어'의 사이」, 『한국문학연구』 23집, 동국대 한국문학연구소, 2000. 12.

박성의, 「일제하의 언어·문자정책」, 『일제의 문화침탈사』, 한기언 외 공저, 현음사, 1982.

박정우, 「일제하 언어민족주의: 식민지 시기 문맹퇴치/한글보급운동을 중심으로」, 서울대 석사논문, 2001.

박진숙, 「이태준의 언어인식」, 『상허학보』 13집, 상허학회, 2004. 8.

배개화, 「1930년대 말 '조선' 문인의 '조선어'를 바라보는 두 가지 관점」, 『우리말글』 33집, 우리말글학회, 2005, 4.

서은주, 「번역과 문학 장(場)의 내셔널리티: 해외문학파를 중심으로」, 『현대문학의 연구』 24집, 2004. 11.

———, 「1930년대 외국문학 수용의 좌표: 세계/민족, 문학」, 『민족문학사연구』 28호, 민족문학사학회, 2005. 8.

와타나베 나오키, 「임화의 문학적 언어관—1930년대 중·후반의 견해를 중심으로」, 『국어국문학』 138집, 국어국문학회, 2004.

이승희, 「조선문학의 내셔널리티와 아일랜드」, 『민족문학사연구』 28호, 민족문학사학회, 2005.

이준식, 「외솔과 조선어학회의 한글운동」, 『현상과 인식』 18권 3호, 1994.

———, 「일제 침략기 한글 운동 연구」, 『사회변동과 성·민족·계급』 49집, 한국사회사학회 편, 문학과지성사, 1996.

———, 「일제 강점기 대학제도와 학문체계」—경성제대의 '조선어문학과'를 중심으로」, 『사회와역사』 61집, 2002. 5.

이혜령, 「한글운동과 근대 미디어」, 『대동문화연구』 47집, 대동문화연구원, 2004.

———, 「이태준 『문장강화』의 해방전/후」, 『이태준과 현대소설사』, 상허학회 편, 깊은샘, 2004.

———, 「한글운동과 근대어 이데올로기」, 『역사비평』 71집, 역사문제연구소, 2005년 여름.

———, 「한자인식과 근대어의 내셔널리티」, 『민족문학사연구』 29호, 민족문학사학회, 2005.

조태린, 「일제시대의 언어정책과 언어운동에 관한 연구—언어관 및 이데올로기와의 관계를 중심으로」, 연세대 석사논문, 1997.

安田敏郎, 『植民地のなかの國語學』, 三元社, 1997.
─────, 『「言語」の構築－小倉進平と植民地朝鮮』, 三元社, 1999.
山田寛人, 『植民地朝鮮における朝鮮語奬勵政策』, 不二出版, 2004.

3. 일제 말기 언어상황과 일본어 글쓰기
김윤식, 『일제말기 한국작가의 일본어 글쓰기론』, 서울대 출판부, 2003.
윤대석, 「1940년대 '국민문학' 연구」, 서울대 박사논문, 2005.
이명화, 「조선총독부의 언어동화정책」, 『한국독립운동사연구』 9집, 독립기념관 한국
        독립운동사연구소, 1995.
정백수, 『한국 근대의 식민지 체험과 이중언어 문학』, 아세아문화사, 2000.
최유리, 『일제 말기 식민지 지배정책연구』, 국학연구원, 1997.
황호덕, 「경성지리지, 이중언어의 장소론－채만식의 「종로의 주민」과 식민도시의 (언
        어) 감각」, 『대동문화연구』 51집, 대동문화연구원, 2005.
─────, 「제국과 픽션, 일제말 조선어(문단) 해소론의 射程」, 『동아시아 근대어문질
        서의 형성과 재편』(성균관대 대동문화연구원 학술회의 자료집), 2006. 1.
─────, 「변비와 설사, 전향의 생정치」, 『상허학보』 16집, 상허학회, 2006. 2.

4. 내셔널리즘에서의 언어의 위상 및 중국, 일본의 경우
가라타니 고진, 박유하 역, 『일본 근대문학의 기원』, 민음사, 1997.
─────────, 송태욱 역, 『일본 정신의 기원』, 이매진, 2003.
고모리 요이치, 정선태 역, 『일본어의 근대』, 소명출판, 2003.
리디우 리우, 『언어횡단적 실천－문학, 민족문화 그리고 번역된 근대성－중국, 1900
        ～1937』, 소명출판, 2006.
미우라 노부타카 · 가스야 게이스 편저, 이연숙 · 고영진 · 조태린 역, 『언어 제국주
        의란 무엇인가』, 돌베개, 2005.
어네스트 겔너 저, 백낙청 역, 「근대화와 민족주의」, 『민족주의란 무엇인가』, 백낙청
        편, 창작과비평사, 1981.
에릭 홈스봄, 『1780년 이후의 민족과 민족주의』, 창작과비평사, 1994.
에티엔 발리바르, 서관모 역, 「민족형태: 그 역사와 이데올로기」, 『이론』 6집, 1993
        년 가을.
백지운, 「중국근대언어운동의 스펙트럼」, 『역사비평』 70호, 역사문제연구소, 2005
        년 봄.
베네딕트 엔더슨, 윤형숙 역, 『상상의 공동체』, 나남, 2004.
사카이 나오키, 이득재 역, 『사산되는 일본어 · 일본인』, 문화과학, 2003.

――――――――, 후지이 다케시 역, 『번역과 주체성』, 이산, 2005.
스테판 다나카, 박영재·함동주 역, 『일본 동양학의 구조』, 문학과지성사, 2004.
스즈키 토미, 한일문학연구회 역, 『이야기된 자기』, 생각의나무, 2004.
이보경, 『文과 노벨의 결혼』, 문학과지성사, 2002.
―――, 『근대어의 탄생』, 연세대 출판부, 2003.
이연숙, 「일본어의 언문일치」, 『역사비평』 70호, 역사문제연구소, 2005년 봄.
이연숙, 고영진, 임경화 역, 『국어라는 사상』, 소명출판, 2006.
하루오 시라네·스즈키 토미, 『창조된 고전』, 소명출판, 2002.
駒込 武, 『植民地帝國日本の文化統合』, 岩波書店, 1996.
安田敏郎, 『帝國日本の言語編制』, 世織書房, 1997.
小熊英二, 『〈日本人〉の境界』, 新曜社, 1998.

◆ **국문초록**

　이 논문은 1990년대 중반부터 본격화된 근대성 연구의 맥락 속에서 최근 몇 년 동안 이루어진 언어 내셔널리즘에 관한 연구성과들을 비판적으로 검토하고자 했다. '민족' '문학'의 물질적 이데올로기적 기저인 '국어' 내지 '민족어'의 자명성에 대한 성찰에서 출발한 이 주제의 연구들은 내셔널리즘 비판과 문학 개념의 해체로 요약되는 최근 근대성 연구의 귀결을 보여준다는 점에서 상징적이다. 그러나 언어=네이션이라는 제유법에 대한 성찰은 오히려 그 긴박에서 벗어나기가 어렵다는 것을 증명하듯이 보이는데, 이는 국민국가의 언어가 아니고서는 살아남기 힘든 근대어의 운명, 그리고 언어간의 위계질서가 세계체제 내에서의 국민국가간, 인종간의 위계질서와 중첩되고 있는 현실을 반영한 것이다. 내셔널리즘 비판을 기도했으나 그 비판의 효과가 감소되는 이유 중 하나는 한 근대 사회 내에서의 언어를 둘러싼 사회적 관계란 학교교육을 제도적 기반으로 형성되는 문해능력의 위계질서에 다름 아니라는 사실이 간과되고 있기 때문이며, 더 나아가 글쓰기의 주체란 과연 그러한 위계질서의 형성과 재생산에서 어떤 위치를 점하고 있는가에 대한 문제의식이 심화되지 않았기 때문이라고 생각하는 바이다.

◆ SUMMARY

Language=Nation, between Reflecting on and Being binded tight by the Synecdoche

Lee, Hye-Ryoung

I tried to examine in this paper critically studies on lingual nationalism acomplished in recent years under the context of discussing on modernity begin in earnest since the middle 1990's in Korea. Reflecting on self-evidentness of 'national language' as material and ideological basement of 'nation' 'literature', this subject' studies could be regarded symbolically as a result of discussing on modernity which brought the critique of nationalism and the destruction of literature concept. However, these studies seem to show that reflecting on synecdoche of puting certain lanuage and certain nation in the same category, also is hard to free from being bound tightly with the synecdoche, which, I think, reflects following realities; modern language' fate coming to crisis of perishing without becoming the national laguage of modern state, and hiearchy among languages overlapping with that among races, nation-states in the world system. In order to be off this hook and to enhance the effect of critique of nationalism , I think, it must be noticed that social relationship mediated by language in the modern society is based and reflected in the hiearchy of literacy formed through school education.

Keyword : synecdoche of language=nation, ligual nationalism, modern nation-state, modern laguage, modern literature, literacy, writing in Japanese, race, modernity

─이 논문은 2006년 11월 30일에 접수되어, 소정의 심사를 거쳐 2007년 2월 6일에 최종적으로 게재가 확정되었음.

최근 프로 문학 연구의 전개 양상과 그 전망

손 유 경*

목 차

1. 들어가며
2. 신경향파 문학에 대한 적극적인 재평가
3. 프로 문학 전반에 관한 비판적 재인식
4. 이분법적 도식의 상대화
5. 전향 문학 연구 및 기타
6. 결론 및 전망

1. 들어가며

새로운 관점을 도입하고 적용하는 작업은 그 대상과 주제를 막론하고 모든 문학 연구에 우선적으로 요청되는 일이겠으나 현 시점에서 식민지 시기의 프로 문학을 연구 대상으로 삼는다는 것은 연구자의 보다 각별한 문제의식을 수반해야 하는 것으로 여겨진다. 이는 무엇보다도 프로 문학에 관한 연구가 1980년대의 짧은 시기 동안 이미 한 차례 매우 집중적으로 이루어졌다는 사실 때문일 것이다. 1987년의 민주화 항쟁과 1988년의 해금이 아이러니컬하게도 프로 문학 연구의 쇠퇴에 일

---

* 경기대학교 강사.

280

조했다는 지적이 말해주듯 1980년대의 프로 문학 연구는 민주화에 대한 갈망과 금기에 대한 감각을 동반하는 뜨거운 이슈였다. 베를린 장벽의 붕괴(1989)로 상징되는 현실 사회주의의 몰락이 프로 문학에 대한 관심과 열정을 시대착오적인 것으로 간주하게끔 한 주요 원인이 되었다는 사실 또한 널리 알려진 이야기가 되었다. 이처럼 한때 '황금기'를 맞이했으나 세계사적 흐름에 따라 역사의 뒤안길로 사라진 집단적 연구열이라는 이미지야말로 21세기에 프로 문학을 연구 대상으로 삼은 연구자에게 '보다 각별한' 문제의식을 요구하는 근거가 되고 있다.

그러나 소위 그러한 '황금기'를 겪어보지 못한 세대에게 프로 문학은 별다른 향수의 대상이나 "요괴"[1]나 "괴물"[2]로 불려질 만큼 새삼스런 주의를 끄는 대상으로 간주되지 않는다는 점 또한 간과할 수 없는 사실이다. 이러한 사실을 지적하는 이유는, 1980년대의 (프로) 문학 연구자에 비해 20세기 말 21세기 초의 (프로) 문학 연구자들은 대상과의 객관적 거리를 충분히 확보할 수 있어 연구자로서 상대적으로 유리한 입장에 서게 된다는 식의 주장을 하기 위함이 아니다. 그보다는 1990년대 이후에 이루어진 프로 문학 연구의 성과들을, 같은 시기에 등장했다는 표면적인 이유를 내세워 하나의 경향이나 흐름으로 묶어 개괄할 수 있겠는가라는 질문이 본격적인 연구사 검토 이전에 던져져야 하기 때문이다.

크게 보아 20세기 후반부터 21세기 초에 이르는 시기에 이루어진 최근의 프로 문학 연구는 1980년대라는 '황금기'를 통과해 나온 연구자가 과거의 문제의식을 일정하게 발전 또는 변형시키면서 반성적 시각에 입각해 논의를 펼치는 경우와, 그러한 '황금기'에 대한 기억을 갖지 못한 연구자가 새로운 지평에서 식민지 시기의 프로 문학을 호명하는 경우로 나누어볼 수 있다. 이를테면 『민족문학사연구』가 2002년에 특집으로 마

---

1) 최원식, 「프로문학과 프로문학 이후」, 『민족문학사연구』 21호, 2002. 12, 10쪽.
2) 오문석, 「프로시의 아포리아」, 『반공주의와 한국문학』, 상허학회, 깊은샘, 2005, 326쪽.

련한 〈프로 문학의 재소명〉에 실린 몇 편의 논문에서 필자들은 한결같이 '왜 지금 다시 프로문학인가'라는 질문에 곤혹스러워하면서도 그에 대한 정리된 입장을 표명해야 한다는 일종의 의무감에 시달리는 듯한 인상을 내비치고 있다. 바로 이 같은 포즈, 다시 말해 식민지 시기 프로 문학이라는 특정 연구 대상을 다시금 문제삼고 있다는 데 대한 민감한 자의식을 그대로 드러내는 것3)이야말로 1980년대라는 '황금기'를 지나온 필자들이 공통적으로 취하고 있는 태도라 할 수 있다.

그러나 조금만 관점을 달리해 보면, 이러한 태도를 최근 프로 문학 연구의 공통된 경향이라 섣불리 일반화하기는 어렵다. 재검토의 학문적 필요성과 이것이 수반하고 있는 연구자로서의 특정한 자의식은 소위 '황금기'를 경험한 세대의 연구자들에게'만' 해당되는 것일 수도 있다. 어떤 의미에서 20세기 말 21세기 초 프로 문학 연구의 경향은 '비동시성의 동시성'이라는 말로 압축적으로 표현될 수도 있다. 이렇게 볼 때 프로 문학이라는 연구 대상의 재조명 자체가 특별한 의미를 띠는 것이라 보기는 힘들다. 대신 그것이 어떠한 방법론적 지평 에서 다시금 다루어지고 있는가 하는 점이 중요하다. '다시 거론한다'는 행위에 대한 과도한 의미 부여가 재인식, 재검토, 혹은 재조명이라는 작업 자체를 마치 일종의 방법론인 것처럼 전제하는 태도로 이어진다면 모처럼의 '재'검토는 '새로운' 인식에 이르지 못한 채 단순한 '반복'으로 전락할지 모른다. 다시 말해 프로 문학에 대한 재조명, 재인식, 비판, 그리고 탈신비화 등의 작업 자체는 새로운 관점이나 방법론이 될 수 없으며 새로운

---

3) "이 글은 '지금 다시'라는 문제제기에 대해 어떤 답변도 갖지 못한 상태에서 쓰인 글이라는 점을 강조하고 싶다. 그것이 이 글이 놓인 지점을 정직하게 드러내는 것이라고 본다."(차원현, 「문학과 이데올로기, 주체 그리고 윤리학」, 『민족문학사연구』 21호, 2002. 12, 109쪽)라는 서술이나 "이런 시점에서 프로 문학을 연구하는 일은 대단히 조심스럽다. 프로 문학에 대해 무언가 새로운 것을 말하지 않으면 안 되며, 혹은 프로 문학을 이전과는 다른 차원에서 이야기하여야 하기 때문이다."(채호석, 「탈―식민과 (포스트―)카프문학」, 『민족문학사연구』 23호, 2003. 12, 37-38쪽)라는 언급 등을 이런 맥락에서 이해할 수 있다.

관점과 이론의 효과로서만 그 의미를 지닐 수 있다.

이 글은 소위 프로 문학 연구 붐이 형성되었던 1980년대 중반경의 프로 문학 연구 업적을 다양한 방식으로 발전시키거나 넘어서고 있는 최근의 연구 성과를 검토하고 앞으로의 전망을 모색하기 위해 쓰였다. 20세기 말 21세기 초에 이루어진 프로 문학 관련 논저들 중 본고가 중점적으로 다루는 대상은 기존의 연구 방법론과 시각에 대한 차별화 전략을 비교적 명백하게 밝히고 있는 단행본, 학위 논문, 학술지 논문 등이다. 조사된 검토 대상을 일일이 논급하는 것은 물리적으로 불가능한 일일뿐더러 이는 프로 문학 연구의 전망 모색이라는 이 글의 의도에도 잘 부합하지 않는다. 따라서 문제제기적 성격을 강하게 띠고 있으며 앞선 연구 성과물에 대한 의식적인 거리 두기가 두드러진다고 판단되는 논저를 논의의 중심에 놓고, 그 밖의 경우에 대해서는 간단히 언급하거나 연구 논저 목록을 통해 제시하는 것으로 대신하겠다.

연구사 검토 방향은 크게 네 가지 정도로 정리될 수 있다. 첫째, 과거의 연구자들에 의해 비교적 소홀하게 취급되거나 상대적으로 부차적인 현상으로 간주되어 온 연구 대상의 위상을 복권하고 있는 논저들이 우선적인 검토 대상이다. 이러한 연구 성과는 소외되어 온 분야를 새로운 조명 속에 던져 넣음으로써 프로 문학 연구의 외연을 확장시켰다는 측면에서 일차적인 의의가 인정된다. 둘째, 1980년대라는 특수한 역사적 상황이 프로 문학 연구자로 하여금 식민지 시기의 프로 문학에 과도한 의미를 부여하도록 만들었다는 문제의식을 전제로, 식민지 시기 프로 문학이라는 연구 대상 자체와 과거의 프로 문학 연구 방법론 모두를 비판적으로 재인식하는 논저들도 주요한 논의의 대상이 된다. 특히 기왕의 프로 문학 연구 방법론이 기대고 있는 다양한 문학사적 도식, 그 중에서도 특히 리얼리즘/모더니즘, 계급주의/민족주의, 저항/친일 등과 같은 이분법적 시각을 의문에 부치거나 상대화하는 일련의 논저들은 프로 문학에 대한 비판적 재접근이라는 최근의 흐름을 대변하는 주요한 경향이라 할 수 있겠다. 셋째, 이 밖에 전향문학 연구, 신실증주의적 연구, 비교문학 연구, 북한문학사 연구 등에 대해서도 간략히 살펴볼 것이다. 마지막으로, 개별 작가론은 몇몇 예외적인 경우를 제외하고는 논의에서 제외하였다. 개별 작가론에 대한 세밀한 검토가 다소 미흡한 것은 식민지 시기의 프로 문학 '전반'에 대한 문학사적 인식 변화의 추이를 살펴보겠다는 이 글의 기본적인 의도에서 말미암은 것이다. 이후 보충이 필요한 부분이라 생각된다.

2. 신경향파 문학에 대한 적극적인 재평가

최근에 나온 프로 문학 관련 논저 중에는 '재인식' '재조명' 또는 '재검토' 등의 단어를 제목에 포함하고 있는 경우를 많이 발견할 수 있다. 이는 앞에서도 언급했듯 1980년대에 중점적으로 이루어진 프로 문학 연구 성과물들에 대한 비판적 거리 두기라는 연구자의 의도를 함축한 표현이라 할 수 있다. 재인식, 재조명, 혹은 재검토의 초점 자체는 매우 다양한 편차를 드러내고 있으나, 이 같은 일련의 시도는 대체로 다음 두 가지 경향으로 대별할 수 있다. 첫째, 그 동안의 연구사에서 상대적으로 소홀히 취급받았던 연구 대상의 위상을 복권하고 그 의미를 새롭게 부각하려는 시도와, 둘째, 대상에 대한 과도한 의미 부여를 반성적으로 비판하는 경우 등이 그것이다.

최근 프로 문학 연구 경향과 관련해 가장 먼저 눈에 띄는 사실로 신경향파 문학에 대한 새로운 시각의 도입을 꼽을 수 있다. 박상준에 의하면, 신경향파 문학 자체를 본격적인 연구 대상으로 설정하지 않고 단순히 과도기적 단계의 문학으로 간주함으로써 작품, 비평, 문단의 세 영역을 아우르는 신경향파 문학 일반을 총체적으로 구명하려는 노력이 미흡했다는 것이 기존의 연구 성과가 보이고 있는 뚜렷한 한계이다. "신경향파 문학 연구에 있어서 가장 중요하면서도 다소 소홀히 취급되었던 것이 '신경향파 문학'이라는 단위의 성격을 구명하고, '신경향파'나 '신

284

경향파 소설'과 같은 개념의 특질 및 위상을 확정해 보는 작업"[4]이라는 전제 하에, 그는 신경향파 비평과 그 대상 작품들 사이에 존재하는 낙차를 신경향파 문학 고유의 특성과 관련해 고찰한다. 신경향파 문학 비평에 대한 포괄적인 검토를 통해 그가 도출한 주요한 결론은 우선 '신경향파 대 민족주의 문학'이라는 이원적 구도는 그야말로 "소설계의 실제를 가리는 비평 혹은 문단 정치적 가상에 불과하다[5]"는 것이다. 왜냐하면, 신경향파 소설의 위상과 의미는 1920년대 중기 소설계의 지형도라는 보다 포괄적인 맥락에서 검토할 필요가 있는데, 1920년대 중반은 무엇보다도 자연주의 소설계의 전문단적 확산으로 특징지어지며, 신경향파 소설은 바로 이 같은 자연주의 소설의 일부에 해당되기 때문이다. 박상준은 식민지 현실의 적극적 수용과 현실 폭로 및 비판 정신의 심화를 자연주의 문학의 공통된 경향으로 파악한다. 이 때 자연주의 소설로서의 신경향파 소설은 염상섭, 김동인, 현진건, 나도향, 전영택 등의 '부르주아 자연주의' 소설과 달리 박영희, 이기영, 조명희, 최서해 등을 주요 작가군으로 하는 '사회주의적 자연주의' 소설로 구획된다. 이렇게 파악된 신경향파 소설은 기실 부르주아 자연주의 문학과 불명료한 경계를 지닌 채 매우 복합적이고 중층적인 성격을 띤 채 전개되었다는 것이 박상준의 지적이다. 따라서 지금껏 문학사적으로 통용되어 온 '박영희적 경향'과 '최서해적 경향'이라는 구도는 신경향파 문학의 실제를 가리는 하나의 가상에 불과하다는 것이다.[6]

그러나 신경향파 소설은 순수하게 미학적인 개념이 아니다. '신경향파 소설'이라는 개념은 본질적으로 문단의 지형도를 변화시키고자 하는 문인들의 문단 정치적 기획의 소산이기에 신경향파 소설로 구획된 모든 작품들이 '사회주의적 자연주의'라는 신경향파 소설의 핵심적 자질을 다 갖추고 있는 것은 아니다. "신경향파 소설의 외연은 〈신경향파 문학

---

4) 박상준, 『한국 근대문학의 형성과 신경향파』, 소명출판, 2000, 153쪽.
5) 위의 책, 190쪽.
6) 위의 책, 264-266쪽.

담론〉이 갖는 문단 정치적인 의도에 의해서 과장된 것이다."[7] 따라서 신경향파 소설과 신경향파 문학 담론 사이에 존재하는 틈과 낙차는 신경향파 문학 자체의 고유한 특질로 자리매김된다. 미학적 경향으로 보면 자연주의적인 것인데, 작품 외적인 비평에 의해 신경향파 문학의 권역으로 편입됨으로써 부르주아 자연주의와 구별되는 작품으로 간주된 박영희의 「지옥순례」와 같은 작품을 그 예로 들 수 있다. 내면의 열정을 최대한 분출시키고자 하는 최서해의 극단주의가 지극히 낭만적인 속성을 띤다는 평가 역시도 "신경향파에서 카프로 '이어지는' 좌파 문학의 계선적 구도를 앞세우지 않고"[8] 작품을 그 자체로 존중해 검토할 때 얻어질 수 있는 결과물이라 할 수 있다.

이처럼 1920년대 중반 문단 지형도의 변화와 개별 작품들에 관한 세밀한 분석과 검토를 토대로 신경향파 문학 전반을 총체적으로 구명하고자 한 박상준의 시도는 궁극적으로 "신경향파 문학이 단순한 과도기나 프로 문학의 예비적 단계에 불과한 것이 아니라, 한국 근대문학의 전개 과정에 있어서 자신의 자리를 지니고 있는 실체"이며 "신경향파 문학에 의해서 근대적 의미의 비평이 본격화되고 근대소설의 면모가 한층 강화"[9]되었다는 결론으로 이어진다.

요약하자면, 작품과 비평, 문학 운동, 그리고 전체로서의 신경향파 문학 일반이라는 네 범주 사이의 역동적 상호 관련성을, 신경향파 문학이라는 구조화된 전체를 이루는 구성 요소들의 중층결정 관계로 파악한 『한국 근대문학의 형성과 신경향파』는, "근대 문학의 완미한 수립"과 "좌파 문학의 등장"[10]이라는 1920년대의 중요한 문학사적 사실 위에서 신경향파 문학의 실체를 구명함으로써 신경향파 문학을 통해 한국 문학의 근대성을 고찰한 주요한 사례를 제공하고 있다.

---

7) 위의 책, 383쪽.
8) 위의 책, 335쪽.
9) 위의 책, 453쪽.
10) 위의 책, 148쪽.

286

그러나 '박영희적 경향/최서해적 경향' 또는 '신경향파 문학/민족주의 문학' 등과 같은 문학사적 도식의 허구성을 폭로했다는 주요 성과에도 불구하고 『한국 근대문학의 형성과 신경향파』는 여전히 1920년대 문학을 사조 중심주의적으로 파악하고 있다는 한계를 보이고 있다. 사조 중심적 연구 방법론의 가장 큰 문제점은, 무엇보다도 문예사조나 이데올로기적 차원의 해명과 실제 작품의 미적 특질에 대한 분석 간의 간극을 여전히 해소할 수 없는 것으로 방치 또는 기정사실화한다는 점에 있을 것이다.11) 실제로 『한국 근대문학의 형성과 신경향파』의 주요 논점은 앞에서 지적한 바대로 신경향파 소설과 신경향파 비평 간의 '낙차' 자체를 신경향파 문학 고유의 특성으로 전제한 상태에서 밝혀지고 있음을 알 수 있다. 그러나 과연 그러한 '낙차'를 신경향파 문학만의 고유한 특질로 간주할 수 있겠는가 하는 점에 대해서는 재고해 보아야 한다. 1920년대 문학, 좀 더 넓게 잡아본다면 식민지 시기의 조선에 등장했던 무수한 사조와 경향들이 과연 실제 작품과 비평 간의 '낙차'를 얼마나 극복한 상태에서 전개되었는지는 의문이다. 이를테면 카프 비평과 카프 소설 간의 간극이야말로 카프 문학 자체의 특수성이 아니라고 어떻게 말할 수 있겠는가 하는 것이다.

이와 관련해, 현실성의 약화/현실성의 강화라는 기준으로 1920년대 초기의 낭만주의 문학과 중반 이후의 자연주의 문학을 구별하는 시각 또한 재고의 여지가 있다. 박상준은 이상과 현실의 괴리가 강조되는 관념 형식을 '식민지적 비참함'으로 정의하면서, '비참하다'의 주어가 의식에서 현실로 대체될 때, 즉 비참한 의식이 아니라 비참한 현실이 형상화의 주요 대상이 되면서 1920년대 초기의 낭만주의적 소설이 1920년대 중기의 자연주의 소설로 변모해나갔다고 주장한다. (작가) 의식의 비참함을 중점적으로 드러낸 것을 초기의 낭만주의 소설의 특징으로,

______

11) "비평과 소설 간의 불일치 양상"(『텍스트의 경계』, 태학사, 2002, 176쪽)을 신경향파 시기 박영희와 김기진의 문학적 특성으로 지적하고 있는 손정수 역시 이 같은 간극을 기정사실화하고 있다.

'궁핍'으로 대표되는 현실의 비참함을 집중적으로 폭로하는 것을 자연주의 소설계의 특징으로 대별하는 이 같은 관점은, 현실 폭로에서 오는 의식의 비참함과 불행한 의식으로 말미암아 빚어지는 현실적 비참함의 문제라는 소설적 주제에 대해서는 침묵할 수밖에 없는 맹점을 내포하고 있다.

결론적으로, 프로 문학이라는 포괄적인 연구 대상 중에서도 다분히 부차적인 것으로 간주되었던 신경향파 문학의 위상과 의미를 1920년대 중반의 문학 운동, 비평, 작품 등을 총괄적으로 아우르는 전체적인 지형도의 변화 속에서 파악한 『한국 근대문학의 형성과 신경향파』는 이후 프로 문학 연구가 나아가야 할 하나의 방향을 암시하고 있다. 즉 앞으로의 프로 문학 연구는 작품에 대한 논의는 배제한 채 오로지 창작 방법론이나 노선 투쟁과 같은 비평사·운동사적 관점을 토대로 한 접근 방식에 치우쳐 있던 기존의 연구 방법론에서 벗어나 문학 운동, 비평, 작품 등의 제 요소가 맺고 있는 역동적 관계를 조망할 수 있는 시야를 확보한 상태에서 이루어져야 할 것으로 보인다.

3. 프로 문학 전반에 관한 비판적 재인식

이제부터 살펴 볼 논저들은 기왕의 프로 문학 연구가 전제하고 있는 각종 문학사적 통념들을 의문에 부치는 작업에서 출발한다는 공통점을 지닌다. 비판적 재접근을 통한 연구 대상의 상대화 내지는 탈신비화가 이러한 일련의 작업 속에서 이루어지고 있다.

우선 〈프로 문학의 재소명〉이라는 특집란을 마련하고 있는『민족문학사연구』21호(2002. 12)는,『최서해 문학의 재조명』(문학사와 비평학회, 국학자료원, 2002)과『한설야 문학의 재인식』(문학과 사상 연구회, 소명출판, 2000), 그리고『임화 문학의 재인식』(문학과 사상 연구회, 소명출판, 2004) 등의 저작들과 더불어 프로 문학 전체와 주요 프로 문인에 대한 본격적인 재평가를 가능케 한 연구 성과에 속한다.

이 중 기존의 프로 문학 연구 방법론뿐 아니라 프로 문학 자체에 대한 비판적 재접근이라는 의도를 명확히 드러내는 대표적인 글로는 김외곤의 논문을 꼽을 수 있다. 신경향파 문학과 카프 문학을 포함해 "식민지 시대에 이루어진 사회주의 지향성의 진보적 문학"[12]을 의미하는 경향문학에 대한 기존의 연구 성과를 정리하면서, 김외곤은 실증주의적인 연구와 비교 문학적 연구를 1980년대 중반 이후에 이루어진 프로 문학 연구의 대표적인 경향으로 파악한다. 하지만 이상갑,[13] 권성우,[14] 김외곤,[15] 서경석[16] 등의 논저를 근거로 하여 "최근의 연구들은 더 이상 과거처럼 경향문학의 역사적 전개 과정을 실증주의적으로 고찰하거나 외국 경향문학과의 관련성을 밝히는 데 치중하지 않고, 문학적 주체로서의 카프 문인들의 내면을 문제 삼아 경향문학의 근대성을 비판하고 있다는 점에서 의의가 크다"[17]면서 김외곤은 경향문학의 담론체계가 지닌 '근대성' 비판을 주요 연구 목적으로 설정한다. 기존의 실증주의적 연구 방법이나 리얼리즘/모더니즘 이론으로는 경향문학의 '한계'를 밝히는 것이 불가능하다는 전제 하에 논의를 펼친 결과, 김외곤은 국제성, 이식성, 정론성, 관념성 등을 "마땅히 비판받아야 하"[18]는 경향문학의 문제점으로 도출한다.

이와 관련해 탈식민주의적 관점에서 카프 해산 이후 카프 작가들의 소설론이 지니는 식민성의 문제를 고찰한 채호석은, 일본을 배제하기 위

---

12) 김외곤, 「1920~30년대 한국 경향문학의 '근대성' 비판」, 문학사와 비평학회, 『최서해 문학의 재조명』, 국학자료원, 2002, 202쪽.

13) 이상갑, 「1930년대 후반기 창작방법론 연구」, 고려대 박사논문, 1994.

14) 권성우, 「1920~30년대 문학비평에 나타난 '타자성' 연구」, 서울대 박사논문, 1994; 권성우, 『모더니티와 타자의 현상학』, 솔, 1999.

15) 김외곤, 『한국 근대 리얼리즘 문학 비판』, 태학사, 1995.

16) 서경석, 『한국 근대 리얼리즘 문학사 연구』, 태학사, 1998.

17) 김외곤, 앞의 책, 204쪽.

18) 위의 책, 242쪽.

해(탈—식민) 또 다른 제국(서구 소설)을 끌어들이고 그것을 내면화하는 순환적 과정, 즉 "식민성이 식민성을 대치하고 탈—식민성이 식민성으로 전화하는 과정"[19]에서 '운동으로서의 문학'이 패퇴했다고 주장한 바 있다.

프로 문학에 대한 이 같은 비판적 관점은 1980년대 중반에 집중적으로 이루어진 일련의 연구 성과에 대한 의식적인 거리 두기의 소산이라는 점에서 주목된다. 1980년대에 진행된 프로 문학 관련 논저들은 이념적 금기 때문에 제대로 조명 받지 못했던 프로 문학을 본격적으로 발굴, 복원했다는 큰 의의를 지니지만, 특히 비평사 연구에 있어 "연구 방법론을 지나치게 마르크스—레닌주의의 문예 과학에 의거한 특정한 방법론으로 한정하는 경향이 팽배"하고 "학문의 대사회적 실천이라는 의미에 과도한 비중을 부여함으로써 다소 편협한 학문적 당파성을 공개적으로 드러냈"[20]다는 지적도 같은 맥락에서 이해된다.

일제 하 프로 문학 연구에 있어서의 방법론적 편향성이나 과잉 해석 경향 등에 비판적 태도로 요약될 수 있는 이러한 시각은, 유독 프로 문학 연구에 있어서는 구체적인 작품 분석이 제대로 이루어지지 않았다는 사실에 대한 비판과도 맥락을 같이 한다. 사실 1980년대 중반경의 프로 문학 연구는 대체로 비평사·논쟁사·운동사적 관점에 의거한 경우가 대부분이었는데, 이는 식민지 시기의 작가들이 비평의 영역에서 보였던 이념에 대한 치열한 열정과 현실에 대한 깊이 있는 이해가 실제 창작의 영역에서 제대로 실현되지 않았다는 연구자의 판단에 주로 기인한다. 여기서 문제는, 비평의 영역과 작품 간에 놓인 간극을 인정할 것이냐 아니냐에 놓여 있는 것이 아니라, 만일 그러한 간극이 존재한다면 그 격차를 기정사실화한 채 논의를 진행하기보다는 개별 작품의 위상을 비평에 종속된 상태에서 해방시키는 대신 제 3의 지평에서 새롭게 의미화

---

19) 채호석, 앞의 글, 62쪽.
20) 권성우, 앞의 책, 22-23쪽.

290

할 가능성이 있겠는가 하는 점을 모색하는 데 놓여 있다고 생각된다. 앞서 살펴본 바 있듯 문학 운동, 비평, 작품의 세 요소가 맺고 있는 역동적 관계를 구명함으로써 신경향파 문학의 위상을 재정립한 『한국 근대문학의 형성과 신경향파』의 성과나, 1930년대를 전후로 한 시기의 경향 소설에 나타나는 형식상의 변화를 비평사적 흐름에 곧바로 대응시키기보다는 포괄적이고 구체적인 작품 분석을 토대로 한 "내적 형식의 추적을 통해 검토"[21]하겠다는 서술 등은 이 같은 맥락에서 중요한 의미를 갖는다. 프롤레타리아 국제주의의 문제를 이론의 수용이라는 측면이 아니라 실제 작품 형상화의 차원에서 다루어 보겠다는 유문선의 시도[22] 역시 이론 및 운동사 중심의 접근을 지양하겠다는 의도로 읽힌다. 나병철[23] 역시 계급주의 담론의 도식성을 박화성, 강경애 등 여성 작가의 작품이 실제로 어떻게 넘어서고 있는가를 정신분석학과 페미니즘 이론에 기대어 구명함으로써 남성중심주의적 사회주의 서사를 비판적으로 재검토한 바 있다.

이 밖에도 내용 형식 논쟁을 문학 본질론이나 비평 태도와 관련짓기보다는 카프의 운동 방향을 결정짓는 주요 계기로 재평가할 것과, 방향전환 논쟁 내부의 주장들이 과연 어느 정도의 변별성을 갖고 있는지에 관해 보다 면밀히 추적해볼 것을 각각 주장하는 이기인의 논문을 들 수 있다. 그러나 "김기진이나 박영희 모두 프로문예가 초기 단계를 지나 본격적인 투쟁기에 이르렀다고 판단하였지만 운동 방법이나 방향에는 상당한 차이를 보인다"[24]는 주장이나 "방향전환론에서 요구하는 목적

---

21) 서경석, 앞의 책, 40쪽.

22) "문예이론이나 운동에 구현된 프롤레타리아 국제주의의 양상에 관해서는 그간 적지 않은 탐구가 이루어져 왔다. (…) 그러나 작품을 통해 프롤레타리아 국제주의의 모습을 검토해 보려는 시도는 거의 제대로 행해지지 않은 것으로 판단된다." 유문선, 「카프 작가와 프롤레타리아 국제주의」, 『민족문학사연구』 24호, 2004. 3, 333쪽.

23) 나병철, 「식민지 시대의 사회주의 서사와 여성 담론」, 『여성문학연구』 8집, 2002. 12, 154-189쪽.

24) 이기인, 「카프 초기 논쟁에 대한 재검토」, 『한국문학이론과 비평』 19집, 2003. 6, 225쪽.

의식적 문예는 애초부터 창작이 충족시킬 수 있는 요건이 아니었으므로, 이에 부응하는 작품은 존재할 수 없었"으며 따라서 "카프의 방향전환론은 문학적 실천이 없는 공허한 논리일 수밖에 없었다"[25]는 결론 자체는 기존 연구사의 결락 지점을 메운 성과라고 하기에는 다소 미흡해 보인다.

4. 이분법적 도식의 상대화

1920~30년대 문학을 연구하는 데 있어 가장 오랜 시기에 걸쳐 강한 영향력을 발휘해 온 문학사적 통념이 있다면 그것은 다름 아닌 사회주의/유미주의, 민족주의/계급주의, 리얼리즘/모더니즘 등과 같은 각종 이분법적 구도이다. 프로 문학에 대한 '재인식' 내지는 '재검토'를 표명하고 있는 최근의 주요 논의들이 주목하고 있는 지점 또한 이와 다르지 않다. 앞서 박상준은 신경향파 문학의 특질을 논하는 자리에서 신경향파 문학/민족주의 문학이라는 문학사적 구도는 모호한 경계로 특징지어지는 실제 작품들의 의미와 한계를 은폐하는 하나의 가상에 불과하다는 점을 지적한 바 있는데, 이분법적 시각의 상대화라는 문제의식을 공유하고 있는 일련의 논저들이야말로 프로 문학 연구의 새로운 경향을 대변하는 주요 흐름이라 할 수 있다.

1920년대 문학 연구는 특정 사조나 이데올로기의 의미를 부각하려는 노력에서 탈피해야 한다는 시각에서 박근예는 푸코의 담론 개념과 문학 장의 개념을 도입하여 프로 문학 연구에 있어서의 새로운 관점을 선보인다. "새로운 문학으로서 출현한 카프 문학은 문학 장 내부에서 기존 문학의 논리를 부정하는 담론 투쟁을 통해 자신들의 영역을 확보하려고 노력"했으며, 따라서 "프로 문학은 민족주의를 부정했다기보다

---

25) 이기인, 「카프 방향전환론의 재검토」, 『한국언어문학』 52집, 2004. 6, 407쪽.

292

는 앞서서 문학 장을 지배했고 계속해서 영향력을 확장하려 하는 기존의 문학 질서와 대립하면서 문학 장 안에서 자신들의 지배력을 확장하려는 차별화의 전략을 시도했다"[26]는 것이 주요 논점이다. 계급주의와 민족주의의 대립이라는 사조 중심적 접근법을 지양하겠다는 의도이다. 박근예에 의하면, 카프 문학은 예술지상주의와 인생주의를 넘어서는 제3의 문학으로 담론 투쟁을 벌였으며, 근대 문학의 형성 논리였던 예술지상주의와 인생주의 모두가 새롭게 대두한 프로 문학에 의해 도피적, 개인적, 향락적인 부르주아 문학으로 명명되고, 프로 문학은 혁명적, 계급적, 진보적 예술로 대립되는 구도가 만들어진다.[27] 이 과정에서 예술지상주의는 예술의 자율성에 대한 방어라는 의미로 협소화되고 임노월류의 본격적인 예술지상주의 대신 김억류의 보수적 논의만이 남게 되었다는 것이다. 결국 프로 문학의 대두는 사회·정치적으로 사회주의 이념의 영향력이 커졌다는 사실과 무관하지 않지만 실상 카프는 문학 장의 규칙 안에서 주도권을 확립하려는 투쟁과 기존 문학과의 차별화의 전략 속에서 자신들의 정당성을 확보하려 했다.[28]

그러나 프로 문학의 형성이 조선 작가들의 내면적 필연에서 나온 것

---

26) 박근예, 「1920년대 문학 담론 연구」, 이화여자대학교 박사논문, 2005, 5쪽.

27) 위의 논문, 229쪽.

28) 프로 문학의 등장을 민족주의 문학과의 이념적 대립이라는 문학 장 외부의 조건에 의해 설명하는 것이 아니라 문학 장 내부에서의 예술 운동의 일환으로 간주하는 이 같은 시도는 사실 리얼리즘과 모더니즘이라는 이분법적 시각에서 탈피해 1930년대 문학을 재고찰한 선행 연구와 방법론적으로 유사하다. 김민정은 『한국 근대문학의 유인과 미적 주체의 좌표』(소명출판, 2004)를 통해 1930년대 문학 장 속에서 구인회가 취한 차별화 전략의 의미를 고찰해 구인회의 존립 방식에 대한 새로운 견해를 이미 제시한 바 있다. '구인회=反카프=모더니즘'이라는 인식론적 장애물을 넘어설 것을 요구하면서, 김민정은 문학 창조의 주체는 천재적 개인이나 집단의 공통이념이 아닌 '서로 다른 입장들 간의 구조화된 공간', 즉 '場'이라는 특수한 사회적 관계의 공간이며, 구인회는 카프라는 직접적 대립자를 대상으로 한 것이 아니라 장의 구조 자체를 전복하기 위한 차별화 전략을 구사한 것으로 재평가한다. 리얼리즘과 모더니즘의 대립이라는 문학사적 도식을 넘어선 이러한 연구 경향에 상응하는 관점의 전환을 1920년대 문학 연구 영역에서 보여준 것이 박근예의 논문이라 할 수 있다.

이 아니라 일본 문단이라는 외적 영향에 의해 이루어진 것이었기 때문에 창작의 영역에서 제대로 결실을 맺지 못했다는 박근예의 지적[29]은 비평과 작품 간에 존재하는 간극과 낙차를 이식 문학론적 관점에서 당연시하는 또 하나의 예에 해당되는 것으로 문제적이라 할 수 있겠다. 내면적 필연의 소이이냐 바깥으로부터의 이식이냐 라는 해묵은 선택지는 1920년대 프로 문학의 대두를 가져 온 복잡한 개인적·사회적 조건과 사회·역사적 상황들을 형해화할 가능성이 높다는 점에서 이제는 지양되어야 할 것으로 보인다. 이를테면 프로 문학 운동을 "낙후한 한국 근대문학을 '현대화'하려는 식민지 지식인의 집단적 열망의 표현"[30]으로 간주하고 한국 프로 문학 운동을 '현대화 프로젝트'라는 맥락에서 재평가하는 최원식의 글은, 굳이 내적 자발성과 외적 영향력이라는 두 요소를 양분하지 않고도 일본 문학과의 관련성을 드러내고 있어 주목된다. 즉 "한국 프로 문학의 국제적 동시성은 수용 주체의 과잉한 자발성에 기초한 이식성의 결과"[31]였다는 점에서 프로 문학의 수용과 전개 과정에 개입된 자발성과 이식성의 문제는 동전의 양면으로 파악될 수 있다는 것이다.

최원식은 위의 글에서 1920년대 중반경에 창작된 정지용, 이태준의 작품을 언급하면서 모더니즘은 "거의 프로문학과 동시적으로 싹"텄으며 카프의 위기가 심화되는 1930년대 중반 이후에는 카프 작가들에게도 '전염'될 만큼 위력을 발휘했다고 서술한다. 1930년대 문학 역시 1920년대 못지않은 중층적인 전개 양상을 보이는데, "계몽주의, 근대주의(1920년대 신문학 운동), 그리고 프로 문학이 모더니즘과 함께 영향의 교차점을 형성하면서 1930년대 문학 텍스트의 생산에 동참하고 있"[32]었다는 점이 근거로 제시된다. 이는 1920년대 문학을 예술지상주의와

---

29) 박근예, 앞의 논문, 151-156쪽.
30) 최원식, 앞의 글, 21쪽.
31) 위의 글, 20쪽.
32) 위의 글, 29-30쪽.

사회주의의 대립으로, 1930년대 문학을 모더니즘과 리얼리즘의 대립으로 파악해 온 기존의 연구사를 실제 작품을 근거로 제시하면서 효과적으로 상대화하는 대표적인 예에 속한다.

차원현도 이와 관련해 주목할 만한 논점을 제시한다. 프로 문학과 모더니즘의 상관성과 변별성을 이데올로기, 주체, 윤리학이라는 세 차원에서 구명하고자 한 「문학과 이데올로기, 주체, 그리고 윤리학」은 박태원의 「성탄제」(1937)에 드러나는 연대의 불가능성이라는 문제에 대해 맑스와 박태원은 각각 어떻게 서로 다른 진단을 내릴 것인가라는 흥미로운 질문을 던진다. 「성탄제」의 두 자매가 당면한 비극적 현실을 특수한 역사적 과정 속에 존재하는, 다시 말해 특수한 역사적 계기로서의 타락으로 볼 것이냐, 혹은 '근원적 적대'나 '분열'이라는 관점에서 파악할 것이냐에 따라 맑스적 입장과 박태원의 논리는 갈라지게 된다. 「성탄제」의 윤리적 요구는 '그런고로'의 정언명법이 아니라 '그럼에도 불구하고'의 반어적 속성을 갖고 있는데, 그것은 이 작품이 "근거 있는 사회적 연대의 불가능성이 바로 윤리적 연대의 근거로 작동"[33]한다는 세계관을 기초로 하기 때문이다. 한 개인이 도덕적 주체가 되는 근거는 그에게 존재하는 "모욕당할 수 있는 어떤 것"에 놓여 있다. 따라서 연대의 기초는, 공동의 속성, 가치, 신념, 또는 이상을 공유하는 것이 아니라 "고통 받을 수 있고 고통 속에 있을 수 있는 누군가로서의 타인을 인식"[34]하는 데서 찾아진다.

"이런 식으로 모더니즘 문학, 특히 그 중에서도 박태원의 작품을 읽어내는 일이 '프로문학의 재조명'이라는 공통의 관심사에 도대체 기여하는 바가 있는지에 대해서는 몹시 회의적"[35]이라는 자평에도 불구하고, 차원현의 글은 존엄한 개체로서의 인간관과 그러한 개체들 사이의 윤리적 연대 가능성에 대한 신념 위에 서 있는 프로 문학의 윤리학을

---

33) 차원현, 앞의 글, 124쪽.
34) 위의 글, 125쪽.
35) 위의 글, 127쪽.

상대화하고 있다는 점에서 큰 의미가 있다. 프로 문학에 빈번히 등장하
는 연대의 윤리라는 테마가 과연 그 자체로 무조건 긍정될 만한 정언
명법인가 하는 점이, 모더니즘 문학 작품이 그리고 있는 복잡한 윤리적
상황에 견주어 비판적으로 재검토되고 있는 것이다. 이는 모더니즘 문
학과 프로 문학을 이데올로기적 대립 관계 속에 가두어 놓는 것이 아니
라 윤리학적 관점에서 적극적으로 교차시키고 있는 의미 있는 시도라
할 것이다.

식민지 시기 한국 근대 소설이 윤리적 감각의 측면에서 어떠한 공시
적 관련성을 띠고 있는지 고찰하고 있는 손유경의 논문36) 역시 예술지
상주의 문학과 사회주의 문학으로 양분된 채 고찰되어 온 1920년대 문
학의 실상을 재검토한 경우에 속한다. 1920년을 전후한 식민지 시기 지
식인 담론과 소설의 영역에 나타난 다양한 이념적·미학적 특질들이
'同情'이라는 지배적 심성을 중심으로 하여 수렴 및 분기한 양상을 고찰
한 이 논문은, 유미주의/사회주의뿐 아니라 이데올로기/심성, 사상/감정,
윤리/미학 간의 이분법이나 위계 대신 양자 간의 상관관계를 적극적으로
문제 삼고 있다. 동정의 테마를 중심으로 신경향파와 초기 프로소설을
포함한 식민지 시기의 소설(특히 1920년대 작품)을 분석한 이 논문은,
1920년을 전후한 식민지 시기는 타인의 고통과 비참한 현실에 대한 지
식인-문인의 감수성이 무르익고 그러한 감성의 윤리적 가치에 관한 인
식이 심화된 첫 장면에 해당된다는 사실을 전제로 깔고 있다. 결국 이
논문은 프로 문학을 신경향파 문학-〉프로 문학이라는 통시적 관계 속
에서 정립한 것이 아니라, 동인지 작가나 동반자 작가의 작품들과 맺고
있는 공시적 관련성 속에서 재조명함으로써, 개별 작품에 대한 이념적
차원의 해명과 미학적 성과에 대한 분석 간의 간극을 좁히고 있다. 프로
문학 연구에서 반복적으로 제기되어 온 비평과 작품 간의 낙차라는 문

---

36) 손유경, 「한국 근대소설에 나타난 '同情'의 윤리와 미학에 관한 연구」, 서울대 박사논
문, 2006.

제는, 실제 작품을 과연 누구/무엇과의 관계 속에서 설명하느냐에 따라 전혀 다른 지평에서 다루어질 수 있다는 점을 이 논문은 암시하고 있다.

프로 문학의 특질을 '비애의 감각'과 관련해 해명하고 있는 김명인의 「한국 근대문학 개념의 형성 과정-'비애'의 감각을 중심으로」는 타인의 고통에 대한 감수성을 프로 문학의 윤리와 결부지어 논의한 손유경의 논문과 중요한 문제의식을 공유하고 있다. 즉 "조선의 프로 문학과 문예운동이란 것은 처음부터 민중의 투쟁 속에서 시작된 것이 아니라 이런 식민지 지식인들의 비애감이 민중의 형상 속에 투사된 방식으로 시작된 것"37)이었다는 김명인의 지적은, 김기진을 위시한 대표적인 프로 문인들의 감성과 이들의 이념적 지향성 간의 상관관계를 밝힌 것이다. 다만 김기진의 감상성 짙은 일련의 글들이 대변하는 비극적 낭만주의의 경향을 프로문예운동의 '취약성'을 드러내는 지표로 해석하고 있는 김명인의 관점은 감성/이념의 이분법과 위계를 어느 정도 수용하는 것이어서 손유경의 시각과 차별화된다.

요약하자면, 앞에서 살펴본 일련의 논저들은 1920~30년대 문학의 전개 양상을 각종 이분법적 틀 속에서 형해화시키는 태도에서 벗어나 개별 작품에 대한 구체적인 분석 및 검토와 새로운 방법론의 도입을 통해 보다 입체적으로 조망해 나갈 것을 요구하고 있다.

5. 전향 문학 연구 및 기타

1) 전향 문학 연구

지금까지 살펴 본 세 가지 주요 흐름 외에도 1980년대 이후부터 지

---

37) 김명인, 「한국 근대문학 개념의 형성 과정-'비애'의 감각을 중심으로」, 『탈식민의 역학』, 민족문학사연구소 기초학문연구단, 소명출판, 2006, 143쪽.

금까지 꾸준한 관심의 대상이 되고 있는 주제로는 무엇보다도 카프 문인들의 전향 문제를 들 수 있다.

우선 1930년대 한국 전향소설의 총체적 연구를 시도하고 있는 김인옥은, 카프 해체 후부터 『문장』과 『인문평론』이 폐간되는 1941년 초 사이에 구카프작가들에 의해 발표된 전향소설만을 연구 대상으로 삼는다. 동반자 작가나 非카프 작가가 쓴 작품 가운데에도 전향의 심리를 날카롭게 묘파하고 있는 경우가 많음에도 불구하고 김인옥은 식민지 조선의 전향소설을 구카프의 중심 세력이 카프 해체 이후 시도한 다양한 모색의 과정과 결부지어 고찰해야 한다고 주장한다. 구카프작가들은 "일제의 강요에 의해 사상을 포기함으로써 실제로는 전향자가 되었음에도 불구하고 자신의 전향 자체를 인정하지 않거나 이를 극복하려는 노력을 보여주었다"[38]면서 이를 토대로 김인옥은 1930년대 전향 소설을 세 가지 유형으로 나누어 고찰하고 있다.

한편 노상래는 식민지 시기 한국 문인의 전향을 완전 전향(박영희, 백철, 김기진 등), 위장 전향(임화, 김남천 등), 그리고 비전향의 전향(이기영, 한설야 등)으로 유형화하여 검토한다. 그는 일본 지식인의 전향과 달리 식민지 조선인의 전향은 오히려 민족에 대한 배신행위로 인식되었는데 어떤 의미에서 행한 전향이건 그것은 일본의 국가 정책에 대한 동조와 순응을 의미했기 때문이다. "조선인의 경우, 어떤 전향자들도 자발적으로 전향할 수는 없었"는데 "전향은 곧장 반민족적 행위로 간주되었기 때문"이며, "따라서 한국의 경우 전향의 개념은 '순전히 강제에 의해 일어난 사상의 변환 특히 혁명이론에 바탕을 둔 사람들의 사상 변환'으로 규정되어야 한다"[39]는 것이다.

이와 달리 이상갑은 궁극적으로 전향소설은 친일 세계의 수용이라는 위험을 내포하고 있었다[40]는 견해나 전향은 곧 반민족적 행위였다는 전

---

38) 김인옥, 『한국 현대 전향소설 연구』, 국학자료원, 2002, 60쪽.
39) 노상래, 『한국 문인의 전향 연구』, 영한, 2000, 343-344쪽.
40) 김인옥, 앞의 책, 147쪽.

제 자체를 의문시하면서, '전향=친일'이라는 도식에 기반하고 있는 전향 개념 규정과 유형화 작업을 비판한다. "과연 우리에게 '전향'이 성립될 수 있는가"라는 근원적인 질문을 제기하는 이상갑의 기본적인 시각은 친일/저항이라는 문학사적 도식이 더 이상 문인들의 전향 의식을 깊이 있게 다루는 유효한 틀을 제공하지 못한다는 데 놓여 있다. 소재 차원에서의 접근을 의미하는 '전향 문학'과 전향 작가의 작품에 한정되는 '전향 작가의 문학'은 구별되어야 하며, "박영희·백철 등 몇몇 특이한 경우를 제외하면 우리의 전향은 '비전향'의 본질적인 계기를 내포하고 있다"41)는 것이다. 따라서 중요한 것은 "'전향'과 '친일'(천황제로의 귀의) 사이에서 상이한 여러 층위들을 확인하고 그 의미를 살펴보는"42) 일이다. 전향을 단순히 외적 강제의 결과로 간주하거나 전향=친일로 일반화할 수 없는 이유는, 많은 구카프작가들이 전향=친일의 구도를 취했음에도 불구하고 이는 표면상의 것일 뿐 내부적으로는 (비)전향=(비)친일의 균열을 곳곳에 드러내고 있기 때문이다. 조선적 특수성에 대한 안함광의 성찰적 시선은 바로 이 같은 균열의 상징이 되고 있으며, 대부분의 구카프작가들이 해방 이후 다시 계급문학으로 복귀했다는 점도 (비)전향=(비)친일의 균열을 의미하는 또 하나의 지표가 되고 있다. 전향과 친일의 관계를 보다 섬세하게 고찰할 것을 요구하는 이상갑의 논의는, 결국 그가 여러 차례 강조하듯 "지배 권력의 강요에 의한 '순응'이냐 의도적 '저항'이냐 라는 단순한 이분법을 넘어서"43)는 과정이 앞으로의 전향 문제 연구가 나아가야 할 하나의 방향임을 암시하고 있다.44)

---

41) 이상갑, 「전향과 친일 그리고 저항」, 『한국 근대 문학의 형성과 발전』, 국제어문학회 편, 보고사, 2004, 331쪽.

42) 위의 책, 333쪽.

43) 위의 책, 353쪽.

44) 전향의 문제를 본격적으로 다루고 있지는 않으나 카프를 해소파/비해소파로 분리하는 김재용의 유형화 작업(「카프 해소·비해소파의 대립과 해방 후의 문학운동」, 『역사비평』 3호(1988))과 그에 대한 임규찬의 반론(「카프 해소·비해소파 분리 문제와 비평적

조정환은 이와는 조금 다른 관점에서 사회주의 지식인―문인들의 전향 문제를 다루고 있다. 그는 사회주의적 좌파 문학이 국민문학의 흐름에 자발적으로 합류해 간 이유가 무엇인가라는 질문에 대해 다음과 같은 답변을 내리고 있다. 즉 "1920년대 조선에서 당대의 국민문학파와의 긴장과 갈등 속에서 성장한 조선의 프로 문학은 식민지 민족해방운동의 일부로서 출현했고 독립된 민족국가 건설을 목표로 했"다는 점에서 분명 "잠재적인 국민문학"이었고 따라서 "이 잠재적 국민문학이 지향했던 반제반봉건의 과제는 황국 국민문학의 대동아주의가 내건 반서구 모토에 의해 쉽게 흡수되고 또 해소되었다"45)는 것이다. 이는, 식민지 체험으로 말미암아 조선의 사회주의 운동은 민족해방운동의 일환으로 기획되었다는 점, 따라서 사회주의 문인들은 민족주의적 공산주의자로서의 면모를 강하게 보였다는 점 등을 근거로 일제 하 카프를 중심으로 전개된 사회주의 문학 운동이 민족 이념 및 국가주의 이데올로기와 어떠한 상호 길항 관계를 맺고 전개되었는지를 고찰하는 작업이 필요하다고 본 김성수의 견해46)와도 상통하고 있다.

프로 문학을 '잠재적 국민 문학'으로 규정하거나 사회주의 문인들을 '민족주의적 공산주의자'로 평가하고 있는 이러한 논의들은 친일/저항이라는 단순한 이분법에 근거한 연구 방법론뿐 아니라 계급문학과 민족문학을 배타적 대립 관계 속에 가두어 두는 관점 역시도 지양되어야 할

쟁점」,『문학사와 비평적 쟁점』, 태학사, 2001)은 전향 문제에 관해서도 시사하는 바가 크다. 임규찬은 "해소파 비해소파의 구분은 임화, 김남천이라는 문건[조선문학건설본부]의 주도적 인물이 카프 해산계를 실제로 제출했다는 현상 하나만으로 모든 역사적 사실을 평가하려는 형식주의적 접근"일 따름이며, "오히려 카프 해산기에 있어서 임화는 '지위사수책'으로 오인될 정도로 카프의 유지에 힘을 썼다는 기록"(224쪽)을 그 근거로 들고 있다. 특히 대부분의 사람들에게 일제의 탄압과 투옥 등으로 카프 해산은 필연적인 사태로 받아들여지고 있었다는 것이다.

45) 조정환,「삶문학의 관점에서 본 한국문학의 근대성과 탈근대성」,『한국 근대문학 연구의 역사적 전환과 창조적 모색』, 상허학회 2006년 심포지엄 자료집, 96쪽.

46) 김성수,「일제강점기 사회주의 문학에 나타난 민족 및 국가주의」,『민족문학사연구』 24호, 2004. 3, 74-78쪽.

300

것임을 말해주고 있다.

2) 신실증주의—자료 발굴의 성과 및 검열 연구

사실 일제 하 프로 문인들의 사상적 궤적에서 민족주의를 배제하는 일은 온당치 못하다는 지적은 그 동안 여러 논자들에 의해 줄곧 제기되어 온 것인데, 최근에는 사회주의와 민족주의의 배타적 대립이라는 문학사적 구도가 지닌 허구성이 실제 작품 발굴과 분석을 통해 증명된 바 있어 주목을 요한다. 최수일은 민족 모순의 문제를 정면으로 다루고 있는 김기진의 단편 「Trick」을 발굴하여 계급문학/민족문학이라는 문학사의 구도가 '허상'에 불과한 것임을 밝혀낸 바 있다.47) 프로문학의 거두 김기진에 의해 쓰인 이 작품은 일제의 일선동화정책을 비겁한 속임수, 즉 트릭(Trick)으로 몰아세우며 정면에서 비판하는 강한 민족주의적 경향을 내비치고 있다.

『개벽』 원본 확인 작업을 통해 얻어진 성과인 「Trick」의 발굴은 식민지 시기 검열의 문제를 새로운 각도에서 바라보게 한다는 점에서도 큰 의미를 지닌다. 최근 근대 문학과 근대문화제도의 연관성에 대한 연구의 일환으로 식민지 시기의 검열 문제가 중요한 학문적 주제로 부상하고 있는데48) 최수일은 민족모순의 문제를 형상화한 「Trick」의 전면삭제라는 검열의 흔적을 통해 다음과 같은 견해를 제시한다. 즉 다음의 사실을 식민지 시대 검열의 보편적 양상으로 성급히 일반화할 수는 없지만 분명 "식민지 시대 일제의 검열 정책이 일관되게 '계급문제'나 '사회주의'에 초점을 두고 있었던 것은 아니"49)며 적어도 "『개벽』에서는 비

---

47) 최수일, 「식민지 제도와 지식인에 대한 새로운 통찰—김기진의 소설 「Trick」에 대하여」, 『반공주의와 한국문학』, 상허학회 편, 깊은샘, 2005, 319쪽.

48) 문학의 제도사적 연구 경향에 대한 검토 및 그 전망에 관해서는 한기형, 「근대문학과 근대문화제도」, 『한국 근대문학 연구의 역사적 전환과 창조적 모색』, 상허학회 2006년 심포지엄 자료집, 23-39쪽.

49) 최수일, 앞의 글, 313쪽.

타협적 부르주아 문학이 프로문학보다 좀 더 근본적인 검열을 받았다"[50]
는 것이다.

앞에서 살펴본 바 있듯 프로 문학의 '재인식'이나 '재검토'의 의도를
띤 최근의 논저들은 식민지 시기 프로 문학에 대한 실증주의적 연구는
이미 마무리되었다는 데 대다수 동의하고 있다.[51] 그러나 원본 대조 작
업이라든가 검열 연구 등과 같은 실증적 연구 작업은 결코 '일단락'된
적 없음을 최근의 논저들은 입증하고 있다.

실증주의적 연구 방법론의 연장선상에서 비교문학적 연구 방법론도
새로운 국면으로 접어들 필요가 있다. 한일 프로 문예 비평에 대한 비
교 연구를 진행하고 있는 조진기의 『한일 프로문학론의 비교 연구』(푸
른사상, 2000)나 한설야와 中野重治의 전향 문학을 비교 검토하고 있는
황치복의 「한일 전향소설의 문학사적 성격」(『한국 문학이론과 비평』16
권(2002) 등의 작업이 이러한 방향을 예고하고 있다.

3) 북한문학과의 관련

만일 지금의 상황에서 카프 문학 연구가 여전히 '현실적으로 유효한'
측면을 가지고 있다면, 그것은 우리가 북한 정권과 북한 문학이라는 부
정할 수 없는 현실을 마주하고 있기 때문일 것이다. "남북한 문학사의
통일 논리"[52]를 찾기 위해 남북한 문학사를 비교 고찰한 결과 리얼리즘

---

50) 위의 글, 312쪽.
51) 김윤식의 『한국근대문예비평사연구』(일지사, 1976), 역사문제연구소 문학사 연구 모임
    의 『카프문학운동 연구』(역사비평사, 1989), 김영민의 『한국 근대문학비평사』(소명출판,
    2002), 권영민의 『한국 계급문학 운동사』(문예출판사, 1999) 등의 연구 업적을 예거하면
    서, 1980년대 중반부터 본격화된 프로 문학 연구에서 실증주의적 연구는 매우 높은 수
    준에 이르렀다고 평가한 김외곤의 견해(앞의 글, 202쪽)나 실증주의에 기반한 전대의
    연구 성과를 토대로 새로운 쟁점을 발굴해야 한다고 주장한 권성우의 견해(앞의 책,
    20-21쪽) 등이 여기 해당된다.
52) 김성수, 『통일의 문학 비평의 논리』, 책세상, 2001, 49쪽.

미학의 중요성이 새삼 부각된다는 점에서 프로 문학에 대한 새로운 접근이 필요하다는 김성수의 지적이나, 프로 문학이야말로 "일제 하 문학 중에서 남북이 공통으로 문학 유산으로 간주하는 문학적 흐름 혹은 경향"[53]이자 남북 간에 "현실적으로 소통 가능한 의제 중의 하나"[54]이기에 프로 문학에 대해 논의하는 작업은 냉전적 분단 구조의 해체에 있어 매우 중요한 의미를 띤다는 김재용의 지적은 모두 이러한 맥락에서 이해된다. 프로 문학에 대한 남북의 평가를 비교 분석하고 그 공통점과 차이점을 추출해 내는 일은 남북문학의 접점 찾기와 통합에 있어 중요한 의미를 띠는 작업이라는 이 같은 견해는 궁극적으로 "언젠가 쓰일 통합문학사 서술"[55]을 염두에 둔 것이다.

프로 문학에 대한 북한 문예계의 평가를 추적해 보면 1950년대의 북한 문학사에서는 프로 문학이 가장 중심적인 문학사적 전통으로 평가받았으나 1967년 이후 주체 사상의 체계화가 이루어진 후 1970년대에는 항일혁명문학 유일 정통론에 밀려 프로 문학은 제대로 된 평가를 받지 못하였다. 그러나 1990년대에 이르러 김정일의 『주체 문학론』을 계기로 프로 문학은 다시금 주목을 받기 시작했다.

이처럼 프로 문학이라는 연구 대상에 대한 관심과 열정이 정치·사회적 변화에 따라 큰 편차를 보인다는 점은 남북이 다르지 않다. 프로 문학에 대한 각각의 재평가 작업과 그 전개 과정이 남북의 변화된 상황을 드러내는 척도가 될 수 있는 것은 이 때문일 것이다. 그런 점에서 최근 남한의 프로 문학 재인식이 연구 방법론상의 도식성 비판과 상대화로 특징지어진다고 할 때, 이는 그 자체로 남북 관계에 대한 냉전적이고 경직된 사고방식을 연구자들 사이에서 더 이상 찾아보기 어렵게 되었다는 사실을 반영하는 현상이라 할 수도 있다. '언젠가 쓰일 통합문학

---

53) 김재용, 「남북의 근대 문학사 서술과 프로 문학의 평가」, 『민족문화연구』 33호, 2000, 162쪽.
54) 위의 책, 170쪽.
55) 김성수, 「프로 문학과 북한 문학의 기원」, 『민족문학사연구』 21호, 2002. 12, 58쪽.

사 서술'에 대한 기대는 바로 이러한 변화의 와중에 형성된 것이다.

6. 결론 및 전망

지금까지 최근 프로 문학 연구에 나타나는 몇 가지 주요 흐름을 살펴보았다. 1980년대 중후반경에 일었던 프로 문학 연구 붐이 '집단적 연구열'의 원인이자 결과였다고 한다면, 최근의 프로 문학 연구는 개별 연구자의 '개인적 자의식'을 동반하는 경우가 많다는 사실을 우선 지적할 수 있겠다. 이는 무엇보다도 프로 문학이 '현실 변혁 운동'의 일환으로 우리 문학사에 등장했다는 역사적 사실에 조금도 변함이 없기 때문일 것이다. 현실 사회주의가 몰락한 지 십 수 년이 지난 현재의 상황에서 사회주의 문학을 굳이 호명한다는 것에는 어떤 의미가 있는가. 이러한 질문에서 자유로울 수 없다는 것이 현재 대다수의 프로 문학 연구자들이 처한 현실적인 상황이다. 그러나 서론에서 이미 지적한 바와 같이 연구자 개인의 민감한 자의식을 드러내는 것 자체가 프로 문학에 대한 새로운 이론적 접근을 보장하는 것인 양 간주되어서는 곤란하다. 포즈와 방법론은 구별되어야 하며, 오히려 앞으로의 프로 문학 연구는 1980년대라는 '황금기'에 대한 끊임없는 자의식 표출로부터 어느 정도 자유로워질 수 있는가에 따라 그 양과 질이 크게 좌우되리라 생각된다. 1980년대라는 특정 시기를 연구사적 '정점(클라이맥스)'이나 '권위'로 간주한 채 그로부터 얼마나 많이 달려 나왔는지에 대한 고민의 깊이를 드러내는 것이 연구의 수준과 깊이를 가늠하는 기준이 될 수는 없다. 재조명에 필요한 불빛은 과거가 아니라 현재 또는 미래에서 찾아져야 할 것이기 때문이다.

20세기 말 21세기 초 문학 연구 분야에 활력을 불어 넣고 있는 다양한 입론들에 얼마나 발 빠르게 대응해 나가고 또한 그것을 선도하느냐에 따라 프로 문학 연구의 전망은 사뭇 다르게 점쳐질 것이라 생각된다.

이와 관련해 문학 연구의 새로운 흐름을 대변하는 젠더 연구, 문화 연구, 제도 연구 등의 중심에 프로 문학에 관한 새로운 인식이 자리하고 있음을 주목할 필요가 있다. 특히 사회주의/유미주의, 민족주의/계급주의, 리얼리즘/모더니즘, 이념/감성 등과 같은 각종 이분법적 구도를 넘어선 지평에서 프로 문학의 위상과 의의를 재고찰하는 최근의 연구 경향은, 프로 문학이야말로 젠더 연구, 문화 연구, 제도사 연구 등의 새로운 학문적 실천이 요청하는 주요 연구 대상이 될 것임을 예견하고 있다. 페미니즘과 정신분석학에 기대어 사회주의 담론의 남성중심성을 폭로하는 작업이라든가 프로 문학의 문화사적 의미를 발굴하려는 노력, 그리고 일제 하 검열 제도를 통해 민족주의 문학과 사회주의 문학의 실상을 밝히려는 연구 등이 구체적인 예가 될 수 있겠다. 특히 최근 논쟁의 중심에 있는 문화 연구와 관련해 한 마디 첨언해 두고자 한다. 문화 연구의 핵심은 정치학으로부터의 후퇴가 아니라 '문화의 정치학'이라는 영역의 발굴에 있다는 문제의식은, 계급운동이라는 정치적 실천의 일환이자 사회주의라는 유행하는 문화적 현상의 일부였던 프로 문학 연구를 통해 한층 예각화하리라 생각된다. 결국 현실 변혁이라는 일제 하 프로 문학의 대의와 사명은 21세기 연구자에 의해 시도되는 이 같은 다양한 관점들의 모색 속에서 끊임없는 자기 갱신을 이루어 나가게 될 것이다.

주제어 : 신경향파 문학, 프로 문학, 리얼리즘/모더니즘, 계급주의/민족주의, 친일, 전향, (신)실증주의, 북한문학(사)

◆ 참고문헌

1. 단행본

권성우,『모더니티와 타자의 현상학』, 솔, 1999.

권영민,『한국 계급문학 운동사』, 문예출판사, 1999.

김성수,『통일의 문학 비평의 논리』, 책세상, 2001.

김영민,『한국 근대문학비평사』, 소명출판, 2002.

김외곤,『한국 근대 리얼리즘 문학 비판』, 태학사, 1995.

김인옥,『한국 현대 전향소설 연구』, 국학자료원, 2002.

노상래,『한국 문인의 전향 연구』, 영한, 2000.

박상준,『한국 근대문학의 형성과 신경향파』, 소명출판, 2000.

손정수,『텍스트의 경계』, 태학사, 2002.

서경석,『한국 근대 리얼리즘 문학사 연구』, 태학사, 1998.

조진기,『한일 프로문학론의 비교연구』, 푸른사상, 2000.

──────,『일본 프로문학론의 전개 1, 2』, 국학자료원, 2003.

조현일,『한국 문학의 근대성과 리얼리즘』, 월인, 2004.

문학과 사상 연구회 편,『임화 문학의 재인식』, 소명출판, 2004.

──────────────────,『한설야 문학의 재인식』, 소명출판, 2000.

문학사와 비평학회,『최서해 문학의 재조명』, 국학자료원, 2002.

역사문제연구소,『카프문학운동연구』, 역사비평사, 1989.

한국문학비평학회, 임영천 엮음,『카프 문학과 비평의 논리』, 다운샘, 2006.

2. 논문

김명인,「한국 근대문학 개념의 형성 과정-'비애'의 감각을 중심으로」, 민족문학사
         연구소 기초학문연구단,『탈식민의 역학』, 소명출판, 2006.

김병길,「프로 소설의 시·공간성 연구」, 연세대 석사논문, 2000.

──────,「프로문학과 인민주의」,『현대소설연구』16집, 2002. 6.

──────,「일제강점기 사회주의 문학에 나타난 민족 및 국가주의」,『민족문학사연구』
         24호, 2004. 3.

김성수,「프로 문학과 북한 문학의 기원」,『민족문학사연구』21호, 2002. 12.

김재용,「남북의 근대 문학사 서술과 프로 문학의 평가」,『민족문화연구』33집, 2000.

나병철,「식민지 시대의 사회주의 서사와 여성 담론」,『여성문학연구』8집, 2002. 12.

박근예, 「1920년대 문학 담론 연구」, 이화여대 박사논문, 2005.

손유경, 「한국 근대소설에 나타난 '同情'의 윤리와 미학에 관한 연구」, 서울대 박사논문, 2006.

서경석, 「카프 작가의 일본어 소설 연구」, 『우리말글』 29집, 2003. 12.

신두원, 「계급문학, 민족문학, 세계문학」, 『민족문학사연구』 21호, 2002. 12.

오문석, 「프로시의 아포리아」, 『반공주의와 한국문학』, 상허학회 편, 깊은샘, 2005.

유문선, 「신경향파 문학비평 연구」, 서울대 석사논문, 1995.

――, 「예술과 과학 사이의 거리」, 『20세기 한국 문학의 반성과 쟁점』, 문학과사상연구회, 소명출판, 1999.

――, 「카프 작가와 프롤레타리아 국제주의」, 『민족문학사연구』 24호, 2004. 3.

이기인, 「카프 초기 논쟁에 대한 재검토」, 『한국문학이론과 비평』 19집, 2003. 6.

――, 「카프 방향전환론의 재검토」, 『한국언어문학』 52집, 2004. 6.

이상갑, 「1930년대 후반기 창작방법론 연구」, 고려대 박사논문, 1994.

――, 「전향과 친일 그리고 저항」, 『한국 근대 문학의 형성과 발전』, 국제어문학회 편, 보고사, 2004.

이순욱, 「카프의 매체 투쟁과 프롤레타리아 동요집 『불별』」, 『한국문학논총』 37집, 2004.

이현식, 「한국 근대비평사를 바라보는 하나의 관점」, 『민족문학사연구』 21호, 2002. 12.

임규찬, 「카프 해소·비해소파 분리 문제와 비평적 쟁점」, 『문학사와 비평적 쟁점』, 태학사, 2001.

정찬영, 「카프 해산과 전향 논리의 의미」, 『현대문학이론연구』 13집, 2000.

정희모, 「1930년대 창작방법 논쟁과 카프문학의 미학」, 『비평문학』 13호, 1999. 7.

조정환, 「삶문학의 관점에서 본 한국문학의 근대성과 탈근대성」, 『한국 근대문학 연구의 역사적 전환과 창조적 모색』, 상허학회 2006년 심포지엄 자료집.

차원현, 「문학과 이데올로기, 주체 그리고 윤리학」, 『민족문학사연구』 21호, 2002. 12.

채호석, 「탈―식민과 (포스트―)카프문학」, 『민족문학사연구』 23호, 2003. 12.

최수일, 「식민지 제도와 지식인에 대한 새로운 통찰―김기진의 소설 「Trick」에 대하여」, 『반공주의와 한국문학』, 상허학회 편, 깊은샘, 2005.

최원식, 「프로문학과 프로문학 이후」, 『민족문학사연구』 21호, 2002. 12.

한민주, 「1930년대 후반기 전향소설에 나타난 남성 매저키즘의 의미」, 『여성문학연구』 10집, 2003. 12.

한형구, 「'12월 테제'에서 '물논쟁'까지」, 『민족문학사연구』 24호, 2004. 3.

황치복, 「한일 전향소설의 문학사적 성격」, 『한국문학이론과 비평』 16집, 2002. 9.

◆ 국문초록

　이 글은 프로 문학 연구 붐이 일었던 1980년대 중후반 경의 프로 문학 연구 성과를 발전시키거나 극복하고 있는 최근의 연구 성과를 검토하고 앞으로의 전망을 모색하기 위해 쓰였다. 논의의 중심은 기존의 연구 방법론과 관점에 대해 비교적 뚜렷한 거리 두기를 시도하고 있는 논저들을 검토하는 데 있다. 검토 방향은 크게 세 가지로 정리된다. 첫째, 과거의 연구사에서 상대적으로 소외되었던 연구 대상의 위상을 복권하고 있는 논저들을 다루었다. 신경향파 문학에 대한 재인식이 여기에 속한다. 둘째, 1980년대라는 역사적 특수성에서 비롯된 바 프로 문학에 대한 연구자의 과도한 의미 부여에 대해 비판적으로 접근한 논저를 다루었다. 특히 기왕의 프로 문학 연구 방법론이 기대고 있는 다양한 문학사적 도식, 이를테면 리얼리즘/모더니즘, 계급주의/민족주의, 저항/친일 등과 같은 이분법적 시각을 의문에 부치거나 상대화하는 일련의 논저들이 여기에 포함된다. 셋째, 전향문학 연구, 신실증주의적 연구, 비교문학 연구, 북한문학사 연구 등에 대해서도 간략히 살펴보았다. 결국 20세기 말 21세기 초 문학 연구 분야에 새로운 활력을 불어 넣고 있는 다양한 입론들(이를테면 젠더 연구, 문화 연구, 제도 연구 등)에 얼마나 발 빠르게 대응해 나가고 그것을 선도하는가에 따라 프로 문학 연구의 앞길은 다르게 열릴 것이다.

◆ SUMMARY

Recent Studies of Proletarian Literature and
the Future Direction

Son, You-Kyung

This paper attempts to examine the previous studies on proletarian literature from the late 20th century to the early 21th century, focusing on investigating some researches which try to overcome the past studies on proletarian literature in the 1980's. Firstly, I deal with the researches characterized by their efforts to restore the significance of themes such as *Shin-Gyunghyang-pa* literature. Secondly, I focus on critical researches reexamining the meaning of past studies on proletarian literature in the 1980's. Especially, I demonstrate that they play an essential role to problematize the dichotomy between realism/modernism, socialism/nationalism, and resistance/obedience. Thirdly, I deal with the studies on conversion literature, researches on comparative literature, and the studies on the history of North Korean literature. I conclude that the future of the researches on proletarian literature depends on how the individual researchers can invent new perspectives concerning many significant issues such as gender studies and cultural studies.

Keyword : *Shin-Gyunghyang-pa* literature, proletarian literature, realism/
modernism, socialism/nationalism, resistance/obedience, North
Korean literature

─이 논문은 2006년 11월 30일에 접수되어, 소정의 심사를 거쳐 2007년 2월 6일에 최종적으로 게재가 확정되었음.

II.

이태준 논문

한만수 · 이태준의 「패강냉」에 나타난 검열우회에
대하여

이태준의 「패강냉」에 나타난 검열우회에 대하여*

한 만 수**

목 차

1. 들어가며
2. 「패강냉」에 숨겨진 신채호
3. 검열지침과 「패강냉」의 지명
4. 텍스트의 개변과 '말할 수 없음 표'
5. 육십갑자 사용과 일본어 섞어 쓰기
6. 나오며

1. 들어가며

이 글은 식민지시기 검열을 우회하기 위해 작가들은 어떤 노력을 기울였는지를 파악하기 위한 일종의 사례연구로서 상허 이태준의 「패강냉(浿江冷)」을 살피기로 한다. 하필 이태준을 주목하고자 하는 것은 다음 몇 가지 이유 때문이다. 먼저 상허는 꽤 오랫동안 신문기자로 있었던 소위 '기자―문인'[1]에 속하므로 검열에 대해 다른 작가들보다 예민

---

* 동국대학교 교수.

[1] 박용규(「식민지 시기 문인기자들의 글쓰기와 검열」, 『한국문학연구』 28집, 동국대 한국문학연구소, 2005년 12월, 79-120쪽)가 개념화한 '문인기자'라는 용어를 필자는 이렇게 바꿔 쓰고자 한다. 이는 단순하 필자의 전공영역이 한국문학이라는 점 때문이 아니

했으며 검열지침에 대해서도 잘 알고 있었으리라고 추정된다는 점, 기자-문인 중에서도 이태준은 검열이나 언론 상황에 관한 서술이 비교적 많은 편이라는 점, 1924년에 등단하지만 주로 1930년대에 활발한 활동을 벌인 문인이라는 점 등 때문이다. 1930년대가 중요한 까닭은 이 시기가 검열체제가 완성되고 검열기준들이 점차 일반에 공개되며 인쇄자본들은 점차 검열의 소주체로서의 성격이 강해지는 때이기 때문이다.[2] 결국 이태준은 검열기준에 대해 비교적 잘 알고 있었을 것이며, 식민지배에 대한 비판적 인식을 비교적 후기까지 견지하고 있었으므로 1930년대 검열우회 노력을 점검하기에 적절한 작가라고 판단한다.

이 글은 검열 우회를 위해 이태준은 어떤 장치들을 고안해냈는가를 검열기준과 관련지어 살피는 데 주안점을 두게 될 것이다. 특히 작품속에 인용된 고전작품을 주목하여 점검하고자 한다. 그 까닭에 대해서는 잠깐 설명해둘 필요가 있다. 이태준은 널리 알려져 있다시피 한학에 관심이 많았으며 그런 만큼 작품 속에 종종 고전을 인용한다. 한 작가가 다른 작품을 인용하는 경우, 그 인용된 부분에 대한 해석은 해당 작품의 해석에서 적지 않은 중요성을 지니겠지만, 지금까지 연구는 이에 대해 충분히 주목하지 못했다. 이는 고식적인 현대문학/고전문학의 이분법적 연구경향과 관련될 터이다. 고전문학에 대한 식견이 있는 사람들은 이태준을 읽거나 연구하지 않고, 현대문학 전공자들은 읽더라도 인용된 고전의 의미를 알지도 못하거니와 별 관심도 두질 않는 것이다. 그러니 이태준을 이해하는 데에 한계가 있을 수밖에 없다. 더군다나 작품 속에서 고전의 한 구절을 인용하는 일은 근대 이전 문학에서 퍽 널

라, 그들 대부분이 기자보다는 문인 쪽에 자기정체성의 무게를 두었다는 점을 감안한 용어이다.

2) 일제는 비밀에 붙여왔던 검열기준을 1930년대에 들어서면 공개하기에 이른다. 이에 따라서 일반 문인들이 검열기준을 잘 알게 되었으므로 그에 대한 대응 역시 좀더 체계적인 것으로 되었을 것이다. 검열기구의 체계화에 대해서는 정근식-최경희, 「도서과의 설치와 일제 식민지출판경찰의 체계화, 1926~1929」, 『한국문학연구』 29집, 동국대한국문학연구소, 2006. 6, 152-160쪽 참조.

리 사용하던 관례로서, 그 고전의 맥락에 따라서 직접 드러나는 문면의 의미 말고도 많은 숨은 의미들을 전달할 수 있다. 이러한 고전 인유의 방식은 저자의 뜻을 감추면서 드러내는 일에 매우 효율적이므로, 검열을 우회하기 위해서도 상당히 효율적이었을 것으로 추정할 수 있다. 이태준은 검열을 우회하기 위해서 다양한 기법들을 동원하였는데, 고전의 인유를 적극적으로 활용하는 것 또한 그 한 방식이었다.

2. 「패강냉」에 숨겨진 신채호

이태준의 단편 「패강냉」3)에서는 "각하−안−산−진 수궁처……임흠정−가고옥−역난위를……"이라는 한시가 인용된다(472쪽). 물론 소리 내어 읊는 것으로 설정되어 있으니 이렇게 표기하는 것은 당연하다. 하지만 누구의 작품인지 밝히지 않으며 한자 표기도 없어 무슨 뜻인지조차 알기 어렵다. 이런 식의 독서 장애를 불러오는 표기는 그 자체로도 독특한 것이거니와 이태준의 일반적인 인용방식과도 매우 대조적이다. 「패강냉」의 마지막 대목에서는 '이상견빙지(履霜堅氷至)'로 한자를 병기하면서, 출전도 밝히고 한글로 뜻풀이까지 곁들인다. 또한 다른 작품들에서도 거의 예외 없이 출전을 밝히면서 한자표기를 병기하고 있다.4) 어째서 이태준은 유독 이 한시를 인용하면서 독서 장애를 불러오는 표기를 예외적으로 선택했을까.

이 대목이, 이승수의 지적대로, 신채호의 「백두산도중(白頭山途中)」 중에서 인용한 것임을5) 알면 그 의문은 쉽게 풀린다. 먼저 신채호의 한

---

3) 「삼천리문학」, 1938. 1. 앞으로 이 작품의 인용은 별도의 표시가 없을 경우 이 판본에서 인용한다.

4) 한문 원전 인용 뿐만아니라 고유명사나 혼동의 우려가 있는 단어들도 거의 대부분 괄호 속에 한자를 병기하고 있다. 또 작품 「무연(無緣)」에서는 한퇴지의 「송이원귀반곡서(送李愿歸盤谷序)」 중 한 부분을 인용하면서 "坐茂樹以終日 濯淸泉以自潔 採於山 美可茹 釣於水 鮮可食 起居無時 惟適之安"으로 한자로만 표기하기도 한다.

314

시 전문을 보자.

인생사십태지리(人生四十太支離)　　인생 사십 년 지리도 하다
빈병상수잠불이(貧病相隨暫不移)　　병과 가난과 잠시도 안 떨어지네
최한수궁산진처(最恨水窮山盡處)　　한스럽다 산도 물도 다한 곳에서
임정가곡역난위(任情歌哭亦難爲)　　내 뜻대로 노래 통곡 그도 어렵네
　우(又); 또
남왕북주동경년(南往北走動經年)　　남북으로 오가며 세월만 가네
래역연연불역연(來亦然然去亦然)　　와도 그러려니 가도 그렇네
종지만사수자단(從知萬事須自斷)　　세상 만사 제 뜻대로 결단해야지
부앙수인최가련(府仰隨人最可憐)　　남 따라 다니는 것 가장 가엾네.6)

이 작품은 단재가 "독립군 양성기지를 백두산에 구축할 것을 생각하고(중략) 그 답사를 겸하여 백두산을 등반"7)하고 쓴 작품이다. 첫 연의 기, 승 두 구는 개인사와 관련된 서술이며, 전, 결 두 구는 백두산을 등반하면서 느끼는 감회를 적었다. 이태준은 첫 연의 전, 결 구만을 인용한다. "수궁산진처(물이 다하고 산이 다한 곳)"란 국토의 끝이면서 정점인 백두산을 가리키며 동시에 그 국토가 식민화되었음을 암시한다. 결구는 물론 사상과 표현의 자유가 박탈된 상황을 말함인데, 「패강냉」이

---

5) 이 작품이 신채호의 한시임을 이승수는 이미 10여 년 전에 밝힌 바 있으나(「한국문학의 공간 탐색1. 평양」, 『한국학논총』 133집, 1994, 119-120쪽) 아직까지도 현대문학전공자들 사이에서는 그다지 알려져 있지 않다. 역시 고전/현대문학의 소통부재 탓이다. 이승수의 논문은 평양이라는 공간의 문화지리를 탐색하는 것이었으므로 「취유부벽정기」와 「패강냉」을 비교할 뿐 검열의 문맥과 관련하여 해석하지 못하였으며, 이태준의 다른 작품과의 연결해서 살피지도 못했다. 이승수가 이태준의 신채호 인용이라는 중요한 발견을 했으면서도 "이태준은 일제의 탄압이 점차 혹독해지는 와중에서 무기력한 지식인의 비통한 심정을 몇 소절 노래가사에 담았"다는 정도의 인식에서 더 나아갈 수 없었던 까닭은 주로 여기에 있다.

6) 이은상 역주, 「백두산도중」, 『단재 신채호전집』(개정판), 형설출판사, 1977, 하권 392쪽; 최홍규, 『신채호의 민족주의사상』, 단제 신채호선생 기념사업회, 1983, 125쪽에서 재인용.

7) 최홍규, 앞의 책, 124쪽.

조선어교육 폐지를 중요한 계기로 삼고 있음과 긴밀하게 호응하고 있다. 따라서 이 두 구절만을 인용하더라도 암유의 효과는 충분하다.

검열당국의 소위 '블랙리스트'에 올랐을 신채호의 작품인데다가, 꼭 이 작가가 누구인지를 떠나서 그 내용만 보아도 검열관이 그 뜻을 알았다면 통과될 가능성은 매우 낮았을 것이다. 그러나 "각하-안-산-진 수궁처…… 임흠정-가고옥-역난위를……"이라는 작품 속의 표기만을 보면서 이 한시가 신채호의 것임을 알아채기는 어려우며 심지어는 무슨 뜻인지조차 전달되지 않는다. 그 이유는 작가 이름과 한자병기를 생략한 것 말고도 몇 가지가 더 있다.

첫째, 한시를 노래 부르는 소리에 가깝게 표기하고 있는데, 그 표기가 한시 텍스트의 의미를 짐작하기 어려운 수준까지 이행되었다. '한'을 '하-안'으로 표기하였으며 '흠'이라는 의미 없는 소리도 집어넣었다.

둘째, 전문인용을 하지 않고 첫 연의 두 구(그것도 뒷부분의 두 구)만을 인용하였으며 작품 제목 역시 밝히지 않았다.

셋째, 원시를 조금씩 바꿔놓기까지 했다('최'가 '각'으로, '수궁산진'이 '산진수궁'으로).8)

이 대목이 검열을 통과한 것은 이런 다양한 수법의 덕분이었다. 노래의 형식으로 이 시를 인용하는 것부터가 검열우회의 의도를 가진 선택이었던 것이다.

「패강냉」에서 이 한시는 그 직전에 기생 영월이 부른 "일조-오-나

______

8) 물론 이는 이태준이 원시를 잘못 알았거나 단순한 오식일 가능성도 없지 않다. 그러나 결과적으로 검열관의 눈을 속이기에는 유리한 것이었다는 점만은 분명하다. 나중에 『이태준단편집』(학예사, 1941)으로 묶이면서는 표기를 조금 다듬어 "각하-안-산-진 수궁처…… 임-정-가고옥-역난위를……"로 바꿨다. 잡지 발표본의 표기 "각하-안-산-진 수궁처……임흥정 가고옥 역난위를"에서 제4행만 바뀌었는데, 의미 없는 '흠'이 빠지면서 비교적 단순하게 장음 처리만 되어 있어 한자 원음을 짐작하기가 좀 쉬워졌다. 잡지 발표 때의 오식을 다듬은 것일 수도 있지만, 잡지 발표 때 검열 통과결과에 따른 자신감에서 독자들에게 원시가 누구의 것인지를 알려줄 수 있는 정보를 다소 강화시킨 것이라고도 볼 수 있다.

316

앙군"9)이라는 가사에 대한 화답으로 제시된다. 즉 영월이 이 가사를 부르자, 조선어교육 폐지에 따라 조선어선생에서 반(半)실업자로 전락한 '박'이 "그래도 꽤 어울리게 이런 시 한 구를 읊어서 소리를 받는다"는 지문과 함께 신채호의 한시가 제시되는 것이다. 그렇다면 영월이 부른 이 구절은 어떤 가사인가. 어떤 노래이기에 신채호의 한시와 "꽤 어울리게" 호응되는가.

"일조—오—나앙군"은 '일조낭군(一朝郎君)'인 바, 역시 노랫소리에 가깝게 표기하면서 한자는 생략했다. 이 구절은 대부분의 경우 "일조낭군 이별후에"로 이어지는데,10) '어느 아침 갑자기 떠나가신 님'을 그리워한다는 뜻으로 꽤 많은 가사에서 사용된다. 그 중에서도 가사창 「황계사(黃鷄詞)」를 인용한 것으로 보는 편이 좀더 잘 어울린다(물론 「황계사」의 내용을 이태준이 알고 있었다면 그렇다).11) 단재는 1936년에 작고한 바, 「황계사」는 '일조낭군'이 동원되는 다른 가사들과는 달리 죽은 낭군을 그리워하여 부르는 노래이기 때문이다. 결국 신채호 작고 3년 뒤인 1939년의 「패강냉」에서 인용하는 '일조—나앙군'이란, 「황계사」의 '어느 아침 세상을 떠난 낭군'을 차용하여 신채호를 애도하는 대목이라고 추정하는 것이 자연스럽다. '일조낭군'과 신채호의 한시가 "꽤 어울리게" 호응하는 까닭은 여기에 있다.

「패강냉」에서 '일조낭군'과 '최한수궁산진처 임정가곡역난위'를 원래 뜻이나 작가를 밝히기는커녕 짐작조차 어렵도록 표기하는 까닭은 명

---

9) 첫 발표지면에서는 '알조—나앙군'으로 표기되어 있어 더욱 원시의 내용이나 출전을 짐작하기 어렵다. 하지만 나중에 『이태준단편집』으로 묶을 때는 '일조—나앙군'(123쪽)으로 바로잡혔다.

10) "이별후에"까지를 인용하여야 인용 작품의 뜻이 전달될 가능성이 높음에도 불구하고 이 대목만 떼어냈다. 이 역시 전달가능성을 의도적으로 약화시키려는 의도로 볼 수 있다.

11) 이승수가 이미 「황계사」의 인용이라고 보았으나(앞의 글, 119쪽), 「황계사」에서의 '일조낭군'은 '죽은' 낭군에 대한 그리움이라는 점에 주목하지 않아 신채호의 작고와의 연계성을 충분히 부각시키지는 못했다.

백하다. 이태준은 인용구의 원래의 의미나 상호텍스트성을 짐작하기 어렵게 만들기 위해 의도적으로 노력했다. 의사소통 가능성을 약화시킴으로써 역설적으로 의사소통의 가능성을 보장받고자 했던 것이다. 이는 작가와 독자 사이의 일종의 암호체계이며, 이 암호는 검열관을 우회하면서 독자의 적극적인 해석에 의해 작동할 수 있었을 터이다.[12]

「패강냉」에서 신채호를 끌어들이는 방식은 지금까지 보았듯이 거의 암호문처럼 치밀하게 감춰져 있다. 그 덕분에 검열관의 눈을 속일 수 있었지만, 후대 연구자들마저도 이를 알아채릴 수 없었다. 이렇게 「패강냉」이 신채호와 직결된다는 점은, 이 작품에 대한(나아가 이태준에 대한) 새로운 해석의 가능성을 몇 가지 보여준다.

첫째, 「패강냉」은 조선어 교육 금지를 주된 시대적 배경으로 삼고 있는 바, 신채호가 이미 『천희당시화』에서 한글 쓰기를 주창하는 동시에 '문약한 문학'을 거부했던 것과도 연결 지어 해석할 수 있을 것이다. '현'과 조선어선생 '박'은 한글 쓰기와는 관련되지만 '강무한 문학'이나 무력투쟁노선에서는 신채호를 따르지 못한다.

둘째, 이 작품이 첫 발표본(1938년)과 『이태준단편집』(1941년)본 사이에 적지 않은 작품 손질이 있는 바, 이를 해석하는데도 도움이 될 것이다. 대표적 보기로는 첫 발표본에서는 한문시간까지 없어지면 "나도 그때 아조 고만둬버리려고 아직은 찌싯찌싯붙어있네"(22쪽)로 되어 있지만, 41년본에서는 "나도 그때 아조 손을 씻어 버리려 아직은 찌싯찌싯 붙어있네"(111쪽)로 바뀐다. '고만둔다'는 중립적인 표현을 버리고 '손을 씻는다'를 고르는 것이다. '손을 씻는다'는 표현은 물론 부정적인 일에서부터 벗어난다는 어조를 지니고 있으니, 자신의 직업에 대한 부정적 인식을 전제로 한다. 조선어 및 한문선생이라는 직업이 "찌싯찌싯"이라는 엉거주춤한 상태로, 나아가서는 '손을 씻어야' 할 대상으로

---

12) 현대문학과 고전문학의 분화가 아직 본격화되지 않은 상태이니, 현대 독자들보다는 훨씬 이 '암호'의 소통가능성은 높았을 것이다.

318

인식되는 것은 어째서일까. 작품의 문면만으로는 마땅하게 설명할 근거가 없지만, 신채호와 연결 짓는다면 해석의 실마리를 찾을 수 있다. 신채호의 해외망명/무력투쟁 노선과 대비될 때, 국내의 조선어선생 '박'은 소위 실력양성론에 해당하는 셈이다. 실력양성론자 '박'의 선택은 이제 조선어교육 금지에 의해 그 한계가 명백해졌다는 인식이 바로 '손을 씻는다'로 나타나는 것이리라. 「백두산도중」의 제2연 마지막 구절이 "세상 만사 제 뜻대로 결단해야지/남 따라 다니는 것 가장 가엾네"로 되어 있음을 염두에 둔다면 더욱 그러하다. '결단'하지 못한 자들, '가장 가엾은' 자들이 신채호에 대해 지니게 될 일종의 열패감. 그것을 조선어 선생 '박'과 작중화자 '현'이 공유하고 있는 것이다.13)

셋째, 제목에서 '대동강' 대신에 '패강(浿江)'이라는 지명을 사용한 까닭도 좀더 명확하게 설명할 수 있다.14) '패강'이란 고구려시대의 대동강 명칭이며 당나라 대군을 물리친 패강대첩의 주무대이다.15) 신채호, 고구려, 평양 등의 단어들은 자연스럽게 서경천도를 둘러싸고 벌어졌던 묘청의 이름을 떠올리게 한다(신채호는 이미 1925년에 동아일보를 통해 이 사건을 '조선 역사상 일천년래 제일대사건'이라고 평가한 바 있다). 「패강냉」이 서경파 묘청의 근거지였던 평양을 무대로 전개되는 것은 당연한 설정이다. 조선어과목이 폐지되는 시점에 주인공 '현'이 하필 평양으로 나들이를 하는 것은, 문면으로만 본다면 '박'의 초청에 따른 것이지만, 사실은 신채호의 발자취를 따른 결과가 된다. 이렇게 본다면 이

---

13) 물론 작품집이 나올 때는 검열이 좀더 강화된 시점이다. 따라서 이 시점에 '손을 씻는다'는, 실력양성론에 대해 좀더 비판적인 표현으로 가다듬는 것은 이해하기 어렵다는 이의제기도 가능하다. 하지만 작품집에 실릴 때 다른 좀더 직접적인 표현들이 삭제되는 대신에(이 글의 3장 1절 및 4장 참조) 이 손질이 들어간다는 점에 주목하여야 한다. 즉 검열 때문에 삭제해야 했던 부분들에 대한 아쉬움이 이런 식의 작은 표현의 손질로 나타난 것이라고 설명할 수 있다.

14) '패강'이란 물론 작품 창작당시에는 거의 쓰이지 않던 단어이며 소설 지문에서도 '대동강'으로 일관되게 표기된다. 그럼에도 불구하고 제목만은 「패강냉」이다.

15) '패강'이 현재의 대동강을 뜻하는지에 대해서는 이론이 있지만, 적어도 이태준은 그렇게 인식했음이 분명하다.

작품에서 '경평대항전'이라는 표현이나, '평양부'('평양'이 아닌)와 '서울'('경성부'가 아닌)이라는 식으로 지명을 구별해서 사용하였음에 대해서도, 뒤에 살피겠지만, 심상히 보아 넘기기 어렵게 된다.

넷째, 마지막 대목의 '이상견빙지' 역시 '일제의 강점이 점점 더 굳건해진다'는 식의 지금까지의 해석만으로 충분한 것은 아니다. 이런 해석은 "서리를 밟거든 그뒤에 어름이 올것을 각오하란 말이다"라는 이태준의 뜻풀이에 주로 기반하는 듯하다. 그러나 '미리 알아야 한다' 정도의 중립적 표현이 아니라 '각오'라는 단어를 사용하고 있다는 점에 주목할 필요가 있다. '각오'란 사전에 따르면 "(앞으로 닥칠 일에 대비하여) 마음의 준비를 함. 또는 그 준비"로 되어 있다. '각오'에 방점을 두어 해석해야 하는 까닭은, '이상견빙지'에 대한 주역의 설명이나 주자의 해석 때문이다.『주역』권2의 곤괘(坤掛)에서는 '이상견빙지'를 다음과 같이 설명하고 있다. "象曰: 履霜堅氷, 陰始凝也; 馴致其道, 至堅氷也.; 서리는 음의 기운이 응결되어 굳어지기 시작한다는 음의 시작을 말하고, 그것이 계속 진행되면 단단한 얼음이 된다." 이 설명은 언뜻 보아 기존의 해석을 뒷받침하는 것으로 보이지만 "계속 진행되면"이라는 단서에 주목할 때라면 사정은 좀 달라진다. 주자 역시 이 괘에 대해 풀이하면서 바로 이 단서에 대해 강조하고 있다. "소인이 처음에는 그 모습이 미미하지만 성장하면 점점 왕성해져 그야말로 '몹쓸 인간'이 되는 법이니, 그 처음에 길을 잘 들여 가르쳐야 한다"는 것이다. 게다가 음양론에서는 음이 지극해지면 다시 양으로의 반전이 예고되어 있는 것이라는 점도 감안할 필요가 있다. 그렇다면 '이상견빙지'를 기존의 해석과는 달리 풀이할 근거는 충분하다.

작품 제목에서도 보듯이 '패강'은 얼어있지 않고 단지 차가울 뿐이다("밤 강물은 시체와 같이 차고 고요하다"; 30쪽).16) "우수 경칩이면 대

---

16) "담배를 피려하나 성냥이 없다"는 대목은 다음에 보이는 「우암노인」의 마지막 대목과 대비된다. "우암노인은 머리맡을 더듬었다. 성냥갑을 찾음이다. 담배라도 다시 한때 붙여 물고 싶었거니와, 그보다는 불이, 한점의 불티라도 불빛이 그리워서였다."(1934. 11,

동강물도 풀린다"는 속담에서 보듯이 대동강은 결빙기간이 긴 편이지만 (하류의 경우 100일), 그럼에도 불구하고 아직 얼지는 않았다는 것이다. 얼기 전에 다스려야 할 대상이며, 설혹 얼어버린다 해도 그 지극해진 음은 다시 양으로의 반전이 예고되어 있다(나머지 '265일'에 대동강 결빙은 풀린다)고 해석할 수 있게 된다. 그렇다면, 이태준은 「패강냉」에서 식민상황이 점점 더 심화될 것이라는 암울한 전망만을 보이는 것이 아니다. 물론 이 작품에 암울한 전망이 짙다는 점 자체를 부인할 수는 없다. 그러나 그와 동시에, 숨겨져 있는, 막연하지만 낙관적인 전망까지를 함께 읽어야 할 것이다. 즉 신채호의 노선을 따르지 못하고 있는 자신 (등장인물 '박'과 '현')에 대한 자괴심이 이 작품의 주된 동력이라면, 더 얼기 전에 일찌감치 다스려야 할 것이라는 인식, 그리고 극음에서 양으로의 전환이 언젠가 있을 것이라는 믿음 등이 「패강냉」에는 나타나 있다. 앞서 살핀 대로 공교한 방식으로 숨기면서 신채호를 암유하고 있음을 고려할 때, '이상견빙지'에도 역시 '막연한 낙관성'이 감추어져 있을 가능성은 충분하다.[17]

다섯째, '이상견빙지'에 '막연한 낙관성'이 공존한다는 해석은 다른 작품에서 나타난 고전작품 수용양상과 연결 지을 때 더 설득력을 얻을 수 있다. 예컨대 「불우선생(不遇先生)」에서는 굴원의 「초사(楚辭)」 중에서 「어부사(漁父詞)」를 인용하고 있는 바[18] 널리 알려져 있다시피 이 작품은 '때를 얻으면 나아가고 때를 얻지 못하면 강호로 물러간다'는 유교적 출처관을 나타내는 전형적인 작품이다. 「무연(無緣)」에서 인용되는 한유의 「송이원귀반곡서(送李愿歸盤谷序)」 역시 때를 얻지 못하고 고향으로 물러가는 친구 이원을 보내면서 나도 때가 되면 그를 따라가

『개벽』; 원제 「어둠」) 확실히 1934년보다 식민상황이 악화되었다는 인식만은 분명하다고 보겠다.

17) 이태준이 '이상견빙지'에 대한 주자의 해석까지를 알고 있었다면 이 해석의 정당성은 확인될 것이지만 이는 불분명하다. 그러나 대동강의 결빙기간이나 음과 양의 변화원리 등에 대해서는 알고 있었을 가능성이 높다.

18) 이태준은 이 작품을 도연명의 「어부사」라고 밝히고 있으나, 착각인 듯하다.

리라는 내용의 작품이다. 이태준의 자전적 소설 「해방전후(解放前後)」
에서 '현'의 선택 역시 강호로 물러가 낚시로 세월을 보내는 것으로 되
어 있는 바, 이는 「무연」에서 예고된 것이면서 유교적 출처관을 실행한
것이라고 할 수 있다. 이렇게 유교적 출처관은 과학적 세계관이나 정확
한 세계사적 정세판단에 기초한 것은 아닌 대로 적어도 막연하나마 낙
관적 전망과 위안을 준다는 의미는 있는 것이며, 식민지 지식인 이태준
이 고전에 경사된 까닭 중의 하나 역시 이런 위안이나 전망과 관련지어
생각할 필요가 있다.

　지금까지 살핀 대로, 「패강냉」은 단순하게 신채호의 작품 하나를 인
용하는 것에 그치는 게 아니라 단재를 강력하게 인식한 상태에서 쓰인
것으로 판단할 수 있다. 이태준의 다른 작품에 대한 해석에서도 참조되
는 바가 있으리라 기대한다.

3. 검열지침과 「패강냉」의 지명

1) '일본'과 '내지', 그리고 이중의 환유

　「패강냉」에서 사용되는 지명 중에서 검열지침과 관련하여 주목할 것
은 '내지' '동경' '서울' '평양부' 등이다. 검열당국은 '일본' 대신에 '내
지'라는 용어를 사용하라고 요구했지만,[19] 「패강냉」에서 '내지'라는 단
어를 사용하는 것은 오직 평양부회의원 '김' 뿐이다. 이에 비해 주인공
'현'은 '동경'이라는 단어를 사용하고 있다. '동경가 글쓰는 사람'이라는
대목이다. 금지어 '일본'도 권장어 '내지'도 쓰기를 꺼렸을 이태준에게
'동경'이란 효율적인 환유일 수 있다.[20]

---

19) 총독부경무국, 「조선문간행물행정처분례」, 『조선에 있어서 출판물개요』, 1930, 85-131
　　쪽; 계훈모 편, 『한국언론연표』, 관훈클럽 신영연구기금, 1979, 1292-1293쪽 재수록.
20) 물론 '일본'이라는 단어는 금지어로 지정된 이후에도 사용된 사례가 없지 않다. 그러

그런데 '동경가 글 쓰는 사람'이라는 서술은 글 쓰는 장소를 축자적으로 가리킨다고 보기는 어렵다. 작품의 문면으로 미루어볼 때 그 인물은 '동경에 가서 일본어로' 글쓰는 사람임에 분명한데, '동경에서 글쓰는 사람'이라는 의미보다는 오히려 '일본어로 글쓰는 사람'이라는 의미가 더 강하다. 알다시피 「패강냉」은 조선어 교육이 금지된 직후를 시대적 배경으로 삼고 있기 때문이다. 그렇다면 어째서 장소를 통하여 사용언어를 알리는 방식을 택했을까?

'일본어'란 단어는 검열의 금지어였으니 '일본어로 글 쓰는 사람'이라는 표현은 사용할 수 없고 굳이 사용언어를 가리키려면 '국어로 글 쓰는 사람'이라고 해야 한다. 이태준은 차마 그렇게 검열지침을 수용할 수는 없었을 터이다.[21] 게다가 '국어로 글 쓰는 사람'이라고 표기하면서 그를 비판하는 경우 당연히 검열을 통과할 가능성 역시 희박해진다. 또한 당시 일부 작가들이 '일본'이라는 금지어 대신에 '일본내지' 등의 대체어를 만들어 쓰는 등 조선과 일본을 동일시하려는 시도에 대해 민감하게 저항했음도 함께 고려할 수 있다.[22]

나 1930년대 후기로 가면서 '일본' 대신에 '내지'로, '일본군(日本軍)' 대신에 '아군(我軍)'이나 '황군(皇軍)'으로 사용하는 용례가 늘어난다. 이 작품은 1938년(작품집 수록은 1941년)의 것이라는 점을 감안해야 한다. 게다가 단순하게 이 작품은 '일본'이라는 금지어를 사용하는 데 그치는 것이 아니라는 점을 유의해야 할 필요가 있다. 부정적 인물로 묘사되는 부회의원은 권장어 '내지'를, 긍정적 인물인 '현'은 금지어 '일본'을 사용하는 것으로 구분한다면 검열기준에 대한 정면적인 도전이다. 따라서 '일본'은 '동경' 정도로 바뀔 필요가 있는 것이다.

21) 다음 구절에서 일본식 지명 개편에 대한 이태준의 반감을 확인할 수 있으므로 그러하다. "안국동에서 전차로 갈아탔다. 안국정이지만 아직 안국동이래야 말이 되는 것 같다. 이 동이나 이를 깡그리 정화시킨데 대해서는 적지 않은 불평을 품는다. 그렇게 비즈니스의 능률만 본위로 문화를 통제하는것은 그릇된 나치스의 수입이다. 더구나 우리 성북동을 성북정이라 불러 보면 이주사라고 불러야 할 어른을 리상이라고 남실거리는 격이다. 이러다가는 몇 해 후에는 이가니 김가니 박가니 정가니 무슨 가니가 모두 어수선스럽다고 시민의 성명까지도 무슨 방법으로든지 통제할런지도 모른다." 「장마」, 단편집 『가마귀』, 한성도서주식회사, 1937, 156-157쪽.
22) "내선관계 문자의 사용에 있어서 일본 내지(內地) 일본내지인 동경유학생 등 마치 내

사용언어 대신에 글 쓰는 장소를 특정하는 환유를 통해 이태준은 일석이조의 효과를 거둘 수 있었다. '일본'이라는 금지어도 '내지'라는 권장어도 사용하지 않으면서, 일본어 상용정책을 비판할 수 있게 된 것이다. 이렇게 본다면 이 구절에서 '동경'이란 이중의 환유가 된다. '일본어'의 환유로 '일본'이, 그리고 '일본'의 환유로 다시 '동경'이 제시된 것이다.

작품의 뒷부분에서는 '동경' 대신에 '어디'라는 대명사로 다시 바뀐다. "아니꺼운 자식…… 너이따윈 안 읽어두 좋다 그래 방향전환을…… 뭐…… 어디 가 글쓰는놈이 선견이구 어쩌구 하는구나? 똥내나는 자식……"(29쪽) 이 대사에서 '어디'가 구체적으로 어느 장소를 가리키는가는 즉각적으로 알기 어렵다. 4페이지나 거슬러 올라가서 "「거 누구? 뭐래든가 동경가 글쓰는 사람 있지?」「있지」「그사람 선견이 있는 사람야—」"(25쪽)라는 대사를 기억할 때에만 '어디'란 '동경'을 받는 대명사임이 확인되는 것이다. 대명사가 이처럼 먼 거리에 있는 명사와 호응하는 경우란 그리 자주 찾아볼 수 있는 일이 아니다. 그 까닭은 무엇일까.

25쪽에서 '현'은 일본어 사용론자 '김'에 대해 반감을 가지면서도 암묵적으로만 표현하고 있다. 따라서 이중의 환유를 동원하는 정도로도 검열을 피해 넘어갈 수 있었을 것이다. 하지만 '어디'로 표기하는 29쪽에서는 '아니꺼운 자식' '똥내나는 자식' 등의 용어를 동원하면서 부회의원을 원색적으로 비난한다. 만일 이 대목에서 '어디' 대신에 '동경' '내지' 등의 단어를 사용했다면 검열에서 저촉될 가능성은 매우 높아진다. 따라서 이중의 환유만으로는 부족함을 스스로 느꼈을 터이고, '동경' 대신에 '어디'라는 대명사를 사용한 것으로 본다. 일본어 글쓰기에 대해 반감이 심했던 이태준로서는 꼭 '현'에게 부여하고 싶은 대사였지만, 검열을 의식할 수밖에 없었으므로 4페이지 앞에 먼저 '동경'을 배치

지를 외국과 같이 취급하는 경향이 있으나 이는 온당치 않으므로 주의할 것", 「편집에 관한 희망 및 그 지시사항(2)」, 계훈모, 위의 책, 1294쪽.

324

하고 이를 받는 '어디'라는 대명사로 처리하였던 것이라는 판단이다.

필자는 당대 필자들의 회고를 근거로, 검열을 우회하기 위해 동원된 기법 중에서 '나눠 쓰기'라는 방식이 있었다고 추정해왔으며, 강경애의 「소금」의 붓질복자 복원 결과 나눠쓰기의 실제 보기를 확인했다고 주장한 바 있다.23) 「패강냉」에서 이렇게 명사와 이를 받는 대명사의 거리가 이례적으로 멀어진 사례 역시 이에 해당한다고 추정한다.24) 일본어 글쓰기라는 '국책'에 대한 비판을 하되 국가검열을 통과해야 한다는 모순적 상황은, 이중의 환유와 함께 나눠 쓰기 등 다양한 우회기법을 통해 대응할 수밖에 없었던 것이다.

물론 이런 모든 언어적 선택이 검열과는 관계없는 것이었을 가능성도 없지 않다. 그러나 지금까지 살핀 모든 언어적 선택은 결과적으로 검열 통과에 유리해지는 방향으로 집중되어 있다는 점만은 분명하다. 합리적으로 설명할 다른 방식이 없으므로 검열우회로 보고자 한다. 더군다나 29쪽은 첫 발표본에만 나와 있을 뿐, 1941년본에서는 대폭 삭제된다는 점을 감안한다면 의식적인 검열우회의 기법이었다는 해석은 좀더 설득력이 강화된다. 문제의 대목을 삭제하는 것은, 작가의 자기검열이건 검열관의 실제 검열이건, 검열과 관련하지 않고서는 설명할 수 없다.

2) '서울'과 '평양부'

서울과 평양의 식민지시기 공식명칭은 각각 '경성부' '평양부'였다. 그런데 이 소설에서는 '서울'과 '평양부', '평양'으로 각각 표기된다. '평양부'라는 용어는 부회의원 김만이 사용하며, 지문에서는 '평양'으로 표기한다. 주인공 '현'은 "기생엔 여기가 서울 아닌가"는 식으로 '평양부'

---

23) 「강경애 「소금」의 복자복원과 검열우회 전략」, 『한국문학연구』 31집, 동국대 한국문학
　　연구소, 2005. 12.

24) 이 글의 4장에서 확인하게 될, 1941년본에서 '현'에게 새로 부여된 두 대사 역시 나눠
　　쓰기에 해당한다.

나 '평양' 대신에 '여기'라는 대명사를 사용한다. 일제가 제정한 행정용어로서의 지명과 언중들이 널리 쓰던 지명을 구분 사용함으로써, 인물의 성격을 선명하게 대비하는 효과를 가져온다.

이에 비해 서울에 대해서는 모든 등장인물들이 '경성부' 대신에 '서울'을 사용한다. 서울의 공식명칭은 구한말까지는 '한성부'였지만 1910년 10월 일제가 총독부를 설치하면서 '경성부'로 낮추었다. '경성부'는 국가의 수도라는 의미를 지니지 못하며 단지 경기도의 도청소재지라는 의미만을 지닌다.[25] 이태준은 '경성부'를 수용할 수 없었을 터이며, '한성부'라는 지명 또한 검열 때문에 쓰기 어려웠다. 따라서 공식지명은 둘 모두 선택할 수 없었다. '서울'이라는 지명은 바로 이런 상황에서의 선택이었다.

그런데 '서울'이라는 오랜 비공식적 명칭에는 특정 지역을 뜻할 뿐만아니라 국가의 수도라는 뜻도 담겨 있다. 특히 「패강냉」에서 "기생엔 여기가 서울 아닌가"에서 보듯이 '서울'을 '수도'라는 뜻으로도 사용하고 있다. 이태준은 '서울'이라는 단어를 중의법적으로 사용함으로써 총독부가 소거해버린 국토성을 되살려내는 셈이 된다.[26]

이 서울과 평양은 대립적 관계로 나타난다. "경평대항전"이라는 표현은 그 대표적인 경우이거니와, 묘청의 서경천도설을 떠올리면 더욱 그러하다.[27] 무엇을 둘러싼 대립인가. 평양부회의원 '김'은 평양에 살지만 서울(또는 '내지', '동경')로 대표되는 식민지적 근대화에 대해 가장

---

25) 일제는 강제합병 직후 조선을 독립국으로 상정하여 만들어진 단어들을 대대적으로 제거하였다. 이에 대해서는 한만수, 「1930년대 '향토'의 발견과 검열 우회」, 『한국문학이론과 비평』 30집, 2006. 3, 392-396쪽 참조.

26) 이태준은 「장마」에서 '매신'이라는 단어도 중의법적으로 사용한다. '매신'은 총독부 기관지였던 '매일신보'를 줄여부르는 단어이기도 하지만, 동시에 '몸을 팔아넘김(賣身)'을 뜻하기도 한다. 중외일보는 '중외(中外)'로 표기하면서 '매신'만은 한자 표기를 없앰으로써 중의법으로 읽게 만든다.

27) 물론 서경천도 주장은 개성에서 서경으로의 천도를 주장했던 것이었으며 경평대항전은 서울과 평양의 대항전을 말하는 것이니 구체적 지역은 다르다. 하지만 수도와 평양(제2의 도시)의 대립이라는 점에서는 동일하다.

326

우호적이다. 반면에 '현'은 서울 살지만 고구려의 고도이면서 묘청의 근 거지였던 평양을 선망한다. 부회의원 '김'이 이젠 평양도 서울 못지않게 근대화되었다는 자부심에 가득 차 있는데 반해, '현'은 평양이 평양다움 을 잃어버리고 있다며 개탄한다.[28] '현'은 오히려 '머릿수건'이 없어진 것을 보면서 "그런 아름다움을 제고장에와서도 구경하지 못하는것은, 평양은 또한가지 의미에서 폐허(廢墟)라는 서글픔을 주는것이었다."(23 쪽)라는 감회를 가진다. 왜 '또한가지 의미'인가? '또한가지'라는 표현이 성립하기 위한 전제로서 '한가지 의미'는 무엇인가. 이상하게도 이는 명 확하게 나타나 있지 않지만,[29] 바로 앞부분에서 "무슨 큰 분묘(墳墓)와 같이 된 건축"(22쪽)으로 묘사된 경찰서를 가리킴으로 추정된다.[30] '분 묘 같은 경찰서를 보니 폐허라는 느낌이 든다'는 말은 하지 않은 채로, '또한가지 의미의 폐허'만을 설명함으로써 이를 추론하도록 만드는 것 이다. 선행하여야 할 '한 가지'는 언표하지 않고 후행하는 '또한가지'만 을 설명하는 까닭 역시 검열과 유관하다고 본다.

'한 가지 의미'에서 폐허란 경찰서를, '또 한 가지 의미'에서 폐허란 머릿수건이 없어졌다고 진술하지만 경찰서와 머릿수건은 기실 비대칭 적이다. 전자는 일제통치를 상징하는 기관인데 비해 머릿수건은 그저 '아름다움' 또는 풍속적 변화만을 가리킬 뿐이다. 이런 비대칭성 때문에 검열관으로서도 감추어진 '한 가지 폐허'가 바로 경찰서를 가리킴이라

---

28) '평양다움'과 관련하여 이광수가 평양에 대해 다음과 같이 묘사하고 있음은 시사적이 다. "여러분의 죠상은 결코 여러분과 ᄀᆺ치 마옴이 썩어지지 안이ᄒᆞᆺ고 여러분과 ᄀᆺ치 게르고 긔운업지아니하얏소 평양셩을 싸흔 우리 죠상의 긔샹은 웅대ᄒᆞᆺ고 을밀대와 부벽루를 지은 우리 죠샹의 뜻은 컷소이다"(「무정」 제33장; 김철 교주, 『바로잡은 「무 정」』, 문학동네, 2003, 219-220쪽)

29) 이런 현상의 원인으로는 다음 세 가지 가능성을 상정할 수 있다. 첫째, 이태준의 실수, 둘째, '한가지'에 해당하는 부분이 검열로 삭제됨, 셋째 의도적인 배려이다. 필자는 셋 째의 가능성만을 추적한다. 이태준의 작품에 대한 애정과 꼼꼼한 손질을 감안할 때 단 순한 실수라고 보기는 어려우며, 둘째의 가능성 역시 텍스트 내에서 다른 해석이 모두 막힐 때라거나 명백한 다른 증거가 있을 때를 제외하면 인정하기 어렵기 때문이다.

30) "한가지 인상깊은 것"(22쪽)이 경찰서였다는 표현에서 시사된다.

는 점을 쉽게 알아챌 수 없었을 터이다.

평양여인들의 머릿수건은 '건귁'이라는 고구려 복식을 이어받았던 풍습이라는 점을 감안한다면, 그리고 이 소설이 신채호의 영향 아래 쓰인 것이라는 점을 감안해보면 이 비대칭성은 설명된다. 경찰서로 상징되는 일제의 식민통치가 '폐허'의 외부적 요인이라면, 평양사람들이 자신의 주거지가 지니는 역사적 상징성에 대한 자부심을 잃어버렸음은 '폐허'의 내부적 요인인 것이다.

4. 텍스트의 개변과 '말할 수 없음 표'

「패강냉」의 텍스트는 1938년본과 1941년본 사이에 적지 않은 차이를 보인다.[31] 그 차이는 물론 작품의 완성도를 높이려는 이태준의 노력에 의해 주로 발생하지만 검열과 유관한 경우도 있다. 일제의 검열수위가 점점 강화되었으므로 나중에 발표하는 것일수록 더 많은 주의가 필요했던 것이다. 또한 전반적으로 신문보다 잡지를, 잡지보다 단행본을 좀더 까다롭게 검열했다는 점도 한 요인일 터이다. 앞서 살핀 바, 검열과 관련하여 「패강냉」 텍스트가 개변된 몇 가지 사례도 이같은 사정 때문에 생긴 것들이라고 할 수 있다.

여기서 한 가지 더 유의하여 살필 대목은 검열의 흔적이 지워지는 사례이다.[32] 먼저 「패강냉」의 개변양상 중 하나를 보자.

---

31) 이병렬은 이태준의 텍스트 변화에 대해 총괄적으로 추적한 바 있다. 「이태준 소설의 텍스트 문제」, 『국어국문학』 111집, 1994, 283-307쪽.

32) 앞서 살핀 29쪽의 부분은 1941년본에서는 검열의 흔적이 완전히 사라졌으니 이 텍스트만을 보는 사람은 검열의 존재 자체를 짐작조차 할 수 없다. 이 시기 문학에는 이런 경우들이 숱하게 많으니 연구대상을 어떤 텍스트로 삼을 것인가 하는 문제는 이 시기 문학연구에 매우 중요하다. 이에 대해서는 한만수, 「일제 식민지시기 문학검열과 원본 확정」, 『대동문화연구』 51집, 2005. 9, 45-68쪽 참조.

『이자식? 되나 안되나 우린 이래뵈두 예술가다―예술가 이상이다 이자식……』(474쪽)

『이자식? 되나 안되나 우린 우린…… 이래봬두 우리……』(『이태준단편집』, 528쪽)

첫 발표지면의 15자가 사라지고 그 대신 '우린'이라는 2자가 새로 들어갔으며 나머지 글자들은 말없음표로 대체되었다. 첫 발표지면의 '예술가'라는 진술은 널리 알려진 대로 이태준의 미학주의와 관련되는 것이겠고, '예술가 이상'이라는 진술은 '한글 글쓰기'란 단순한 예술행위에만 그치는 것이 아니라 식민주의에 대한 저항으로서의 의미도 지닌다는 인식을 보여준다. 물론 '되나 안되나'라는 한정적 수식어가 붙어있어서, 그 저항이 이제 한계에 부딪혔고 신채호 앞에서 열패감을 느낄 수밖에 없음을 드러내준다.

그런데 이 대목이 단편집에서는 사라진 것이다. 그 결과 부회의원 '김'에 대해 '현'이 항변하는 핵심적인(그러나 물론 완곡어법으로 되어있던) 메시지가 없어진다. '현'이 무슨 말을 하려는 것인지 알기 어려우며 단지 감정이 격해졌음만을 짐작할 수 있을 뿐이다.[33] 그 대신에 들어간 것이 말없음표이다. 이 부호를 그저 단순한 문장부호라고만 읽어도 좋을까.

실제로 검열삭제부분을 "……"라는 활자로 대체하는 것은 당시에 꽤 널리 사용되던 관례였다. 즉 검열에 의한 복자를 여러 가지 형태의 다른 활자로 대체하였던 바, 그 중에 하나가 바로 '……'인 것이다. 이 경우 원래 있던 활자가 차지하는 지면의 분량은 "……" 표시의 분량과 대체로 일치한다. 그러나 검열당국은 나중에 복자를 다른 기호로 대체하거나 검열로 삭제되었음을 알리는 표기까지를 금지한다.[34] 따라서 "이

---

33) 물론 이 대목이 실제 검열에서 삭제된 것임을 확증할 수는 없지만, 대체로 그러하리라고 추정한다. 혹시 이태준이 스스로 삭제한 것이라 하더라도 검열을 통과하기 위한 사전적 삭제라는 점에서 검열과 유관한 것이라는 점만은 분명하다.

34) 이 문제에 대해서는 한만수, 「식민시대 문학검열로 나타난 복자의 유형에 대하여」, 『국

하 ○○행 삭제" 등으로 표시하거나 "……" 등 동일한 분량의 문장부호로 대체하는 일조차 금지된다.

위에서 보았듯이 말없음표로 삭제를 알리는 것은, 검열의 흔적마저 지우라는 강요에 따르면서도, 바로 이 부분에서 검열을 받아 삭제되었다는 사실을 최소한 흔적이라도 남기기 위한 것이었다. 물론 삭제지면 전부를 "……"로 채웠던 종전의 경우처럼 분명하게 삭제임을 인식할 수는 없겠지만, 검열의 흔적조차 완전히 삭제하는 것보다는 낫다는 것이다.

위 인용문에서는 18자가 말없음표 6개로 대체되었지만, 다른 작품들에서라면 더 많은 삭제가 이렇게 축소 표기되었을 가능성도 있다. 이태준소설에서는 말없음표가 매우 빈번하게 사용되는 바, 이들을 범상하게만 넘길 일이 아니다. '말할 수 없음 표'일 가능성을 점검할 필요가 있겠으며, 또한 다른 작가들의 경우도 마찬가지의 가능성을 인정하여야 할 것이다.

이렇게 문제의 대목이 삭제되는 대신에 두 구절이 새로 들어간다.[35]

"허긴 너('김군'—인용자 주)헌테나 분푸리다만……"(522쪽)
"내가…… 김군이 미워서 그리나?……"(529쪽)

물론 삭제부분을 채워넣기 위해 현에게 이런 대사를 부여한 것이다. 삭제부분이 '아니꺼운 자식' '똥내나는 자식' 등으로 김에 대한 직접적인 공격이었다면, 새로 들어간 부분은 간접적이다. 간접화되기에 검열에서 통과될 가능성은 높아진다.[36] 하지만 손질된 판본에서 현의 인식

어국문학』 136호, 2004. 5, 575-598쪽 참조.

35) 이 역시 거의 비슷한 의미이면서 검열에 저촉될 우려가 적지않은 대사가 따로 떨어져 배치되었다는 점에서 나눠쓰기라고 본다.

36) 물론 위의 대사들은 자연스러운 작품의 문맥대로 나눠 배치되고 있을 뿐이며 굳이 검열을 의식한 나눠쓰기라고 볼 필요는 없다는 반론도 가능하다. 나눠쓰기란 작품의 자연스러운 흐름에 기대지 않고서는 검열우회의 실효를 얻기 어려우므로, 검열과 관련

은 오히려 진전되는 것이라고 해석할 수 있다. 그 근거는 다음 두 가지이다.

첫째, 현은 김군에 대한 직설적인 욕설 대신에, 자신의 반응이 단지 '분풀이'에 불과하다는 인식으로 나아간다. 이제 비판의 과녁은 '김군'이 아니며, '동경에 가 글 쓰는' 작가도 아니다. 조선어 글쓰기를 금지하는 권력 자체에 향한 것이 되는 셈이다.

둘째, '김군이 미워서' 이러는 것이 아니라는 말은 이중적 해석이 가능하다. 즉 '김군을 미워하지 않는다'는 뜻, 그리고 '김군이 아니라 다른 어떤 대상이 밉다'는 뜻이다. 필자는 이를 중의법으로 읽는 편이 좋겠다고 판단한다. 그럴 때 이 발언은 '너한테나 분푸리'라는 발언과 긴밀하게 연결된다. '김군'이 비록 부일세력임에는 분명하지만, 그를 증오하기만 하는 것은 '분풀이'에 불과하며 분할통치의 전략에 놀아나는 결과가 될 뿐이라는 인식이다.

5. 육십갑자 사용과 일본어 섞어 쓰기

「패강냉」에서의 검열 우회방식은 두 가지를 더 들 수 있다. 먼저 육십갑자 표기이다. 「패강냉」에서는 "을축11월초8일"이라고 탈고일자를 밝히고 있으며, 『이태준작품집』 서문에서도 육십갑자로 표기하고 있다. 그러나 단행본들의 간기에는 '소화'를 채택하고 있다. 저자는 육십갑자를, 출판사는 일본연호를 사용하는 것이 대체적인 경향이었던 듯하다.[37]

없는 단순한 분리배치와 구분하기 쉽지 않은 것이다. 필자로서는 1) 의미가 거의 중복되는 표현이면서, 2) 검열불통과의 가능성이 비교적 높은 표현이고, 3) 지면의 상당한 거리에 걸쳐 분리되어 있을 경우 나눠쓰기의 가능성을 적극적으로 검토해야 한다고 본다. 그 결과 텍스트의 해당 부분과 관련하여 삭제, 개작 등 검열적 정황을 발견할 수 있다면 이를 나눠쓰기로 인정할 수 있을 것이다.

37) 이태준의 경우 거의 대부분의 작품이 육십갑자로 표기하고 있지만 예외적으로 「촌띄기」에서는 '소화9년 2월'로 표기하였다. 그의 유일한 일본어소설 「제1호 선박의 삽화」

육십갑자 표기는 소화 대정 등 일본 기원의 사용을 권장하면서 서력기
원조차도 특수한 경우가 아니라면 쓰지 말라는 검열기준 때문에 생긴
현상이다.[38] 검열당국은 공식적 표기에서는 일본연호를 필수적으로 요
구하면서도 문학작품에서는 약간의 예외를 인정하여 육십갑자 표기를
허용하였던 듯하다.

　다음으로는 『패강냉』에서 일본어를 문장 중에 사용하고 있다는 점이
다. 물론 식민시기 소설에 일본어를 섞어 쓰는 것은 꽤 일반적인 현상
이며 이태준 역시 이 작품에서만 사용하는 것은 아니다. 하지만 조선어
교육 폐지를 비판하는 『패강냉』에서 일본말들이 동원되는 것은 분명한
모순이니 좀 사정이 다르다. 잠깐 살펴보자.

　부정적 인물인 김은 히야까시(24쪽) 히도오 바가니 스르나 고노야로…
(27쪽) 나니?(27쪽) 기미모 오도레(28쪽) 마게오시미 쓰요이(28쪽) 요미니
꾸꿋데……도－모이깡(29쪽) 나니?(29쪽; 29쪽의 두 사례는 『이태준단편
집』에서는 삭제됨) 등 7군데로 가장 자주 일본어를 사용하고 있으며, 짧
지만 비교적 완성된 일본어 문장을 사용하고 있다. 이에 비해 긍정적
인물 중에서는 ‘현’만이 “너이따윈 좀 바까니시데모 이이……”(27쪽) “더
러운 자식! 나닌 무슨 말라빠진……”(29쪽; 『이태준단편집』에서는 삭제
됨) 등 2회를 사용하는데 조선어와 결합된 토막 일본어이며 그것도 부
정적인 언사로만 사용하고, 또한 김이 일본말을 사용하자 그 말을 되받
아서 사용하는 형식으로 제시된다.

　부정적 인물이 주로 일본어를 쓰고 있지만, 꼭 그런 것만도 아닌 복
합적 배치이다. 왜 이런 복합성이 나타나는 것일까. 검열과 관련하여 해

　(1944)에서는 창작연대를 밝히지 않고 있어 주목된다. 충분한 조사를 거친 것은 아니지
　만, 다른 작가들도 사정은 비슷하였던 것 같다. 예컨대 이기영(『고향』, 한성도서출판부,
　상권, 1937), 박세영(『산제비』, 중앙인서관, 1938) 등의 경우도 마찬가지로 작품의 탈고
　일자나 저자 서문의 경우에는 육십갑자를 사용하였지만 공식 간기에는 소화연호를 사
　용하고 있다.
38)「편집에 관한 희망 및 그 지시사항(1)」, 『조광』, 1939. 9; 계훈모, 앞의 책, 1293쪽에서
　재인용.

석한다면 일본어를 빈번하게 사용함으로써 '국어 상용'에 어느 정도 호
응한다는 인상을 줄 수 있다는 점을 먼저 들 수 있다. 조선어 폐지에 대
해 완곡하나마 비판하고 있음을 누구든 느낄 수 있는 이 작품의 검열
통과 가능성을 높이는 한 요인이었을 것이다. 다음으로는, 부정적 인물
만이 일본어를 사용하는 설정은 아니라는 점 역시 검열통과 가능성을
높일 수 있다. 물론 부정적 인물이 주로 사용하게 한다거나, 긍정적 인
물의 일본어는 부정적 인물이 부정적인 일본어를 사용할 때 그를 되받
아서 쓰는 것으로 설정한다. 일본어 상용정책을 비판하면서도 일본어를
사용하고 있는 「패강냉」의 모순은, 이렇게 검열과 관련지어 해석할 때
무리 없이 설명할 수 있다. 상대를 비판하되 상대의 허락을 받아야 했
던 그 시기의 모순은 텍스트의 복합성으로 나타나는 바, 일본어 섞어쓰
기 역시 마찬가지였다.

6. 나오며

식민지시기 문학은 '쓸 수 있었던 것'이었다. 즉 특정 담론을 금지하
거나 권장하려는 검열권력의 의도에 대해 다양한 방식으로 반응한 결과
였다. 따라서 어떤 것이 금지되었는가, 어떤 것이 권장되었는가에 대한
인식이 선행되어야 마땅하다. 그 검열권력의 '금지/권장'과, 실제로 남
아있는 텍스트를 동시에 고려하면서 이 시기 작가들이 '쓰고자 했던 것'
이 무엇이었는가를 고려하지 않으면 안 된다.

식민지 말기 이태준 작품이 식민주의와 어떤 연관을 맺고 있는가에
대해 최근 다양한 논의들이 제기되어 왔다.[39] 이 논의들은 기존의 민족

---

39) 이 문제에 대해서는 많은 논의가 있었지만 다음의 몇 가지로 정리해볼 수 있다. 식민
　　지배담론에 포섭된 의사—제국주의적 욕망을 보여주고 있다는 김철의 문제 제기(「몰락
　　하는 신생(新生), '만주'의 꿈과 「농군」의 오독(誤讀)」, 『상허학보』 9집, 2002. 8, 157-
　　158쪽), 내부식민주의에 대한 성찰을 바탕으로 외부식민주의에 대한 비판으로까지 나

주의적 해석에 대해 정당한 이의를 제기하면서 이 시기 문학사나 정신사에 대한 이해를 한 차원 끌어올린 노작들이지만, 검열의 존재에 대한 고려가 없었다는 점은 공통적이다. 이 글에서는 검열을 고려하면서 「패강냉」을 읽은 결과 신채호의 숨겨진 영향을 확인한 바 있다. 이 사실은 최근의 논의에도 약간의 참고는 되리라 기대하지만 단편적인 보기에 지나지 않는다. 검열의 핵심적인 두 축이 금지와 권장에 있다면, 최근의 연구들은 동양론 신체제론 국민문학론 등 주로 권장의 축에 대해서만 집중하는 편향성을 보인다. 무엇을 어떻게 금지했는지 이태준은 그에 대해 어떻게 대응했는지를 함께 살펴야 마땅할 것이다.[40]

또한 기왕의 연구들은 문학작품, 회고, 편집자로서 남긴 글, 좌담, 심지어는 이름을 밝히지 않고 쓴 글 등 매우 다양한 텍스트들을 대상으로 삼으면서도 그 텍스트들의 성격 차이에 대한 인식은 모자란 경향이 있다. 어떤 지면에 어떤 자격으로 어떤 글을 쓰는가[41] 하는 문제는 글의 성격을 근본적으로 좌우하는 요소임은 물론이다. 특히 이 시기의 문자텍스트들은 검열의 존재 때문에 언제 어떤 매체에 어떤 자격으로 쓴 글

아간 성취라는 하정일의 반박과(「1930년대 후반 이태준 문학과 내부식민주의 성찰」, 문학과사상연구회, 『이태준문학의 재인식』, 소명출판, 2004, 50-70쪽), 서구근대의 개인주의에서 벗어난 집단적 주체의 모색과정으로 인식해야 하며 월북 이후 동양주의에서 세계주의로의 이행을 예고하고 있다는 김재용의 주장(『협력과 저항』, 소명출판, 2004, 66-68쪽 및 「동양주의에서 국제주의로」, 문학과사상연구회, 앞의 책, 148-168쪽)은 가장 첨예한 의견대립이다. 그 사이의 어떤 지점에 한수영, 정종현 등의 논의가 자리한다. 한수영은 신체제론을 콘텍스트로 삼아서 이태준의 텍스트를 주관적 전유와 저항으로 읽어냈으며(「이태준과 신체제」, 문학과사상연구회, 앞의 책, 191-226쪽), 정종현은 이 시기 민족문화란 제국문화와 분명한 경계를 그을 수 없으며 이태준문학이 보여주는 중층적 성격은 바로 이를 입증하는 보기라고 주장한다(「제국/민족 담론의 경계와 식민지적 주체」, 『이태준과 현대소설사』, 상허학회, 깊은샘, 2004. 10, 143-173쪽).

40) 이 글이 주로 검열의 금지에 대한 대응을 살피는 것은 이러한 맥락에서이며, 기왕의 논의 중에서 어느 쪽의 입장을 성급하게 지지하려는 뜻은 없다.

41) 특히 '쓴 것'이 아니라 '말한 것'의 경우, 즉 좌담발언 등을 연구대상으로 삼을 때는 글에 의해 전달될 수 없는 발화상황이 늘 존재한다는 점, 또한 기자가 정리하는 과정에서 일정한 왜곡이 있었을 가능성이 항상 존재한다는 점을 염두에 두어야 할 것이다.

인가는 더욱 중요하게 고려해야 할 사항이다. 검열기준은 시기, 매체, 또한 필자에 따라 달리 적용되었으며,42) 인쇄자본 또한 성격과 시기에 따라 다양한 기준으로 내부검열을 실시했기 때문이다.

검열기준이 공표된 1930년대에 이르면 검열기구는 그동안의 검열경험을 토대로 자기를 체계화해나갔으며 검열기준 또한 점차 정교하게 다듬어졌다. 그 자신감을 토대로 검열기준을 일반에 공개했고 점차 금지보다는 권장사항들을 늘려나갔다. 작가들 역시 공개된 검열기준을 우회하기 위해 다양한 노력들을 기울였으며, 투고매체에 따라서 어느 정도의 수위까지가 허용되는지를 짐작한 상태에서 글을 써나갔다. 이런 문제에 대한 인식 없이 단순히 활자화된 텍스트만을 평면적으로 대비한다면 당연히 오해는 생겨날 수밖에 없다. 이 시기 텍스트들은 '쓸 수 있었던 것'이거나 심지어는 '그렇게밖에 쓸 수 없었던 것'이기도 하다는 점에 좀더 유의할 필요가 있다.

식민지 말기 이태준에 대해서는 매우 다양한 해석들이 제출되어 있는 까닭은 연구자의 세계관 차이 때문이기도 하지만 연구대상의 속성 자체가 다양한 해석을 유발하는 측면도 있다. 앞서 살폈듯이 신채호와 이토오 히로부미가 거의 비슷한 시기의 작품에 인용되고 있다는 점, 일본어 상용을 비판하는 작품에서 일본어를 혼용하는 점 등은 그 단적인 사례이다.43) 연구대상으로서 이태준의 이 시기 글에는 매우 복잡하고

---

42) "출판물의 목적, 독자의 범위, 출판물의 발행부수 및 사회적 세력, 발행당시의 사회사정, 반포구역, 불온개소의 분량" 등을 '특수검열표준'이라 하여 '일반검열표준'과 함께 검열의 양대 표준으로 삼았던 점, 그리고 블랙리스트제도에 의해 저작가들을 분류 감시하였던 점은 그 대표적인 증거이다.

43) 「사상의 월야」(1941)에서는 이토오 히로부미의 것이라고 소학교때 배웠다면서 다음 작품을 소개하고 있다. "男兒立志出鄕關 (남아입지출향관)/ 學若無成死不還 (학약불성사불환)/ 埋骨何期墳墓地 (매골기기분묘지)/ 人間到處有靑山 (인간도처유청산)". 그러나 이미 중국이나 일본의 시인들이 이토오에 앞서 매우 흡사한 작품을 남긴 바 있으니, 누군가의 착각일 터이다(아마도 이토오가 어딘가에서 이 작품을 인용하였기 때문에 생긴 착각일 터이지만 확인하지 못하였다). 한편 1939년 「영월영감」에서는 '홍경래'와 '기미년'을 본받아야 할 대상으로 제시하기도 한다. 불과 2~3년 사이에 이토록 상호

상호 모순적이기까지 한 요소들이 거의 동시에 공존하는 바, 이런 복합성은 일차적으로는 물론 이태준의 내면에 의해서 생성된 것이겠지만, 부분적으로는 매체의 특성과 그에 따른 검열기준의 차별적 적용과도 관련되는 것이라고 보아야 할 것이다.

연구자의 세계관에 의해 연구결과가 달라지는 것이야 당연한 노릇이기까지 하다. 그러나 적어도 자신의 세계관 때문에 복잡한 문제를 단순화하는 잘못만은 경계해야 할 것이다. 물론 이는 일반론에 해당하는 것이지만, 검열의 문맥을 염두에 둔다면 이 시기 문학연구에 필수적인 고려사항이 될 것이다. 문학은 복잡한 연구대상이다. 특히 검열이 지배하던 시기의 문학은 더욱 그러하다.

**주제어 : 이태준, 패강냉, 검열, 검열우회, 상호텍스트성, 지명(地名), 신채호,
          환유**

모순적이기까지 한 텍스트를 남기는 이태준의 복합성을 입증하는 한 사례이다.

◆ 참고문헌

1. 기본자료
『개벽』, 『삼천리문학』
박세영, 『산제비』, 중앙인서관, 1938.
이광수, 『바로잡은 무정』, 문학동네, 2003.
이기영, 『고향』(상권), 한성도서출판부, 1937.
이태준, 『가마귀』, 한성도서주식회사, 1937, 156-157쪽.
――――, 『이태준단편집』, 학예사, 1941.
총독부경무국, 「조선문간행물행정처분례」, 『조선에 있어서 출판물개요』, 1930, 85-
　　　131쪽.
계훈모 편, 『한국언론연표』, 관훈클럽 신영연구기금, 1979, 1292-1293쪽.

2. 단행본
최홍규, 『신채호의 민족주의사상』, 단재 신채호선생 기념사업회, 1983, 125쪽.

3. 연구논문
김재용, 『협력과 저항』, 소명출판사, 2004, 66-68쪽.
――――, 「동양주의에서 국제주의로」, 『이태준문학의 재인식』, 소명출판, 2004, 148-
　　　168쪽.
김　철, 「몰락하는 신생(新生), '만주'의 꿈과 「농군」의 오독(誤讀)」, 『상허학보』 9집,
　　　2002. 8, 157-158쪽.
박용규, 「식민지 시기 문인기자들의 글쓰기와 검열」, 『한국문학연구』 28집, 동국대
　　　한국문학연구소, 2005. 12, 79-120쪽.
이병렬, 「이태준 소설의 텍스트 문제」, 『국어국문학』, 111집, 1994, 283-307쪽.
이승수, 「한국문학의 공간 탐색1. 평양」, 『한국학논총』 133집, 1994, 119-120쪽.
정근식・최경희, 「도서과의 설치와 일제 식민지출판경찰의 체계화, 1926~1929」,
　　　『한국문학연구』, 동국대 한국문학연구소, 2006. 6, 152-160쪽.
정종현, 「제국/민족 담론의 경계와 식민지적 주체」, 『이태준과 현대소설사』, 상허학
　　　회 편, 깊은샘, 2004. 10, 143-173쪽.
하정일, 「1930년대 후반 이태준 문학과 내부식민주의 성찰」, 『이태준문학의 재인
　　　식』, 문학과사상연구회 편, 소명출판, 2004, 50-70쪽.

한만수, 「1930년대 '향토'의 발견과 검열 우회」, 『한국문학이론과 비평』 30집, 2006. 3, 392-396쪽.
———, 「강경애 「소금」의 복자복원과 검열우회 전략」, 『한국문학연구』 31집, 동국대 한국문학연구소, 2005. 12, 169-191쪽.
———, 「식민시대 문학검열로 나타난 복자의 유형에 대하여」, 『국어국문학』 136집, 2004. 5, 575-598쪽.
———, 「일제 식민지시기 문학검열과 원본 확정」, 『대동문화연구』 51집, 2005. 9, 45-68쪽.
한수영, 「이태준과 신체제」, 『이태준문학의 재인식』, 문학과사상연구회편, 소명출판사, 2004, 191-226쪽.

◆ 국문초록

　　식민지시기 한국문학은 '쓴 것'이라기보다는 '쓸 수 있었던 것'이었다. 따라서 이 시기 작품들은 검열당국의 '금지와 권장', 그리고 저작자들이 쓰고자했던 '지향'이 충돌 절충 수용되는 결과라고 인식해야 한다. 이 세 요소 중에서 우리가 현재 연구대상으로 삼고 있는 것은 '쓸 수 있었던 것', 즉 작품들에만 집중되어 있을 뿐이며 나머지 둘을 파악하여야 할 필요가 있다. 저작자들의 '지향'은 확인하기 어려우니만큼 먼저 '금지와 권장'에 대해서 확인한 뒤, 이것과 '쓸 수 있었던 것'으로서의 현존 텍스트를 겹쳐 읽으면서 '지향'의 윤곽을 짐작해나가는 수밖에 없다. 이런 맥락에서 이 논문은 식민지시기 검열을 우회하기 위해 작가들은 어떤 노력을 기울였는지를 파악하기 위한 사례연구로서 상허 이태준의 「패강냉(浿江冷)」을 분석하였다. 이태준이 검열에 대해 어떻게 대응하는가를 각종 검열기준과 비교하면서 검토한 결과는 다음과 같이 요약할 수 있다.

　1) '일본' '일본어'라는 단어를 '내지', '국어'라는 단어로 바꿔 쓰라는 요구에 대응하여, '동경 가서 글 쓰는 사람', '어디 가서 글 쓰는 사람' 등의 표현을 사용하고 있음을 밝혔다. 즉 2중의 환유를 통하여 검열을 우회한 것이다.

　2) 작품 속에 인용된 고전작품을 점검한 결과, 신채호의 한시를 교묘한 방식으로 암유하면서 그의 죽음을 애도하고 있음을 밝혀냈다. 이 소설이 평양을 주무대로 삼고 있는 것은 우연이 아니라는 점이 이로써 확인되었다. 상호텍스트성을 활용한 검열우회방식이다.

　3) '나눠 쓰기'라는 기법도 동원하였다. 검열에 저촉될 우려가 있는 표현의 경우 비슷한 말을 여러 군데 분산 배치함으로써 한 구절이라도 통과되기를 기대하는 방식이다.

　4) 일본어 상용 정책을 비판하는 소설이면서도 일본어를 군데군데 사용하고 있는 점에 주목하였다. 이는 상대를 비판하되 그 상대의 허가를 받아야 했던 검열상황의 특수성 때문에 생긴 것이라고 판단했다. 그와 동시에 주로(전적으로가 아니라) 부정적 인물이 일본어를 사용하는 것으로 설정함으로써 비판의 의지는 전달될 수 있도록 하였다.

　5) 검열의 흔적까지 지우라는 검열당국의 요구에 따라 검열삭제를 지면을 통해 알리는 일이 금지되자, 검열삭제부분을 말없음표로 표시하였음을 확인하였다. 이 경우 말없음표는 '말할 수 없음 표'로 인식해야 할 것이다.

◆ SUMMARY

On the Censorship-bypassing
in Lee Tae-jun's novel *PaeGangneng*

Han, Man-Soo

During the Japanese colonial period, Korean literatures were those that were *approved to be written* rather than freely written due to censorship from the Japanese Empire. Therefore, Korean literatures in this period are the compromised results of *restrictions and requests* by the censorship authorities and the intention of writers. It is hard to know the intentions of writers and therefore it is inevitable to understand the *restrictions and requests* first, and read current texts that are composed of such material added with those that were *approved*.

This paper is a case study to understand the efforts put by the writers to go around censorship during the colonial rule. Paegangneng (패강냉, 浿江冷), written by Lee Tae-jun(상허 이태준), was therefore analyzed through various censorship standards to see how he dealt with them. The following is the summary of the conclusion.

1) The words 일본*(Japan)* and 일본어*(Japanese Language)*were asked to be substituted as 內地*(inland)* and 國語*(national language)* by censorship. Such restrictions made the writer change the phrase a *writer who writes in Japanese language*(일본어로 글쓰는 사람) to a *writer at Tokyo*(동경 가서 글 쓰는 사람) and a *writer at somewhere*(어디 가서 글 쓰는 사람). In other words, double metonymy(Japanese Language → Japan → Tokyo and somewhere) was used in this text to bypass the censorship.

2) After examining the classical literatures that were referred in *Paegangneng*, it was found out that the Chinese poems (漢詩), written

by an famous exiled independence activist Shin Chae-ho(신채호), were skillfully substituted by metaphors to mourn his death. The fact was that it is no coincidence that the main location of this novel is taken in Pyongyang(평양). Shin Chae-ho showed strong interest in Goguryeo (고구려), a powerful ancient country in the Korean peninsula with Pyongyang as its capital. It is a censorship-bypassing method that uses intertextuality.

3) A method was used that disperses similar expressions into several different areas when it seems to contradict under the censorship and hope that at least one phrase might pass through the inspection.

4) This is a novel which criticizes 'the policy of forcing Koreans to use the Japanese language daily(국어상용정책)' while it is also written with some Japanese words here and there. This might be due to the special case of having to receive permission while simultaneously criticizing. Still, the setting in the work that character who speak Japanese is mainly(not all) negative characters shows some side of criticism.

5) Due to the request by the authority to delete any traces of censorship, it became illegal to notify readers on the printed page that some phrases were deleted. So in *Paegangneng* replaced deleted phrases with 'a mark of silence('……')'. In such cases, the '……' marks should be considered not as just empty spaces, but as 'a mark of inexpressable'.

Keyword : Lee Taejun, *PaeGangneng*, censorship, censorship-bypassing, Korean literature in Japanese colonial period, intertextuality, Shin Chae-ho, metonymy

─이 논문은 2006년 11월 30일에 접수되어, 소정의 심사를 거쳐 2007년 2월 6일에 최종적으로 게재가 확정되었음.

III.

일반논문

이철호 • 근대적 자아의 비의

박현수 • 「묘지」에서 「만세전」으로의 개작과 그 의미

권성우 • 임화의 메타비평 연구

서은주 • '한국적 근대'의 풍속

근대적 자아의 비의

– 1910년대 후반기 근대문학에 나타난 '영(靈)'의 문제

이 철 호*

목 차

1. 서론
2. 시론들 사이에서 부유하는 문화적 타자
3. 에머슨 수용의 매개로서의 기타무라 도오코쿠(北村透谷)
4. '학지광' 세대의 에머슨 수용: 장덕수의 경우
5. 결론을 대신하여 – 근대적 자아의 비의

---

1. 서론

黃錫禹가 「詩話」와 「朝鮮詩壇의 發足點」을 『每日申報』에 발표한 것은 1919년 후반의 일이다. 널리 알려진 대로, 이 두 편의 글에서 황석우는 상징주의 시와 시론의 수용을 통해 한국 자유시 형성의 지반을 조성하고자 했다. 그는 대표적인 상징파 시인 보들레르의 상응(Corre-spondances)의 시학을 신문학 담론 내부로 도입하여 재배치함으로써 한국 근대시론의 탄생을 이끌어내고 있는 것이다.[1] 그런데 이 혁신적인

---

* 동국대 한국문학연구소 연구원.

[1] 한계전, 「자유시론의 수용과 그 형성」, 『한국현대시론연구』, 일지사, 1983, 18쪽.

344

시론에서, 저자는 "詩에는 '靈律'한 맛이 있을 뿐이다. 技巧라 함은 結局 '靈律'의 整頓에 不外하다"2)면서 근대시의 에센스로서 그 무엇보다 '영률'을 강조하고 있다. 이미 여러 논자들이 적절히 지적했듯이, '영률'이란 시인의 개성적인 호흡에 의해 통어된 리듬을 의미한다.3) 황석우는 이 내면의 율격을 '音響'이라 재정의한 뒤에, 다시 "'音響'은 시란 참 인격의 호흡 그 맥의 고동일다. 이것이 보통 시의 음악성 등이라고 하는 者일다"4)라고 역설했다. 이 대목에서 '음향'은 시인이 지닌 인격의 '호흡' 또는 '맥의 고동'과 동일시되어 있다. 결국 '음향' 혹은 '영률'이란 시의 근대성을 가늠하는 음악적 요소의 총칭에 해당하는 표현인 셈이다. 요컨대, 근대 시인의 자질은 자기 내부의 고유한 '리듬=호흡=맥박'을 자각하고 그 찰나적 경험에서 자율적 삶의 가능성을 예감하는 데 있다. 황석우의 말처럼 시인이 '시인' 되고, 시에 '맛'이 생기게 되는 정신적 고양감은 바로 그러한 예외적 순간에 섬광처럼 일어나는 것이다.

　왜 황석우는 근대시의 형성에 있어서 그 핵심을 '영률'이라는 어휘로 표현하고 있는 것인가. 그런데 흥미롭게도 '영'이라는 말은 근대 자유시론은 물론이고 이 시기의 중요한 시편들과 소설, 문학론에 두루 편재해 있었다. 이러한 사실에 관해서는 그간의 문학사에서 별다른 주의를 기울이지 않았으나, 근대문학 형성 초기에 신문학의 선구자들은 바로 이 '영'이라는 단어를 통해 비로소 근대적 자아를 이해하고 형상화하는 방식에 적용할 수 있었다. 그 같은 문제의식 아래, 본고는 근대문학 형성기에 해당하는 1910년대 후반기를 중심으로 근대적 자아 담론의 형성과정을 구명하고자 한다.

---

2) 황석우, 「시화」, 『매일신보』, 1919. 10. 13.

3) 이에 관해서는 김영철, 『한국근대시론고』, 형설출판사, 1988, 264-265쪽 및 유성호, 「황석우의 시와 시론」, 『연세어문학』 제26집, 1994(『한국현대시의 형상과 논리』, 국학자료원, 1997에 재수록), 255-256쪽 참조. 유성호는 황석우의 「시화」가 보들레르의 상응의 시학을 원용하여, 신과 인간을 매개하는 시인의 샤먼적 역할을 부각시켰다고 강조한 바 있다.

4) 황석우, 「시화」, 『매일신보』, 1919. 10. 13.

2. 시론들 사이에서 부유하는 문화적 타자

한국 근대시론사의 전개 속에서 '영률'이 '心律'이나 '個性律'로 변주되거나 '內在律'과 동일시되는 저간의 사정을 고려한다면, 황석우의 '영률'이 지닌 의미는 그리 단순한 것일 리 없다. 이론의 여지가 없는 것은 물론 아니지만, 그 자신의 주장에 의하면, '영률'은 '內容律', '內在律', '內律', '心律', '自由律' 등 자유시의 주요 관용구와 거의 동일한 의미를 지녔을 뿐만 아니라, 그 모두를 포괄하는 상위개념어이다.[5] 사실 황석우는 앞서 언급한 「시화」에서 '영률' 외에도 '靈感'이나 '靈語' 같은 단어들을 자주 쓰고 있다. 더욱이 "自我最高의 美를 훔키며 그 美에 觸할 때의 '느낌'을 普通 '靈感'"이라고 말할 때, 또는 "'靈語'는 한 液이다. 그러므로 詩는 한 液體이다"라고 말할 때에 황석우가 그 단어들 각각을 매우 의미심장하게 다루고 있음을 알 수 있다.[6] 그런데 '영'이라는 단어의 이와 같은 용례는 아마도 전통적인 시가론, 문학론에 익숙한 이들에게는 매우 낯설고 이질적인 것으로 받아들여졌을 것이다. '영'이라는 단어는 그 당시 무수한 어휘들의 전생이 대개 그러하듯이, 서구 유럽의 지식과 학문 체계를 수용하는 가운데 도입된 신조어에 해당하기 때문이다. 이를테면, '영률'은 '스피릿(spirit)'과 '리듬(rhythm)'이 결합한 형태의 합성어이다. 즉, 이 말은 황석우가 서구 상징주의 시론을 널리 소개하기 위해 선구적으로 창안해낸 일종의 신조어인 것이다.

전통 한학과 근대 유럽 학문 사이의 격차를 실감했던 梁柱東은 전혀 새로운 어휘들에 눈 뜨기 시작했던 일본유학 시절을 훗날 회고하면서 그 지적, 정신적 충격을 "새 문자, 새 말들의 경이로움"[7]이라는 말로 압축하여 표현한 바 있다. 그는 자신이 '漢文學'의 세계로부터 돌연히 '西歐文學'으로 이적한 결정적인 계기로 두 권의 책을 거론하고 있다. 그

---

5) 황석우, 「조선시단의 발족점과 자유시」, 『매일신보』, 1919. 11. 10.

6) 황석우, 「시화」, 『매일신보』, 1919. 9. 22.

7) 양주동, 『문주반생기』, 신태양사, 1960, 38쪽.

러고 보면, 이쿠다 쵸코(生田長江)의 『近代思想十六講』과 쿠리야가와 하쿠손(廚川白村)의 『近代文學十講』을 통해 이질적인 유럽문학과 난생 처음 접하고, 그로부터 "奇想天外의 新奇한 '새 문자' '새 사상'"을 터득해 나갔던 지난한 사정은 유독 양주동의 경우만은 아니었을 것이다. 1921년에 와세다대 예과에 진학한 양주동은 황석우에 비해 다소 늦은 감은 있지만, 그들은 모두 개성, 인격, 교양을 강조했던 다이쇼(大正)기 문화주의의 자장 속에서 신학문을 배우고 익힌 세대에 속한다고 할 수 있다. 그런데 양주동으로 대표된다고 해도 무방한, 당시 일본에 유학한 조선 문학청년들의 지적, 정신적 충격의 중심에 다름아닌 '영'이라는 단어가 자리잡고 있었다는 사실은 자못 흥미롭다. 이 글에서 양주동은 '영'이라는 용어가 "신 중심의 헤브라이즘 문화"의 전통 속에서 등장한 것임을 지적하고, 더 나아가 자신이 속한 신문학 세대의 중요한 관심사가 이 '영'과 '육'의 조화, 즉 '靈肉一致'에 있었다는 사실을 시사해 주고 있다.

동시대의 유학세대 중 이 '영'이라는 역어에 가장 열광한 집단은 아무래도 유럽의 상징주의(Symbolisme)를 받아들인 청년문사들일 것이다. 상징주의의 토착화에 누구보다 정력적이었던 金億은 「쯔란스 詩壇」에서 데카당스(Decadance)의 시문학을 옹호하는 가운데 다음과 같이 말하고 있다.

亂醉, 淫樂, 虛僞, 그들은 夢遊病者가 恍惚狀態에서 모든 것을 하는 것과 갓치 熱情에 뜰아 行動ᄒ엿다. 그러나 亂醉, 淫樂, 虛僞의 心情을 肯定홀 슈 있으리 만큼 그들의 맘은 偉强하지 못ᄒ엿다. 뉘웃츤 그때의 心情은 닥가노흔 거울과 갓치 맑앗다. 惡德의 띠끌(塵)조차 업섯다. 그들의 靈은 泥醉에 빗나는 것이 아니고, 覺醒의 때에 하나님을 보앗다. 깨는 맘! 그들의 산靈이다. 그들의 心海에는 善과 惡, 美와 醜, 하나님과 惡魔, 셜음과 즐거움, 現實과 理想, 無限과 有限, 否定과 肯定—이것들이 가득하였다. 音響, 色彩, 芳香, 形象—이들은 그들의 靈을 無限界로 잇끌어가는 象徵이 안이고, 그들 자신의 靈이며, 따라서 無限이엿다.[8]

김억의 글에서 프랑스 상징주의 시인들은 세속사의 온갖 갈등과 대립을 극복할 '무한'의 힘을 보유한, 예사롭지 않은 존재로 형상화되고 있다. 그들은 범속하다 못해 타락한 사물세계에서 한때는 초라한 예술가에 불과했을지 모르나, 어느 순간 그러한 비속한 일상으로부터 경이로운 것을 포착해내고 이를 시의 언어로 형상화함으로써 일종의 '황홀경(ecstacy)'을 경험하게 된다. 그런데, 병든 영혼이 각성하여 '하나님'을 대면하는 순간과 같은 황홀경을 언표할 때 김억은 '영'이라는 단어를 사용하고 있다. '난취, 음락, 허위'의 상태로부터 '거울과 갓치 맑'고 '악덕의 티끌조차 업'는 숭고한 상태로 이끌려지는 순간이나, 일체의 상극을 초월하여 무한계로 진입하는 순간의 고양된 존재를 가리킬 때 어김없이 '영'이라고 명명하고 있는 것이다. 이를 시의 층위에서 언급하자면, 그 초월적 순간은 '音響, 色彩, 芳香, 形象'이 시인의 '靈을 無限界로 잇끌어가는 象徵이 안이고, 그들 자신의 靈이며, 따라서 無限'이 되는 때이다. 그렇다면 음향, 색채, 방향, 형상이 그 자체로 '무한'이며 '영'이라는 김억의 주장을 우리는 어떻게 이해해야 할 것인가. 선과 악, 미와 추, 신과 악마, 설움과 즐거움, 현실과 이상, 무한과 유한, 부정과 긍정으로 가득 찬 시인의 심령이 그러한 일체의 대립과 모순의 상태를 초탈하여 도달한 경이로운 순간은 왜 굳이 '영'이라는 역어를 빌리지 않고서는 제대로 표현될 수 없는 것인가.

황석우의 글은 이 물음의 실마리를 제공해 주는지도 모른다. 왜냐하면, 그 역시 시의 회화성을 강조하는 가운데 '色彩', '香', '形'의 표현 문제를 제기하고 있기 때문이다. 그는 시의 회화성을 성취하기 위해서는 "그 色彩, 그 香, 그 形이 곧 詩의 血液의 色香 또는 그것에 卽한 自然形이 되지 않아서는 高貴한 價値를 接하기 不能"[9]하다고 역설했다. 다시 말해, 황석우는 시에 표현된 '색채', '향', '형'이 서로 조화를 이루

---

8) 김억, 「쯔란스 시단」, 『태서문예신보』, 1918. 12. 14.
9) 황석우, 「조선시단의 발족점과 자유시」, 앞과 동일함.

고 다시금 영률 속에 녹아들었을 때에 비로소 자유시가 완성된다고 말하고 있다. "詩의 象徵派라며 民衆派라며 寫象派 等이람은 그 內容으로보담도 色彩, 香, 音響의 配列形式 如何에 區別되는 者이다."10) 상징주의자들이 시어의 음률과 이미지를 각별하게 생각한 것은 그것이 자아와 세계의 닫혀진 이원성을 개방하고 개인의 영혼을 원초적 통일의 상태로 되돌려 주리라는 기대 때문이었다. 그러한 종류의 시어는 외적 사물을 단순히 묘사하는 데 그치지 않고, 자아의 '내면적 움직임'을 포착할 수 있기에 특별하다. 마르셀 레몽(Marcel Raymond)은 그런 의미에서 보들레르의 시가 '영혼' 혹은 '심층적 자아'에 호소할 뿐 아니라 인간 감성의 한계를 넘어 현전하는 우주의 감정에까지 촉수를 뻗친다고 말했다. 진실한 영혼 안에는 우주를 포괄한 자아가 깃들어 있는 셈이다. 한때 신비주의 철학에 심취했던 보들레르에게 '지각'은 예외적인 순간에 인간으로 하여금 우주적 비의에 접하도록 해주는 신성한 매개에 해당한다. 따라서 향기, 색채, 음향 등의 감각에서 비롯된 시적 상징과 메타포는 경직된 관습을 거슬러 "심리적 반향과 범우주적 아날로지의 신비스러운 법칙에 따라 결합"11)되지 않으면 안 된다. 그것이 바로 보들레르가 말하는 '상응'이다. 진실한 시어는 영혼을 감화시키고 그럼으로써 그 영혼이 삼라만상에 둘러싸여 신비로운 통일감(상응)을 느낄 수 있도록 해 준다. 이와 같이 시의 개별 요소들이 완벽한 조화를 성취하고 있는 상태란, 바로 시인이 자기 존재의 개체성을 뛰어넘어 초자연적인 존재와의 신비적 접합을 경험하는 순간이면서 시인의 탁월한 직관이 삶의 전체성을 획득하는 순간이 된다. 이를 두고, 김억은 '무한'의 경지 혹은 '영'의 자각한 상태라고 달리 표현하고 있는 것이다. 그러므로, '영'은 특수자와 절대자가 하나로 융합되는 초이분법적 상태나 또는 그 상태에 도달한 개인의 정신적 경지를 지칭한다고 봐도 무방하다.

---

10) 황석우, 「시화」, 『매일신보』, 1919. 10. 13.

11) Marcel Raymond, 김화영 역, 『프랑스 현대시사-보들레르에서 초현실주의까지』, 문학과지성사, 1983, 29쪽.

따라서, 김억이 말하는 '영'은 우리가 일상적으로 사용하는 '영혼'과도 엄밀히 구별될 필요가 있다. 이성이 깃들어 있는 '영혼'을 물질적인 '육체'와 엄격히 구별하여 이해하는 그리스문화의 인간관과는 달리, 헤브라이즘의 맥락에서는 '영혼'과 '육체'에 대해 일원론적 관점을 취한다. 본디 '영' 또는 '영혼'은 영어 '소울(soul)'이나 '스피릿(spirit)'의 역어에 해당하며, 다시 그 어원에 해당하는 히브리어 '네페쉬(nephesh)'나 '루아(ruah)'는 "생명의 모체가 되는 '힘'의 분위기"[12]를 뜻했다. 물론 이 영묘한 '생명력'은 히브리민족의 유일신 하나님과 무관하지 않다. 이로써, 인간은 "일시적으로 존재하는 피조물임과 동시에 하나님의 영으로 만들어지고 힘을 얻는 존재",[13] 즉 유한과 무한, 물질과 비물질, 개체와 절대자의 경계를 초월한 존재로서의 권능을 보유할 길이 열리게 된다. 김억은 상징주의 시인들을 소개하고 그 시편들을 번역하면서, 이러한 '영'의 고유한 뉘앙스를 어느 정도 분별하고 있었다고 생각된다. 그렇지 않고서는 '覺醒의 때에 하나님을 보앗다. 깨는 맘! 그들의 산靈이다'라고 강조하기 힘든 일이다. 영육의 결합체이자 조화로운 생명을 부여하는 초월자로서의 '신'의 형상에 주목하고 그것을 예술 영역에서 집중적으로 탐구하는 일은, 이렇듯 상징주의 시인들이 스스로에게 부과한 더없이 막중한 소임이었다. 보들레르(Baudelaire), 말라르메(Mallarmé), 랭보(Rimbaud)가 꿈꾸었던 범우주적이며 무한한 실재란 우리가 종교의 영역에서 '신'이라 부르는 절대적 존재이다.

황석우와 김억이 시론을 전개하는 가운데 암암리에 공유했던 문제의식은 여기에서 그치지 않는다. 김억은 황석우보다 일 년 앞서 발표한 앞의 글에서, 조선의 근대시는 마땅히 "시인의 호흡과 고동에 根底를 잡은 音律이 시인의 정신과 심령의 산물인 절대 가치를 가진 시"[14]가

---

12) C. A. Van Peursen, 강영안·손봉호 공역, 「성경에 나타난 몸, 영혼, 정신」, 『몸, 영혼, 정신』, 서광사, 1985, 105쪽.
13) C. A. Van Peursen, 위의 글, 106쪽.
14) 김억, 「시형의 음율과 호흡」, 『태서문예신보』, 1919. 1. 13.

되어야 한다고 말한 바 있다. 그에 의하면, 내면적 음률의 자유로운 형성은 "모든 制約, 有形的 律格"15)을 버리고 그 대신에 시인의 내부에 깃들어 있는 "하나하나의 호흡"16)을 되살려냄으로써 비로소 가능해지는 시의 기적이다. 김억이 그 자유로운 음률을 형성케 하는 육체적 힘을 시인의 '호흡'에서 찾는 것은 주목해도 좋은 대목이다. 전통적인 시의 규범을 황석우가 '영률'로 대치했다면, 김억은 시인의 내적 생명으로서의 '호흡'을 강조하고 있다. 김억의 '호흡률' 역시 근대 자유시의 형성에 있어서 가장 핵심적인 요소에 해당하기 때문이다. 그런데 '영'의 어원을 살펴보면 '영'과 '호흡'은 거의 동일한 의미를 지녔다는 사실을 알 수 있다. 이 '영(영혼)'은 앞서 언급한 '생명' 이외에도 '숨, 호흡, 목구멍'이라는 의미를 지닌 고대어부터 파생된 말이기 때문이다. 히브리어 '네페쉬'나 헬라어 '푸쉬케(psyche)' 모두 그 말의 뿌리에서는 의미가 일치하는 것이다. 이와 같이 서구의 어원을 기준으로 하여 이해할 때, '영'이란 곧 '호흡'이라고 할 수 있다. 따라서, 우리는 시인의 '영혼'에서 나온 하나하나의 '호흡'이 바로 근대시의 내재율을 이루는 원천이라는 점, 바로 그 지점에서 황석우와 김억의 자유시론이 서로 중첩되어 있었다는 점을 확인한 셈이다. 김억이 베를렌느에 매료되고 황석우가 보들레르에 경사되었다 하더라도, 이들은 근대 자유시의 요체로 시인의 개성적인 리듬을 공히 강조하고 있었다.17)

알다시피, 근대 자유시의 형성기인 1910년대 후반기(1915~1919)에 이르러 김억이나 황석우 등은 근대적 시론들을 연이어 발표했고, 그 시론들에는 한국 근대시의 형식에 관한 중요한 아이디어들이 개진되어 있었다. 그들이 추구한 '심미적 자아'가 전대의 '계몽적 자아'와 얼마나

---

15) 김억, 「쯰란스 시단」, 『태서문예신보』, 1918. 12. 14.
16) 김억, 「시형의 음율과 호흡」, 위와 동일함.
17) 한계전은 일본의 자유시론에서 그다지 주목받지 못했던 '호흡률'이 김억과 황석우로 이어지면서 한국 근대시론 형성에 결정적인 영향을 끼쳤다고 지적했다. 한계전, 앞의 글, 30-31쪽.

뚜렷한 차이를 지니는지에 관해서는 아마도 이론의 여지가 없어 보인다. 국권 상실 이후 일본 유학이 급증하는 가운데 도일한 이들 청년지식인들은 '국가'라는 공공영역을 박탈당한 상태에서 자신을 근대적 주체로 확립해 나가야만 했다. 1910년대에 들어 '개성', '자아', '자각', '각성' 등의 단어가 각종 문화매체를 점유한 사정은 이 시기의 문화적 패러다임이 애국계몽기와는 몰라볼 만큼 달라지게 되었음을 알려준다.[18]

그런데 문학이 정치나 미술과 같은 다른 활동영역과 분리됨으로써 얻어낸 자율성의 이념은, 다른 한편 인간의 정신작용 중 유독 '情'의 요소만을 강조함으로써 비로소 획득된 것이었다.[19] 인간을 정, 즉 感性과 心靈의 차원에서 이해하기 시작한 것은 물론 문학 내적인 필요에 의해서였겠지만, 동시에 공공영역의 붕괴라는 사회적 조건과도 긴밀하게 맞물려 일어난 사건이었다. 그것은 개체적 존재를 둘러싼 여러 활동영역이 급격하게 축소되는 대신에, 거의 문화의 층위에서만 근대적 개인의 자아실현이 가능할 수 있었기 때문이다. 하지만, 계몽적 자아에서 심미적 자아로의 변화는 이러한 역사적 상황이 주는 제약의 산물이면서 또한 그에 못지않게, 바로 그 같은 시대변화에 힘입어서 일어난 변혁이기도 했다. 이를테면, 애국계몽기의 메마른 합리주의에 대항하여 인간 심성의 정서적 면을 강조하게 된 것이다. 반봉건적인 사회에서 '情育論'의 테제는 그것대로 의미 있는 것이어서, 이로 인해 여전히 잔재하는 유교적 구습에 대해 지속적인 반감과 비판이 제기될 수 있었다.

이처럼 1910년대 이후, 인간과 사회에 대한 문학적 이해는 무엇보다 心情的 차원에서 모색되기 시작했으며, 그 가운데 시론과 문학평론에서 '영'이라는 단어가 급부상하게 되었다. 이제부터 살펴보겠지만, '영'이라는 어휘야말로 근대문학, 즉 '자유시'와 '근대소설'의 형성을 위한 이론적 토대가 되었을 뿐만 아니라, 그로 인해 개인의 자아 각성이나 자

---

18) 정우택, 「근대 자유시 형성과 1910년대 시문학」, 『한국 근대 자유시의 이념과 형성』, 소명출판, 2004, 126쪽.

19) 권보드래, 「'문학' 범주 형성의 배경」, 『한국 근대소설의 기원』, 소명출판, 2000, 참조.

아 확장의 실천적 가능성이 증대될 수 있었다.

3. 에머슨 수용의 매개로서의 기타무라 도코쿠(北村透谷)
— 「에머슨(エマルソン)」(1894)을 중심으로

'영' 혹은 '영혼'의 문제와 관련하여, 우선 조선의 문학청년들이 일본 다이쇼기의 문화적 조건 속에서 서양 문학과 사상을 체득해 나갔던 사정을 지적하지 않을 수 없다. 일례로, 『學之光』에 실린 玄相允의 글은 그 당시 이들이 보여준 일본 사상계 섭취의 한 단면을 실감 있게 증언해 준다. 그는 에머슨(Emerson), 투르게네프(Turgenev), 오이켄(Euckon), 베르그송(Bergson) 등의 저명한 작가들을 열거하면서, 이들이 공통적으로 제기하고 있는 삶의 문제나 지적 분위기에 한껏 도취될 수밖에 없었던 당시의 유학생활을 보고하고 있다.[20] 그 중 조선의 문학청년들이 가장 열광적으로 탐독하고 인용했던 작가가 바로 에머슨이었다.

일본 근대문학사의 경우, 에머슨의 사상과 문학으로부터 영향 받은 대표적인 작가로는 기타무라 도코쿠(北村透谷)가 있다. 그는 기독교 색채가 농후한 잡지 『文學界』를 중심으로 메이지 시기 일본문학의 근대화에 지대한 공헌을 남겼다. 시마자키 도송(島崎藤村), 도가와 슈코츠(戶川秋骨), 바바 고초(馬場孤蝶), 우에다 빙(上田敏) 등 이 잡지의 동인으로 참여한 인물의 면면을 보더라도 그 문학사적 의의를 가늠해 볼 수 있다. 기타무라 도코쿠는 1894년 26세의 나이로 요절하기까지 이『문학계』를 선도했던 인물이었으며, 당대에 이미 문학평론가로서 그 역량을

---

20) "워쓰워드의 시집이며 에머쏜의 논문이며 투르게네쁘의 소설이며 오이켄, 베륵손의 철학 등을 빼어들고 인생의 내적 생활이 엇저니 외적 생활이 엇저니 하는 논란과 生의 요구가 업스면 자아의 창조가 업고 철저한 生의 각오가 업스면 철저한 예술이 업다든가 새 生命은 새 주의에 잇다든가 하는 문제에 고개를 끄덕끄덕 하면서", 현상윤, 「동경유학생활」, 『청춘』 제2호, 1914. 11, 113쪽.

인정받고 있었다. 특히, 낭만적 연애의 열렬한 신봉자로서도 동시대에 뚜렷한 자취를 남기기도 해서, 당시로는 매우 드물게 이시자카 미나코(石坂美那子)와 연애결혼을 하기도 했다. 사실 기타무라 도코쿠가 자유민권 운동가의 포부를 그만 단념하고 문학가로 전향한 데에는 다른 무엇보다 이시자카 미나코와의 만남이 결정적인 계기가 되었다. 이 청교도적인 여성과의 만남과 사랑으로 인해 그는 기꺼이 기독교를 선택하게 되기 때문이다. 기타무라 도코쿠가 정치적 동지였던 오야 마사오(大失正夫)와 결별하고 마침내 東京專門大學의 專修英學科에 재입학한 것은 1885년의 일이고, 바로 그 해에 그는 이시자카 미나코와 운명적인 만남을 가졌다. 1888년 3월 기타무라 도코쿠는 스키야바시(數寄屋橋) 교회에서 세례를 받고 그로부터 8개월 뒤에는 목사의 입회하에 그녀와 정식으로 결혼하게 된다. 정치적 야망이 무산된 한 메이지 청년이 기독교에 입신한 사건은 그 자신에게나 일본 근대문학사에 있어서나 매우 중요한 이정표가 된다. 기독교 체험 덕택에 기타무라 도코쿠는 사회사상가와 문학가로서 자신의 입지를 확보해 나갈 수 있었다. 어떤 면에서 보면, 그에게 기독교란 정치 투쟁에서 물러날 수밖에 없었던 자기 자신을 스스로 납득하고 정당화하는 데 중요한 토대가 되었다. 이를테면, 사회변혁의 해법은 물리적인 폭력이 아니라 동정적 사랑과 인격의 교화에 있다는 인식,[21] 루소가 예시한 천부인권의 자유는 역사적인 투쟁에 의해 성취된다기보다 각자가 인간 마음의 무한한 가치를 발견함으로써 온전히 실현되리라는 기대,[22] 따라서 인간의 진정한 위업은 정치가 아닌 문학, 정치가가 아닌 시인에 의해 구현될 수밖에 없다는 신념[23] 등은 기타무라 도코쿠가 기독교에 접촉하지 않고서는 가능할 수 없는 주장들이었다. 다시 말해, 기독교에 기반한 유심론적 세계관은 보편적인 진리가 신으로부터 유래할 뿐만 아니라 개인의 자아에 선험적으로 내재해 있는

---

21) 北村透谷,「最後の勝利者は誰ぞ」,『透谷全集』第一卷, 岩波書店, 1950, 318-320쪽.

22) 北村透谷,「心の死活を論ず」,『透谷全集』第二卷, 岩波書店, 1950, 97쪽.

23) 北村透谷,「內部生命論」,『透谷全集』第二卷, 岩波書店, 1955, 248쪽.

354

어떤 것임을 강력한 방식으로 일깨워 주었다. 일본 낭만주의 문학의 탄생이 기타무라 도코쿠로부터 시작되는 것은 정당하다. 그런 기타무라 도코쿠가 작고한 해에 남긴 평론이 「에머슨(エマルソン)」이었다.

기타무라 도코쿠는 에머슨의 범신론적 초월주의 사상에 매료되어 있었다. 그는 에머슨의 종교사상을 메이지 일본사회가 안고 있던 문제점들을 비판하고 극복하는 데 유력한 동력으로 삼고자 애썼다. 그런 면에서 에머슨식 '神' 관념에 대한 기타무라 도코쿠의 해석은 중요한 실마리가 된다. 그의 에머슨 수용의 심층을 분석하기 위해서는 선결적으로 살펴보아야 할 문제에 해당하기 때문이다. 기타무라 도코쿠에 따르자면, 우선 에머슨은 '신'이라는 말을 일신교적 인격신의 개념과는 배치되는 의미로 사용했다. 그 대신에, "純理"로서의 신, "大素"로서의 신, 가장 중요하게는 "나는 神의 一部分"[24]이라는 식의 唯心論的 神 개념을 줄곧 견지했다. 에머슨은 기독교적 유일신이 아닌, 삼라만상에 내재하는 보편적, 절대적 존재로서의 신 관념을 강조했던 것이다. 그렇다고 해서, 흔히 토테미즘 사상에서 말하는 다신교 신앙과 구별되지 않는 것은 아니다. 에머슨은 기독교적 유일신 사상을 부정하면서도, 여전히 신을 가리켜 "一"이면서 동시에 "全"적인 존재라고 표현하고 있다.

> 그는 生命의 中心을 心靈이라 하고, 萬物의 中心을 마찬가지로 萬物의 心靈이라 하며, 그리고 이들 一切의 것의 元素, 一切의 것의 原因으로서, 모든 關係를 떠난 것, 모든 상대성을 떠난 것, 즉 '全'이 되는 것, 이로써 '神'이라고 하였다. 이 '全'은 즉 그의 '一'이로서, 이 '一'은 모든 것의 原因이며 또한 結果이며, 部分으로서 全體가 되며, 이 '一'에서 모든 法의 根源이며, '心'과 '物'을 서로 結託하여 즉 이 '一'이 되며, 이 '一'에서 그것은 '自然'과 '心靈'의 區別을 잃어버리고, 이 '一'에 의해서 모든 精神的 法은 흘러나오게 되는 것임을 인식할 것이다. 이 '一'은 즉 그 神이다.[25]

---

24) 北村透谷, 「エマルソン」, 앞의 책, 106쪽.
25) 北村透谷, 「エマルソン」, 앞의 책, 106-107쪽.

에머슨의 '신', 좀더 정확히 말하자면, 기타무라 도코쿠가 이해하는 에머슨의 '신'은 동양과 서양의 '신' 사상을 조화롭게 결합하고, 주관객관의 철학적 대립을 초극한 신비적 존재이다. 이 '보편적 유일자'가 흔히 알려진 대로 '大靈'[26]이라는 존재에 해당한다. 이 '대령'은 모든 부분과 분자가 균일하게 관계 맺고 있는 "통유적인 아름다움, 즉 영원의 '一'"[27]이라는 점에서, "絶對的 眞善美"[28]의 구현자이다. 이 '대령'은 삼라만상에 편재할 뿐만 아니라 동시에 사람의 내부에도 현존하는 존재이다. 그래서 기타무라 도코쿠는 에머슨이 "全宇宙를 나누어 自然과 心靈"[29]으로 구분한다고 여러 차례 강조하고 있다. 요컨대, '대령'은 나의 안[心]에도 나의 밖[自然]에도, 시공간에 구애되지 않고 상존하는 절대적 존재이다. 이처럼, 기타무라 도코쿠는 개개인에게 내재하는, 대령으로부터 分有된 인간의 마음을 다름아닌 "心靈"이라 칭하고 있다.

그런 의미에서, 절대적 존재의 계시로 충만한 '유기적 자연'과 대면하여 전 우주를 관조하는 어떤 개인에게 있어서는 안과 밖, 부분과 전체, 우주와 나의 모든 인위적 구별 자체가 무의미해진다. 나의 안에도 우주가 있고, 반대로 나의 바깥에도 내가 존재한다는 에머슨적 역설이 성립하게 되는 것이다. "나는 모든 것을 본다. 宇宙的 存在者는 나를 통해서 유동하고, 나는 신의 一部分, 一分子임을 인정한다."[30] 그리하여, 자연의 계시자로서의 '신'을 숭앙한다는 것은 곧, 자아의 존재에 예배하는 일과 크게 다르지 않으며, 더 나아가 기타무라 도코쿠와 같이

---

26) 에머슨의 여러 저작들에서 '대령(大靈)'은 최고의 존재, 본원적인 명분, 우주적인 권능, 최고의 법률, 최고의 정신, 영원한 이성, 우주적인 의식, 우주적 정령, 그리고 신에 상응하는 개념이다. 즉, 삼라만상의 근원이자 창조주이며, 본질이자 형성자를 지칭한다. 이로부터 모든 眞善美가 유래한다. Paul. F. Boller. Jr., 정태진 역, 「초월주의자들의 선험적 관념론」, 『미국초월주의의 이해』, 한신문화사, 1989, 65-66쪽.

27) 北村透谷, 「エマルソン」, 앞의 책, 60쪽.

28) 北村透谷, 「エマルソン」, 위의 책, 119쪽.

29) 北村透谷, 「エマルソン」, 위의 책, 95쪽.

30) 北村透谷, 「エマルソン」, 위의 책, 43쪽.

356

‘자아의 절대성’을 주장하는 데까지 육박할 수 있게 된다.

이제 우리는 저 황석우나 김억이 말하는 ‘영’의 당대적 의미를 실감하기 위한 하나의 실마리를 얻은 셈이다. 우주론적 정당성에 입각한 기타무라 도코쿠의 ‘영혼’은 개인의 자유로운 자기 주장을 가능케 하는 중요한 문화적 토대였다. 독일 관념론의 어법을 빌려 말하면, 이 같은 영적 체험의 이면에는 스스로를 자기규정적인 주체로 정립함과 동시에 자연으로서의 자기 자신과 우주를 일치시키려는 표현적 통일에의 욕구, 곧 낭만적 자아의 열망이 자리하고 있는 것이다.31) 따라서 무엇보다 중요한 것은 정신의 자유와 독립을 지켜내는 일이며, 이를 위해서라면 개인은 어떠한 외부의 압력에도 함부로 굴복해서는 안 된다. 기독교도로서 기타무라 도코쿠가 보여준 선택과 행보는 결과적으로 그에 부합하는 것이었다. 그는 스키야바시 교회를 떠나 1889년경에 브랜드(普連土) 교회로, 다시 1892년 무렵에는 아자부(麻布) 크리스챤 교회로 이적하게 된다. 이는 기타무라 도코쿠가 복음주의적 신앙에서 점차 신비주의적, 자유주의적 신앙으로 변모하게 되었음을 의미한다. 그의 사상은 다양한 원천 속에서 형성된 것이 틀림없지만, 그 핵심은 유니테리언(Unitarian)이나 퀘이커교(Quakers)와 같은 자유주의 신학에 있었다.32) 즉, 기타무라 도코쿠는 기독교를 통해 참된 진리가 자아의 내부에 있다는 신념을 강화시킬 수 있었지만, ‘정신의 자유와 독립’을 추구하기 위해 다시 기독

---

31) ‘낭만적 자아’에 대해서는 찰스 테일러, 박찬국 역, 『헤겔철학과 현대의 위기』, 서광사, 1992; 김우창, 권영민 외 공편, 「감각, 이성, 정신」, 『한국문학이란 무엇인가』, 민음사, 1995, 참조.

32) 笹淵友一, 「北村透谷」, 『‘文學界’とその 時代』(上), 明治書院, 1955, 185-195쪽. 이를 테면, 기타무라 도코쿠가 주장한 기독교적 용어 ‘生命’은 칼라일부터 에머슨까지 다양한 원천 속에서 계발된 말이다. 즉, ‘생명’이라는 말 안에는, 죄로부터 구원됨으로써 얻는 신의 은총이라는 의미 이외에도, 우주의 신성한 관념을 표현한다는 칼라일 사상과 신과 인간의 직접적인 교감을 중시하는 에머슨식 자유주의 신학이 혼재되어 있다. 신비적 종교관에 근거한 기타무라 도코쿠의 생명관은 ‘天賦人權’에 상응하는 자율성의 이념을 문학 내부에 정착시키는 데 공헌했다. 그의 ‘내부생명’은 “人間 天賦의 靈性”(114쪽)을 뜻하기 때문이다.

교의 정통 신앙과 교리로부터 멀어질 수밖에 없었다.[33] 그런 면에서 기타무라 도코쿠의 자아관은, 진리의 조건을 자기 내부에 두고 그에 근거하여 자유를 추구하는 근대적 개인을 탄생시켰다고 말할 수 있다.

학지광 세대의 에머슨 수용도 기타무라 도코쿠를 매개로 하지 않고서는 불가능한 것이었다. 개인, 자아, 문화를 중시하는 다이쇼기의 저 고양된 분위기 속에서 '영'에 내재된 자율성의 이념은 급속도로 확산되었고, 조선의 일본유학생들 역시 그 지적 매력에 경사되지 않을 수 없었다.[34]

4. '학지광' 세대의 에머슨 수용: 장덕수의 경우

장덕수는 에머슨 수용의 계보에서 가장 먼저 거론할 만한 인물이다. 『학지광』의 편집위원이기도 했던 그는 1914년 12월 학지광 제3호 발간을 기념하는 머릿글 「學之光三號發刊에 臨하여」에서 에머슨의 말을 수차례 인용하고 있어 인상적이다. 장덕수는 이 글에서 먼저 성경의 한 구절을 빌려, 조선 청년들이 더 이상 침묵하고 있을 수만은 없음을 강조하고 있다. 그 대신 자기 확신, 웅대한 사상과 활화산 같은 열정을 가지고 자기 세대에 부여된 역사적 사명을 감당하자고 주장했다. 그런데, 이 역사적 사명을 완수하기 위해서는 각자가 무엇보다 "自己 實現과 自己 表現"의 능력을 함양할 필요가 있다는 점, 그러한 자기 표현 능력은 一月星辰에서 자그마한 미물에 이르기까지 모든 천지사물이 두루 갖추고 있을 만큼 "宇宙의 根本事實"이라는 점을 상술하는 대목에 이르면,[35] 우리는 장덕수 사상의 입각점 중 하나가 에머슨이라는 사실을 짐

---

33) 스즈키 토미(鈴木登美), 한일문학연구회 역, 『이야기된 자기―일본 근대성의 형성과 사소설 담론』, 생각의나무, 2004, 77쪽.

34) 예컨대, 1916년 9월 발간된 『학지광』 제10호 「졸업생축하호」에서는 표지에 에머슨의 명구(名句)를 원문과 함께 인용하고 있기도 하다.

작케 된다. 자연만물로부터 영적 자각의 주된 계기를 발견하게 된다는 식의 사유법은 앞 절에서 살펴본 것처럼, 에머슨을 적극 수용한 기타무라 도코쿠의 평론에서 어렵잖게 찾아볼 수 있는 사항이기 때문이다. 장덕수 역시 에머슨의 말을 인용하면서 자신의 주장을 뒷받침하고 있다.

> 萬物이 各各 性質을 有 혼다 홈은 同時에 自己表現을 意味혼 것이 아닌가? 에머—손이 갈오디 "萬物은 自己 歷史를 쓰기에 從事ㅎㄴ니 地球와 細石은 自己의 影을 지고 가며 轉落ㅎㄴ 岩은 山우에 自己의 痕跡을 遺ㅎ고 河川은 땅에 運河을 作ㅎ며 動物은 自己의 骸骨을 地層에 埋ㅎ고 木葉은 石炭 中에 自己의 碑銘을 記ㅎ며 滴水ㄴ 모러와 돌을 彫刻ㅎ고 눈과 쌍을 밟ㄴ 足跡은 進行의 地圖를 그리ㄴ도다."36)

만물도 그러하거늘 하물며 "心靈"과 더불어 풍부한 상상력, 위대한 지력, 청고한 감정, 강렬한 의지를 지닌 조선 청년이 능치 못할 일이 무엇이겠느냐—라는 것이 이 글의 핵심적인 주장이라 할 만하다. 장덕수는 인간을 둘러싼 자연만물을 윤리적 각성의 원천으로 이해하고 있다. 그의 태도는 자연을 생명이 없는 정태적인 대상으로 간주하는 기존의 기계론적 관점과는 차별된다. 에머슨에 따르면, 자연계를 물질적 풍요성의 근거로서, 심미적 쾌락의 원천으로서, 과학적 진리의 기반으로서 바라볼 뿐만 아니라, 그 자연현상 속에 내재한 도덕적, 영적 의미를 관조해내는 데 초월주의의 중요한 미덕이 있다.37) 다시 장덕수는 공자, 석가, 예수와 같은 고금의 현자들 역시 이러한 "心靈의 自己表現이 無ㅎ

---

35) 장덕수, 「학지광 삼호 발간에 임하여」, 『학지광』 제3호, 1914, 1쪽.

36) 장덕수, 위와 동일함.

37) Paul. F. Boller. Jr., 정태진 역, 앞의 책, 66쪽. 칸트의 계보 속에서 에머슨은, 인간의 정신을 오성과 이성으로 나누고, 전자는 단단한 물체와 물질계만을 바라보지만, 후자는 그 속에 존재하는 영적인 실체를 헤아릴 줄 안다고 말했다. 이 때의 '이성'을 초월주의의 최초의 저작인 「자연론」에서는 '영혼'이라 재명명하고 있다. "지성적으로 고찰하여 '이성'이라고 부르는 것을 우리는 영혼(spirit)이라 부른다. 영혼은 창조자이다. 영혼은 그 자체 속에 생명을 가지고 있다."(R. W. Emerson, 『자연』, 문학과지성사, 1998, 40쪽).

얏스면"[38] 존재할 리 만무하다고 역설하고 있다. 여기서 말하는 인간 내부의 '심령'이란 물론 기타무라 도코쿠가 말한 '內部의 生命'이며, 또한 우주만물에 편재하는 보편적 존재 '大靈'의 개체적 현존과 동일한 것이다. 장덕수가 적실하게 인용하고 있는 것처럼, "(에머−손 갈오디) 上帝는 神聖혼 全一이니 眞善美는 그 全一의 各方面을 표시혼 것"[39] 이다. 그런데도 조선 사회가 미개하고 곤궁한 상태에 머물러 있는 것은 그처럼 중요한 의미를 갖는, 개체적 존재의 "生命과 心靈의 破壞"[40]의 정도가 극심한 연유이다. 사실 이 글은 지나치게 개인주의화되어 가는 조선유학생 사회의 문제를 염두에 두고 작성된 글이다. 결국 장덕수는, 냉혹한 사회 현실에서 가장 긴급한 것은 '同情'과 '사랑'이며 이러한 연대감을 형성하기 위해 『학지광』에 거는 기대가 적지 않다는 것으로 글을 마무리하고 있다.

　이와 같이 성경 구절과 병행하는 방식으로 에머슨을 인용하거나, 마치 '예수 가라사대'를 연상시키는 '에머−손 갈오디' 같은 구절을 이례적으로 반복하여 사용하는 데에서도 헤아려볼 수 있듯이, 장덕수의 에머슨 언급은 범상한 수위를 이미 넘어서 있다. 그는 자기 자신과 자신이 속한 공동체의 갱신을 도모하는 가운데, 다른 무엇보다 에머슨의 범신론적 신비주의의 수사에 의거하고 있기 때문이다. 이는 다음 해에 발표된 「意志의 躍動」(1915)에서 좀더 직접적이고 강렬한 방식으로 나타나기에 이른다.

　「의지의 약동」의 서두는, 이 글이 무한한 자연과 대면하여 얻은 깨달음의 기록임을 암시해 준다. "大氣는 白露를 띄고 世上은 잠을 드러 四方이 寂寞혼 맑은 바음에 홀노히 어린 눈을 누히드러 限업시 놉기도 호고 深淵갓치 깁기도 혼 저 하날에 黃金沙와 갓치 燦爛히도 羅列혼 모든 별을 바라보며 생각을 雲上天外에 멀리 달려 永遠과 無限을 感

___

38) 장덕수, 앞의 글, 2쪽.
39) 장덕수, 위와 동일함.
40) 장덕수, 위의 글, 3쪽.

悟"41)한 뒤에 얻은 자연의 계시를 적은 것이 「의지의 약동」이라 해도
무리가 아니다. 그것은 거듭 지적한 대로, 개아의 자각에 드리워진 自然
과 그 자연의 理法(純理)로서의 '대령'을 연쇄적으로 떠올리게 하는 대
목이다. 인간과 자연 사이에 발생하는 신비한 관계에 주목하고 이 관계
에 의해 인간이 "직관과 도덕적 성장"을 획득할 수 있다고 주장한 것은
에머슨의 독특한 자연이해에서 연유한다.42)

  그런데, 저자는 이 같은 '영원과 무한'에 대한 궁극적 사유가 대다수
의 凡人들에게서는 좀체로 찾아볼 수 없는 현실을 개탄하고 있다. 이
글은 청년들이 영웅호걸이나 정치, 실업, 법률 등 현실 문제에 관심을
기울일 뿐, 그보다 궁극적인 정신 문제에 대해서는 상대적으로 소홀한
세태에 대한 비판으로 충만해 있다. 그는 세계정복자 알렉산더나 나폴
레옹 등을 숭배하는 이는 많아도 겟세마네 동산의 예수나 루소에 대해
제대로 궁구하지 않는 유학생 사회를 향해 신랄한 비판을 가하고 있는
것이다. 장덕수의 비판은 다분히 문화주의적 관점을 취하고 있는 것으
로, 이를 통해 변화하는 유학생 사회의 분위기를 짐작해 볼 만하다. 이
는 현상윤이 이광수의 글에 대해 쓴 반론 형식의 에세이와는 미묘한 차
이를 보여준다. 현상윤 역시 개인주의를 현대문명의 핵심으로 옹호했지
만, 그 실천적 활력을 굳이 '문화'에 한정하지 않고 사회 전반에 걸친
계몽적 기획의 일부로 간주했다. 현상윤이 일련의 문화주의적 경향에
대해 품었던 의구심과는 달리, 장덕수는 그러한 신경향이 지닌 활력의
가치를 일찌감치 인정하고 있었던 셈이다. "그러나 청년이여 다시한번
생각ᄒ여 볼지로다 우리가 혹은 실업 혹은 정치 기타 허다ᄒ 방면으로
각히 달은 길을 취ᄒ야 나아가기 전에 한번 생각ᄒ며 한번되지 아니ᄒ
면 아니될 것이 인지 아니ᄒᄂ가? 진실로 직업은 천층만급의 차별상이라
이 모든 차별을 관일ᄒ야 천만인의게 공통되는 바 한 점이 잇지 아닐

---

41) 장덕수, 「의지의 약동」, 『학지광』 제5호, 1915, 39쪽.
42) 아놀드 스미드라인, 정태진 역, 「렐프 월도 에머슨」, 『미국문학에 표현된 자연종교』,
   한신문화사, 1989, 104쪽.

수 업스니 그는 무엇인고?"[43] 그것은 바로 "全的 사람"이 되는 길이다.

장덕수가 자신감에 차서 말하는 '전적 사람'이란 편벽되거나 자신이 속한 사회의 전체적 기율을 훼손하지도 않는 이상적 인격체를 지칭한다. 또한, 이 全人的 인간은 "자기의 존엄과 명예를 천지에 대ᄒ야 자랑하는 자각잇는 사람"[44]이기도 하다. 장덕수가 전인적 인간의 善例로 염두에 두고 있는 이는 물론 앞서 언급한 예수이다. "예수 갈오디 '너희들은 천제의 완전함과 갓치 완전히 되라.'"[45] 그렇다고 해서, 그가 말하는 전인적 인격체가 예수나 루소와 같이 항상 비범한 거물들에게만 한정된 것은 아니다. 장덕수가 전인적 인간의 필수불가결한 조건으로 가장 중요하게 내세우는 바는 "眞實로 內的人(inner man)의 自覺"[46]에 있기 때문이다. 이는 고독한 몰입의 상태에서 자아의 목소리에 귀 기울이는 것, 다시 말해 외부의 어떤 것에도 영향 받지 않은 독립적인 자아의 각성을 뜻한다. 이 대목에 이르러 우선 흥미로운 것은 '內的人'이 되는 과정에서 개체가 경험하게 되는 정신적 경지와 관련되어 있다. 장덕수는 내향적 인간의 경지에 도달한 "사람은 靈眼을 말게 쩌서 萬物의 眞相을 通觀ᄒ고 自己의 선 곳을 쩌달으며 自己의 갈 길을 알고 自己의 價値를 認識ᄒ야 自己의 使命을 다함으로써 天地의 化育을 贊ᄒ고 與天地로 參ᄒ는 자"라고 상술하고 있다. 여기서 주목할 표현은 물론 '영안'이라는 수사에 있다. 장덕수는 하나의 인격체가 어떤 깨달음의 경지에 달하는 순간을 그의 '영안'이 개안되는 순간으로 표현하고 있으며, 이는 "쌍만 바라보다가"는 깨우쳐질 바가 아니라 "풀은 하날을 치여다보고 永遠과 無限을 感悟ᄒ는 질거움의 微笑를 薔薇갓흔 우리 입살에 올니는"[47] 때에 실현된다고 반복하여 말하는 데에서도 알 수 있듯이, 이 글의 저

---

43) 장덕수, 앞의 글, 40쪽.
44) 장덕수, 위와 동일함.
45) 장덕수, 위와 동일함.
46) 장덕수, 위의 글, 41쪽.
47) 장덕수, 위와 동일함.

362

자는 결국 에머슨의 신비주의 담론 안에서 발화하고 있다 해도 무방하다. 특히 장덕수는 에머슨의 글을 영어 원문 그대로 인용하여 진술하고 있다. "쓸에 턱 나시민 니의 머리는 爽快한 空氣에 싯쳐 無限空間에 突入하니 모든 自尊心은 업서지고 一個 透明한 눈알이 되야 나는 아무것도 아니나 모든 것을 보는도다 宇宙的 實在가 我를 貫通하니 나는 眞實로 神의 一部로다."48) 이 글 전체를 통해 우리는 학지광 세대가 에머슨의 사상을 수용하고 그 개념, 어휘, 범주를 전유하는 방식을 파악해 볼 수 있다. 그런 면에서 장덕수의 「의지의 약동」은 한국 근대문학의 에머슨 수용사에 있어 중요한 시금석이 되는 글이다.

　장덕수가 제기하고 있는 물음은 '우리의 目的 우리의 精神! 이것이 宇宙根本者와 아모 關係가 업슬소냐?'라는 구절에 집중되어 있다. 이를 입증하기 위해, 저자 장덕수는 에머슨의 유명한 말을 직접 인용하고 있는 것이다. 이 구절은 기타무라 도코쿠 역시 의미심장하게 인용하고 있는 구절이기도 하다.49) 즉, 우주적 실재가 개아를 관통하고 개아가 우주적 실재인 '신'의 일부라는 사실을 자각하는 그 순간이 바로 장덕수가 말하는 전인적 인간, 혹은 내향적 인간이 출현하는 때이다. 그런데 더욱 중요하게는 바로 그 영적 체험의 순간이야말로, 개체적 존재 스스로 자신이 삶의 주체임을 통렬히 자각하는 때이기도 하다. 장덕수는 '우리는 決코 쩨의 종이 아니오 이의 主人이라'고 천명한 바 있기 때문이다. 이 말에는 시간과 공간에 얽매이지 않고 오히려 그것을 내 삶의 목적을 위해 재조립하고 재구성해내는 근대적 감각이 충일해 있다. 즉, '현재도 우리의 이 목적으로써 관일하고 과거를 정복하며 장래를 규정'할 수 있게 된다. 이러한 인식은 근대적 시공간에 대한 세련된 감각과 자기 주체성(subjectivity)의 확신을 전제로 하지 않고서는 획득되기 어려운 것이다. 요컨대, 장덕수의 이 글은 에머슨의 인식론과 수사학에 밀착하여 조

---

48) 장덕수, 앞의 글, 43-44쪽.
49) 北村透谷, 「エマルソン」, 앞의 책, 43쪽.

선 청년의 정신적 자각을 촉구하고 있다.

말하자면, 내향적 인간의 영적 자각은 근대적 자아의 탄생과 동일한 사건이다. 자기 내부에서 창조적인 발전과 자아 완성을 위한 엄청난 잠재력을 발견한 개인이야말로 근대적인 요건에 부합하는 인간형이다. 장덕수는 조선 청년 개개인을 향해, 우주의 근본자와 접촉하는 영적 체험을 통해서 궁극적으로 "세계가 소멸ㅎ고 이 온 세계가 전복혼다 홀지라도 영원히 불멸ㅎ고 영원히 불변홀" 진실된 "靈的 生命力"을 소유하라고 역설한다.[50] 이 '영적 생명력'을 획득한 개아에게는 이제 우주와 세계가 전과 판이하게 다른 것으로 나타나기 마련이다. 왜냐하면, 세계와 우주는 더 이상 "輪廻"가 아니라 "創造"의 대상으로 변화하기 때문이다.

> 우리 靑年이여 끼달으라 우리ᄂᆞᆫ 永遠히 새럽고 永遠히 새럽고 永遠히 創造ㅎᄂᆞᆫ 者이니 우리의 선 곳은 無限한 우리 神의 宮殿이오 우리의 지위ᄂᆞᆫ 永遠한 우리 神의 地位로다 우리ᄂᆞᆫ 無限한 靈的 生命力을 共有ㅎᄂᆞᆫ 者이니 이 宇宙ᄂᆞᆫ 맛당히 우리의 宇宙요 이 宇宙의 經營은 맛당히 우리의 經營으로 滅하는 것이 하나도 업고 모든 것이 永遠히 繼續ㅎᄂᆞᆫ 것이로다. (默示錄 二十章 十二節~十五節 參照)[51]

성경을 구체적으로 인용하는 데에서 알 수 있는 것처럼, 위에 인용된 구절에는 기독교와 에머슨적 범신론의 수사가 적절히 혼용되어 있다.[52] 장덕수는 인간이 이 땅에서 신의 대리자라는 사실을 부각시키고, 그에 따라 세상의 주권자로서 자신의 창조력을 마음껏 발휘할 것을 천명하고 있는 셈이다. 유한이 무한이라는 자각, 장래가 결코 허무할 리 없다는 자각, 우리의 生은 저주하거나 거부할 것이 결코 아니라 오히

---

50) 장덕수, 앞의 글, 44쪽.
51) 장덕수, 위의 글, 167쪽.
52) 이 글의 말미에 장덕수 스스로 부기하고 있는 것처럼, 「의지의 약동」은 그의 기독교 신앙과의 깊은 연관 속에서 제출된 에세이이다.

364

려 찬미하고 실현할 대상이라는 자각 등이 여기에 이어진다. 그리하여, 조선 청년 모두가 "精神上 宇宙根本者와 하나됨(Oneness)을 自覺"[53]하고 지상의 "천국"[54]을 건설하기 위해 제각각 분발하는 길만이 남은 것이다.

이 시기에 있어서 근대적인 자아 각성은 에머슨을 매개로 하지 않고서는 쉽사리 성취될 수 없었다. 인간 정신과 자연과의 상호작용을 통해 자신의 단독성을 자각하는 방식은 에머슨이 제시한 신비주의적 경험 속에서 가장 강력한 표현을 얻었기 때문이다. 게다가 피식민지의 청년문사인 경우, 유교적 악습이라는 제도적 呪術에서 풀려나와 스스로를 단독자로 재구성하는 길은 애초부터 그 선택의 폭이 협소한 것이었을지 모른다. 만일 국외망명자의 고행을 선택하거나 식민지 권력의 마력에 자기를 내던지는 것이 아니라면, 아마도 범신론적 신비주의 체험 속에서 자기 갱생의 길을 찾을 도리밖에는 없었을 것이다. 다른 한편, 그 초월적 신비는 기독교 내부에서 주어지든 그렇지 않든 마찬가지의 은총을 가져다주는 것이어서, 기독교 신앙을 고수한 전영택은 물론 기독교 신앙을 받아들였으나 곧 그로부터 이반한 이광수에게서도, 그리고 기독교와 무관한 다른 이들에게서도 공통적으로 확인되는 근대적 경험의 일부였다.

5. 결론을 대신하여 – 근대적 자아의 비의

1918년 발표된 「復活의 曙光」은 조선민족의 갱생을 강력하게 촉구하기 위해 작성된 에세이로, 이광수의 정치적 에너지가 유감없이 발휘되어 있다. 이 글은 조선 문화가 지난 3백 년간 황폐한 불모지와 다를

---

53) 장덕수, 앞의 글, 45쪽.
54) 장덕수, 위의 글, 46쪽.

바 없었다는 긴박한 문제의식에서 시작한다. 문학의 경우만 하더라도, 조선인의 사상과 감정을 표현해낸 문학 전통이 부재하다고 지적하면서, "民族의 精神, 眞生命, 眞生活에 接觸"[55]하는 조선 문학의 실현을 요청하고 있다. 그런데 조선 문학의 현황을 진단하면서, 이광수는 일본의 문학평론가 시마무라 호게츠(島村抱月)의 말을 주요한 논거로 수차례 인용하고 있다. 1917년 조선을 방문한 직후『와세다분가쿠(早稻田文學)』에 발표한 글에서 시마무라 호게츠는 "조선의 과거에는 문예라 부를 문예가 없다"[56]라고 단언한 바 있으며, 그 단평이 이광수의 남다른 관심을 자아냈다.[57] 시마무라 호게츠에 의하면, 조선 고유의 생활양식이 존재함에도 불구하고 그 정신문명의 발전이 온전히 이루어지 않은 데에는 무엇보다 그것을 저해하는 기형적인 문화조건이 잔존해 있기 때문이다. 시마무라 호게츠는 조선 정신에 뿌리박힌 "그 偏畸, 그 疾病을 脫"할 때에 비로소 "맑은 精神의 샘을 소생시킬" 시대가 도래하리라 전망한다.[58] 이광수는 그 조선정신의 '기형적' 장애란 조선 사회에 잔재하는 성리학적 율법이라면서, 일체의 "舊習을 脫却하여 新思想의 洗禮를 받은 靑年들의 精神 속에 新思想이 점차 醱酵"[59]하게 될 때에 진정한 의미에서의 조선 문학이 시작될 것이라고 했다.

「부활의 서광」에서 이광수의 논조는 어느 때 못지않게 박력 있다. 그 자신감은 시마무라 호게츠의 단평에서 조선 문학의 부활 가능성을 발견했기 때문인지도 모른다. 그는 "島村氏의 이 評語는 現代靑年에게 對한 극히 중대한 경고"이면서 동시에 "십세기간 정지되었던 정신생활을 다시 시작"할 원천이라고 강조한다.[60] 이광수가 조선 사회의 갱신이

---

55) 이광수, 「부활의 서광」, 『이광수전집』 17, 삼중당, 1962, 28쪽.
56) 島村抱月, 「朝鮮だより」, 『早稻田文學』, 早稻田文學社, 1917. 10, 226쪽.
57) 조선을 방문한 시마무라 호게츠와 한국인 문인들 간의 만남에 관해, 이광수가 훗날 회고한 기록(「島村抱月과 須磨子의 印象」, 『삼천리』, 1933. 4)이 있다.
58) 島村抱月, 위와 동일함.
59) 이광수, 위의 글, 34쪽.
60) 이광수, 위와 동일함.

라는 시대적 과업을 부각시키면서 유달리 시마무라 호게츠의 시평에 무게를 두는 이유는 무엇인가. 과거의 문화전통이 보잘것없고, 그런 이유로 신문학의 세례를 받은 지금 새롭게 조선의 문학과 문화를 창출해야 한다는 주장은 이광수의 문학평론에서 그리 새로운 것이 못 된다. 그러나 「부활의 서광」에서 이광수는 이전의 평론들에 비해 두드러지게 새로운 개념, 수사, 범주를 사용하여 자신의 주장을 뒷받침하고 있다. 시마무라 호게츠의 짧은 시평에서 그가 적극적으로 의지하고 있는 것은 어떤 면에서 그의 사상이 아니라 어법이라고 말할 수 있을 정도이다.

그런 의미에서 이광수가 반복적으로 사용하고 있는 표현 중 "靈的自覺", "靈魂의 核心에 붙여 놓은 불", "復活한 靈의 첫소리"라는 일련의 수사에 주목해야 한다.[61] 이러한 어법이 본문의 전체 맥락에서 차지하고 있는 비중은 결코 적지 않다. 예컨대, "各方面에 靈的自覺의 曙光이 보이니"[62]라는 구절은 표제인 '復活의 曙光'을 재언술하고 있는 핵심 어구에 해당할 정도로, 이광수가 제기하고 있는 조선 사회의 '부활'에 있어서 관건은 바로 '영'이었던 셈이다. 이광수가 '영'이라는 어휘를 다루는 태도가 매우 각별하다는 것은, 그 이전에 씌어진 평론 어디에서도 「부활의 서광」만큼 그 단어를 중요하게 다룬 선례가 없기 때문이다. 1910년 이후 발표된 이광수의 초기 논설들을 면밀히 살펴보면, 인간 주체 내부의 비물질적 영역을 뜻하는 여러 용어들 중 '精神', '魂', '心' 등은 즐겨 사용했어도 '영'이라는 단어에 관해서는 유난히 인색했다. 그런 이광수가 1920년을 전후에 발표한 평론들에서 '영'이라는 어휘를 유달리 진지하게 활용하고, 더 나아가 그 개념을 사회 전체의 문화적 발전과 결부시켜 논의하고 있는 것이다.

그렇다고 「부활의 서광」이 민족이라는 집단 주체에 관해서만 의미

---

61) 이광수, 앞의 글, 34-35쪽. '靈魂의 核心에 붙여 놓은 불'이라는 표현은 시마무라 호게츠의 글에서 그대로 차용한 데 비하여, '靈的 自覺'이나 '復活한 靈의 첫소리'라는 수사는 이광수 개인의 독창적 표현이었다.

62) 이광수, 위의 글, 37쪽.

있는 발언은 아닐 것이다. 이광수는 민족을 구성하는 각각의 개체적 존재들을 향해서도 동일한 방식으로 말하고 있다. '영'과 관련지어 개인의 각성을 바라는 화법은 평론의 형식을 취하기 이전에 씌어진 사변적 성격의 에세이에서도 확인 가능하기 때문이다. 말하자면, 이광수의 경우 '영'의 수사는 민족 전체를 향해 발화되기 이전에 이미 자기 자신과 신적 존재 사이의 내밀한 교통 속에서 연마되었던 화법이었다.

이광수는 1917년 『학지광』 제12호에 「二十五年을 回顧하며 愛妹에게」라는 제목 그대로 자신의 지난 생애를 반추하는 성격의 에세이를 발표한 바 있다. 孤舟라는 필명으로 발표된 이 사변적인 에세이가 『학지광』에 게재될 수 있었던 데에는 이광수의 필력이나 『학지광』 편집위원들과의 친분이 작용했을 가능성도 없지 않겠지만, 그 이유를 에세이의 내용면에서 추정해 볼 필요가 있다. 이 글에서 이광수는 박복한 운명과 주위의 온정이 비극적으로 교차했던 자신의 25년 생애를 회고하고 있다. 그 기간은 19세기 말에서 20세기 초에 이르는 세계사적 대격변기이기도 해서, 지난 밤 그는 과연 나 자신과 동족의 장래를 위해 무엇을 수양하고 축적해 왔는가를 진지하게 자문해 보았다고 했다. 아마도 이광수는 자신의 내부에서 한껏 끓어오르는 생명력의 약동으로 인해 밤새워 고심했던 것이며, "제 使命을 찾지 못ᄒᆞ야 눈물을 흘"[63]리다가 그 해답을 구하기 위해 간절히 하나님께 기도했다고 적고 있기까지 하다. 한때 자살을 결심하기도 했다는 화자는, 고통스러울 때마다 자신을 어루만지는 여러 은인들의 보살핌을 차마 저버리지 못할 뿐만 아니라, 바로 그러한 이유로 해서 "나는 ᄃᆞ시 살기로 決心ᄒᆞ엿다. 너를 爲ᄒᆞ야, 져恩人들을 爲하야. 그리ᄒᆞ고 貴重ᄒᆞᆫ 너와 恩人을 안아주는져 ᄶᅡᆼ을 爲ᄒᆞ야 나는 ᄃᆞ시 살고 ᄃᆞ시 힘쓰기로 作定"[64]하였노라고 말한다. 그러한 영적 회생을 거쳐 이 글의 화자 이광수는 다음과 같이 신을 향해 기도하고 있다.

---

63) 이광수, 「이십오년을 회고하며 애매(愛妹)에게」, 『학지광』 제12호, 1917, 51쪽.
64) 이광수, 위의 글, 52쪽.

하느님! 제 靈에다 불을 부쳐줍시오!
활활 불씰이 닐게흐여줍시오!
쌜가케, 하야케, 灼熱흐게흐여줍시오!
내 손톱꼿꼬지 털꼿꼬지 왼통 불이되게흐여줍시오!
저는 이러케 울며 合掌흡니다. 이러케!65)

이 자전적 에세이는 25년의 생애를 반추하는 방식으로 그것과의 단절을 꾀하고 있다. 미래의 자아상을 온전히 하기 위해서라도 과거의 누추한 삶의 기억은 이제 사라져야 마땅한 것이다. "生活다온 새 生活에 들어가기 爲하야"66) 기독교적 神과 대면하는 장면은 이 글에서 거듭 반복되는 레퍼토리다. 신과의 대면을 통해 결국 시인으로서의 사명을 자각하고 "쓰겁게, 쓰겁게 쓰겁게" 고양되는 이광수의 모습은 그의 비유처럼 구약시대의 선지자를 연상케 한다. "大祭司長 모양으로 沐浴齋戒흐고"서 밤낮으로 "天命"을 기다리는 자의 이미지는, 당시 조선이 놓인 역사적 상황과 이스라엘의 처지를 견주어 생각해 볼 때, 어렵지 않게 민족의 선각자상으로 대체된다. 요컨대, 이 글은 이광수가 민족을 위해 '희생'하기로 작정하면서 남기는 지난 半生에 대한 참회의 기록이라 할 법하다. 그런데, 상기한 인용문 중에서 '하느님! 제 靈에다 불을 부쳐줍시오!'라는 어구는 흥미롭게도 이광수가 다음 해에 발표한 「부활의 서광」에서 각별하게 활용한 바로 그 표현에 해당한다. 지난 25년의 비극적 생애에도 불구하고 새로운 삶의 가능성을 잃지 않았던 고아 출신의 이광수는, 결국 자신의 부활에 있어서 신과의 영적 체험이 결정적이었음을 암시하는 것으로 보인다. 개인의 更生을 두고 적극 활용된 '영'의 수사는 이듬해에 민족적 갱생의 수사—'靈魂의 불', '靈魂의 核心에 붙여 놓은 불', '復活한 靈의 첫소리' 등—로서 거듭나게 되는 것이다. 다시 말해, '집단 주체(민족)'의 근대적 각성을 촉구한 위의 글이나, '개인

---

65) 이광수, 앞의 글, 52쪽.
66) 이광수, 위와 동일함.

주체(예술가)'의 초월적 접신의 경험을 기록한 글 모두에서 이처럼 '영'
이라는 표현은 중요한 위상을 차지하고 있다. 어떤 면에서 '영'은 근대
주체의 자아 각성에 있어 그 결정적 표지라고 할 수 있다.

그런 의미에서, 황석우의 등단작 「新我의 序曲」은 주목할 만하다.
이 시에서 화자는 근대적 시간을 재구조화해 내는 가운데 새로운 자아
의 탄생을 흥미롭게 표현하고 있다. 이 시 전체는 신생의 환희로 충만
해 있다. 그것은 애수, 공포, 고뇌 같은 일체의 낡은 감정이 홀연히 사라
지고, 무한과 유한, 생과 멸의 경계 바깥에서 지점에서 얻어지는 비범한
삶의 경험이다. 그 중 3연은 이 글의 논의와 관련하여 매우 흥미롭다.
"新我는불으짓다. 오오 大我의 引力에/感電된 肉의 柵木――我, 一我
야,/新我의 血은, 世의 始와 終과에 흘너가고, 흘너오다."[67] 여기서 '대
아'란 에머슨이 말하는 보편적 존재로서의 신, 곧 '大靈'에 해당한다.
그러므로 위의 시가 단적으로 증언하고 있는 것처럼, 근대적 주체의 탄
생은 초자연적 존재와의 신비적 접합의 찰나를 통과의례처럼 거치지 않
고서는 결코 성취될 수 없는 삶의 감격이다. 그 전율의 체험을 동반할
때, 비로소 시의 화자에게는 새로운 '자아' 혹은 '생명'의 탄생을 예감
하는 일이 가능해지는지도 모른다. 대아의 인력에 감전되었다는 식으로
우주적 존재와의 황홀한 접촉을 표현하고 있는 황석우의 어법은 근대적
주체의 탄생을 포착하기 위해 어렵지 않게 사용하는 수사 체계의 일부
이면서, 동시에 상징주의 계열의 시편들에서는 매우 낯익은 모티브라고
말할 수 있다.[68] "도취의 순간 속에서 (……) 현재와 과거 사이에는 더
이상 모순 대립이 일어나지 않으며, 자연의 모든 것들 사이에 어떤 동
일성이 성립하듯이, 자연과 우리 자신 사이에도 '동일성'이 성립된다."[69]

---

67) 황석우, 「신아의 서곡」, 『태서문예신보』, 1919. 1. 13.

68) 일례로 "世界는 그 一切를 '나'를 通하여 再表現을 要求한다. 또, 나는 宇宙에 表現
을 줄 것이다. 나는 宇宙 속에 表現을 要求하고 宇宙는 내 속에 表現을 要求한다. 오!
表現! 알 수 없는 表現. 거룩한 表現! (……) 偉大한 表現의 意識, 表現의 自覺. 表現의
使命. 나는 世界를 다시 한번 創造하련다."(오상순, 「허무혼의 독어」, 『폐허이후』 1,
1924, 116-117쪽) 등의 구절 역시 신비로운 '영적 체험'을 포착하고 있는 좋은 예이다.

시공간의 비일상적인 역류와 혼재의 경험은 상징주의 시에만 특유한 것이 아니라 개인의 '영혼'이 위대한 삶의 흐름에 접촉하게 될 때 거의 예외 없이 발생하는 현상이다. 보들레르는 어떤 절대적 존재와의 접촉을 가리켜 '상응'이라 명명했지만, 기타무라 도코쿠는 '瞬間의 冥契'(inspiration)라고 표현했다. 여기서 '명계'는 몽롱한 상태에서 순간적으로 일어나는 정신의 고양, 즉 우주의 정신(신)과 인간의 정신(내부생명) 간의 신비로운 교감을 지칭한다.[70]

　한국 근대문학 형성 초기에 '영'이라는 단어는 근대적 자아의 형성에 크게 기여했다. 이 근대적 어휘는 개인에게 심오한 내면을 부과했을 뿐만 아니라, 그에 대응하는 새로운 문학적 이념과 형식을 창출해 냈다. 그것은 한편으로 근대 자유시의 핵심인 내재율을, 다른 한편으로는 에세이와 소설 장르에서 근대적 자아 각성의 원형적 이미지를 만들어냈다. 근대어로서의 '영'은 무엇보다 신비적 종교 체험을 전제로 하여 성립된 개념이다. 앞서 살펴본 대로, 1910년대의 청년 세대는 기타무라 도코쿠를 매개로 에머슨의 초월주의 사상을 받아들였고, 특히 '영'이라는 말에 내포된 그 신비주의적 함의에 깊게 경사되었다. 신비적 종교 체험은 에머슨 사상을 위시하여 이 시기에 유통된 다양한 서구 사상과 문학 작품 속에 함유되어 있었다는 점에서 매우 주목된다. 그렇다면 이 같은 종교적 자아 담론이 근대문학 형성 초기에 뚜렷하게 나타난 이유는 과연 무엇인가. 사회 전반에 걸쳐 진행된 합리화의 움직임 속에서 이처럼

---

69) Georges Poulet, 김기봉 역, 「보들레르」, 『인간의 시간』, 서강대출판부, 1998, 350쪽.

70) 그런데 기타무라 도코쿠는 그것을 달리 '電氣의 感應'이라고도 표현하고 있다. 「신아의 서곡」과 「내부생명론」의 수사는 흥미롭게도 동일하다. 北村透谷, 「內部生命論」, 앞의 책, 248-249쪽. 이는 훗날 기타무라 도코쿠의 정신적 계보 속에서 '생명'에 천착했던 니시다 기타로가, 그의 역저 『선의 연구(善の硏究)』에서 말한 순수경험으로서의 '統一的 直覺'과 상통하는 것이다. 무한자에 접신하거나 미적인 영역에 몰입할 때 일어나는 황홀경을 가리켜 '직각' 또는 '감응'이라 표현하는 어법은 조선의 청년지식인들에게도 고스란히 전수된다. 예컨대, 「개성과 예술」의 염상섭이나 「종교와 예술」의 오상순은 상기한 신비적 경험을 각각 '創造的 直觀' '靈的 直覺'이라 언표했다.

비합리적인 신비주의 담론은 어떤 의미와 기능을 지녔던 것인가.

이 시기의 청년 문학가들은 유럽 문학을 전범으로 삼아 그것을 모방하고 학습하는 과정을 통해 한국문학의 근대화를 추구했고, 이는 한국 사회에 고유한 문화적 관습, 이념, 제도의 혁신을 불가피하게 요구했다. 따라서 중요한 것은 유럽 문학의 구성 요소를 한국 문학 내부에 정착시키는 일이 될 것이다. 그런 의미에서, 1910년대 후반 이후 두드러지게 나타난 에피파니(epiphany)의 형상화는 한국의 문학 담론에 내재된 근본적인 결핍을 반증해 준다. 그것은 저 유럽의 낭만주의자들과 괴테가 말한, 어떤 최고의 미적인 원초적 상(Urbilder)이다. 근대 미학은 19세기 후반 쇠퇴하는 종교적 신앙의 여명기에 출현했고, "삶 자체에 예술적 형식을 부여함으로써 삶을 존재의 더 높은 단계로 고양시키려는"71) 개인의 욕망을 지지했다. 그것은 종교와 결별함으로써 포기하게 되는 어떤 특별한 경험을 예술이 보상해 주리라는 모종의 기대와 깊은 관련을 맺고 있다. 즉, 종교와의 유대는 자아가 더 광대한 존재와 긴밀하게 연관되어 있다는 충만감을 항시적으로 느끼게 해 주었지만, 근대 이후 그러한 통일성의 감각은 더 이상 자명할 수 없게 되었다. 오직 근대 예술만이 개인에게 원초적 통일성을 복원시켜 주는 마지막 보루가 되었다. 그 '원초적 통일성'의 감각은 오랫동안 유교문화를 형성해 왔던 동아시아에서는 그 유례를 찾기 힘든 경험이지만, 이를 전제로 하지 않고서는 근대문학의 성립 자체가 불가능하는 문제의식 속에서 그것은 새롭게 재발견되었다.72) 기타무라 도코쿠만 하더라도, "이 一致를 본 후에 많은

---

71) Leon Chai, *Aestheticism: The Religion of Art in Post-Romantic Literature*, New York: Columbia University Press, 1990, p. 4.

72) 괴테는 그리스문화의 '원초적 상'은 완전히 폐쇄된 것이어서 그것에 근접할 수는 있어도 다시금 창조해낼 수는 없다고 말했다. 초기 낭만주의자들은 이러한 괴테의 견해에 반발하여 자연 이념의 형식화가 가능하다고 주장했다. 예컨대, 노발리스는 "예술적 자연이 형식의 원초적 상으로 만들어져야" 할 필요성을 강조한 바 있다. 이들의 관점에 비추어 보면, '원초적 상'의 동아시적 판본도 수긍할 만하며, 이는 곧 한국 근대문학의 형성과 그 낭만주의적 '시작'을 의미한다. W. Benjamin, 박설호 편역, 「독일 낭만주의에

不一致를 보는 것이 詩人이다. 이 大平等 大無差別을 보고 나서 그 후에 많은 不平等과 差別을 보는 것이 詩人의 역할이다"[73]라고 선언한 바 있다. 그가 근대적 삶에 내재해 있는 분열과 파편화의 계기를 얼마나 냉철하게 의식하고 있었는지는 의문이지만, 그 파열된 삶을 조화롭게 만드는 것이 시인의 숙명이라는 것은 잘 알고 있었다. 한국 근대문학 형성기에 청년 문학가들이 보여준 자아 각성의 장면들은, 기타무라 도코쿠의 선례를 따라, 삶의 일체성이 복원되는 예외적 순간들에 집중되어 있다. 그것은 근대적 자아의 신생이면서 동시에 한국 문학의 신생이기도 하다. 이제 근대적 개인은 자아의 절대성을 주장하고 그 입법적 지위를 정당화하기 위해 자기의 세속적 삶의 일부를 신성화하게 되었다. 그 에피파니의 순간은 자기가 속한 세계의 근본적인 결핍과 폭력에 맞서 자신을 새롭게 재창조하려는 내적 욕구와 필요에 의해 창안된 근대적 모티프이다.

주제어 : 영(靈), 기타무라 도오코쿠(北村透谷), 에머슨, 장덕수(張德秀), 근대적 자아

서의 예술 비평의 개념」, 『베를린의 유년 시절』, 솔, 1992, 278쪽.

73) "この一致を観て後に多くの不一致を観ず、之れ詩人なり。この大平等、大無差別を観じて、而して後に多くの不平等と差別とを観ず、之れ詩人なり。" 北村透谷, 「萬物の聲と詩人」, 『透谷全集』第二卷, 岩波書店, 1955, 315쪽.

◆ **참고문헌**

1. 기본자료
『학지광』『태서문예신보』『청춘』『폐허이후』『삼천리』『동아일보』
『早稲田文學』

2. 단행본
권보드래, 「'문학' 범주 형성의 배경」, 『한국 근대소설의 기원』, 소명출판, 2000.
김영철, 『한국근대시론고』, 형설출판사, 1988.
김경일 외, 『한국사회사상사연구』, 나남, 2003.
김　억, 『안서김억전집』, 한국문화사, 1987.
김우창, 권영민 외 공편, 「감각, 이성, 정신」, 『한국문학이란 무엇인가』, 민음사, 1995.
양주동, 『문주반생기』, 신태양사, 1960.
유성호, 「황석우의 시와 시론」, 『연세어문학』 제26집, 1994.
이경남, 『설산 장덕수』, 동아일보사, 1982.
이광수, 『이광수전집』 17, 삼중당, 1962.
정우택, 「근대 자유시 형성과 1910년대 시문학」, 『한국 근대 자유시의 이념과 형성』,
　　　　소명출판, 2004.
한계전, 「자유시론의 수용과 그 형성」, 『한국현대시론연구』, 일지사, 1983.

3. 외국서적
Anold Smithline, 정태진 역, 『미국문학에 표현된 자연종교』, 한신문화사, 1989.
C. A. Van Peursen, 강영안·손봉호 공역, 『몸, 영혼, 정신』, 서광사, 1985.
Charles Taylor, 박찬국 역, 『헤겔철학과 현대의 위기』, 서광사, 1992.
Georges Poulet, 김기봉 외 역, 『인간의 시간－프랑스 작가를 통한 연구』, 서강대 출
　　　　판부, 1998.
Leon Chai, *Aestheticism: The Religion of Art in Post-Romantic Literature*, New York: Columbia
　　　　University Press, 1990.
Marcel Raymond, 김화영 역, 『프랑스 현대시사－보들레르에서 초현실주의까지』, 문
　　　　학과지성사, 1983.
R. W. Emerson, 『자연』, 문학과지성사, 1998.
스즈키 토미(鈴木登美), 한일문학연구회 역, 『이야기된 자기－일본 근대성의 형성과

사소설 담론』, 생각의나무, 2004.
Paul E. Boller. Jr., 정태진 역,『미국 초월주의의 이해』, 한신문화사, 1989.
島村抱月,「朝鮮だより」,『早稻田文學』, 早稻田文學社, 1917. 10.
廚川白村,『近世文學十講』, 改造出版社, 1933.
中澤臨川・生田長江,『近代思想十六講』, 新潮社, 1939.
世淵友一,『‘文學界’とその 時代』(上), 明治書院, 1955.
山田宗睦,『日本型思想の源像』, 三一書房, 1961.
北村透谷,『透谷全集』, 岩波書店, 1970~1971.

◆ **국문초록**

본고는 황석우와 김억의 시론에서 추출되는 '영률'의 함의를 해명하고 궁극적으로 한국 근대문학 초기에 나타난 근대적 자아 담론의 생성과정을 재구하고자 했다. '영'은 종래의 한학적 전통과는 전혀 다른 의미를 보유한 신조어였고, 이 단어를 중심으로 하여 비로소 근대적 자아에 관한 문학담론이 창출되고 확산될 수 있었다. 자아의 탄생을 가능케 했던 '영'은 물론 일본 메이지문학의 주요한 성과를 참조한 것이다. 그런 의미에서 기타무라 도오코쿠 같은 문학적 선진의 저작들과 그에 상응하는 『학지광』 세대의 문화 담론에 관해 면밀히 비교하여 검토했다. 이를 통해 '영'이 일본 문학과 『학지광』 세대 문화 담론의 역사적 구성물임을 확인할 수 있었다. 요컨대, '영'은 근대문학, 즉 자유시와 노블의 형성을 위한 이념적 토대에 해당한다. 이로써 제2차 일본 유학기의 이광수가 조선 문학과 민족의 부활을 자신할 수 있었던 심리적 기반, 장편 『무정』을 창작할 수 있는 논리적 기반이 드러났다.

◆ SUMMARY

Another Hidden Meaning of Modern Self

Lee, Chul-Ho

This thesis is going to trace the meanings of 'spirit rythme' in essays written by Seokwoo Hwang and Uk Kim, particularly to show the formation process of the modern self in Korea. The 'spirit' could be understood as a new word that has producted and spread the literary discourses about the modern self. This discourses were based upon the essays written Kitamura Toukoku in meiji period. He was a pioneering author who has seriously contributed to the history of romantic literary in Japan. In such a context, I have compared Kitamura Toukoku's essays with Deoksoo Jang's. In short, the 'spirit' was a structure produced through diverse literary and cultural discourses in the late 1910's. Most of all, it was the ideological base for formating novel and modern poetry.

Keyword ： spirit, Kitamura Toukoku, Emerson, Deoksoo Jang, the modern self

－이 논문은 2006년 11월 30일에 접수되어, 소정의 심사를 거쳐 2007년 2월 6일에 최종적으로 게재가 확정되었음.

「묘지」에서 「만세전」으로의 개작과 그 의미
- 「만세전」 판본 연구

박 현 수*

목 차

1. 문제의 소재
2. 개작의 양상과 그 중심
3. 「만세전」의 전반부와 후반부가 지닌 균열
4. 개작의 논리와 텍스트의 균열
5. 맺음말

1. 문제의 소재

　염상섭의 소설 「만세전」은 여러 개의 판본을 지니고 있다. 먼저 1922년 7월부터 9월까지 「묘지」라는 제목으로 『신생활』에 3회 연재되다가 『신생활』의 폐간과 함께 중단된 것이 첫 번째 판본이다. 다음 「만세전」이라는 제목으로 1924년 4월 6일부터 같은 해 6월 4일까지 『시대일보』에 총 59회 연재된다. 이어 1924년 8월 고려공사에서 단행본 「만세전」으로 출간된다. 또 해방 후인 1948년 2월 수선사에서 다시 단행본으로 간행되었다. 이렇게 볼 때 「만세전」은 『신생활』에 연재되다가 중단된

* 성균관대학교 동아시아학술원 연구교수.

378

미완본까지 모두 4개의 판본을 지닌 소설이라고 할 수 있다.

하나의 소설을 여러 차례 반복해서 개작을 하는 경우는 드문 일로써, 거기에는 식민지로부터 해방으로 이어지는 시대적 상황과 함께 작품에 대한 작가의 애착이 아로새겨져 있다고 할 수 있다. 실제 「만세전」의 개작에 관한 실증적 논의들 역시 이러한 점을 주목하고 있다.[1] 그런데 개작 양상에 관한 논의들은 주로 그 초점을 고려공사 판본과 수선사 판본의 비교에 위치시키고 있다. 『신생활』과 『시대일보』에 연재된 소설과 고려공사 판본의 「만세전」은 수정 양상이 "어휘의 대치나 문맥적인 맥락의 정돈 정도에 국한되어 있"[2]거나, "몇 군데 조사나 자구의 수정이 엿보이나 별 차이를 발견할 수 없"기 때문에 "정확히 읽기의 핵심은 수선사본과 고려공사본의 개작에 대한 세밀한 비교 검증과 의미 찾기에 있다"[3]고 한다. 해방 후에 발간된 수선사 판본에서 많은 수정이 이루어졌으며, 따라서 고려공사 판본과 수선사 판본의 비교가 「만세전」 판본 연구의 주된 과제라는 것이다.

그런데 고려공사 판본과 수선사 판본의 간극이 크다는 사실을 인정하더라도, 『신생활』 판본의 「묘지」와 『시대일보』, 고려공사 판본의 「만세전」의 차이가 몇 군데 조사나 자구의 수정이나 문맥적인 맥락의 정돈 정도에 머무는 것일까? 필자는 이들 판본을 비교한 결과 어휘나 문맥 정도의 수정이라고 볼 수 없는 차이를 발견할 수 있었다. 이 글의 초점이 놓이는 첫 번째 지점은 여기이다. 『신생활』 판본 「묘지」와 그것을 개작한 고려공사 판본 「만세전」이 지니는 차이의 실상과 의미를 논구하려는 것이다.[4] 스토리의 층위에서라면 『신생활』 판본과 고려공사 판본

---

1) 이재선, 「일제의 검열과 「만세전」의 개작—식민지시대 문학 해석의 문제」, 『문학사상』 84, 1979. 11. 여기서는 『염상섭 문학연구』, 민음사, 1987, 280-296쪽; 신철하, 「복식읽기의 사회시학—「만세전」의 재해석」, 『외국문학』 20호, 1989. 가을호, 254-273쪽.

2) 이재선, 앞의 글, 287-288쪽.

3) 신철하, 앞의 글, 257-259쪽.

4) 「만세전」은 『시대일보』에 1924년 4월 6일부터 6월 4일까지 총 59회 연재된다. 그리고 1924년 8월 고려공사에서 단행본으로 출간된다. 따라서 1922년 『신생활』에 발표된 「묘

의 차이는 고려공사 판본과 수선사 판본의 그것에 비해 두드러지지 않
는다고 할 수 있다. 하지만 그 스토리를 소설화하는 서술방식의 층위에
서 접근한다면 『신생활』에 실린 「묘지」와 고려공사 판본 「만세전」은 그
저 간과해서는 안 될 중요한 차이를 지니고 있다.[5] 특히 이들 소설이
발표된 1920년대 초반이 조선에서 근대소설이 일정한 경계의 설정을
통해 다른 담론들과 차별화되는 양식적 질서를 조형해 나갔던 시기라는
점을 고려한다면 더욱 그렇다.

근래 『신생활』 판본 「묘지」와 고려공사 판본 「만세전」의 차이에 주
목한 논의 역시 이러한 문제의식을 담고 있다.[6] 이들 논의의 주된 초점
은 『신생활』 판본 「묘지」와 고려공사 판본 「만세전」의 후반부와의 비교
에 맞추어져 있다. 전자에서 빈번하게 노출되던 서술자가 후자에서는
사라졌다거나, 전자에서는 타인의 시선을 의식하면서 초월적 자아가 현
실적 자아로 변모했지만 후자에서는 이러한 분열이 나타나지 않는다는
등이, 비교의 결과이다. 그런데 논의의 초점이 『신생활』 판본 「묘지」와

지」와 비교하기에 합당한 대상은 『시대일보』에 연재된 「만세전」이라고 할 수 있다. 하
지만 필자가 현재 보존되어 있는 『시대일보』 영인본을 확인해 본 결과 「만세전」의 많
은 부분이 누락되어 있었다. 따라서 하나의 텍스트로서 『신생활』에 발표된 「묘지」와
비교하기에는 무리가 따름을 알 수 있었다. 단 확인이 가능한 『시대일보』 판본 「만세
전」과 고려공사 판본 「만세전」을 비교해 본 결과, 기존의 언급처럼 『시대일보』에 연재
된 소설을 그대로 단행본으로 출간했다고 하기 어려운 차이들도 있었다. 따라서 『시대
일보』 판본 「만세전」과 고려공사 판본 「만세전」의 비교 역시 또 다른 실증이 필요한
과제라고 할 수 있다.

5) 여기에서 스토리와 서술방식은 즈네뜨의 개념에 따른 것이다. 쥬네뜨는 흔히 서사로
불리는 것을 세 가지로 분류한다. 먼저 말이나 글로 된 사건 곧 서술적 진술을 서사라
고 하며, 진술의 주제가 되는 사건 혹은 사건들의 관계를 스토리로 규정한다. 또 진술
을 하는 발화나 서술 행위를 서술하기라고 부른다. 이 글에서는 서사에 해당되는 개념
을 소설, 서술적 진술 이전의 사건이나 그 관계는 스토리, 또 발화나 서술 행위를 서술
방식이라고 칭하겠다.
   Genette G., 권택영 역, 『서사담론』, 교보문고, 1992, 15-21쪽 참조.
6) 최태원, 「〈묘지〉와 〈만세전〉의 거리─‘묘지’와 ‘신석현(新潟縣) 사건’을 중심으로」, 『한
국학보』 103, 2001, 107-130쪽; 손정수, 「초월적 자아와 현실적 자아─「만세전」 주인공
의 자기정체성」, 『한국근대문학연구』 5집, 한국근대문학회, 2002, 84-113쪽.

고려공사 판본 「만세전」의 후반부에 놓임에 따라, 정작 「묘지」와 「만세전」의 「묘지」 부분의 차이와 그것이 지니는 의미는 제대로 된 조명을 받지 못했다.

실제 「묘지」와 「만세전」의 「묘지」 부분의 차이는 「만세전」 전반부와 후반부의 균열로도 이어진다. 이와 관련해 필자가 주목하는 점은 그러한 균열이 「만세전」의 성취에 관한 엇갈린 평가를 배태하지 않았는가 하는 것이다. 곧 식민지 현실에 대한 핍진한 재현이라는 고평과 모순의 본질로부터 비껴섬, 더 나아가 식민주의적 시선의 내면화라는 폄하가 평가의 엇갈림을 이루는 것이라고 할 때,[7] 그것이 「만세전」 텍스트가 지닌 균열에 근간을 두고 있지는 않은가 하는 점이다. 이 글은 그 균열이 이미 「묘지」를 「만세전」으로 개작하는 과정에서 싹트고 있었다고 본다. 이 글의 초점이 놓이는 두 번째 지점은 여기이다.

이러한 문제의식에 기반해 이 글은 먼저 『신생활』 판본 「묘지」(이하에서는 「묘지」로 칭함)에서 고려공사 판본 「만세전」(이하에서는 「만세전」으로 칭함)으로의 개작 양상과 그 중심에 대해 살펴볼 것이다. 또 「묘지」를 개작한 「만세전」의 전반부와 그 뒤에 이어지는 후반부의 균열과 그 근간에 관해서 논구하려 한다. 그리고 마지막으로 「묘지」에서 「만세전」으로의 개작과 「만세전」의 전반부와 후반부의 균열이 교차하는 지점의 의미를 구명하고자 한다.

---

7) 근래의 대표적인 논의는 다음과 같다. 박종홍, 「염상섭의 초기 소설, 개성의 작가과 생활의 발견」, 『염상섭문학의 재조명』(문학사와비평연구회 편), 새미, 1998; 하정일, 「보편주의의 극복과 복수의 근대」, 『염상섭문학의 재인식』(문학과사상연구회 편), 깊은샘, 1998; 서재길, 「『만세전』의 탈식민주의적 읽기를 위한 시론」, 『한국 근대문학과 일본』(사에구사 도사카쓰 외), 소명출판, 2003; 박상준, 「환멸에서 풍속으로 이르는 길」, 『민족문학사연구』 24호, 민족문학사학회, 2004; 김명인, 「비극적 자아의 형성과 소멸, 그 이후」, 『민족문학사연구』 28호, 민족문학사연구소, 2005.

2. 개작의 양상과 그 중심

1) 개작의 실제 양상

먼저 「묘지」에서 「만세전」으로의 개작 양상, 곧 『신생활』에 실린 「묘지」와 고려공사 판본 「만세전」의 차이를 정리하면 다음과 같다.

⑴ 人名이다. 「묘지」의 인명은 영어 이니셜(initial)로 되어있는데 반해, 「만세전」에는 이름이 부여되어 있다. ×樣·×氏→李樣·이樣·李先生·당신·李寅華, S子→靜子, N子→乙羅, H→柄華 등이 그것이다. 여기에서 주의해야 할 것은 李寅華로 바뀐 것이 '나'가 아니라 ×樣, ×氏라는 점이다. 곧 「만세전」 역시 「묘지」처럼 1인칭 서술을 유지하고 있으며, 단 '나'가 찬밥셍이, P子, 靜子, 乙羅 등 다른 사람에 의해 호명될 때 명칭이 ×樣, ×氏에서 李寅華, 李樣, 이樣, 李先生 등으로 바뀌었다는 것이다.

⑵ 장의 변화이다. 「묘지」는 『신생활』에 3회 연재될 때, 1회가 1장, 2회가 2, 3장, 3회가 4장으로 되어 있었다. 고려공사 판본 「만세전」에는 「묘지」의 1, 2장이 1장으로, 3, 4장이 2장으로 합쳐졌다. 『시대일보』에 연재된 「만세전」의 경우 장별 배치는 고려공사 판본의 「만세전」과 같다. 단 신문에 연재됨에 따라 각 장이 연재 순서에 따라 一, 一-二, 一-三……, 二, 二-二, 二-三…… 등으로 나뉘어져 있다.

⑶ 문어체 문장을 자연스럽게 고친 것이다. 그 예는 다음과 같다. 明瞭히 指定할수업는[8]→알수업는 漠然한,[9] 내妻에게對함과가티(제7호, 131)→내妻에게對하는것처럼(8), 人間답은愛着과 性的要求 이 두가지의 憂鬱한內的苦鬪(제7호, 133)→人間답은愛着이며 性的要求에서너러나는

---

8) 『신생활』 제7호, 1922. 7, 126쪽. 이하의 인용문은 원문의 맞춤법과 띄어쓰기를 따르도록 한다.

9) 「만세전」, 고려공사, 1924. 8. 2쪽. 이하 이 절에서는 『신생활』에서 인용된 것은 호수와 면수를, 『고려공사 판본 「만세전」에서 인용된 것은 쪽수만을 밝히기로 한다.

382

憂鬱한內的苦鬪(12), 全人間界의共通性(제8호, 146)→사람의共通한性質 (24), 戀愛의形式을 具備한것일지라도(제8호, 151)→戀愛에씰리어들려 간다할지라도(32), 自己의生活을煩惱하게하고 無意味한 苦勞를하야가 며(제8호, 151)→自己의生活에 波蘭을니르키고, 空然한苦生을 버러가며 (26), 無邪氣한(제9호, 140)→純潔한어린마음(53) 一人募集에對하야(제9 호, 143)→한사람募集하는데에(58), 調査아니라 주리난장을하기로서니 (제9호, 151)→實行이 업는다음에야 調査하기로(71) 등.

(4) 한자 표기를 한글 표기로 바꾸어 놓거나 한자어를 고유어로 바꾼 것이다. 懂心→근심, 人事→인사, 生覺→생각, 通奇 →통긔, 外에→밧게, 惶々히→황々히, 再促→재촉, 楪匙→접시, 模樣→모양, 細音→세음, 貴 君→당신, 廊下→좁은마루, 幻影→그림자, 人間→사람, 他人→다른사람, 又一層→한층더, 愛→사랑, 希求한다→바란다, 一人→한사람, 二十二三 歲의→스물두셋쯤된 등이 그 예이다. 그런데 거꾸로 소와말→牛馬처럼 고유어를 한자어로 바꾼 것도 있다.

(5) 용어의 문제이다. 먼저 일본식 한자 표기를 당시 쓰이던 용어로 바꾼 것이 있다. 彼女→主婦·이계집애·이계집·계집·靜子·그애, 內 子→마누라, 彼等→그들 등이 그 예이다. 이 경우에도 거꾸로 이先生→ 厥者처럼 당시 쓰이던 용어를 일본식 한자 표기로 바꾸어 놓은 것도 있 다. 다음으로 외래어를 한자어나 고유어로 바꾼 것이 있다. 폭케트→양 복주머니, 스토-프→煖爐, 여행용곱부→여행용물盞, 테-불→食卓 등 이 그 예이다.

(6) 문맥상 잘못된 부분을 바로 잡은 것이다. 그 예는 다음과 같다. 萬一에 엇에까지든지 **追求할것가트면**(제7호, 131)→萬一에 엇에까지든 지 **캐어무를것가트면**(9), 그리구 그뒤에서는 **S子상**의 이런눈이 반짝이구 (제7호, 132)……→그리구 그뒤에서는 **P子상**의 이런눈이 반짝이구…… (11), 來日午後부터는 자유니까 **이야기할것도업고**, 구경도 식혀드릴 게……(제8호, 159)→來日午後부터는 자유니까 **이야기할것도잇고**, 구경 도 식혀드릴게……(44), 이째ㅅ것-亡國民族의一分子가된지, 벌서**八年**

동안이나되는(제9호, 140)→이째ㅅ것-亡國民族의一分子가된지, 벌서七
年동안이나되는(52), ……여기선 **昌皮하실가봐** 그리는것입니다(제9호,
148)→……여기선 **猖披하실가봐** 그리는것입니다(65)(강조는 인용자)

(7)『신생활』에 실린 「묘지」에는 없으나 고려공사 판본 「만세전」에서
삽입된 부분이다. 그 예는 다음과 같다. 오든차에 그런소리를 듯고보니,
가슴이 뜻금하면서도 잘々못간에 일이 탁방이 난것같타야서, 실업시 안
심이되지 안을수업섯다(2), 「아즉 죽지는 안은게로군……」하는 생각이 나
서(3), 나도 뒤짜라섯다(6), 「나의 한일은 점쟌치는못하얏스나, 物件을주
엇느니 바닷느니하는것을, 알리우기실흔나는, 그리하는수밧게업섯다(15),
나는, 어느틈에 정숙한말씨로 변하얏다(16), 쌀々한바람이 홱끼치엇다
(27), 이거 웬일애요. 참(40), 그러나 내가 불쑥온것이 무슨意味나 업지
나안은가하는 一種의期待가 잇는듯도하다(47) 등이다.

(8)『신생활』의 「묘지」에는 있으나 고려공사 판본 「만세전」에서는 빠
진 부분이다. 그 예는 다음과 같다. 事實 그째의 나의心理狀態에는 그마
큼한矛盾이잇섯다.(제7호, 130~131) 彼女의눈은, 그입술과가치 溫情과
微笑에 채운것을 나는精神업시보고안젓다.(제7호, 134) 그러나 웃는얼골
에도, 좀어색하야하는빗이잇는것을보고, 아마 내일음을 몰으는지 「×樣」
이라고만 씨윗섯다(제8호, 151),이것이 큰問題다.……(제9호, 146) 등이다.

(9) 서술방식의 문제이다.

(10) 스토리의 배치 문제이다.

(11) 시제의 문제이다.

「묘지」에서 「만세전」으로의 개작 양상 중 이 글의 초점이 놓이는 부
분은 (9) 서술방식의 문제, (10) 스토리의 배치 문제, (11) 시제 문제 등이다.
이 세 가지 양상은 개작 과정 가운데 작가의 관심이 집중된 곳이기도
하다. 다음 절에서는 이러한 세 가지 양상을 구체적으로 살펴보면서 「묘
지」에서 「만세전」으로의 개작이 지닌 의미에 대해 논구해 보겠다.

2) 개작의 중심과 그 의미

(가) P子의푹은⌒한얼골은 언제 보아도 반갑엇다. 억개동을 쓰더노흔지가,(日本의兒孩의衣服은, 억개를 집어넛는다.) 며츨안이되는, **彼女의潤色잇는눈에는 모든것이 異常하고 우습어보히엿다.** 瞑想的이요 神經質인S子에比하면, 아즉 철이 덜나고 연삽々하지는못하야보이나, 아모 不平도업고 不滿도업시, 男性이라는 未知의世界를 希望에채운눈으로 기웃거리는것이, 나의눈에는 더업시貴엽엇다.[10](강조는 인용자)

(나) P子의푹은⌒한얼골은 언제보아도 반갑엇다. 瞑想的이요 神經質일 쑨안이라, 아즉 純潔한맛이 남아잇는 靜子에比하면, P子는 이러한생애에 달코달아서, 되지안케 약은톄를하면서도 常스럽고 賤한구석이잇지만, 그래도 나는 이러한 녀자에게 興味를늣긴다.[11]

(가)는 『신생활』에 실린 「묘지」의 한 부분이고, (나)는 고려공사 판본 「만세전」에서 인용한 것이다. 아내가 위독하다는 전보를 받고도 K町을 배회하던 '나'가 M軒에 가 S子(靜子)와 P子를 불러 술을 마시면서 자신의 생각을 피력한 부분이다. (가)와 (나)는 어떤 차이를 지니고 있을까? 먼저 눈에 띄는 것은 P子의 성격이 변화한 것이다. 「묘지」에서 P子는 '아즉 철이 덜나고 연삽々하지' 못한 어린 여자로 그려진 데인데 반해, 「만세전」에서 P子는 '이러한생애에 달코달아서, 되지안케 약은톄를하면서도 常스럽고 賤한구석이잇'는 인물로 묘사되어 있다. 이러한 개작은 '瞑想的이요 神經質인' S子(정자)를 부각시키기 위해 P子에게 S子(정자)와는 상반되는 성격을 부여한 데 따른 것으로 보인다.

하지만 (가)에서 (나)로의 개작이 지니는 보다 중요한 지점은 서술방

---

10) 『신생활』』 제7호, 1922. 7, 136쪽.

11) 「만세전」, 고려공사, 1924. 8. 16-17쪽. 이하의 (가), (나)로 된 인용문에서도 (가)는 『신생활』에 실린 「묘지」에서의 인용이고, (나)는 고려공사 판본 「만세전」에서 인용한 것으로 한다. 또 이하에서는 (가)는 『신생활』의 호수와 면수를, (나)는 쪽수만을 밝히기로 한다.

식과 관련되어 있다. 「묘지」는 1인칭 서술로 되어 있다. 또 「만세전」 역시 1인칭 서술을 유지하고 있다. 앞서 개작을 통해 李寅華로 바뀐 것은 ×樣, ×氏이지 '나'가 아님을 확인한 바 있다. 소설은 서술 시점에 위치한 '나'가 '萬歲가 니러나든前해ㅅ겨울' '나'에게 있었던 일을 서술하는 방식을 취하고 있다. 슈탄첼은 전자를 서술적 자아, 후자를 체험적 자아라고 해, "서술적 자아가 회고담 속에서 자기의 옛 자아, 즉 체험적 자아에 대해서 갖게 되는 그러한 아주 독특한 관계"[12]가 드러나는 것을 1인칭 서술의 특징으로 파악한다. 그런데 인용문처럼 체험적 자아를 중심으로 사건이 전개될 경우, 체험적 자아 '나'는 중심인물의 역할뿐 아니라 초점화자(focalizer)의 역할 역시 담당하게 된다.[13] 그럴 경우 'P子의푹은^한얼골'과 '瞑想的이요 神經質인S子'는 체험적 자아 '나'의 시선을 통해서만 드러날 수 있다. 따라서 (가) 인용문에서 강조된 '彼女의 潤色잇는눈에는 모든것이 異常하고 우습어보히엇다'는 소설의 서술방식에서 어긋남을 알 수 있다. 이러한 점은 다음과 같은 부분에서도 나타난다.

(가) N子는 이러케한마듸하고 악가 나려오든 層階를지나서, 썰고드러가다가. 暫間섯스라고하고, 누구의房인지 쮜여드러가서, 한참 재썰^하더니, 생글^우스며 二層으로 나를 데리고올너갓다.(제8호, 157)

(나) 乙羅는 이러케한마듸하고 아까 나려오든 層階를지나서, 쓸고드러가

---

12) 이 글에서 서술방식의 구분은 주로 슈탄첼의 그것에 의거한다. 그리고 필요한 경우 쥬네트, 채트먼, 캐넌 등의 논의를 빌려오겠다. 슈탄첼을 소설의 서술방식을 주석적 서술, 등장인물 서술, 1인칭 서술로 구분한다. 주석적 서술은 스토리의 외부에 위치한 서술자가 자신의 존재를 분명히 하는 서술방식이다. 등장인물 서술은 등장인물이 작중 화자가 되어 보거나 느낀 것을 적어나가는 서술 방식이다. 그리고 1인칭 서술은 소설 속 등장인물 '나'가 서술자가 되는 것이다. 슈탄첼은 서술자 '나'와 등장인물 '나'의 서사적 거리와 긴장을 1인칭 서술의 주된 특징으로 본다.
Stanzel F. K., 안삼환 역, 『소설형식의 기본유형』, 탐구당, 1982, 32-35 · 62쪽.
13) Rimmon-Kenan S., 최상규 역, 『소설의 시학』, 문학과지성사, 1985, 109-112쪽.

다가, 暫間섯스라고하고 누구의房인지 뛰어드러갓다. **房門을 여러노은채 꾸러안저서, 무어라고 한참 재썰⌒하더니**, 생글생글우스며 나와서 二層으로 나를 데리고올너갓다.(41, 강조는 인용자)

‘나’가 연락선을 타기 위해 下關으로 가던 도중 神戶의 C音樂學校 기숙사로 N子(을라)를 찾아간 장면이다. (나)에는 (가)와는 달리 ‘房門을 여러노은채 꾸러안저서, 무어라고’라는 서술이 삽입되어 있다. 이렇게 고친 것 역시 초점화자에 대한 고려라고 할 수 있다. ‘房門을 여러노은채’가 아니라면 방 밖에 있는 초점화자 ‘나’는 N子(을라)가 누군가와 ‘무어라고 한참 재썰⌒하’는 것을 알 수 없기 때문이다. 이러한 초점화자에 대한 고려는, 귀국 허락을 받기 위해 학교에 가서 H敎授를 만났을 때 교무실로 들어가는 교수를 따라 "나도 뛰짜라섯다"(13)는 것을 삽입한 부분, 理髮所에 갔을 때 ‘나’가 뒤에 선 理髮匠이를 보는 것에서 理髮匠이가 "머리ㅅ뒤를 살금살금빗기면서, 이러케 무럿다"(14)로 고친 부분 등, 개작의 많은 부분에서 찾을 수 있다.

그런데 다음과 같은 부분 역시 이와 동일한 기반에서 이루어지고 있어 주목을 필요로 한다.

(가) 彼女는 거기에 對答도안이하고, 마즌便出札口로, 총々거름을거러갓다.…… **「언제 오세요」** R君이 자리를잡으랴고 앞서드러간뒤에, 맨싯트로, 둘이나란히서々거르며, S子는 입을버렷다. …(중략)… **S子가 窓으로 데미는것을, 褓子째주며,** 只今 펴볼것업다하기에, 그대로바더서 선반에 언질새도업시, 車는 움즉이기始作하얏다.(제8호, 149-150. 강조는 인용자)

(나) 靜子는 거기에는 對答도안이하고, 마즌便出札口로, 총々거름을거러갓다.…… ×君이 자리를잡으랴고 앞서드러간뒤에, **靜子는 入場券을 사가지고와서,** 맨싯트로, 둘이나란히서々거르며, 입을버렷다. **「오래되실모양이애요?」** …(중략)… **靜子가 무엇인지 褓子에싼채 窓으로 데밀며,** 只今 펴볼것업다하기에, 나는 그대로바더서 선반에 언질새도업시, 車는 움직이기始作하얏다.(29-30, 강조는 인용자)

인용문은 '나'가 下關으로 가는 기차를 타러 東京驛에 갔다가 배웅 나온 S子(정자)를 만나는 부분이다. (나)에는 (가)와 달리 靜子가 '나'를 배웅하러 出札口를 통과하기 위해 '入場券을 사가지고' 오는 부분이 덧붙여져 있다. 또 (가)의 '창으로 데미는것을, 褓子째주며'라는 앞뒤가 맞지 않는 S子(정자)의 행위는 (나)에서 '무엇인지 褓子에싼채 窓으로 데미는' 행위로 정리되어 나타난다. S子(정자)의 질문 역시 '언제 오느냐'에서 '오래 있을 거냐'로 바뀌었다. '언제 오느냐'는 질문은 이미 M軒에서 했기 때문이다.

出札口를 통과하기 위해 入場券을 사는 것, 褓子에 싼 채 窓으로 데밀도록 행위를 정리하는 것, 질문의 내용을 바꾼 것 등은 스토리를 소설로 바꾸는 서술과정에서 나타난 것이다. 그리고 그 서술과정은 스토리를 인과율에 의해 배치하는 과정과 맞물린다. 실제 이러한 배치는 下關에서 연락선을 타는 장면을 삽입한 데서도 드러난다. 「묘지」에는 연락선을 타는 장면이 빠져 있었는데, 「만세전」에는 "乘客들은 욱을욱을 하며 배에 걸어노은 층층다리 압헤 一列로 느러"서자 '나'도 "틈을비집고 그속에씨엇다"(35)는 장면을 삽입하고 있다. 또 '學生服에 만도를둘은' 사람에 의해 검문을 받기 위해 배에서 내리는 부분이 "옷을 주섬々々입기始作하얏다. 엇더케될지 사람의일을몰라서, 아조 衣冠까지하고"(제9호, 148)에서 "옷저고리를 집어입고나서, 엇더케될지 사람의일을 몰라서, 아까 사가지고드러온 변쏘ㅅ그릇까지가지고"(43)로 바뀌는 것도 이와 연결이 된다. 옷은 이미 목욕탕에서 나올 때 입었으므로 '옷저고리를 집어입거나' '변쏘ㅅ그릇을 가지고 나오는' 것으로 바꾼 것이다.

그런데 「묘지」에서 「만세전」으로의 개작 과정에는 또 하나 흥미로운 부분이 있다.

(가) 彼女의精氣가 모다 그눈에 모히엇다고도할만하지만 恒常모든 것을 警戒하는 눈치가 **歷々하엿다**. 間은或 無心쿠 고개를돌릴만치 차듸차고 매情스럽을째도 **잇섯다**. 그러나 어느째든지 생긋웃는 그입술에는, 젊은生命

이求愛하는바一切를 아모리하야도 감출수가업섯다.(제7호, 133)

(나) 이계집의精氣가 모다 그눈에 모히엇다고도할만하지만 恒常모든 것을 警戒하는눈치가 **歷々하다.** 或間은 無心쿠 고개를돌릴만치 차듸차고 매情스럽을째도**잇다.** 그러나 어느째든지 생긋웃는 그입술에는, 젊은生命이 慾求하는 모든것을 아모리하야도 감출수가업섯다.(12, 강조는 인용자)

M軒에 가서 S子(정자)를 만난 '나'가 S子(정자)의 인상을 피력한 부분이다. 그런데 (가)에서 '歷々하엿다', '잇섯다' 등 과거시제로 되어 있던 부분이 (나)에서는 '歷々하다', '잇다' 등 현재시제로 되어 있다. 다른 부분이 바뀌지 않은 반면 시제 부분만이 정확히 과거에서 현재로 고쳐져 있다는 점에서, 이는 의식적인 것으로 보인다. 실제 이러한 점은 「묘지」가 내적 독백(interior monologue)을 제외한 대부분의 시제가 과거시제로 되어 있는 데 반해[14] 「묘지」를 개작한 「만세전」의 전반부나 그 뒤에 이어지는 후반부에서 현재시제가 자주 눈에 띄는 것과도 연결된다. 한편 여기에서 「묘지」를 「만세전」으로 개작하는 과정에서 작가의 관심이 어디에 놓여 있었는지를 알 수 있다. 그것은 스토리보다는 스토리를 어떻게 소설화시키는가 하는 점, 곧 서술방식의 문제였다. 서술방식의 문제가 지니는 의미에 대해서는 4장에서 확인해 보겠다.

---

14) 채트먼은 한 인물의 생각을 취급하는 가장 분명하고 직접적인 수단을 그것들을 〈그는 생각했다〉와 같은 부가구절을 수반해 인용부호 속에 넣음으로써 〈말해지지 않은 말〉로 취급하는 것이라고 했다. 또 자유직접사고는 이러한 부가구절이 생략된 것인데, 이것이 확대된 형식을 〈내적 독백〉이라고 했다. 그런데 〈내적 독백〉은 담화 순간과 이야기 순간이 동일하기 때문에 현재 순간을 지칭하는 어떤 술어라도 현재시제로 나타난다고 한다. 따라서 〈묘지〉에 있는 내적 독백에서 현재시제가 사용된 것은 자연스러운 것이라고 할 수 있다.
　여기에 관해서는 Chatman S., 김경수 역, 『영화와 소설의 서사구조』, 민음사, 1990, 220-226쪽 참조.

3. 「만세전」의 전반부와 후반부가 지닌 균열

개작과 관련해 또 하나 간과해서는 안 될 점은 고려공사 판본 「만세전」의 「묘지」 부분과 그 뒤에 이어지는 부분이 일정한 차이를 보인다는 것이다.[15] 앞서 검토한 것처럼 이는 기존의 논의에서도 언급되고 있다. 이 글의 관심은 「묘지」에서 「만세전」으로의 개작 과정에서 「만세전」의 전반부와 후반부의 간극이 싹트지 않았는가 하는 데 있다. 우선 이 장에서는 「만세전」의 전반부와 후반부의 균열을 확인하는 데 초점을 맞추도록 하겠다.

앞장에서 확인한 바 있듯이 「만세전」의 체험적 자아 '나'의 발걸음은 아내가 위독하다는 전보를 받고도 무척이나 더디다. K町으로 가 이것저것 뒤적거리며 쇼핑을 하다가 머리치장이 하고 싶은 생각이 나서 이발소에 들리기도 한다. 그런데 이렇듯 '나'의 발걸음이 '急電'을 받은 사람에 걸맞지 않게 더딘 것은 다음과 같은 생각 때문이다.

> 夫婦間에 서로 밋는다는것은, 結局 사랑한다는말이지만, 사랑한다는것도 極端에가서는, 남이 나를 사랑하거나 말거나, 저혼자의ㅅ일이다. …(중략)… 그와反對로 사랑치안는것도 自由다. 絶對自由다. 사람에게는 사랑할 權利도잇거니와 사랑을 밧지안을權利도 잇다. 夫婦間이라고 반듯이 사랑하여야한다는法이 어데잇슬까[16]

---

15) 이 글에서는 고려공사 판본 「만세전」의 「묘지」 부분을 소설의 전반부로, 그 뒤에 이어지는 부분을 후반부로 부르고자 한다. 실제 엄밀한 기준에서 접근할 때, 전반부, 후반부라는 규정은 각각의 내용이나 길이 등을 고려한 적절한 명칭이라고 할 수 없다. 단지 이는 이 장에서 비교의 중심에 놓이게 될 「만세전」의 「묘지」 부분과 그 뒤에 이어지는 부분을 용이하게 지칭하기 위한 것이다.

16) 이장의 초점은 「묘지」를 개작한 「만세전」의 전반부와 그 뒤에 이어지는 후반부를 비교하는 데 놓여 있다. 따라서 인용은 고려공사본 「만세전」을 대상으로 한다. 「만세전」, 고려공사, 1924. 8. 19쪽. 이하의 인용에서는 이 책을 텍스트로 해 쪽수만 밝히도록 한다.

K町을 배회하던 '나'가 M軒에 가서 술을 마시며 밝힌 자신의 생각이다. 주장의 핵심은 부부간에 사랑하는 것도 사랑하지 않는 것도 절대자유라는 것이다. "내가 가기로, 죽은사람이 사라날理도업고, 己爲죽엇다할地境이면, 내가안이간다고 감장할사람이야업슬가"(15)하는 생각 역시 이러한 주장과 연결되어 있으며, '나'의 발걸음이 한없이 더뎌지는 것 역시 같은 이유에서이다. 이렇듯 자신의 생각을 절대자유로 파악하는 자아나 개성론은 낯설게 느껴지지 않는데, 그 이유는 작가의 비평인 「個性과藝術」, 「至上善을위하야」 등에서도 힘주어 강조된 바이기 때문이다.

그런데 '나'의 마음 한편에는 다음과 같은 생각도 자리하고 있다.

> 나는 이가티 對答을하고나서 싹지안어도조흘 머리까지 싹그랴는 只今의自己가, 瞥眼間 野卑하게 생각되는것을 깨닫고, 압헤세운體鏡속을 멀건히 드려다보다가, 혼자 픽우서버렷다. …… 가만히 눈을감고 잡바저서도, 이처럼餘裕잇고 느러진 自己의心理를 **疑心스러운눈**으로 드려다보지안을 수업섯다.(7, 강조는 인용자)

이발소에 간 '나'가 거울 속의 '나'를 바라보며 하는 생각이다. 머리 깎을 때가 안 되었다는 理髮匠이의 말에 깎지 않아도 될 머리까지 깎으려는 자신의 마음을 '疑心스러운눈'으로 드려다 보고 있다. 이러한 '疑心스러운눈'은 이어 "실튼조튼 如何間, 近 六七年間이나, 所謂夫婦란 일홈을쩨우고 지내왓는데……, 當場 숨을 몬다는 急電을밧고나서도, 아모생각도 머리에 들지안는"(14) 자신에 대한 회의로 이어진다. 그리고 회의는 앞선 '나'의 주장, 곧 부부간에 사랑하고 안 하고는 절대자유라는 생각에 균열을 가하는 역할을 한다.

이와 같은 회의는 靜子와의 관계에서도 마찬가지다. 下關으로 가는 기차를 타기 위해 東京驛에 간 '나'는 靜子에게 편지가 든 褓子를 받는다. 편지를 읽고 난 '나'는 다음과 같은 기분을 느낀다.

> 엇더케하야서든지 헤어나오랴는自覺과 眞實되히 自己의生活을 引導하
> 랴는努力그-것을 생각할제, 나는 感傷的으로 그애를爲하야 울고십헛다.
> 엽헤안젓슬地境이면, 그대로 담삭씨어안고, 네눈(四眼에서 흘너나오는 쓴
> 눈물을 갓치맛보고십헛다.(34)

'나'는 편지 속에서 어떻게든 자신의 처지를 벗어나서 진실된 생활
을 하려는 靜子의 마음을 알고 공감하게 된다. 또 '나'는 편지에 이어져
있는 자신의 위선적 태도에 대한 靜子의 예리한 비판과 공격에도 수긍
한다. 그리고 이러한 공감과 수긍은 스스로에 대한 질문으로 이어진다.
곧 "무슨까닭에, 自己는 굿세고놉게 살니겟다하면서, 可憐한一個女性
을 弄絡하랴하"며 "그런더렵은心理는, 娼婦보다 낫다하면, 얼마나 나"
은지, "自己에게 娼婦的根性이잇기째문에 사람을娼婦視하는것이안인
가"(28)라고 질문한다. 여기에서 靜子의 편지는 '나'로 하여금 스스로의
생각과 행위를 되돌아보게 하는 계기가 되고 있다.
　그런데 「만세전」의 후반부에서는 더 이상 이러한 회의나 반성이 등
장하지 않아 주의를 필요로 한다.

> 나는 무어라고대ㅅ구를하여야조흘지 망단하얏다. 죽어가면서도 子息생
> 각을하는 것이 불상하기도하고 웃읍기도하얏다. 오래안젓스면 덤ㅅ더울것
> 갓고, 쏘事實 더안젓기도실키에 나는 울지말라고 달래면서, 안房으로 건너
> 와서, 알에목에 싸라노앗든 朝鮮옷과 가라입엇다.(153)

> 두사람이 도로 안으로드러간뒤에, 나는짐을말(쯍)이 싸려노코, 가방속에
> 서 나온 靜子의편지를 다시한번 펴보고 쪽ㅅ찌저서 아궁지에 내다버럿다.
> 초상中에온것을 暫間보고 느어두엇든 것이지만, 다시仔細히보니까 암만해
> 도 學費를 대어달라거나 어쩌케 갓치사라보앗스면하는意思를 은근히비치
> 엇다.(182)

앞의 인용문은 京城의 집에 도착해 병석에 누워있는 아내를 대면하
는 장면이다. 자식만은 잘 맡아달라는 아내의 부탁에 '나'는 오래 앉아

392

있으면 더울 것 같은데다가 더 앉아있기도 싫어서 아내를 외면한다. 뒤의 인용문은 아내의 장례를 치르고 나서 靜子에게 온 편지를 찢어 아궁이에 버리는 장면이다. 두 인용문에서 나타나듯 소설 후반부에서 '나'의 아내와 靜子에 대한 태도는 전반부의 그것과 큰 차이를 보인다. 아내는 '어서 숫장이나 낫스면!'하는 표현에서 잘 드러나듯 빨리 벗어나고 싶은 존재일 뿐이고, 靜子는 돈을 달라든지 같이 살자든지 하는 귀찮은 부탁을 하는 대상일 뿐이다. 소설 전반부에서 이들에 대한 갈등으로부터 야기되었던 자신에 대한 회의나 반성이 사라진 것 역시 같은 이유에서이다.

하지만 「만세전」의 전반부와 후반부가 지니는 차이를 가장 예각화시켜 보여주는 것은 '나'의 눈에 비친 조선의 모습이다. 소설에 그려진 조선의 모습은 기존 논의에서 식민지 현실에 대한 핍진한 재현과 식민주의적 시선의 내면화라는 상반된 평가가 이루어지는 지점이기도 하다.

實上은 쉬운일이애요. 나도 이番가서 해오면, 세番(째)나되오만은, 內地의各會社와聯絡하야가지고, 요보들을 붓드러오는것인데 …… 卽朝鮮쿠리(苦力)말슴이애요. 勞動者요. 그런데 그것은 大槪慶尙南北道나 그러치안으면 咸鏡 江原, 그다음에는 平安道에서 募集을하여야하지만, 그中에도 慶尙南道가 第一쉽슴넨다. 하々々(56-57)

인용문은 '나'가 下關에서 釜山으로 오는 연락선의 목욕탕에서 우연히 듣게 되는 일본인 사이의 대화이다. 조선의 농촌노동자를 갖은 감언이설로 꾀어내어 일본의 탄광과 방직공장으로 팔아 넘겨 이익을 남긴 것을 떠들어대고 있다. 이는 당시 일제에 의해 노동력 착취가 이루어지는 조선의 식민지적 실상을 잘 드러내고 있다. 그런데 이와 같은 사실은 "스물두셋쯤된 冊床島令任님인 그째의ㅅ나로서는, 이러한이야기를 듯고 놀라지안을수업섯"으며, 자신의 공부가 "結局은배가불너서, 飽滿의悲哀를呼訴함일다름이요, 實人生 實社會의 裏面의裏面 眞相의眞相과는 아모關係도 連絡도 업"(40)었다는 자각으로 이어진다. 이 역시 조선의 실상에 대한 깨달음이 자신의 삶이나 공부에 대한 회의로 이어지는 계기가 되고 있음을 나타낸다. 그런데 소설의 후반부에서 '나'의 눈에 비친 조선의 모습은 이와는 일정한 차이를 지닌다.

> 朝鮮사람은外國人에게對하야 아무것도 보여주지안엇스나, 다만 날만새이면, 자리ㅅ속에서부터 담배를 피어문다는것, 아츰부터 술집이奔走하다는것, …(중략)… 하기때문에 그들이 朝鮮에 오래잇다는것은 그들이 우리를 輕蔑할수잇다는 理由와原因을 만히蒐集하얏다는 意味밧게안이되는것이다.(94)

> 생각하면, 朝鮮사람이란 무엇에써먹을人種인지모를것갓다. 아츰에도 한盞, 낮에도 한盞, 저녁에도 한盞, 잇는놈은 잇서한盞 업는놈은 업서한盞이다. 그들이 刹那的現實에서 벗어나는것은 그들에게무엇보다도 價値잇는努力이요, 그리하자면 술盞以外에 다른方途와 手段이업다. 그들은 사는것이 안이라 산다는事實에 끌리는것이다.(168~169)

앞의 인용은 조선에 와 있는 외국인이 온 지가 오래될수록 '朝鮮사람'을 멸시하고 오만한 태도를 지니게 되는 이유를 '나'의 입을 빌려 나타낸 것이다. 두 번째 인용은 술에 의지해 사는 것이 아니라 산다는 사실에 끌리는 '朝鮮사람'을 비판한 대목이다. 두 인용 모두에서 당대 조선의 부정성이 적나라하게 토로되고 있다. 특히 그 부정성이 '朝鮮사람'이라는 지칭을 통해 조선인 전체의 습성, 특성으로 규정되고 있다. 간과해서 안 될 점은 '나'는 이러한 비판과 모멸 속에서 비껴서 있다는 것이다. 아니 더 정확히 말하자면 '조선 사람'에 대한 비판이나 모멸 반대편에 '나'가 위치하고 있으며, 그 비판이나 모멸은 '나'의 지향이라는 거울에 비친 것이라는 점이다. 소설의 결말 부분에 있는 '겨오무덤속에서 빠저나가는데요?'라는 '나'의 반문도 이와 연결된다. 소설의 전반부와는 달리 후반부에서 조선의 부정성에 대한 언급이 스스로에 대한 반성이나 회의의 계기가 되지 못하는 것 역시 같은 이유에서이다.

「만세전」의 「묘지」 부분과 그 뒤에 이어지는 부분을 비교할 때 또한 가지 눈에 띄는 양상은 시제의 문제다. 2장에서 개작의 중심 양상 가운데 하나가 시제임을 확인한 바 있다. 곧 「묘지」에서 과거시제로 되어 있던 부분이 「만세전」에서는 현재시제로 고쳐져 있었다. 그런데 이렇듯 현재시제가 더욱 자주 등장하는 것은 「만세전」의 후반부이다.

> 火爐에 불을쏘다노코 火箸ㅅ가락으로 재를그러모으며안젓든계집애는, 저짜락을든손을 잠간 쉬이며, 「어듸까지 가세요.」하고 나를 **치어다본다**. 넓은兩眉間이 을크러저서 陰沈하기도하고 이마ㅅ전이유난히넓기째문에 여모저보이지는안으나, 그래도 햇금으레한 얍브장스런**相이다**. …(중략)… 뭇는말에는 對答을안이하고 이런소리를**한다**.(91, 강조는 인용자)

연락선에서 내린 '나'가 아침을 먹기 위해 부산의 국숫집에 들어가 종업원과 이야기하는 부분이다. 인용문의 강조한 부분에서 나타나듯 시제가 현재로 되어 있다. 「묘지」에서 비슷한 상황인 '나'가 M軒에서 S子, P子와 이야기하는 부분과 비교해 볼 때, 시제의 차이는 두드러진다. 이외에도 소설의 후반부에서는 『신생활』에 실린 「묘지」에서 발견하기 힘들었던 현재시제가 빈번하게 등장한다.

「만세전」의 후반부에서 서술적 자아의 것으로 보이는 주석이나 논평이 자주 등장하는 사실 역시 이와 연결된 것으로 보인다.

> 苟且한놈이 물에싸지면 먼저 쓸것은, 무러보지안어도 주머니뿐이다. 運이조아야 한달三十日에 二十九日을 제처노코, 마즈막날 하로만은 三代주린놈이 밥한술쓰니만큼 부푸는것이 苟且한놈의주머니다. …(중략)… 어쩌튼 自己도모르는中에 흐지부지 짜불리고나서 안탁가워하는것이 苟且한놈의 갸룩한八字라는것이다.(83-84)

인용문은 「만세전」의 4장이 시작되는 부분으로, 연락선에서 내린 '나'가 부산을 구경하기 위해 나선 대목이다. 위와 같은 내용은 장황하게 이어지다가 결국 '釜山의八字가 朝鮮의八字'라는 데로 나아간다. 이 부분을 체험적 자아의 내적 독백으로 파악하기에는 무리가 따른다. 오히려 팔자라는 문제를 한 사람으로부터 조선 전체의 것으로 일반화시키고 있다는 측면에서 일반화(generalization)라는 주석이나 논평의 형식으로 볼 수 있다.17)

4. 개작의 논리와 텍스트의 균열

앞장에서 고찰한 바와 같이 「만세전」의 전반부에서 '나'의 주된 지향은 자아 혹은 개성의 발현으로 집약된다. 하지만 이러한 지향은 사경을 헤매고 있는 아내에 대한 상념과 자신의 처지를 벗어나기 위해 애쓰는 靜子에 대한 생각을 통해 반성의 대상이 되기도 한다. 또 연락선에서 얻게 되는 조선의 식민지적 참상에 대한 깨달음 역시 포만의 비애를 호소하는 데 불과한 자신의 삶에 대한 회의로 이어진다.

그런데 이렇듯 「만세전」의 전반부에서 나타나는 반성과 회의는 일차적으로 1인칭 서술이라는 「만세전」의 서술 상황에 기반한 것으로 보인다. 곧 서술 시점에 위치한 서술적 자아 '나'와 '萬歲가 니러나든前해 ㅅ겨울'에 위치한 체험적 자아 '나'의 갈등이 반성과 회의를 가능하게 하고 있다는 것이다. 물론 서술적 자아와 체험적 자아가 갈등을 보이는 것은 1인칭 서술에만 한정된 것은 아니다. 주석적 서술에서도 서술자와 등장인물, 곧 가치체계가 정연한 서술자와 복잡한 세계 속에 놓인 등장인물 사이에서도 발생할 수 있다. 하지만 1인칭 서술에서는 주석적 서술과는 달리 갈등이 더 이상 서술자와 등장인물이라는 두 개의 분리된

---

17) 캐넌은 일반화를 특수한 인물이나 사건이나 상황에만 국한되는 것이 아니라, 특수한 경우의 의의를 한 집단이나 사회나 크게는 인류 전체에까지 적용할 수 있도록 확대시키는 주석이나 논평 방식으로 파악한다. 그 밖의 주석이나 논평 방식으로는 해석, 판단 등을 들고 있는데, 이러한 주석이나 논평을 서술자가 드러나는 상황으로 본다.
    여기에 관해서는 Rimmon-Kenan, S., 앞의 책, 143-151쪽 참조.

396

세계 영역으로 나누어져 있는 것이 아니라 동일한 실존적 공간에 위치한 1인칭 존재의 의식과 행위 속에서 직접 마주 대하게 되는 것이다.[18)

「만세전」 전반부의 서술적 자아와 체험적 자아 역시 같은 존재의 의식과 행위 속에서 서로를 마주 보고 있다. 서술의 중심적 역할은 서술적 자아에게 맡겨져 있지만 서술적 자아 '나'는 체험적 자아 '나'의 무게에서 결코 자유롭지 못하다. 서술적 자아의 서술은 '萬歲가 니러나든 前해ㅅ겨울'에 위치한 체험적 자아의 의식과 행위를 끊임없이 반추하는 과정을 통해서 이루어진다. 역으로 체험적 자아 '나'의 생각과 행위는 서술 시점의 서술적 자아 '나'의 매개를 통해서만 드러날 수 있어 서술적 자아의 음영으로부터 벗어날 수 없다. 요컨대 「만세전」 전반부에서 나타나는 '나'의 반성와 회의는 단일한 목소리가 아니라 서술적 자아와 체험적 자아의 의식과 행위, 또 그 목소리를 병치시키는 과정 속에서 배태된 것이라는 점이다.[19)

그런데 소설의 후반부에서 '나'의 반성과 회의는 계속되지 않는다. 더 이상 서술적 자아 '나'와 체험적 자아 '나'의 긴장이나 갈등이 유지되지 않기 때문이다. 여기에서 「만세전」 전반부와 후반부의 균열이 지니는 의미를 정당하게 해명하기 위해 다시 한 번 「묘지」에서 「만세전」으로의 도정에 주목할 필요가 있다. 앞서 2장에서 「묘지」에서 「만세전」으로의 개작의 양상에 대해 검토한 바 있다. 개작의 중심은 초점화자의 위치를 분명히 하면서 거기에서 어긋난 서술방식을 바로잡거나 스토리

---

18) 이에 관해서는 Stanzel F. K., 앞의 책, 61-65쪽 참조.

19) 바흐친은 도스토예프스키의 소설에서 하나 이상의 다양한 의식이나 목소리들이 독립적인 실체로서 존재한다고 해 '다성성'이라는 개념을 제기한다. 곧 도스토예프스키의 소설은 목소리나 의식을 단일한 비개인적인 진리 속에 병합시키는 대신, 개별화된 목소리나 의식을 나란히 병치시킴으로써 스스로 그들의 고유한 사고를 표현하도록 만들었다는 것이다. 이러한 점은 「만세전」의 전반부가 지닌 성격을 해명하는 데도 시사하는 바가 크다.
　여기에 관해서는 M. Bakhtin, 김근식 역, 「도스토예프스키창작론」, 중앙대 출판부, 2003, 57-76쪽 참조.

를 배치하는 데 놓여 있었다.

초점화자는 체험적 자아가 초점화, 곧 소설 속에서 보고 듣는 역할을 맡게 됨에 따라 나타난 존재였다. 「만세전」에서 '萬歲가 니러나든前해ㅅ 겨울'에 위치한 체험적 자아가 초점화자로 역할하게 되자 서술시점에 위치한 서술적 자아는 스토리 속에서 사라지게 된다. 초점화자와 다른 서술적 자아는 존재하지만, 체험적 자아의 생각이나 느낌을 옮기는 역할만을 하게 되어 그 존재는 희미해지고 만다. 이렇듯 서술적 자아가 스토리 바깥에 위치하게 되자, 갈등과 고뇌는 체험적 자아의 의식과 행위를 통해 직접 독자들에게 전달되는 것 같은 느낌을 가지게 된다. 스토리에 관해 모든 것을 알고 있는 또 서술에서 자신의 존재를 분명히 하는 서술적 자아가 존재하는 한, 스토리의 직접적인 전달은 불가능하기 때문이다.

인과율에 의한 스토리의 배치 역시 서술적 자아가 스토리 바깥에 위치할 때 가능한 것이었다. 서술적 자아가 스토리와 동일한 시간이나 공간에 위치해서는 스토리가 배치될 수 없기 때문이다. 따라서 스토리의 배치가 일어났다는 것은 서술적 자아와 체험적 자아가 다른 공간 속에 위치하고 있음을 의미하는 것이기도 하다. 인과율에 의해 스토리를 배치하게 되자, 중심 사건들은 두드러지고 나머지 사건들은 음영화되었다. 또 出札口를 통과하기 위해 入場券을 사거나, 연락선을 타는 장면 등을 삽입해 소설은 자연스러운 선조적인 흐름을 보이게 된다. 곧 스토리의 배치를 통해 사건들은 원인과 결과로 서로 연결되게 되며, 결과가 다시 다른 결과의 원인으로 작용하는 일이 마지막까지 이어지게 된 것이다. 주의해야 할 것은 인과율에 의해 스토리의 배치가 이루어지는 서술적 자아의 위치가 초점화자의 등장과 맞물려 서술적 자아가 존재하게 된 곳과 같은 지점이라는 것이다. 2장에서 스토리를 인과적으로 배치하는 것이 초점화자의 위치를 분명히 하는 것과 동일한 기반을 지닌다는 언급은 이과 관련된다.

그런데 이러한 「묘지」에서 「만세전」으로의 개작 양상, 곧 초점화자의 위치를 분명히 하거나 스토리를 인과적으로 배치하는 것의 정당한 의미에 대해서는 보다 엄밀한 접근이 요구된다. 먼저 체험적 자아가 초점화자의 역할을 맡게 되어 서술적 자아가 스토리에서 사라지게 되는 부분에 주목해 보자. 여기에서 서술적 자아가 사라진다는 것이 지닌 제대로 된 의미는 그것이 사라졌음에도 불구하고 더욱 철저히 스토리를 지배한다는 데 있다. 곧 스토리 밖에 위치한 서술적 자아는 스토리 안에 있는 체험적 자아의 의식과 행위를 통해 은밀하게 자신의 의지를 관철시킨다.

이에 대한 이해는 원근법적 체계의 도움을 받을 수 있다. 원근법에서 소실점은 공간을 통일시키는 존재인데, 공간 바깥에는 소실점에 대응하는 또 다른 점이 존재한다. 그 점이 투시점이며 이는 실제 소실점과 일치한다. 여기에서 소실점과 투시점에 각각 「만세전」의 체험적 자아 '나'와 서술적 자아 '나'를 대응시킬 수 있다. 서술적 자아 '나'는 체험적 자아 '나'를 지배하는 특권적인 위치에 서서, 자신과 스토리 사이의 거리를 창출하면서 동시에 스토리 내부의 체험적 자아를 영유함으로써 그 거리를 제거하게 된다. 여기에서 간과해서는 안 될 것은 투시점은 그 유일한 위치라는 점을 통해 다른 사고나 시선을 하나의 그것으로 변용시키는 기제라는 점이다.[20]

개작을 통해 나타난 인과율에 의한 스토리의 배치 역시 동일한 기반을 지니고 있다. 出札口를 통과하기 위해 入場券을 사거나, 앞뒤가 맞지 않는 靜子의 행위를 정리하거나, 연락선을 타는 장면을 삽입하는 등 인과의 사슬을 통해 연결된 사건들은 중복이 없는 긴밀한 위계를 이루게 되며, 이를 통해 사건들은 불합리하지도 신비롭지도 않으며 분명하고 친숙하게 된다. 또 일련의 지속적인 사건들은 하나의 의미 있는 전체를 구축하게 되고, 이는 삶의 다른 행동이나 과정과 연결되고 나아가 세계의 흐름에 다가가게 되는 것이다. 하지만 이 역시 유기적인 세계상을 양적인 구성물로 변환시키는 조작이라 할 수 있으며, 그 결과 삶은 더욱 얇아지고 투명해져 그 자체의 밀도, 양, 전개는 사라지고 만다.

---

20) Foucault M., 이광래 역, 『말과 사물』, 민음사, 1989, 25-40쪽; 이진경, 「근대적 시선의 체계와 주체화」, 『근대성의 경계를 찾아서』, 새길, 1997, 249-293쪽 참조.

　　그런데 한 가지 흥미로운 점은 이와 같은 「묘지」에서 「만세전」으로의 개작이 바르트가 언급한 근대소설의 에크리튀르를 확립하는 과정과 맞물려 있다는 것이다. 바르트는 사고가 존재하고 글쓰기가 이어진다는 환원론적 발상에서 벗어나, 어떤 방식 속에서 말하고 있으며, 어떤 방식 속에서 쓰고 있는지를 문제시한다. 그 연장선상에서 근대소설이라는 글쓰기가 어떤 방식 속에서 행해지고 있는가에 주목하는데, 그것이 바로 근대소설의 에크리튀르이다. 물론 바르트가 근대소설의 에크리튀르로 들고 있는 것은 3인칭대명사와 과거시제이다.[21] 하지만 3인칭대명사가 소설의 중심에 위치하기 위해서는 등장인물이 초점화자가 되어 서술자가 사라져야 한다는 점, 소설에서 과거시제는 과거를 뜻하는 것이 아니라 스토리가 계량되고, 선택되고, 배치되었음을 의미한다는 점 등에서 앞서 살펴본 개작의 양상이 이들과 연결되어 있음을 알 수 있다.

　　여기에서 「만세전」의 전반부와 후반부의 균열과 「묘지」에서 「만세전」으로의 개작이 교차하는 지점을 발견할 수 있다. 물론 2장에서 검토한 바와 같이 개작의 흔적은 「만세전」의 전반부에서도 나타난다. 하지만 「묘지」에서 「만세전」에 이르는 개작의 주된 초점은 스토리의 층위가 아니라 서술방식의 층위에 놓여 있었다. 다시 말해 「묘지」를 「만세전」으로 개작했던 부분에서는 작가가 서술방식을 가다듬으면서도 그것을 스토리의 층위에까지는 연결시키지는 못했다는 것이다. '나'의 반성과 회의, 또 그것을 가능하게 한 서술적 자아와 체험적 자아의 긴장 등 「만

---

21) 바르트는 3인칭대명사와 과거시제를 근대소설의 두 가지 에크리튀르로 본다. 전자는 서술자를 소거시키고 스토리를 직접 제시하는 과정을 통해, 후자는 스토리를 계량하고, 재단하고, 배치하는 과정을 통해, 믿을 수 있는 허위를 만들어낸다는 것이다. 또 바르트는 이들을 사실에 형식적인 보증을 하지만 실제 삶을 교묘히 억압하고 소외시키기는 거짓으로 본다. 곧 근대소설의 에크리튀르는 'Larvatus prodeo', 작가가 자신의 마스크를 손가락으로 가르키는 숙명적인 제스처라는 것이다.

　Barthes R., Lavers A.・Smith C. trans., WRITING DEGREE ZERO, HILL AND WANG, 1967, pp. 29-40. 이 책은 Le Degré Zéro de L'Ecriture(Editions du Seuil, 1953)를 영역한 것이다.

세전」의 전반부에서 나타나는 특징은 여기에서 기인한 것이다. 개작의 논리가 전면화되어 나타나게 되는 것은 서술방식과 스토리가 결합되어 서술된 「만세전」의 후반부이다.

「만세전」의 후반부에서는 '나'의 반성과 회의를 발견하기 힘들다. 서술적 자아 '나'와 체험적 자아 '나'가 더 이상 동일한 실존적 공간에 위치하지 않기 때문이다. 체험적 자아와 서술적 자아가 같은 실존적 공간 속에 위치한다는 것은 소실점과 투시점이 동일한 공간 속에 위치하고 있음을 의미한다. 동일한 공간 속에 위치한 소실점과 투시점을 통해 원근법적 체계를 구축하는 것은 불가능하다. 원근법적 체계가 구축되기 위해서는 먼저 체험적 자아가 초점화자의 역할을 하고 서술적 자아가 사라져야 했으며, 이는 개작의 논리와 맞물리는 것이었다.

이를 잘 드러내고 있는 것은 시제이다. 소설에서 시제는 일상 경험에 관한 의미에서 시간이라고 부르는 것과 자율적인 관계에 있다. 소설에서 시제는 살아있는 경험의 시간과 거리를 지니지만 완전히 단절되지는 않으며, 그 이중적인 관계가 소설의 질서를 만들어낸다. 이를 가장 잘 나타내는 것은 흔히 '서사적 과거'라고 불리는 과거시제이다. 앞에서 언급했듯이 소설에서 과거시제는 과거를 의미하는 것이 아니라 서술자에 의해 스토리가 계량되고, 선택되고, 배치되었음을 의미한다는 것이다.

그런데 1인칭 서술에서 시제는 이와는 다른 성격을 지닌다. 1인칭 서술에서 과거시제는 과거를 의미하는데, 그것 역시 서술적 자아와 체험적 자아와의 관계 때문이다. 곧 과거에 있었던 일에 대한 서술을 담당하는 서술적 자아가 체험적 자아와 동일한 공간에 위치함에 따라 과거시제는 체험적 자아의 과거를 가리키게 되는 것이다.[22] 여기에서 「만세

---

22) 함부르그는 1인칭 서술의 과거시제를 서사적 과거와는 다른 유형으로 파악한다. 또 시제와 더불어 내면 행위 동사의 기능, 자유간접문체, 인격적 서술기능 등을 준거로 해 1인칭 서술을 서사적 허구(epic fiction)가 아니라 가장된 현실 진술(feigned reality statement)로 본다.
　여기에 관해서는 K. Hamburger, 장영태 역, 『문학의 논리─문학장르에 대한 언어이론적 접근』, 홍익대 출판부, 2001, 324-354쪽 참조.

전」의 전반부와는 달리 후반부에서 현재시제가 빈번하게 등장했음을 환기할 필요가 있다. 이러한 현재시제는 체험적 자아 '나'가 이미 서술적 자아 '나'를 의식하지 않게 되었음을 의미하는 것이다. 2장에서 「묘지」에서 「만세전」으로 개작의 양상을 살펴보면서 과거시제를 의식적으로 현재시제로 바꾼 것을 확인한 바 있는데, 그것의 의미 이와 연결된다.

흥미로운 것은 체험적 자아가 서술적 자아의 의식하지 않는 것과 맞물려, 서술적 자아 역시 체험적 자아의 무게로부터 벗어난다는 점이다. 앞서 「만세전」의 후반부에서 주석이나 논평 등 일반화의 양상 역시 자주 나타남을 고찰한 바 있다. 서술적 자아의 목소리가 직접 전달되는 주석이나 논평은 서술적 자아가 체험적 자아를 의식하지 않을 때 등장한다. 따라서 주석이나 논평이 빈번하게 드러났다는 것은 소설의 후반부에서 두 개의 자아가 견지했던 긴장과 갈등이 사라졌다는 것을 의미한다. 실제 이는 체험적 자아가 초점화자가 되는 것과는 달리 서술적 자아가 원근법적 체계를 매개로 하지 않고 직접 자신의 목소리를 드러냄을 의미한다. 하지만 이미 서술적 자아는 원근법적 체계의 투시점에 위치했던 존재라는 점에서 더 이상 경험적 자아와의 긴장 관계를 견지할 수 없다. 그리고 이 역시 소설의 후반부에서 '나'의 회의나 반성이 사라지게 되는 원인의 하나로 작용한다.

이렇게 볼 때 「만세전」의 전반부와 후반부의 균열은 이미 「묘지」에서 「만세전」으로의 개작 과정에서 싹트고 있었음을 알 수 있다. 그리고 실제 그 과정은 원근법과 인과율이라는 근대적 시공간의 논리를 소설 속에 싹 틔우는 것이라는 점에서, 한국 근대소설이 스스로의 에크리튀르를 조형해 가는 과정과 맞물리는 것이었다고 할 수 있다.

5. 맺음말

이상에서 「묘지」에서 「만세전」으로의 개작 양상과 그 의미에 대해 살펴보았다. 또 그것이 「만세전」의 「묘지」 부분과 그 뒤에 이어지는 부분의 균열과 어떤 관련을 지니는지에 관해서도 논구해 보았다. 이 장에서는 거칠게나마 각 단락에서 언급했던 논지들을 정리하고 남은 문제를 부각시키는 것으로 결론에 갈음하고자 한다.

2장에서는 먼저 「묘지」에서 「만세전」으로의 개작의 실제 양상에 대해 살펴보았다. 또 개작의 중심이 어디에 있었는지도 확인할 수 있었다. 「묘지」에서 「만세전」으로의 개작의 중심은 초점화자의 위치를 분명히 하면서 거기에서 어긋난 서술방식을 바로잡거나 스토리를 배치하는 데 놓여 있었다. 개작을 통해 체험적 자아 '나'가 초점화자의 역할을 함에 따라 서술적 자아 '나'의 존재는 희미해지게 되었다. 이에 따라 소설에서 보고 듣는 역할은 체험적 자아 '나'에게 맡겨졌다. 또 인과율에 의해 스토리를 배치하는 과정 역시 이루어졌다. 그런데 스토리의 배치 역시, 스토리 바깥에 위치한 서술적 자아에 의해 가능하게 되었다는 점에서, 앞선 초점화자의 위치를 분명히 하는 과정과 동일한 기반을 지니는 일이었다.

3장에서는 「만세전」의 전반부와 후반부가 지니는 균열에 대해 검토해 보았다. 소설의 전반부에서 '나'의 주된 지향은 자아 혹은 개성의 발현으로 집약된다. 하지만 이러한 지향은 아내에 대한 상념이나 靜子와의 관계를 통해 회의의 대상이 되기도 했다. 조선의 식민지적 참상에 대한 접근 역시 마찬가지였다. 연락선에서 알게 된 조선의 식민지적 참상에 대한 깨달음은 '나'의 삶에 대한 반성의 계기로 작용한다. 하지만 소설의 후반부에서는 '나'의 회의나 반성은 더 이상 계속되지 않는다. 또 「만세전」의 후반부에서는 현재시제가 빈번하게 등장하며 논평이나 주석 등도 자주 나타났다.

4장에서는 「묘지」에서 「만세전」으로의 개작과 소설의 전반부와 후반부가 지니는 균열이 교차하는 지점에 대해 논의했다. 「만세전」의 전반부에서 '나'의 반성이 나타났던 것은 서술적 자아와 체험적 자아가 동일한 공간에 위치한다는 서술 상황에 기반하고 있었다. 그런데 소설의 후반부에서는 서술적 자아와 체험적 자아의 긴장이나 갈등이 사라진다. 이러한 변화는 「묘지」에서 「만세전」으로의 개작과 관련된 것으로 파악된다. 체험적 자아가 초점화자의 역할을 함에 따라 서술적 자아는 스토리에서 사라지게 되었으며, 둘의 긴장이나 갈등 역시 불가능하게 된 것이다. 소설의 후반부에서 현재시제와 논평, 주석 등이 자주 등장하는 것 역시 체험적 자아가 서술적 자아를 의식하지 않거나 서술적 자아가 체험적 자아의 무게에서 벗어났음을 의미한다. 그런데 「묘지」에서 「만세전」으로의 개작 과정은 근대소설의 에크리튀르를 확립하는 과정, 나아가 소설이라는 장에 원근법과 인과율이라는 체계를 구축하는 것이었다는 점에서 주목을 필요로 한다.

이렇듯 「만세전」의 전반부와 후반부가 지니는 균열은 「묘지」에서 「만세전」으로의 개작 과정에서부터 싹트고 있었다. 텍스트라는 측면에서 볼 때 「만세전」은 두 가지 균열을 지닌 존재라고 할 수 있다. 첫 번째 균열은 「만세전」 전반부에서 나타나는 것으로, 개작 전의 스토리와 개작 후의 서술방식이 만들어내는 균열이다. 이는 개작이 스토리 층위가 아니라 서술방식의 층위에서 이루어졌기 때문으로 보인다. 두 번째 균열은 「만세전」이라는 텍스트에서 나타나는 것으로, 소설의 전반부와 후반부의 간극이 빚어내는 균열이다. 이 역시 개작의 층위와 관련된 문제로서, 소설의 전반부에 남아있는 개작 이전의 흔적 때문이다.

이러한 균열은 「만세전」에 관한 평가와 관련해 시사하는 바가 크다. 균열의 한쪽 면만을 확대해 식민지 현실을 뛰어나게 재현했다고 고평하거나 혹은 모순의 본질로부터 비껴서 있다고 폄하하기보다는 균열을 균열로서 읽어내려는 태도가 필요하리라 생각한다. 특히 그 균열이 「묘지」에서 「만세전」으로의 개작 과정에서 배태되어 「만세전」이라는 텍스트에 각인된 것임을 고려할 때, 더욱 그렇다고 할 수 있다. 한편 이는 廉想涉 소설의 흐름 속에서 「만세전」의 위치를 상정하는 작업과도 관련이 된다. 「만세전」의 위치를 「묘지」가 처음 발표된 시점을 중시해 1922년으로 할 것인지, 완성된 시점을 중시해 1924년으로 할 것인지 하는 문제이다. 이 문제 역시 개작의 의미와 그것이 야기한 균열에 대해 살펴본 이 글의 논지를 통해 부족하나마 해명이 되었으리라 생각한다.

「만세전」은 해방을 계기로 1948년 2월 수선사에서 다시 단행본으로 간행된다. 수선사 판본 「만세전」에서는 기존 논의에서도 언급되듯이 서술방식뿐만 아니라 스토리에서도 많은 부분의 개작이 이루어졌다. 따라서 하나의 텍스트로서 「만세전」을 정당하게 평가하기 위해서는 수선사 판본 「만세전」에 대한 검토 역시 이루어져야 할 것이다. 곧 이전의 판본들과 수선사 판본 「만세전」의 실증적 차이와 그 의미에 대한 고찰 역시 필요하다는 것이다. 한편 「묘지」에서 「만세전」으로의 개작이 근대소설의 에크리튀르를 확립해 가는 과정이기도 했다는 점에서, 그것은 당시 다른 소설이 스스로의 질서를 조형해 나가는 과정과 맞물리는 것이기도 했다. 실제 이러한 도정은 근대소설이 일정한 경계의 설정을 통해 다른 담론들과 차별화되는 관습을 만들어 나갔던 과정과도 겹쳐지는 것이었다. 따라서 「묘지」에서 「만세전」으로의 개작이 지니는 정당한 의미를 구명하기 위해서는 같은 시기 소설들이 양식적 질서를 구축해 가는 과정들에 대한 접근 역시 필요할 것이다. 또 하나 남은 문제는 「묘지」에서 「만세전」으로의 개작의 근간에 놓인 문제이다. 곧 무엇이 「묘지」에서 「만세전」으로의 개작을 추동했는가 하는 문제이다. 물론 이는 한국 근대소설이 자신의 양식적 질서를 구축해나가는 과정과 맞물리는 것이다. 하지만 개작에는 염상섭 개인의 음영 역시 아로새겨져 있다. 곧 「묘지」를 연재할 1922년과 「만세전」을 발표할 1924년 두 시기 염상섭의 행적과 사상 역시 검토할 필요가 있다는 것이다. 이 역시 앞의 문제들과 더불어 다음 과제로 남기고자 한다.

주제어 : 개작, 초점화자, 체험적 자아, 서술적 자아, 「묘지」, 「만세전」, 염상섭, 에크리튀르

◆ 참고문헌

1. 기본자료
『신생활』, 『시대일보』, 『개벽』, 『염상섭전집』 등.

2. 단행본
강인숙, 『자연주의문학론』 2, 고려원, 1987.
권영민 편, 『염상섭문학연구』, 민음사, 1987.
김윤식, 『염상섭연구』, 민음사, 1989.
문학과사상연구회 편, 『염상섭문학의 재인식』, 깊은샘, 1998.
문학사와비평연구회 편, 『염상섭문학의 재조명』, 새미, 1998.

3. 연구논문
김명인, 「비극적 자아의 형성과 소멸, 그 이후」, 『민족문학사연구』 28호, 민족문학사
　　　연구소, 2005. 8, 276-305쪽.
손정수, 「초월적 자아와 현실적 자아—「만세전」 주인공의 자기정체성」, 『한국근대문
　　　학연구』 5집, 한국근대문학회, 2002, 84-113쪽.
신철하, 「복식읽기의 사회시학—「만세전」의 재해석」, 『외국문학』 20호, 1989. 가을
　　　호, 254-273쪽.
이재선, 「일제의 검열과 「만세전」의 개작—식민지시대 문학 해석의 문제」, 『문학사
　　　상』 84호, 1979. 11.(『염상섭문학연구』, 민음사, 1987, 280-296쪽.)
최태원, 「〈묘지〉와 〈만세전〉의 거리—'묘지'와 '신석현(新潟縣) 사건'을 중심으로」,
　　　『한국학보』 103집, 2001, 107-130쪽.

4. 외국서적
Butor M., 김치수 역, 『새로운 소설을 찾아서』, 문학과지성사, 1996.
Chatman S., 김경수 역, 『영화와 소설의 서사구조』, 민음사, 1990.
Foucault M., 이광래 역, 『말과 사물』, 민음사, 1989.
Genette G., 권택영 역, 『서사담론』, 교보문고, 1992.
K. Hamburger, 장영태 역, 『문학의 논리—문학장르에 대한 언어이론적 접근』, 홍익
　　　대 출판부, 2001.
M. Bakhtin, 김근식 역, 「도스토예프스키창작론」, 중앙대 출판부, 2003.

Ricoeur P., 김한식·이경래 역, 『시간과 이야기』 2, 문학과지성사, 2000.
Rimmon-Kenan, S., 최상규 역, 『소설의 시학』, 문학과지성사, 1985.
魯曉鵬, 조미영·박계화·손수영 역, 『역사에서 허구로: 중국의 서사학』, 길, 2001.
Barthes R., Lavers A.·Smith C. trans., WRITING DEGREE ZERO, HILL AND WANG,
        1967.

◆ 국문초록

이 글의 목적은 『신생활』에 연재된 「묘지」에서 고려공사 판본 「만세전」으로의 개작 양상과 그 의미를 구명하는 데 있다. 또 개작이 「만세전」이라는 텍스트가 보이는 균열과 어떤 관련을 지니는지에 관해서도 살펴보았다. 「묘지」에서 「만세전」으로의 개작의 중심은 초점화자의 위치를 분명히 하면서 거기에서 어긋난 서술방식을 바로잡는 데 놓여 있었다. 또 인과율에 의해 스토리를 배치하는 과정 역시 이루어졌는데, 이 역시 초점화자의 위치를 분명히 하는 과정과 동일한 기반을 지니는 것이었다. 「만세전」의 전반부에서 '나'의 주된 지향은 자아 혹은 개성의 발현으로 집약된다. 하지만 이러한 지향은 아내, 정자와의 관계를 통해 반성이나 회의의 대상이 되기도 한다. 조선의 식민지적 참상에 대한 접근에서 역시 마찬가지였다. 이는 체험적 자아와 서술적 자아가 동일한 공간 속에 위치하게 되는 서술상황에 기반하고 있는 것으로 보인다. 「묘지」에서 「만세전」으로의 개작은 체험적 자아가 초점화자가 됨에 따라 서술적 자아가 사라지는 과정이었다. 「만세전」의 후반부에서 더 이상 '나'의 반성이나 회의가 나타나지 않는 것은 체험적 자아가 서술적 자아를 의식하지 않거나 서술적 자아가 체험적 자아의 무게에서 벗어났기 때문이다. 이렇게 볼 때 「만세전」의 전반부와 후반부의 균열은 이미 「묘지」에서 「만세전」으로의 개작 과정에서 싹트고 있었다. 실제 그 과정은 한국 근대소설이 스스로의 에크리튀르를 조형해 가는 과정, 나아가 소설이라는 장에 원근법과 인과율이라는 체계를 구축하는 과정이었다.

◆ SUMMARY

The Adaptation and the Meaning
from 「Myoji」 to 「Mansejeon」

Park, Hyun-Soo

The purpose of this thesis is to investigate the adaptation and the meaning from 「Myoji(墓地)」 to 「Mansejeon(萬歲前)」 that written by Yeom Sang-Seop(廉想涉). And to investigate the meaning of the rupture in the first part and second part of the 「Mansejeon」. The focus of the adaptation from 「Myoji」 to 「Mansejeon」 was to establish the position of the focalizer and to arrange the story of the novel. The intention of 'I' that manifest individuality was appeared the first part of the 「Mansejeon」. But the intention was to be the object of the reflection through the relationship of the wife and Jeongja(정자). The approach of the dreadful sight in Jo -Seon(朝鮮) liked the preceding. It was due to be situated at the same space the ego-of-experience and ego-of-narration. The adaptation from 「Myoji」 to 「Mansejeon」 was the process of erasing ego-of-narration. The disappearing of the reflection of 'I' at the second part of the 「Mansejeon」 was due to this point. In conclusion, the adaptation from 「Myoji」 to 「Mansejeon」 was the process of establishing the ecriture of the Korean modern novel.

Keyword : adaptation, focalizer, ego-of-experience, ego-of-narration, Myoji, Mansejeon, Yeom Sang-Seop, ecriture etc.

─이 논문은 2006년 11월 30일에 접수되어, 소정의 심사를 거쳐 2007년 2월 6일에 최종적으로 게재가 확정되었음.

임화의 메타비평 연구*
- 비평적 자의식에 대한 고찰을 중심으로

권 성 우**

목 차

1. 문제제기—임화와 비평적 자의식
2. 임화의 초기 비평론: 마르크스주의 비평의 전유
3. '해석비평'에 대한 저항
4. 창조적 비평의 모색과 비평의 독립성
5. 비평의 재건, 그리고 죽음
6. 결론: 임화 비평의 현재성

---

1. 문제제기 - 임화와 비평적 자의식

한국근대문학비평사에서 비평가 임화(林和, 1908~1953)가 지닌 위상은 대단히 각별해 보인다. 내후년인 2008년에 탄생 백주년을 맞이하는 임화는 한국근대 문학사를 통해 여전히 가장 문제적인 연구대상 중의 하나이다.[1] 이미 오래 전에 한 연구자에 의해서 임화의 문제성은 "임화

---

* 본 연구는 숙명여자대학교 2005년도 교내연구비 지원에 의해 수행되었음.

** 숙명여자대학교 교수.

1) 일례로 재작년에 혁신호를 발간한 문예계간지 『문학수첩』(2005년 봄호)은 〈식민지 시대 비평가를 새롭게 읽는다〉는 기획을 연재하면서 그 첫 번째 순서로 임화를 다루고 있다.

410

의 그림자가 하도 커서 우리 근대문학사 및 비평사에 걸리고 있었을 뿐만 아니라 동시에 우리 현대문학 및 사상사에도 거멀못으로 보였"[2]다는 표현을 얻은 바 있다.

전형적인 모던보이이자 다다이스트 청년으로 문학활동을 시작하여, KAPF(조선프롤레타리아 예술동맹)의 서기장으로 활동하면서 프로문학의 수호를 위해 분투했으며, 해방직후에는 '조선문학가동맹'을 통해 인민문학론을 주창하다가 월북하여 1953년 미제의 스파이[3]라는 죄목으로 북한정권에 의해 처형당했던 임화의 삶은 그 자체로 한국현대사의 기막힌 아이러니이자 비극이라고 하겠다.

임화는 누구보다도 다양한 분야에서 자신의 재능을 발휘했던 팔방미인이었다. 문학사가, 시인, 비평가, 영화배우, 출판사 경영인, 연극운동가, 사회주의조직운동가 등등의 다양한 분야에서 임화는 각기 인상적인 면모를 보여주었다. 이렇듯 임화는 대단히 다양한 정체성을 문인이었다. 바로 이러한 점으로 인해 문인 임화의 진면목을 파악하기 위해서는 특정한 장르 중심의 이해와 해석이 지양되어야 한다.

그러나 이러한 점을 감안하더라도 임화가 참여한 여러 문화적 행위에서 가장 많은 열정과 시간을 투여했던 것은 무엇보다도 '비평'이었다. 동시에 임화는 어떤 존재보다도 '비평가'로서 자신의 정체성을 지속적으로 유지해 왔다. 이러한 점은 임화의 저술 중에서 비평이 차지하는 비중이 가장 크다는 기본적인 사실 이외에도 그가 비평의 본질과 역사, 성격을 근본적으로 탐문하는 메타비평 형식의 글을 꾸준하게 발표해왔다는 사실, 아울러 그가 식민지시대의 어떤 비평가보다도 비평에 대한

---

2) 김윤식, 『임화연구』(문학사상사, 1989)의 머리말 참조.

3) 2001년 공개된 미육군 정보국 문서파일과 미 국립문서보관소에 소장돼 있던 '베어드 조사보고서'에 따르면, 이강국과 임화 등 남로당의 일부 핵심간부들이 주한 미군방첩대(CIC) 요원으로 활동했던 것으로 밝혀졌다고 한다(『중앙일보』 2001. 9. 5). 그러나 이러한 사실이 임화가 미국의 스파이였다는 전제를 곧바로 입증하는 분명한 근거가 된다고 볼 수는 없을 것이다. 이에 대해서는 좀 더 엄밀한 역사적 검증이 필요한 것으로 보인다.

투철한 '자의식'을 지녀왔다는 사실 등과 연관된다.

가령 임화는 1933년에 발표된 「비평의 객관성의 문제」부터 「비평의 시대」(1938)와 「비평의 고도」(1939), 「창조적 비평」(1940)을 거쳐 「비평의 재건」(1946)에 이르기까지 십 수년의 세월 동안, 끊임없이 비평의 기능과 역할에 대한 근본적인 탐색과 문제제기를 통하여 비평에 대한 메타적 글쓰기를 지속적으로 수행해 왔다.[4] 이러한 사실은 식민지시대 다른 어떤 비평가에게도 발견되지 않는 이례적인 면모라고 할 수 있다. 메타비평에 해당되는 글들이 임화만큼 많은 비평가는 김현과 김윤식을 제외하면 식민지시대뿐만 아니라 해방 이후에도 거의 존재하지 않는다.

임화는 자신의 비평적 도정에서 위기가 닥칠 때마다 비평의 존재방식에 대한 근본적 성찰을 전개한 비평가이다. 어떤 대상이나 관념에 대해 메타적인 사유를 전개한다는 것은 바로 그 대상이나 관념에 대한 본질적인 물음이 필요하다는 것을 의미한다. 그것은 당연히 그 대상의 근

---

4) 그 목록을 발표순으로 열거하면 다음과 같다.

* 「비평의 객관성의 문제」, 『동아일보』, 1933. 11. 9~10.
* 「비평에 있어 작가와 그 실천의 문제—N에게 주는 편지를 대신하여」, 『동아일보』, 1933. 12. 19~21.
* 「조선적 비평의 정신」, 『조선중앙일보』 1935. 6..25~29.(『문학의 논리』에 수록됨)
* 「의도와 작품의 낙차와 비평—특히 비평의 기능을 중심으로 한 감상」, 『비판』, 1938. 4.(『문학의 논리』에 수록됨)
* 「비평의 시대」, 『비판』, 1938. 10.
* 「비평의 高度」, 『조선문학』, 1939. 1.(『문학의 논리』에 수록됨)
* 『최근 10년간 문예비평의 주조와 변천』, 『비판』, 1939. 5~6.
* 「창조적 비평」, 『인문평론』, 1940. 10.
* 「비평의 재건」, 『독립신보』, 1946. 5. 1.

물론 이외에도 비평의 성격이나 본질에 대한 언급이 포함된 메타비평 형식을 지닌 임화의 평문은 많다. 그러나 제목과 내용을 종합적으로 고려하여, 본격적인 의미의 메타비평이라고 할 수 있는 글들을 추린다면 위의 평문 정도가 남을 것이다. 이 글들이 이 논문의 주된 연구대상이라 할 수 있다. 다만 이 글의 논의과정에서 필요에 따라서 비평에 대해서 언급한 다른 평문들도 함께 언급될 것이다.

412

본적인 정체성에 대한 성찰적 자의식을 동반할 수밖에 없다. 이 글에서 주목하고 있는 비평가로서 임화의 문제성은 바로 이러한 비평에 대한 자의식과 포지션을 거의 평생 동안 굳건하게 유지해온 존재였다는 사실에서 비롯된다. 과연 무엇 때문에 임화는 비평의 본질과 역할에 대한 사유를 끊임없이 제기하면서 비평 자체에 대해 메타적으로 성찰해 왔던 것일까? 이러한 물음은 이 논문을 관통하는 근본적인 화두라고 할 수 있다.

이 논문은 바로 임화의 이러한 '비평적 자의식'(critical self-consciousness)에 착안하여 비평에 대한 임화의 입장과 사유의 변모과정을 통시적인 맥락에서 탐색하고자 하는 의도로 씌어진다.

기존의 임화에 대한 연구 중에서 임화 비평에 대한 연구성과는 커다란 비중을 차지하고 있다. 임화 비평에 대한 연구 중에서 주목할 만한 성과로는 김윤식, 신두원, 하정일, 김재용, 이훈, 이현식 등의·논저를 들 수 있다.5) 이 연구들은 주로 카프 운동사 및 리얼리즘 이론과 반영론의 관점에서 임화 비평을 연구했다는 공통점을 지니고 있다. 이러한 연구들은 1980년대의 시대사적 분위기 속에서 마르크스주의 예술론에 입각하여 임화의 비평에 대한 과학적인 해명을 수행했다는 중대한 연구사적 의의에도 불구하고, 임화 비평에 대한 연구를 지나치게 마르크스주의와 카프운동사의 측면에 한정했다는 한계를 지니고 있다고 생각된다.

임화의 비평과 문학론(문학사)에 대한 연구는 최근 상대적인 의미에서 활발해지고 있다. 1988년 월북문인의 해금 이후 왕성하게 전개되었던 카프문인 연구의 핵심에 있던 임화에 대한 연구는 1990년대 이후 동구사회주의의 몰락에 따라 다소 소강상태를 보이다가 최근에 새로운 관

---

5) 김윤식의 『임화연구』(문학사상사, 1989), 신두원의 「임화의 현실주의론 연구」(서울대 석사논문, 1991), 이훈의 「1930년대 임화의 문학론 연구」(서울대 박사논문, 1993), 김재용의 「카프 해소파의 이론적 근거: 임화론」(『실천문학』, 1993년 여름호), 하정일의 「'사실'논쟁과 1930년대 후반 문학의 성격」(『작가연구』 6호, 1998), 이현식의 「주체 재건을 향한 도정과 실천으로서의 리얼리즘: 1930년대 후반 임화의 비평」(『임화문학의 재인식』, 소명출판, 2004).

점의 연구성과들이 등장하고 있다.[6) 2000년대 이후 전개된 임화 연구는 반영론과 마르크스주의 방법론에서 탈피하여 탈식민주의, 미디어, 문화론 등의 한층 다양한 시각으로 확대되고 있다. 이러한 연구들은 임화의 「생산소설론」이 지닌 시대사적 맥락에 대한 하정일의 검토에서 볼 수 있듯이 주로 탈식민주의이론과 1940년을 전후한 임화의 문학담론에 검출된 내적 저항을 연계시키면서 당시 일제 군국주의 파시즘에 대한 임화의 대응에 주목하고 있다.

이러한 연구의 성과를 이어받아, 이 논문에서 임화 비평 연구와 연관하여 구체적으로 진전시키고자 하는 대목은 바로 '비평적 자의식'에 입각한 임화의 메타비평을 통시적으로 고찰하면서 그 비평사적(현재적) 의의를 검토하는 작업이다. 기존의 임화 비평에 대한 연구 중에서 이러한 문제의식에 입각한 연구가 없었다는 점에서 이 연구는 임화 비평에 대한 기왕의 관점을 확장시켜줄 것이다. 아울러 임화의 메타비평에 대한 검토는 비평가로서의 임화의 내면과 입장을 한층 투명하게 인식하는 계기를 마련해줄 것으로 기대된다.

궁극적으로 이 논문의 문제의식은 어떤 장르보다도 심혈을 기울여 비평에 자신의 모든 것을 투신했던 비평가 임화의 이론적 고투와 비평적 자의식을 한층 구체적으로 확인하는 작업에 있다고 할 수 있다. 이러한 작업은 임화라는 전형적이면서도 비범한 한 비평가의 시선을 통해 한국근대비평사가 보여준 '비평적 사유'의 실존과 표정을 확인하는 도정과 연결될 것이다.

---

6) 임화의 비평 및 문학론에 대한 최근의 새로운 연구성과로는 아래와 같은 논저들을 들 수 있다.

   문학과사상연구회 편, 『임화문학의 재인식』, 소명출판, 2004.

   이명원, 「임화와 근대문학, 나와 탈근대 이행기의 문학」, 『문학수첩』 2005년 봄호.

   하정일, 「일제 말기 임화의 생산문학론과 근대극복론」, 『민족문학사 연구』 31호, 2006.

   권성우, 「임화의 문화담론과 에세이 연구: 미디어에 대한 성찰을 중심으로」, 『한민족문화연구』 19집, 2006.

2. 임화의 초기 비평론: 마르크스주의의 전유

임화가 본격적인 의미의 비평 활동을 시작한 것은 1926년 11월 『조선일보』에 「정신분석학을 기초로 한 계급문학의 비판」을 발표하고 부터이다. 이때부터 임화는 마르크스주의를 적극 수용하여 카프 문학의 융성과 카프 조직의 건설에 방해가 되는 이른바 부르주아 문학을 맹렬히 비판하기 시작한다. 1926년부터 1930년대 초반에 이르는 시기에는 임화의 비평에서 비평 자체의 본질이나 역할에 대한 본격적인 탐구와 성찰을 거의 발견할 수 없다. 프로문학의 전성기였던 이 시대에 임화는 비평 자체의 역할에 대한 성찰보다는 다소 관념적이며 도구적인 마르크스주의문학관에 의거하여 카프 조직의 강화와 부르주아 문학 비판에 모든 열정을 투여했다. 말하자면 이 때 까지 전개된 임화의 비평은 마르크스주의 비평에 대한 자기동일성이 한 치의 회의와 주저도 없이 굳건하게 유지되었던 것이다. 이러한 상황 속에서는 위기의식의 산물인 비평 행위 자체에 대한 메타적 사유가 싹틀 필요가 없었던 것이다.

비평에 대한 임화의 자의식이 의식적이며 구체적인 담론의 형태로 표명되기 시작한 것은 1933년 11월에 발표된 「비평의 객관성의 문제」에 이르러서이다. 이와 연관하여 1933년부터 이른바 전형기 비평이 시작된다는 점,[7] 임화의 문학관이 1933년 중반부터 전환을 보이기 시작했다는 점이 주목되어야 한다.[8] 이때부터 "문예비평이 정론성 혹은 지도성의 기로에서 다시 시류적 초점과 세계성에서 속도 조절이 강요될 때, 마침내 문단은 비평을 선두로 하여 전형기를 감지하게"되었던 것이다.[9] 이에 따라 임화는 비평의 본질에 대해 근본적으로 사유하면서 당시 현실에 대해 좀 더 구체적이며 논리적으로 대응하기 시작한다. 이 점은 헤게모니 투쟁에 근거한 관념적인 이론이 앞섰던 이전의 비평적 태도와

---

7) 김윤식, 『한국근대문예비평사연구』, 일지사, 1976, 203쪽.
8) 이현식, 『일제 파시즘체제하의 한국 근대문학비평』, 소명출판, 2006, 227쪽.
9) 김윤식, 앞의 책, 202쪽.

구별된다. 당시의 사회적 현실과 문학장은 선험적인 관념만으로는 돌파하기 힘들 정도로 급격하게 변동하고 있었다.

1931년 9월 18일 일제는 군부강경파가 주도한 류탸오거우 사건(柳條溝事件)에 따라 만주를 침략하고 1932년 3월에는 만주국을 선포하며, 1933년 3월에는 국제연맹을 탈퇴하였다. 이 무렵부터 일제는 정당내각이 붕괴되면서 공공연히 침략전쟁을 지지하는 우익 군부파시즘이 득세하기 시작했다. 이러한 상황은 식민지 조선사회에도 영향을 미치게 된다. 문학적인 맥락으로 볼 때, 1933년 순수문학을 표방하는 구인회가 생겼다는 점도 임화에게 모종의 위기의식을 불러일으킨 문학적 사건이었을 터이다. 또한 1933년 10월에『조선일보』에 게재된「평론계의 SOS─비평의 권위수립을 위하여」라는 특집이 프로문학 비평에서 전형기 모색 비평으로 방향 전환을 하게 되는 기미를 보인 전문단적 사건이라는 점10)은「비평의 객관성의 문제」를 둘러싼 당시 평단과 문학장의 분위기를 인상적으로 보여준다. 이제 단지 마르크스주의라는 관념적 이론만으로는 급격하게 변화해나가는 현실을 정확히 인식할 수 없게 된 것이다. 그러할 때 필요한 것은 근본적인 입장에 대한 재검토와 자기동일성에 대한 성찰이겠다.

「비평의 객관성의 문제」는 바로 이러한 맥락 하에서 발표되었다. 임화는 이 평문을 통해 조금씩 위기에 처해가는 마르크스주의 비평의 이념을 견결하게 수호하는 진보적 비평가의 모습을 확연하게 보여준다. 임화는 이 평문을 통해 마르크스주의 비평의 현실적 정합성을 재확인하고 싶었던 것이다. "그러므로 비평한다는 것은 항상 그 작품에 대하여 비평가가 일정한 사상을 표시하는 것, 즉 비평가가 자기 자신의 어떤 기준에 서서 작품의 선, 악에 대하여 평가하는 행위가 된다"11)고 천명하면서 비평은 곧 세계관과 사상의 표현이라는 점, 아울러 비평은 곧

───────────────

10) 위의 책, 281쪽.
11) 임화,「비평의 객관성의 문제」,『동아일보』, 1933. 11. 9(앞으로 이 논문에서 인용되는 문장은 필요에 따라 현대식 표기로, 한자를 한글로 변경하였다).

'평가'라는 점을 강조하고 있는 대목이 이러한 임화의 문제의식을 잘 보여준다.

그렇다면 그 비평적 평가의 기준은 어떻게 설정될 수 있는가? 임화는 "비평가에게 주관적으로 믿어지고 비평에 있어서 평가의 기준이 되는 '진'이라는 것도 결코 비평가 개인의 절대적으로 주관적인 개체적 의사 여하에 의하여 결정되는 것이 아니라, 그 사람이 생활하는 역사적 사회적 환경, 구체적으로 말하면 비평가의 정신적 물질적 제 활동을 제약하고 있는 역사적 계급적 조건으로 말미암아 다시 제약되고 있는 것이다. 왜 그러냐 하면 모든 인간은 역사적으로 존재하고 사회적—계급적으로 행동하는 존재이기 때문이다[12]"라고 말하고 있는데 이러한 비평관이 전형적인 마르크스주의와 반영론에 근거해 있음은 주지의 사실이다.

이러한 비평적 입장에서 볼 때 임화가 1930년대 초중반부터 한층 활발하게 목소리를 내던 이른바 부르주아 비평에 대한 단호한 비판을 시도하게 되는 수순은 지극히 자연스럽다. 이러한 문제의식에 따라 임화는 "그러므로 문학비평에 있어서 절대적으로 냉정한 객관성을 요구하는 부르주아적 비평의 이론은 결국 예술작품과 그 비평이 가지고 있는 역사적 계급적 본질을 호도하고, 부르주아적 예술비평을 무슨 영원한 진리 가운데서 모든 계급적 사회적 견지로부터 자유인 초월적 성질의 것으로 만들려는 企圖로부터 나온 것이다"라면서 당시 카프비평의 적대적 타자였던 순문학 비평과 예술주의 비평에 대한 치명적인 문제제기를 시도한다.

이러한 노력에서 볼 수 있듯이 아직 카프가 해산되기 전인 1933년 무렵의 임화에게, 프롤레타리아적 비평이야말로 "유일의 정당한 객관적 비평"이며, 그러한 논리의 결과 마르크스주의비평에 "비평의 진정한 객관성"이 존재하는 것으로 인식되었다.

---

12) 임화, 「비평의 객관성의 문제」, 『동아일보』, 1933. 11. 10.

　　임화의 이러한 비평관은 같은 해에 발표된 「비평에 있어 작가와 그 실천의 문제—N에게 주는 片紙를 대신하여」(『동아일보』, 1933. 12. 19~21)에서도 유사하게 개진된다. 임화는 이 글이 앞서 발표한 「비평의 객관성의 문제」의 연장선상에 있다는 사실을 말미에서 밝히고 있다. 김남천의 소설 「물」을 둘러싼 논쟁의 과정에서 씌어진 이 글은 비평과 실천의 관계에 대한 마르크스, 레닌주의적 인식론을 보여준다. 임화는 이 글의 모두에서 "문학의 비평에 있어서 비평되는 작품과 그 생산자의 생활적 실천이 어떠한 관계를 갖는가 하는 문제는 문학의 예술성인 창조과정을 천명함에 있어 最重要의 문제의 하나이다. 이것을 다른 일반적인 말로 고친다면 곧 예술창조의 메쏘드와 작가의 세계관과의 관계로 돌아가는 것이다"[13]라고 언급하고 있다. 이는 비평가 자신의 실천과 세계관에 커다란 비중을 두는 비평관에 해당된다.

　　또한 임화는 "그러므로 비평적 인식에 있어 부동의 기준이 되는 생활적 현실은 작가 일개인의 사적 경험, 경력 가운데서 검색하는 게 아니라 항상 개인 그것까지를 포함하는 사회적 계급생활의 전 실천에다 그 기준을 두고, 문학운동의 창조적 조직적 실천의 이해와의 관련 밑에서 작품을 비평하는 것은 지극히 정당한 것이다"[14]라고 언급하고 있는데, 이 대목은 임화의 비평이 당시 카프 조직이라는 집단적 커뮤니티와의 연동관계 속에서 일종의 조직적 실천의 맥락에서 진행되었다는 사실을 분명히 보여주고 있다. 아울러 이 대목은 임화의 글쓰기가 단순히 한 사람의 비평가라는 차원에서 더 나아가 카프 서기장이라는 공적인 차원의 구현이라는 점을 역연히 환기시킨다. 여기에서 임화의 비평은 마르크스주의에서 더 나아가 레닌의 「당조직과 당문학」이 제기한 실천적인 문학운동의 문제의식에 다가선다.

---

13) 임화, 「비평에 있어 작가와 그 실천의 문제—N에게 주는 片紙를 대신하여」, 『동아일보』, 1933. 12. 19(임규찬·한기형 편 『카프비평자료총서』 6권, 태학사, 1990, 140쪽에서 재인용).
14) 위의 책, 144쪽.

418

전반적으로 임화는 「비평에 있어 작가와 그 실천의 문제—N에게 주
는 片紙를 대신하여」에서 마르크스주의 문학비평이 유일한 올바른 비
평이라는 점, 비평가에게 있어 그 사상과 실천, 계급적 위치가 긴요하다
는 점을 거듭 강조하고 있다. 이러한 임화의 투철한 마르크스주의적 비
평관이 가능했던 것은 1933년 당시 어려운 정세 속에서도 카프가 건재
하고 있었다는 점, 적어도 당시까지는 임화를 비롯한 몇몇 카프비평가
들의 비평이 두 차례에 걸친 방향전환 논쟁을 통해 비평적 헤게모니를
확고하게 유지하고 있었다는 점 등에서 비롯된다고 할 수 있다.

임화의 확고한 마르크스주의적 비평관은 카프가 해산되던 1935년
무렵까지는 적어도 담론상으로서는 별다른 동요나 회의 없이 지속적으
로 유지되었던 것으로 판단된다. 이러한 임화의 입장은 1933년 이전의
비평관과 커다란 차이가 없다. 다만 여기서 강조되어야 할 것은 1933년
경부터 임화가 비평에 대한 메타적 진술을 통해 이러한 마르크스주의적
비평관을 재확인하고 있다는 사실이다. 그것은 분명 위기의식의 산물일
터이다.

마르크스주의에 입각한 임화의 비평관은 1935년에 발표된 「朝鮮的
批評의 精神」(『조선중앙일보』, 1935. 6. 25~29, 『문학의 논리』에 수록
됨)에까지 그대로 유지되고 있다. 임화는 「조선적 비평의 정신」에서 조
선 비평의 특수성에 대한 중요한 고찰을 보여주고 있다. 임화는 외국의
문예비평과 조선의 그것의 차이에 대해 "다시 말하면 오늘날 까지의 조
선의 문예비평은 작가, 작품과 審美學的으로 관계하는 대신에 더 많이
사회학적 또는 政論的으로 交涉한 것입니다. 이것이 조선적 비평이 다
른 諸外國의 문예비평과 본질적으로 그 성질을 달리하는 主要點일 것
입니다. 즉, 정론적 성질을 多分히 가진 사회적 비평 그것입니다"15)라
고 언급하고 있다. 이러한 대목은 사회학적 비평이 득세하는 당시의 비
평적 경향을 옹호하려는 비평가 임화의 욕망을 잘 보여준다. 이러한 생

---

15) 임화, 「조선적 비평의 정신」, 『문학의 논리』, 학예사, 1940. 12, 687쪽.

각을 발전시켜 임화는 「조선적 비평의 정신」에서 다음과 같이 언급하고 있다.

> 물론 저는 1820~1860년대 『러시아』의 현실적 또는 정신적 생활과 금일의 조선의 그것과를 동일시하지는 않습니다. 그러나 조선에서 소위 비평적인 문필사업 가운데 문예비평만치 융성하였든 영역이 없었고, 또 의식 무의식간에 정도이상의 기대를 문예비평에 둔 것은 부정될 수 없을 것입니다. 저는 크로포토킨의 논법을 빌어 문예비평의 조선적 성격이 가장 중요한 점은 杜塞된 정치사상, 혹은 사회비평의 한 개의 放水路라는 점에서 찾고 싶습니다.[16)]

이 대목은 마르크스주의 비평가로서의 임화의 정체성을 확연하게 표현하고 있다는 점, 당시 조선의 문예비평의 특수성을 명확하게 규정하고 있다는 점에서 주목된다. 1933년을 전후한 시대사적, 문학사적 변화에도 불구하고 강고한 마르크스주의자로서의 태도를 유지했던 1930년대 중반까지의 임화 비평은 1930년대 후반부터 뚜렷한 변화의 조짐을 보여준다. 이러한 변화에 역시 한층 근본적인 시대사적 변화가 연동되어 있음은 주지의 사실이다.

3. 해석비평에 대한 저항

다소 도식적인 차원에서 마르크스주의적 비평의 정당성을 확고하게 개진했던 임화의 비평은 1930년대 말부터 중대한 변화를 보여주게 된다. 그 변화를 태동시킨 요인 중의 하나는 1938년경부터 임화가 '비평의 위기'를 한층 구체적으로 인식하기 시작했다는 점이다. 그렇다면 임화로 하여금 절박한 위기의식을 느끼게 만든 당시 시대사적 배경과 당

---

16) 위의 글, 696쪽.

420

시 문학장의 상황은 무엇인가?

1937년 중일전쟁 이후 일본은 노동력의 국가적 통제 및 이들에 대한 사상적 공세인 황민화(皇民化)정책을 노골적으로 수행하였다.17) 이에 따라 1937년 10월에는 〈황국신민의 서사〉가 제정, 공포되었다. 또한 이 듬해인 1938년 4월에는 〈국가총동원법〉이 제정되었으며, 1938년 7월에는 일본에 이어 〈국민정신총동원 조선연맹〉이 결성되었다. 또한, 1937년 중일전쟁 이후 득세하기 시작한 군국주의 파시즘으로 인해 식민지 조선사회에 '내선일체론'(內鮮一體論)이 등장하면서 사상, 언론의 통제가 시작되었다는 사실을 들 수 있다. 예를 들어 중일 전쟁 직후부터 조선총독부 경무국의 주도 아래 언론사 대표와 기자들을 상대로 기사의 취급이나 여론 환기 등에 대해 끊임없이 단속을 하였고 더 나아가 1938년 3월에는 일간신문과 통신사 대표자들로 '춘추회'(春秋會)라는 모임을 결성하여 언론의 장악을 위해 노력하였다.18)

이처럼 1938년을 전후한 시기의 정세의 변화는 임화의 세계인식과 문학에 대한 사유에도 커다란 영향을 준 것으로 파악된다. 당연히 시대적 분위기는 당시 문단에도 커다란 영향을 미쳤는데, 이 시기에 들어와 문학과 비평은 시대성과 역사의식을 상실하면서 대대적인 전향이 발생하고 기교주의와 순문학이 득세하게 되는 것이다. 비평 역시 예외는 아니었다. 이에 따라 임화는 자신의 비평적 역량을 '비평의 위기', 즉 정론성과 역사성을 상실한 단순한 해석비평이 난무하는 당시의 비평 장에 대한 비판적 인식에 최대한 투입하기 시작한다.

「비평의 시대」(『비판』, 1938. 10)는 임화의 이러한 문제의식이 스며들어 있는 평문이다. 임화는 이 글을 통해 당대 비평에 대한 한층 적극적이며 구체적인 비판을 시도하고 있다. 우선 임화는 「비평의 시대」를

---

17) 역사학연구소 편, 「중일전쟁 뒤 일제정책과 민족해방운동」, 『함께 보는 한국근현대사』, 서해문집, 2004, 218-226쪽.

18) 최유리, 「'내선일체'론의 등장과 사상・언론의 통제」, 『일제 말기 식민지 지배정책 연구』, 국학자료원, 1997, 35쪽.

관통하는 문제의식이 "평론적인 문학의 영역과 한계를 명백히 해두고 싶은 욕망"[19]에서 비롯되고 있음을 지적하고 있다. 무엇보다도 작품 해석이나 기술적 차원에 머무르는 비평 경향에 대한 강력한 문제제기가 이 글을 통해 임화가 제기하고자 하는 비평적 화두이다. 그래서 "주지와 같이 어느 사람에게 이미 이 경향은 기준에 대한 격렬한 증오로서 나타고 혹은 인상비평의 예찬으로 고양되거나 그렇지 않으면 純然한 해석비평에 그치는 현상으로 결과하고 있다. 바꿔 말하면 비평이 작품을 분석하는 일련의 기술로 떨어지는 것이 비평의 시대라고 불러 본 현대의 특징이 아닌가 한다"[20]라는 발언이 가능해지는 것이다. 그러니까, 임화에게 '비평의 시대'는 당연히 바람직한 의미에서 도출한 개념이 아닌 것이다. 임화는 당시의 평단이 '이론의 시대'에서 '비평의 시대'로 옮겨가고 있다고 진단하고 있는데. 여기서 이론의 시대는 문맥상 이념적인 정론성이 지배했던 시대, 즉 과거 경향문학이 득세하던 시대를 의미한다.

한편 임화에게 비평의 시대는 "진실한 의미의 비평정신의 침묵의 시대일지도 모르며, 비평 그 자체의 冬眠期인지도 모른다"는 표현에서 여실히 드러나듯이 임화가 구상하는 진정한 의미의 비평정신이 구현되지 못하고 "작품 해석과 현상정리에 머무는 死한 비평이 竝在하"는 시대이다. 임화에게는 카프의 성립부터 카프의 해산에 이르는 시기, 즉 1925년부터 1934년에 이르는 정론적 비평이 비평적 헤게모니를 유지하던 시기가 일정한 한계에도 불구하고 진정한 의미에서의 비평이 만개했던 시기로 인식되고 있다. 그리고 이러한 임화의 발언에는 "어떤 부류의 비평가에겐 현대란 가장 활약하기 좋은 시대일지도 모르며 또한 시대는 그런 비평가를 만들어낼 수도 있는 것이다"라는 주장에서 볼 수 있듯이 이념과 정론성이 희박해지기 시작하는 시대적 흐름에 편승하는 기교주의적 비평에 대한 임화의 항의가 내장되어 있다. 아울러 이러한 임화의

---

19) 임화, 「비평의 시대」, 『비판』, 1938. 10월호, 77쪽.
20) 위의 글, 79쪽.

진단은 카프가 해산된 후에, 중일전쟁 이후 한층 검열이 강화된 어려운 조건에 능동적으로 대응하려는 임화의 비평적 의지가 스며들어 있다.

임화는 「비평의 시대」를 다음과 같이 마무리하고 있다.

> 解釋과 評價를 어떻게 통일해갈 것인가? 그것은 현대 비평의 과제일 뿐 아니라 각 개인의 과제이기도 하다. 결국 현대는 括號付의 비평의 시대에 불과하다.[21]

위의 주장은 작품에 대한 '평가'가 사라지고 작품에 대한 '해석'만이 난무하는 당시의 평단과 문학장에 대한 임화의 강력한 항의일 것이다. 또한 이러한 임화의 주장은 궁극적으로 중일 전행 이후 군국주의파시즘으로 달려가는 당시 정국에 따라 정론적 비평이 극도로 제한되던 시대에 대한 임화 나름의 가능한 비평적 저항의 방식이자 절박한 문제제기에 해당된다.

한편 임화의 이러한 비평에 대한 사유는 「批評의 高度」(『조선문학』, 1939. 1)에서 더욱 확고한 형태로 개진된다. 임화는 이 글의 앞부분에서 비평은 일정한 높이의 고도가 필요하다는 전제 하에, "우리는 작품에 대한 비평의 고도가 작품과 비평과의 遊離의 표현임을 용서할 수는 없는 것이다. 그것은 벌써 대상 없는 판단을 의미하는 것이며, 대상의 정확한 파악 없이 판단을 내린다는 것은 비평도 아무것도 아닌 단순한 '도그마'의 활동이다"[22]라고 주장하면서 작품과 비평의 대화를 강조한다. 이러한 대목은 과거 지나치게 내용과 사상 일변도의 비평관을 강조해왔던 경향문학론에 대한 임화의 자기 성찰이다. 그것은 "과거의 경향문학론의 결정적 약점"이라는 표현에서도 확인된다. 그러나 이러한 발언이 단순히 과거의 정론적 비평을 부정하기 위한 주장이라고 해석될 수는 없다. 실상 이러한 자기비판은 임화가 1939년의 시점에서 정론성

---

21) 위의 글, 80쪽.
22) 임화, 「비평의 고도」, 『문학의 논리』, 학예사, 1940. 12, 700쪽.

을 상실하고 작품에 밀착한 해석 위주의 비평을 냉철하게 비판하기 위한 담론의 전략이라고 생각된다. 과연 임화는 바로 그 다음에 아래와 같이 언급하고 있다.

> 우리 문학이 이른바 政治主義(그것은 신문학의 계몽주의의 연장이다!)라든가 公式主義라든가로부터 소생하기 시작하였다는 수년래, 조선의 문예비평이나 평론은, 작품과 작가에게로 옮아온 것이 사실이다.
>
> 작품과 작가를 말하지 않고 문학을 의논한다는 것이 전혀 의미 없는 일인 만큼 이 현상은 비평과 평론을 모두 문학적이게 한 것이며, 하나의 진보라고 말할 수가 있을 것이다.
>
> 그러나 평단의 최근의 추세를 본다면 평론이나 비평이 작품과 작가를 알게 된 대신, 작품과 작가 이외의 아무것도 몰라가지고 있는 게 사실이다. 작품과 작가에 관한 지식만으로 비평은 과연 건전히 제 기능을 발휘할 수 있을까? 비평의 고도란 것은 본디 작품과 현실 양자의 우이에 있는 것으로, 현대 비평은 결국 兩脚에서 一脚을 버리고 외다리로 걷고 있는 셈이다.
>
> 우리는 현대 비평과 평론의 성격을 논함에 무엇보다도 사회적, 정치적 내지는 사상적 고도의 상실을 지적하지 아니할 수가 없다.[23]

이러한 발언에서 임화가 「비평의 고도」를 발표한 맥락은 비평의 정론성 회복에 있음을 분명히 파악할 수 있다. 동시에 1930년대 말 이후 임화가 주장하는 비평의 정치적, 사상적 측면에 대한 강조는 십 여 년 전의 신경향파문학의 공식주의의 오류를 극복한 차원의 것임을 알 수 있다. 임화는 "그 時代에는 사실 작품과 이론이 충분히 결합되어 있지 못하였었으나, 그러나 그때의 비평정신은 작품뿐만이 아니라 일반의 현실에 대하여서도 지금보다는 훨씬 높다란 고도를 維持하고 있었다 할 수 있지 않을까?"라는 반문을 통해 그 시대의 오류는 극복하고 성과는 계승하자고 주장하고 있는 것이다.

임화는 결론적으로 "우리는 다시 公式을 公式으로 살릴 수 있는 길

---

23) 위의 글, 700-701쪽.

424

을 탐구해야 할 것이 아닐까. …(중략)… 같은 인식 활동으로서의 작품
과 비평, 거기서 우리는 작품과 이론이 遊離되지 않은 그러면서도 비평
을 현재의 泥濘으로부터 높이는 본래의 고도를 회복해가지 않을까"라
고 말하고 있다. 임화는 이제 예술성과 정치성의 조화로운 결합을 통해
한 단계 진전된 정론적 비평, 공식적 비평의 중요성을 강조하고 있다.
바로 이러한 태도가 당시 진보적, 정론적 비평의 복원을 열망하는 임화
가 파시즘의 징후가 도래하기 시작하는 그 시대에 선택할 수 있는 유력
한—어쩌면 거의 유일한 태도였을 것이다.

4. 창조적 비평의 모색과 비평의 독립성

'비평의 위기'에 대한 처방으로 비평의 사상성과 정치성을 다시 강
조하는 한편, 임화는 동시에 1938년경부터 이른바 창조적 비평의 가능성
에 대해 타진하기 시작한다. 「意圖와 作品의 落差와 批評」(『비판』, 1938.
4)은 바로 이러한 모색의 단초가 드러나고 있다는 점에서 주목해야 할
평론이다. 임화는 이 글에서 비평의 역할과 연관하여 "즉 비평의 창조
적 기능은 이미 맨드러진 작품 가운데서 작가의 의도나 독자의 享受가
채 알아내지 못하고 放棄해 둔 未耕의 옥토를 발견하야 새 가치를 賦與
하는 데 있는 것이다. 또한 이 발견과 새 가치의 創造 때문에 비평은 단
순한 작품의 향수나 해석의 한계를 너머서 제 獨自의 세계를 건립하는
것이다"24) 라고 언급하고 있다. 이러한 임화의 언급은 그전의 마르크스
주의 비평이나 반영론적 사유에서는 찾아볼 수 없는 비평에 대한 새로
운 인식 및 관점의 변화를 보여준다. 임화는 이제 비평의 창조적 기능
과 독자적 세계를 언급하고 있는 것이다. 이러한 임화의 새로운 비평관
은 "훌륭한 비평이란 언제나 훌륭한 작품과 같이 새 世界를 발견하고

---

24) 임화, 「의도와 작품의 낙차와 비평」, 『문학의 논리』, 학예사, 1940, 716쪽.

새 영역을 창조하는 것이다", "요컨대 비평은 작가의 의도를 넘어섬으로서 벌써 작품 현실의 구속을 떠나 비평가가 제 자신을 이야기하는 境地로 드러가는 것이다"라는 진술에서도 거듭 확인된다.

임화는 이 글에서 결론적으로 "이것은 비평이 창작과 더불어 한가지로 가치 있는 창조적 예술이며, 작품에 단순한 判斷者가 아닌 산 증거다"[25]라고 주장하고 있는데, 이러한 대목을 통해 비평의 독자적인 역할을 강조하는 임화의 비평적 자의식을 뚜렷하게 엿볼 수 있다. 이제 임화는 비평이 단지 정론적인 세계나 사상적 진술이 아니라 하나의 독자적이며 창조적인 예술이라는 사실을 주장하고 있는 것이다.

이러한 비평의 독립성과 창조성에 대한 임화의 견해는 1940년 발표된 「창조적 비평」(『인문평론』, 1940. 10)에서 한층 확고하고 명료한 형태로 개진된다. 이제 임화는 제목 자체에 '창조적 비평'이라는 용어를 사용하고 있는 것이다. 그렇다면, 1940년 말이라는 역사적 정황, 즉 일제의 군국주의 파시즘이 전면화되면서 사상 통제가 한층 노골적으로 실시되고 내선일체 사상과 대동아공영권이 식민지 조선에 확산되던 파시즘의 시절에, 비평가로서 누구보다도 이념과 사상, 정치적 입장을 강조했던 임화가 '창조적 비평'의 가능성을 타진하고 비평의 독립성을 모색하는 이유는 무엇인가.

임화는 「창조적 비평」의 서두에서 우선 "일찍이 그 例를 볼 수 없으리만치 침체 부진하는 근래의 우리 評壇"[26]이라는 표현을 구사하면서 비평의 침체, 비평의 위기를 강조하고 있다. 그 비평의 위기를 불러온 원인으로는 "우리들의 비평이 嚴密한 철학적 내지는 문예과학적인 범주와 개념을 擧皆 使用하지 않고, 주로 說話와 隱喩 등의 문학적 언어를 비평적 평론적 문장 가운데서 구사하고 있다는 것"을 들고 있으며 이에 따라 급기야 "비평정신의 상실과 더불어 논리도 崩壞했다! 차라리

---

25) 위의 글, 719-720쪽.
26) 임화, 「창조적 비평」, 『인문평론』, 1940. 10, 28쪽.

우리의 고백으로서는 이便이 솔직할 것이다"라고 선언하고 있다.

그렇다면 이러한 비평의 위기 국면을 돌파하기 위한 비평적 방책은 무엇인가? 임화는 "먼저 보고적, 설명적인 비평으로부터의 깨끗한 分離요, 일찍이 내가 解釋批評이라고 부른 것의 액김없는 抛棄다. 새로운 정신과 새로운 논리의 獲得을 위하여, 불필요하게 친절한 안내자 의식과 수다스러운 饒舌과 깨끗이 결별할 일이다"27)라고 말하고 있다.

여기까지 개진된 임화의 해법은 임화 자신의 통시적 맥락에서 보면 사실 새로운 것은 아니다. 그것은 임화가 「비평의 고도」, 「비평의 시대」 등의 평문에서 이미 수차례 언급한 내용이다. 임화는 「창조적 비평」의 말미에서 여기서 더 나아가 비평의 독자성과 비평의 자율성, 창조성에 대한 인식을 적극적으로 추구하고 있다. 예를 들어 다음과 같은 예문을 보자.

> 작품이 작가와 體驗한 시대와 산 社會를 수단으로 하여 진실로 향하듯이 비평도 작품을 수단으로 하야 자기의 고유한 사상세계의 탐구와 건설을 위하여 열중한다.
>
> 그렇지 않으면 비평가는 정말 작가의 秘書요, 창작에 낙제한 私講師의 지위에 떠러지고 만다. …(중략)… 비평이 제3의 입장을 입장으로 하여 가지고 시대정신이나 사회의식의 힘, 즉 여론의 힘을 빌어 작품을 재단하고 평가하며 領導할나는 경우가 있을 수 있으나, 그것은 우연히 비평의 정신이 시대의 정신 가운데 자기의 伴侶를 발견할 때에 한하는 일이다. 그렇지 않고 비평이 단순한 제3의 입장의 대변자임에 그치는 때는 그것은 문학비평이 아니라, 다른 어떤 비평의 素朴한 연장에 지나지 않는다.28)

이러한 예문을 통해, 비평의 독립성과 주체성을 강조하는 임화의 또 다른 목소리를 만날 수 있다. 그렇다면 비평의 정론성과 사회성을 강조하던, 어떤 측면에서는 비평의 자율성보다는 비평의 대 사회적 실천을

---

27) 위의 글, 32쪽.
28) 위의 글, 35쪽.

각별히 강조하던 임화가 1940년 말부터 한층 확고하게 비평의 주체성과 자율성을 강조하는 맥락은 무엇인가? 이를 위해서는 무엇보다도 당시의 역사적 정국을 구체적으로 검토할 필요가 있다.

중일전쟁 이후 본격적으로 대두된 군국주의 파시즘에 의해 1940년에 접어들면서 일본 제국주의에 대한 저항의 공간은 현격하게 축소되기 시작한다. 1940년 7월 신임수상 고노에 후미마로가 이끄는 일본각의는 '기본국책강요'를 제정, 발표하며 이에 따라 일본, 만주, 중국을 포괄하는 대동아공영권이 한층 확대되면서 남양, 즉 필리핀, 인도차이나반도, 인도네시아, 하와이 등 동남아시아와 태평양 서안 일대까지 포함하는 광역 블록경제로 재편된다. 또한 일제는 창씨개명에 대한 갖은 압박으로 인해, 1940년 2월부터 실시된 창씨개명은 그 해 7월 불과 5개월 만에 200만호를 돌파한다. 또한 1939년의 대가뭄으로 인해 1940년부터 군량미 확보를 위한 대규모의 공출이 전국적으로 실시된다.

그리고 문화적으로는 1939년 말부터 단행된 언론기관 통제계획에 의한 1道 1紙이 원칙에 따라 신문의 통·폐합이 단행되었다. 이에 따라 『동아일보』와 『조선일보』가 폐간된 것이 바로 1940년이었다. 조선총독부경무국의 출판물 통제 작업은 1941년 경 대체로 완료되었다. 국제적인 정치사의 차원으로 보면 1940년 9월, 일본, 독일, 이탈리아의 3국동맹이 결성되면서 일본은 노골적으로 파시즘 세력의 편에 가담하게 된다.[29]

이러한 일련의 사실들은 일본제국주의가 1940년부터 노골적인 군국주의 파시즘 체제로 나아가기 시작했음을 확실하게 보여주는 징표들이었다. 그리고 이러한 정국에 부응하는 친일파들이 대거 등장하기 시작했다. 또한 조선에서 상당수의 지식인들은 세계사적으로 민족과 국가의 권력관계가 급격하게 변동하고 있던 1940년을 전후해서 상당수가 황민화를 선택했다.[30] 이제 그러한 파시즘에 대한 직접적인 저항이나 비판

---

29) 역사신문편찬위원회 엮음, 『역사신문』, 사계절, 2003, 105-107쪽.
30) 윤대석, 『식민지 국민문학론』, 역락, 2006, 47쪽.

428

은 거의 불가능한 엄혹한 파시즘의 시절이 시작되었던 것이다. 그에 따라 이 무렵을 전후하여 카프 논객 및 사회주의자들의 대대적인 전향(轉向)31)이 본격적으로 이루어지기 시작했으며 1936년 12월의 '조선사상범 보호관찰령' 공포에 이은 대검거로 조선공산당 재건운동이 궤멸적 타격을 입은 뒤에 사회주의 운동은 지하활동을 통한 비밀결사 조직을 통해 수행될 수밖에 없었다.32) 이러한 역사적 상황 하에서 당시 대표적인 비평가이던 임화의 경우 어떠한 방식으로 일제에 저항할 수 있었을까.

　　임화가 이 시기에 들어와 비평의 자율성과 주체성을 부쩍 강조하는 맥락은 바로 이러한 역사적 맥락과의 연관성 하에서 해석될 필요가 있다. 문학을 모든 예술과 문화가 파시즘 세력의 나팔수로 변하기 시작했을 때, 문학과 자율성과 주체성을 강조한다는 것은 바로 그러한 문화파시즘에 대한 소극적인 저항, 혹은 '내적인 저항'33)의 형태라고 할 수 있다. 이러한 임화의 선택은 당시의 엄혹한 상황에 대한 '유격술'의 일종으로 해석될 수도 있다.34) 임화로서는 그러한 방식만이 파시즘 세력을 치장하는 수단으로 변질된 당시의 문학과 비평으로부터 자신을 분리하는 길이었을 터이다.

　　이러한 사실과 연관하여, 임화가 이 무렵 발표한 평문들에서, 문학의

---

31) 홍종욱, 「중일전쟁기(1937~1941) 사회주의자들의 전향과 그 논리」, 서울대 국사학과 석사논문, 2000.

32) 임경석, 「국내 공산주의 운동의 전개과정과 그 전술(1937~1945년)」, 『일제하 사회주의운동사』, 한길사, 1991, 218쪽.

33) 하정일은 일제 말기 임화의 문학비평을 논하면서 "이 시기 임화의 문학비평은 식민주의의 내부로부터 식민주의를 격파해가는 '내적 저항'의 좋은 사례라 할 만하다"고 평가하고 있다. 하정일의 「일제 말기 임화의 생산문학론과 근대극복론」(『민족문학사연구』 31호, 2006) 참조.

34) 이현식은 1940년을 전후한 임화의 평론을 검토하면서 "우리는 이 시기 임화의 평론에서 유격술을 발견한다. 「전체주의 문학론」이 그렇고, 「시민문화의 종언」, 「생산소설론」이 모두 그렇다. 신체제적 지향을 드러내는 듯한 제목을 달고 그는 교묘하게 게릴라전을 수행하고 있는 것인지도 모른다"고 언급하고 있다. 이현식의 「주체 재건을 향한 도정과 실천으로서의 리얼리즘: 임화」, 『일제 파시즘체제하의 한국 근대문학비평』(소명출판, 2006), 261-262쪽 참조.

'독창성'과 '표현', '새로움'을 각별하게 강조하고 있다는 사실은 의미심장하다. 가령 「古典의 世界－惑은 古典主義的인 心情」(1940. 12)에서 임화는 "예술의 있어서 선행한 것의 模倣이란 것은 가장 무가치한 것으로 평가되는 것이다. 독창적이 아니라는 것은, 선행한 것에 대하여 '에피고넨'이 그들의 의미와 가치의 발전을 가져온 것이 아니라, 오히려 그들의 의미와 가치의 타락을 가져오기 때문이다. 그러므로 예술에서는 발전 대신에 항상 **독창**이란 것이 가치평가의 기준이 되어있다"35)(강조: 인용자)라고 주장한다. 그리고 「藝術의 手段」(1940. 8. 21~8. 27)에서는 "예술의 제작과정은 **표현**에 와서 그 絶頂에 도달한다. …(중략)… 예술에 있어 수단은 거의 숙명적이고 신성한 것이다. 언어에서 떠나면 문학은 존재할 수 없는 것이 아닌가? …(중략)… 그런데 정치에 이르러서는 수단은 極度로 目的化되고 만다. …(중략)… 예술에 있어서의 사상은 **수단**의 완성을 통하여 비로소 사상으로서 완성한다. …(중략…) 문학의 수단인 언어 이외의 수단에 의한 문학이란 존재할 수 없는 것"36)(강조: 인용자)이라고 자신의 입장을 개진하고 있다.

　이러한 임화의 예술관은 카프서기장으로서, 그리고 마르크스주의와 반영론적 사유를 가장 본격적으로 수용한 리얼리즘 비평가로서의 임화의 면모와 극적으로 대비된다. 설사 1940년이라는 역사적 정황과 KAPF 해산 후 5 년여의 세월이 흘렀다는 점을 감안해도, 이러한 임화의 비평적 관점의 전환은 이례적인 것이다. 바로 이러한 지점을 면밀하게 해석하기 위해서는 철저한 역사적 사고가 필요하다. 결론적으로 말해 '독창'과 '표현', 예술적 '수단'을 강조하는 임화의 주장은 명백히 1940년 당시 노골적으로 대두되던 군국주의 파시즘에 대한 비판과 문제제기에 해당된다.37) 무엇보다도 "정치에 이르러서는 수단은 극도로 목적화되고

---

35) 임화, 「고전의 세계」, 『조광』, 1940. 12, 198-199쪽.
36) 임화, 「예술의 수단」, 『매일신보』, 1940. 8. 21~27.
37) 임화는 당시 휘몰아치던 전체주의 문화에 대해 분명히 비판적으로 자각하고 있었다.
　　예를 들어 임화는 1939년 2월에 발표된 「전체주의 문학론」에서 "바꾸어 말하면 문화에

430

만다"는 예문이 이를 입증한다. 이러한 주장은 파시즘의 도구로 변질된 예술과 비평에 대한 근본적인 문제제기라고 할 수 있다. 왜냐하면 파시즘이야말로 개성과 독창, 표현의 자유를 억압하면서 획일성과 집단성을 강조하는 사상이기 때문이다.

한편 그에 대비되는 "예술에 있어서의 사상은 수단의 완성을 통하여 비로소 사상으로서 완성한다"는 구절은 사상이나 정치(파시즘)만으로는 제대로 된 예술이 될 수 없다는 전언을 통해 예술의 고유한 독자성(수단)을 강조하고 있는 대목이다. 이러한 임화의 문제의식은 비평의 창조성을 강조하는 「창조적 비평」의 문제의식과 접맥된다. 임화는 「창조적 비평」의 마지막을 다음과 같이 마무리하고 있다.

> 어디까지나 문학을 수단으로 한 自己思想世界의 전개, 문학이 비평가가 사상적으로 독자와 교섭하는 과정에 不過하는 비평, 거기서는 오직 언제나 第一의 입장이 문제될 따름이다.
> 그것을 나는 창조적 비평이라고 부르고 싶다.
> 훌륭한 철학처럼, 훌륭한 예술처럼, 모든 것에서 떼여놓아도 능히 獨行할 수 있는 비평, 그러한 비평은 **독자적**일 뿐만 아니라, **창조적**이다. 창조의 길에서 **고독**을 두려워할 필요는 없다. 나는 이 고독이 시인이나 철학자에게만 있는 것이 아니라 批評家에게도 있는 것이라고 생각한다.38)(강조: 인용자)

위의 전언은 문화와 정치 전반에서 군국주의 파시즘이 대두되면서, 그에 따라 대부분의 문인과 동료들이 이른바 대동아공영권의 논리에 편승해가던 격동기의 현실 속에서 자신의 주체성과 비판적 관점을 온전하

겐 전체주의를 수용하느냐 안하느냐 하는 採擇의 결정권이 주어지지 않았다", "이것이 세계문학 가운데 무엇을 가져오느냐는 것은 물론 역사만이 판단할 일이다"라고 애매하게 넘어가고 있는데, 이러한 임화의 화법이 당시 전체주의에 대한 반감을 간접적으로 표시한 것임을 알아차리기란 어렵지 않다. 임화, 「전체주의문학론」, 『문학의 논리』, 학예사, 1940. 10, 759-770쪽.

38) 임화, 「창조적 비평」, 『인문평론』, 1940. 10, 35쪽.

게 수호하고자 분투했던 한 비평가의 내면정경을 인상적으로 보여준다. 임화의 '고독'은 역설적인 맥락에서 당시 일본제국주의의 동원체제와 군국주의파시즘이 얼마나 많은 문인들에게 커다란 압박으로, 압도적인 대세로 다가왔는가 하는 점을 되비추는 거울에 해당하는 정서가 아닐까.

이렇게 본다면 임화에게 '창조적 비평'의 모색은 일본 제국주의의 군국주의 파시즘의 길에 동화되지 않는 비평적 전략이자 나름의 저항의 방법론이었다고 할 수 있을 것이다. 이러한 맥락에서 볼 때, 임화가 주창했던 '창조적 비평'의 담론은 전면적인 억압기나 파시즘이 발호하는 시기에 지배이데올로기에 대한 저항이 어떤 방식으로 가능한가 하는 점을 보여주는 일종의 시금석(試金石)이라고 할 수 있을 것이다. 그러한 저항의 대가로 그는 철저히 고독할 수밖에 없었을 것이다.

5. 비평의 재건, 그리고 죽음

비평가로서 임화의 '고독'은 마치 도적같이 찾아온 해방과 함께 마감된다. 카프 해산 이후 십 여 년 만에 다시 본격적인 계몽의 시대, 정치의 계절이 임화에게 다가왔기 때문이다. 해방직후라는 역사적 정황에서 임화는 카프시절 이후 오랜만에 투철한 계몽적 비평가로서의 열정과 자세를 최대한 발휘했다. 물론 그러한 계몽적 비평의 복권은 카프시대에 대한 반성적 성찰39)을 동반하며 전개되었다.

임화가 해방공간에 발표한 글 중, 비평에 대한 자의식과 관점을 명확하게 표출한 글로는 「비평의 재건」(『독립신보』, 1946. 5. 1)을 들 수 있다. 이 글에서 해방직후의 급격한 사회적 변화에 따른 창작의 어려움을 지적한 연후에 "추상화해 가고 있는 이론이 구체적인 創造的 실천과 연

---

39) 예를 들어 임화는 해방 후 세 달만에 발표한 글 「현하의 정세와 문화운동의 당면임무」(『문화전선』 창간호, 1945. 11. 15)에서 "그렇다고 문화를 곧 정치의 한 수단에 불과하다고 생각한다면 왕년의 과오를 되풀이하는 것이다"라고 말한 바 있다.

결되기 위하여, 低調해가고 있는 창작이 일반적 문제와 결합하기 위하야, 비평은 이제야 본래의 기능을 발휘할 때다. 그러나 비평은 再建되어야 한다"[40]고 주장하고 있다. 그렇다면 임화가 말하는 비평의 본래 기능은 무엇이며, 비평의 재건은 어떤 상태를 의미하는 것인가? 임화는 앞의 내용에 덧붙여, "8월 15일 이전 不得己 기술에만 편중하는 織匠的 비평은 청산되어야 한다. 동시에 1930년대에 횡행하던 公式主義的 비평의 재생은 極力 억제해야 한다"고 말하고 있다. 이러한 진술은 임화가 일제말의 역사성을 상실한 쇄말주의적 비평의 한계와 KAPF시절의 급진적인 비평적 편향을 동시에 비판하고 있음을 의미한다.

이렇게 본다면 임화가 추구하고 있는 비평은 예술성과 사회성이 변증법적으로 지양된 경지라고 할 수 있다. 그래서 임화는 「비평의 재건」을 통해 **"예술적 발전**과 **사상적 성장**의 유력한 협조자로서 새로운 비평은 再建되지 아니하면 아니된다. 이러한 비평은 분명히 이론의 발전과 문학의 성장 위에 滅하지 않는 寄與를 할 것이다"[41](강조: 인용자)라고 선언하게 되는 것이다. 이러한 임화의 진술에서 예술과 사상을 변증법적으로 지양하는 새로운 시대의 계몽적 비평의 기획을 확인할 수 있다. 이와 연관하여, 1940년 무렵 임화가 「창조적 비평」 등의 평문을 통해, 예술적 새로움과 예술적 수단을 옹호한 사실에 대한 다음과 같은 해석은 임화 비평을 이해하는데 중요한 시사를 제공한다.

예술성의 옹호를 통하여 모든 종류의 정치성을 거부할 자세를 갖춘 것은 일견 민족주의를 내용으로 삼든 종래의 민족문학이나 '맑시즘'을 내용으로 삼든 종래의 프로문학의 본질과 모순하는 것과 같으나 이 시기의 특징은 문학의 비정치성의 주장이 하나의 정치적 의미를 가지고 있었다. 바꿔 말하면 일본 제국주의의 선전문학이 됨을 거부하는 소극적 수단이었었다.[42]

---

40) 임화, 「비평의 재건」, 『독립신보』, 1946. 5. 1.

41) 위의 글, 『독립신보』, 1946. 5. 1.

42) 임화, 「조선민족문학건설의 기본과제에 관한 일반보고」, 『건설기의 조선문학』, 조선문학가동맹 편, 백양당, 1946. 6, 39쪽.

물론 이러한 임화의 진단은 자신의 관점에 대한 정당화라는 맥락에서 해석될 수 있지만, 동시에 이러한 진술이 1940년을 전후한 임화의 비평에서 산견되는 예술성의 옹호가 근본적으로 일본 제국주의의 선전문학에서 탈피하기 위한 저항의 방법론이라는 사실을 다시 한 번 확인시켜주고 있다는 점도 인정되어야 할 것이다.43)

예술과 사상의 긴밀한 조화를 강조한 해방직후의 임화의 비평관은 그러나 급박하게 전개되는 격동기의 역사 속에서 구체적인 결실이나 기획으로 전개되지 못했다. 임화가 비평에 대한 근본적인 성찰을 전개하기에는 해방직후의 정국은 너무나도 급박했던 것이다. 임화가 '비평의 재건'을 선언하는 그 맥락까지도 정치의 논리 속에 흡수될 수밖에 없는 운명을 지니고 있었던 것이다. 평생을 비평가로서, 비평의 본질과 정체성에 대해 진지한 통찰을 전개했던 임화의 비평적 사유는 결국 한국현대사라는 비극적인 정치의 격랑 속에서 중단될 수밖에 없었다. 아이러니컬하게도 그의 비평적 사유의 중단('비평의 죽음')은 그의 육체적 죽음을 동반했다.

6. 결론: 임화 비평의 현재성

이 글은 임화의 비평에 대한 사유의 변모과정을 통시적인 맥락에서 검토하는 방식을 통해 비평에 대해 각별한 자의식을 지녔던 임화의 비평관을 검토해왔다. 임화의 비평관은 당시 시대적 맥락과 정황에 따라

---

43) 이러한 대목에서 때로는 자신이 상정한 '비평적 타자'에 대해 누구보다도 신랄하게 비판했던 임화가 경우에 따라 놀라울 정도의 유연성을 지니고 있다는 사실을 확인할 수 있다. 예컨대, 임화는 「현하의 정세와 문화운동의 당면임무」(『문화전선』 창간호, 1945. 11. 15)라는 글에서, "예 하면 전쟁 중 문학의 일면에서 발생했던 퇴폐적 경향은 당시의 중간층을 지배했던 깊은 절망감의 표현임을 알아야 한다"고 주장하고 있는데, 이 대목은 비평가로서 임화의 폭넓은 유연성과 철저한 역사적 사유의 지평을 확인케 만든다.

미세한 변모를 보이면서 당대 지배이데올로기에 대해 지속적이면서도 창조적인 저항을 수행해왔다는 점을 지금까지의 논의를 통해 확인할 수 있었다. 그 과정에서 임화의 비평담론의 스펙트럼이 생각보다 다양하고 복잡하며 넓다는 점, 「창조적 비평」에서 인식할 수 있듯이 경우에 따라서는 상호모순적인 영역까지 포괄하고 있다는 사실을 인지할 수 있었다. 이와 연관하여, 한 연구자는 "일제말기에 임화가 남긴 여러 논의들은 사실상 매우 비균질적이며, 서로 다른 방향의 사유들이 동시에 혼재하는 복잡한 균열의 양상을 보인다"44)고 지적한 바 있다. 이러한 지적에서 볼 수 있듯이 임화의 비평과 산문은 다양한 방식의 글쓰기에 나타난 상호모순과 이질성으로 채워진 복합적인 텍스트였다고 할 수 있다. 좀 더 구체적으로 말하면, 임화의 비평 텍스트에는 투철한 마르크스주의비평가의 모습과 표현과 독창성을 중시하는 섬세한 예술가의 모습이 절묘하게 착종되어 있다. 분명한 것은 이 두 가지 태도 모두 당대의 역사와 문학판에 대한 임화 나름의 첨예한 비평적 응전의 산물이었다는 사실이다.

이러한 맥락에서, 임화가 당대 시국과 정치의 장이 허용하는 한도 내에서 당대 일본제국주의의 논리와 지배이데올로기에 대해서 가장 치열한 이론적, 비평적 저항을 수행한 비평가였다고 할 수 있을 것이다. 임화의 '창조적 비평'은 바로 군국주의 파시즘으로 인해 비평적 저항이 불가능해지던 시대에 임화가 가까스로 모색한 비평의 거점이자, 새로운 저항의 방식이었다.

임화의 이러한 소극적 저항은 해방이후 급변하는 정국 속에서 「비평의 재건」을 통해 다시 한층 균형 잡힌 '새로운 계몽의 불꽃'을 피우지만 그것도 일순간이었다. 1947년 월북 후에 1953년 평양에서의 임화의 비극적인 죽음은 단지 한 개인의 죽음만은 아니었다. 그것은 동시에 한국 근대비평사를 통해 유례가 없을 정도로 치열했던 한 비평적 사유의 중

---

44) 김예림, 『1930년대 후반 근대인식의 틀과 미의식』, 소명출판, 2004, 224쪽.

단을 의미하기도 했다.

지금으로부터 약 6~70년 전에 발표된 임화의 메타비평에는 지금 이 시대 중요한 비평적 쟁점의 대부분이 담겨 있다. 가령, 비평의 위기를 둘러싼 제반 논의, 비평의 가치 평가와 해석 비평의 문제, 작품에 지나치게 수동적으로 밀착한 해설 비평의 문제, 비평적 정론성과 역사성을 상실한 제도화된 비평의 문제,45) 미디어에 종속된 문학과 비평의 위상,46) 문화적 획일주의에 대한 저항 등등은 임화가 비평적으로 고투했던 1930년대 중반부터 1940년대 초반에 이르는 시대뿐만 아니라 바로 이 시대 비평의 핵심적인 논점이자 의제이기도 하다. 이처럼 임화의 비평 담론에는 지금 이 시대 비평의 풍경을 되비추는 거울을 다양하게 가지고 있다. 역사가 반복되는 것이라면 비평 장르를 둘러싼 의제도 반복되는 것일까?

이렇게 본다면 임화 비평의 현재적 의의는 참으로 뚜렷하다. 이 시대의 비평가들은 지금으로부터 약 60여 년 전에 임화가 고민했던 비평적 의제에 대해 여전히 고뇌하고 있는 것이다. 가령, 새로운 비평 커뮤

---

45) 최근 '비평의 위기'가 언급되면서 비평이 출판자본의 이해관계에 종속되어 지나치게 텍스트에 밀착된 작품해설에 시종함에 따라 비평의 비판적 기능과 엄정한 가치평가가 상실되었으며 이에 따라 비평의 역사성과 사회성의 복원이 시급하다는 지적이 지속적으로 제기되고 있다. 또한 이러한 연장선상에서 『비평과 전망』, 『크리티카』, 『작가와 비평』, '포럼 X'와 같이 출판자본이나 주류 비평의 섹트주의와 거리를 두고 독립적인 비평을 추구하는 새로운 비평 커뮤니티가 새롭게 형성되고 있다. 이에 대해서는 이명원의 『파문』(새움, 2003)과 고명철 외 『주례사 비평을 넘어서』(한국출판마케팅연구소, 2002), 『크리티카』 창간호(이가서, 2005) 등을 참조할 수 있다.

46) 임화가 1938년부터 1940년 사이에 집중적으로 발표한 신문, 문예지 등의 문학미디어 및 문화산업에 대한 글들(「잡지문화론」, 「문예잡지론」, 「문화기업론」, 「신문화와 신문」)은 그가 당시로서는 드물게도 미디어의 속성과 문화산업의 논리, 문학 소통의 시스템에 대해 명석하게 인식하고 있는 비평가라는 사실을 잘 보여주고 있다. 오늘날 미디어가 문학에 미치는 커다란 영향력을 생각해 볼 때, 임화의 이러한 문제의식은 선구적 문제의식을 지닌 탁견이라 아니할 수 없다. 이에 대해서는 권성우의 「임화의 문화담론과 에세이 연구: 미디어에 대한 성찰을 중심으로」(『한민족문화연구』 19집, 2006)를 참조할 것.

니티『크리티카』창간사는 1930년대의 임화 비평의 의의를 구체적으로 언급하면서 다음과 같이 천명하고 있다.

> 오늘날 숱한 비평가들이 활동하지만, 그들의 비평들은 자신의 독자적 영역을 확보하지 못하고 있다. 기껏해야 종합문예지의 전략에 종속된 비평에 머무르고, 나아가 더 거대한 매체가 허용하는 장에서만 활동하고 있다. 그래서 비평행위는 갈수록 증대하지만 그 행위의 독자성은 갈수록 위축된다. 우리는 비평 전문지를 통해서 다른 매체산업의 논리나 지향에 종속되지 않는 독자적인 비평 행위를 추구하고자 한다.
>
> 우리는 이를 통해 고전적인 '비평의 독자성'을 추구한다. 잡지사의 상업성이나 혹은 문학작품의 해설에 종속된 비평이 아니라, 비평 고유의 정신으로 살아 있는 비평.[47]

이와 같은 문제의식은 1940년을 전후한 임화의 비평에 대한 사유와 그대로 겹쳐진다. 임화의 비평적 문제의식과 치열한 비평적 자의식은 지금 이 시대에도 여전히 유효한 것이다. 이러한 의미에서 지금 이 시대의 비평적 현안을 지혜롭게 해결하고 돌파하기 위해서도 우리는 다시 비평의 존재이유에 대해서 근본적으로 성찰했던 임화의 메타비평을 거듭 찬찬히 응시해야 할 것이다. 이러한 의미에서 이 시대 비평의 위기를 돌파하는 유력한 방법 중의 하나는 약 60여 년 전에 임화가 지녔던 투철한 비평적 사유와 성찰적으로 대화하는 작업일 것이다.

주제어 : 비평, 비평적 자의식, 메타비평, 임화, 마르크스주의, 비평의 자율성, 창조적 비평, 내적 저항, 고독

---

47) 신승엽, 「새로운 비평 커뮤니티를 향하여」, 『크리티카』 창간호, 이가서, 2005, 6쪽.

◆ **참고문헌**

1. 기본자료

임 화,『문학의 논리』학예사, 1940.
권영민 편,『한국 현대 문학 비평사 자료집』Ⅰ~Ⅴ권, 단국대 출판부, 1981.
김외곤 편,『임화문학전집』1·2, 박이정, 2000~2001.
임규찬·한기형 편,『카프비평자료총서』Ⅰ~Ⅷ권, 태학사, 1990.
『1930년대 한국문예비평자료집』한일문화사, 1987.
전기철 편,『한국현대소설이론자료집』, 한국학진흥원, 1987.
기타『조선일보』,『동아일보』,『조선중앙일보』,『삼천리』,『조선지광』,『인문평론』
        등 당시의 잡지와 신문 다수

2. 논문

권성우,「김남천의 에세이 연구」,『우리말글』31집, 2004. 8.
———,「임화의 문화담론과 에세이 연구: 미디어에 대한 성찰을 중심으로」,『한민
        족문화연구』19집, 2006.
김재용,「카프 해소파의 이론적 근거: 임화론」,『실천문학』, 1993년 여름호.
신두원,「임화의 현실주의론 연구」서울대 석사논문, 1991.
신승엽,「비평사 연구의 새로운 방향모색을 위하여」『민족문학사연구』창간호, 창작
        과비평사, 1991.
이명원,「임화와 근대문학, 나와 탈근대 이행기의 문학」,『문학수첩』2005년 봄호.
이 훈,「1930년대 임화의 문학론 연구」, 서울대 박사논문, 1993.
하정일,「'사실'논쟁과 1930년대 후반 문학의 성격」,『작가연구』6호, 1998.
———,「임화의 현재성」,『문학수첩』2005년 봄호.
———,「일제 말기 임화의 생산문학론과 근대극복론」,『민족문학사연구』31호, 2006.
한기형,「근대잡지와 근대문학 형성의 제도적 연관」,『근대어·근대매체·근대문학』,
        성균관대 출판부, 2006.
홍종욱,「중일전쟁기(1937~1941) 사회주의자들의 전향과 그 논리」, 서울대 국사학
        과 석사논문, 2000.

3. 단행본

강우성 외,『크리티카』창간호, 이가서, 2005.

고명철 외, 『주례사 비평을 넘어서』, 한국출판마케팅연구소, 2002.
권성우, 『모더니티와 타자의 현상학』 솔출판사, 1999.
김영민, 『한국문학비평논쟁사』 한길사, 1992.
김예림, 『1930년대 후반 근대인식의 틀과 미의식』, 소명출판, 2004.
김용직, 『임화 문학연구』 세계사, 1991.
김윤식, 『한국근대문예비평사연구』 일지사, 1976.
──────, 『임화연구』 문학사상사, 1989.
문학과사상연구회, 『임화 문학의 재인식』, 소명출판, 2004.
윤대석, 『식민지 국민문학론』, 역락, 2006.
이명원, 『파문』, 새움, 2003.
이현식, 『일제 파시즘체제하의 한국 근대문학비평』, 소명출판, 2006.
조선문학가동맹, 『건설기의 조선문학』, 백양당, 1946.
최유리, 『일제 말기 식민지 지배정책 연구』, 국학자료원, 1997.
한국역사연구회 1930년대 연구반, 『일제하 사회주의운동사』, 한길사, 1991.
이효덕(李孝德), 박성관 역, 『표상 공간의 근대』 소명출판, 2002.
히라노 겐(平野謙), 고재석·김환기 역, 『일본 쇼와문학사』, 동국대 출판부, 2001.
Eagleton, T. Criticism and Ideolgy, London, Verso Editions, 1982.

◆ **국문초록**

　이 논문은 식민지시대 대표적인 비평가인 임화의 메타비평을 통시적으로 검토하는 것을 목적으로 한다. 임화는 누구보다도 뚜렷한 비평적 자의식을 지닌 비평가였다. 그는 비평의 본질과 성격, 존재방식에 대한 수많은 평문(메타비평)을 남겼다. 그는 비평적 위기가 닥칠 때마다 비평의 존재방식에 대한 근본적 성찰을 전개한 비평가이다. 그러한 메타비평을 통해 임화는 비평에 대한 사유를 인상적으로 보여주고 있다. 임화는 1930년대 중반까지는 마르크스주의 비평을 분명하게 고수했다.

　그러나 1930년대 후반부터 임화는 작품에 종속된 비평에 대한 비판을 전개하면서 비평의 사회성과 정치성을 강조했다. 1940년 무렵부터 정세가 악화되면서 일본 제국주의의 내선일체 사상과 대동아공영권이 확산되자, 임화는 비평의 독립성과 예술의 자율성에 대한 각별한 관심을 보여준다. 임화의 이러한 태도는 당시 노골적으로 확산되고 있던 일본 제국주의파시즘에 대한 간접적인 저항에 해당된다. 이와 연관하여 임화의 '창조적 비평'은 전면적인 억압기나 파시즘이 활개 치는 시기에 지배이데올로기에 대한 저항이 어떤 방식으로 가능한가 하는 점을 보여주는 일종의 시금석이라고 할 수 있을 것이다. 임화의 계몽주의적 비평은 해방직후 다시 적극적으로 분출했다. 그러나 그의 비평적 사유는 그의 정치적 죽음으로 인해 더 이상 지속되지 못했다. 이러한 점은 한국현대비평사의 최대의 아이러니이자 불행이라고 할 수 있을 것이다.

　결론적으로 말해서, 임화의 메타비평을 통해, 한국근대비평은 비평에 대한 가장 근본적인 성찰을 전개할 수 있었으며 비평의 존재방식에 대한 발본적인 질문을 던질 수 있었다.

◆ SUMMARY

A study on the Meta-Criticism of Imwha

- Focused on critical self-consciousness

Kwon, Seong-Woo

The purpose of this thesis is to study Meta-Criticism of Imwha(林和), a representative critic of Korean Colonial Period. Imwha was a critic who had more critical self-consciousness than anyone else. He wrote many critic essays about the essence and characteristics of criticism. His thoughts on criticism are shown impressively in those articles and writings. Apparently, Imwha held on to Marxist Criticism until the mid 1930s. But, since the late 1930s, he developed his critical view on the criticism which was subordinated to literature works and emphasized the historical and political features of criticism.

Since 1940, Imwha started to show his strong interest in the independence of criticism and autonomy of arts. This attitude can be considered as an indirect resistance against the Fascism of Japanese Imperialism which was being spreaded openly. He developed actively his enlightenment criticism again since the liberation of Korea. But his critical thoughts couldn't be developed more because of his political death. This is one of the worst misfortune in the history of Korean Modern criticism.

Keyword : Criticism, Critical self-consciousness, Marxism, autonomy of criticism, inner resistance, solitude, creative criticism

─이 논문은 2006년 11월 30일에 접수되어, 소정의 심사를 거쳐 2007년 2월 6일에 최종적으로 게재가 확정되었음.

'한국적 근대'의 풍속
– 최인훈의 「크리스마스 캐럴」연작 연구

서 은 주*

<table>
<tr><td>

목 차

1. 크리스마스와 통행금지제도
2. 이식 문화의 다층성
3. 야간통행금지제도, 시공간의 '내부' 식민화
4. '선험적인 것'과 '경험적인 것'이라는 이항대립
5. 결론

</td></tr>
</table>

1. 크리스마스와 통행금지제도

　예수의 탄생을 축하하는 기념일인 크리스마스가 한국에서 공휴일로 정해진 것은 1949년의 일이었다.[1] 이는 크리스마스가 근대국가 수립 초창기에 이미 하나의 공식적인 제도로서 한국 사회에 수용되었음을 의미한다. 한국의 전통 종교인 불교의 '석가탄신일'이 1975년에 가서야 비로소 공휴일로 지정된 것을 참조하면, 국가 수립 초기에 일찌감치 크리스

---

* 연세대학교 교수.

[1] 1949년 6월 4일 '관공서의 공휴일에 관한 건'이라는 이름의 대통령령으로, 일요일, 국경일(3·1절, 제헌절, 8·15, 개천절), 1월 1, 2, 3일, 식목일, 추석, 한글날, '기독탄생일' 및 기타 정부에서 수시로 지정하는 날을 공휴일로 명시했다.

마스를 공휴일로 제정한 정황은 쉽게 납득하기 힘들다. 그러나 '대한민국' 건국의 주체가 친미·친기독교 성향의 이승만 정권과 그 배후의 미군정임을 감안하면, 이러한 정책이 시행된 분위기를 충분히 짐작하고도 남는다. 어쨌든 크리스마스의 공휴일 제정은, 해방 이후 한국 사회에서 기독교·미국의 존재가 강력한 정치권력을 앞세워 외래적인 것을 신속하면서도 전면적으로 일상의 영토에 이식했음을 보여준다. 유교사회의 그늘이 여전히 존재하고, 서구가 아닌 일본의 식민지를 거쳐 이제 막 신생독립국으로 출발하는 시점에서, 더구나 종교의 자유를 헌법에 천명해 놓은 마당에 굳이 국교도 아닌 기독교의 축일인 크리스마스를 공휴일로 제정한 상황은 '한국적 근대'의 한 단면을 함축하고 있는 대목이다.

1950~60년대 한국 사회에서 크리스마스가 하나의 기념일로서 광범위하게 수용되는 배경에는 서구적인 것에의 추종이나 선망과 같은 맹목적인 서구 추수주의가 자리 잡고 있음을 부정할 수 없다. 물론 서구 추수주의는 근대 초기부터 시작 되었지만, 이 시기에는 미군의 주둔과 함께 소비적이고, 향락적인 미국문화가 본격적으로 유입됨으로써 구체적 '실물'에 대한 모방의 형태로 진행되었던 것이다. 그런데 크리스마스가 한국 사회에서 보다 특별한 축제일로 부상할 수 있었던 또 다른 배경에는, 야간통행금지제도라는 한국의 특수한 정치적 상황이 존재한다. 미군정이 실시되면서 한국 사회에 발효된 야간통행금지제도는 대개 밤 12시에서 새벽 4시까지의 시간동안 일반 국민들의 통행을 금지한 것으로서, 한국 사회의 폭압적 규율 체계를 단적으로 보여주는 대표적 사례라 할 수 있다.[2] 야간 통행금지가 상시적으로 시행된다는 것은 거대한 통

---

2) 야간통행금지는 1945년 9월 미국의 군정사령관 존 R. 하지 중장의 군정 포고 1호가 발동되면서 시작되었으며, 1982년 1월 5일 전두환 정권이 유화정책의 일환으로 해제되기까지 37년간이나 지속되었다. 야간통행금지가 공식적으로 해제되기 전에는, 12월 24일 자정부터 다음날 오전 4시까지와 12월 31일 자정부터 새해 첫날 오전 4시까지의 두 경우에만 통행을 허가했다.

제 시스템이 작동한다는 것을 의미한다. 당시의 국가권력은 분단과 전쟁의 경험을 반공주의 이데올로기를 강화하는 근거로 활용하였고, 국민들에게는 남북 대치 상황의 위기감을 조장함으로써 일상의 영역에 대한 억압적 규율을 정당화하였다. 1982년에 가서야 단행되었던 통행금지 해제의 명분이 "신체의 자유 보장 및 군사정권의 억압심리 해소"였던 것을 보더라도 알 수 있듯이, 일제 식민지로부터의 독립은 진정한 해방이 되지 못하고 또 다른 방식의 억압과 규율로 대체되었던 것이다. 야간통행금지제도가 일상화·전면화된 현실에서 기독교·서구 문화를 상징하는 크리스마스에 통금해제를 적용한 것은 흥미로운 일이 아닐 수 없다. 그런 차원에서 보면 크리스마스를 공휴일로 제정한 것 자체보다 크리스마스에 야간통행을 허용했다는 사실이 크리스마스를 한국의 특별한 '풍속'으로 위치시키는데 더 결정적인 영향을 미쳤으리라 판단된다.

　최인훈의 「크리스마스 캐럴」연작은 1950~60년대 한국 사회에서 크리스마스가 하나의 '풍속'[3]으로 향유되는 그 독특한 맥락을 문제 삼고 있다. 1963년부터 1966년에 걸쳐 5편이 연작으로 발표된 이 소설은 사건의 전개나 대화의 내용에서 최인훈 소설에서는 찾아보기 힘든 유머를 담고 있지만, 연작의 전체를 관통하는 양식적 특징은 당대 현실에 대한 비판적이고도 암울한 해부라고 볼 수 있다.[4] 각각의 핵심 내용을 요약해 보면, 「크리스마스 캐럴 1」과 「크리스마스 캐럴 2」는 크리스마스 이브날 밖에서 밤을 보내겠다는 딸을 집에 붙잡아 두기 위해 아버지와 아

---

3) '풍속'이라는 용어는 1960년대 비평에서 흔히 발견되는 것으로 주로 이념 혹은 관념의 대타적 의미로 사용되었다. 즉 관념에 대립하는 '현실'의 대용어였던 셈인데, 최인훈의 비평문에서도 종종 등장한다. 염무웅은 이러한 '풍속'이라는 용어가 개념의 혼동을 야기한다며 비판하기도 했다(염무웅, 「리얼리즘의 역사성과 현실성」, 『문학사상』, 1972. 10, 219쪽 참조). 실제로 1970년을 전후해 리얼리즘 이론이 체계적으로 논의되기 시작하면서 비평에서 이 용어를 발견하기가 어려워진다. 이 글에서 사용하고 있는 '풍속'이라는 용어는 문화론적 의미에 가깝다.

4) 「크리스마스 캐럴」 연작은 1편이 1963년, 2편이 1964년이 발표되었으며, 1966년에 3편과, 4편, 5편이 연이어 발표되었다. 여기서는 『크리스마스 캐럴/가면고』(최인훈전집 6, 문학과지성사, 1993)을 텍스트로 삼았다.

444

들이 벌이는 에피소드를 담고 있으며, 「크리스마스 캐럴 3」은, 자신이 받은 것과 똑같은 편지를 48시간 안에 다른 사람에게 보내면 행운이 오고 그렇지 않으면 심각한 불행이 닥친다는 '행운의 편지'를 둘러싼 부자간의 대화를 주로 담고 있다. 앞의 연작과는 다른 시공간을 다루고 있는 「크리스마스 캐럴 4」는 주인공의 유럽 유학 시절의 경험을 삽입하여 서구적인 것을 필연적으로 이식할 수밖에 없는 주변부 후진국 인텔리의 내면을 본격적으로 서술하고 있다. 종결편인 「크리스마스 캐럴 5」는 서구적인 것의 수용과, 한국의 억압적이고 폐쇄적인 정치 상황이 결코 무관하지 않음을 알레고리 방식을 통해 지적하고 있다.

「크리스마스 캐럴」연작은 최인훈 문학에서 차지하는 비중이나 문제의식에 비해, 상대적으로 평단이나 연구자의 관심으로부터 소외되어 왔던 작품이다. 1960년대에 발표된 본격적인 작품론으로는 김현의 글[5]이 유일하다고 할 수 있으며, 이후 연구에서도 기법이나 주제의식의 차원에서 부분적으로 언급하는 수준에 머물러 있는 실정이다. 최근 탈식민주의적 관점으로 최인훈 소설의 의미를 구명하려는 연구가 증가하면서, 1973년작 『태풍』을 비롯해 1960년대 후반의 「총독의 소리」, 「주석의 소리」연작과 「서유기」, 그리고 1960년대 전반의 「회색인」에 이르기까지 최인훈 소설 전반이 탈식민성이라는 개념 아래 재해석되고 있지만 「크리스마스 캐럴」만은 그다지 주목받지 못했다.[6] 사실 「크리스마스 캐럴」

---

5) 김현, 「풍속적 인간: 「크리스마스 캐럴」을 중심으로」, 『한국문학』, 1966년, 가을·겨울호.

6) 최인훈 소설을 탈식민주의 관점에서 접근하고 있는 대표적인 연구는 다음과 같다.
조보라미, 「최인훈 소설의 탈식민주의적 고찰」, 『관악어문연구』 25집, 2000.
이상갑, 「식민지국과 식민지의 이분법을 넘어서」, 『작가연구』 14호, 깊은샘, 2002.
강진구, 「반식민의 이중성을 넘어—최인훈의 〈태풍〉을 중심으로」, 『탈식민의 텍스트, 저항과 해방의 담론』, 문학과비평연구회, 이회, 2004.
구재진, 「최인훈의 〈태풍〉에 대한 탈식민주의적 연구」, 『현대소설연구』 24집, 2004.
구재진, 「최인훈 소설에 나타난 '기억하기'와 탈식민성—〈서유기〉를 중심으로」, 『한국현대문학연구』 15집, 2004.
김인호, 「탈식민, 탈형식, 탈이데올로기—〈총독의 소리〉」, 『해체와 저항의 서사—최인

은 후편으로 갈수록 화자가 1인칭 주인공 '나'에서 3인칭 주인공 '그'
로·대체되는가 하면, 일상에 대한 사실주의적 재현에서 갑자기 환상성
이 전면화 됨으로써 재현 방식에서도 균열을 보여주고 있다. 그런데 「크
리스마스 캐럴」 연작이 보여주는 이러한 재현 방식의 균열이나 동요하
는 시선, 그리고 현실과 비현실의 교차는 1960년대 한국 사회의 문화적
풍속을 대면하면서 형성된 복잡하고도 분열된 최인훈의 내면의식을 여
과없이 반영한 것이라고 해석할 수 있다. 최인훈은 「크리스마스 캐럴」
연작을 통해 가족의 일상에서 벌어지는 크리스마스 풍경을 문제적으로
인식하는 데서 출발해, 그러한 문제의식을 개인과 민족(국가), 서구와
비서구, 식민과 피식민이라는 보편적 이항대립의 구도로 확대, 변형시
키고 있다. 그는 일상의 크리스마스 풍속에 침투된 문화 제국주의를 비
판적로 독해함으로써 식민과 탈식민에 대한 문제적 담론을 제기한다.
그런데 최인훈이 구축하고 있는 식민-탈식민에 대한 문제의식은 탈근
대를 지향한다기보다 근대의 폭력성을 성찰하는 내부 고발자의 자리에
머물러 있다. 다시 말해 최인훈의 관심은 한국의 근대, 혹은 근대성은
무엇으로, 어떻게 구성되는가에 집중되어 있다. 사실 이는 최인훈 문학
전체의 일관된 문제의식이기도 한데, 한국의 근대에 대한 이러한 최인
훈의 탐색은 크게 두 가지 방향으로 진행되었다. 하나는 주로 공산주의
-자본주의라는 좌우 이데올로기 문제에 초점을 맞추는 길이고, 다른
하나는 식민성의 문제를 강조함으로써 피식민 경험을 가진 아시아 후진
국의 근대화가 처한 난점을 부각시키는 길이다. 전자의 길에 최인훈의
대표작 『광장』과 『회색인』이 놓여 있다면, 후자의 앞자리에 바로 「크리
스마스 캐럴」 연작이 놓여 있다고 하겠다. 이 연구는 「크리스마스 캐
럴」 연작을 대상으로 우선 외래적으로 이식된 서구문화가 한국 사회에
서 하나의 '풍속'으로 전화되는 양상을 크리스마스라는 매개항을 통해

___

훈과 그의 문학』, 문학과지성사, 2004.
　오윤호, 「탈식민 문화의 양상과 근대 시민의식의 형성-최인훈의 〈회색인〉」, 『한민족
　　어문학』 48집, 2006.

접근해 보고자 한다. '서구적인 것'의 수용을 둘러싼 의식의 식민성에 대한 작가의 비판적 성찰을 검토하고, 더불어 정치적 억압성이 '한국적 풍속'의 형성에 어떻게 연루되는지를 조명해 보고자 한다. 이는 외부 식민자에 의한 피식민의 경험이 민족국가 내부에서의 식민―피식민이라는 또 다른 억압적 규율과 위계화로 재현되는 상황을 고찰하는 것이기도 하다.

2. 이식 문화의 다층성

1960년대는 외래적이고 이질적인 문화의 접합, 삼투에 대한 문제의식이 본격화 되었던 시기로, 1950년대 후반부터 지식계에 본격적으로 제기된 전통론과 더불어 '식민주의 사관/민족주의 사관'이라는 당대 사학계의 쟁점 등이 무성하게 담론화 되던 시기였다. 이러한 지식계의 분위기는 일면 주체적이고 자율적인 의식의 성장을 반영하는 것이기도 하지만, 그 근저에는 '서구적인 것'의 전면적인 수용에 대한 불안감과 위기의식이 깔려 있었다. 개항 이후 '서구적인 것'을 주로 일본이라는 우회로를 통해 이식함으로써 '복제품'으로써 '근대적인 것'의 목록을 채워야만 했던 식민지 상황과 달리, 해방 이후의 한국사회는 미군 주둔을 통해 서구문화를 실물로서 접촉한다고 믿었다. 미군정을 거쳐 근대국가의 체제를 수립했던 한국은 정치는 물론이고 사회, 경제, 교육, 문화에 이르는 전 영역에서 '미국적인 것'을 차용했고, 그것이 진정한 '근대화'의 방법이라고 믿었던 것이다. 그러나 식민지 경험과 전쟁을 통해 일상적 삶의 연속성이 파괴된 한국인들에게 '서구적인 것', '근대적인 것'의 메타포로 새롭게 부상한 것들은 늘 일방적으로 따라잡아야 할 무엇이면서도, 한편으로는 늘 온전히 잡히지 않는 생경한 이물감(異物感)으로 존재했다. 열렬히 이식한 '서구적인 것'은 대개 그것이 원래 발생한 사회적 맥락을 떠나 한국사회에 외재적으로 삽입됨으로써 형식적이고 희화

적인 형태로 자리 잡을 수밖에 없었던 것이다.[7]

한국 사회에 이식된 크리스마스는 바로 이러한 형식성과 희화성이 착종된 대표적인 문화라고 볼 수 있다. 「크리스마스 캐럴」은 무엇보다 우선적으로 이 문제를 제기한다. 그리고 효과적인 재현을 위해 가족이라는 일상적이면서도 익숙한 집단을 설정하여 이질적인 문화 수용에서 야기되는 균열과 대립을 희화적으로 포착한다. 「크리스마스 캐럴 1, 2」에서 사건의 동기를 제공하고 있는 것은 크리스마스 이브에 외박을 하겠다는 딸 옥이이다. 옥이의 외박 요구에 아버지는 교인도 아니면서 “크리스마스가 어쨌다는 거니?”라고 반문하며 불편한 심기를 드러낸다. 아버지의 질문에 옥이는 “크리스마스니깐 그렇죠”라고 항변한다. 이 답변은 어떤 특별한 이유나 논리적 배경을 개입시킬 필요가 없을 정도로, 크리스마스가 젊은 세대의 문화 속에 이미 하나의 풍속으로 자리 잡고 있음을 확인시켜 준다. 그러나 아버지 세대에게 이 비논리는 이해할 수 없는 허사(虛辭)에 불과하다. 아버지는 아들인 ‘나’를 붙잡고 하소연한다.

> “크리스마스면 예수가 난 날이라지. 예수교인이면 밤새 기도두 드리고 좀 즐겁게 오락도 섞어서 이 밤을 보내도 되련만 온 장안이 아니, 온 나라가 큰일이나 난 것처럼 야단이니 도대체 이게 어떻게 된 거니?”
> …(중략)…
> “창피한 일이 아니냐?”
> “글쎄요.”
> “창피한 일이다. 정신이 성한 사람이 보면 얼마나 우스꽝스럽겠느냐. 넌 **남의 제사에 가서 곡을 해본 적이 있느냐?**”
> “뭐 없어요.”
> “그것 봐라. 원래 옛날에는 종족마다 수호신이 있지 않았니? 그래서 한 해에 한두 번씩 제사를 차려서 신을 위로했지. **옛날에 한 종족이 다른 종족에 굴복했다는 증거는 정복자의 신을 섬기는 것이었지.**”[8]

---

7) 김경일, 『한국의 근대와 근대성』, 백산서당, 2003, 178쪽 참조.
8) 최인훈, 「크리스마스 캐럴 1」, 『크리스마스 캐럴/가면고』, 문학과지성사, 1993, 14쪽.

예수를 종족신에 비유하고 있는 아버지는 외래 문화의 수용과 향유를 문화적 차원에만 국한되지 않는, 광범위하고도 근본적인 종속, 혹은 식민으로 이해한다. 문화 제국주의를 의식하는 아버지의 사고 속에서는 문화의 교류라는 것도 근본적으로 정치적 위계관계를 반영하는 정복─피정복의 다른 이름일 뿐이다. '나'는 이러한 아버지의 태도를 '불온'하다고 지적함으로써 충동적인 옥이와, 폐쇄적인 논리를 펴는 아버지 사이에서 균형감을 잃지 않으려고 애쓴다. 그러나 논리로서 아버지를 반박하지는 못한다. '나'의 의식 속에서도 크리스마스로 표상되는 외래문화가 그것이 발생한 사회적 맥락을 상실한 것은 물론이고, 기이한 양상으로 형식만이 차용되는 상황에 대한 거부감이 자리 잡고 있기 때문이다. 따라서 처음에는 동생의 외박을 허락해주자는 입장이었던 '나'도 완고한 아버지의 태도에 눌려 옥이의 외박을 저지하려는 아버지의 방해공작에 동참하고 만다. '크리스마스니까 밖에서 밤을 보낸다'는 젊은 세대의 자연스런 공식에 별다른 이견이 없었던 '나'도, 크리스마스의 기원을 분석하는 아버지의 논리에 압도당하고 말았던 것이다. 그러나 정작 외박을 하겠다는 옥이를 저지하는 것은 '논리'가 아니다. 「크리스마스 캐럴 1」에서 아버지는 밤샘 화투판을 벌여 옥이가 '승승장구'하도록 판을 '조작'함으로써 딸의 외박을 막아낸다. 아버지와 아들의 합동 작전을 통해 '천진한' 딸의 밤외출을 막아내는 상황은 한편의 코미디를 연출한다. 그러나 「크리스마스 캐럴 2」에 가면 딸에다 아내까지 가세해 밤외출을 하겠다는 상황이 벌어지고, 이를 저지할 방안을 논의하려던 부자(父子)의 대화는 '고담준론'에 빠져 애초의 목적을 잊고 만다. 부자는 뒤늦게 소복이 내린 눈 속에서 "안방 댓돌 아래에서 대문간까지 두 쌍의 발자국이 의좋게 종종걸음을 새"겨 놓은 것을 발견한다. 1편만큼이나 2편도 희화적이지만, 아버지의 논리나 기지로서는 더 이상 크리스마스의 밤외출을 막아낼 수 없음을 보여줌으로써 씁쓸한 분위기를 자아낸다. 논리, 혹은 당위적 관념은 풍속으로 전화하는 외래문화를 제압하지 못했던 것이다.

　그런데 「크리스마스 캐럴」은 문화 제국주의를 의식하며 한국문화의 이식성을 비판하는 목소리와 함께, 한편으로 문화의 교류와 접합이 새롭게 발생시키는 또 다른 맥락에 관심을 보인다. 외래문화의 수용과정에서 발생하는 변화와 굴절은 수용자의 능동적 욕망이 작용한 결과라고 볼 수 있다. 한국의 크리스마스는 종교적 차원의 의미와 경건함을 상실했을지는 모르지만, 분명 열정이 분출되는 활력의 문화이다. 당대 한국인의 욕망이라는 프리즘을 통과한 크리스마스는 한국인들의 정서적 결핍을 충족시켜주는 방식으로 전화했던 것이다. 아버지와 '나'의 작전에 휘말려 화투치기로 밤을 샌 옥이는 성탄을 알리는 새벽 성가대의 합창 소리에 사태를 파악하게 된다. 옥이는 대문간으로 뛰쳐나가 "허리를 흔들면서 트위스트를 추"고, "쟈니는 정말 나를 사랑해"라고 노래 부르며 크리스마스의 유희적 의식(儀式)을 소비한다. 무척 황당하게 보이는 장면이지만, 이미 젊은 세대의 풍속이 된 이상 그것은 마치 설날에 세배하는 것만큼이나 자연스러운 의식일 수 있다. 보통의 청춘남녀들에게 크리스마스의 의식은 경건한 찬송가를 부르는 것이 아니라, 격렬한 동작의 댄스와 열정적인 팝송으로 자신들에게 허락된 짧은 밤을 소비하는 것이었기 때문이다.9)

　특히 야간통행금지의 시대에 일상을 영위했던 사람들에게 크리스마스는 금지된 것을 합법적으로 체험할 수 있는 드문 기회였다. 크리스마스를 기리는 행위가 마치 '정복자의 신을 섬기는' 한심한 작태로 지목

---

9) 물론 서구 사회에서의 크리스마스 풍속도 처음부터 단일한 형태를 띤 것은 아니다. 크리스마스는 4세기 기독교의 공인 과정에서 선교의 방편상 예수의 탄신일을 12월 25일로 확정한 것에서 유래한 이후 하나의 종교적 의식으로 자리 잡았다. 중세 시기의 성니콜라스 선물 교환에 이어 근대에 들어와 산타클로스, 크리스마스 트리와 카드, 캐롤, 연극, 마굿간 설치 등의 다양한 풍속이 대중적으로 도입되었다. 20세기에 들어서면서 크리스마스의 종교적 분위기는 점점 퇴색되고, 상업자본의 성장으로 인해 성탄절 용품이 대량으로 생산되고 소비되었다(진철승, 「크리스마스와 석탄일이 공휴일인 까닭은?」, 『공동선』, 2002. 11~12월호 참조). 미군의 주둔과 더불어 한국에 '실물'로서 도입된 크리스마스 풍속도 이러한 소비적·상업적 성격이 강했다고 볼 수 있다.

되기도 하지만, 기실 크리스마스가 함유하고 있는 이미지, 예를 들면 사랑, 기쁨, 행복 등과 같은 조화롭고 통합된 정서들, 그리고 거리에 울려 퍼지는 흥겨운 크리스마스 캐럴과 화려한 트리의 따듯한 불빛 등은 전쟁과 가난으로 상처받은 전후 한국인들의 고단한 일상을 위무하기에 충분한 매력을 지녔던 것이다. 다시 말해 '야간통행 자유'라는 보너스가 첨부됨으로써 크리스마스는 자유와 일탈의 카니발적 욕망이 용인되는 해방의 이미지로 당대 대중에게 향유되었던 것이다. 따라서 통행금지제도가 존재하던 한국 사회에서의 크리스마스는 단순히 예수의 탄신을 기리는 경건한 종교적 경축일만은 될 수 없었으며, 억압되었던 다종의 욕망들이 무서운 폭발력으로 분출되는 해방의 시간 혹은 공간이었던 것이다.[10]

'나'도 「크리스마스 캐럴 3」에서는 크리스마스를 즐기는 것이 식민성에 절어 있는 자각 없는 행위라는 아버지의 논리적 억압으로부터 벗어나고자 시도한다. '나'는 동생 옥이처럼 하나의 축제로서 크리스마스를 향유하지는 못하지만, 크리스마스가 1960년대 한국 사회에 하나의 '풍속'으로 엄연히 실재한다는 그 사실을 인정하기 시작한다.

> 오늘은 크리스마스다. 결국 이것을 솔직히 인정하는 것이 떳떳한 일이라고 하는 생각이 저녁때가 가까워지면서 나를 지배하게 되었다. 나는 그것을 인정하자, 하고 속으로 다짐하였다. 나는 저녁 식사가 끝난 후 혼자 방안에 틀어박혔다. 라디오를 틀어놓는다. 크리스마스 노래가 흘러나온다. 크리스마스 노래는 언제 들어도 참하다. 마치 크리스마스 카드처럼. 노래의 반주 속에 댕댕 하는 종소리가 들어 있는 것이 특히 좋다. 나는 일어섰다 앉았다 한다. 안절부절 못한다 하는 그 동작이다. 끝내 나는 결심한다. 외투를 입고 목도리를 두른다. 그런 다음에, 살며시 방문을 열고 안채의 기

---

10) 당시의 크리스마스 문화를 부정적으로 비판했던 견해도 만만치 않았다. 춤과 노래, 음주와 성적 유희로 특징지워졌던 당시의 크리스마스 문화는 미군을 통해 유입된 '퇴폐적이고 저속한' 문화의 일종으로 치부되기도 했다. 김하태, 「한국에 있어서의 아메리카니즘」, 『사상계』 통권 72호, 1959. 7, 67쪽.

척을 살핀다. (중략) 나는 담을 뛰어넘기로 결심한다. 담인즉 의례적인 높이밖에는 갖지 않은 건조물이기 때문에 쉽사리 넘는다.[11]

'나'는 크리스마스를 두고 아버지와 나눈 그 많은 비판적 대화를 뒤로 하고 크리스마스 의 열기로 술렁이는 거리로 나선다. 대문 소리에 아버지가 자신의 외출을 알아차릴까봐 몰래 담을 넘는다. '담'을 넘는 것은 이제까지 나를 구속했던 아버지의 논리로부터 벗어남을 의미한다. 담이 "의례적인 높이"에 불과해서 쉽게 넘을 수 있었듯이, 완고했던 아버지의 논리도 더 이상 권위를 가지지 못했던 것이다. '나'는 크리스마스 문화가 주조해내는 그 야릇한 분위기의 마력을 인정하게 되면서, 새삼 거리의 활력을 발견하게 된다. 큰길에는 사람으로 넘치고 "불 밝힌 창엔 상품이 가득 차" 있다. 크리스마스가 소비적·유흥적인 상업주의에 물들어 있다 하더라도 그 풍요함을 이미지로 소유한다는 것만으로도 사람들은 행복함을 느낀다. 비록 그것이 진정한 소유가 될 수 없는 한갓 허구에 불과 하더라도, 모든 것에서 굶주려 있던 1950~60년대의 한국인들에게 그 번영과 풍요의 이미지는 분명 매혹적이었을 것이다. 거리의 분위기에 동화되어 마음이 여유로워진 '나'는 아침에 있었던 '행운의 편지' 사건에 대해서도 변화된 태도를 보인다. 다른 사람에게 돌리지 않으면 자기에게 화(禍)가 미친다는 '행운의 편지'는 "인간의 치부(恥部)를 자극하는 음란한 게임"이라는 부정적 생각이 없는 것은 아니지만, '나'는 그런 방식이더라도 '풍성한 미신' 속에서 살아가는 사람들은 행복할 것이라고 생각해 본다. 비록 인간의 이기심을 자극하는 치졸한 것이라 하더라도, 그것이 인간의 자유로운 상상력으로 만들어진 '풍성한' 산물인 이상 미신조차도 부러운 것이다. 이는 억압된 통제 사회에서 상상력조차도 고갈되어 버리는 현실에 대한 안타까움을 표현한 것으로 보이지만, 관점을 달리 하면 근대적 논리로 사유하는 것의 '피로함'을 무의식적으로 노출한 것이라고 읽을 수도 있다.

---

11) 위의 책, 33쪽

1960년대의 한국인 가운데는 아버지처럼 서구 문화의 무비판적 수용에 거부감을 가졌던 부류가 있는가 하면, 딸 옥이처럼 서구적인 문화에 쉽게 동화되고 따라서 복잡한 자의식을 개입시키지 않으면서 그 자체를 즐기는 부류도 있었을 것이다. 또한 논리와 관념으로는 아버지에 동의하지만, 대중화된 감각으로 자기 욕망을 분출하는 옥이를 한편으로는 부러워하는 '나'와 같은 부류도 있다. 분열되고 모순적인 내면을 가진 '나'는 변화한 거리의 풍경에 이끌리지만, "크리스마스가 페스트처럼 난만하게 번지고 있는 서울의 밤"12)에 결코 순수하게 몰입하지는 못한다.

3. 야간통행금지제도, 시공간의 '내부' 식민화

최인훈은 『화두』에서 「크리스마스 캐럴」을 쓰게 된 배경을 다음과 같이 언급하고 있다.

해방 전 어느 때쯤부터 해방 후 줄곧, H읍에서나 W시에서나, 남한에 와서 지금까지 나는 밤에 거리에 나가지 못하는 제도, 통행금지의 문화를 당연한 것으로 알고 살아왔었다. 나는 그것을 주제로 소설을 쓰기도 했었다. **스산한 한 시대가 사람들을 자기도 모르게 지배하는 분위기를 붙잡으려고 했다.** 그러다가 이곳에 와서 한밤중에 거리에 나갔을 때의 놀라움은 마술의 나라에 들어서는 주인공을 묘사하는 옛날얘기의 한 대목에 가장 가까웠다. 밤과 낮은 연속되어 있었다. 아침에 일어나도 어제의 법이 여전히 유효한 하루가 있고 그 하루가 지나면 밤이 되고, 그 밤에도 볼 일이 있으면—그 볼 일이 비록 그저 공연히 거리에 나서고 싶은 불면증 같은 것이라 해도—거리는 납세자들이 당연히 걸을 수 있는 장소였다. 그 시간에도 환히 불을 밝힌 심야영업 가게가 있고 그것은 바로 낮의 시간이 끊어지고 있지 않다는 것을 뜻했다. **밤은 바로 그 속에서 무엇이 음모되고 있는지**

---

12) 위의 책, 104쪽

알 수 없는 누군가의 시간이 아니고 그저 보통 사람들의 시간이었다. 그런 시간이 금지된 살림살이에 대한 불안을 그려내려고 한 소설을 나는 썼었다.[13]

　야간통행금지제도는 국민 각자에게 주어진 하루 24시간 가운데 적어도 6분의 1에 해당하는 시간을 국가가 강압적으로 차압한 것이라 볼 수 있다. ‘보통 사람’들의 일상적 시간과, 그 시간이 점유할 수 있는 자유로운 공간마저도 박탈하는 통행금지제도는 단순히 시공간적 차원의 구속에 국한되지 않는다. 개인의 자율성이 미치지 못하는 ‘금지된 살림살이’가 일상에서 반복됨으로써, 국민들은 당연히 소유해야 할 다양한 경험을 원천적으로 봉쇄당한다. 그런 차원에서 통행금지제도는 국민 전체를 대상으로 금지와 감시, 처벌과 격리로 규율하는 전형적인 파시즘 체제의 산물이다. 감시와 처벌의 일상화·전면화는 개인에게 불안과 공포, 무기력이라는 만성적인 증상을 자연스럽게 전염시킨다. 문제의 심각성은 바로 여기에 있는 것이다.

　「크리스마스 캐럴 5」에서는 야간통행금지 상황을 전면에 내세우며, 왜곡과 변형을 통한 ‘서구적인 것’의 수용이 한국 사회의 억압적 정치 상황과 무관하지 않음을 본격적으로 조명하고 있다. 여기서는 ‘나’의 ‘겨드랑이 증상’이 새롭게 설정됨으로써 비현실적 재현이 주조해내는 독특한 분위기를 형성한다. ‘겨드랑이 증상’이란 날개 같은 것이 겨드랑이에 돋아 수시로 통증을 유발하는 것으로, 실내에 있으면 통증이 심하다가도 실외로 나가면 사라지는 기이한 증상이다. ‘나’는 이 겨드랑이 통증으로부터 벗어나기 위해 어쩔 수 없이 금지된 밤산책을 선택하게 된다.

　파마늘(겨드랑이에 날개같은 것이 돋아난 것―필자 주)은 어김없이 밤 열두시부터 새벽 네시 사이에 솟구친다는 것. 방에 있으면 쑤시고 밖에 나

---

13) 최인훈, 『화두 1』, 민음사, 1994, 459-60쪽.

가면 씻은 듯하다는 것.(중략) 그런 생활이 두 달째에 접어들었을 때 나는 견디다 못해서 담을 넘어서 밖으로 나가보았다. 그랬더니 참으로 이상한 일도 다 있었다. 뜰에 나와 있어도 가끔 뜨끔거리고 손을 대보면 미열이 있던 것이 거리를 거닐게 되면서는 아주 깨끗이 편안한 상태가 되었다. 이렇게 되면서 독자들은 곧 짐작이 갔겠지만, 문제가 생겼다. 내가 의료적인 이유로 산책을 강요당하게 되는 시간이 행정상의 통해 제한의 시간과 우연하게도 겹치는 점이었다. 고민했다. 나는 부르조아의 썩은 미덕을 가지고 있었다. 관청에서 정하는 규칙은 따라야 한다는 것이 그것이다. 열두시부터 네시까지는 모든 시민은 밖에 나다니지 말기로 되어 있다. 모든 사람이 받아들이는 규칙이니까 페어 플레이를 지키는 사람이면 이것은 소형(小型)의 도덕률일 수밖에 없다. 그러나 이 도덕률을 지키는 한 내 겨드랑은 요절이 나고 나는 죽을는지도 모른다.[14]

폐쇄적 공간에서는 통증을 느끼고, 자유로운 외부의 열린 공간에서는 통증이 멈춘다는 상황 설정은, '날개'가 지닌 관습적 상징과 결합시켜볼 때 당대 현실에 대한 비판적 알레고리로 볼 수 있다. 다시 말해 '겨드랑이 증상'은, 통행금지로 함축되는 한국의 폭압적 정치 현실을 문제 삼기 위한 장치인 것이다. 크리스마스만 되면 온 나라가 난리가 난 듯이 소란스럽고 번성한 분위기를 만들어 내는 것이나 길거리의 젊은이들이 미친듯이 열정을 분출하는 것은, 나머지 364일의 획일적 통제와 억압의 당연한 부산물인 것이다. 통증을 치료한다는 명목으로 시작된 '나'의 밤산책은 서울의 도심 곳곳을 박물관을 견학하듯이 찬찬히 관찰하는 것으로 채워진다. '나'는 "새 삶이 시작된 것"과 같은 기쁨으로 건물 벽을 안고 뺨을 대보기도 하고, 텅 빈 로터리를 바라보며 아름답다고 느끼기도 한다. '나'가 도심 곳곳을 산책하며 공간을 새롭게 감각하는 대목은 기이하면서도 슬픈 정서를 자아내는데, 마치 낯선 이국의 거리 풍경을 묘사하는 듯한 인상을 준다. 가까이 있지만 구체적으로 감각할 수 없는 시공간, 그것은 사실 가본 적 없는, 갈 수 없는 먼 나라와 다

---

14) 위의 책, 129-130쪽.

를 바가 없다.

‘나’의 밤산책은 가끔 사람을 만나기도 하는데, 어느 날 길에서 경찰을 발견하게 된다. 경찰을 피해 얼른 몸을 숨기는 자신을 보고는 “공화국의 시민”으로서 떳떳치 못한 스스로의 행동에 낯설어한다. 그러나 순간 자신이 레닌이거나, 안중근 혹은 김구, 아니면 도둑이나 간첩이 아닐까 생각해 본다. 국가의 규율을 위반했다는 점에서는 혁명가와 애국자, 혹은 간첩이나 범죄자도 같은 부류이다. ‘나’의 이러한 유추는 새로운 발견에 이른다. 다름이 아니라 ‘나’는 금지된 것의 위반이 주는 짜릿한 쾌감에 중독된 것이다. ‘나’는 단순히 증상을 치료하기 위한 목적에서 벗어나 밤산책을 즐기게 되고, 그 잠행(潛行)을 통해 다양한 상황을 목격하게 된다. 여기서 1960년대의 한국 사회를 설명하는 데서 빼놓을 수 없는 두 가지의 정치적 사건이 언급되는데, 하나는 4·19이고 다른 하나는 5·16이다. 「크리스마스 캐럴 5」는 1961년을 시간적 배경으로 설정하고 있는데, 이 소설에서 ‘나’가 목격한 장면은 4·19 1주기에 즈음한 당시 분위기를 환상의 기법으로 재현해 놓은 것이다. 시청 앞 광장에 모인 한 떼의 사람은 대개 중고등학생이거나 대학생인데, 모두가 피투성이다. 소란한 광장에는 데모를 계속 하자고 외치는 소리와, 이에 대한 욕설과 야유가 공존한다. 무거운 광장의 분위기 속에서 몇몇 사람은 땅을 파서 “눈구멍에 쇠붙이가 박혀 있는 시체”를 꺼내, 녹이 슬어버린 쇠붙이를 윤이 나게 닦는다. 그들은 인간 피라미드를 만들고는 그 시체를 맨 꼭대기로 끌어 올리려고 애쓰지만, 균형을 잃는 바람에 피라미드는 무너지고 시체는 바닥에 내동댕이쳐진다. 혼란스러워진 광장에서 몇 사람이 다시 시체를 들어 올리자, 사람들은 일제히 ‘피에타는 이루어졌다’라고 외친다. ‘피에타’는 죽은 예수를 마리아가 끌어안고 있는 성서 그림을 말하는 것으로, 일종의 희생양 예수에 대한 애도와 슬픔을 드러내는 표상이다. 4·19 1주년을 맞은 1961년의 한국 현실은 피의 희생이 무색하리만큼 ‘지체’를 거듭하고 있었다. ‘나’가 목격한 이러한 기이한 의식은, 4·19의 희생자에 대한 진혼 의식이었던 셈이다. 그러나 시체

456

를 다시 땅속에 묻으며 그들이 나눈 대화는, 4·19가 전람회에 출품할 사진의 소재로 박제화 되고 있음을 보여준다. 4·19는 채 1년도 안 돼 과거의 유물로, 역사적 진행형이 아닌 아득한 신화로 변질된다. 이러한 문학적 재현은 4·19 정신의 단절에 대한 냉소적 표현임과 동시에, 4·19 정신을 자기의식의 근원으로 삼은 세대 스스로가 너무 성급하게 그것을 과거의 신화로 상징화하는 태도에 대한 환멸의 표현이기도 한 것이다.

한편 5·16에 대한 '나'의 목격담과 소회는 매우 조심스럽게 재현되고 있다. '나'는 "간덩이 굵은 통행 제한 위반자들"이 그 위반의 방식에 있어 자기에 비해 "떳떳하고 남성적인 것"임을 인정하고 수치심을 느낀다. '나'의 어깨에 돋아나기 시작한 날개는, 4·19 추모의식을 대할 때와 마찬가지로 5·16의 산책자들에게도 적성(敵性)을 드러내지 않는다. 그들의 '용감함'과, 자신처럼 위반의 취미를 공유하고 있다는 사실에 호의를 보이기도 한다. 그러나 "역시 방법이 심하지 않았"나 회의하던 차에, 문제의 통행금지도 해제하지 않자 조용히 마음을 접는다. 이후 '나'의 의식 속에 포착되는 한국 사회, 혹은 서울은 은밀한 욕망의 배출구 하렘으로, 오직 섹슈얼한 상상력의 대상으로서만 존재한다. 물론 그것조차도 "완전한 자유의 유희―즉 멋이 아니고 타율적이며, 고통에 묶여" 있다. 환상적 사유마저도 그 고통으로부터 자유롭지 못하다는 것은, 어떤 정치적 변혁, 혹은 위반도 한국 사회의 타율성을 제거하지 못할 것이라는 근본적인 절망감을 반영한다. 따라서 최인훈은 5·16 이후의 한국 사회가 여전히 억압적 통제 상태에 있음을, "동통. 고문. 하늘에는 영광, 땅에는 고통"15)이라는 함축적 문구로 요약하고 있다.

통행금지라는 제도를 통해 국민들이 일상적으로 향유할 수 있는 시공간을 박탈한다는 것은 비유적인 의미에서 '내부'의 식민지를 경영하

---

15) 「크리스마스 캐럴 5」의 마지막 부분에서는 일기의 메모 형식으로 "1962년 크리스마스. 열두시. 운명의 노크 소리. 동통. 고문. 하늘에는 영광, 땅에는 고통."이라는 표현이 1963년, 1964년에도 똑같이 반복 서술되고 있다. 위의 책, 155쪽.

는 것과 다를 바가 않다. 국민들로부터 박탈한 밤의 시공간을 활보할 수 있는 자들은 정치 권력자, 경찰, 군인, 혹은 허가받은 일부의 자본가 등으로 독재 권력의 주체들이거나 지지 기반 세력일 것이다. 국민 개개인의 시공간을 점령함으로써 지배 권력의 시공간적 영토는 확장되고 통제력은 절대화 된다. 개인의 자율적 영역에 속하는 시공간을 박탈하는 것은 인간의 기본권에 대한 침해인 이상 통행금지제도가 존재하는 사회의 개인은 진정한 의미의 근대적 개인이라고 보기 어렵다. 가시적인 영역에서 식민주의자들은 퇴각했지만 그 식민지배의 구조는 피식민지에 고스란히 남는다. 신식민주의의 침투는, 식민주의를 모방한 지배 권력이 '내부'의 식민을 구축하고 외부적 식민관계를 지속시키는 중개자가 됨으로써, 훨씬 수월하게 수행된다.16) 따라서 당대 안보 상황을 이용하여 대다수 국민의 일상적 시공간을 박탈한 통행금지제도는, '내부'의 식민지를 경영하기 위한 유용한 규율이었던 것이다.17)

4. '선험적인 것'과 '경험적인 것'이라는 이항대립

근대, 혹은 근대성은 100년 가까이 한국인의 의식을 지배해온 관념이다. 내재적 발전론도 귀기우릴 만한 논의이지만 근대가 외래적인 것으로, 어느 순간 급격히 한국에 수용되었다는 사실을 부정할 수는 없다. 문제는 근대성을 이질적이고 낯선 것으로 감각하면서도, 그 권위와 매혹에 열광하며 맹목적으로 수용할 수밖에 없었던 상황적 딜레마에 있

---

16) 천 꽝싱 저, 백지운 외 역, 『제국의 눈』, 창비, 2003, 134-5쪽 참조.

17) '내부 식민지'라는 개념은 레닌이 처음 사용한 것으로, 이후 그람시에 의해 차별을 당하는 특정 지역에 '식민지' 개념이 적용됨으로써 주로 피억압지역 집단들을 설명하기 위한 용어로 사용되었다. 미국의 흑백갈등과 유럽의 인종갈등 문제에 실천적으로 적용되기도 한다(황태연, 「내부식민지와 저항적 지역주의」, 『한독사회과학논총』 제7호, 1997, 16-18쪽 참조). 한편 이 개념은, 여성에 대한 남성의 젠더적 지배를 해명하기 위해 비유적으로 사용되기도 한다.

다. 하물며 그것이 일제의 식민지 근대화 기획, 미국의 신식민주의적 전략에 의해 파행적인 방식으로 진행 되었으니, 한국적 근대의 잡종성과 난삽함은 문제 해결을 더욱 복잡하게 만들었다. 사실 애초의 식민화는 문화적 가치를 전달하는 것에 방점이 있지는 않았다. 문화적 가치들은 식민화의 진짜 목적이었던 무역, 경제적 착취, 정착의 부산물로 도래했다.18) 그러나 영토의 점유가 아닌 신식민주의적 지배는, 문화 제국주의의 전파를 통해 역전된 방식으로 경제적 착취를 보장받는다. 최인훈은 바로 이러한 신식민주의적 환경에 놓인 1960년대 한국의 근대를 문제 삼는다.

앞에서도 언급했듯이 최인훈이 크리스마스라는 소재를 선택한 것은 한국의 문화적 식민성을 고찰하기 위해서이다. 그는 아버지의 입을 빌어 한국의 크리스마스 풍속을 "정복자의 신을 섬기는 것"에 비유하며 전형적인 피식민 문화의 표상이라고 규정한다. 더구나 "하느님을 구실로 암숫이 재미보는" 크리스마스 이브의 밤풍경을 언급하면서는 민족적 수치감을 자극한다. 그러나 연작의 후반으로 갈수록 문화의 왜곡과 식민성을 현상적으로 비판하는 데서 벗어나, 그토록 선망하는 '서구적인 것'이 과연 무엇이며, 그것은 어떻게 형성된 것인가를 질문하며, 그 답을 찾는 데 집중한다. 「크리스마스 캐럴 4」는 유럽 유학의 경험을 삽입시켜 '서구적인 것'에 대한 보다 본격적인 탐색을 시도하고 있다.

교수들에게서 그는 늙은 신기료 장수를 보고 있었다. 머리가 희끗한, 거칠고 마디 굵은 손가락을 가진, 등은 굽고 허우대는 큼직한 늙은 신기료 장수. 그들이 학문을 다루는 솜씨가 그런 인상을 때가 지날수록 더욱 짙게 새겨주는 것이었다. 중세 도시에서 피혁(皮革) 업자들의 활동이 나온 어느 시간에, 당시의 가죽의 산지며, 말가죽 이기는 법이며를 설명하는 교수를 쳐다보면서 그는 자기 인상의 정확성에 아득하도록 취해버린 적이 있었다.

---

18) 로버트 J. C. 영 저, 김택현 역, 『포스트식민주의 또는 트리컨티넨탈리즘』, 박종철출판사, 2005, 56쪽 참조.

이 튼튼한 심줄과 굵은 손가락 마디를 가진 노인들에게, 학문은 무슨 막연한 것이 아니고, 그 손가락으로 주무르고 이기고 꿰매는, 아교풀이고 암말의 허벅지 안가죽이고 쇠못이고 구두창이었다. 학문은 그들에게는 논리적 조작이 아니라 손에 익은 수공업이었다. 그러한 손가락 마디가 또한 그의 마음을 무겁게 했다. 그것은, 학문은 코스모폴리턴한 것이며 관념적인 것이라고 생각해온 동방의 이방인 학생에게 어떤 모욕을 느끼게 했기 때문이다.19)

'그'가 목격한 '서구적인 것'은 유럽 사회 나름의 역사 속에서 형성되어온 "손에 익은 수공업"에 지나지 않는다. 식민지 약소국의 인텔리가 절대적 보편성으로 여겨온 가치가, 실제로는 오류를 내포한 하나의 상대적 가치에 지나지 않음을 발견하게 된 것이다. 다시 말해 '경험적인 것'이 '선험적인 것'으로 절대화되는 문화적 식민화 과정의 경로를 목격하게 된 것이다. '기원'과 '본질'이라는 개념 자체가 회의의 대상이 되고 있는 현재의 관점에서 이러한 인식은 별반 새로울 것이 없을지 모르지만, 1960년대의 상황에서 식민자—피식민자/ 서구—비서구의 위계를 본질주의로 환원하지 않는 인식 태도는 높이 평가할 만하다.

'서구적인 것'에 대한 일반적인 사고를 전복시키기 위해 최인훈은 흥미로운 에피소드를 동원한다. 그것은 '그'의 유학시절에 이웃에 살았던 한 노파에 관한 일화이다. '수호성녀'로 불렸던 노파는 평생 성경책만을 부둥켜안고 혼자 조용히, 한결같은 일상을 되풀이하며 금욕적으로 생활했다. 노파는 무슨 일이 있어도 성경책을 손에서 떼지 않았고, 사람들은 그녀의 폐쇄적인 태도에도 불구하고 그 대단한 신앙심을 높이 사주었다. 그런데 그녀는 죽음을 맞으면서 자신의 성경책에 대한 충격적인 비밀을 고백한다. 자신은 성경에 대해 아무 관심이 없었으며 자기가 가슴에 품었던 것은 사십 년 전에 사고로 죽은 애인의 가죽이었다는 것이다. 누구에게도 뺏기지 않고 그 가죽을 지켜내기 위해 성경책을 이용

---

19) 「크리스마스 캐럴 4」, 앞의 책, 88쪽.

했던 것이다. 고국에 돌아와 친구의 편지를 통해 이 사실을 알게 된 '그'는 극심한 토기(吐氣)를 느낀다.

> 인간적인 동기. 순전히 인간적인 동기라고. 그러니까 그녀는 유럽인도 기독교인도 아닌 인간이었을 뿐이라고…… 아니. 아니지. 그녀는 고백을 했다. 독신(瀆神)이었다고. 법률을 믿지 않는 사람은 자수를 하지 않는다. 그녀는 했다. 그리고…… 그리고 사랑조차도 한 장의 가죽의 형태로 움켜쥐어야만 하는 인정이…… 애인의 가죽을 사십년 동안 토정비결 표지에 써서 보관해온 노파를 상상할 수……[20]

친구는 그녀의 비밀을 전하며 그녀의 행동은 유럽인이나 기독교인의 상징과는 무관한, "사랑이라는 가장 인간적인 동기"에서 나온 것이라 말한다. 그러나 사랑조차도 한 장의 가죽으로, 즉 구체적인 실물의 형태로 움켜잡아야만 하는 그녀의 인정, 그리고 자신의 신성모독을 당당이 고백했던 그녀의 태도에서 '그'는 오히려 더한 이질감, 거리감을 확인한다. 실물을 붙들고 자신만의 시간을 보낼 수 있는 세계, 그것이 종교이든 애완이든 그 지난한 시간이 용인되는 세계, '그'가 부러운 것은 바로 그 경험의 시간이다. 서구사회의 '경험적인 것'을 '선험적인 것'으로 인식한 피식민 후진국의 현실에서, 늘 뒤쫓는 자의 조급함과 절박함만이 팽배한 한국에서, 자기 방식의 경험이 축적되는 시간을 갖는다는 것은 거의 불가능한 것으로 여겨진다. 유럽인이 피부로 이해한 것들, 그런 상징들은 "그들의 신경이며 세포며 눈알이며 손톱새에 낀 때"이지만, 반대로 한국인들에게는 "학문이며 논리이며 교양이며 요컨대 관념"이다. '그'는 식민지 인텔리란 그 틈새를 메우는 것이라고 다짐해 보지만, 귀국 후의 생활은 "해도(海圖)없는 뱃길처럼 위험에 가득찬 것"이고, 착 감기지 않고 겉도는 것에 불과함을 깨닫는다.

---

20) 위의 책, 102쪽.

서양 제국주의자들이 인류에게 끼친 무한한 해독, 그건 금덩어리를 실
어갔다든가, 상품을 팔아먹었다든가, 그런 게 아니라고 난 생각합니다. 원
주민들의 영혼을 골탕먹인 것, **경험적인 것을 선험적인 것처럼 위장한
것**. 이겁니다. **영혼의 아편 상인들. 이겁니다.**[21]

식민지 원주민이 아무리 노력해도 그 틈새를 메울 수 없다는 절망감
에 급기야 '그'는 이 모든 상황의 책임을 "이탈리아의 옴쟁이" 콜럼부스
에게로 돌려버린다. 더 나아가 식민지를 개척하는 제국주의자의 쾌감을
상상하며, 달 착륙이라는 새로운 정복 대상에 이입해 본다.

누군가 우리 세대에 아무튼 갈 것만은 틀림없다. 그리 된다쪽. 히야. 세
상이 변할 거야. 민족이라는 단위 대신에 지구족이라는 말이 비로소 빈말
신세를 벗게 된다. '지리상 발견의 시대'와 꼭같은 기분에 들뜬 새 시대가
온다. 마르코 폴로 이래 서양 사람들이 꼭 그런 기분으로 살았을 거야. 우
리가 화성인 금성인을 생각하는 것처럼 동양 사람을 그려봤겠지. 신비한
풍문만 들어오던 그 종족들을 슈퍼맨처럼 대포와 총으로 쳐누르고 그곳에
있는 보물을 날라오고, 식민을 하고, 관광을 하고. 얼마나 신기했을까. 얼
마나 의젓했을가. 얼마나 사는 보람 있었을까. 원님 덕에 나팔 분다고 원님
만 좋으랴 나팔꾼도 푼수대로 신이 났을 거야. "식민지에나 가서 빌어먹어
볼까." 영국 거지는 벌이가 신통치 않은 어느 날 중얼거렸을 것이다. 서양
사람들은 정말 멋진 사람들이다. 그리구 지금 또 달나라에 식민을 하려고
하니. 달에 사람이 왔다갔다하면 지금은 꼭 맺힌 듯이 보이는 일도 차츰
풀릴 거야. 아무렴 사람들 기풍이 달라질테니깐.[22]

식민주의의 그 자유로운 몰염치함, 무자비함을 반어적으로 서술하고
있는 이 대목은, 그만큼 피식민지 인텔리의 절망을 반영한다.[23] 사실 아

---

21) 위의 책, 143쪽.

22) 위의 책, 107쪽.

23) 최인훈은 여러 작품에서 인물의 입을 빌어 식민주의에 대한 선망을 서술한 바 있다.
그러나 이것은 대부분 피식민 상태의 한국 현실에 대한 절망감을 반어적 문맥으로 표
현한 것이라 볼 수 있다. 한편 『태풍』의 오토메나크를 식민주의와 파시즘의 자장 안에

462

무리 현상을 분석해도, 그리고 아무리 그 현상의 기원을 탐색해도 '현재', '여기'의 문제를 해결할 수 있는 답을 발견하기란 어렵다. 1960년대 한국의 지식인에게는 "바이블도, 한 장의 가죽도, 그리고 저애들의 팻분"24)도 존재하지 않는다. 이처럼 최인훈이 설정한 '경험적인 것'과 '선험적인 것'의 이분법적 구도는 '한국적 근대'가 어떻게 형성되었는가, 혹은 한국의 지식인은 근대를 어떻게 구성해 나갔는가를 설명하는데 의미 있는 관점임에 분명하다.25) 그러나 이 이항대립의 구도는 반복되면 될수록 그 경계를 강화함으로써, 결국에는 그 경계를 자명한 것으로 위치 지우게 된다. 근대의 이분법은 결코 방법론적 차원에 머물지 않고 인식차원을 잠식해 들어간다. 따라서 근대의 '경험적인 것', 그 실물을 가지지 못한 한국의 지식인은 어쩔 수 없이 논리와 관념, 아니면 환상의 세계 속에서 자신의 거처를 찾는다. 최인훈 소설에 재현된 지식인 인물의 내면은, 그런 면에서 최인훈 자신의 내면과 동일하다고 하겠다.

5. 결론

친미적인 기독교 파워 엘리트에 의해 제도적 차원에서 안착한 한국

서 살아가는 피식민자로 해석하는 최근의 논의는, 식민주의를 반성적으로 성찰하는 표층의 의도와는 달리 이면에 파시즘의 논리가 존재한다는 문제적인 해석을 내놓고 있다. 송효정, 「최인훈의 〈태풍〉에 나타난 파시즘의 논리―근대 초극론과 동아시아적 가족주의를 중심으로」, 『비교한국학』, 국제비교한국학회, 2006.

24) 팻 분은 미국의 팝가수이다. '저 애들'은 '그'의 여동생과 친구들을 지칭하는 것으로, 옥이처럼 미국의 대중문화에 거부감 없이 동화되는 부류를 가리킨다.

25) 한국 사회에서 근대성에 대한 근본적인 반성은 1980년대에 와서 이루어졌다고 볼 수 있다. 1950년대 이후 미국에서 생산, 유포되기 시작한 '근대화 이론'은 한국에 별다른 저항 없이 수용되었던 것이 사실이다. 그러나 박정희 정권의 국가주의적 근대화가 진행되면서, 개발독재의 대안을 고민하거나 시민적 자유가 보장되는 '서구적' 근대성을 추구하는 수준에서 근대성 비판이 진행된다. 강내희, 「한국 근대성의 문제와 탈근대화」, 『문화과학』 22호, 2000년 여름호, 18-20쪽 참조.

의 크리스마스는, 기독교적 배경과 의미는 퇴색되었지만 억압된 당대 한국인의 욕망과 일탈을 안전하게 보장해준 해방구로 역할했다. 그런 의미에서 최인훈의 「크리스마스 캐럴」연작은 ‘서구적인 것’의 수용과 관련한 식민성의 문제를 당대 정치 현실의 억압성과 결부시킴으로써, ‘한국적 근대’에 대한 다층적인 사유를 보여주고 있다. 또한 이 소설에 자주 등장하는 이항대립 구도는 일정한 한계에도 불구하고 한국의 근대성을 해명하기 위한 유효한 접근법으로 작용하고 있다.

‘서구적인 것’의 수용과정에서 결과한 왜곡과 변형은 어쩌면 식민지를 경험한 비서구의 피할 수 없는 운명이라고 볼 수 있다. 근대적 경험의 차이, 그 간극은 쉽게 해소될 수 없는 것으로 급하게 메우려 하면 할수록 그 흔적을 남긴다. 1960년대 한국 사회에서 향유되었던 크리스마스 풍속에는 바로 그 흔적이 자리 잡고 있다. 그러나 그 흔적은 동일성으로 환원되지 않는 다층성을 띤다. 1960년대의 크리스마스 풍속은 분명 ‘외래적인 것’이 주는 이물감을 내포하고 있지만, 한국 사회의 내면적 욕망을 너그럽게 포용하고 있다는 점에서 유연함도 갖고 있다. 「크리스마스 캐럴」연작은 한국의 크리스마스 풍속에서 발견되는 이러한 균열과 포용을 재현해냄으로써, 위계화된 집단 사이의 문화적 이식과 접합이 결코 일방적인 복제에 머물지 않음을 짐작케 한다.

그럼에도 최인훈은 연작 전편을 통해 근대의 이항대립적 구도를 성찰의 방법으로 지속적으로 활용하고 있다는 점에서 역시 근대의 틀을 벗어나지 못한다. 그는 서구/비서구, 문명/미개, 근대/전근대, 선진국/후진국, 식민/피식민이라는 전형적인 이항대립 구도를 작동시킨다. 물론 이러한 방법론은, 이항대립 구도를 절대화하면서 비서구를 타자화 했던 서구 중심주의를 비판적으로 성찰하기 위한 것이다. 그런데 근대적 담론이 구사하는 이항대립은 위계화의 구속으로부터 자유로울 수 없다. 최인훈의 문제의식은 시종일관 이항대립이 구조화되는 역사적 기원을 탐색하면서 ‘경험적인 것’을 ‘선험적인 것’으로 보편화시키는 식민주의 전략의 실상을 폭로하고 있지만, 이분법의 경계를 해체하거나 그 기준 자체에 의문을 제기하지는 않는다. 물론 최인훈은 유럽이나 미국으로 지칭되는 서구의 특정 국가, 민족, 인종이 본질적으로 우월하기 때문에 세계의 중심이 되었다고 생각하지는 않는다. 그러나 또한 서구와 비서구를 가르는 근대화 경험의 시차는 무시할 수 없는 질적 우열로 현실화됨을 부정하지도 않는다. 따라서 식민주의에 대한 집요한 분석을 통해 탈식민 의식을 표출하고는 있지만, 그것이 탈근대의 지향으로 전면화하지는 않는다.

요컨대 「크리스마스 캐럴」연작에 나타난 최인훈의 문제의식은, '서구적인 것'의 처리 방식을 통해 구성되는 '한국적 근대'의 성격을 규명하는 것으로 요약할 수 있다. 그리고 '한국적 근대'에 대한 최인훈의 탐색은 근대의 이항대립적 매개항을 통해 전개됨으로써, 언제나 근대를 문제 삼지만 늘 근대 안에 거처하는 형국을 띤다. 그런 의미에서 최인훈은 탈식민을 사유하는 근대적 개인을 재현함으로써, 그것으로 자신의 정체성을 대신하고자 했다.

주제어 : 크리스마스, 야간통행금지, 풍속, 내부 식민, 이항대립, 식민과 탈식민, '서구적인 것', '선험적인 것 – 경험적인 것', '한국적 근대'

◆ 참고문헌

1. 기본자료

최인훈, 『크리스마스 캐럴/가면고』, 최인훈전집 6, 문학과지성사, 1993.
최인훈, 『유토피아의 꿈』, 최인훈전집 11, 문학과지성사, 1994.
최인훈, 『문학과 이데올로기』, 최인훈전집, 문학과지성사, 1994.
최인훈, 『화두』 1 · 2, 민음사, 1994.

2. 논문

강내희, 「한국 근대성의 문제와 탈근대화」, 『문화과학』 22호, 2000. 여름호.
강진구, 「반식민의 이중성을 넘어－최인훈의 〈태풍〉을 중심으로」, 『탈식민의 텍스트,
        저항과 해방의담론』, 문학비평연구회, 이회, 2004.
구재진, 「최인훈의 〈태풍〉에 대한 탈식민주의적 연구」, 『현대소설연구』 24집, 2004.
──, 「최인훈 소설에 나타난 ‘기억하기’와 탈식민성－〈서유기〉를 중심으로」, 『한
        국현대문학연구』 15집, 2004.
김창호, 「탈근대의 ‘근대’ 인식의 실천적 함의－탈주체와 수동적 혁명」, 이명현 외,
        『근대성과 한국문화의 정체성』, 철학과현실사, 1996.
김 현, 「풍속적 인간: 「크리스마스 캐럴」을 중심으로」, 『한국문학』, 1966년 가을 ·
        겨울호.
송효정, 「최인훈의 〈태풍〉에 나타난 파시즘의 논리」, 『비교한국학』, 2006.
오윤호, 「탈식민 문화의 양상과 근대 식민의식의 형성」, 『한민족어문학』 48집, 2006.
이동하, 「서문과 본문의 거리－최인훈의 〈광장〉에 대한 재고찰」, 『한국문학』, 1986. 1.
이상갑, 「식민지국과 식민지의 이분법을 넘어서 」, 『작가연구』 14호, 깊은샘, 2002.
조보라미, 「최인훈 소설의 탈식민주의적 고찰」, 『관악어문연구』 25집, 2000.
황태연, 「내부식민지와 저항적 지역주의」, 『한독사회과학논총』 제7호, 1997.

3. 단행본

강준만, 『한국현대사산책－1960년대편 2권』, 인물과사상사, 2004.
김경일, 『한국의 근대와 근대성』, 백산서당, 2003.
김성기 편, 『모더니티란 무엇인가』, 민음사, 1994.
김욱동, 『〈광장〉을 읽는 일곱가지 방법』, 문학과지성사, 1996,
김인호, 『해체와 저항의 서사－최인훈과 그의 문학』, 문학과지성사, 2004.

릴라 간디, 이영욱 역, 『포스트식민주의란 무엇인가』, 현실문화연구, 2000.
호미 바바, 나병철 역, 『문화의 위치』, 소명출판, 2002.
천 꽝싱 저, 백지운 외 역, 『제국의 눈』, 창비, 2003.
로버트 J. C. 영 저, 김택현 역, 『포스트식민주의 또는 트리컨티넨탈리즘』, 박종철출
    판사, 2005.

◆ **국문초록**

이 연구는 최인훈의 소설 가운데 상대적으로 저평가된 「크리스마스 캐럴」연작을 대상으로, 1950~60년대 한국 사회에서 크리스마스가 하나의 ‘풍속’으로 향유되는 독특한 맥락을 분석함으로써 ‘한국적 근대’의 한 양상을 추출하는 데 목적을 두었다. 전후 한국 사회에서 크리스마스가 하나의 축제로서 급부상했던 현상은, 기독교의 확산과 같은 종교적인 차원의 영향보다는 미군 주둔과 더불어 본격적으로 유입된 소비적이고, 향락적인 미국문화의 영향 때문이라고 볼 수 있다. 또한 크리스마스가 억압된 욕망의 분출을 합법적으로 보장해주는 해방구였다는 사실은, 역으로 야간통행금지제도가 개인으로부터 일상의 시공간을 박탈함으로써 일종의 ‘내부’ 식민을 위한 유용한 규율로 존재했음을 말해준다.

최인훈의 「크리스마스 캐럴」연작은 ‘서구적인 것’의 수용과 관련한 식민성의 문제를 당대 정치 현실의 억압성과 결부시킴으로써, ‘한국적 근대’에 대한 다층적인 사유를 보여주고 있다는 점에서 의의가 있다. 최인훈은 가족의 일상에서 벌어지는 크리스마스 풍경을 문제적으로 인식하는 데서 출발해, 그러한 문제의식을 개인과 민족(국가), 서구와 비서구, 식민과 피식민이라는 보편적 이항대립의 구도로 확대, 변형시키고 있다. 그런데 최인훈의 식민―탈식민에 대한 문제의식은 탈근대를 지향한다기보다 근대의 폭력성을 성찰하는 내부 고발자의 자리에 머물러 있다. 다시 말해 최인훈의 관심은 한국의 근대, 혹은 근대성은 무엇으로, 어떻게 구성되는가에 집중되어 있다. 그런데 최인훈의 문제의식은 시종일관 이항대립이 구조화되는 역사적 기원을 탐색하면서 ‘경험적인 것’을 ‘선험적인 것’으로 보편화시키는 식민주의 전략의 실상을 폭로하고 있지만, 이분법의 경계를 해체하거나 탈근대의 지향으로 전면화하지는 않는다. 이러한 귀결은, 서구와 비서구를 가르는 근대화 경험의 시차는 무시할 수 없는 질적 우열로 현실화됨을 최인훈이 부정하지 않는다는 사실과 무관하지 않을 것이다.

◆ SUMMARY

Custom of the Korean modern:
focusing on *Christmas Carol* series of Choi In_hoon's novel

Seo, Eun-Joo

Choi In-Hoon's series novel *Christmas Carol* has been devaluated than his another works, which, I think, show special contexts of enjoying Christmas as a festival custom. Examining this point, I tried to deduce a pattern of 'the Korean modern' in this paper. In Korean society of postwar, Christmas became the fastest growing festival, which was not caused in the spread of Christian but that of expensive and apolaustic American culture inflowing after the U.S. armed forces stationing in Korea. In postwar times when curfew was a daily event, it is a exiting fact that political management lifting curfew in Christmas helped to invent custom of the Korean Christmas. In short, Christmas played as only liberated area of suppressed desire in the controlled society enforcing curfew system. Curfew system ,depriving peoples of the space-time of 'night', was a useful discipline to colonize the internal.

Beginning to criticize episodes of Christmas taking place in days life of family, Choi expanded and transformed the problematic meanings to the universal binary oppositions like individual/nation, the west/the non-west and the colonial/the colonized, and he revealed trick of colonialism generalizing 'the experiential' into 'the transcendental'. Here, however, Choi's position was not postcolonialist critic pursuing for the postmodern but a whistle-blower reflecting the violence of the modern, which means his intention concentrated on how or of what the modern or modernity of Korea were constituted. After all, it is meaningful result of Christmas Carol series that neocolonialist aspect was recognized as being associated

with problems of the internal colony in which 'the foreign' was colo-
nized as the nation's system in the pattern of both repressed and broken
off under the pretext of 'the western' or 'the modern'

Keyword : Christmas, curfew, custom, the internal colony, the colonial
and the postcolonial, 'the western', 'the experiential'-'the
transcendental', 'the Korean modern', binary opposition

―이 논문은 2006년 11월 30일에 접수되어, 소정의 심사를 거쳐 2007년 2월 6일에 최
종적으로 게재가 확정되었음.

한국근대문학의 전환과 모색

2007년 3월 10일 인쇄
2007년 3월 15일 발행

지은이   상 허 학 회
펴낸이   박 현 숙
찍은곳   신화인쇄공사

110-320 서울시 종로구 낙원동 58-1 종로오피스텔 606호
TEL : 02-764-3018, 764-3019   FAX : 02-764-3011
E-mail : kpsm80@hanmail.net

펴낸곳 도서출판 **깊 은 샘**

등록번호/제2-69. 등록년월일/1980년 2월 6일

ISBN   89-7416-177-X

※ 잘못된 책은 교환해 드립니다.

값 23,000원